뻐꾸기 둥지 위로 날아간 새

One Flew Over the Cuckoo's Nest

ONE FLEW OVER THE CUCKOO'S NEST
by Ken Kesey

세계문학전집 232

뻐꾸기 둥지 위로 날아간 새

One Flew Over the Cuckoo's Nest

켄 키지

정회성 옮김

민음사

이 세상에 용은 없다고 해 놓고 나를 그 소굴로 데려간

비크 러벨에게 이 책을 바친다

한 마리는 동쪽으로,
한 마리는 서쪽으로,
한 마리는 뻐꾸기 둥지 위로 날아갔다.
　　—인디언 민간 전승 동요에서

차례

1부

1

그들은 거기에 나와 있었다.

흰옷을 입은 흑인 녀석들, 그들은 나보다 먼저 나와 복도에서 태연하게 수음을 하고는 내 눈에 띄기 전에 그 흔적을 대걸레로 닦는다.

내가 침실에서 나올 때, 그들은 걸레질을 하고 있었다. 세 녀석 모두 부루퉁한 얼굴이다. 하루의 이 시간, 그들이 머물고 있는 이곳, 그들이 뒤치다꺼리해야 하는 사람들을 비롯하여, 주변의 모든 것을 증오하는 표정이다. 이런 표정일 때는 아예 녀석들 눈에 띄지 않는 게 좋다. 나는 즈크화의 발소리를 죽이고 먼지처럼 가만가만 벽 쪽으로 걸어간다. 내 조바심을 알아채는 특수 감지 장치를 달고 있기라도 한 듯, 세 녀석이 일제히 고개를 쳐든다. 낡은 라디오의 뒤쪽에서 나오는 진공관의 불쾌한 빛처럼 검은 얼굴 속의 눈들이 반짝거린다.

"추장이시군. 위대한 추장 나리께서 납시었어. 빗자루 추장.

이거나 받아, 빗자루 추장 나리……."

녀석들이 대걸레를 내 손에 넘기고는 내가 오늘 청소할 곳을 가리킨다. 나는 청소를 시작한다. 한 녀석이 재촉하듯 대걸레 자루로 내 종아리를 내리친다.

"저 걸레질하는 꼬락서니 좀 봐. 내 머리통을 쟁반 삼아 사과를 놓고 먹을 정도로 커다란 놈이 하는 짓은 꼭 애 같군그래."

녀석들이 낄낄거리며 웃는다. 그리고 내 뒤에서 자기들끼리 머리를 맞대고 쑥덕거린다. 그들은 검은 기계가 윙윙거리는 듯한 소리로 증오와 죽음, 병원에 대한 여러 가지 은밀한 이야기를 지껄여 댄다. 내가 바로 옆에 있어도 개의치 않는다. 태연하게 큰 소리로 비밀을 떠들어 댄다. 내가 귀머거리에 벙어리인 줄 알고 있기 때문이다. 이곳의 모두가 그렇게 알고 있다. 나는 이처럼 모든 사람들을 바보로 만들 만큼 용의주도하다. 지긋지긋한 이곳 생활을 견디도록 내게 조금이나마 도움을 준 것이 있다면, 그것은 바로 인디언 피가 절반 섞인 탓에 갖게 된 용의주도한 성격일 것이다. 실제로 나는 지난 몇 년 동안 그런 성격 덕을 많이 보았다.

내가 병동 입구의 출입문 주위를 닦고 있을 때, 반대편에서 자물쇠 여는 소리가 들린다. 나는 자물쇠를 여는 사람이 수간호사임을 알아챘다. 수간호사는 오랫동안 그 자물쇠를 다루어 왔다. 그렇기 때문에 조용하면서도 신속하고 능숙하게 자물쇠를 연다. 수간호사가 차가운 바람과 함께 들어와 문을 닫는다. 순간 손잡이의 매끄러운 금속 위에 걸쳐져 있는 그녀의 손가락이 보인다. 손가락 끝의 손톱이 그녀의 입술 색과 똑같다. 기묘한 오렌지색이다. 벌겋게 달아오른 인두 날 같기도 한데 뜨거운 색깔인지 차가운 색깔인지, 만져 보아도 금방 알 수 없을 것 같다.

수간호사는 버들가지를 엮어 만든 손가방을 들고 다닌다. 그것은 뜨거운 한여름에 움프쿠아 족 인디언들이 고속도로 변에서 팔 법한 물건으로, 도구 상자 같은 모양에 대마로 엮은 손잡이가 달려 있다. 내가 이곳에 온 이후로 그녀는 죽 그 손가방을 들고 다닌다. 그것은 거칠게 엮여 있어서 속이 훤히 들여다보인다. 콤팩트나 립스틱 같은, 여자들이 갖고 다니는 물건 따위는 들어 있지 않다. 그녀의 하루 업무에 필요한 것들, 이를테면 바퀴처럼 생긴 기구, 반짝반짝 광택이 나는 톱니바퀴, 표면이 도자기처럼 빛나는 작은 정제, 주삿바늘, 핀셋, 시계 수리공이 사용할 법한 펜치, 구리 철사 묶음 등이 가득 들어 있다.

그녀가 내 앞을 지나가면서 고개를 까딱인다. 나는 벽 쪽에 몸을 붙이고 그녀 담당의 병동을 더럽히려는 속마음을 그녀가 알아채지 못하도록 대걸레 자루로 눈을 가리고 싱긋 웃는다. 눈을 감추면 당사자가 무슨 꿍꿍이를 품고 있는지 그 속을 알 수 없는 법이다.

나는 눈을 감은 채 수간호사가 신발 뒤축으로 복도의 타일 바닥을 울리며 내 앞을 지나가는 소리를 듣는다. 버들가지를 엮어 만든 손가방 속 물건들이 부딪히는 소리도 듣는다. 그녀는 뻣뻣한 자세로 걷는다. 나는 눈을 뜬다. 그녀는 복도 끝에서 꺾어져 유리로 된 간호사실로 들어가려는 참이다. 수간호사는 그곳에서 여덟 시간 동안 책상에 앉아 유리창 너머에 있는 휴게실을 바라보며 환자들의 동태를 감시하고 기록한다. 자신이 할 일을 생각하는 그녀의 표정은 만족스럽고 평화로워 보인다.

이윽고…… 그녀가 그 흑인 녀석들을 힐끗 쳐다본다. 녀석들은 여전히 자기들끼리 머리를 맞댄 채 쑥덕거리고 있다. 수간호사가 병동에 들어오는 걸 알아채지 못한 것이다. 수간호사가 들어오고 나서야 녀석들은 그녀가 자신들을 쏘아보고 있다는 걸 알아챈다. 하지만 때는 이미 늦었다. 녀석들은 수간호사가 병동에 나와 있을 때는 모여서 쑥덕거리지 말았어야 했다. 그들은 당황한 나머지 얼굴을 돌린다. 수간호사는 상체를 앞으로 숙이고 녀석들이 꼼짝없이 서 있는 복도 끝으로 성큼성큼 걸어간다. 그녀는 그들이 무슨 이야기를 하고 있었는지 알고 있다. 그런 만큼 금방이라도 폭발할 것처럼 산뜩 화가 나 있다. 어찌나 화가 났는지 흑인 녀석들의 사지를 갈가리 찢어 버릴 기세다. 그녀의 몸은 흰 유니폼의 등 부분이 찢어질 듯 부풀어 오르고, 세 녀석들을 한꺼번에 휘감아 버릴 듯 양팔이 대여섯 배로 늘어난다. 수간호사는 커다란 머리를 홱 돌려 주위를 살펴본다. 아무도 보는 사람이 없다. 혼혈 인디언인 빗자루 추장 브롬든만이 저만치 떨어진 곳에서 도와달라는 소리도 지르지 못한 채 몸을 숨기듯 대걸레 뒤에 서 있다. 수간호사는 노골적으로 본성을 드러낸다. 입가의 미소가 일그러지면서 으르렁거리는 소리로 변한다. 그녀의 몸은 더욱 부풀어 올라서 짐을 너무 많이 실어 모터 타는 냄새가 나는 거대한 트랙터만큼 커진다. 나는 숨을 참으며 '오, 이런! 이번에야말로 크게 한판 붙겠군!' 하고 생각한다. 이번에야말로 수간호사와 녀석들은 그동안 쌓인 증오심에서 서로를 갈기갈기 찢어 버리고는 '대체 우리가 왜 그랬지?' 하며 놀랄 것이다.

그러나 수간호사가 양팔을 흑인 녀석들에게 두르고 녀석들이 대걸레 손잡이로 그녀의 하반신을 치려는 찰나, 환자들이 웬 소란인가 싶어 병동에서 우르르 몰려나오기 시작한다. 수간호사는 자신의 무서운 본성을 환자들에게 들키기 전에 변신을 해야 한다. 환자들이 눈을 비비며 소동의 원인을 어렴풋이 눈치 챌 무렵, 수간호사는 평소처럼 침착하고 냉정한 태도로 미소를 지으며 흑인 녀석들에게 잔소리를 늘어놓는다. "월요일 아침이라 할 일이 산더미인데 복도에 모여 쓸데없는 잡담을 할 시간이 어디 있어요……."라는 식으로.

"……월요일 아침이 어떤지 알잖아요……."

"네, 랫치드 수간호사님……."

"……더욱이 오늘 아침엔 일정이 꽉 차 있어요. 그러니까 여러분이 모여서 나누는 얘기가 그리 급한 게 아니라면……."

"네, 랫치드 수간호사님……."

수간호사는 말을 멈추고 주위에 모여 서 있는 환자들을 향해 고개를 까딱인다. 환자들은 잠을 많이 자서 붉게 충혈된 데다 퉁퉁 부어오른 눈으로 그녀를 바라본다. 그녀는 다시금 한 사람 한 사람에게 목례를 한다. 환자만 보면 어김없이 자동적으로 나오는 몸짓이다. 그녀의 얼굴은 부드럽다. 이목구비가 한 치의 오차도 없이 반듯한 게 꼭 값비싼 아기 인형 같다. 피부는 흰색과 크림색을 섞은 에나멜 같다. 푸르스름한 눈동자에 코는 작고, 콧구멍은 분홍빛이다. 입술과 손톱 색깔, 커다란 가슴을 제외하고 모든 것이 잘 조화되어 있다. 조물주가 실수로 큼직한 가슴을 갖다 붙였을 것이다. 조물주가 그런 실수만 하지 않았더라면 완벽한 작품일 텐데……. 수간호사 자신도 그

점을 노골적으로 안타까워하고 있다.

환자들은 수간호사가 무슨 일로 흑인 녀석들에게 잔소리를 하는지 알아보려고 그 자리에 꼼짝 않고 서 있다. 수간호사가 내 존재를 의식하고 말한다.

"월요일이니까 금주의 첫 작업으로 오늘 아침에는 브롬든 씨의 수염을 깎아 주세요. 가엾은 브롬든 씨가 아침을 먹고 바로 면도실로 달려가기 전에 말예요. 브롬든 씨가 소란을 피우기 전에 미리 손을 쓰는 게 좋겠지요?"

보조원들이 고개를 돌려 나를 찾기 전에, 나는 청소 도구실 안으로 들어가 문을 홱 닫고는 숨을 죽인다. 아침을 먹기 전에 면도를 하는 일만큼 끔찍한 것도 없다. 뱃속이 든든해야 기운도 나고 눈도 밝아지는 법이다. '콤바인'에 소속된 녀석들이 전기 면도기 대신에 녀석들이 가지고 있는 기계로 수염을 깎아 주는 경우는 거의 없다. 그러나 간혹 수간호사가 아침 식사 전에 면도를 하도록 하는데, 그럴 경우에는 사정이 다르다. 흰 세면대가 죽 늘어선 가운데 사방 벽이 온통 흰색인 데다 긴 줄로 천장에 전등을 여러 개 매달아 놓아 그림자 하나 생기지 않는다. 오전 6시 30분, 나는 그런 방에서 거울 앞에 꼼짝없이 묶인 채 사람들에 둘러싸여 비명을 지른다. 나로서는 그 기계를 거부하려야 거부할 수가 없다.

나는 청소 도구실 안에 숨은 채 귀를 쫑긋 세운다. 어둠 속에서 심장이 두방망이질을 한다. 나는 겁을 먹지 않기 위해 정신을 딴 데로 돌리려 애쓴다. 과거를 거슬러 마을과 커다란 컬럼비아 강에 관한 기억을 떠올려 본다. 아버지와 함께 더댈스 근처의 삼나무 숲에서 새를 잡던 때도 생각한다. 그러나 늘 그렇듯 과거로 돌아가서 그곳에 숨어 있으려고 하면, 눈앞에 도사리고 있는 두려움이 침투해 들어온다. 가장 나이 어린 흑인 녀석이 복도를 걸으며 내 두려움의 냄새를 맡고 있는 것이 느껴진다. 녀석은 검정 깔때기처럼 생긴 콧구멍을 벌름거리고, 큰 머리를 이리저리 돌리며 냄새를 맡는다. 그러면서 병동 곳곳에 있는 두려움을 빨아들인다. 녀석은 지금 내 냄새를 맡고 있다. 녀석이 콧바람을 내뿜는 소리가 들린다. 녀석은 내가 어디에 숨어 있는지 모르는 듯 계속해서 냄새를 맡으며 나를 찾고 있다. 나는 죽은 듯 가만히 있으려고 애쓴다.

(아버지는 내게 움직이지 말고 가만히 있으라고 말한다. 사냥개가 가까이에 있는 새의 냄새를 맡은 모양이다. 우리는 더댈스에 사는 사내에게서 포인터 한 마리를 빌렸다. 아버지는 마을의 개들은 죄다 잡종인 데다 생선뼈나 내장 같은 지저분한 것들을 먹어서 볼품이 없다고 말한다. 하지만 이 사냥개는 훌륭하다는 것이다. 나는 아무 말도 하지 않는다. 그런데 삼나무에 웅크리고 앉아 있는 새가 내 눈에 들어온다. 온몸이 회색 깃털로 덮여 있는 새다. 사냥개가 그 아래를 맴돌고 있다. 냄새가 너무 많이 나서 새가 정확히 어디에 앉아 있는지 감을 잡지 못하는 모양이다. 새는 가만히 앉아 있기만 하면 된다. 움직이지만 않으면 잡힐 염려는 없다. 새는 꽤 오랫동안 그 자리에서 버티고 있다. 개는 더 큰 소리로 킁킁거리며 점차 반경을 좁혀 간다. 이윽고 새가 날개를 활짝 펴고 탈출한다. 새는 삼나무 위로 날아올라 아버지의 사정거리 안으로 들어온다.)

나는 청소 도구실 밖으로 나간다. 하지만 열 걸음도 못 가서 흑인들 가운데 덩치가 가장 작은 녀석과 큰 녀석한테 붙잡히고 만다. 두 녀석은 나를 면도실로 끌고 간다. 나는 저항하지 않는다. 소리도 지르지 않는다. 소리를 지르면 나만 힘들어진다. 물론 고함을 지르고는 싶다. 하지만 참아야 한다. 나는 그들이 내 관자놀이에 손을 대기 전까지 꾹 참는다. 관자놀이에 닿기 전에는 그들이 사용하는 게 전기 면도기가 아닌 그 대용 기계인지 분명히 알 수 없기 때문이다. 그러나 이제는 더이상 참을 수가 없다. 녀석들이 내 관자놀이에 손을 대는 순간 내 의지는 무너지고 만다. 내 관자놀이는 말하자면…… 버튼이다. 버튼을 누르면 "공습! 공습!" 하는 소리가 나를 자극한다. 그 소리가 어찌나 큰지 아무 소리도 안 나는 것 같다. 거울 속의 녀석들이 손으로 귀를 틀어막고 나를 향해 고함을 지른다. 하지만 아무 소리도 들리지 않는다. 내가 지르는 소리가 다른 소리들을 모두 집어삼킨 것이다. 그들은 이내 안개 분출기를 가동한다. 우유 같은 뿌연 안개가 내 얼굴을 향해 차가운 비처럼 쏟아져 내려온다. 안개는 점점 짙어진다. 녀석들에게 붙잡혀 있지만 않으면 그 속으로 숨어들 수 있을 것 같다. 짙은 안개 때문에 아무것도 보이지 않는다. 15센티미터 앞에 있는 것조차도 볼 수가 없다. 소리도 들리지 않는다. 울부짖는 내 목소리 외에 들리는 것이라고는 수간호사가 고함을 치고 버들가지 손가방으로 환자들을 밀치며 복도를 내달리는 소리뿐이다. 그녀가 다가오는 소리가 들리는데도 나는 입을 다물 수 없다. 그녀가 코앞에 다가올 때까지 나는 계속 소리를 지른다. 녀석들이 나를 짓누른다. 수간호사가 버들가지 손가방으로 내 입을 틀어막고는 대걸레 자루로 쑤셔 넣는다.

(사냥개 한 마리가 안개 속에서 짖는다. 녀석은 앞이 보이지 않자 길을 잃어버린 줄 알고 무서워서 이리저리 뛰어다닌다. 땅 위에는 개

의 발자국만이 찍혀 있을 뿐이다. 다른 흔적은 찾아볼 수 없다. 녀석은 붉은 고무 같은 차가운 코를 들이대고 이곳저곳 냄새를 맡는다. 하지만 아무 냄새도 나지 않는다. 공포심만이 활활 타올라 수증기처럼 녀석의 몸속에 스며들 뿐이다.)

나 역시 공포심에 타 버릴 것만 같아서 이제는 입을 열지 않을 수 없다. 병원, 수간호사, 흑인 녀석들, 그리고 맥머피에 관련된 이야기들……. 나는 지금까지 너무나 오랫동안 침묵을 지켜 왔기 때문에 내가 입을 열면 그 모든 이야기들이 봇물처럼 터져 나올 것이다. 어쩌면 여러분은 내가 말도 안 되는 이야기를 주절거린다고 생각할지도 모른다. 너무 무시무시한 이야기라서 믿기지 않을 것이다. 너무 끔찍해서 실제로 일어난 일이라고는 생각되지 않으리라. 하지만 제발 내 말을 믿어 주기 바란다. 나 자신도 완벽하게 확신할 수는 없지만 이것은 사실이다. 실제로 일어나지 않은 일이라고 할지라도 엄연한 사실인 것이다.

2

눈을 떠 보니 안개가 걷혀 있고, 나는 휴게실에 앉아 있다. 이번에는 전기 충격 치료실까지 끌려가지 않았다. 그들이 나를 면도실에서 데리고 나와 격리실에 가둔 게 생각난다. 아침 식사를 했는지는 생각나지 않는다. 아마 먹지 않았을 것이다. 이전에 몇 번인가 격리실에 갇혔던 때가 생각난다. 그때 흑인 녀석들은 아침마다 격리실로 갖가지 음식을 가져오곤 했다. 그것은 분명히 내게 먹이라고 보낸 음식일 텐데, 녀석들이 몽땅 먹어 치웠다. 세 녀석이 내 아침 식사를 먹는 동안 나는 오줌 냄새가 진동하는 매트리스에 누워 있었다. 토스트에 계란을 얹어 먹는 녀석들의 모습이 눈에 선하다. 나는 토스트와 계란에서 풍겨 나오는 기름 냄새를 맡는다. 녀석들이 토스트를 씹는 소리가 들린다. 어떤 때는 녀석들이 식어 빠진 옥수수 죽을 가지고 와서 소금도 뿌리지 않은 채 내게 억지로 먹이기도 했다.

어쨌든 오늘 아침의 일은 전혀 기억나지 않는다. 녀석들이 내게 알약을 잔뜩 먹인 탓인지 병동 출입문이 열리는 소리가 들릴 때까지 무슨 일이 있었는지 기억나는 게 하나도 없다. 병동의 출입문이 열렸다는 것은 적어도 8시가 되었다는 뜻이다. 다시 말해서 내가 한 시간 반 동안이나 의식을 잃은 채 격리실에 있었다는 걸 뜻한다. 담당 직원들이 격리실에 들어와 수간호사의 지시대로 내 몸에 무언가 설치했을 것이다. 나는 그것이 무엇인지 감조차 잡을 수 없다. 완전히 의식 불명 상태에 놓여 있었기 때문이다.

내가 앉아 있는 곳에서는 보이지 않지만 복도 저쪽에서 병동 출입문 열리는 소리가 들린다. 그 문은 아침 8시에 여닫히기 시작하여 하루 동안 수도 없이 여닫힌다. 환자들은 매일 아침 식사를 한 뒤 휴게실 양옆에 줄줄이 앉아서 퍼즐 맞추기를 한다. 그러다 열쇠로 문을 여는 소리가 나면 누가 들어오는지 궁금해하며 기다린다. 그것 말고는 달리 할 일이 없다. 간혹 젊은 레지던트가 문을 열고 들어올 때가 있다. 투약 전에 환자들 상태가 어떤지 관찰하기 위해서이다. 이따금 하이힐을 신은 부인이 핸드백을 배 언저리에 꽉 껴안고는 면회를 하러 오기도 한다. 초등학교 교사들이 견학을 올 때도 있다. 그때마다 어수룩한 홍보 담당 직원이 그들을 안내한다. 그 직원은 이제는 정신병원에서 옛날 같은 가혹 행위들이 완전히 사라져 얼마나 기쁜지 모르겠다며 땀이 흥건한 손으로 손뼉을 치면서 지껄여 댄다.

"얼마나 분위기가 화기애애합니까? 안 그렇습니까?"

그는 만일의 사태에 대비하여 무리를 지어 다니는 학교 선생님들을 졸졸 따라다니며 호들갑을 떤다.

"불결한 환경에 형편없는 음식, 게다가 무지막지한 가혹 행위까지……. 옛날을 회상하다 보면 우리의 기나긴 노력이 이제야 겨우 열매를 맺었구나 하는 생각이 들곤 합니다."

병동 출입문에 누가 나타나든 실망스러운 경우가 대부분이다. 그렇더라도 혹시나 하는 희망은 품고 있다. 그래서 자물쇠 여는 소리가 나면 모두 약속이나 한 듯 목을 길게 빼고 문 쪽을 바라본다.

오늘 아침에는 자물쇠 여는 소리가 평소와 다르다. 정기적으로 찾아오는 사람이 아닌 것이다. 호송원이 신경질적으로 다급하게 외친다.

"새 환자가 왔습니다! 누가 와서 인계를 받으세요!"

흑인 녀석들이 달려간다.

새 환자라……. 모두들 카드놀이와 모노폴리 게임*을 하다가 멈추고 휴게실 출입문 쪽으로 고개를 돌린다. 평소 같으면 나는 바깥 복도를 청소하고 있어서 새 환자를 볼 수 있을 것이다. 그러나 앞서 말했듯 오늘 아침은 수간호사가 내게 약을 잔뜩 먹여서 옴짝달싹 못하게 해 놓았기 때문에 의자에서 꼼짝할 수조차 없다. 평소에는 내가 제일 먼저 새 환자를 본다. 새 환자는 겁에 질린 표정으로 조심스레 출입문을 통과하여 안으로 들어와서는 두려운 듯이 벽 쪽에 붙어 서 있다. 그러면 흑인 녀석들이 다가가 대신 입원 절차를 밟아 주고 그를 샤워실로 데려간다. 녀석들은 새 환자가 오들오들 떨든 말든 옷을 벗

---

* 멈춰 선 곳의 땅을 사고 건물을 지으며 게임판 위를 이동하다가 상대방의 땅에 걸리면 벌금을 내야 하는 보드게임.

긴 채 문까지 열어 놓는다. 그러고는 바셀린을 찾으러 복도를 이리저리 뛰어다닌다.

"바셀린이 필요해요. 체온계에 바를 겁니다."

녀석들이 수간호사에게 말한다. 수간호사가 녀석들을 번갈아 쳐다보며 묻는다.

"확실한 거죠?"

그녀는 녀석들에게 적어도 4리터는 들어갈 만한 커다란 유리병을 건네며 경고한다.

"모두 들어가지는 마세요. 알았죠?"

그러나 녀석들은 모두 샤워실로 들어가 새 환자를 다룬다. 둘, 아니 세 녀석일 것이다. 세 녀석 모두 그 안에서 체온계를 유리병에 집어넣고는 그 둘레에 손가락 굵기만큼 바셀린이 묻을 때까지 휘휘 저으며 중얼거린다.

"알았어요, 수간호사님. 당연히 그래야죠."

그들은 문을 닫고 샤워란 샤워기의 꼭지는 다 틀어 놓는다. 그러면 녹색 타일에 물이 세차게 떨어지는 소리만 들린다. 물소리 때문에 다른 소리는 들리지 않는다. 여느 때 같으면 나는 밖에서 그런 광경을 바라보고 있을 것이다.

그런데 오늘 아침에는 의자에 앉아서 녀석들이 새 환자를 데리고 들어오는 소리만 듣고 있을 뿐이다. 나는 새 환자의 모습을 볼 수 없지만, 그가 보통의 새 환자가 아님을 알 수 있다. 새 환자들은 으레 겁을 먹고 벽에 붙어 서서 슬며시 들어오기 마련인데, 그는 그렇지 않은 것 같다. 흑인 녀석들이 샤워를 해야 한다는 말을 해도 힘없는 목소리로 "네." 하고 대답하지도 않는다. 오히려 그는 녀석들에게 카랑카랑한 목소리로 자기는 엄청나게 깨끗하니 사양하겠노라고 거절한다.

"오늘 아침에는 법원에서, 어젯밤에는 감방에서 샤워를 시켜 주었소. 그자들은 어찌나 샤워를 좋아하던지 이곳에 데려올 때도 차 속에 샤워기가 있었다면 내 귓구멍까지 씻어 주었을 거요. 나 원 참, 어디로 데리고 가든 몸을 씻겨 대니 아예 껍질을 벗길 모양이야. 이젠 물소리만 들어도 보따리를 싸야 하나 싶어질 지경이외다. 그나저나 거기, 그 체온계 좀 치우쇼. 내게는 필요 없으니까. 그보다 새집 구경이나 좀 시켜 줄 수 없나. 정신병원은 처음이거든."

환자들은 어리둥절한 표정으로 서로의 얼굴을 바라보고는 새 환자의 목소리가 들려오는 문 쪽으로 다시 눈을 돌린다. 흑인 녀석들이 바로 옆에 있기 때문에 굳이 그럴 필요가 없을 텐데도 새 환자는 커다란 목소리로 말한다. 마치 45미터 상공을 날면서 지상에 있는 인간들을 향해 외치고 있는 것 같다. 목소리로 추측하건대 덩치가 큰 사내인 듯하다. 그가 복도를 걸어오는 소리가 들린다. 발소리도 크다. 절대로 조심스러운 걸음걸이가 아니다. 발뒤꿈치에 징이라도 박은 듯 그가 걸을 때마다 말굽 소리가 들린다. 이윽고 문가에 그의 모습이 나타난다. 그는 바지 양쪽 주머니에 엄지손가락을 끼우고, 부츠를 신은 두 발을 딱 벌린 채 그 자리에 멈춰 선다. 환자들의 시선이 일제히 그에게 쏠린다.

"안녕하쇼, 형씨들!"

그의 머리 위쪽으로 할로윈 때 쓰는 종이 박쥐가 대롱대롱 매달려 있다. 그가 손을 뻗어 그것을 탁 친다. 종이 박쥐가 어지럽게 빙글빙글 돌아간다.

"아주 멋진 가을날이군."

사내의 말투는 아버지와 약간 비슷하다. 목소리도 아버지처럼 크고 힘차다. 하지만 외모는 사뭇 다르다. 아버지는 순수한 컬럼비아 인디언이고 추장인 데다 몸은 총대처럼 단단하고 얼굴은 빛이 났다. 새 환자의 머리카락은 붉다. 기다란 구레나룻도 붉은색이다. 모자 아래로 삐져나와 엉켜 있는 곱슬머리를 보니, 머리털을 자른 지 오래된 것 같다. 아버지는 위아래로 긴데, 이 사내는 옆으로 넓다. 턱이 크고 어깨가 딱 벌어져 있다. 웃을 때는 흰 이를 훤히 드러낸 채 악마처럼 입을 쫙 벌리고 웃는다. 그 역시 단단한 공처럼 다부지게 생겼지만 아버지와는 다른 느낌이다. 그의 코와 광대뼈 한쪽에 바늘로 꿰맨 자국이 가로로 나 있다. 누군가와 싸우다 호되게 당한 모양이다. 새 환자는 거기에 서서 누가 말이라도 건네기를 기다리고 있다. 하지만 아무도 그에게 말을 건네지 않는다. 그가 큰 소리로 웃기 시작한다. 그가 왜 웃는지 아무도 확실하게 알지 못한다. 우스운 일이라곤 눈을 씻고 찾아봐도 없기 때문이다. 그의 웃음은 호탕하다. 홍보 담당 직원의 웃음과는 다르다. 그 웃음은 양쪽으로 크게 벌어진 입에서 터져 나와 점점 더 큰 원을 그리며 퍼져서는 사방 벽에 부딪쳐 병동 전체에 메아리친다. 뚱뚱한 홍보 담당 직원의 웃음과는 차원이 달라도 한참 다르다. 마음에서 우러나는 웃음소리란 이런 게 아닐까 싶다. 문득 나는 그것이 수년 만에 처음 들어 보는 웃음소리라는 걸 깨닫는다.

새 환자는 우리를 바라보고는 부츠를 신은 채 몸을 뒤로 젖히면서 웃고 또 웃는다. 그는 주머니에 엄지손가락을 끼우고 나머지 손가락으로 배를 톡톡 두드린다. 손이 커다란 데다 울퉁불퉁하다. 환자든 직원이든 그의 모습과 웃음소리에 다들 어리둥절해하고 있다. 어느 누구도 그를 말리거나 그에게 말을 걸 엄두조차 내지 못한다. 그는 한동안 계속 웃다가 마침내 웃음을 멈추고 휴게실 안으로 들어온다. 그가 웃고 있지 않는데도 웃음소리가 그의 주변을 맴돌고 있다. 커다란 종이 울린 뒤에 그 여음이 남아 있는 것과 같은 이치이다. 웃음소리는 그의 눈 속에, 미소 속에, 뽐내며 걷는 모습 속에, 그리고 말투 속에도 남아 있다.

"어이, 형씨들! 내 이름은 맥머피. 랜들 패트릭 맥머피올시다. 도박에 빠진 멍청이지."

사내는 윙크를 하고 노래 한 소절을 부른다.

"……난 카드만 봤다 하면 돈을 건다네……."

그는 다시 껄껄 웃는다. 그러고는 카드 게임이 벌어진 곳으로 가서 한 급성 환자의 패를 실눈으로 힐끗 쳐다보고 글렀다는 표시로 고개를 젓는다.

"그래요. 난 이걸 하려고 여기에 온 거요. 당신들이 게임을 즐겁게 할 수 있도록 도와주러 왔다 이 말이오. 펜들턴 작업 농장에는 나를 재미있게 해 줄 놈이 한 놈도 없었소. 그래서 다른 데로 옮겨 달라고 요청했지. 뭔가 새로운 활력 같은 게 필요했거든. 아니, 이 양반 카드 쥐고 있는 꼴 좀 보게. 동네 사람들 다 보라고 그렇게 쥐고 있는 거요? 안 되겠군. 내가 좀 가르쳐 주리다."

체스윅이 카드를 그러모은다. 붉은 머리 사내가 체스윅에게 손을 내밀어 악수를 청한다.

"안녕하쇼? 어떤 카드 게임을 하고 있는 거요? 피노클? 흐음, 그래서 남들이 패를 보든 말든 신경 쓰지 않은 게로군. 여기엔 스트레이트 카드도 없소? 좋아, 그렇다면 내 걸 보여 주지. 혹시 몰라서 내 카드를 챙겨 왔는데, 그러길 잘했군. 내 카드엔 재미있는 게 그려져 있소. 그림을 잘 보쇼. 한 장 한 장이 달라. 각기 다른 쉰두 가지의 체위가 그려져 있지……"

체스윅의 눈이 휘둥그레진다. 그는 남녀의 성교 장면이 그려진 카드를 보고는 안절부절못한다.

"조심하쇼. 카드를 더럽히지 말란 말이오. 이제부턴 시간도 많고, 게임도 많이 할 거니까. 여기에선 내 카드를 쓰고 싶소. 다른 선수들이 그림에 한눈팔지 않고 게임에 집중하려면 적어도 일주일은 걸릴 거요."

새 환자는 작업 농장의 바지와 셔츠를 입고 있다. 그것은 물 섞인 우유처럼 빛깔이 바래 있다. 그의 얼굴과 목과 팔은 검붉은 가죽 색깔이다. 밭에서 오래 일한 탓이리라. 그는 머리에 새카만 오토바이용 모자를 눌러쓰고, 한쪽 팔에는 가죽 재킷을 걸치고 있다. 그가 신고 있는 회색 부츠는 먼지투성이인 데다 묵직해 보인다. 그 부츠를 신고 냅다 걷어차면 누구든 두 동강이 날 것 같다. 그는 체스윅으로부터 몇 걸음 떨어지더니 모자를 벗어 허벅지에 묻은 먼지를 털기 시작한다. 한 흑인 녀석이 체온계를 들고 그에게 다가온다. 그는 민첩하게 요리조리 피한다. 흑인 녀석은 그를 따라잡지 못한다. 그는 흑인 녀석을 따돌리고 급성 환자들 사이로 들어가 그들과 일일이 악수를 나눈다. 말투, 윙크하는 모습, 커다란 목소리, 당당한 걸음걸이, 이런 모든 것들이 자동차 외판원이나 주식 중개인을 연상시킨다. 펄럭이는 현수막이 걸린 무대에서 노란 단추에 줄무늬가 있는 셔츠를 입고 자석처럼 사람들의 이목을 끄는 행상인도 떠올리게 한다.

"솔직히 말하자면 난 작업 농장에서 몇 차례 싸움질을 했소. 그 덕에 법정에서 정신병자란 판결을 받았다오. 그런데 당신들은 내가 법정에서 난 멀쩡하다고 반박이라도 했을 것 같소? 천만에, 난 그러지 않았소. 숨겨 둔 쌈짓돈을 걸고 내기를 해도 좋소. 그 빌어먹을 콩밭에서 나올 수 있는데, 정신병자 취급을 받든 미친개나 늑대 인간 취급을 받든 그게 뭐 대수겠소? 소심해 터진 놈들이 원하는 대로 다 해 주는 게 낫지. 평생 괭이를 들고 잡초나 뽑다가 죽는 것보다는 말이야……. 놈들은 나너러 정신이 나가서 툭하면 싸움질을 하고 여자를 밝힌다고 했소. 대체 놈들의 그런 말이 가당키나 한 거요? 여자를 밝힌다고 마음대로 여자를 끼고 잘 수나 있소? 어이, 형씨! 당신 이름이 뭐요? 내 이름은 맥머피인데. 당신이 가지고 있는 카드 뒷면에 점이 몇 개나 있다고 생각하쇼? 보면 안 돼요. 자, 나는 당신이 정확히 맞히지 못하는 쪽에 2달러를 걸겠소. 2달러요. 어때, 내기를 하겠소? 이런, 염병할! 이봐, 그 체온계 나중에 꽂든지 하면 안 돼?"

3

새로 들어온 사내가 우두커니 서서 휴게실 내부를 살펴본다.

방의 한쪽 구석에는 회복될 가능성이 있다고 하여 의사들이 '급성 환자'라고 부르는 비교적 젊은 환자들이 있다. 그들은 자기들끼리 팔씨름과 카드놀이를 한다. 카드놀이란 카드를 가지고 더하기, 빼기, 거꾸로 세기 등을 하는 것이다. 빌리 비빗은 담배를 종이로 마는 연습을 하고, 마티니는 분주하게 돌아다니며 테이블과 의자 밑을 기웃거린다. 급성 환자들은 한시도 가만히 앉아 있는 법이 없다. 그들은 서로 농담을 주고받으며 주먹으로 입을 가린 채 낄낄대고 웃는다. 그들 중 마음껏 큰 소리로 웃는 사람은 없다. 그랬다가는 전 직원이 노트 같은 것을 들고 와 질문 공세를 펼 것이다. 급성 환자들은 연필을 질겅질겅 씹는다. 그리고 그 잇자국이 난 몽당연필로 편지를 쓴다.

그들은 서로 감시를 한다. 간혹 한 환자가 무심코 자기 이야기를 입 밖에 내는 수가 있다. 그러면 같은 테이블에 앉아 있던 동료 한 명이 지루해서 하품을 하는 체하며 슬그머니 일어선다. 그러고는 간호사실 옆으로 가서 거기에 있는 커다란 일지에 방금 들은 이야기를 적는 것이다. 수간호사는 치료 목적으로 일지를 비치해 두었다고 말한다. 하지만 나는 그 꿍꿍이속을 훤히 알고 있다. 그녀는 환자를 본관 병동으로 데리고 가서 뇌수술을 시킬 구실을 찾기 위해 일지를 이용하는 것이다.

일지에 동료 환자에 대한 정보를 적은 녀석에게는 특권이 주어진다. 환자 명부에 있는 그의 이름 옆에 별표가 붙고, 그는 이튿날 늦도록 잠을 잘 수가 있다.

급성 환자들 맞은편에는 콤바인의 허섭스레기라고 할 수 있는 만성 환자들이 있다. 이들이 병원에 있는 것은 치료를 받기 위해서가 아니다. 이들이 거리를 어슬렁거리며 돌아다니면 콤바인의 명예가 더럽혀진다. 결국 그것을 막기 위해 그들을 병원에 가두고 있는 것이다. 의사나 간호사들도 만성 환자들은 평생 병원을 못 벗어날 것이라고 공언한다. 만성 환자들은 나처럼 잘 먹기만 하면 거동할 수 있는, 스스로 보행 가능한 환자들을 비롯하여 휠체어를 타는 환자들, 식물인간들, 이렇게 세 부류로 나누어진다. 만성 환자, 아니, 대다수의 환자들은 고치려고 해도 좀처럼 고쳐지지 않는 내부적 결함을 지닌 기계들이다. 그들은 태어날 때부터 결함이 있든, 단단한 물건에 수없이 부딪혀서 머리에 고장이 났든, 오랜 세월 녹이 슬대로 슬어 녹물이 줄줄 흘러내릴 즈음에야 병원으로 끌려온다.

그런데 만성 환자들 중에는 의사들이 실수를 하는 바람에 증상이 심해진 이들이 몇몇 있다. 들어올 때만 해도 급성이었는데, 병원에 있다 보니 만성으로 변한 것이다. 엘리스가 그 한 예이다. 급성 환자로 들어온 엘리스는 흑인 녀석들이 '쇼크 숍'이라고 부르는, 뇌를 죽이는 더러운 방에서 의사로부터 전기 충격을 너무 심하게 받은 탓에 만성 환자가 되어 버렸다. 그는 지금 수갑이 채워진 채 담당 직원들이 그를 테이블에서 들어 올렸던 때와 똑같은 모습으로 벽에 단단히 붙박여 있다. 양팔을 쭉 펴고 양 손바닥을 컵 모양으로 오므린 그의 얼굴에는 공포가 서려 있다. 그 모습은 영락없이 박제된 짐승 같다. 직원들은 식사 시간이나 잠자리에 들 때, 혹은 그가 붙박여 있는 벽 아래에 떨어진 오줌을 내가 대걸레로 닦아 내야 할 때 그의 수갑을 풀어 준다. 엘리스가 전에 있던 방에서는 그를 한 지점에 너무 오래 세워 놓은 탓에 오줌이 괴어 바닥이 썩고 급기야 구멍이 뚫려서 그가 아래층 병동으로 떨어지곤 했다. 그럴 때마다 점호를 하러 온 간호사들은 환자 한 명이 모자란다며 법석을 떨어 댔다.

럭클리도 몇 년 전에 급성으로 들어왔다가 만성이 된 환자다. 럭클리는 흑인 녀석들을 발로 걷어차고 수습 간호사들의 다리를 물어뜯는 등 소란을 피웠다. 그 바람에 그는 테이블 위에 올려졌다. 직원들은 그를 가죽 끈으로 단단히 묶고는 전기 충격을 심하게 가했다. 그를 완전히 바보로 만들어 버린 것이다. 환자들이 그를 마지막으로 본 것은 직원들이 문을 닫기 직전, 아주 잠시뿐이었다. 그때 럭클리는 환자들에게 윙크를 하고는 뒤로 물러나는 직원들을 향해 "내가 받은 이 수모를 언젠가는 반드시 네놈들에게 돌려줄 테다!"라고 소리쳤다.

럭클리가 병동으로 돌아온 것은 이 주 뒤였다. 그의 머리는 빡빡 깎여 있었다. 얼굴은 시퍼런 멍투성이였다. 두 눈 위에는 작은 단추 크기의 꿰맨 자국이 나 있었는데, 얼핏 보아도 담당 직원들이 그 부분을 전기로 지졌음을 알 수 있었다. 눈동자는 온통 회색으로 변한 데다 초점이 하나도 없었다. 이제 그가 온종일 하는 일이라고는 다 망가진 얼굴 앞에 오래된 사진 한 장을 들고 차가운 손가락으로 천천히 돌리는 것뿐이다. 사진의 앞면과 뒷면이 번갈아 나타나면서 그의 두 눈처럼 흐릿하게 보여 사진 속 얼굴이 누구인지는 알아볼 수가 없다.

의사들은 럭클리를 그들의 실패작 중 하나로 여긴다. 그런데 치료를 제대로 했다면 그의 상태가 지금보다 나았을까? 아무래도 그 점이 의심스럽다. 요즘의 뇌수술은 대체로 성공률이 높다. 의사들은 경험이 많은 데다 기술이 우수하다. 이제는 이마에 단추 같은 자국이 생기지도 않는다. 머리에 구멍을 내거나 절개를 하는 일도 없다. 요즘은 눈구멍에서 직접 뇌에 도달하는 방법을 쓴다. 간혹 뇌 검사를 받으러 간 환자가 완전히 딴 사람이 되어서 돌아오는 경우가 있다. 병동에서 나갈 때만 해도 발버둥을 치며 고래고래 욕설을 퍼부었는데, 몇 주 뒤 주먹다짐이라도 한 양 눈에 시퍼렇게 멍이 든 채 돌아올 때는 고분고분 말 잘 듣는 얌전한 사람이 되어 있는 것이다. 그들 중에는 한두 달 뒤에 퇴원하는 사람도 있다. 그런 사람은 모자를 푹 눌러쓴 채 행복한 꿈에 젖어 몽유병 환자 같은 얼굴을 하고 돌아다닌다. 병원에서는 이를 성공 사례라고 말한다. 그러나 내 생각은 다르다. 그런 사람은 콤바인을 위해 만들어진 또하나의 로봇에 불과하다. 그 같은 로봇이 될 바에는 차라리 실패작이 되는 게 낫다. 우두커니 앉아서 사진을 돌리며 침을 흘리는 럭클리가 더 나은 것이다. 럭클리는 사진을 돌리는 일 외에는 아무것도 하지 않는다. 가끔씩 작달막한 흑인 녀석이 그에게 다가가서 "어이, 럭클리. 오늘 밤 자네 마누라는 뭘 하고 있을까?"라고 물으며 그를 골탕 먹인다. 그럴 때 럭클리는 놀란 듯 고개를 쳐든다. 뒤죽박죽 얽히고설킨 그 머릿속에도 기억이란 게 남아 있기는 한가 보다. 곧 그의 얼굴이 벌겋게 달아오르고 혈관이 막혀 버린다. 입 가장자리로 거품이 뿜어져 나온다. 말이 나오려는지 턱이 움직인다. 마침내 그의 입에서 목이 멘 듯 흐느끼는 소리가 나지막이 새어 나온다.

"빌어먹을 화냥년!"

럭클리는 그렇게 말하고 그 자리에 푹 쓰러진다. 듣는 사람의 간담을 서늘하게 하는 그 소리를 내느라 기운이 다 빠진 모양이다.

엘리스와 럭클리는 만성 환자들 중에서 제일 젊다. 나이가 가장 많은 환자는 매터슨 대령이다. 매터슨 대령은 제1차 세계 대전 때 공포감 때문에 정신 착란을 일으킨 기갑 부대 장교였는데, 지금은 지나가는 간호사의 스커트를 지팡이로 들추는 게 일이다. 그는 또 아무나 듣는 사람만 있으면 왼손에 든 책을 흘끔거리며 역사 강의를 한다. 대령은 병동에서 가장 나이가 많기는 하지만 그렇다고 가장 오래된 환자는 아니다. 그의 아내가 그를 여기로 데려온 것은 불과 이삼 년 전의 일이다. 아무래도 그를 더 이상 감당할 수 없어 데려온 듯하다.

가장 오래 병동에 머문 사람은 바로 나다. 나는 제2차 세계 대전 때부터 이곳에 있었다. 나보다 더 오래 머물고 있는 환자는 없다. 나는 다른 어떤 환자보다 오래 있었다. 나보다 더 오래 머물고 있는 사람은 수간호사뿐이다.

만성 환자와 급성 환자는 웬만해서 잘 어울리지 않는다. 그들은 휴게실에서 서로 거리를 두고 따로따로 모여 있다. 그것은 흑인 녀석들이 바라는 바다. 흑인 녀석들은 그렇게 해야 질서가 잘 유지된다고 말한다. 환자들도 그렇게 하는 것이 좋겠다고 생각한다. 아침 식사가 끝나면 흑인 녀석들은 환자들을 휴게실 안으로 들여보낸다. 그리고 환자들이 두 그룹으로 나뉘어 있는 것을 보고는 고개를 끄덕이며 이렇게 말한다.

"좋아요, 여러분. 아주 잘했어요. 계속 이렇게 떨어져 있어야 합니다."

사실 그렇게 말할 필요도 없다. 나를 제외하고 만성 환자들은 별로 움직이시 않을뿐더러, 급성 환자들은 만성 환자들이 모여 있는 곳에서 똥 기저귀보다 더 지독한 악취가 난다며 아예 가까이 다가가려고도 하지 않기 때문이다. 그런데 급성 환자들이 만성 환자들 곁으로 다가가지 않으려는 이유가 악취 때문이 아니라는 사실을 나는 알고 있다. 급성 환자들은 그들 자신도 언젠가는 만성 환자가 될 수 있다고 생각한다. 그래서 만성 환자들을 기피하는 것이다. 수간호사는 그들의 그 같은 불안 심리를 간파하고 그것을 교묘하게 이용한다. 그녀는 급성 환자가 삐딱하게 나오면 "얌전하게 병원에서 정한 규칙을 지키세요. 그렇지 않으면 당신도 저쪽에 있게 될 거예요."라고 딱 부러지게 말한다.

(담당 직원들은 환자들의 협조적인 태도를 자랑스러워한다. 단풍나무 틀에 박힌 작은 놋쇠 판에는 이런 글이 적혀 있다. '이 병원의 어느 병동보다도 질서를 잘 지켜 준 점을 높이 평가함.' 이를테면 병원에 협조적인 태도를 보인 데 대한 칭찬이다. 그 놋쇠 판은 만성 환

자들과 급성 환자들 사이의 한가운데쯤 되는 부분, 그러니까 일지가 놓인 곳 위쪽 벽에 걸려 있다.)

새로 들어온 붉은 머리 사내 맥머피는 자신이 만성 환자가 아니라는 것을 금세 알아챈다. 그는 휴게실을 대충 훑어보고 자신이 급성 환자 쪽에 속한다는 것을 간파한 듯 곧장 그쪽으로 가서 빙긋이 웃으며 환자들과 일일이 악수를 나눈다. 나는 그를 바라보면서 그가 급성 환자들을 불안하게 만들고 있다고 생각한다. 그는 야유하고 우스갯소리를 건네며, 아직도 체온계를 들고 졸졸 쫓아다니는 흑인 녀석들에게 호통을 친다. 게다가 입을 찢어져라 벌리고 큰 소리로 웃어 댄다. 웃음소리가 얼마나 큰지 제어반의 바늘이 흔들릴 정도이다.

급성 환자들은 그가 웃을 때마다 움찔하며 불안해한다. 마치 선생이 잠시 교실 밖으로 나간 사이 한 아이가 소동을 피우는 통에 선생이 불쑥 들어와서 방과 후에 모두 남으라고 할까 봐 마음 졸이는 학생들 같다. 다들 안절부절못한 채 씰룩씰룩 경련까지 일으킨다. 맥머피는 자기 때문에 환자들이 불안에 떨고 있다는 걸 알면서도 좀처럼 태도를 바꾸지 않는다.

"왜 이렇게들 궁상맞은 표정을 짓고 있소? 내가 보기에 당신들은 미친 사람들 같지 않은데 말이야……."

맥머피는 환자들의 경직된 기분을 풀어 주려고 한다. 경매인이 경매를 시작하기에 앞서 분위기를 부드럽게 하려고 농담을 던지는 것과 마찬가지다.

"당신들 중에서 자신이 가장 심하게 미쳤다고 생각하는 사람? 그런 사람 없소? 누가 제일 심한 미치광이요? 이곳의 대장은 누구지? 오늘이 여기 온 첫날이고 하니 대장에게 좋은 인상을 줄 겸 공손히 인사를 하고 싶은데……. 물론 그 사람이 인사를 받을 만한 자격이 있는지 내게 먼저 증명해 보여야겠지만 말이야. 여기에서 가장 힘센 미치광이가 누구요?"

맥머피는 빌리 비빗의 면전에 대고 말한다. 그는 몸을 숙이고 뚫어져라 빌리를 바라보고 있다. 빌리는 잠시 무언가 할 말을 찾는 듯한 표정을 짓고 있다가 더듬더듬 말한다.

"나, 나는 가장 힘센 미, 미치광이가 아니에요. 두, 두 번째로 힘이 세, 세긴 하지만 말이에요."

맥머피가 빌리의 눈앞에 큼지막한 손을 내민다. 빌리는 내키지 않는 표정으로 그의 손을 잡고는 힘없이 흔든다.

"낭신이 두 번째라니 듣던 중 반가운 소리군요. 하지만 나는 이 병동 전체를 나 혼자서 맡아 보고 싶소. 그게 무엇이든지 말이오. 그래서 아무래도 대장과 얘기를 해야겠는데……."

맥머피는 주위를 휙 둘러본다. 그의 시선이 카드 게임을 그만두고 그를 멀뚱멀뚱 쳐다보는 급성 환자들에 머문다. 그는 한 손으로 나머지 한 손을 감싸고는 우두둑우두둑 소리가 나게 손가락 관절을 꺾는다.

"이 병동에서 도박 대장 자리에 앉아 블랙잭을 한판 벌일까 하는데, 어떻소? 나를 대장으로 받아 주든가, 아니면 누가 대장 노릇을 할지 정합시다."

흉터 있는 얼굴 가득 웃음을 짓는 이 다부진 사내는 지금 연기를 하고 있는 걸까? 아니면 정말로 미쳐서 저런 말을 주절거리는 걸까? 연기일 수도 있다. 미쳐서 그럴 수도 있다. 그러나 정확한 것은 아무도 알 수 없다. 환자들은 그의 태도를 지켜보며 흥미를 느끼기 시작한다. 그들 모두는 맥머피가 빌리의 가느다란 팔에 큼직하고 붉은 손을 올려놓는 것을 가만히 지켜본다. 그러면서 빌리가 무슨 말을 할지 궁금해한다. 빌리는 침묵을 깨야 할 사람이 자신이라는 걸 깨달은 모양이다. 그는 주위를 천천히 둘러보고 나서 피노클 게임을 했던 사람들 가운데 한 명을 가리키며 말한다.

"하, 하딩, 자, 자네가 나, 나서야 할 것 같아. 자, 자네가 화, 환자 협회 회장이니까. 이 사, 사람이 자, 자네와 얘기하고 싶어 해."

빌리의 말에 급성 환자들이 싱글거리며 웃는다. 이제 그들은 불안해하지 않는다. 불안해하기는커녕 무언가 심상치 않은 일이 일어날 듯하므로 저마다 기대감에 부풀어 있다. 그들은 하딩에게 "당신이 가장 힘센 미치광이지?"라고 물으며 슬슬 약을 올린다. 하딩이 손에 쥐고 있던 카드를 내려놓는다.

하딩은 의기소침한 데다 신경질적인 사람이다. 그의 얼굴은 영화에서나 볼 수 있을 정도로 곱게 생겼다. 결코 평범한 얼굴이 아니다. 그의 어깨는 야위었지만 떡 벌어져 있다. 그는 자기 안으로 숨으려고 할 때 그 넓고 야윈 어깨를 안쪽으로 오므린다. 그의 손은 무척 길고 희다. 게다가 섬세하여 마치 비누로 조각한 것 같다. 그의 두 손은 이따금씩 두 마리의 흰 새처럼 그의 눈앞에서 제멋대로 움직이곤 한다. 하딩은 두 손의 움직임을 알아채면 당황하여 무릎 사이에 끼운다. 희고 고운 손이 그에게는 골칫거리인 것이다.

하딩은 대학 졸업장을 갖고 있다. 그 때문에 환자 협회 회장이 되었다. 그 졸업장은 액자에 넣어져 그의 침대 곁에 있는 작은 테이블 위에 놓여 있다. 액자 옆에는 수영복을 입은 한 여자의 사진이 있다. 그 여자 역시 영화에서나 볼 수 있을 것 같은 미인이다. 그녀는 커다란 가슴을 강조하듯이 손가락으로 수영복 윗부분을 가볍게 누르고 카메라를 향해 비스듬히 포즈를 취하고 있다. 여자의 뒤쪽으로 수건을 깔고 앉은 하딩의 모습이 보인다. 수영복을 입은 그는 바싹 말랐는데, 마치 덩치 큰 사내가 나타나 그에게 모래라도 끼얹기를 기다리고 있는 듯하다. 하딩은 사진 속의 여자와 결혼한 것을 자랑스레 여긴다. 그는 그 여자가 세상에서 가장 섹시하며, 자기가 없으면 밤에 한숨도 못 잔다고 너스레를 떤다.

하딩은 빌리가 자기를 가리키자 의자에 등을 바싹 기대고 앉아 거물이라도 되는 양 거드름을 피운다. 그러면서 빌리나 맥머피는 쳐다보지도 않고 천장을 올려다보며 큰 소리로 말한다.

"비빗 씨……, 이 양반과 약속이 잡혀 있나?"

"매, 맥머피 씨, 야, 약속을 미리 해 두셨나요? 하, 하딩 씨는 바, 바쁜 분이라 야, 약속을 해 놓지 않으면 아, 아무도 마, 만날 수가 없어요."

"이 바쁘신 하딩 씨가 가장 힘센 미치광이인가?"

맥머피는 한쪽 눈으로 빌리를 힐끗 쳐다본다. 빌리는 재빨리 고개를 끄덕인다. 그는 무척 만족스러운 표정을 짓고 있다. 모든 사람의 시선이 자신에게 쏠려 있기 때문이다.

"그렇다면 가장 힘센 미치광이인 하딩 씨에게 말해 주겠소? 랜들 패트릭 맥머피 님께서 뵙고 싶어 기다리고 있다고 말이오. 아, 참. 우리 둘 다 대장 노릇을 하기엔 이 병원이 너무 좁다고도 말해 줘요. 나는 최고의 자리에 앉지 않으면 좀이 쑤셔서 못 배기는 사람이오. 나로 말할 것 같으면……, 노스웨스트

지역에서 벌목을 하던 무렵에는 어느 벌목장에 가더라도 나만큼 트랙터 운전을 끝내 주게 잘한 자는 없었소. 그리고 난 한국전쟁 때부터 지금까지 도박에서 진 일이 없는 최고의 도박꾼이오. 펜들턴의 콩 농장에서도 나만큼 제초 작업을 잘하는 자는 없었소. 이번에는 미치광이 병원에 들어왔으니 여기서도 최고의 미치광이가 되고 싶다는 게 내 생각이오. 하딩 씨에게 이 말을 전해 주쇼. 나와 남자 대 남자로 승부를 가리든가, 그렇지 않고 비겁하게 피할 거면 해가 지기 전에 이곳을 떠나라고 말이오."

하딩은 상체를 뒤로 젖혀 배를 쑥 내밀고는 목 언저리에 엄지손가락을 갖다 대며 말한다.

"비빗, 맥머피인가 하는 새로 들어온 애송이한테 전하게. 정오에 본관 홀에서 만나 확실하게 결판을 내자고 말이야."

하딩도 맥머피 못지않게 위세를 부리려고 애쓴다. 가늘고 날카로운 목소리로 맥머피의 흉내를 내는 것이 여간 어색하지 않다.

"아, 그리고 이건 어디까지나 상대를 배려해서 하는 말인데, 이 병동은 2년 가까이 내가 맡고 있으며, 난 이 세상 최고의 미치광이라는 사실도 알려 주게."

"비빗 씨, 하딩 씨에게 전하쇼. 난 아이젠하워에게 한 표를 던졌다는 사실을 털어놓을 만큼 미쳤다고 말이오."

"비빗! 맥머피에게 전하게. 난 아이젠하워에게 두 번이나 표를 줬을 정도로 미쳤다고 말이야."

맥머피가 두 손을 테이블 위에 올려놓고 허리를 숙이며 나지막한 목소리로 말한다.

"비빗 씨, 하딩 씨에게 전하쇼. 난 머리가 180도 돌아서 돌아오는 11월에도 아이젠하워에게 표를 줄 거라고 말이오."

"내가 졌소."

하딩이 그렇게 말하고 맥머피를 향해 고개를 숙인다. 그는 맥머피와 악수한다. 분명히 맥머피가 이긴 것 같다. 그런데 무엇을 이겼는지는 모르겠다.

급성 환자들이 하던 일을 멈추고 맥머피 주위로 모여든다. 새로 들어온 사내가 도대체 어떤 종류의 인간인지 궁금하기 때문이다. 지금까지 맥머피 같은 사람이 병동에 들어온 적은 없다. 환자들은 그에게 어디에서 왔고, 직업이 무엇인지 등을 묻는다. 그들이 누군가에게 관심을 보이는 건 처음 있는 일이다. 맥머피는 자신이 한 가지 일에 몰두하는 사람이라고 말한다.

"솔직히 난 떠돌이에 불과했는데, 벌목을 하다가 군대에 들어가서 내 소질이 뭔지 알게 되었소. 그러니까 군대에서 어떤 사람은 농땡이 부리는 걸 배우고, 또 어떤 사람은 말썽 피우는 걸 배웠다면 난 포커를 배웠던 거요."

그 후 그는 도박에 빠졌다. 결혼도 하지 않고 포커만을 하며 원하는 곳에서 마음 내키는 대로 살아왔다.

"앞으로도 누가 나를 건드리지 않는 한 그렇게 살 생각이었소. 그런데 이놈의 사회가 나 같은 사람을 가만히 두기나 하나? 당신들도 알다시피 이 사회는 한 가지 일에 몰두하는 사람을 가만두지 않소. 내가 이 도박이라는 천직을 발견한 뒤로 얼마나 많은 소도시의 교도소를 전전하며 콩밥을 먹었는지, 그 얘기를 쓰면 책 한 권 분량이 넘을 거요. 사람들은 나더러 툭하면 싸움질을 한다고 했소. 물론 좀 싸우긴 했지. 젠장. 그

놈들은 내가 벌목 일을 하다가 싸움질을 할 땐 그러려니 하고 가만히 있었소. 열심히 일하다 보면 스트레스가 쌓여 그럴 수도 있다는 식이었지. 그런데 내가 이따금씩 도박을 하는 도박꾼인 걸 알고는 태도가 싹 달라졌소. 길바닥에 침을 뱉기만 해도 범죄자 취급을 하더라 이거요. 나를 교도소에 집어넣었다 빼냈다 하는 바람에 시의 예산깨나 축났을 거요."

맥머피는 고개를 가로저으며 심통이 난 듯 양쪽 볼을 둥그렇게 부풀린다.

"하지만 교도소에 들락거리는 것도 한때였소. 요령을 터득했거든. 사실 펜들턴에서의 싸움은 거의 1년 만의 싸움이었소. 물론 그때도 경찰에 끌려갔지. 그런데 오랫동안 싸움을 하지 않아서 기술이 부족했소. 내가 그 도시를 뜨기도 전에 내게 얻어맞은 녀석이 바닥에서 벌떡 일어나 경찰한테 달려가 신고했으니까. 맷집이 아주 좋은 놈이었는데……"

맥머피는 흑인 녀석이 체온계를 들고 바짝 다가올 때마다 큰 소리로 웃으며 주위의 환자와 악수를 나누고는 마주 앉아서 팔씨름을 하는 척한다. 그는 그런 식으로 흑인 녀석을 피해 급성 환자들을 모두 상대하고는 만성 환자들 쪽으로 성큼성큼 다가간다. 마치 그들과 다를 게 전혀 없는 사람처럼 태연한 태도다. 그는 왜 자기의 이름조차 모르는 사람들과 안면을 트려고 하는 걸까? 원래 붙임성 있는 성격이라서인지, 아니면 여느 도박꾼처럼 무언가 꿍꿍이속이 있어서인지 감이 잘 안 잡힌다.

맥머피는 엘리스의 손을 벽에서 떼어 악수를 한다. 마치 엘리스의 표도 다른 사람들의 것 못지않게 유효하다고 판단하고 한 표 얻으려는 정치인 같다. 그는 엄숙한 목소리로 엘리스에게 말을 건다.

"어이, 형씨. 난 랜들 패트릭 맥머피라는 사람인데, 다 큰 어른이 소변도 가리지 못해서야 되겠소? 그리고 좀 닦든지 하지 이게 뭐요?"

엘리스는 깜짝 놀란 표정으로 자신의 발 주변에 괴어 있는 오줌을 내려다본다.

"아, 알았소."

그는 그렇게 말하고 화장실을 향해 두서너 걸음 내딛으려고 한다. 그러나 수갑 때문에 손이 벽에서 떨어지지 않아 움직일 수 없다.

맥머피는 만성 환자들이 늘어서 있는 곳으로 다가간다. 그는 매터슨 대령과 럭클리, 그리고 피트 영감과 악수를 한다. 휠체어에 탄 환자들은 물론, 식물인간들과도 악수한다. 그는 환자의 무릎에 놓인 손을 마치 고장 난 장난감 새를 다루듯 살며시 집어 올려 악수를 한다. 맥머피는 모든 사람들과 악수를 하며 돌아다닌다. 하지만 결벽증이 있는 빅 조지의 손만은 잡지 못한다. 빅 조지는 맥머피의 불결한 손을 보고 싱긋 웃으며 뒤로 물러선다. 맥머피는 악수 대신에 그에게 거수경례를 한다. 그러고는 그 자리를 벗어나면서 자신의 오른손에게 말한다.

"오른손아, 네가 나쁜 짓을 하고 다녔던 걸 저 노인이 어떻게 알았을까?"

맥머피가 무슨 의도로 그런 행동을 하는지, 어째서 그렇게 수선을 피우며 사람들과 일일이 인사를 나누는지 모르겠다. 그것은 아무도 알 수 없다. 어쨌거나 그의 행동을 지켜보는 것은 재미있다. 퍼즐 조각을 만지작거리는 것보다 백번 낫다. 그는 돌아다니면서 앞으로 함께 지낼 사람들과 친구가 될 필요가 있다고 말한다. 그것이 도박꾼으로서 해야 할 일 중의 하나라는 것이다. 그러나 카드를 주면 게임에 참여하기는커녕 그것을 입에 넣고 질겅질겅 씹어 대는, 여든 살의 단순한 생물에 지나지 않는 존재와도 친구가 될 마음은 없을 것이다. 어쨌거나 그는 즐거워 보인다. 그의 행동 하나하나가 사람들을 웃긴다.

그에게 마지막 남은 환자는 바로 나다. 나는 아직도 구석에 놓인 의자에 묶여 있다. 맥머피가 내게 다가와 선다. 그러고는 양 엄지손가락을 주머니에 찔러 넣고 상체를 뒤로 젖히며 웃는다. 내가 어느 누구보다도 더 우스꽝스럽게 생겼다고 생각하는 모양이다. 문득 나는 두려움을 느낀다. 아무것도 듣지 못하는 척, 정면을 응시하며 양팔로 무릎을 감싸고 앉아 있는 내 모습이 연기라는 걸 그가 눈치 챈 건 아닐까 싶기 때문이다.

"어럽쇼, 이 양반 좀 보게."

나는 그 말을 선명하게 기억하고 있다. 맥머피가 한쪽 눈을 감고 머리를 뒤로 젖히고는 코 위의 검붉은 흉터 너머로 나를 내려다보며 웃던 모습도 뚜렷이 기억한다. 처음에는 내 모습이 아주 우스워 보여서, 그러니까 나 같은 사람한테 인디언의 얼굴과 윤기 흐르는 검은 머리털이 달려 있는 게 우스꽝스러워서 웃는다고 생각했다. 아니면, 내가 너무 허약해 보이기 때문에 웃고 있는지도 모른다고 생각했다. 하지만 나는 다음 순간에 그가 그런 것들 때문에 웃는 게 아니라는 걸 깨달았다. 그가 웃었던 이유는 벙어리에 귀머거리인 척 가장하고 있는 내 연기를 한눈에 꿰뚫어 보았기 때문이다. 내 연기가 그에게는 먹혀들지 않았던 것이다. 그렇다고 내 연기에 문제가 있었던 것은 아니다. 연기가 서툴든 완벽하든 그런 것은 상관없다. 아무튼 그는 나를 꿰뚫어 본 듯이 웃었고, 나에 대해 다 알고 있다는 듯이 윙크까지 했다.

"이봐요, 추장 나리. 당신은 왜 이런 데 앉아 있소? 영락없이 눌러앉기 전술을 펴는 시팅 불* 같군그래."

맥머피는 자기의 농담에 급성 환자들이 웃는지 확인이라도 하려는 듯 그들을 바라본다. 환자들은 소리 없이 웃는다. 맥머피는 고개를 돌리고 나를 향해 또 한 번 윙크한다.

"추장 나리의 이름은 뭐요?"

"그의 이, 이름은 브, 브롬든이에요. 브, 브롬든 추장이지요."

빌리 비빗이 맞은편에서 말한다.

"하지만 모, 모두들 그를 비, 빗자루 추장이라고 불러요. 여기 지, 직원들이 그에게 비, 빗자루를 쥐어 주며 바, 바닥 청소하는 일을 많이 시키거든요. 그것 말고는 하, 할 줄 아는 게 벼, 별로 없어요. 귀, 귀가 안 들리거든요."

빌리는 턱을 양손에 괴고 한숨을 짓는다.

"마, 만일 내가 귀, 귀머거리였다면 자, 자살했을 거예요."

맥머피는 나를 빤히 쳐다본다.

"몸집이 꽤 커 보이는군. 키도 꽤 크겠는걸. 대체 키가 얼마나 되오?"

"예전에 누가 재, 재어 봤는데, 2미터라고 했어요. 하지만 더, 덩치만 크지 거, 겁쟁이라서 자기 그, 그림자만 봐도 벌벌 떨어요. 그저 체, 체격만 좋은 귀, 귀머거리 인디언일 뿐이지요."

---

* 백인들에 저항한 북아메리카 인디언 수족의 추장.

"이 사람이 여기 앉아 있는 걸 본 순간 인디언일 거라 생각했소. 그런데 브롬든은 인디언 이름이 아닌데……. 이 사람 어느 부족 출신이오?"

"모, 몰라요."

빌리가 말한다.

"그는 내, 내가 여기에 오, 오기 전부터 있었어요."

"의사한테서 들은 얘기로는 말이오……."

하딩이 끼어든다.

"절반만 인디언이라더군요. 컬럼비아에 사는 인디언 부족 출신이라고 들었소. 지금은 멸족됐다지 아마? 아무튼 의사가 그러는데, 그 사람 아버지가 부족의 추장이었다는군요. 그래서 다들 그 사람을 추장이라고 부르는 거요. 브롬든이 인디언들이 쓰는 이름인지 아닌지는 잘 모르겠소. 유감스럽게도 인디언에 대한 내 지식으로는 알 수가 없구려."

맥머피가 내 쪽으로 머리를 바짝 숙인다. 그래서 그를 쳐다보지 않을 수가 없다.

"추장, 당신 정말 귀머거리요?"

"그는 귀, 귀머거리에 버, 벙어리예요."

맥머피는 입술을 오므리고 내 얼굴을 바라본다. 그러다 등을 쭉 펴고 내게 손을 내민다.

"그거야 어쨌든 상관없지. 귀머거리면 어떻고, 벙어리면 또 어떻겠소? 악수는 할 수 있을 거 아니오? 이봐요, 추장 나리. 당신이 훌륭한 사람임에는 틀림없겠지만 나하고 악수 정도는 할 수 있을 거요. 악수를 안 하면 나를 모욕하는 걸로 생각하겠소. 병원에 갓 들어온 미치광이를 모욕하는 건 결코 좋은 게 아니오.”

맥머피는 그렇게 말하고 고개를 돌려서 하딩과 빌리에게 이마를 찌푸려 보인다. 그러면서도 쟁반만 한 손은 계속 내 눈앞에 내밀고 있다.

나는 그 손이 어떻게 생겼는지 지금도 또렷이 기억하고 있다. 한때 자동차 정비소에서 일했다고 했는데, 그 때문인지 손톱 밑에는 때가 새까맣게 끼어 있었다. 그리고 손등에는 닻 모양의 문신이 새겨져 있고, 가운뎃손가락에는 가장자리가 너덜너덜하니 금방이라도 벗겨질 듯한 때 묻은 반창고가 감겨 있었다. 나머지 손가락도 상처투성이였다. 오랫동안 도끼며 괭이 등을 다루어 온 탓인지 사람 손 같지가 않았다. 카드를 돌리는 손이라고는 도저히 생각할 수 없는 손이었던 것으로 기억된다. 손바닥은 굳은살이 박인 데다 여기저기 갈라져 있었다. 그리고 갈라진 틈에 흙이 끼어 있었는데, 그것은 마치 서부를 이리저리 떠돌던 그의 발자취를 그린 지도와도 같았다. 맥머피의 손바닥이 내 손바닥에 닿을 때 났던 마찰 소리도 기억난다. 그의 손바닥과 손가락이 거칠고 강하게 내 손을 감싸는 순간, 나는 묘한 기분을 느꼈다. 마치 그의 피가 흘러든 것처럼 내 손끝이 부풀어 오르는 것 같았다. 내 손으로 피와 힘이 흘러들어오는 것이 느껴졌다. 착각이었겠지만, 내 손이 그의 손만큼 커다랗게 부풀어 올랐던 게 기억난다.

“맥머리 씨.”

수간호사의 목소리다.

“맥머리 씨, 이쪽으로 오시겠어요?”

역시 수간호사다. 체온계를 들고 뒤쫓아 다니던 흑인 녀석이 그녀를 데리고 온 것이다. 그녀는 우뚝 선 채 체온계로 손목시계를 탁탁 두드린다. 그러고는 눈을 희번덕거리며 새로 온 사내를 살핀다. 그녀의 입술은 삼각형 모양으로 오므라져 있다. 장난감 젖꼭지를 물고 있는 인형의 입술 같다.

"맥머리 씨, 보조원 윌리엄스의 말에 의하면 당신이 샤워 등을 하지 않아서 애를 먹였다더군요. 그게 사실인가요? 물론 본인이 알아서 다른 환자들과 친해지려 노력하는 건 아주 고무적인 일이에요. 하지만 모든 일에는 순서가 있는 겁니다, 맥머리 씨. 그런 건 나중에 해도 늦지 않아요. 당신과 브롬든 씨를 방해해서 미안합니다만, 이건 꼭 알았으면 해요. 누구든지…… 규칙을 준수해야 합니다."

맥머피는 머리를 뒤로 젖히고 특유의 윙크를 해 보인다. 수간호사의 꿍꿍이속을 훤히 꿰뚫고 있다는 뜻인 것 같다. 그는 한쪽 눈을 감은 채 한참 동안 그녀를 물끄러미 바라본다.

"수간호사님, 규칙이 어쩌고저쩌고하는 말은 귀가 따갑게 들었습죠, 예……."

맥머피가 싱긋 웃는다. 두 사람은 서로를 머리끝에서 발끝까지 훑어보며 미소를 짓는다.

"……내가 규칙을 어길 것 같다 싶으면 꼭 그런 말을 하더군요."

그는 그렇게 말하고 내 손을 놓는다.

4

유리로 된 간호사실에서 수간호사가 외국 주소가 적힌 소
포를 풀고 있다. 이윽고 그녀는 소포 속에서 약병을 꺼내어 그
속에 든 푸르스름하면서도 희뿌연 액체를 주사기로 뽑아 올
린다. 젊은 간호사가 약액이 든 주사가 담긴 작은 쟁반을 들고
서 있다. 다른 간호사들은 주어진 일을 하느라 분주한데, 그녀
는 불안한 표정으로 주위를 두리번거린다.

"랫치드 수간호사님, 이번에 새로 들어온 환자 어떻게 생각
하세요? 인상도 좋고 친절해 보이는데 말예요. 제가 보기엔 그
환자가 병동 전체를 휘어잡을 것 같아요."

수간호사는 주삿바늘을 손끝에 대고 꼼꼼히 살핀다. 그러
고는 주사기를 고무 마개로 막힌 약병에 꽂고 액체를 뽑아 올
린다.

"나도 그럴까 봐 걱정이야. 병동을 휘어잡을 것 같아. 이를
테면 그는 '선동자' 타입이랄 수 있어. 자기의 목적을 달성하기

위해 모든 걸 이용하려는 사람이지. 내 말 알아듣겠어, 플린?"

"어머, 그럴 리가요. 정신병원에 있는 사람한테 무슨 목적이 있겠어요?"

수간호사는 주사기에 약액을 채우는 일에 집중하며 침착하게 미소를 짓고 있다.

"목적이야 여러 가지 있지. 편안한 가운데 하고 싶은 대로 생활하는 게 목적일 수 있고, 권력을 거머쥐고 존경을 한 몸에 받는 것도 목적일 수 있어. 돈을 손에 넣는 것도 목적일 수 있고 말이야. 어쩌면 이 모든 걸 이루는 게 목적일지도 몰라. 간혹 선동자가 병동을 붕괴시킬 목적으로 환자들 사이에 분열을 조장하는 경우도 있어. 사회에는 반드시 그런 사람이 있는 법이야. 선동자는 얼마든지 다른 환자들을 부추겨서 분열시킬 수 있어. 일단 그렇게 되면 모든 걸 다시 정상으로 돌리는 데 수개월이나 걸리게 돼. 정신병원이 자유로운 분위기로 운영되는 요즘 같은 때 그렇게 하는 건 그야말로 식은 죽 먹기야. 옛날, 아니 몇 년 전까지만 해도 그러는 건 어려웠지. 몇 해 전이 병동에 테이버란 환자가 있었는데, 정말 감당하기 벅찬 선동자였어. 그래서 한동안 애를 먹었지."

수간호사가 일을 하다 말고 고개를 든다. 그녀는 절반쯤 약액이 채워진 주사기를 마치 마술 지팡이처럼 들고 있다. 그녀의 눈은 먼 곳을 향해 있고, 표정은 밝다. 즐거운 회상에 젖어 있는 것 같다.

"그래, 테이버였어."

"그런데 랫치드 수간호사님, 왜 환자들을 분열시키는 짓 따위를 하려고 할까요? 도대체 어떤 동기로 그런……"

수간호사는 젊은 간호사의 말을 가로막듯이 주사기를 다시 약병의 고무 마개에 꽂아 약액을 채운 뒤 거칠게 빼내어 쟁반에 놓는다. 그녀의 손이 다른 빈 주사기로 뻗치는 것을 나는 가만히 지켜보고 있다. 그 손이 길게 뻗어 주사기를 잡고 약액을 채운 뒤 다시 쟁반에 올려놓는다.

"플린, 깜빡했나 본데 여기는 정신 나간 사람들을 수용하는 정신병원이야."

수간호사는 병동이 한 치의 오차도 없이 원활하게 돌아가는 정밀한 기계처럼 운영되지 않으면 참지 못하는 성격이다. 그녀는 아주 사소한 것이라도 뒤죽박죽이 되거나 조금이라도 거치적거리면 불같이 화를 낸다. 그리고 언제나 턱과 코 사이에 잔주름이 지도록 인형 같은 미소를 지으며 분주하게 돌아다닌다. 그녀의 표정은 온화해 보인다. 하지만 속마음은 단단하게 경직되어 있다. 나는 그것을 알 수 있다. 그리고 느낄 수 있다. 그녀는 골치 아픈 문제가 해결될 때까지, 즉 그녀의 표현을 빌리자면 '주위 환경에 맞게 조정되기 전까지'는 절대로 긴장을 늦추지 않는다.

병동 내부는 수간호사가 정한 규칙에 따라 거의 완벽하게 조정되어 있다. 다만 문제는 그녀가 항상 병동에 있을 수만은 없다는 점이다. 그녀는 밖에서도 지내야 한다. 그렇기 때문에 바깥세상을 조정하는 일에도 신경을 쓴다. 수간호사가 병동 내부를 조정하듯, 내가 콤바인이라고 부르는 거대한 조직은 바깥세상을 조정하는 것을 목표로 하고 있다. 수간호사는 그녀와 같은 부류인 콤바인 사람들과 함께 일해 온 만큼 조정하는 일에 능수능란하다. 내가 오래전 바깥세상에서 이 병동에 들어왔을 때에도(그때는 병동이 구관에 있었다.) 그녀는 수간호사였다. 따라서 그녀는 꽤 오랫동안 조정하는 일에 골몰해 온 셈이다.

나는 지난 수년 동안 수간호사를 지켜봐 왔다. 그녀는 세월이 지나면서 점점 더 능수능란해졌다. 오랜 경험으로 그녀의 몸과 마음은 단단해지고 강해졌다. 이제 그녀는 안정된 힘을 바탕으로 확실한 권력을 휘두른다. 그 권력은 전선을 타고 사방팔방으로 뻗어 나간다. 전선은 머리카락처럼 얇아서 다른 사람들 눈에는 보이지 않는다. 하지만 나는 볼 수 있다. 나는 그녀가 감시용 로봇처럼 거미줄 같은 전선망 한가운데에 앉아서 빈틈없는 기술로 모든 전선을 점검하고 있다는 것을 안다. 또 매 순간 어느 전선이 어디로 통하는지, 그리고 그녀가 원하는 결과를 얻기 위해 어느 전선으로 전류를 보내는지도 안다. 나는 군대에서 독일에 파견되기 전까지 훈련 캠프에서 전기 기사 조수로 일했고, 대학에서는 전자공학을 배웠다. 따라서 전선의 구조를 잘 알고 있다.

수간호사가 전선망 한가운데에서 꿈꾸는 것은 유리 덮개가 달린 회중시계처럼 정확하고 능률적으로 돌아가는 세계다. 그 세계에서는 모든 것이 시간표대로 착착 움직인다. 그리고 병동의 모든 환자들은 그녀의 환한 미소에 고분고분 순종한다. 거기에서는 모두가 휠체어를 탄 만성 환자가 되어 마룻바닥 아래의 하수구로 연결된 도뇨관을 한쪽 바짓가랑이에 달고 생활한다. 해가 갈수록 수간호사는 자신의 성향에 맞는 직원들을 주위에 모아들인다. 다양한 연령에 다양한 타입의 의사들이 병동을 어떤 식으로 운영해야 할지에 관한 아이디어를 들고 그녀 앞에 나타난다. 몇몇 의사들은 용기 있게 자신들의 아이디어를 밀어붙이기도 한다. 그러면 그녀는 출근할 때나 퇴근할 때 그 의사들에게 싸늘한 눈초리를 보냄으로써 결국에는 겁을 먹고 계획한 일을 자발적으로 포기하도록 만든다. 그들은 인사 담당자에게 이렇게 말한다.

"어찌 된 영문인지는 알 수 없지만, 그 여자와 한 병동에서 일한 뒤부터는 혈관에 암모니아수가 흐르는 기분이 드오. 몸이 늘 오한이 든 듯 떨리고 말이오. 이제 아이들은 내 무릎에 앉으려고 하지 않고, 마누라는 나랑 동침하려 하지 않소. 나 좀 다른 병동으로 옮겨 주시오. 아무 데든 괜찮으니까 말이오. 신경과든 알코올중독 환자동이든 소아과든 어디든 좋소."

사실 수간호사는 지난 수년 동안 그런 수법을 써 왔다. 의사들은 3주, 길어야 3개월을 버티다 지쳐서 나가떨어지곤 했다. 이제 그녀 곁에 남아 있는 의사는 한 명뿐이다. 그 의사는 키가 작달막하다. 이마는 크고 넓으며, 넓적한 볼이 아래로 축 늘어져 있다. 자그마한 두 눈 사이에 주름이 있는 것도 인상적이다. 너무 작은 안경을 오랫동안 써서 주름이 생긴 것 같다. 그는 안경이 바닥에 떨어지지 않도록 실로 묶어 칼라 단추에 연결해 놓고 있다. 그 안경은 그의 자줏빛 콧마루에 자리를 잡지 못하고 걸핏하면 미끄러져서 왼쪽이나 오른쪽으로 흘러내린다. 그 때문에 그는 말을 하다가도 안경을 수평으로 유지하기 위해 습관적으로 고개를 좌우 어느 한쪽으로 기울인다. 어쨌든 그 사람이 수간호사와 함께 일하는 의사이다.

현재의 세 흑인 보조원은 의사의 경우보다 더 오랜 세월이 걸린 끝에 채용되었다. 수간호사는 오랫동안 수천 명의 후보자들에게 퇴짜를 놓았다. 후보자들은 경직된 표정에 코가 큰 검은색 가면을 쓰고 길게 열을 지어 수간호사를 찾아왔다. 그들은 수간호사를 대하는 순간 인형처럼 창백한 그녀의 얼굴을 증오했다. 수간호사는 약 한 달 동안 그들을 고용하고, 그들의 증오가 어느 정도인지 지켜보았다. 그러고는 증오의 정도가 미적지근하다는 이유로 그들을 해고해 버렸다. 지금의 세 녀석을 만났을 때, 그녀는 그들을 마음에 들어 했다. 그 셋을 한꺼번에 만난 건 아니었다. 수년에 걸쳐 한 명씩 만나서 그녀의 계획과 조직망 속으로 끌어들였다. 그녀는 그들이 능률적으로 일할 수 있을 만큼 충분한 증오심을 마음속에 품고 있다고 확신했던 것이다.

첫 번째 녀석은 내가 이 병동에 들어온 지 오 년이 되었을 때 채용되었다. 그는 차가운 아스팔트 같은 피부색에 체격이 다부진 난쟁이다. 그의 어머니는 조지아 주에서 백인에게 강간을 당했다. 그의 아버지 앞에서였다. 당시 그의 아버지는 불이 활활 타오르는 뜨거운 난롯가에 가죽 끈으로 묶인 채 서 있었다. 그의 몰골은 처참했다. 농기구로 맞아 생긴 상처에서 피가 흘러내려 신발 속으로 들어가고 있었다. 그때 다섯 살이었던 녀석은 옷장에 숨어서 문틈으로 그 모든 광경을 훔쳐보았다. 그 후로 그의 키는 1센티미터도 자라지 않았다. 그의 얇은 눈꺼풀은 콧마루에 박쥐 한 마리가 앉아 있기라도 한 듯 축처져 있다. 녀석은 백인 환자가 병동에 새로 들어올 때만 얇은 회색 가죽 같은 눈꺼풀을 살짝 치켜 올려서 위아래로 자세히 훑어본다. 그러고 나서는 마치 상대방이 자기가 짐작한 대로 생겼다는 듯이 딱 한 번 고개를 끄덕인다. 이 병동에서 일하기 시작할 무렵, 녀석은 산탄이 가득 든 양말을 들고 다니며 환자들을 제정신으로 돌려놓으려 했다. 그러자 수간호사가 녀석에게 이 병원에서는 더 이상 환자들을 그런 식으로 다루지 않는다고 말했다. 수간호사는 그에게 열정을 버리게 하고, 그녀만의 기술을 가르쳐 주었다. 증오심을 드러내지 말 것, 냉정을 잃지 말고 기다릴 것, 환자들이 약간 정신이 해이해져서 이쪽이 유리한 입장이 될 때를 기다렸다가 밧줄을 움켜쥐고 일정한 압력을 가할 것. 수간호사는 그렇게 하는 것이 환자들을 정상으로 돌려놓는 방법이라고 녀석에게 가르쳤다.

다른 두 흑인 녀석은 그로부터 이 년 뒤에 들어왔다. 둘은 한 달을 전후해서 채용이 되었는데, 서로 어쩌나 비슷하게 생겼는지 수간호사가 먼저 온 녀석을 복제하여 나중에 온 녀석을 만든 게 아닌가 하는 생각이 들 정도였다. 녀석들은 모두 바싹 여원 데다 키가 크다. 그들의 표정은 좀처럼 변하지 않는다. 얼굴에는 돌 화살촉 같은 냉혹함이 서려 있고, 눈은 날카롭다. 그들은 머리카락 한 올만 건드려도 무서운 기세로 달려든다.

세 녀석 다 사무실 전화기처럼 새카맣다. 수간호사는 그들보다 먼저 왔던 수많은 흑인들을 통해서 피부가 검을수록 병동을 청결히 하고 말끔하게 정리할 가능성이 높다는 걸 깨달았다. 예컨대 세 녀석의 제복만 보더라도 하나같이 늘 눈처럼 깨끗하다. 그녀의 제복 못지않게 희고 차갑고 빳빳하다.

세 녀석 모두 눈처럼 새하얀 바지와 한쪽에 금속 호크가 달린 흰 셔츠를 입고 있다. 그들이 신고 있는 하얀 신발은 얼음처럼 반짝반짝 윤이 난다. 신발 밑창은 빨간 고무로 되어 있다.

그래서 걸을 때 조용하다. 복도를 살금살금 기어 다니는 쥐처럼 소리를 내지 않는다. 그들은 환자가 몰래 자해를 시도하거나 다른 환자에게 무언가 비밀을 속삭이려고 하면 병동 어디에서든 불시에 나타나곤 한다. 가령 환자가 한쪽 구석에 혼자 있다고 치자. 어느 순간 삐걱대는 소리가 나면서 그의 한쪽 뺨 언저리가 서늘해진다. 환자는 소리가 나는 쪽으로 고개를 돌린다. 그는 벽 쪽에 차가운 돌처럼 굳어 있는 얼굴이 떠 있음을 알아챈다. 단지 검은 얼굴만 보일 뿐이다. 몸은 보이지 않는다. 벽은 하얀 옷처럼 흰 데다 냉장고 문처럼 깨끗하고 반들반들하다. 그래서 검은 얼굴과 손이 마치 유령처럼 떠 있는 듯이 보이는 것이다.

오랜 훈련을 통해 세 흑인 녀석은 수간호사와 주파수가 척척 맞아 간다. 그들에게는 수간호사의 명령을 직접적으로 받는 전선 같은 게 필요 없다. 그들은 그녀가 보내는 전파에 의해 움직인다. 수간호사는 결코 큰 소리로 명령을 내리지 않는다. 지시 사항을 종이에 적어 주지도 않는다. 그런 짓을 하면, 면회를 온 부인이나 학교 선생님의 눈에 띄어 귀찮아질 수 있다. 아무튼 세 녀석에게는 전선이나 쪽지 따위가 더 이상 필요하지 않다. 그들은 증오라는 고전압의 주파수에 맞추어져 있다. 그렇기 때문에 수간호사가 지시를 내리기도 전에 민첩하게 움직일 수 있는 것이다.

수간호사가 그런 직원들을 둔 이후로 병동은 경비원의 시계처럼 정확히, 그리고 능률적으로 운영되고 있다. 환자들이 생각하고 말하고 행동하는 모든 것은 수간호사가 낮에 적어 두는 간단한 메모를 바탕으로 수개월 전에 계획된 것이다. 수간호사는 그것을 타자기로 쳐서 기계에 넣는다. 그러면 간호사실 뒤편에 있는 강철 문 뒤에서 윙윙거리는 기계 소리가 난다. 그리고 잠시 후에 몇 장의 일일 지시 카드가 나오는데, 거기에는 네모난 작은 구멍이 수없이 뚫려 있다. 어쨌든 매일 하루를 시작하기 전 날짜가 찍혀 있는 지시 카드가 강철 문의 작은 구멍에 투입되고, 사방 벽에서 윙윙 소리가 난다. 그러면 6시 30분에 침실의 전등이 켜진다. 급성 환자들은 흑인 녀석들의 재촉에 침대에서 일어나 아침 작업을 시작한다. 바닥을 닦고, 재떨이를 비우는 것이다. 지금 환자들은 벽에 생긴 시커먼 얼룩을 지우고 있다. 그것은 전날 노인 환자가 전기를 합선시킨 바람에 생긴 것이나. ⏤그때 자욱한 연기가 나는 가운데 노인은 앞으로 푹 고꾸라졌고 고무 타는 냄새가 진동했다. 휠체어를 타는 환자들은 죽은 나무토막 같은 다리를 침대에서 바닥으로 떨어뜨리고, 동상처럼 꼼짝없이 앉아서 누군가가 그들 쪽으로 휠체어를 굴려 주기를 기다린다. 식물인간들은 침대에서 오줌을 눈다. 그러면 전기 장치에 의해 버저가 울리고 환자는 침대에서 타일을 깐 바닥으로 굴러 떨어진다. 그때 흑인 녀석들이 호스로 물을 뿌려서 환자를 씻긴다. 그러고는 깨끗한 녹색 옷을 입힌다…….

6시 45분, 전기 면도기 소리가 나고, 급성 환자들이 A, B, C, D…… 순서로 거울 앞에 늘어선다. 나처럼 보행이 자유로운 만성 환자들은 급성 환자들이 면도를 끝낸 뒤에 면도한다. 그러고는 휠체어 환자들을 데리고 온다. 축 늘어진 턱살에 누런 곰팡이 같은 것이 피어 있는 세 노인은 맨 마지막에 특별히 다루어진다. 그들은 휴게실의 안락의자에 앉혀 있는데, 이마에 가죽 끈이 둘러져 있다. 면도할 때 머리를 움직이지 못하도록 하기 위해서이다.

간혹 아침이면, 특히 월요일 아침이면 나는 어디든 숨어서 면도하는 시간을 피해 보려고 한다. 어떤 때는 알파벳 A와 C 사이의 자리에 끼어들어 급성 환자인 척하며 그들 속에 묻어 가려고도 한다. 환자들은 자석에 이끌리는 인형처럼 이리저리 기계적으로 움직인다.

7시, 식당 문이 열리면 환자들은 면도할 때와 정반대로 줄을 선다. 휠체어 환자들, 보행이 가능한 만성 환자들, 급성 환자들 순서로 죽 늘어선 채 쟁반을 들고 콘플레이크, 베이컨, 달걀, 토스트 등을 받아 간다. 오늘 아침에는 조각조각 찢어 놓은 녹색 양상추에 복숭아 통조림 한 통이 더 얹혀 있다. 몇몇 급성 환자들은 휠체어 환자들에게 음식이 담긴 쟁반을 날라다 주기도 한다. 휠체어 환자들은 대개 다리만 자유롭지 못한 만성 환자들이어서 혼자 힘으로도 음식을 먹을 수 있다. 그러나 세 명의 늙은 만성 환자들은 목 위만 조금 움직일 수 있을 뿐, 그 아래는 전혀 움직이지 못한다. 이들이야말로 식물인간들인 것이다. 다른 환자들이 모두 자리에 앉고 나면, 흑인 녀석들은 그들의 휠체어를 밀어 벽에 붙인다. 그러고는 그들에게 진흙 같은 음식이 담긴 쟁반을 갖다 준다. 보통 환자들의 것과 똑같은 그 쟁반에는 식사 지침이 적힌 작고 흰 카드가 부착되어 있다. 이가 없는 세 환자를 위해 작성된 지침에 따라 주방에 있는 분쇄기로 달걀, 햄, 토스트, 베이컨을 각각 서른 두 번 짓이긴 것이다. 나는 분쇄기가 진공청소기 호스처럼 주름 잡힌 입술을 오므리고 짓이겨진 햄을 짐승 같은 소리를 내며 접시에 뱉어 내는 광경을 바라본다.

흑인 녀석들은 식물인간들이 분홍빛 입으로 음식을 쭉쭉 빨아들여 삼킬 새도 없이 빠른 속도로 음식을 떠먹여 준다. 그 때문에 식물인간들의 입에서 음식이 새어 나와 턱을 타고 흘러서 녹색 환자복으로 떨어진다. 흑인 녀석들은 식물인간들에게 욕설을 퍼부으며 그들의 입 속에 스푼을 넣고 마치 썩은 사과 속을 도려내는 것처럼 막무가내로 휘저어서 입을 더 크게 벌려 놓는다.

"이 블래스틱 영감은 정말 골치 아파. 베이컨 퓨레를 먹이는 건지 이 영감탱이 혀를 먹이는 건지 모르겠다니까……."

7시 30분, 모두 휴게실로 놀아온다. 있는지 없는지 구분이 안 될 정도로 항상 깨끗이 닦여 있는 특수 유리를 통해 수간호사가 밖을 내다본다. 그리고 고개를 끄덕이고는 손을 뻗어 캘린더를 한 장 뜯어낸다. 목표에 하루 더 가까워졌기 때문이다. 그녀는 하루 일과를 시작하기 위해 버튼을 누른다. 어디선가 양철 판이 흔들리는 소리가 난다. 환자들은 질서정연하게 각자의 자리로 돌아간다. 급성 환자들은 휴게실 한쪽 구석에 앉아서 카드와 모노폴리 게임을 갖다 주기를 기다린다. 만성 환자들은 그 반대쪽에 앉아 적십자사 마크가 박힌 상자에 든 퍼즐 조각을 꺼내다 주기를 기다린다. 엘리스는 벽 쪽의 제자리로 가서 직원들이 수갑을 채우도록 두 손을 높이 올린다. 그의 다리 아래로 오줌이 줄줄 흘러내린다. 피트 영감은 꼭두각시 인형처럼 머리를 흔든다. 스캔런은 울퉁불퉁한 손을 테이블 위에 올려놓고 공상의 세계를 폭파하기 위해 공상의 폭탄을 만든다. 하딩은 비둘기가 하늘을 날듯이 손을 팔랑거리며 이야기하기 시작하더니, 이내 그 손을 겨드랑이 밑에 감춘다. 시펠트는 언제나처럼 이가 쑤신다느니 머리카락이 빠진다느니 불평을 늘어놓는다. 모두 질서정연하게 숨을 들이쉬고……, 내쉰다. 저마다의 심장도 일일 지시 카드에 적혀 있는 속도대로 뛰고 있다. 마치 규칙적인 소리를 내며 움직이는 실린더 같다.

검은색 윤곽만으로 묘사된 인물들이 나오는 만화 속 세상에서라면, 우스꽝스러운 장면을 보고 그저 재미있다고 웃어넘길 수 있을 것이다. 그러나 만화가 아닌 실제 인간들의 세계에서는 결코 그렇게 할 수 없으리라.

7시 45분, 흑인 녀석들이 만성 환자의 줄로 다가온다. 그들은 움직이지 않고 가만히 있는 만성 환자들에게 도뇨관을 달아 준다. 도뇨관이란 헌 콘돔의 끝을 잘라 내고, 그것을 고무 밴드로 튜브와 연결한 것이다. 튜브는 한쪽 다리를 타고 내려가 비닐봉지에 연결되어 있다. 비닐봉지에는 '반드시 폐기, 재사용 불가'라는 문구가 새겨져 있다. 하루 일과가 끝났을 때 비닐봉지를 처리하는 것도 내가 하는 일이다. 흑인 녀석들은 콘돔을 음모가 나 있는 부분에 테이프로 붙여서 고정시킨다. 도뇨관을 달고 다니는 나이 든 만성 환자들은 갓난아기처럼 그 부분에 털이 하나도 없다. 테이프를 떼었다 붙였다 하기 때문이다.

8시 정각, 윙윙거리는 소리가 나면서 사방의 벽이 흔들린다. 천장에 붙은 스피커에서 '투약'이라는 말이 흘러나온다. 수간호사의 목소리이다. 환자들은 일제히 그녀가 앉아 있는 유리창 안을 바라본다. 수간호사는 마이크 근처에 없다. 그녀는 마이크에서 3미터나 떨어진 곳에서 한 젊은 간호사에게 알약이며, 약 담는 그릇들을 가지런히 정돈하는 방법을 가르쳐 주고 있다. 급성 환자들은 유리문 쪽에 알파벳 순서대로 줄을 선다. 그 뒤에는 만성 환자들과 휠체어 환자들이 늘어선다.(식물인간들은 맨 나중에 사과 소스를 섞은 약을 먹는다.) 환자들은 차례차례 캡슐이 든 종이컵을 받아 든다. 그들은 캡슐을 입 안에 던져 넣고 젊은 간호사가 컵에 따라 준 물과 함께 삼킨다. 아주 가끔씩 무슨 약이냐고 묻는 바보가 있다.

"잠깐만요. 비타민제 말고 이 조그맣고 빨간 두 개의 캡슐은 대체 뭡니까?"

나는 그렇게 질문하던 사내를 알고 있다. 덩치가 큰 그는 불평이 많은 급성 환자인데, 말썽쟁이로 명성이 자자했다.

"그냥 몸에 좋은 약이에요, 테이버 씨. 어서 삼키기나 해요."

"이게 약인 줄은 나도 알아요. 내 말은 이게 무슨 약이냐는 거예요."

"그냥 삼키라니까요. 나를 봐서라도 어서 삼켜요."

젊은 간호사는 수간호사를 흘끗 본다. 이처럼 어설프게 환자를 달래는 모습을 수간호사가 어떻게 생각할지 확인하려는 것이다. 간호사는 멋쩍은 표정을 지으며 다시 급성 환자에게 시선을 돌린다. 여전히 그는 모르는 약을 삼킬 수는 없다는 태세이다. 간호사를 봐서 웬만한 일은 할 수 있겠는데, 약을 삼키는 것만은 안 된다는 표정인 것이다.

"내가 귀찮게 군다고 생각할 수 있겠지만, 어쩔 수 없어요. 뭔지도 모르는 약을 삼킬 수는 없다고요. 이게 나 자신도 몰라보게 만드는 이상한 약일지도 모르잖아요."

"테이버 씨, 흥분하지 말고 내 말 들어요."

"무슨 흥분을 한다는 거예요? 흥분하지 않아요. 난 단지 이게 무슨 약인지……."

수간호사가 조용히 다가와 테이버의 팔을 꽉 움켜쥔다. 테이버가 흠칫 놀란다.

"그만 됐어, 플린."

수간호사가 말한다.

"테이버 씨가 어린애처럼 군다면, 어린애 취급을 해야지. 우리는 언제나 테이버 씨에게 친절과 인정을 베풀려고 애쓰고 있어. 그런데 자꾸 이런 식으로 나오면 곤란하지. 고마워하기는 커녕 늘 우리를 애먹이고 있으니……. 테이버 씨, 괜찮아요. 입으로 약을 먹기 싫으면 그렇게 해요."

"내가 알고 싶은 건 단지 무슨 약인지……."

"그만 가도 됩니다."

수간호사가 팔을 놓아주자 테이버는 투덜거리며 그 자리를 떠난다. 그는 오전 내내 침울한 얼굴로 화장실 주위를 서성이며 그 캡슐에 대해 생각한다. 나 역시 그의 것과 똑같은 빨간 캡슐을 받고 먹지 않은 적이 있다. 나는 그것을 혓바닥 밑에 감추고 삼킨 척했다. 그런 다음 청소 도구실에 가서 으깨어 보았다. 캡슐이 흰 가루로 부스러지는 순간, 나는 그것이 소형 전자 기기임을 알아챘다. 군대의 레이더 반에서 일할 때 본 적이 있는 것이었다. 캡슐 안에는 미세한 전선과 절연체, 트랜지스터 등이 들어 있는데, 이런 것들은 공기와 접촉하면 녹게 되어 있다.

8시 20분, 카드와 퍼즐 조각이 배부된다.

8시 25분, 한 급성 환자가 자기 여동생이 목욕하는 걸 구경하곤 했다고 말한다. 그러자 함께 앉아 있는 세 환자가 그 이야기를 일지에 먼저 적으려고 서로 다툰다.

8시 30분, 병동의 출입문이 열리고 두 명의 의료 기술자가 포도주 냄새를 풍기며 빠른 걸음으로 들어온다. 그들은 언제나 종종걸음으로 빨리 걷는다. 그들은 항상 몸을 앞으로 기울인 자세만을 취한다. 따라서 그렇게 걷지 않으면 몸의 중심을 잡을 수가 없다. 어쨌거나 그들은 늘 몸을 앞으로 숙인 채 도구를 포도주에 담가 소독이라도 한 듯한 냄새를 풍기고 다닌다. 그들이 수술실 문을 열고 안으로 들어가면 나는 비질을 하면서 그쪽으로 가까이 다가간다. 그러면 숫돌에 강철을 가는 것 같은 기분 나쁜 소음 너머로 그들의 목소리가 들린다.

"이른 아침부터 웬 난리야?"

"참견하기 좋아하는 놈의 머릿속에 호기심 제거 장치를 심으래. 수간호사가 서둘러 하라고 했어. 그런데 그 장치가 남아 있기는 한지 모르겠네."

"IBM에 전화해서 빨리 하나 갖다 달라고 해야겠어. 잠깐, 그 전에 재고가 있는지부터 확인해 볼까……."

"어이, 창고에 가는 길에 위스키 한 병 가지고 와. 알코올이 들어가지 않으면 이런 간단한 일도 요즘엔 힘에 부친다니까. 이럴 땐 위스키만 한 강장제가 없지. 어쨌거나 정비 공장에서 일하는 것보다 낫긴 하지만……."

기술자들의 목소리는 기계음처럼 딱딱하다. 게다가 말은 어찌나 빨리 주고받는지, 사람들이 나누는 대화라기보다는 만화 영화의 우스꽝스러운 대사처럼 들린다. 나는 엿듣는 걸 들키기 전에 비질을 하며 그 자리를 벗어난다.

덩치 큰 두 흑인 녀석이 화장실에서 테이버를 잡아 매트리스가 있는 방으로 끌고 간다. 테이버는 양쪽 정강이를 세게 걸어차이고는 두 녀석에게 죽여 버리겠다고 소리를 지른다. 녀석들에게 붙잡힌 그의 모습이 처량하다 못해 섬뜩해 보인다. 마치 검은 강철 밴드에 묶여 있는 것 같다.

그들은 매트리스에 테이버의 얼굴을 처박고 꽉 누른다. 한 녀석은 그의 머리 위에 올라앉고, 다른 녀석은 그의 바지 뒤쪽을 찢어서 벗긴다. 누더기가 된 녹색 환자복 사이로 테이버의 복숭앗빛 엉덩이가 훤히 드러난다. 테이버가 매트리스에 얼굴을 박은 채 욕설을 퍼붓자 그의 머리 위에 올라앉은 흑인 녀석이 말한다.

"테이버 씨, 그대로 있어요. 그대로……."

간호사가 기다란 주삿바늘에 바셀린을 바르며 복도를 걸어온다. 그녀가 문을 닫아서 그들의 모습은 보이지 않는다. 이윽고 간호사가 테이버의 바지 조각으로 바늘을 닦으면서 걸어나온다. 바셀린 병은 그 방에 두고 나온 듯하다. 그녀가 나오고 흑인 녀석이 문을 닫기 직전, 나는 방 안을 힐끗 들여다본다. 테이버의 머리 위에 앉아 있는 녀석이 크리넥스로 그의 몸을 닦는 게 보인다. 녀석들은 한참 동안 그 방에 있다가 문을 열고 나와서 테이버를 복도 맞은편의 수술실로 옮긴다. 테이버의 녹색 옷은 완전히 벗겨져 있다. 그는 축축한 시트에 싸여 있다.

9시 정각, 팔꿈치에 가죽을 덧댄 옷을 걸친 젊은 레지던트들이 들어와 급성 환자들에게 질문한다. 그들은 50분에 걸쳐 환자들로부터 어렸을 때 무엇을 했는지 알아내려고 한다. 수간호사는 머리를 짧게 깎은 레지던트들이 아무래도 미덥지 않은 모양이다. 그들이 병동에 머무는 50분은 그녀에게 버거운 시간인 것 같다. 레지던트들이 있는 동안에는, 잘 돌아가던 병동이란 기계도 원활하게 돌아가지 않는다. 수간호사는 얼굴을 찌푸린 채 뭔가를 적으며 젊은이들의 기록을 조사하고 있다. 그들이 오래전에 범한 교통 법규 위반 사항까지 찾아내려고 한다.

9시 50분, 레지던트들이 병동을 떠난다. 병동은 다시 윙윙거리며 부드럽게 움직이기 시작한다. 수간호사는 유리창 안에서 휴게실을 시켜본다. 그녀 앞에 펼쳐진 광경이 다시금 푸른빛을 발하는 강철처럼 명확해진다. 모든 것들이 만화처럼 깨끗한 가운데 질서 정연하게 움직인다.

테이버가 이동 침대에 누운 채 수술실에서 나온다.

"척수액을 채취하는 중에 환자가 일어나려고 해서 마취 주사를 한 대 더 놓았습니다."

기술자가 수간호사에게 말한다.

"이대로 이 환자를 제1병동으로 데려가서 전기 충격 요법을 쓰는 게 어떨까요? 그러면 마취제를 또 낭비하는 일도 없을 텐데 말입니다."

"훌륭한 제안이에요. 그렇게 한 다음에 뇌 촬영기로 뇌의 상태를 조사해 줘요. 그러면 뇌수술이 필요한 증거를 찾을 수 있을지도 모르니까요."

기술자들은 잰걸음으로 환자가 실려 있는 이동 침대를 밀고 간다. 그들은 꼭 만화에 나오는 사람들 같다. 아니, 「펀치와 주디」*에 나오는 무표정한 인형 같다. 마치 악마에게 한바탕 두들겨 맞고 싱글싱글 웃는 악어에게 머리부터 잡아먹힘으로써 관객의 폭소를 자아내는 인형처럼 움직인다.

10시 정각, 우편물이 도착한다. 우편물 중에는 간혹 봉투가 찢긴 채 배달되는 것들도 있다.

10시 30분, 홍보 담당 직원이 한 무리의 부인 단체 회원들을 데리고 온다. 그는 휴게실 문가에 서서 통통한 손으로 손뼉을 친다.

"아, 여러분, 안녕하십니까? 자, 조용, 조용……. 잘들 둘러보세요. 아주 깨끗하고 밝지 않습니까? 이분이 바로 랫치드 수간호사님입니다. 제가 이 병동을 선택한 건 랫치드 수간호사님이 관리하고 있기 때문이지요. 랫치드 수간호사님은 한마디로 말해 어머니 같은 분입니다. 나이가 많아서 그렇다는 게 아닙니다. 제 말뜻을 아시지요?"

홍보 담당자는 셔츠 칼라가 꽉 조이는지 얼굴이 붉게 부어올라 있다. 그러면서도 무엇이 우스운지 늘 웃는다. 그것도 높은 톤으로 빠르게 웃는다. 웃음을 멈추고 싶어도 마음대로 안 되는 모양이다. 아무튼 그의 얼굴은 풍선처럼 둥글게, 그리고 페인트칠이라도 한 듯 벌겋게 부어올라 있다. 얼굴에는 털이 하나도 없다. 머리카락도 없다. 그가 머리에 붙여 놓은 몇 가닥 머리카락마저 계속 빠져서 소맷부리와 셔츠 주머니, 그리고 칼라 사이로 들어가 버린 것 같다. 어쩌면 머리카락이 그 사이로

---

* 꼽추에 매부리코인 어릿광대 펀치와 그의 아내 주디의 희비극적 이야기를 다룬 인형극.

들어가지 못하도록 칼라를 꽉 조이고 다니는지도 모른다.

그가 시도 때도 없이 웃는 건 칼라를 조였는데도 좁은 틈으로 머리카락이 들어가서 목을 간질이기 때문은 아닐까? 그럴지도 모른다.

어쨌거나 홍보 담당자는 병동에 견학 온 사람들을 안내하는 일을 맡고 있다. 그는 지난 수년 동안 병동 시설이 얼마나 좋아졌는지 모르겠다면서 떠벌린다. 블레이저코트를 걸친 진지한 표정의 여자들이 그런 그를 바라보며 고개를 끄덕인다. 그는 텔레비전이며 큼직한 가죽 의자들을 보여 준다. 위생적인 식수대도 자랑한다. 그런 다음 여자들을 간호사실로 데려가 커피를 대접한다. 홍보 담당자는 이따금씩 휴게실 한가운데에 혼자 서서 손뼉을 친다.(박수 소리를 들으면 그의 손이 젖어 있다는 걸 알 수 있다.) 그는 두어 번 손뼉을 친 다음 기도를 하듯 이중 턱 밑으로 양손을 가지런히 모은다. 그러고는 빙글빙글 돌기 시작한다. 그는 그렇게 휴게실 한가운데에서 빙글빙글 돌며 미친 듯이 텔레비전이며 벽에 걸린 새 그림이며 식수대 따위를 보고 웃는다.

무엇이 그렇게 우스운지 알 수 없다. 그는 절대로 웃는 이유를 말하지 않는다. 그런데 내가 보기에는 고무 인형처럼 그 자리에서 빙글빙글 회전하는 그의 모습만큼 우스운 것도 없다. 만약 그를 밀어 넘어뜨리면 오뚝이처럼 즉시 일어나서 다시금 빙글빙글 돌 것이다. 그는 돌기만 할 뿐, 환자들의 얼굴은 쳐다보지 않는다.

10시 40분, 45분, 50분, 환자들이 전기 충격 요법이나 작업 요법* 혹은 물리 요법을 받기 위해 들락거린다. 더러는 일정한

간격으로 기계 소리가 나는 이상한 방에 가기도 한다. 그 작은 방은 사방 벽의 크기가 각기 다른 데다 바닥도 수평으로 되어 있지 않다.

병동 전체가 묘한 소리를 낸다. 예전에 미식축구 팀의 일원으로 캘리포니아의 한 고등학교와 시합하기 위해 원정을 갔을 때 방적 공장을 견학했는데, 그곳에서 들었던 소리와 비슷하다. 당시 우리 팀은 일 년 내내 성적이 좋았기 때문에 도시의 후원자들이 몹시 기뻐하며 자랑스러워했다. 그들은 우리 팀을 비행기 편으로 캘리포니아에 보내 그곳 고등학교 최우수 팀과 시합을 하도록 주선했다. 우리는 캘리포니아에 도착하자마자 산업 견학을 하러 나섰다. 우리 팀 코치는 "운동선수는 이곳저곳 여행을 하기 때문에 많은 걸 배울 수 있다."라고 말하곤 했다. 그는 원정을 갈 때마다 시합 전에 팀원들을 데리고 유제품 가공 공장, 사탕무 농장, 통조림 공장 등을 견학했다. 우리가 캘리포니아의 방적 공장에 갔을 때, 팀원들은 대부분 내부를 한번 쓱 훑어보고는 도로 버스에 돌아가 여행 가방을 테이블 삼아 포커를 했다. 그러나 나는 밖으로 나가지 않고 죽 늘어선 기계들 사이에서 분주하게 일하고 있는 흑인 여공들에게 방해가 되지 않도록 한쪽 구석에 서 있었다. 공장 안에 있자니 꿈을 꾸는 듯한 기분이 들었다. 사람들과 기계가 한데 어울려 윙윙거리는 소리, 철컥거리는 소리, 덜컹거리는 소리 등을 내고 있었다. 소리들은 마치 어떤 법칙을 따르기라도 한 듯 끊이지

---

* 신체나 정신에 장애가 있는 사람에게 적당한 육체적 작업을 하도록 시킴으로써 신체 운동 기능이나 정신 심리 기능의 개선을 꾀하는 치료법.

않고 일정하게 울려 댔다. 다른 팀원들이 다 나갔는데도 내가 거기 남아 있었던 것은 그 소리 때문이었다. 그 소리는 우리 마을이 사라질 무렵 댐을 건설하기 위해 자갈 부수는 작업을 하던 부족 남자들을 떠올리게 했다. 그 미칠 듯한 소리, 최면에 걸린 듯 매일 똑같은 일을 되풀이하던 사람들의 얼굴…… 나는 팀원들과 함께 밖으로 나가고 싶었지만, 부족 남자들의 얼굴을 떠올리게 하는 소리 때문에 그럴 수가 없었다.

그때는 초겨울 아침이었다. 나는 팀의 점퍼를 입고 있었다. 선수권을 땄을 때 받은 그 점퍼는 가죽 소매가 달리고 빨강과 초록이 섞인 것이었다. 등에는 선수권을 딴 표시로 미식축구 공 모양의 휘장이 박혀 있었다. 멋있는 점퍼를 입고 있어서인지 흑인 여공들이 나를 흘끗흘끗 쳐다보았다. 나는 당황한 나머지 점퍼를 벗었다. 그래도 여공들은 내게서 시선을 떼지 않았다. 당시에도 나는 키가 무척 컸다.

한 여공이 기계 앞에서 나와 통로를 둘러보았다. 그녀는 주위에 감독이 없는 것을 확인하고는 내가 서 있는 곳으로 다가왔다. 나는 약간 당황했다. 여공은 우리 팀이 그날 저녁 그 지역 고등학교 팀과 경기를 하느냐고 물었다. 나는 그렇다고 대답했다. 그녀는 자기 남동생이 그곳 고등학교 팀의 후위를 맡을 거라고 말했다. 우리는 미식축구와 그 외의 것들에 대해 이야기를 나누었다. 그런데 나와 그녀 사이에 안개라도 끼어 있는 듯, 그녀의 얼굴이 부옇게 보였다. 공중에 날아다니는 솜 부스러기 때문이었다.

나와 여공은 솜 부스러기에 대해 이야기했다. 내가 안개 낀 아침에 오리 사냥을 나가서 그녀의 얼굴을 보고 있는 것 같다고 말하자 그녀는 눈동자를 굴리며 손으로 입을 가리고 웃었다.

"오리 사냥이요? 대체 오리 사냥에 나를 데려가서 뭘 하게요?"

나는 그녀에게 내 총*을 잘 간수해 주면 된다고 말했다. 그러자 공장 안의 여공들이 모두 손으로 입을 가리고는 키득거렸다. 나도 덩달아 웃었다. 내가 꽤나 재치 있는 말을 했다는 생각이 들어서였다. 흑인 여공과 나는 계속 이야기를 나누며 웃었다. 이윽고 그녀가 내 양손을 잡더니 내 품에 와락 안겼다. 그녀의 이목구비가 뚜렷하게 보였다. 나는 그녀가 무엇인가에 잔뜩 겁을 먹고 있다는 것을 눈치 챘다.

"부탁이 있어요."

그녀가 속삭이듯 말했다.

"제발 나를 데려가 줘요. 이 공장에서, 이 도시에서, 이 생활에서 벗어나게 해 줘요. 어디든 좋으니까 오리 사냥에 나를 데려가요. 어디든 상관없어요. 여기만 아니면 돼요. 제발 데려가 줘요, 네?"

소녀의 검고 예쁜 얼굴이 내 눈앞에서 반짝이고 있었다. 나는 입을 멍하니 벌린 채 그녀에게 대답해 줄 말을 생각해 내려고 애썼다. 우리는 이삼 초쯤 그렇게 서로 끌어안고 있었으리라. 이윽고 공장 안에서 '덜커덩' 하고 큰 소리가 나자 그녀가 내 품에서 벗어났다. 내 눈에는 보이지 않는 실이 그녀의 붉은 꽃무늬 스커트에 연결되어 있어 그녀를 잡아당기는 것 같았다.

---

* 총은 남자의 성기를 뜻하기도 함.

소녀의 손가락이 내 손에서 미끄러지듯 빠져나갔다. 그녀가 내게서 떨어지자 흩날리는 솜 부스러기로 인해 그녀의 얼굴이 또다시 희부옇게 보이기 시작했다. 소녀의 형체는 녹아 버린 초콜릿처럼 흐물흐물해지면서 조금씩 희미해졌다. 그녀는 웃으며 빙글 돌았다. 그 바람에 스커트가 말려 올라갔고, 그 틈에 노란색을 띤 다리가 보였다. 그녀는 어깨 너머로 내게 윙크를 보내고는 기계 앞으로 갔다. 그곳에는 섬유가 산더미처럼 쌓여 바닥으로 흘러내리고 있었다. 그녀는 섬유를 한 아름 안고 기계들 사이의 통로를 걸어가 깔때기 모양의 커다란 통에 떨어뜨렸다. 그러고는 모퉁이를 돌아서 내 시선이 미치지 않는 곳으로 가 버렸다.

공장 안의 풍경이 아직도 기억에 생생하다. 실을 감으며 도는 방추, 위아래로 왕복 운동을 하는 직조기의 북, 흰색 페인트칠이 된 벽, 잿빛 강철 기계, 꽃무늬 스커트를 입고 경쾌하게 움직이는 소녀들, 이 모든 것이 공장을 그물망처럼 덮고 있는 실에 의해 칭칭 감겨 있었다. 나는 병동을 둘러볼 때마다 그곳 풍경을 떠올리곤 한다.

그렇다. 나는 알고 있다. 병동은 콤바인을 위한 공장이다. 도시, 학교, 교회 등에서 저지른 잘못을 고치는 공장이 바로 이곳 정신병원이다. 여기서 고친 제품은 신제품이나 다름없다. 아니, 가끔씩은 신제품보다 더 훌륭하게 고쳐져서 사회로 돌아간다. 그럴 때마다 수간호사는 기뻐서 어쩔 줄을 모른다. 모든 것이 비비 꼬여 비정상적인 상태로 들어온 사람이 정상적으로 기능하는 완벽한 존재가 되어 나간다고 생각해 보라. 이는 병원의 위신을 세워 주는, 그야말로 보기 드문 불가사의한 일이 아닌가. 한때 정신병자였던 사내가 입가에 미소를 띠고 수도 공사로 길이 파헤쳐진 어느 버젓한 마을에 들어가 그곳에 정착하여 사는 모습을 상상해 보라. 그는 아주 만족하고 있다. 드디어 환경에 적응하게 된 것이다.

"그거 참, 그 병원에서 나온 맥스웰 테이버 말이야. 사람이 어떻게 그렇게 달라질 수 있는지 모르겠어. 아주 확 달라졌더라고. 눈언저리가 좀 거무스름하고 약간 야위긴 했지만 말이야. 어쨌거나 완전히 딴사람이 됐어. 정말 미국 현대 과학의 힘은 대단해."

매일 밤 자정이 넘은 시간에도 그 사내의 지하실에는 불이 켜져 있다. 기술자들이 얼마간 시간이 지나면 작동하도록 조절하여 그의 머릿속에 장착한 기계 장치로 인해 그의 손가락은 능숙하게 움직인다. 그는 재빨리 아내를 마취시킨 뒤 수술한다. 심지어 네 살과 여섯 살의 두 딸과, 월요일마다 함께 볼링을 치는 이웃 사람들까지도 수술한다. 그는 병원에서 자신이 당한 것과 똑같이 그들을 조정한다. 병원의 기술자들은 이런 식으로 조정된 인간들의 수를 늘려 나간다.

테이버가 미리 정해진 수년의 인생을 보낸 뒤, 마침내 세상을 뜨면 그를 사랑하던 시민들은 애통해하고, 신문에는 그가 죽기 바로 전 해의 공동 묘지 청소 날에 보이스카우트를 돕던 사진이 실린다. 그리고 그의 아내는 고등학교 교장으로부터 맥스웰 윌슨 테이버가 훌륭한 우리 도시의 청소년들에게 얼마나 모범적인 인물이었는지 모르겠다는 식의 공손한 편지를 받는다.

심지어 동전 한 닢도 아까워 벌벌 떠는 장의사들조차 그의 주검 앞에서는 마음이 넉넉해진다.

"맥스웰 테이버 영감은 정말 좋은 사람이었어. 그 부인한테 돈 한 푼 받지 말고 비싼 향료를 써 주세. 어차피 회사가 부담하는 거니까."

테이버의 경우처럼 성공적인 퇴원 환자는 수간호사에게 말할 수 없는 기쁨을 안겨 준다. 그런 환자는 그녀의 능력은 물론 정신병원의 명성도 높여 주는 완벽한 제품이다. 그녀는 그 같은 퇴원 환자에게는 언제나 만족한다.

그러나 새로 들어오는 환자의 경우는 이야기가 다르다. 아무리 고분고분한 환자라도 몇 군데 매만져서 일정한 틀에 끼워 맞추지 않으면 안 된다. 제멋대로 행동하고 이런저런 말썽을 일으켜 병원 전체의 매끄러운 운영에 위협을 주는 환자가 언제 들어올지 알 수 없기 때문이다. 앞에서 이미 말했지만, 수간호사는 병동이 원활하게 돌아가는 것을 방해하는 걸림돌이 있으면 뭐가 됐든 절대로 참지 못하는 성격이다.

5

정오가 되기 전, 그들은 다시 안개 분출기를 가동한다. 그러
나 이번에는 세게 틀지 않는다. 안개가 그다지 짙은 건 아니지
만, 눈에 잔뜩 힘을 주어야만 앞이 보인다. 언젠가는 나도 긴
장을 풀고 몇몇 만성 환자들처럼 안개 속에 매몰되어 모든 것
에 순응하게 될지 모른다. 그러나 어찌 되었든 지금으로서는
새로 들어온 사내에게 자꾸만 관심이 간다. 잠시 뒤에 시작되
는 그룹 미팅에서 그가 어떤 반응을 보일지 무척 궁금하다.

1시 10분 전, 안개가 말끔히 걷히자 흑인 녀석들이 급성 환
자들에게 회의를 할 테니 바닥을 청소하라고 지시한다. 휴게실
의 모든 테이블이 복도 맞은편 목욕실로 옮겨진다. 맥머피는
테이블이 치워지는 것을 지켜보며 댄스파티라도 할 모양이라
고 말한다.

수간호사는 유리창을 통해 환자들의 움직임을 지켜본다. 그
녀는 세 시간 동안이나 그 유리창 안의 자리를 지키고 있다.

점심시간에도 꼼짝하지 않는다. 휴게실의 테이블이 모두 옮겨지면, 1시에 의사가 사무실에서 나와 복도를 걸어온다. 그는 유리창 밖을 내다보는 수간호사의 앞을 지나면서 고개를 끄덕여 인사한다. 그러고는 휴게실 출입문 왼편에 놓인 의자에 앉는다. 의사가 앉자 환자들도 모두 자리에 앉는다. 젊은 간호사들과 레지던트들이 들어온다. 모두 착석하자 유리창 안의 수간호사가 일어나 간호사실 뒤쪽의 다이얼과 버튼이 붙어 있는 강철 제어반이 놓인 데로 간다. 그녀는 자신이 자리를 비운 동안 모든 것이 자동으로 처리되도록 기계를 조정한다. 그러고 나서 일지와 서류가 담긴 바구니를 들고 휴게실로 들어온다. 반나절이 지났는데도 수간호사의 제복은 여전히 풀기가 살아서 주름 하나 없이 빳빳하다. 그녀가 관절을 구부릴 때마다 꽁꽁 언 가죽 신을 접는 것 같은 사각거리는 소리가 난다.

수간호사는 출입문 오른편에 앉는다.

그녀가 자리에 앉자마자 피트 밴시니가 비틀거리듯 일어나 고개를 저으며 숨찬 목소리로 말한다.

"난 피곤해. 어휴, 피곤해 죽겠어."

이 노인은 자기 이야기를 들어줄 새 환자가 들어오기만 하면 늘 이런 식으로 나온다.

수간호사는 피트를 거들떠보지도 않는다. 그녀는 바구니 안의 서류를 훑어보고 있다.

"누가 밴시니 씨 옆에 가서 앉으세요. 이제부터 회의를 할 테니까 밴시니 씨가 좀 조용히 앉아 있도록 해 주세요."

수간호사의 말에 빌리 비빗이 일어나 피트 영감의 옆으로 간다. 피트는 고개를 돌려 맥머피를 바라보고 철도 건널목의 신호등처럼 고개를 좌우로 흔든다. 그는 삼십 년이나 철도 일에 종사한 사람이다. 지금은 무척 야위었지만 그는 추억 속에서 일하고 있다. 아직도 철도 일에 몸담고 있는 줄 착각하고 있는 것이다.

"난 피, 피곤해."

피트가 맥머피를 바라보고 머리를 흔들며 말한다.

"저, 적당히 해요, 피트."

빌리가 주근깨투성이의 손을 피트의 무릎에 얹는다.

"난……, 몹시 피곤해. 피곤하다고……."

"아, 알아요, 피트."

빌리의 손이 바싹 여윈 무릎을 가볍게 두드린다. 피트는 오늘은 불평을 들어줄 사람이 없다는 걸 알아채고 얼굴을 찌푸린다.

수간호사는 손목시계를 풀고 벽에 걸린 시계를 쳐다본다. 그러고는 손목시계의 태엽을 감고 시계가 잘 보이도록 바구니에 넣어 둔다. 잠시 후 그녀는 바구니에서 서류철을 꺼낸다.

"자, 이제 회의를 시작할까요?"

수간호사가 그렇게 말하고 좌중을 둘러본다. 방해하려는 사람이 있는지 살피는 것이다. 고개를 이리저리 돌리는 중에도 그녀의 입가에는 미소가 떠나지 않는다. 환자들은 그녀의 눈을 피한다. 모두 불안한 듯 손거스러미를 뜯고 있다. 그렇게 하지 않는 환자는 맥머피뿐이다. 맥머피는 구석에 팔걸이의자를 갖다 놓고 그것이 영원히 자기 차지인 양 앉아서 수간호사의 움직임을 하나하나 주시하고 있다. 그는 오토바이 경주자라도 되는 듯 붉은 머리털에 모자를 푹 눌러쓰고 있다. 그의 무릎에는 카드가 놓여 있다. 맥머피는 두 손으로 카드를 폈다가 가지런히 모으곤 한다. 카드끼리 부딪치는 소리가 난다. 주위가 조용하기 때문에 그 소리는 무척 크게 들린다. 수간호사의 빙글빙글 도는 눈동자가 맥머피에게 향한다. 그녀는 오전 내내 포커를 하는 그를 지켜보았다. 돈이 오가는 걸 보지는 않았지만, 그녀의 눈에 맥머피는 순수한 카드놀이만을 허용하는 병원의 규칙을 순순히 따를 사람이 아니다. 카드가 다시 펴지더니 '사르륵' 하는 소리와 함께 가지런히 모인다. 카드는 이내 그의 커다란 손바닥 안으로 사라진다.

수간호사가 다시 손목시계를 흘끗 보고는 손에 든 서류철에서 종이 한 장을 꺼내 늘여다본다. 그러고는 그것을 다시 서류철에 끼워 넣는다. 그녀는 서류철을 내려놓고 이번에는 일지를 집어 든다. 벽에 붙박여 있는 엘리스가 기침을 한다. 수간호사는 그의 기침이 멈출 때까지 기다린다.

"금요일 회의 때……, 마지막으로 우리는 하딩 씨의 문제에 대해 토론했어요. 하딩 씨의 젊은 부인에 대한 얘기를 했지요. 하딩 씨는 이렇게 말했어요. 부인의 가슴이 아주 풍만하고 매력적이어서 부인이 거리를 나다닐 때마다 사내들이 힐끗힐끗 쳐다보고, 그래서 자신은 영 마음이 안정되지 않는다고요."

수간호사가 일지를 뒤적거린다. 페이지가 적힌 작은 쪽지들이 위쪽으로 삐죽삐죽 나와 있어서 찾고자 하는 페이지를 금방 찾을 수 있을 것 같다.

"여러 환자들이 일지에 적은 내용을 볼 것 같으면……, 하딩 씨는 '마누라가 사내들의 시선을 끌 행동을 하고 다닌다.'라고 말했다고 되어 있어요. 하딩 씨는 또 '마누라가 다른 사내들의 관심을 끌려고 하는 건 나 때문일 거다.'라고 말했다고 적혀 있습니다. 하딩 씨는 이런 말을 하기도 했답니다. '사랑스럽지만 무식한 내 아내는 벽돌 공장에서 일하는 우락부락한 인부들의 거칠고 투박한 말이나 행동을 멋지다고 생각한다. 그 외에는 모두 폼만 잡았지 나약해 빠진 인간들의 말과 행동에 지나지 않는 것으로 넘겨 버린다.'라고요."

수간호사는 잠시 동안 일지에 적힌 내용을 눈으로 더 읽고는 탁 소리 나게 덮는다.

"하딩 씨는 이런 말도 했다는군요. 부인의 풍만한 가슴 때문에 때때로 열등감을 느낀다고요. 자, 이 점에 대해서는 어떻게 생각하죠? 이 문제에 대해 좀 더 짚고 넘어가고 싶은 분 있나요?"

하딩은 지그시 눈을 감는다. 다른 환자들은 아무 말도 하지 않는다. 맥머피가 좌중을 둘러보고 수간호사의 말에 대꾸할 사람이 없는 걸 확인하고는 교실에 앉은 어린 학생처럼 손을 들고 손가락을 퉁긴다. 수간호사가 그를 향해 고개를 끄덕인다.

"네, 맥머리 씨."

"대체 뭘 짚고 넘어가라는 겁니까?"

"짚고 넘어가다뇨……."

"수간호사님이 방금 그랬잖아요. '짚고 넘어가고 싶은 분 있나요?'라고 말요……."

"하딩 씨와 그의 부인에 관한 겁니다, 맥머리 씨. 그 문제에 대해 짚고 넘어가자고 한 거라고요."

"아, 그렇군요. 나는 또 부인의 신체 부위를 짚고 넘어가자는 줄 알았지요."

"아니, 당신 지금 무슨 소리를……."

수간호사는 말을 하다 멈춘다. 하마터면 당황한 모습을 보일 뻔했다는 표정이다. 몇몇 급성 환자들이 웃음을 참느라 얼굴을 찌푸린다. 맥머피는 커다랗게 기지개를 켜면서 하품을 하고는 하딩을 향해 윙크한다. 그러자 다시금 냉정해진 수간호사가 일지를 바구니 안에 도로 집어넣고, 다른 서류철을 꺼내 읽기 시작한다.

"랜들 패트릭 맥머리. 펜들턴 작업 농장에서 교정 위탁. 진단과 치료를 요청. 35세. 미혼. 한국전 참전. 공산군 포로수용소에서 탈주를 지휘한 공로로 수훈십자훈장을 받음. 하지만 상관에 대한 불복종으로 불명예제대. 이후 거리나 술집에서 상습적으로 싸움을 하여 수차례 체포됨. 음주, 폭행, 치안 방해, 상습 도박 등으로도 수차례 체포됨. 강간죄로 한 차례 체포된 적 있음."

"뭐요? 강간죄라고요?"

의사가 머리를 홱 쳐들며 묻는다.

"미성년자를 강간했어요."

수간호사가 대답한다.

"잠깐만요."

맥머피가 의사를 향해 말한다.

"하지만 혐의를 밝혀내진 못했어요. 여자가 증언을 하려 들지 않았거든요."

"상대는 15세 소녀였음."

"아니, 17세라고 했어요. 아, 그리고 의사 선생님. 그애가 얼마나 적극적으로 나왔는지……."

"법정 의사가 그 소녀를 진단한 결과, 여러 차례 성기를 삽입한 사실이 증명됨. 기록에 의하면……."

"정말 그 여자 쪽에서 적극적이었어요. 하고 싶어서 못 견뎌 했다고요. 내 바지 앞부분이 찢어져서 나중에 꿰매기까지 했다니까요."

"그 소녀는 의사의 입증에도 불구하고 증언을 거부했음. 협박을 당한 것으로 사료됨. 재판 직후 피고는 도시를 떠났음."

"이런 제길……. 내가 그 도시를 떠나야지 그럼 어떡해요? 저, 의사 선생님. 제 말 좀 들어 보세요."

맥머피는 상체를 앞으로 숙이고 한쪽 팔꿈치를 무릎에 댄 채 맞은편에 앉은 의사에게 나지막이 말한다.

"그 어린 매춘부가 법정 연령인 16세가 되면 나 같은 사람은 뼈도 안 남을 거요. 나를 넘어뜨리고 바닥에 눕히더라니까요."

수간호사는 서류철을 덮어 출입문 왼편에 앉은 의사에게 건넨다. 그러고는 마치 그 노란 종이 사이에 맥머피를 끼워 놓았으니 꺼내서 훑어보라는 듯이 말한다.

"스피비 선생님, 이게 이번에 새로 들어온 환자에 대한 기록입니다. 실은 나중에 보여 드리려고 했는데 그룹 미팅에서 그가 자기주장을 하고 싶은 모양이니 지금 보여 드리는 게 나을 것 같군요."

의사는 실을 당겨 코트 주머니에서 안경을 꺼내고는 콧등에 올려놓는다. 안경이 오른쪽으로 약간 기울어 있다. 그는 머리를 왼쪽으로 기울여 안경이 수평이 되게 한다. 그는 서류철을 넘기며 엷은 미소를 짓는다. 다른 환자들처럼 그도 서슴없이 큰 소리로 말하는 이 새로 온 환자의 뻔뻔스러운 태도를 재미있어하는 듯하다. 그러나 다른 환자들이 그런 것처럼 그도 속을 드러내 놓고 웃지 않으려고 조심한다. 의사는 끝까지 다 읽자 서류철을 덮고, 안경을 주머니에 다시 넣는다. 의사는 여전히 맞은편에서 자신을 향해 상체를 쭉 빼고 앉아 있는 맥머피를 쳐다본다.

"정신병 이력은 없으시네요, 맥머리 씨?"

"의사 선생님, 맥머피입니다."

"그런가요? 하지만 수간호사가 맥머리라고 하기에……."

의사는 다시 서류철을 펼치고 안경을 집어 올린다. 그러고는 한 번 더 기록을 보더니 서류철을 덮고 안경을 다시 주머니에 넣는다.

"네. 맥머피가 맞군요. 죄송합니다."

"괜찮습니다, 선생님. 애초에 실수를 한 사람은 수간호사니까요. 그런 걸 즐기는 사람이 있더라고요. 저한테 삼촌이 있었는데, 이름이 핼러헌이었어요. 그런데 삼촌이 한번은 어떤 여자와 데이트를 한 적이 있었죠. 그 여자는 삼촌의 이름을 못 외우는 척했어요. 그리고 삼촌을 괴롭힐 속셈으로 계속 홀리건이라고 불렀지요. 그런 식으로 수개월이 지났는데, 그런 뒤에야 삼촌은 두 번 다시 그렇게 못 하게 했어요. 입도 뻥긋 못 하게 했지요."

"그래요? 어떻게 했는데요?"

의사가 묻는다.

맥머피는 씩 웃더니 엄지손가락으로 코를 문지르며 말한다.

"아, 그런데 그건 말씀드릴 수가 없어요. 핼러헌 삼촌이 쓰는 방법을 1급 비밀로 간직했다가 언젠가 요긴하게 쓰려고요."

맥머피는 그 말을 하면서 수간호사를 본다. 그녀는 곧바로 미소로 화답하고, 그는 다시 의사 쪽으로 고개를 돌린다.

"자, 선생님, 제 기록에 대해 뭘 물어보려고 하셨죠?"

"네, 당신이 예전에 정신병 이력이 있었는지 알고 싶었어요. 다른 정신병원에서 정신분석을 받았다든지 시간을 보냈다든지 한 적이 있나요?"

"주립 교도소와 군 교도소까지 치면……."

"정신병원은요?"

"그런 데 있은 적은 없습니다. 여기가 처음이에요. 하지만 전 미쳤습니다, 선생님. 맹세코 저는 제정신이 아니에요. 자, 여기, 여기를 보세요. 제 생각에 작업 농장에 있는 의사가……."

맥머피는 일어서서 카드를 재킷 주머니에 쏙 넣더니, 맞은편으로 걸어간다. 그러고는 의사의 어깨 위로 상체를 숙이고, 의사의 무릎에 있는 서류철을 엄지손가락으로 넘긴다.

"아마 그 사람이 뭐라고 썼을 거예요. 여기 뒤쪽 어딘가에……."

"네? 거긴 못 봤어요. 잠깐만요."

의사는 다시 안경을 꺼내어 쓰고 맥머피가 가리키는 부분을 들여다본다.

"바로 여기요, 선생님. 수간호사가 제 기록을 간략히 설명하면서 이 부분을 빠뜨렸어요. 여기 이렇게 적혀 있죠. '맥머피 씨는 상습적으로…….' 이왕이면 제 상태에 대해 확실히 해 두고 싶어서요. '상습적으로 감정을 폭발시켰음. 이것으로 볼 때 정신착란이 있는 것으로 판단됨.' 그 의사가 저한테 그랬어요.

'정신착란'이란 제가 싸우고 강간…… 용서하세요, 숙녀 분들, 그의 말대로 하자면, 성적 욕구가 엄청 강하다는 걸 의미한다고 해요. 그런데 그게 정말 중병이라도 됩니까?"

맥머피는 넓죽하고 억센 얼굴에 마치 걱정과 근심으로 가득한 어린아이 같은 표정을 지으며 질문을 던진다. 의사는 웃음이 터지는 것을 참느라 고개를 들지 못한다. 그 바람에 안경이 콧마루에서 미끄러져 주머니 속으로 떨어진다. 급성 환자들도 모두 미소를 짓고 있고, 만성 환자들 몇몇도 예외가 아니다.

"그 엄청 강하다는 표현 말이에요, 선생님. 그런 문제로 고민한 적 있으세요?"

의사는 눈을 비비며 말한다.

"아니요, 맥머피 씨, 전 그런 적이 없어요. 하지만 그 작업 농장의 의사가 덧붙인 말이 흥미롭군요. '이 사람이 작업 농장의 고된 노동을 회피하기 위해 정신착란이 있는 척 행동할 수도 있다는 가능성을 간과하지 말 것.'이라는 대목이요."

의사가 맥머피를 올려다보고 말을 잇는다.

"이건 어떻게 된 거죠, 맥머피 씨?"

맥머피는 등을 쭉 펴고 서서 이마를 찡그리고 양팔을 내밀며 좌중을 향해 허심탄회하게 말한다.

"의사 선생님, 제가 제정신인 사람으로 보여요?"

의사는 다시 터져 나오려는 웃음을 참느라 대답을 하지 못한다. 맥머피는 의사에게서 시선을 돌려 수간호사에게 같은 질문을 한다.

"그래 보입니까?"

수간호사는 대답을 하는 대신 일어나 의사에게서 마닐라지로 된 서류철을 빼앗아 바구니 속의 손목시계 밑에 도로 넣는다. 그리고 다시 자리에 앉는다.

"의사 선생님, 아무래도 맥머리 씨에게 이 그룹 미팅의 규칙에 대해 알려 주셔야겠습니다."

맥머피가 말한다.

"수간호사님, 제 삼촌 핼러헌과 삼촌 이름을 잘못 불렀던 여자에 대해 제가 말하지 않았던가요?"

수간호사는 늘 짓던 미소를 거두고 맥머피를 한참 동안 바라본다. 그녀는 마음만 먹으면 미소를 짓다가도 금방 다른 표정으로 바꿀 수 있는 능력을 가지고 있다. 그러나 표정을 바꿔도 평소의 얼굴과 전혀 다를 게 없다. 언제나 자신의 목적을 이루기 위해 계산된 가식적인 표정을 짓기 때문이다. 마침내 그녀가 입을 연다.

"미안합니다. 맥머피 씨."

수간호사는 의사에게 고개를 돌려 말한다.

"자, 선생님, 설명을 해 주시죠⋯⋯."

의사는 양손을 깍지 끼고 몸을 뒤로 젖힌다.

"네. 나중에 설명하려고 미뤄 두었습니다만, 우선 우리 병원의 공동체 치료 이론에 대해 제대로 설명을 해야겠군요. 네. 좋은 생각입니다, 랫치드 간호사, 좋은 생각이에요."

"선생님, 물론 이론도 설명해야겠죠. 하지만 제가 말하고 싶었던 건 회의 중에는 환자들이 착석해 있어야 한다는 규정이었어요."

"네. 물론이지요. 그럼 이론에 대해 설명하겠어요. 맥머피 씨, 우선 중요한 사항 중 하나는 회의 중에는 환자들 모두 착석해 있어야 한다는 겁니다. 그렇게 하지 않으면 질서를 유지하기가 힘들어요."

"알겠습니다, 선생님. 전 단지 제 기록을 보여 드리려고 자리를 이탈한 겁니다."

맥머피는 자기 자리로 돌아가서 다시 한 번 크게 기지개를 켜며 하품을 하고는 자리에 앉는다. 그러더니 쉴 자세를 잡는 개처럼 잠시 몸을 이리저리 들썩거린다. 마침내 편안히 자리가 잡히자 맥머피는 의사를 바라보며 그가 입을 열기를 기다린다.

"이론에 대해 말하자면……."

의사는 행복한 표정으로 심호흡을 한다.

"망할 여편네."

럭클리가 말한다. 맥머피는 손등으로 입을 가리고 맞은편에 있는 럭클리에게 귀에 거슬리는 낮은 목소리로 묻는다.

"누구 부인 말요?"

그러자 마티니가 고개를 쳐들고 휘둥그레진 눈으로 빤히 쳐다보며 말한다.

"누구 부인 말이냐고요? 아. 그 여자요? 네, 보여요, 보입니다."

"저 사람 눈을 가질 수 있다면 뭐든 줘도 아깝지 않을 텐데……."

맥머피는 마티니에 대해 이렇게 말하고는 회의가 진행되는 동안 한마디도 하지 않는다. 앉아서 지켜보기만 하면서 회의 중에 일어나는 일이며, 말 한마디 놓치지 않으려 한다. 의사는 자신의 이론에 대해 설명한다. 마침내 수간호사가 그에게 정해진 발언 시간이 다 지났으니 이제 그만하고 하딩의 문제에 대해 논의하자고 요청한다. 그리고 나머지 회의 시간 내내 그 문제에 대해 이야기한다.

맥머피는 무슨 할 얘기라도 있는 듯 회의 중에 두서너 번 상체를 앞으로 숙인다. 그러다 말하지 않는 게 낫다고 판단했는지 다시 허리를 펴고 앉는다. 그가 어리둥절한 표정을 짓는다. 이곳에서 뭔가 이상한 일이 일어나고 있다는 걸 알아챈 것이다. 뭐라고 딱히 꼬집어 말할 수는 없지만, 아무도 웃으려 하지 않는 것도 수상쩍다. 그는 럭클리에게 "누구 부인 말요?"라고 물었을 때 사람들이 틀림없이 웃을 거라고 생각했다. 그러나 그런 낌새는 전혀 없었다. 사방 벽이 짓누르고 있는 듯 갑갑한 분위기가 감돈다. 너무 갑갑해서 웃음조차 나오지 않는다. 이곳은 정말 이상하다. 사람들이 긴장을 풀고 웃으려 하지 않는다. 미소 띤 얼굴은 백지장처럼 희고, 입술에는 너무 빨간 립스틱을 바르고, 가슴은 너무 큰 저 할망구에게 모두들 하나같이 기를 못 펴고 있는 것도 정말 이상하다. 그래서 그는 본격적으로 게임을 하기 전에 이 새로운 곳이 어떤 곳인지 잠시 두고 보기로 한다. 그것이 영리한 도박꾼의 묘수이다. 발을 들이기에 앞서 잠시 게임의 흐름을 관망하는 것이다.

나는 공동체 치료 이론을 하도 많이 들어서 이제는 앞뒤로 줄줄 외울 정도이다. 가령, 정상적인 사회에서 제 역할을 할 수 있도록 집단으로 생활하는 방법, 집단이 한 개인에게 그의 부적절한 점을 지적함으로써 고칠 수 있도록 돕는 방법, 사회에서 누가 제정신이고 누가 제정신이 아닌지를 판단하는 기준을 숙지해 행동하는 방법에 관한 내용이다. 전부 그런 내용 일색이다. 새로운 환자가 병동에 들어올 때마다 의사는 그 이론을 확실히 설명한다. 그 시간이 유일하게 그가 모든 것을 도맡아 회의를 진행하는 때이다. 의사는 공동체 치료의 목적은 오로지 환자들의 투표에 의해 운영되는 민주적인 병동을 통해 훌륭한 시민을 만들어 바깥세상으로 돌려보내는 것이라고 설명한다. 자잘한 고민, 불평, 그리고 바뀌었으면 하는 건 무엇이든 다 사람들 앞에 내놓고 의논해야 한다고 그는 말한다. 마음속으로 끙끙 앓다가 곪아 터지는 게 더 나쁘다는 것이다. 환자들과 직원들 앞에서 감정적인 문제들을 자유롭게 의논할 수 있을 정도로 주어진 환경 속에서 마음을 편안히 가져야 한다.

그의 주장은 이렇다. 말하고 의논하고 마음을 털어놓아라. 그리고 만일 한 친구가 일상적인 대화를 나누는 중에 뭔가 중요한 것을 말하면, 직원들이 알 수 있도록 그것을 일지에 적어 놓아라. 그것은 영화에서 말하듯 '밀고하는 것'이 아니라 동료를 돕는 것이다. 오래 묵은 죄들을 공개 석상에 내놓아라. 그러면 모든 사람들이 보는 앞에서 그 죄가 깨끗이 씻길 것이다. 그리고 그룹 미팅에 참여해라. 당신 자신과 당신의 친구들이 잠재의식 속에 숨어 있는 비밀들을 찾아내도록 도와라. 친구들 사이에 비밀을 만들어 두어서는 안 된다.

의사는 대개 이런 말로 마무리를 한다. 우리의 목적은 이 공동체를 가능한 한 민주적이고 자유로운 여러분의 이웃과 유사하게 만드는 것이다. 다시 말해서 언젠가 여러분이 다시 한 자리를 차지하게 될 넓은 바깥세상을 일정 비율로 축소시킨 작은 세계를 이 병동 안에 마련해 주는 것이 우리의 목표다.

아마 의사는 할 말이 더 많을 것이다. 그러나 보통 이쯤에서 수간호사가 그를 조용히 시킨다. 잠시 침묵이 흐르는 사이 피트 영감이 일어나 찌그러진 구릿빛 냄비 같은 머리를 흔들며 자기가 얼마나 피곤한지 사람들에게 말한다. 수간호사는 회의 좀 하게 누가 가서 저 노인을 조용히 시키라고 명령한다. 그러면 대개 피트는 입을 다물고, 회의는 계속 진행된다.

한번은, 내가 기억하기로 정말 딱 한 번, 사오 년 전에 회의가 지금과는 다르게 진행된 적이 있었다. 의사가 이야기를 끝내자 곧바로 수간호사가 "이제 누구부터 시작하시겠어요? 오랫동안 감춰 둔 비밀들을 꺼내 보세요."라고 말문을 열었다. 그녀는 그렇게 말한 다음 이십 분 동안 잠자코 앉아 있었다. 그러자 모든 급성 환자들이 멍하니 넋을 놓고 있었다. 경보 장치가 울리기 직전처럼 그녀는 조용히 앉아서 누군가가 자신에 관해 이야기하기를 기다리고 있었다. 그녀의 눈이 회전하는 등대처럼 일정하게 왔다 갔다 하며 그들을 훑었다. 휴게실은 이십 분이라는 긴 시간 동안 무거운 침묵에 휩싸여 있었다. 환자들은 모두 어리벙벙하게 앉아 있었다. 이십 분이 지나자 그녀는 손목시계를 들여다보고 말했다.

"여러분 가운데 고백해야 할 행동을 저지른 사람이 단 한 명도 없다는 건가요?"

수간호사는 일지를 꺼내려는 듯 바구니에 손을 넣으며 말을 이었다.

"지나간 일들을 들먹여야겠어요?"

그 말이 효과가 있었다. 수간호사의 입에서 나온 그 몇 마디 말이 벽에 달린 음향 장치를 작동시킨 것 같았다. 급성 환자들은 잔뜩 긴장한 얼굴로 일제히 입을 열었다. 좌중을 둘러보던 그녀의 눈이 맨 앞줄에 있는 남자에게 고정되었다.

그의 입이 움직였다.

"주유소 금전등록기에서 돈을 훔쳤어요."

수간호사는 그다음 남자에게 시선을 옮겼다.

"여동생을 범하려고 했어요."

그녀의 눈이 딸깍하고 그다음 남자에게 옮겨졌다. 그러자 환자들이 사격 연습장의 과녁처럼 벌떡벌떡 일어섰다.

"저는 딱 한 번 남동생을 범하려고 했어요."

"여섯 살 때 고양이를 죽였어요. 오, 신이시여, 용서하소서. 전 고양이를 돌로 쳐 죽여 놓고 이웃 사람이 그랬다고 했어요."

"여동생을 범하려고 했다는 건 거짓말이에요. 실은 여동생을 범했어요!"

"나도 그랬어요! 나도 그랬어요!"

"나도요! 나도요!"

결과는 수간호사가 기대한 것 이상이었다. 그들은 모두 남들보다 뒤처질세라 목청 높여 고함을 지르고 있었다. 그들을 통제할 길은 없었다. 상황은 점점 더 심각해져 다시는 눈도 못 마주칠 만큼 민망한 이야기들이 마구 쏟아졌다. 수간호사는 환자들이 고백할 때마다 고개를 끄덕이며 네, 네, 네 하고 말했다.

갑자기 피트 영감이 벌떡 일어서서 외쳤다.

"난 지쳤어!"

그의 노기 어린 쇳소리는 전에 없이 크고 우렁찼다.

모두들 입을 다물었다. 그들은 어쩐지 부끄러운 생각이 들었다. 마치 피트 영감이 난데없이 현실적이고 진심 어린 어떤 중요한 말을 내뱉어서 어린애처럼 소리를 질러 댄 그들을 머쓱하게 만든 것 같았다. 수간호사는 격분했다. 그녀는 몸을 돌려 피트 영감을 쏘아보았다. 입가의 미소가 서서히 사라졌다. 그녀의 뜻대로 회의가 잘 진행되고 있었으니 그럴 만도 했다.

"누가 불쌍한 밴시니 씨 좀 어떻게 해 봐요."

수간호사가 말했다.

두세 명이 일어났다. 그들은 영감을 진정시키려 애쓰며 그의 어깨를 토닥였다. 그러나 피트는 입을 다물지 않았다.

"지쳤어! 지쳤어!"

그는 계속 떠들었다.

마침내 수간호사가 흑인 녀석들 중 한 명에게 지시해 강제로 그를 휴게실 밖으로 끌어냈다. 그런데 그녀는 흑인 녀석들이 피트 같은 환자들에게는 어떤 힘도 행사하지 않는다는 사실을 망각했다.

피트는 평생을 만성 환자로 살았다. 나이 쉰이 넘어서야 병원에 들어왔지만 그는 태어날 때부터 만성 환자였다. 그의 머리에는 움푹 들어간 자국이 양쪽에 하나씩, 두 군데 있다. 그가 태어날 때 분만을 도왔던 의사가 그를 끄집어내려고 머리를 꽉 집었기 때문이다. 피트가 세상에 나오자마자 본 것은 그를 기다리고 있는 분만실의 온갖 기계였다. 그 순간 자신이 어떤 세상에서 살게 될지 깨달은 그는 나오기 싫어서 그 안에서 손에 잡히는 건 무엇이든 붙잡았다. 의사는 안으로 손을 넣어 뭉툭한 얼음 집게로 그의 머리를 잡고 홱 잡아당겨 꺼냈다. 그러고는 아무 문제 없이 분만이 끝났다고 생각했다. 그러나 시간이 흘러도 피트의 머리는 여전히 찰흙처럼 말랑말랑했고 지

능도 낮았다. 또 의사가 그의 머리에서 얼음 집게를 떼었을 때, 그것 때문에 생긴 움푹 들어간 자국은 그대로 남아 있었다. 그래서인지 그의 뇌는 여섯 살짜리 아이도 쉽게 할 수 있는 일을 온 힘을 쥐어짜 집중력과 의지력을 동원해야만 할 수 있을 정도로 단순했다.

그러나 한 가지 좋은 점은 있었다. 그렇게 단순했기 때문에 피트는 콤바인의 손아귀에서 벗어날 수 있었다. 그들은 그를 어떤 틀에 끼워 넣을 수가 없었다. 그래서 피트에게는 철로에서 하는 단순한 일을 시켰다. 외딴 시골의 호젓한 전철기 옆 작은 판잣집에 앉아서, 전철기가 이쪽 노선으로 바뀌면 기차를 향해 빨간 랜턴을 흔들어 주고, 반대편 노선으로 바뀌면 녹색 랜턴을 흔들어 주고, 만일 다른 데서 앞으로 달려오는 기차가 있으면 노란 랜턴을 흔들어 주기만 하면 되었다. 피트는 아직까지 남아 있는 혼신의 힘과 배짱으로 전철기 위에서 혼자 그 일을 했다. 그래서 전혀 통제를 받지 않았다

그런 이유로 흑인 녀석들은 피트에게 이러쿵저러쿵 잔소리를 하지 않았다. 그러나 수간호사로부터 피트를 휴게실 밖으로 끌어내라는 지시를 받은 녀석은 수간호사가 그런 것처럼 그러한 사실을 까맣게 잊어버렸던 것이다. 녀석은 명령이 떨어지기가 무섭게 피트의 팔을 잡아채서 문 쪽으로 끌고 갔다. 쟁기 끄는 말의 방향을 틀기 위해 고삐를 홱 잡아당기듯 말이다.

"잘했어요, 피트. 침실로 갑시다. 당신이 다른 모든 사람들을 방해하고 있어요."

피트가 그의 팔을 뿌리치며 경고했다.

"난 지쳤어."

"노인 양반, 이제 그만 좀 하시죠. 착한 아이처럼 침대에 가만히 누워 있자고요."

"지쳤어⋯⋯."

"침실로 가자고요!"

흑인 녀석이 다시 피트의 팔을 잡아당기자 그는 머리를 흔드는 걸 멈추었다. 흔들림 없이 똑바로 선 그의 눈은 반짝반짝 빛났다. 보통 피트의 눈은 반쯤 감겨 있고, 그 안에 우유라도 들어 있는 듯 흐릿했지만, 이번에는 파란 네온사인처럼 또렷했다. 흑인 녀석이 잡고 있는 팔뚝의 손이 부풀기 시작했다. 직원들과 나머지 환자들은 대부분 자기들끼리 이야기를 나누고 있었다. 그들은 이 늙은이와 그가 지쳤다며 오랫동안 주절거린 노래에는 전혀 주목하지 않았다. 보통 때처럼 노인이 곧 조용해질 것이고 회의가 계속 진행될 거라고 생각했기 때문이다. 그들은 피트가 손을 쥐었다 폈다 할 때마다 손이 점점 더 크게 부풀어 오르는 것을 알아채지 못했다. 그것을 본 사람은 나뿐이었다. 나는 그의 손이 부풀고 주먹이 쥐어지고 내 눈앞을 획 지나가면서 반들반들하고 딱딱해지는 것을 보았다. 쇠사슬 끝에 달린 녹슨 커다란 쇠공처럼. 나는 그것을 물끄러미 쳐다보며 기다렸다. 이윽고 흑인 녀석이 피트의 팔을 한 번 더 침실 쪽으로 홱 끌어당겼다.

"영감님, 제발 좀⋯⋯."

흑인 녀석이 그의 손을 보고는 몇 발짝 물러나며 말했다.

"착하게 굴어야지요."

그러나 너무 늦었다. 피트는 무릎 높이에서부터 커다란 쇠공을 휘둘렀다. 흑인 녀석은 쾅 하고 납작하게 벽에 들러붙더니 벽에 기름이라도 칠해져 있는 양 바닥으로 주르르 미끄러졌다. 나는 그 벽 안에서 진공관이 터지고 합선되는 소리를 들었다. 벽에는 그가 부딪친 모양 그대로 자국이 나 있었다.

남은 두 녀석, 그러니까 땅딸보 녀석과 덩치 큰 녀석은 깜짝 놀란 표정으로 서 있었다. 수간호사가 손가락으로 딱 소리를 내자, 그들은 즉시 몸을 움직여 잽싸게 마룻바닥을 가로질러 갔다. 덩치 큰 녀석 옆에 있는 땅딸보는 마치 축소 거울에 비친 상 같았다. 그들은 피트 앞에 거의 다다라서야 문득 깨달았다. 나머지 환자들과는 달리 피트는 전선망으로 연결되어 있지 않았던 것이다. 게다가 그들이 명령을 내리거나 팔을 잡아당겨도 피트는 눈 하나 깜짝하지 않을 사람이었다. 다른 한 녀석도 진작 그런 사실을 깨달았다면 그런 봉변을 당하진 않았을 것이다. 피트를 데려가고 싶으면, 곰이나 황소를 끌고 가듯 데려갔어야 했다. 이미 동료가 굽도리널에 기대어 싸늘하게 뻗어 있는 것을 본 이상, 다른 두 흑인 녀석은 함부로 그에게 대들 마음이 없었다.

두 흑인 녀석은 이러한 생각에 사로잡히자마자 얼어붙고 말았다. 두 녀석은 바로 그 자리에서 왼쪽 발은 앞으로 내밀고 오른손은 뻗은 채 피트와 수간호사 사이의 중간 지점에 있었다. 앞에서는 쇠공이 왔다 갔다 하고, 뒤에서는 백지장같이 하얀 수간호사의 얼굴이 분노로 일그러진 가운데, 그들은 몸을 벌벌 떨며 푹푹 연기를 뿜어내고 있었다. 그때 내 귀에 기어가 변속되는 소리가 들렸다. 그들이 당황한 나머지 경련을 일으키는 것이 보였다. 마치 앞으로 가려다 브레이크를 밟아 갑작스레 정지된 기계들 같았다.

피트는 휴게실 한가운데에 서서 쇠공을 앞뒤로 휘두르고 있었다. 쇠공의 무게 때문에 상체가 앞으로 숙여 있었다. 이제 모두가 그를 지켜보고 있었다. 그는 덩치 큰 흑인 녀석을 쳐다보다가 땅딸보 녀석을 쳐다보았다. 그리고 그들이 접근하지 않으리란 걸 알고는 환자들을 향해 몸을 돌려 말했다.

"이게 다 허튼 수작이야. 말도 안 되는 짓이라고."

수간호사는 의자에서 일어나 문가에 기대어 있는 버들가지 손가방을 향해 가고 있었다. 그녀가 그를 살살 구슬리며 말했다.

"네, 네, 밴시니 씨, 진정하세요……."

"다 허튼 수작이야."

그의 목소리에는 힘이 없었다. 그는 시간이 별로 없지만 꼭 해야 할 말이 있는 듯 목소리를 쥐어짜 다급하게 말했다.

"난 어쩔 수가 없어, 어쩔 수가 없어. 다 알잖아. 나는 태어날 때부터 죽은 사람이었어. 당신들은 아니야. 당신들은 태어날 때 죽은 사람이 아니었어. 아아아, 그동안 힘들었어……."

피트 영감은 울기 시작했다. 더 이상 말을 잇지 못했다. 그는 입을 벌렸다 다물었다 하며 무언가 말하려 했다. 그러나 더는 단어를 선택해 문장을 만들 수가 없었다. 그는 머릿속을 정리하려고 고개를 설레설레 흔들고 급성 환자들을 보며 눈을 깜박였다.

"아아아, 내가…… 하고 싶은…… 말은……. 그러니까……."

피트의 몸이 다시 구부정해지기 시작했고, 그의 쇠공은 줄어들어 본래의 손 모양으로 되돌아왔다. 그는 환자들에게 뭔가를 주려는 것처럼 오므린 손을 내밀었다.

"난 어쩔 수가 없어. 난 태어날 때부터 잘못됐어. 죽은 사람이나 마찬가지로 사람 취급을 받지 못했어. 나는 태어날 때부터 죽은 목숨이었어. 나는 어쩔 수가 없어. 나는 지쳤어. 노력할 기운도 없어. 여러분은 가능성이 있어. 나는 태어날 때부터 사람 취급도 받지 못한 죽은 목숨이었어. 여러분은 문제없이 태어났지. 나는 태어날 때부터 죽은 사람이나 마찬가지라서 사는 게 힘들었어. 나는 지쳤어. 지쳐서 말하고 서 있기도 힘들어. 나는 오십오 년 동안 죽은 사람이나 다름없었어."

수간호사는 맞은편에 있는 피트에게 곧장 다가가 그의 녹색 환자복 속으로 주삿바늘을 푹 찔러 넣었다. 그녀는 주사를 놓은 후 바늘을 뽑지도 않고 뒤로 풀쩍 물러났다. 주삿바늘은 유리와 쇠로 된 작은 꼬리처럼 그의 바지에 매달려 있었다. 피트 영감의 상체가 조금씩 앞으로 기울었다. 주사를 놓아서가 아니라 그가 안간힘을 썼기 때문이었다. 마지막 몇 분 동안 그는 완전히 진이 빠져 버렸다. 한눈에 봐도 더 이상 힘을 쓸 수 없는 상태였다.

사실 주사를 놓을 필요는 전혀 없었다. 이미 피트의 머리는 앞뒤로 흔들리기 시작했고, 눈은 흐릿해졌기 때문이다. 수간호사가 주삿바늘을 빼려고 천천히 그에게 다가갔을 때, 그는 허리를 푹 숙이고 있었다. 그래서 울고 있는데도 눈물이 바닥으로 곧장 떨어져 얼굴에 눈물 자국이 남지 않았다. 그가 눈물의 씨앗을 뿌리기라도 하듯 머리를 앞뒤로 흔들자 눈물이 사방으로 뚝뚝 떨어졌다.

"아아아!"

피트가 울부짖었다. 수간호사가 바늘을 홱 뽑았을 때, 그는 움찔하지도 않았다.

아주 잠깐 의식이 돌아왔을 때 피트는 우리에게 뭔가를 말하려고 애썼다. 그러나 우리 중 누구도 그의 말을 귀담아 듣지 않았고, 이해하려고 하지도 않았다. 마지막 안간힘을 쓰고 나자 그는 눈물샘마저 말라 버렸다. 그의 엉덩이에 놓은 주사는 마치 죽은 사람에게 놓은 것처럼 아무 소용이 없었다. 주사액을 끌어올릴 심장도, 그것을 머리까지 운반할 혈관도, 그것이 독성을 발휘하여 억제시킬 뇌도 없었다. 수간호사는 말라빠진 늙은 송장에 주사를 놓은 것이나 다름없었다.

"난…… 지쳤어……."

"이제 밴시니 씨가 얌전히 잠을 잘 것 같으니 두 사람이 용기를 내서 데리고 가요."

"……아주 지쳤어."

"그리고 스피비 선생님, 보조원 윌리엄스의 의식이 돌아오고 있으니 그를 좀 봐 주시겠어요? 여기요. 손목시계가 깨지고 팔을 다쳤군요."

피트는 두 번 다시 그런 행동을 하지 않았고, 앞으로도 절대 그럴 일은 없을 것이다. 이제 그가 회의 중에 발작을 일으키면 그들은 그를 조용히 시키려 애쓰고, 그러면 그는 곧 입을 다문다. 요즘도 그는 간혹 일어서서 머리를 흔들고 자기가 얼마나 지쳤는지 우리에게 떠들곤 한다. 그러나 그것은 더 이상 불평도 변명도 경고도 아니다. 그럴 생각은 아예 하지도 않는다. 피트 영감은 마치 정확한 시간을 알려 주지도 않지만 정지해 버리지도 않는 오래된 시계, 시침과 분침이 휘어지고, 문자반의 숫자는 떨어져 나가고, 자명종은 녹슬어 아무 소리도 나지 않는 시계, 아무 의미 없이 계속 움직이면서 뻐꾸기 소리를 내는 그런 낡고 쓸모없는 시계 같다.

사람들은 아직도 가엾은 하딩을 달달 볶고 있다. 2시가 다 되어 가고 있다.

2시가 되자 의사가 의자에서 엉덩이를 들썩이기 시작한다. 자신의 이론에 대해 이야기하면 모를까, 그렇지 않으면 회의 시간은 그에게 고역이다. 차라리 자신의 사무실에서 그래프를 그리며 시간을 보내는 편이 나을 것이다. 그는 엉덩이를 들썩이다가 마침내 헛기침까지 해 댄다. 그러자 수간호사가 손목시계를 보더니 우리에게 목욕실에 있는 테이블을 다시 휴게실로 옮기라고 말한다. 우리는 내일 1시에 이 토론을 다시 시작할 것이다. 급성 환자들은 멍한 상태에서 깨어나 잠시 하딩이 있는 쪽을 바라본다. 이번에도 깜빡 속아 넘어갔다는 사실을 이제 막 깨닫기라도 한 듯 부끄러움에 얼굴이 벌겋게 된다. 그들 중 몇몇은 테이블을 가지러 복도를 지나 목욕실로 향한다. 나머지 몇몇은 잡지가 쌓여 있는 선반에 가서 철 지난 《맥컬스》 같은 여성 잡지를 관심 깊게 들여다본다. 그러나 그들은 하딩을 회피하느라 딴전을 부리고 있는 것이다. 이번에도 그들은 조종을 당함으로써 동료 한 명을 마치 피고 앞에 선 검사와 판사, 배심원처럼 심문했다. 사십오 분 동안 한 남자를 도마 위에 올려놓고 재미있다는 듯 그에게 온갖 질문을 퍼부으며 난도질했던 것이다. 당신에게 무슨 문제가 있어서 젊은 부인을 만족시키지 못한다고 생각하는가? 무슨 근거로 그녀가 다른 남자와 아무 관계도 갖지 않았다고 주장하는가? 솔직하게 대답하지 않으면서 어떻게 나아지기를 기대하는가? 이러한 질문들을 던져 수간호사 눈에 들려 애쓰더니 이제 와서 찜찜한 기분이 드는지 더 거북해지는 것을 피하려고 그의 근처에는 얼씬도 하지 않는 것이다.

맥머피는 이 모든 것을 지켜본다. 의자에서 일어나지도 않는다. 그는 다시 어리둥절한 표정을 짓는다. 잠시 의자에 앉아 급성 환자들을 지켜보고, 카드 한 벌을 턱에 난 짧은 붉은 수염에 대고 위아래로 문지른다. 그런 다음 마침내 안락의자에서 일어나 하품을 하고 기지개를 켜며 카드 모서리로 배꼽을 긁는다. 그러고는 카드 한 벌을 주머니에 넣고 저만치 떨어져서 엉덩이에 땀이 나도록 의자에 혼자 앉아 있는 하딩에게 걸어간다.

맥머피는 하딩을 흘끗 내려다보더니 큰 손 하나를 근처에 있는 나무 의자에 올려 등받이가 하딩과 마주하게 빙그르 돌리고는 작은 말에 올라타듯 다리를 벌리고 앉는다. 하딩은 아무것도 알아채지 못한다. 맥머피는 주머니 양쪽을 두드려 담배를 찾아내어 불을 붙인다. 그는 담배를 앞으로 쭉 내밀고 그 끝을 보며 얼굴을 찌푸린다. 그러고는 엄지와 나머지 손가락을 핥고 적당히 불을 조절한다.

두 사람은 서로를 의식하지 않는 듯 보인다. 하딩이 맥머피가 앞에 있다는 걸 눈치 챘는지는 모르겠다. 하딩은 가냘픈 어깨를 녹색 날개처럼 거의 동그랗게 오므리고, 손은 무릎 사이에 집어넣은 채 의자 가장자리에 바른 자세로 앉아 있다. 그는 정면을 응시하면서 마음을 진정시키려고 콧노래를 부르고 있다. 그러나 양 볼을 깨물고 있어서 침착해 보이기는커녕 씩 웃는 해골처럼 우스꽝스러워 보인다.

맥머피는 다시 담배를 이 사이로 물고 나무 의자 등받이에 양손을 올려놓은 다음 그 위에 턱을 괴고 연기 때문에 한 눈을 가늘게 뜬다. 그는 다른 눈으로 잠시 하딩을 쳐다본 다음 말하기 시작한다. 그러자 입술에 물린 담배가 위아래로 흔들린다.

"이보시오, 회의가 보통 이런 식입니까?"

"이런 식이냐고요?"

하딩이 콧노래를 멈춘다. 더는 볼을 깨물지 않지만 여전히 맥머피의 어깨 너머를 응시하고 있다.

"보통 이런 설차를 거쳐 그룹 지료 파티를 하는가 이 말이오. 내가 보기엔 닭들이 모여 서로 쪼아 대는 파티를 하는 것 같구면."

하딩이 고개를 홱 돌리고 맥머피를 바라본다. 마치 누군가가 앞에 앉아 있다는 걸 이제야 알아챈 것 같다. 그가 다시 볼을 깨물자 얼굴 가운데에 주름이 생긴다. 마치 씩 웃고 있는 것처럼 보인다. 그는 어깨를 펴고 잽싸게 의자 등받이에 기대어 마음 편한 척하려 애쓴다.

"'쪼아 대는 파티'라뇨? 유감스럽지만 나한테 당신 고향에서나 쓰는 이상한 말을 써 봐야 소용없어요. 무슨 말인지 눈곱만큼도 못 알아들으니까."

"그럼 내가 설명해 주리다."

맥머피가 언성을 높인다. 그는 뒤에서 귀를 기울이고 있는 다른 급성 환자들을 쳐다보고 있지는 않지만 지금 하려는 말은 사실 그들 들으라고 하는 것이다.

"닭들이 동료 닭의 몸에 피가 조금 난 걸 보고는 그것을 쪼려고 우르르 갑니다. 그 닭이 만신창이가 될 때까지 쪼아 대는 거요. 급기야 피가 철철 흐르고 뼈가 드러나고 깃털이 뽑혀요. 하지만 그런 소동이 벌어지고 나면 보통 두서너 마리의 닭이 피가 묻어 얼룩덜룩해져요. 그러면 이제 그 녀석들이 당할 차례가 되는 거요. 그래서 다른 몇 마리가 또 피 얼룩이 묻고, 쪼여서 죽고, 그런 식으로 가다 보면 점점 더 많은 닭이 죽어 없어집니다. 쪼아 대기 시작하면 몇 시간 만에 닭이 전멸되지요. 그걸 본 적이 있는데, 정말 무시무시했소. 그걸 막는 유일한 방법, 그러니까 닭들에게 쓸 수 있는 방법은 눈가리개를 씌우는 거요. 그러면 앞을 볼 수 없을 테니까."

하딩이 길쭉한 손가락으로 한쪽 무릎을 감싸 안쪽으로 끌어당긴 다음 의자에 기대어 앉는다.

"쪼아 대는 파티라. 거 참 재미있는 비유로군요."

"께름칙하긴 하지만, 방금 한 회의를 보니까 바로 그게 생각나더라고. 그 회의를 보니 추잡한 닭들이 떠올랐소."

"그렇다면 내가 피 묻은 닭이 된 꼴이군요."

"그런 셈이지요."

그들은 여전히 서로를 쳐다보며 싱긋 웃고 있다. 그런데 어느 순간 그들이 갑자기 목소리를 낮춘다. 나는 그들의 말을 듣기 위해 빗자루를 들고 그들에게 가까이 다가가 비질을 한다. 다른 급성 환자들 역시 가까이 다가오고 있다.

"또 할 이야기가 있는데 들어 보겠소? 누가 가장 먼저 당신을 쪼기 시작했는지 알아요?"

하딩은 그가 계속 이야기하기를 기다린다.

"그건 바로 저 늙은 수간호사요."

침묵이 흐르는 가운데 한 줄기 불안감이 흐른다. 나는 벽에 설치된 기계가 덜컥거리다 계속 가동되는 소리를 듣는다. 하딩은 양손을 움직이지 않고 가만히 있느라 애를 먹고 있다. 그는 차분하게 행동하려고 계속 노력한다.

하딩이 말한다.

"그것 참 간단하군요. 어리석을 정도로 간단해요. 당신은 우리 병동에 들어온 지 여섯 시간 만에 벌써 프로이트, 융, 맥스웰 존스의 모든 이론을 단순화해서 그걸 단 두 단어 '쪼아 대는 파티'에 비유했군요."

"난 프로이트, 융, 맥스웰 존스 이야기를 하는 게 아닙니다. 그 가당찮은 회의와 저 간호사와 그 졸개들이 당신에게 한 짓을 말하는 거요. 정말 인정사정없더군요."

"나한테 그랬다고요?"

"맞아요. 틈만 나면 그랬어요. 기회 있을 때마다 그랬다고요. 여기에 당신 적들이 많은 걸 보니 당신이 못할 짓을 한 모양이오. 확실히 당신한테 앙심을 품은 사람들이 많아 보였소."

"어휴, 말도 안 돼요. 사람들이 오늘 한 행동은 나를 위해서 한 것인데, 당신은 그 사실을 완전히 무시하고 있군요. 수간호사나 다른 직원들이 제시한 질문이나 토론이 오로지 치료를 위해서라는 사실을 간과하고 있어요. 보아하니 공동체 치료에 관한 스피비 의사의 이론을 한마디도 귀담아 듣지 않았군요. 아니면 그걸 이해할 만한 소양이 없든가. 당신에게 실망했어요. 크게 실망했어요. 오늘 아침 당신을 보았을 때 당신이 나보다 더 똑똑한 사람이라고 판단했는데 말이에요. 아마도 무식한 바보, 아니 틀림없이 둔하고 세련되지 못한 허풍선이일 테지만, 그래도 기본적으로 지성적인 사람이라고 생각했어요. 관찰력과 통찰력이 있는 나도 어쩔 수 없이 실수를 할 때가 있군요."

"헛소리 그만하쇼."

"깜박하고 말을 안 했는데, 오늘 아침에 당신에게 원시적인 야만성이 있다는 것도 알아챘어요. 사디스트적인 성향이 다분한 정신분열증 환자로 보이더군요. 터무니없이 병적인 자기중심주의 때문이 아닌가 싶어요. 물론 천부적인 재능 덕분에 당신은 분명 유능한 치료사 행세를 하는 거겠죠. 또 수간호사가 이 분야에 이십 년 경력이 있는, 누구나 다 인정하는 정신과 간호사인데도 그녀의 회의 절차를 비난할 수 있는 거고요. 그래요, 당신이 지니고 있는 재능이라면 잠재의식 속에서 기적을 만들어, 고통스러워하는 본능을 달래고, 상처받은 자아를 치유할 수 있을 겁니다. 당신은 아마 육 개월도 안 되어서 병동의 모든 환자들, 식물인간들의 치료법을 개발할 수도 있을 거예요. 만약에 효과가 없으면 환불해 주겠다고 선전을 하겠죠."

맥머피는 일어서서 반박하지는 않고 하딩을 계속 쳐다보기만 하다가 마침내 나직하게 묻는다.

"당신은 정말로 오늘 회의 중에 나왔던 헛소리가 치료에 도움이 된다고 생각하는 거요?"

"그렇지 않으면 우리가 무엇 때문에 회의를 하겠습니까? 직원들은 우리만큼이나 우리가 낫기를 바라고 있어요. 그들은 괴물이 아니에요. 수간호사가 엄한 중년 부인일지는 모르지만 우리 눈을 쪼아 먹으며 우리를 괴롭히는 거대한 괴물 닭 같은 존재는 아니에요. 내 말을 영 믿지 못하는군요, 그렇죠?"

"아니, 그게 아니오. 그녀는 당신 눈을 쪼아 먹고 있는 게 아니오. 그녀가 쪼아 먹는 건 그런 게 아니란 말이오."

하딩이 움찔한다. 나는 그의 양손이 무릎에서 서서히 빠져 나오는 것을 본다. 그것은 마치 이끼로 덮인 나뭇가지 사이에서 줄기 쪽으로 가는 흰 거미들 같다.

하딩이 말한다.

"우리 눈이 아니라고요? 그럼 수간호사가 어디를 쪼아 먹고 있다는 거예요?"

맥머피가 싱긋 웃으며 말한다.

"아니, 그걸 몰라요?"

"당연히 모르죠! 당신이 자꾸……."

"당신 고환이오, 형씨. 당신이 아끼는 고환이라고요."

거미들이 줄기와 가지가 만나는 지점에 도달해 그곳에 자리를 잡고 부르르 몸을 떤다. 하딩은 씩 웃으려 한다. 그러나 얼굴과 입술이 창백해질 뿐 웃음은 찾아볼 수 없다. 그는 맥머피를 빤히 본다. 맥머피는 입에서 담배를 떼어 방금 한 말을 되풀이한다.

"바로 당신 고환이오. 그래요, 저 간호사는 괴물 닭이 아니라 고환 잡아먹는 괴물이오. 그런 사람들을 수없이 많이 봤어요. 늙은 사람, 젊은 사람, 남자, 여자 다 있어요. 그런 사람들을 전국 어디에서나 봤고, 고향에서도 봤어요. 그들은 사람의 기력을 약하게 만들지요. 그래서 그 사람이 그들이 정해 놓은 규칙과 명령을 따르고 그들이 조종하는 대로 살게 만든다고요. 그런데 그렇게 만드는 방법, 그러니까 사람을 굴복시키는 가장 좋은 방법은 가장 아픈 곳을 잡아서 힘을 못 쓰게 만드는 겁니다. 말다툼을 하다가 무릎에 고환을 걷어차인 적 있지요? 그럼 온몸이 차가워지면서 얼어붙어 버려요, 그렇죠? 그것보다 더 고통스러운 건 없지요. 거기를 걷어차이면 몸이 아프고, 아무 힘도 못 씁니다. 만일 당신이 어떤 사람과 대결을 한다고 칩시다. 그런데 그 사람은 자신의 힘을 키우기보다는 당신의 힘을 뺏어서 이기려고 해요. 그럴 때는 그의 발을 조심해야 해요. 당신의 급소를 찰 테니까."

하딩의 얼굴은 아직도 창백하다. 그러나 손은 잘 간수하고 있다. 이윽고 그는 맥머피가 늘어놓고 있는 말을 쳐내듯 힘없이 손을 내젓는다.

"우리의 사랑스러운 랫치드 양요? 늘 미소를 짓는 상냥하고 친절한 자비의 천사이자 어머니 같은 수간호사가 고환 잡아먹는 괴물이라고요? 이봐요, 말이 되는 소리를 하쇼."

"이보시오, 사랑스럽고 상냥한 어머니라는 등 되지도 않는 소리 좀 집어치우시오. 뭐, 어머니란 말은 그렇다 칩시다. 하지만 저 간호사는 덩치가 산만 하고, 칼날처럼 강한 여자요. 오늘 아침에 여기 왔을 때 나도 그 여자가 친절하고 사랑스러운 어머니 흉내를 내기에 깜빡 속긴 했지만 이제는 아니오. 아마 여러분도 육 개월이나 일 년 정도 지나서 저 여자의 본색을 알아챘을 거요. 살면서 별별 못된 년을 다 봤지만, 저 여자는 보통이 아니오."

"못된 년이라고요? 조금 전까지만 해도 그녀를 고환 잡아먹는 괴물이라고 했잖아요. 또 말뚱가리, 아니 닭이라고 했나요? 어째 앞뒤가 안 맞는 것 같소이다."

"그만 좀 해요. 그 여자는 못된 년이고, 말똥가리이고, 고환 잡아먹는 괴물이오. 날 그만 갖고 놀아요. 내가 무슨 얘기를 하고 있는지 다 알잖소."

이제 하딩의 얼굴과 손이 어느 때보다도 빨리 움직이고 있다. 빠르게 돌아가는 필름처럼 그의 얼굴은 싱긋 웃는 표정, 찡그린 표정, 조롱하는 표정으로 마구 바뀌고, 몸짓도 수시로 바뀐다. 그가 몸을 가누려고 할수록 몸이 말을 듣지 않고 더 빠르게 움직인다. 애써 자제를 하지 않고 손과 얼굴이 움직이는 대로 가만히 있으면 손이 예쁜 동작을 취하고, 얼굴은 아주 예쁜 표정을 띤다. 그러나 안절부절못하며 손과 얼굴을 통제하려고 하면 그는 줄을 팽팽하게 하고 미친 듯이 부자연스럽게 춤을 추는 꼭두각시처럼 되고 만다. 모든 동작이 점점 더 빨라지고, 그의 목소리는 거기에 맞춰 더욱 빨라진다.

"이봐요, 내 친구, 맥머피 씨, 내 정신병원 친구. 랫치드 양은 자비심 넘치는 진정한 천사예요. 왜 그런지는 모두들 알고 있어요. 그녀는 바람처럼 사심 없는 사람이거든요. 매일매일 일주일에 닷새씩 모든 사람을 위해 알아주는 사람이 없어도 열심히 일하고 있어요. 그런 일은 마음이 따뜻한 사람만이 할 수 있잖아요. 사실 내가 좀 들은 이야기가 있는데, 정보원들이 누구인지는 내 마음대로 밝힐 수가 없어요. 하지만 마티니가 늘 같은 사람들과 어울리면서 대부분의 시간을 보낸다는 말 정도는 해도 될 것 같군요. 어떤 이야기인가 하면, 랫치드 양이 병원 일도 모자라 주말마다 시내에 나가서 자원 봉사 활동을 한다는 겁니다. 통조림, 치즈, 비누 등의 자선 물품을 넉넉히 준비해서 경제적으로 어려운 가난한 젊은 부부들에게 나눠 주는 일을 한다는군요."

하딩은 양손을 휘둘러 그림을 그려 가면서 말을 잇는다.

"아, 봐요. 저기 간호사가 있어요. 문을 살살 두드리네요. 리본이 달린 바구니를 들고요. 젊은 부부가 너무 기쁜 나머지 말을 하지 못하네요. 남편은 입을 떡 벌리고 있고, 부인은 거리낌 없이 울고 있어요. 간호사는 사는 형편이 어떤지 그들의 거주지를 둘러봅니다. 그런 다음 그들에게 청소용 세제를 살 돈을 보내 주겠다고 약속하네요. 그녀는 마룻바닥 가운데에 바구니를 둡니다. 그리고 우리의 천사는 손으로 키스를 보내고 계속 미소를 지으며 떠납니다. 그녀는 자신의 선행으로 인해 커다란 가슴에 생성된 친절이라는 신선한 젖에 흠뻑 취한 나머지 자기도 모르게 마구 베풉니다. 자기도 모르게 말입니다. 그녀는 현관에서 잠시 걸음을 멈추고 마음 약한 젊은 신부를 한쪽으로 끌어내 20달러를 쥐어 줍니다. '어서 가요, 가난하고 불행해 제대로 먹지도 못한 젊은 신부여. 어서 가서 옷이라도 한 벌 사 입어요. 보아하니 당신 남편은 그럴 능력이 못 되는군요. 그러니 여기, 이걸 받고 어서 가요.' 그리하여 그 부부는 영원히 그녀의 은혜를 입지요."

하딩이 점점 더 빠른 속도로 말한다. 힘줄이 목 밖으로 튀어나올 것만 같다. 그가 이야기를 멈추자 병동에 적막이 흐른다. 테이프가 감기는 규칙적인 소리만이 희미하게 내 귀에 들린다. 어딘가에 설치된 녹음기가 이 모든 대화 내용을 녹음하고 있는 것이리라.

하딩은 주위를 둘러보고, 모두가 자기를 지켜보고 있다는 걸 알고는 있는 힘을 다해 웃으려 애쓴다. 그의 입에서 초록색 소나무 널빤지에 박힌 못을 쇠지레로 빼내는 듯한 소리가 난다. 끼이이익. 그는 그 소리를 멈출 수가 없다. 삐거덕거리는 끔찍한 소리에 그는 파리처럼 양손을 모으고 눈을 질끈 감는다. 그러나 그 소리를 멈출 수가 없다. 그 소리는 점점 더 높아지고, 마침내 그는 숨을 헉 들이쉬는 소리와 함께 양손에 얼굴을 묻는다.

"에이, 못된 년. 천하의 못된 년."

하딩이 속삭인다.

맥머피는 담배 한 개비를 더 꺼내 불을 붙이고 그에게 건넨다. 하딩은 아무 말 없이 그것을 받는다. 맥머피는 아직도 하딩 앞에서 약간 어리둥절하면서도 놀란 표정으로 그의 얼굴을 물끄러미 쳐다본다. 마치 생전 처음 인간의 얼굴을 본 것 같은 표정이다. 맥머피가 지켜보는 동안 하딩은 경련이 가라앉더니 손에 묻어 둔 얼굴을 든다.

하딩이 말한다.

"당신 말이 전부 맞아요."

하딩은 자기를 지켜보고 있는 다른 환자들을 올려다보며 말을 잇는다.

"전엔 아무도 당당히 나와서 그 말을 한 적이 없어요. 하지만 우리들 모두 그런 생각은 하고 있지요. 그 간호사에 대해서나, 병동에서 일어나는 모든 일에 대해서 당신이 느끼는 것을 다른 환자들도 똑같이 느끼고 있어요. 단지 그 느낌을 겁 많은 소심한 영혼 깊숙한 곳 어딘가에 숨겨 둘 따름이에요."

맥머피가 얼굴을 찌푸리며 묻는다.

"저 허수아비 같은 의사는 어떤가요? 머리는 좀 둔한 것 같지만, 그 여자가 어떻게 병동 전체를 요리하고, 또 무슨 짓을 하고 있는지 눈치 채지 못할 정도로 바보는 아닌 것 같은데."

하딩은 담배를 길게 한 모금 쭉 빨더니 연기를 내뱉으며 말한다.

"스피비 의사는…… 우리들과 똑같다고 보면 돼요, 맥머피. 자신이 부족하다는 걸 아주 잘 알고 있어요. 그는 겁에 질리고 절망에 빠진, 무능한 작은 토끼예요. 랫치드 양의 도움이 없으면 이 병동을 전혀 운영하지 못할 사람이지요. 그도 그 사실을 알고 있어요. 그리고 더욱 불행한 것은 의사가 그 사실을 알고 있다는 걸 그녀가 알고, 기회가 있을 때마다 그에게 그 사실을 상기시킨다는 거죠. 의사가 서류 정리나 차트 작성을 하면서 저지른 조그만 실수를 수간호사가 발견할 때마다 그에게 얼마나 면박을 줄지 안 봐도 뻔하지요."

"맞아요. 우리가 실수할 때도 얼마나 무안을 주는지 몰라요."

체스윅이 맥머피 옆으로 다가와 말한다.

"의사가 왜 수간호사를 해고하지 않지요?"

하딩이 대답한다.

"이 병원에선 의사에게 인사권이 없어요. 그 권한은 관리자에게 있고, 그 관리자는 여자예요. 즉, 랫치드 양이 아끼는 오랜 친구죠. 그들은 30대에 육군 부대에서 함께 간호사로 일했어요. 말하자면 우리는 여족장제의 희생양이지요. 의사는 우리처럼 여족장제의 그늘 아래 아무 힘도 못 쓰는 존재이고요. 그는 랫치드 양이 바로 옆에 있는 전화기를 들어 관리자에게 전화해서 그가 데메롤을 과다 청구하고 있는 것 같다고 한마디만 하면 다 끝난다는 걸 알고 있어요……."

"잠깐만요. 하딩, 난 전문 용어는 잘 몰라서요."

"데메롤은 인조 아편이에요, 친구. 헤로인보다 중독성이 두 배나 강하지요. 의사들이 그것에 중독되는 건 아주 흔한 일이에요."

"그 자그마한 허수아비가? 마약 중독자라는 거요?"

"확실히는 모르겠어요."

"그러면 수간호사가 어디로 가서 그를 고발하나요……."

"이런, 내 말을 귀담아 듣지 않았군요. 그녀는 고발 같은 건 안 해요. 뭐든 돌려 말하기만 하면 뜻대로 되는데, 그걸 아직 모른단 말이에요? 오늘 눈치 못 챘어요? 이를테면 수간호사가 간호사실 문 쪽으로 환자를 불러요. 그러고는 거기에 서서 그의 침대 밑에 크리넥스가 있는 걸 봤는데 어떻게 된 거냐고 물어보는 겁니다. 그냥 물어보기만 할 뿐 더 이상 아무 말도 안 해요. 그러면 그 환자는 어떤 대답을 하든 그녀에게 거짓말을 한 것 같은 기분이 들지요. 만일 그가 크리넥스로 펜을 닦았다고 말하면 그녀는 '아, 펜이군요.'라고 말해요. 만일 코감기에 걸렸다고 말하면, '아, 감기요.'라고 말하고요. 그러고는 작은 잿빛 머리를 끄덕이고 엷게 미소를 지으며 돌아서서 간호사실로 들어가지요. 그러면 그 환자는 거기에 서서 자신이 과연 크리넥스를 무슨 용도로 썼나 하고 생각하게 돼요."

하딩이 다시 몸을 떨기 시작한다. 그의 어깨가 안쪽으로 휜다.

"아니. 수간호사는 고발할 필요가 없어요. 돌려 말하는 데 천재니까. 오늘 토론하는 중에 그녀가 나를 고발하는 말을 한

마디라도 들었어요? 못 들었지요? 하지만 나는 갖가지 이유로 고발을 당한 기분이에요. 질투와 편집증으로, 부인을 만족시키지 못할 정도로 사내 구실을 못한다는 이유로, 남자 친구들과 육체관계를 가졌다는 이유로, 거만한 태도로 담배를 들고 있었다는 이유로 말입니다. 심지어, 이건 어디까지나 내 생각인데, 내 다리 사이에 고작 털 한 줌밖에 없다고, 그것도 부드러운 금발의 솜털이라고 비난을 받은 기분이라고요! 고환을 잡아먹는 괴물이라고요? 아, 당신은 그녀를 과소평가한 거예요!"

하딩은 돌연 입을 다물더니 상체를 숙여 두 손으로 맥머피의 한 손을 잡는다. 그러고는 얼굴을 이상한 모양으로 기울인다. 그의 얼굴이 깨진 포도주 병처럼 날카롭게 일그러지며 자줏빛과 회색을 띤다.

"이 세계는……, 힘센 자들의 것이에요, 친구! 이 세계는 약한 자들을 잡아먹을수록 점점 더 강해지는 힘센 자들을 중심으로 돌아가지요. 우리는 이것을 직시해야 합니다. 세상이 이런 식으로 돌아가는 건 당연해요. 우리는 이것을 자연 세계의 법칙으로 받아들여야 해요. 토끼는 자연 세계의 법칙이 정해 놓은 자기의 역할을 받아들이고 늑대를 강한 자로 인정합니다. 그리고 자기 몸을 지키기 위해 교활해지고, 수세에 몰리면 겁을 먹고 도망을 칩니다. 그래서 늑대가 주위에 나타나면 구멍을 파서 거기에 숨지요. 토끼는 그런 식으로 버티며 목숨을 부지해 갑니다. 자기 분수를 아는 거지요. 그래서 늑대와 싸우려 대드는 일이 거의 없어요. 그런데 그게 현명한 걸까요? 그럴까요?"

하딩은 맥머피의 손을 놓고 상체를 똑바로 편다. 그러고는

다리를 꼰 다음 입을 약간 벌리고 미소를 지으며 담배를 떼어
낸다. 널빤지에서 못을 빼는 것 같은 웃음소리가 다시 나기 시
작한다. 끼이이익.

"맥머피 씨…… 나의 친구…… 나는 닭이 아니에요, 나는
토끼예요. 의사도 토끼지요. 저기 있는 체스윅도 토끼예요. 빌
리 비빗도 토끼고요. 여기에 있는 우리들 모두 나이도 제각각
이고, 상태도 저마다 다른 토끼들이에요. 우리는 우리의 월트
디즈니 세계에서 깡충깡충 뛰어다니지요. 오, 내 말을 오해하
지는 마세요. 우리가 토끼라서 여기에 있는 건 아니에요. 우리
는 어디에 있든 토끼 신세를 면치 못할 거예요. 우리 모두 여
기에 있는 건 우리가 토끼라는 것에 적응하지 못하기 때문이
에요. 우리에게는 우리의 분수를 가르쳐 줄 수간호사 같은 힘
센 늑대가 필요해요."

"이봐요, 바보 같은 소리를 하는군요. 그러니까 당신은 가만
히 앉아서 당신이 토끼라고 최면을 거는 저 할망구에게 넘어
갈 작정이오?"

"나한테 최면을 걸 필요가 없지요. 나는 태어날 때부터 토
끼였으니까. 나를 봐요. 내가 내 역할에 만족하고 살려면 나한
테는 수간호사가 필요해요."

"당신은 빌어먹을 토끼가 아니오!"

"이 귀 보이죠? 씰룩거리는 코와 작고 귀여운 토끼 꼬리도
보이잖아요?"

"당신 이야기하는 게 꼭 미친 사……."

"미친 사람 같다고요? 정확히 짚었어요."

"빌어먹을, 나는 그런 뜻으로 한 말이 아니오, 하딩. 당신은

미치지 않았어요. 여러분 모두가 정신이 똑바로 박혀 있다는 걸 알고 내가 얼마나 놀랐는지 아쇼? 장담하는데, 밖에 있는 멍청이들이 미치지 않은 것처럼 당신들도 미치지 않았소……."

"아, 밖에 있는 멍청이들."

"그러니까 영화에 나오는 미친 사람들처럼 미치지 않았다 이거요. 당신들은 그저 갇혀 있을 뿐이오. 마치……."

"마치 토끼처럼 말이죠?"

"토끼라니, 제길! 절대 토끼가 아니라니까, 빌어먹을."

"비빗 씨, 맥머피 씨를 위해 깡충깡충 뛰어 봐요. 체스윅 씨, 당신 몸에 얼마나 털이 많은지 그에게 보여 줘요."

빌리 비빗과 체스윅은 바로 내 눈앞에서 등을 구부려 흰 토끼로 변한다. 그러나 그들은 부끄러워서 하딩이 시키는 대로 하지 못한다.

"이런, 이 사람들이 부끄러워하는군요, 맥머피 씨. 귀엽지 않아요? 아니, 어쩌면, 이 사람들은 친구 편을 들어주지 않은 것 때문에 미안해서 그럴 거예요. 어쩌면 이번에도 그녀에게 조종을 당해 동료를 심문했다는 사실에 죄책감을 느끼고 있는지도 모르죠. 기운 내요, 친구들, 부끄러워할 이유가 없어요. 이 세상이 원래 그렇잖아요. 동료를 옹호하는 건 토끼들한테는 분수에 넘치는 일이에요. 그건 어리석은 짓이지요. 아니, 당신들은 현명했어요. 비겁하지만 현명했지요."

"이봐요, 하딩."

체스윅이 한마디 한다.

"오, 그러지 마요, 체스윅. 사실을 말했다고 화내지 마요."

"이봐요. 나도 가끔 랫치드 양에 대해 똑같이 말한 적이 있다고요."

"그래요. 하지만 당신은 아주 조용히 이야기했고, 나중에 다 취소했잖아요. 진실을 회피하려고 하지 마요. 당신 역시 토끼니까. 그렇기 때문에 오늘 회의 중에 당신이 나에게 그런 질문들을 했는데도 내가 당신을 원망하지 않는 거예요. 당신은 당신 역할을 했을 뿐이니까. 만일 당신이 심문을 받았다면, 혹은 빌리 당신이, 혹은 프레드릭슨 당신이 심문을 받았다면, 나도 당신들이 나를 공격한 것처럼 잔인하게 당신들을 공격했을 거예요. 우리는 우리의 행동을 부끄러워해서는 안 돼요. 우리 같은 작은 동물들은 그렇게 행동하도록 되어 있으니까요."

맥머피는 의자에 앉은 채로 몸을 돌려 다른 급성 환자들을 위아래로 훑어본다.

"잘 모르지만, 이 사람들이 뭘 부끄러워해야 하는지는 알겠어. 나는 개인적으로 이 사람들이 수간호사와 한통속이 되어 당신을 비난한 건 아주 비열한 짓이라고 생각했소. 잠시나마 중국 공산군 포로수용소로 돌아온 듯한 기분이 들었지……."

체스윅이 말한다.

"맥머피, 너무 심하군. 내 말 좀 들어 봐요."

맥머피가 고개를 돌려 귀를 기울인다. 그러나 체스윅은 더 이상 아무 말도 하지 않는다. 체스윅은 결코 입을 열지 않는다. 그는 앞장서서 비난을 퍼부을 것처럼 난리 법석을 떨다가도 소리를 지르고 잠깐 발을 동동 구르다 몇 발자국 떼고는 그만둬 버리는 사람이다. 맥머피는 그렇게 엄포를 놓고는 언제 그랬느냐는 듯 딴청을 부리는 그를 쳐다보다 그에게 말한다.

"정말 중국 공산군 포로수용소와 비슷하군요."

하딩이 상황을 무마하려고 양손을 쳐든다.

"오, 아니에요, 아니에요, 그렇지 않아요. 우리를 비난해선 안 돼요, 친구. 안 됩니다. 사실……."

나는 하딩의 눈에 또다시 교활한 불꽃이 이글거리기 시작하는 것을 본다. 그리고 그가 웃을 거라고 생각한다. 그러나 그는 입에 문 담배를 빼어 그것으로 맥머피를 가리킨다. 그의 손에 들린 담배가 마치 손끝에서 연기가 피어오르는 희고 가느다란 손가락 같다.

"……맥머피 씨, 당신은 카우보이처럼 허세를 부리고 잘난 척하지만, 당신 역시 그 딱딱한 표면 아래에는 아마 우리처럼 부드러운 솜털이 보송보송한 토끼의 영혼이 숨어 있을 거예요."

"그래요, 맞소. 나는 작은 흰꼬리토끼요. 그런데 대체 뭘 보고 나를 토끼라고 하는 거요, 하딩? 내가 정신분열증이 있는 것 같아서? 툭하면 싸움질을 해서? 아니면 여자를 밝혀서? 분명 그것 때문이겠지, 안 그래요? 그놈의 호색적인 기질 때문일 거야. 맞아, 여자를 너무 밝히기 때문에 내가 토끼라는 소리를 듣는 거야……."

"잠깐만요. 당신이 곰곰이 생각할 거리를 내놓았군요. 토끼들은 그런 특성으로 유명하지요, 그렇죠? 그러니까 지나친 성욕으로 악명이 높아요. 그래요. 하지만 어쨌든 당신 말을 듣고 보니 당신은 건강하고, 제 구실을 다하는, 능력 있는 토끼인 반면에 여기 있는 우리들 대부분은 능력 있는 토끼라고 하기에는 성적 능력이 부족하다는 뜻 같군요. 우리는 실패자예요. 나약한 작은 종족 중에서도 연약하고, 힘없고, 작고 왜소한 존재들이라고요. 성욕이 없는 토끼들이라…… 참 한심하죠."

"잠깐. 내가 하는 말을 자꾸 곡해하는데……."

"아니, 당신 말이 옳았어요. 당신도 알다시피, 간호사가 집 중적으로 쪼아 대는 곳이 어디인지 우리에게 일깨워 준 사람 은 바로 당신이에요. 당신 말이 맞았어요. 자신이 성욕을 잃고 있다는, 혹은 이미 잃었다는 사실을 두렵게 생각하지 않는 사 람은 여기 한 사람도 없어요. 우스꽝스러운 우리 작은 존재들 은 토끼 세계에서조차 남자 구실을 못하고 있어요. 그것만 보 더라도 우리는 정말로 약하고 무능해요. 말하자면 우리는 토 끼 중에서도 가장 한심한 토끼들이지요!"

하딩이 다시 앞으로 상체를 숙인다. 내가 예상하고 있던 쉬 어짜는 듯한, 삐걱대는 웃음소리가 그의 입에서 나오기 시작 한다. 양손을 휘젓는 그의 얼굴에 경련이 일어난다.

"하딩! 그 빌어먹을 입 좀 닥쳐!"

따귀라도 한 대 맞은 듯 하딩이 조용해진다. 갑자기 말문이 닫히긴 했지만 하딩은 여전히 웃는 모양으로 입을 벌리고 푸 르스름한 담배 연기 속에서 양손을 쳐들고 있다. 그는 잠시 그 렇게 얼어붙어 있다. 그러다가 교활한 눈빛으로 눈을 가늘게 뜨고 맥머피를 보며 말한다. 얼마나 작게 말하는지 나는 그의 말을 들으려고 그의 의자 바로 옆으로 성큼 다가가 비질을 할 수밖에 없다.

"친구…… 당신은…… 늑대일지도 몰라."

"허튼소리, 나는 늑대도 아니고 토끼도 아니오. 휴, 그런 말 은 난생처음……."

"당신은 늑대처럼 고함 소리가 아주 우렁차."

맥머피는 큰 소리로 씩씩거리며 하딩에게서 눈을 떼고 주위에 서 있는 나머지 급성 환자들을 쳐다본다.

"당신들 전부 말이야, 도대체 당신들한테 무슨 문제가 있다는 거요? 스스로를 동물이라고 생각하다니, 말도 안 돼. 여러분은 그런 생각을 할 만큼 미치지 않았어."

체스윅이 말을 하며 맥머피 옆으로 걸어온다.

"아니, 아니에요, 맹세코, 난 아니에요. 나는 토끼가 아니에요."

"바로 그거요, 체스윅. 그리고 당신들도 그 생각을 떨쳐 버려요. 여러분을 봐요. 저 쉰 살 먹은 여자가 뭐가 무서워서 겁을 냅니까? 저 여자가 당신들한테 뭘 어쩌겠어요?"

"네, 뭘 어쩌겠어요?"

체스윅이 말하면서 다른 사람들을 쏘아본다.

"그 여자는 당신들에게 채찍질을 할 수 없어요. 뜨겁게 달군 쇳덩어리로 여러분을 태울 수도 없고요. 여러분을 선반에 묶어 놓을 수도 없어요. 요즘 그런 짓을 했다가는 법으로 처벌을 받아요. 지금은 중세 시대가 아니라고요. 이 세상에서 그녀가 할 수 있는 건 단 한 가지도……."

"당신은 그녀가 우리에게 무슨 짓을 하, 할 수 있는지 봤, 봤잖아요! 오늘 회, 회의 시간에 말이에요."

토끼에서 다시 인간의 모습으로 돌아온 빌리 비빗이 맥머피 쪽으로 몸을 숙이고 계속 말을 하려고 애쓴다. 그의 입은 침으로 축축하고 얼굴은 벌겋다. 잠시 후 그가 돌아서서 걸어가며 말한다.

"아, 소용없어. 난 자, 자살해야 해."

맥머피가 그를 부른다.

"오늘? 오늘 내가 회의 시간에 뭘 봤다는 거요? 오늘 내가 본 것이라고는 그 여자가 몇 가지 질문을 하는 것뿐이었는데. 그것도 간단하고 쉬운 질문으로. 질문 좀 한다고 뼈가 부러지나요? 질문이 몽둥이나 돌덩이도 아닌데."

빌리가 돌아서서 말한다.

"하지만 그 여자가 질문을 하는 바, 바, 방식이⋯⋯."

"대답할 필요는 없잖아요, 안 그래요?"

"만일 대답을 하지 않으면 그 여자는 미소를 지으면서 수첩에 기, 기, 기록을 해요. 그런 다음 그 여자는, 그 여자는 아, 젠장!"

스캔런이 빌리 옆으로 다가와 말한다.

"맥, 만일 당신이 대답을 하지 않으면 당신은 암묵적으로 그걸 인정하는 거예요. 그게 정부에서 써먹는 수법이지요. 그건 도저히 당해 낼 수가 없어요. 유일한 방법이 있다면 지구상에 있는 모든 걸 폭파시켜 버리는 거예요. 전부 다."

"그 여자가 그런 질문을 할 때, 일어나서 그 여자에게 지옥에나 떨어지라고 하지 그래요?"

"그래요, 그 여자한테 지옥으로 가라고 말해요."

체스윅이 주먹을 흔들며 말한다.

"그러면 어떻게 될까요, 맥머피? 그 여자가 곧바로 돌아와서 '그 질문에 왜 그렇게 과민 반응을 보이지요, 맥머피 씨?'라고 물을걸요."

"그러면 또 지옥에나 떨어지라고 말하면 되지요. 그 사람들 전부 지옥에 가라고 해요. 그래도 그들은 당신들을 해치지 못할 테니까."

급성 환자들이 점점 맥머피 주위에 몰려들기 시작한다. 이번에는 프레드릭슨이 말한다.

"좋아요, 당신이 그녀에게 그 말을 하면 당신은 '공격적인 성향이 있는 환자' 명단에 이름이 올라가고, 위층에 있는 중환자실로 끌려가요. 내가 그런 적이 있거든요. 세 번이나 그랬어요. 저 위층에 있는 불쌍한 바보들은 토요일 오후에 영화를 보러 병동 밖으로 나가지도 못해요. 텔레비전도 못 봐요."

"그리고 친구, 사람들한테 지옥에 떨어지라고 하면서 그렇게 계속 적대적인 성향을 내보이면, 당신은 쇼크 숍으로 가는 줄에 서게 될 거예요. 어쩌면 그보다 더한 일을 겪을지도 모르죠. 뭐 수술을 받는다든지, 아니면……."

"빌어먹을. 하딩, 나는 전문 용어는 잘 못 알아듣는다고 했잖소."

"맥머피 씨, 쇼크 숍은 EST 기계, 그러니까 전기 충격 치료 (Electro Shock Therapy)의 은어예요. 마취제, 전기 의자, 고문대의 역할을 하는 장치라고 할 수 있지요. 짧은 과정을 거쳐 교묘하고 단순하고 빠르게, 거의 아무 고통도 느끼지 못하게끔 순식간에 치료해 주는 기계지요. 하지만 아무도 두 번 다시 받고 싶지 않은 치료법이에요. 절대로……."

"그 기계가 뭘 어떻게 하는데요?"

"우선 테이블에 묶습니다. 얄궂게도 십자가 형태로 말이죠. 그런 다음 가시관 대신에 전기 불꽃이 일어나는 왕관을 씌워요. 그리고 머리 좌우에 전선이 닿게 합니다. 찌지직! 5센트어치 전기가 뇌를 통과하죠. 그러면 당신은 지옥에 가라는 적대적인 행동을 한 대가로 치료와 벌을 동시에 받는 거예요. 게다가 사람에 따라서 여섯 시간에서 삼 일 동안 독방에 갇히지요. 정신이 돌아온 뒤에도 며칠 동안 혼미함을 느낍니다. 논리적인 생각을 할 수 없게 돼요. 기억도 잃어버려요. 이런 치료를 진저리 날 만큼 받으면 결국 저기 벽에 붙박여 있는 엘리스처럼 되고 말지요. 서른다섯 살에 침을 질질 흘리고 바지에 오줌을 싸는 바보가 되는 겁니다. 아니면 먹고 싸고 '망할 여편네' 하고 소리를 지르는 분별 없는 유기체가 되거나. 럭클리처럼 말입니다. 당신 옆에서 자기랑 똑같은 이름이 붙은 빗자루를 꼭 잡고 있는 브룸든 추장을 봐도 알 거예요."

하딩이 담배로 나를 가리킨다. 나는 달아나려 하지만 이미 늦었다. 아무것도 모르는 척 계속 비질할 수밖에 없다.

"내가 듣기로는 추장이 수년 전에 200번도 넘게 전기 충격 치료를 받았다고 해요. 그때는 그게 성행했다는군요. 그렇지 않아도 기억력이 떨어진 사람한테 그 치료를 하면 머리가 어떻게 되겠어요. 저 사람을 봐요. 덩치가 아주 큰 청소 담당자 말이에요. 사라져 가는 미국인이 저기 있네요. 저 2미터나 되는 청소 기계는 자기 그림자도 무서워한답니다. 저 사람만 봐도 우리는 행동을 조심하게 돼요."

맥머피는 잠시 나를 쳐다보고는 다시 하딩을 돌아본다.

"어째서 당신은 그걸 참고 있는 거요? 그 의사가 민주적인 병동 운운하더니 대체 이게 뭡니까? 왜 투표를 하지 않지요?"

하딩은 그를 보고 미소를 짓더니 담배를 또 한 모금 천천히 빤다.

"무슨 투표를 합니까, 친구? 그룹 미팅 중에 수간호사는 더이상 아무 질문도 하지 말라는 안건을 놓고 투표를 하자고요?

수간호사는 이상한 눈으로 우리를 쳐다보지 말라고 투표할까요? 말해 봐요, 맥머피 씨, 무슨 투표를 하자는 겁니까?"

"그건 상관없어요. 어떤 것이든 좋아요. 당신들이 숙맥이 아니라는 걸 보여 주기 위해 뭐든 해야 하지 않겠어요? 그 여자가 병동을 좌지우지하지 못하게 손을 써야 하지 않겠냐 이거요. 당신들 자신을 보세요. 당신들은 추장이 자기 그림자도 무서워한다고 했어요. 하지만 난 여러분처럼 잔뜩 겁을 먹은 사람들은 생전 처음 봐요."

"난 아니에요!"

체스윅이 말한다.

"그럴지도 모르죠. 하지만 다른 사람들은 마음 놓고 실컷 웃는 것조차 두려워해요. 여기 와서 가장 이상했던 게 바로 그 점이었어요. 아무도 웃지 않더군요. 저 문을 통과해 이곳에 온 뒤로 진짜 웃음 같은 웃음소리를 들은 적이 없어요, 그거 알아요? 여러분, 웃음을 잃으면 설 자리를 잃어요. 남자가 웃음을 잃을 정도로 여자한테 꽉 잡혀 살면 결국 자신이 더 힘센 남자라는 사실을 잊어버리고 말지요. 무엇보다도 여자가 자기보다 더 강인하다고 생각하기 시작한다 이겁니다. 그리고……."

"아, 동료 토끼 여러분, 우리의 친구가 드디어 감을 잡은 모양이군요. 말해 봐요, 맥머피 씨. 여자를 보고 웃는 것 말고 그녀에게 누가 대장인지 어떻게 가르쳐 줄 수가 있지요? 이 산의 지배자가 누구인지 여자에게 어떻게 가르쳐 줄 수 있어요? 당신 같은 남자라면 우리에게 그걸 말해 줄 수 있을 테지. 그 여자를 두들겨 패지는 않겠지요, 그렇죠? 그러면 여자가 고소할 테니까. 당신은 화를 내지도 않고 그녀에게 소리를 지르지도 않겠지요. 그녀가 화가 난 덩치 큰 늙은 남자를 잘 달래서 결국 이길 테니까. '우리 자기가 골이 났나? 아이, 골내지 마.' 당신은 이렇게 애교를 부리는 여자에게 넘어가지 않고 계속 화를 낼 수 있어요? 어느 정도는 당신이 말한 대로예요. 남자에게는 현대 모권제의 불가항력에 대항할 수 있는 아주 효과적인 무기가 딱 하나 있지요. 그러나 그건 분명 웃음은 아니에요. 아무튼 한 가지 무기가 있는데 해를 거듭할수록 정보에 밝아지고, 의욕적으로 연구를 하다 보니 점점 더 많은 사람들이 그 무기를 무력화시켜, 지금까지 정복자로 군림했던 사람들을 정복할 방법을 알아내고 있어요……."

"이봐요, 하딩, 무슨 소리를 하는 거요?"

맥머피가 끼어든다.

"그리고 당신은 정신병자예요. 그런 당신이 우리의 챔피언에 맞서 당신의 무기를 효과적으로 사용할 수 있다고 생각해요? 무기를 써서 랫치드 양과 대적할 수 있다고 생각해요, 맥머피 씨? 정말 그렇게 생각합니까?"

하딩이 한 손으로 유리창 안을 가리킨다. 모두들 고개를 돌려 그쪽을 본다. 수간호사가 거기에 있다. 그녀는 유리창 안에서 밖을 내다보고 있다. 어딘가 보이지 않는 곳에 녹음기를 숨겨 놓고 이 모든 내용을 듣고 있다. 그녀는 앞으로 어떻게 할지 계획을 짜고 있을 것이다.

모두가 자신을 쳐다보고 있는 걸 알아차린 수간호사는 고개를 끄덕여 보인다. 모두들 시선을 피한다. 맥머피는 모자를 벗고 양손으로 붉은 머리칼을 쓸어 넘긴다. 이제 모두 그를 쳐다보고 있다. 그들은 그의 대답을 기다리고 있고, 그는 그 사실을 알고 있다. 덫에 걸린 기분일 것이다. 그는 다시 모자를 쓰고 코에 남은 흉터를 문지른다.

"당신은 내가 저 늙은 말뚱가리를 유혹할 수 있다고 생각하나 본데, 내 생각은 달라요……."

"맥머피 씨, 저 여자는 그다지 못생기지 않았어요. 오히려 굉장한 미인이고, 나이에 비해 젊어 보이기까지 해요. 그리고 저 여자는 펑퍼짐한 옷을 입어서 감추려고 꽤나 노력을 하지만 그래도 가슴이 무척 풍만하다는 게 티가 나지요. 젊었을 때는 꽤 예뻤을걸요. 이건 그냥 물어보는 건데, 그녀가 늙지 않았다면, 젊고 헬레나처럼 무척 아름답다면 그녀를 유혹할 수 있겠죠?"

"헬레나가 누군지는 모르지만 당신이 무슨 얘기를 하려는지 알겠군. 그리고 당신 말이 백번 옳아요. 저 여자가 마릴린 먼로 같은 미인이라고 해도 저렇게 잔뜩 얼어붙은 늙은 얼굴을 보면 도저히 흥분이 될 수 없지요."

"그럴 줄 알았어. 수간호사가 이겼군."

하딩이 상체를 뒤로 젖힌다. 모두들 맥머피가 그다음에 무슨 말을 할지 기다리고 있다. 맥머피는 자신이 궁지에 몰렸다는 걸 알아채고는 잠시 모두의 얼굴을 쳐다본다. 그런 다음 어깨를 으쓱하더니 의자에서 일어난다.

"아무려면 어떻소. 그건 내가 알 바 아니오."

"맞아요. 당신이 알 바 아니지요."

"그리고 늙은 악마 같은 간호사한테 3000볼트의 전기로 고문당하고 싶지는 않아요. 모험을 해서 나한테 좋을 게 없지요.”

“그래요, 당신이 옳아요.”

하딩이 논쟁에서 이겼다. 그러나 모두들 떨떠름한 표정을 짓고 있다. 맥머피는 양 엄지손가락을 주머니에 걸고 애써 웃으려 한다.

“그럼, 고환 잡아먹는 괴물을 이기면 상으로 스무 개의 페니스를 준다는 얘기는 한 번도 못 들었거든.”

이 말에 모두들 그와 함께 싱긋 웃는다. 그러나 기분이 좋아서 웃는 게 아니다. 아무튼 나는 맥머피가 감당할 수 없는 일에 무모하게 말려들지 않아서 기쁘다. 다른 환자들의 기분이 어떨지 짐작이 간다. 나 역시 기분이 그리 좋시는 않다. 맥머피는 새로 담배를 꺼내 불을 붙인다. 아직 아무도 움직이지 않는다. 모두들 여전히 그 자리에 서서 씩 웃고 있긴 하지만, 아쉬워하는 표정이 역력하다. 맥머피는 다시 한 번 코를 문지르며 주위에 꼼짝 않고 서 있는 사람들의 얼굴을 외면한다. 그러고는 간호사를 돌아보고 입술을 깨문다.

“하지만 당신이 말했지……, 수간호사를 약 올리지만 않으면 다른 병동으로 보내는 일은 없다고. 그 여자가 어떻게 나와도 소리 지르지 않고, 악담하지 않고 창문을 부수는 따위의 행동을 하지 않으면 괜찮다고 했지요?”

“그런 행동만 하지 않으면요.”

“정말 확실해요? 방금 나한테 여러분 돈을 톡톡 털어 갈 수 있는 좋은 방법이 생각났어요. 하지만 어리석은 짓은 하지 않겠소. 다른 구덩이에서 빠져나오느라 얼마나 고생을 했는데 조심해야지. 여우를 피하려다 호랑이를 만나면 안 되니까.”

"걱정 마요. 당신이 중환자실에 보내지거나 전기 충격 치료를 받을 만한 행동을 하지 않으면 그녀는 당신을 어떻게 하지 못해요. 그녀가 당신에게 접근하지 못하게 당신이 잘 버티면, 그녀는 아무 짓도 못해요."

"내가 얌전히 행동하고 그녀에게 악담을 하지 않으면……."

"혹은 보조원들에게 악담을 하지 않으면 말이오."

"혹은 보조원들에게 악담을 하지 않으면, 혹은 말썽을 피우지 않으면 그 여자가 나한테 아무 짓도 할 수 없다 이거지요?"

"그게 바로 우리가 지켜야 하는 규정이에요. 물론 그녀가 항상 이기지요, 어김없이. 그녀는 끄떡없어요. 오랜 세월 풍부한 경험을 쌓았기 때문에 모든 사람들의 내면을 훤히 파악하고 있어요. 그렇기 때문에 병원에서 그녀를 최고의 간호사로 인정하고, 그녀에게 그렇게 많은 권한을 주는 거예요. 그녀는 꿈틀거리는 욕망을 들추는 데는 도가 텄어요……."

"상관없어요. 내가 알고 싶은 건 수간호사와의 게임에서 내가 이기려 한다 해도 내가 과연 무사할 것이냐는 겁니다. 만일 내가 수간호사에게 아주 공손하게 대하고 무슨 말이든 잘 돌려서 말하면, 그녀가 이성을 잃고 나를 감전사시키는 일은 없다는 거죠?"

"당신이 자제만 잘하면 당신은 무사해요. 당신이 벌컥 화를 내지 않고, 중환자실에 끌고 가거나 전기 충격 치료를 받게 할 실제적인 구실을 주지 않으면 당신은 안전합니다. 하지만 그러려면 무엇보다도 이성을 잃으면 안 돼요. 그런데 당신은 어떻죠? 머리칼은 붉은색이고 전과가 있잖아요? 왜 당신 자신을 속이려는 겁니까?"

"좋아요. 알겠어요."

맥머피가 양 손바닥을 비비며 말을 잇는다.

"내 생각은 이래요. 당신들은 저 안에 있는 여자가 챔피언이라고 생각하는 것 같은데, 맞지요? 당신들이 뭐라고 했더라……. 맞아, 끄떡없는 여자라고 했지. 내가 알고 싶은 건 당신들 중 몇 명이나 저 여자에게 돈을 걸 만큼 그걸 확신하느냐 이거요."

"확신하다니요……?"

"말 그대로요. 여기 있는 당신들 중 내가 일주일 안에 저 여자를 이길 수 있다는 데 기꺼이 5달러를 걸 사람 있소? 딱 일주일이오. 그리고 만일 내가 그녀를 두 손 들게 하지 못하면 그 돈은 당신들 거요."

"내기를 하자는 거군요."

체스윅이 깡충깡충 뛰면서 맥머피처럼 양손을 비비고 있다.

"그래요."

하딩과 다른 환자들 몇몇이 이해가 안 간다고 말한다.

"이건 아주 간단해요. 어려울 것도 복잡할 것도 없어요. 나는 도박을 좋아해요. 그리고 이기는 걸 좋아하지요. 이 도박에서 이길 것 같은 느낌이 드는군요. 펜들턴에서 그런 감이 들었을 때도 내가 계속 이기니까 사람들이 나와는 잔돈푼을 놓고도 게임을 하지 않으려 했지요. 사실 내가 여기에 온 가장 큰 이유 중 하나는 새로 만만한 상대가 필요했기 때문이오. 그런데 여기에 오기 전에 이곳에 대해 몇 가지 알아낸 사실이 있소. 여기에 있는 당신들 중 반 정도가 한 달에 300달러 내지 400달러의 보상금을 받는데, 그 돈으로 아무것도 안 하고 먼지만 쌓아 둔다고 하더군요. 이걸 잘 이용하면 우리 삶이 좀 더 풍족해질 수도 있겠다 싶더라고요. 당신들한테 솔직하게 털어놓는 거요. 나는 도박꾼이고 지는 법이 없어요. 그리고 내 생각일지는 모르지만, 나보다 더 남자 같은 여자는 생전 처음 봤지만, 내가 그녀를 유혹할 수 있을지 없을지는 걱정하지 않아요. 그녀가 경험이 풍부할지는 몰라도 난 패배라는 걸 모르는 사람이기 때문에 자신 있어요."

맥머피는 모자를 벗어 손가락으로 휘휘 돌린다. 그러고는 다른 손을 등 뒤로 돌려 멋지게 모자를 잡는다.

"또 한 가지. 내가 지금 여기에 있는 건 순전히 내가 그렇게 계획했기 때문이오. 왜냐하면 작업 농장보다는 여기가 더 낫거든. 나는 절대 미치광이가 아니오. 아니, 그럴지도 모르지. 미치광이라고 해도 본인은 모르는 법이니까. 저 간호사는 몰라요. 간호사는 나처럼 용의주도한 누군가가 자신을 공격하고 있다는 건 생각도 못 할 겁니다. 이런 면에서는 내가 유리하죠. 그래서 여러분한테 5달러를 걸라고 말하는 겁니다. 내가 저 여자를 골탕 먹이지 못하면 5달러는 당신들 거요."

"아직 나는 확신이 안 서는데……."

"이렇게 하는 거요. 그녀를 골탕 먹여 괴롭히는 거지요. 그녀가 완전히 무너지고, 딱 한 번만이라도 그녀가 여러분이 생각하는 것처럼 그렇게 끄떡없는 여자가 아니라는 걸 보여 줄 때까지 괴롭히는 겁니다. 일주일이오. 내가 이기는지 지는지 여러분이 판단해 주시오."

하딩이 연필을 꺼내 피노클 점수를 매기는 종이 위에 뭔가를 적는다.

"보관한 지 오래되어 먼지만 쌓여 가고 있는 내 돈 중에서 10달러를 걸겠어요. 자, 이게 10달러에 대한 증서예요. 불가능해 보이는 이 기적이 일어나는 걸 본다면 나한텐 그 두 배의 가치가 있을 겁니다."

맥머피는 그 종이를 받아서 반으로 접는다.

"당신들도 그만한 가치가 있다고 생각해요?"

이제 다른 급성 환자들이 줄을 서서 차례차례 종이를 접는다. 맥머피가 그들의 종이를 받아 손바닥에 올려놓고 큼직하고 뻣뻣한 엄지로 누른다. 나는 그의 손바닥 위에 종이가 점점 높이 쌓여 가는 것을 본다. 그가 종이 더미를 쓱 훑어보고 묻는다.

"내가 이걸 보관해도 될까요, 형씨들?"

"우린 걱정 없어요. 당신은 당분간 어디에도 못 갈 테니까."

하딩이 대답한다.

6

어느 크리스마스 날, 병동이 구관에 있을 때의 일이다. 정확히 자정에 쾅 하는 소리와 함께 병동 출입문이 홱 열렸다. 그러더니 수염을 기른 뚱뚱한 남자가 들어왔다. 추위에 눈 주위는 빨갛고, 코는 체리 색이었다. 흑인 녀석들이 손전등으로 그를 복도 귀퉁이로 내몰았다. 나는 홍보부가 도처에 매달아 놓은 반짝이 금속 장식이 그의 몸에 뒤엉키는 것을 보았다. 그는 그렇게 뒤엉킨 채 어둠 속을 비틀비틀 걸었다. 손전등이 비치자 손으로 눈을 가리고 콧수염을 빨아먹고 있었다.

그가 말했다.

"호호호, 여기에 머물고 싶지만 빨리 가야 해서. 일정이 아주 빡빡하거든. 호호. 이제 그만 가 봐야겠어……."

흑인 녀석들이 손전등을 들고 그에게 다가갔다. 그는 육 년 동안 우리와 함께 지내다 퇴원한 사람이었다. 깨끗이 면도를 하고, 쇠꼬챙이처럼 빼빼 마른 몸으로…….

수간호사는 벽시계를 그녀가 원하는 속도로 맞출 수 있다. 쇠 뚜껑을 열어 안에 있는 문자반들 가운데 하나를 돌리기만 하면 된다. 그녀는 갑자기 일을 빨리 진행시키기로 한다. 그녀는 속도를 높인다. 시침과 분침이 바퀴살처럼 문자반 위를 빙빙 돌아간다. 스크린처럼 보이는 창틀 속 광경이 아침부터 한낮, 그리고 밤으로 어지럽게 광선의 변화를 내비친다. 울리는 소리가 났다가 잦아들었다 하면서 낮과 밤이 격렬히 반복된다. 모두들 정신없이 떠밀려 조작된 시간의 흐름을 쫓아간다. 면도, 아침 식사, 치료, 점심 식사, 약물 투여 시간이 눈 깜짝할 사이에 지나가고, 십 분간 밤이 지속된다. 그래서 간신히 눈을 붙일라치면 병동의 전등이 요란하게 번쩍거린다. 이제 일어나서 다시 허둥지둥 하루 일과를 시작하고, 개처럼 바삐 움직여 한 시간에 스무 번씩 돌아오는 하루의 일과를 잘 버티라는 신호이다. 수간호사는 환자들이 인내의 한계에 도달했는지 확인한다. 그리고 조절판 레버를 느슨하게 하고, 시계 문자반의 속도를 늦춘다. 마치 영화 필름을 보통 속도의 열 배로 돌려 놓고 배우의 우스꽝스러운 움직임이나 곤충처럼 찍찍대는 목소리를 실컷 감상하다가 결국 재미가 없어져서 필름 속도를 원래대로 되돌리는, 영사기를 만지작거리며 장난을 치는 어린아이 같다.

수간호사가 이런 식으로 계속해서 속도를 높일 때가 있다. 가령 손님이 방문한다든가 포틀랜드에서 온 해외참전군인회가 흡연자를 위한 공연을 하는 날이 그런 경우다. 바로 이렇게 환자 입장에서 꽉 붙들어 늘리고 싶은 그런 시간이 오면 그녀는 어김없이 일의 속도를 높인다.

그러나 대개는 그 반대의 경우, 즉 속도를 늦추는 경우가 많다. 수간호사는 문자반을 완전히 정지시켜 놓는다. 그러면 스크린 속 태양이 얼어붙고, 수주 동안 머리칼 한 올 날리지 않는다. 나뭇잎 하나, 초원의 풀 한 포기마저 빛을 잃는다. 벽시계의 바늘은 3시 2분 전에 멈춰 있다. 그녀는 우리가 녹슬 때까지 시간을 정지시켜 둘 모양이다. 이럴 때는 엉덩이를 딱 붙이고 앉아 있어야 한다. 엉덩이를 들썩일 수도, 뻐근해진 엉덩이를 풀어 주기 위해 걷거나 움직일 수도, 뭘 삼킬 수도, 숨을 쉴 수도 없다. 움직일 수 있는 것이라고는 눈뿐인데, 볼 것이라고는 반대편에 꼼짝 않고 앉아서 누가 게임을 할 차례인지 서로 참견하는 급성 환자들뿐이다. 내 옆에 있는 늙은 만성 환자는 죽은 지 엿새가 되었는데, 의자에 들러붙은 채 썩어 가고 있다. 그녀는 이따금씩 통풍구를 통해 안개 대신 투명한 화학 가스를 들여보낼 것이다. 그러면 가스가 플라스틱으로 변하면서 병동 전체가 딱딱하게 굳는다.

우리가 얼마 동안 이런 상태로 있었는지는 하느님만이 아실 것이다.

이윽고 수간호사는 문자반을 한 단계 늦춘다. 그런데 그게 더 죽을 맛이다. 맞은편의 스캔런이 느려 터진 손으로 3일이나 걸려서 카드를 내려놓는 것을 보느니 차라리 죽은 듯 가만히 있는 편이 더 낫겠다는 생각이 들 정도이다. 짙은 플라스틱 공기를 들이마시려니 바늘구멍을 통해 들이마시는 것처럼 허파가 당기는 느낌이 든다. 변소에 가려고 해도, 1톤이나 되는 모래에 깔린 것처럼 몸은 꼼짝하지 않고 방광은 터질 것 같다. 급기야 이마에서 녹색 불꽃이 번쩍이더니 찌지직 하고 이마를 스친다.

나는 화장실에 가려고 모든 근육과 뼈에 온 힘을 실어 의자에서 일어난다. 어찌나 안간힘을 썼는지 팔과 다리가 부들부들 떨리고 이가 시큰거린다. 겨우 몸을 일으키긴 했는데, 가죽의자에서 고작 반 뼘 정도 일어섰을 뿐이다. 그래서 나는 털썩 주저앉으며 포기하고는 오줌을 내보낸다. 소금기가 있는 뜨끈한 액체가 왼쪽 다리에 전선처럼 흘러내린다. 수치스럽게도 경보기와 사이렌이 울리고 스포트라이트가 비춘다. 모두들 일어나 소리를 지르고 뛰어다닌다. 덩치 큰 흑인 녀석 둘이 환자들을 좌우로 밀치고 허겁지겁 나를 향해 달려온다. 녀석들은 구리 선이 감긴 물 묻은 대걸레 자루를 움켜쥐고 휘두른다. 구리 선이 소변에 닿으면서 누전을 일으켜 날카로운 소리가 나고 물방울이 튄다.

우리가 이런 시간의 통제에서 벗어날 수 있는 유일한 기회는 안개 속에 있을 때이다. 그럴 때 시간은 아무 의미도 없다. 시간은 다른 모든 것들처럼 안개 속에 묻힌다.(오늘은 안개가 자욱하도록 하루 종일 안개 분출기를 세게 틀지 않았다. 맥머피가 들어온 이후로는 그랬다. 만일 이곳이 안개로 자욱했다면 그는 소리소리 지르며 난리를 피웠을 것이다.)

별다른 일이 없으면 우리는 보통 안개 속에 묻혀 있거나 조정된 시간에 맞추어 바삐 움직인다. 그러나 오늘은 무슨 일이 일어난 모양이다. 면도를 한 이후로 하루 종일 안개 분출기를 틀어 놓는다든지, 환자들이 시간에 쫓겨 움직일 일이 전혀 없었기 때문이다. 오늘 오후에는 모든 일이 순조롭게 진행되고 있다. 야간 교대 직원들이 오면 여느 때처럼 시계는 4시 30분을 가리킨다. 수간호사는 흑인 녀석들을 퇴근시키고 마지막으로 병동을 휘둘러본다. 그녀는 뒤로 틀어 올린 푸르스름한 머리에서 기다란 은색 핀을 빼낸다. 그런 다음 흰 모자를 벗어 마분지 상자 안에 조심스럽게 넣고(상자 안에는 동그란 방충제가 들어 있다.), 머리에 손을 찔러 넣어 핀을 다시 꽂는다.

유리 뒤에서 수간호사가 모든 사람들에게 "내일 봐요." 하고 인사하는 것이 보인다. 그녀는 야간 근무를 하는, 얼굴에 반점이 있는 간호사에게 쪽지를 건넨다. 그런 다음 강철 문 안에 있는 제어반으로 손을 뻗어 찰칵 휴게실 스피커의 전원을 켠다.

"여러분, 내일 봐요. 다들 얌전히 굴어요."

그러고는 평상시보다 음악 소리를 더 크게 튼다. 수간호사는 손목 안쪽으로 유리창을 세로로 쓱 문지른다. 그녀의 표정이 일그러진 걸 보니 이제 막 근무 교대를 한 뚱뚱한 흑인 녀석이 얼른 유리창을 닦아야 무사할 듯싶다. 그가 종이 타월을 들고 유리창 앞에 오자 그녀는 병동 밖으로 나가 문을 잠근다.

벽에 설치된 기계에서 휘잉 소리와 함께 푹 꺼지는 소리가 나고 기어가 더 낮은 단계로 변속된다.

우리는 밤이 올 때까지 먹고 샤워를 하고 다시 휴게실에 가서 앉는다. 가장 나이 많은 식물인간인 블래스틱이 배를 움켜잡고 끙끙 앓고 있다. 조지(흑인 녀석들은 그를 '문지르기 조지'라고 부른다.)는 식수대에서 손을 씻고 있다. 급성 환자들은 앉아 있기도 하고, 카드 게임을 하기도 하고, 텔레비전을 코드가 닿는 곳 여기저기로 옮기면서 화면이 가장 잘 나올 만한 곳을 찾는다.

천장의 스피커에서는 여전히 음악이 흘러나오고 있다. 스피커에서 나오는 음악은 라디오 전파를 통해 송신되는 것이 아니다. 그래서 기계가 돌아가도 전파 방해를 받지 않는다. 음악 소리는 간호사실에 있는 긴 테이프에서 나오는 것이다. 우리는 그 테이프의 음악을 달달 외울 정도로 들었다. 때문에 맥머피 같은 새로운 환자들을 빼면 우리 중 그것을 의식적으로 듣는 사람은 아무도 없다. 아직 맥머피는 그 음악에 익숙하지 않다. 그는 담배를 걸고 블랙잭을 하려고 카드를 돌리고 있다. 스피커는 카드 게임이 벌어진 테이블 바로 위에 있다. 그는 모자를 앞으로 당기고 모자가 떨어지지 않도록 머리를 뒤로 젖힌다. 그러고는 모자챙 아래로 눈을 가늘게 뜨고 자기 패를 본다. 그는 이 사이로 담배를 물고 내가 예전에 더댈스의 소 경매장에서 보았던 경매인처럼 떠들어 댄다.

"……자, 빨리, 빨리, 어서 해요."

맥머피는 높은 톤으로 빠르게 말한다.

"이 사람들아, 내가 기다리잖아. 카드를 치든가 말든가. 치겠다고? 이 사람 킹을 가지고 치겠다 이거군. 그런데 안타깝게도 킹에게는 어울리지 않는 작은 퀸이 왔네요. 킹은 벽을 타넘고 길을 따라가고 언덕을 올라가더니만 짐을 떨어뜨리는군요. 자, 스캔런, 갑니다. 그런데 누가 간호사실에 들어가서 저 빌어먹을 음악 소리 좀 줄여 주면 좋겠구먼! 으휴! 하딩, 저놈의 음악은 허구한 날 밤낮으로 틀어 대는 거요? 내 살다 살다 저렇게 시끄러운 소리는 처음 들어요."

하딩이 그를 멍하니 쳐다보며 말한다.

"정확히 무슨 소리를 말하는 건가요, 맥머피 씨?"

"저 빌어먹을 라디오 말입니다. 세상에. 저 라디오는 오늘 아침 내가 온 뒤로 계속 틀어 놓고 있습디다. 그러니 들리지 않는다는 잠꼬대 같은 소리는 집어치워요."

하딩이 천장 쪽으로 귀를 기울인다.

"아, 음악이라는 것 말이군요. 집중을 하면 음악이 들리긴 하지만, 더 집중하면 자신의 심장 박동 소리까지 들을 수 있어요."

하딩이 맥머피를 보고 씩 웃으며 말을 잇는다.

"저건 테이프를 틀어 놓은 거예요. 우리는 라디오는 거의 듣지 않아요. 전 세계 뉴스를 듣는다고 치료에 도움이 되진 않을 테니까. 그리고 우리 모두 저 테이프를 워낙 많이 들어서 이젠 틀어 놔도 아무 느낌이 없어요. 폭포 근처에 사는 사람이 시간이 지나면 곧 그 소리에 무감각해지는 것처럼요. 만일 당신이 폭포 근처에 산다면 폭포 소리를 계속 의식하게 될 거라고 생각해요?"

(내 귀에는 아직도 컬럼비아의 폭포 소리가 들린다. 앞으로도 늘 그럴 것이다. 언제까지나…… 찰리 베어 벨리가 연어를 창으로 찔러 잡았다고 기뻐서 내지르는 고함 소리, 강에서 물고기가 물을 튀기는 소리, 둑에서 벌거벗고 노는 아이들의 웃음소리, 물고기를 늘어놓은 널평상 옆에서 수다를 떠는 여자들의 목소리…… 오래전의 그 소리들이 들린다.)

"테이프를 늘 틀어 놓나요, 폭포처럼?"

맥머피가 묻는다.

"취침 시간은 빼고요. 하지만 나머지 시간에는 종일 틀어 놓죠."

체스윅이 대답한다.

"말도 안 돼. 내가 저기 있는 흑인 녀석한테 가서 말해야겠소. 말을 안 들으면 펑퍼짐한 엉덩이를 뻥 차 버릴 거야!"

맥머피가 일어서려는 순간 하딩이 그의 팔에 손을 얹는다.

"이봐요, 그런 말을 했다가는 완전히 찍혀요. 공격적인 성향이 강하다느니 하면서요. 내기에 건 돈을 몽땅 날리고 싶어요?"

맥머피가 그를 보고 말한다.

"그래요? 신경전이라 이거요? 화가 나도 꾹 눌러 참으라는 거요?"

"그래요."

맥머피가 천천히 의자에 앉으며 말한다.

"개똥 같은 놈."

하딩이 카드 게임이 벌어진 테이블 주위에 앉은 다른 급성 환자들을 둘러보며 말한다.

"신사 여러분, 내 진작부터 우리 붉은 머리 도전자께서 텔레비전에 나오는 카우보이의 냉정함을 이렇게 쉽게 내버릴 줄 알아봤지요."

하딩은 테이블 맞은편의 맥머피를 바라보며 미소 짓는다. 맥머피는 그를 보며 고개를 끄덕이고 머리를 뒤로 젖히며 윙크를 하고는 자신의 커다란 엄지손가락을 핥는다.

"노교수 하딩 씨께서 꽤 잘난 척을 하시는군요. 고작 몇 번 이긴 걸 가지고 현명한 척하기는. 이것 보게? 저 사람이 2점 카드를 다 내보이고 앉아 있군그래. 말보로 한 갑을 포기할 생각이시구먼. ……이런, 저 사람이 날 쳐다보는군, 좋아요, 교수님,

여기 3점 카드가 있습니다. 교수님은 2점 카드를 하나 더 원하시죠? 화끈하게 5점 시도해 보시죠, 교수님? 판돈의 두 배를 거시는 게 어때요, 아니면 무리하지 말고 슬슬 하시든가? 한판 더 할 건데, 그럴 생각이 없으시구먼. 이런, 교수님이 날 쳐다보시네. 그러고 보니 그 이야기가 생각나는군. 너무 안됐어, 또 다른 퀸이 납시고, 교수님이 시험에서 낙제를 받네……."

스피커에서 그다음 노래가 나오기 시작한다. 아코디언 연주가 많이 섞인 크고 요란한 노래다. 맥머피는 스피커를 한번 쓱 쳐다보더니 점점 더 큰 소리로 이야기를 한다.

"……얼씨구, 얼씨구, 좋아, 다음, 제길, 치든가 말든가…… 공격합니다……!"

9시 30분, 불이 꺼진다.

나는 맥머피가 블랙잭을 하는 거라면 밤새도록 볼 수도 있을 것 같다. 그가 카드를 돌리고, 말로 살살 구슬려 그들을 판에 끌어들이고, 그들이 그만둘 맘을 먹기 직전까지 계속 이기다가, 그들에게 자신감을 심어 주기 위해 한두 판 져 주고, 다시 그들을 판에 끌어들이는 재주는 놓치기 아까운 구경거리다. 한번은 그가 담배 좀 피우게 잠시 쉬자며 양손을 머리 뒤에 대고 의자에 기대어 앉아 사람들에게 말했다.

"최고의 사기꾼이 되는 비결은 상대방이 뭘 원하는지 알고, 상대방이 자기가 원하는 걸 손에 넣고 있다고 생각하게 만드는 겁니다. 내가 그걸 알게 된 건 카니발에서 잠깐 룰렛을 할 때였소. 상대방이 접근하면 그 사람을 눈으로 살펴보고 속으로 '자, 녀석이 온갖 폼을 다 잡고 오는군.' 하고 생각합니다.

그리고 그가 돈을 잃고 화를 낼 때마다 당신은 겁먹은 듯 벌벌 떨며 이렇게 말하는 겁니다. '제발, 선생님, 문제는 일으키지 말아 주세요. 이번 한 판은 그냥 하세요.' 그러면 둘 다 각자 원하는 걸 얻게 되는 거요."

맥머피가 앞으로 몸을 흔들자 의자 다리가 바닥에 부딪치며 끼익 소리가 난다. 그는 카드 한 벌을 집어 엄지로 누르고는 테이블에 두드려 가지런히 한 뒤 엄지와 다른 손가락을 핥는다.

"여러분을 보아하니 구미가 당길 만한 큰 물건을 원하는 것 같군요. 자, 이번에는 담배 열 갑을 걸고 합시다. 시작합니다, 이제부터는 배짱 있게 해야 합니다……."

그는 사람들이 너도나도 판돈을 내놓는 걸 보고는 머리를 뒤로 젖히며 큰 소리로 웃는다.

그의 웃음소리가 저녁 내내 휴게실 안에 울려 퍼진다. 맥머피는 카드를 돌릴 때마다 농담을 건네고, 혼잣말을 하고, 카드 게임을 하면서 사람들에게서 웃음을 끌어내려 노력한다. 그러나 그들 모두 긴장을 풀기를 두려워한다. 너무나 오랫동안 몸에 긴장이 밴 탓이다. 그는 그 노력을 그만두고 진지하게 게임을 하기 시작한다. 그들은 한두 번은 그를 이길 수 있다. 그러나 그가 담배를 되사 가거나 게임에서 이겨 되찾아 갔기 때문에 그의 양옆에는 담배가 피라미드처럼 점점 더 높이 쌓인다.

그런 다음 9시 30분이 되기 전까지 맥머피는 그들에게 져 주기 시작한다. 그들이 그동안 잃은 걸 모두 만회하도록 어찌나 빠른 속도로 이기게 해 주는지 그들은 진 적이 있다는 것도 기억하지 못할 정도다. 그는 마지막 남은 담배 두 갑을 내놓고 카드를 내려놓더니 한숨을 쉬며 모자를 밀어 올린다. 이제 게임이 끝난 것이다.

"몇 번 이기고, 나머지 게임은 다 져 주는 것이 내 요령이오."

맥머피는 착잡한 듯 고개를 저으며 말을 잇는다.

"알 수 없군요. 21점을 만드는 기술에서는 날 당할 자가 없었는데……. 당신들은 내가 감당하기에는 너무 벅찬 사람들인 것 같아요. 솜씨가 워낙 뛰어나서 내일 정말로 돈을 걸고 당신들 같은 고수들을 상대로 게임을 하기가 조심스러워지는군요."

맥머피는 그들이 이 말에 넘어갈 거라는 생각은 하지도 않는다. 그는 그들에게 져 주었고, 게임을 지켜본 우리 모두 그 사실을 알고 있다. 게임을 한 사람들도 마찬가지이다. 그러나 그 담배가 처음부터 자신들 것이었고, 정말로 이겨서 딴 것도 아니고, 맥머피가 져 줘서 되찾은 것인데도, 다들 하나같이 미시시피 전역을 통틀어 가장 강인한 도박꾼이라도 되는 양 거만한 웃음을 지으며 담배 더미를 그러모은다.

뚱뚱한 흑인 녀석과 기버라는 이름의 흑인 녀석이 우리를 휴게실 밖으로 내몰고 사슬에 달린 작은 열쇠로 소등을 하기 시작한다. 병동이 점점 어두워지자 간호사실에 있는, 반점이 있는 작은 간호사의 눈이 점점 더 커지고 밝아진다. 그녀는 유리로 된 간호사실의 문가에서 줄을 서서 지나가는 사람들에게 밤에 먹는 알약을 나누어 준다. 그런데 그녀는 오늘 밤 어떤 것에 중독이라도 되었는지 몸을 똑바로 가누지 못하고 있다. 물을 따라 줄 때도 엉뚱한 곳을 쳐다보고 있다. 이토록 그녀의 주의가 산만한 건 무시무시한 흉터가 있고, 끔찍한 모자를 쓴, 덩치 큰 붉은 머리 남자가 그녀 쪽으로 오고 있기 때문이다. 그녀는 맥머피를 주시하고 있다. 그는 투박한 손으로 작업 농장 셔츠의 조그맣게 파인 목둘레 밖으로 삐져나온 빨간 털 몇 가닥을 비비 꼬며 어두컴컴한 휴게실의 카드 테이블에서 걸어 나오고 있다. 그가 간호사실 문에 이를 때 그녀가 뒤로 주춤하는 것을 보니 아마도 수간호사가 그녀에게 미리 그에 대해 귀띔을 해 준 모양이다.("아참, 오늘 밤 필보 양에게 일을 넘기기 전에 한 가지 해 줄 말이 있어요. 저기 앉아 있는 새로 온 환자 있잖아요. 화려한 붉은 구레나룻에 얼굴에 흉터가 있는 저 남자 말인데, 아무래도 여자를 무척 밝히는 색정광 같아요.")

맥머피는 휘둥그레진 눈으로 자기를 바라보는 간호사가 겁을 먹었음을 알아챘다. 그는 그녀가 알약을 나눠 주고 있는 간호사실 문 안에 머리를 쓱 들이밀고, 안면을 트기 위해 다정하게 씩 웃어 보인다. 그녀는 너무 당황한 나머지 물주전자를 발치에 떨어뜨린다. 그와 동시에 소리를 꽥 지르고 한 발로 깡충 뛰며, 한 손을 홱 휘젓는다. 그 바람에 그녀가 막 나에게 주려던 알약이 작은 컵 밖으로 튀어나와 목덜미를 타고, 계곡으로 떨어지는 와인 강처럼 흐르는 반점 자국을 따라 그녀의 제복 안으로 쏙 들어간다.

"도와드릴게요, 간호사님."

순간 상처와 문신이 있고, 날고기 같은 색깔을 띤 손이 간호사실 문을 통해 쑤욱 들어온다.

"물러서요! 병동에는 나를 도와주는 보조원이 두 명이나 있어요!"

간호사는 흑인 녀석들을 향해 눈을 희번덕거린다. 그러나 그들은 만성 환자들을 침대에 묶느라 멀리 떨어져 있어서 냉큼 달려와 그녀를 도와줄 수 없다. 맥머피는 싱긋 웃으며 내민 손을 뒤집어 보인다. 칼을 쥐고 있지 않다는 걸 그녀에게 보여 주기 위해서이다. 그녀의 눈에 보이는 것이라고는 매끄럽고 윤기 있는, 못이 박인 손바닥뿐이다.

"간호사님, 저는 그저……."

"물러서요! 환자들은 들어와서는 안…… 어머나, 물러서라 니까요, 나는 가톨릭 신자란 말이에요!"

그 말을 내뱉자마자 그녀가 목에 걸린 금 사슬을 확 잡아 당긴다. 그러자 십자가가 그녀의 가슴 사이에서 휙 날아오르는 동시에 잃어버린 알약이 공중으로 튀어나온다! 맥머피가 그녀의 얼굴 바로 앞에서 알약을 잡는다. 그녀는 비명을 지르며 십자가를 얼른 입에 집어넣고, 눈을 맞을까 봐 겁나는지 눈을 꼭 감고, 백지장처럼 하얗게 질려서 그대로 서 있다. 반점 자국만이 마치 그녀의 모든 피가 거기에 몰린 듯 평소보다 색깔이 더 진해진다. 그녀가 마침내 눈을 뜨자 그녀의 코앞에, 못이 박인 손바닥 안에 조그맣고 빨간 알약이 얌전히 놓여 있다.

"……당신이 떨어뜨린 주전자를 주워 주려고 했을 뿐이에 요."

맥머피는 다른 손에 주전자를 들고 있다.

그녀가 거칠게 한숨을 내쉬고는 그에게서 주전자를 받아 들 며 말한다.

"고맙습니다. 잘 자요, 잘 자요."

그러고는 그다음 사람 면전에서 문을 닫는다. 이로써 오늘 밤의 투약은 끝이다.

병동에서 맥머피가 그 알약을 내 침대 위에 던진다.

"추장 나리, 사탕 드셔야죠?"

나는 알약을 보고 고개를 내젓는다. 그는 마치 성가신 벌레를 쫓듯 손가락으로 알약을 침대 밖으로 휙 튀긴다. 알약은 귀뚜라미처럼 맞은편으로 껑충 뛴다. 그는 잠자리에 들려고 옷을 벗는다. 그가 작업 바지 속에 입은 반바지는 새까만 공단 천인데, 눈이 빨간 커다란 흰 고래들로 덮여 있다. 그는 내가 반바지를 보고 있는 걸 알아채고 씩 웃는다.

"추장, 이건 오리건 주에서 만난 여대생이 준 거요. 문학을 전공한 친구였지."

맥머피는 엄지손가락으로 고무줄을 잡아당겼다가 탁 놓는다.

"내가 자신의 문학적 상징이라면서 이 반바지를 주지 뭡니까."

그의 팔과 목, 얼굴은 햇볕에 그을리고, 고불고불한 오렌지색 털로 수북하다. 떡 벌어진 어깨 양쪽에는 문신이 새겨져 있다. 한쪽 어깨에는 '전투 해병 대원'이라고 적혀 있고, 빨간 눈 하나와 붉은 뿔들을 가진 악마와 M1 소총 그림이 그려져 있다. 그리고 다른 어깨에는 근육 위에 세로로 포커 패가 부채꼴로 쫙 펴져 있는 그림이 있다. 에이스와 8의 패이다. 맥머피는 옷을 돌돌 말아 내 침대 옆에 있는 작은 탁자에 놓고, 자신의 베개를 주먹으로 친다. 이제 보니 바로 내 옆에 있는 침대에 배정을 받은 것이다.

맥머피는 이불 속으로 들어가서 나에게 흑인 녀석들 중 한 명이 우리 위쪽에 있는 불을 끄러 오고 있으니 자는 게 좋을 거라고 말한다. 나는 주변을 둘러본다. 기버라는 흑인 녀석이

오고 있다. 나는 발을 차 허겁지겁 신발을 벗어던지고 침대에 눕는다. 그와 동시에 녀석이 내 침대로 와 나를 시트로 단단히 싸맨다. 그러고는 마지막으로 주위를 휘 둘러보며 낄낄거리더 니 병동의 불을 끈다.

복도에 있는 수간호사실의 흰 빛을 제외하면 병동은 어두 컴컴하다. 내 옆에 있는 맥머피가 규칙적으로 깊게 숨을 쉬면 서 이불이 오르락내리락하는 것만이 보일 뿐이다. 숨 쉬는 소 리가 점점 더 느려진다. 그래서 나는 그가 잠든 모양이라고 생 각한다. 바로 그때 그의 침대에서 마치 말 웃음소리 같은 목쉰 소리가 나직이 들린다. 이제 보니 그는 자는 게 아니다. 뭐가 그리 우스운지 혼자 키득키득 웃고 있다.

맥머피가 웃음을 멈추고 속삭인다.

"추장 나리, 저 흑인 녀석이 온다고 하니까 화들짝 놀라시 네요. 내가 듣기로 당신은 귀머거리라던데……."

7

그 작은 알약을 먹지 않고 침대에 누워 있는 건 무척 오랜만의 일이다.(약을 먹지 않으려고 숨어 있으면, 밤 근무를 하는 반점이 난 간호사가 흑인 녀석 기버를 보낸다. 녀석은 손전등을 들고 나를 찾아서 꼭 붙들고, 그사이 간호사는 주삿바늘을 준비한다.) 그래서 흑인 녀석이 손전등을 들고 지나갈 때는 자는 시늉을 한다.

그 빨간 알약을 먹으면 그냥 잠만 자는 게 아니다. 잠에 취해 주변에 무슨 일이 일어나도 밤새도록 깨지 않는다. 그렇기 때문에 직원들이 나에게 그 알약을 주는 것이다. 예전에 병동이 구관에 있을 때 나는 밤중에 잠에서 깨어 그들이 내 주변에서 잠을 자고 있는 환자들에게 온갖 끔찍한 범죄를 저지르는 걸 목격하곤 했다.

나는 가만히 누워 천천히 숨을 쉬면서 무슨 일이 일어나는지 확인하려고 기다리고 있다. 칠흑 같은 어둠 속에서 그들이 고무 밑창을 댄 신을 신고 바깥에서 살짝 기웃거리는 소리가 들린다. 그들은 두 번 병동을 들여다보고 모든 사람을 손전등으로 비춰 본다. 나는 눈을 감은 채 깨어 있다. 위층의 중환자실에서 '우우우' 하고 울부짖는 소리가 들린다. 환자들끼리 암호로 쓰는 신호를 캐내기 위해 어떤 환자를 전기 고문하는 중이다.

"밤새도록 맥주나 마시자고."

한 녀석이 다른 녀석에게 속삭인다. 이어서 그들이 고무 밑창을 끌며 냉장고가 있는 간호사실로 가는 소리가 들린다.

"맥주 좋아하죠, 예쁜 반점이 있는 사랑스러운 간호사 아가씨? 밤은 너무 길어요."

위층에서 나던 소리가 더 이상 들리지 않는다. 벽에 설치된 기계 장치에서 나는 낮은 소리도 점점 더 잦아들더니 마침내 아무 소리도 나지 않는다. 병원 전체가 쥐 죽은 듯 고요하다. 건물 깊숙한 곳 어딘가에서 둔탁하고 부드럽게 우르르 하는 소리만이 들린다. 한 번도 들어 본 적 없는 소리이다. 마치 밤늦게 거대한 수력 발전용 댐 꼭대기에 서 있을 때 들리는 소리와 흡사하다. 묵직하면서도, 잔인한 힘이 느껴지는 거침없는 소리다.

뚱뚱한 흑인 녀석이 바깥 복도에 서 있는 것이 보인다. 녀석은 주변을 두리번거리면서 낄낄거리고 있다. 그는 병동 문을 향해 천천히 걸어가면서 축축한 회색 손바닥을 양쪽 겨드랑이에 문지른다. 간호사실의 불빛 때문에 병동 벽에 코끼리만 한 그림자가 생긴다. 그가 병동 문으로 다가와 안을 들여다보자 그림자가 점점 작아진다. 그는 다시 낄낄거리더니 문 옆에 있는 퓨즈 상자를 열고 안에 손을 집어넣는다.

"착하지, 우리 아기들, 푹 자라."

손잡이를 돌리자 마룻바닥 전체가 문가에 서 있는 그에게서 멀어지면서 대형 곡물 창고의 승강구처럼 건물 아래쪽으로 내려간다!

병동 바닥 외에는 아무것도 움직이지 않는다. 우리는 벽과 문, 병동의 창문으로부터 엄청나게 빠른 속도로 멀어지고 있다. 침대, 작은 탁자, 모든 것이 함께 딸려 간다. 기계에 기름칠을 해 놨는지 아무 소리도 나지 않는다. 아마 이 공간의 귀퉁이에 있는 톱니바퀴와 금속 벨트에 윤활유를 칠한 모양이다. 들리는 소리라고는 사람들의 숨소리, 그리고 우리가 아래로 내려갈수록 밑에서 점점 더 크게 둥둥 울리는 소리뿐이다. 이 구덩이에서 500여 미터 위로 보이는 병동 문틈의 불빛이 점처럼 작게 보인다. 그 작은 점이 네모난 공간에 희미한 빛을 뿌린다. 이윽고 주위가 점점 어두워지더니 멀리서 나는 비명 소리가 공간의 벽을 타고 울려 퍼진다. "물러서요!" 마침내 한 점의 불빛마저 사라진다.

마룻바닥이 한참 아래에 있는 어떤 단단한 바닥에 이르더니 약한 진동과 함께 멈춘다. 사방이 칠흑같이 컴컴하다. 나를 덮고 있던 시트가 내 숨통을 조이는 느낌이 든다. 시트를 걷는 순간 약하게 덜컹 하는 소리가 나면서 마룻바닥이 앞으로 밀리기 시작한다. 내 귀에는 들리지 않지만 밑에 바퀴들이 있는 모양이다. 주위에 있는 환자들의 숨소리도 들리지 않는다. 이제 보니 다른 소리가 전혀 들리지 않는 건 둥둥 울리는 소리가 점차 커졌기 때문이다. 우리는 그 한가운데에 있는 게 분명하다. 나를 단단히 싸잡아 놓은 빌어먹을 시트를 움켜잡는다.

그것을 풀려는 순간 벽 한 면 전체가 올라가더니 커다란 방이 나타난다. 그 방에는 기계들이 끝이 보이지 않을 정도로 즐비하다. 그 안은 상의도 입지 않고 땀을 뻘뻘 흘리면서 좁은 통로를 뛰어다니는 남자들로 복잡하다. 100개의 용광로에서 나오는 불빛에 비친 그들의 얼굴은 꿈을 꾸는 듯 표정이 없다.

내 눈앞에 펼쳐진 그 광경은 이제껏 내가 소리만 들으며 상상했던 것과 비슷하다. 마치 어마어마하게 큰 댐의 내부를 들여다보는 것 같다. 거대한 놋쇠 파이프가 위쪽으로 아득히 높이 어둠 속으로 뻗어 있다. 전선이 끝이 보이지 않을 정도로 까마득하게 올라가 변압기에 연결되어 있다. 기름과 타고 남은 재가 여기저기에 묻어서 연결 장치와 원동기, 발전기가 붉은색과 짙은 검은색으로 얼룩덜룩하다.

노동자들이 일제히 미끄러지듯 전력 질주하다가 느긋하고 유연하게 걸으며 움직인다. 아무도 서두르지 않는다. 그들은 잠시 멈춰서 눈금판을 돌리고, 버튼을 누르고, 스위치를 연결한다. 그러면 연결 스위치의 불꽃으로 인해 번개처럼 하얀 빛이 번쩍하면서 얼굴 한 면을 비춘다. 그들은 계속 달려 강철 계단을 올라가 물결 모양의 좁은 강철 통로를 따라간다. 그들이 서로 스쳐 지나갈 때 어찌나 부드럽게 지나가는지 축축하게 젖은 옆구리가 철썩 부닥치는 소리가 들린다. 꼭 연어가 꼬리로 물을 때리는 것 같다. 그들은 다시 걸음을 멈추고, 다른 스위치를 켜서 번쩍 빛이 비추면 다시 계속 달리기 시작한다. 노동자들이 사방에 끝없이 들어차 있기 때문에 그들의 꿈꾸는 인형 같은 얼굴이 빛을 받을 때마다 여기저기서 반짝반짝 빛이 난다.

한 노동자가 전속력으로 달리다가 갑자기 눈을 질끈 감더니 쓰러진다. 그러자 옆에서 달리던 동료 둘이 그를 움켜잡아 용광로 속에 던진다. 용광로는 불덩이를 내뿜으며 포효한다. 마치 콩꼬투리가 가득한 밭을 지나가는 것처럼 100만 개의 파이프가 터지는 소리가 들린다. 그 소리는 윙윙, 쨍그랑 하는 기계 소리와 뒤섞인다.

거기에는 일정한 리듬이 있어서 꼭 어마어마하게 큰 맥박 소리 같다.

침실 마룻바닥이 사각의 공간 밖으로 미끄러져 기계실로 들어간다. 그 즉시 나는 우리 바로 위에 무엇이 있는지 목도한다. 그것은 정육점에서 볼 수 있는 것으로, 힘겹게 들어 올리지 않아도 냉장고의 고깃덩어리를 정육점 주인에게 운반해 주는 롤러가 달린 가대(架臺)다. 헐렁한 바지를 입고, 소매를 말아 올린 흰 셔츠를 걸치고, 얇고 검은 넥타이를 맨 두 남자가 우리 침대 위에 있는 좁은 통로에 기대서서, 빨갛게 타들어 가는 담배가 꽂힌 물부리를 들고 서로에게 몸짓을 해 가며 이야기를 나눈다. 그들이 이야기를 하고는 있지만, 그들 주위에서 점점 커지는 규칙적인 굉음 때문에 무슨 말인지 알아들을 수가 없다. 그중 한 남자가 손가락을 딱 치는 소리를 낸다. 그러자 가장 가까이에 있는 노동자가 급격히 방향을 바꿔 그의 옆으로 달음질한다. 그 남자는 자신의 담배물부리로 여러 침대 가운데 하나를 가리킨다. 그러자 그 노동자는 빠른 걸음으로 강철 사다리로 가서 우리가 있는 층으로 뛰어내려 온다. 그러더니 감자 저장실처럼 거대한 변압기들 사이로 사라져 버린다.

그 노동자가 다시 나타나 머리 위에 있는 가대를 따라 고리

하나를 끌며 보폭을 넓혀 성큼성큼 활기차게 걸어온다. 그가 내 침대를 지나칠 때 어디선가 쉭쉭거리는 용광로가 갑자기 내 얼굴 바로 위에 있는 그의 얼굴을 비춘다. 가면처럼 잘생기고, 야만적이고, 반질반질한, 아무것도 원하지 않는 그런 얼굴이다. 나는 그런 얼굴을 수없이 많이 보아 왔다.

노동자가 늙은 식물인간 블래스틱의 침대에 가서 한 손으로 그의 발뒤꿈치를 잡는다. 그런 다음 블래스틱의 몸무게가 이삼 킬로그램밖에 안 되는 것처럼 그를 수직으로 번쩍 들어 올린다. 그리고 다른 손으로 발뒤꿈치의 힘줄에 고리를 박는다. 노인은 졸지에 거꾸로 대롱대롱 매달려 있다. 곰팡이가 핀 그의 얼굴은 잔뜩 부어 있고, 말을 하지 않을 뿐 눈은 불안감으로 가득하다. 겁먹은 표정이 역력하다. 그는 양팔과 자유로운 한쪽 다리를 계속 버둥거린다. 급기야 파자마 상의가 뒤집혀 그의 얼굴을 덮는다. 노동자가 상의 자락을 그러모아 마대 자루처럼 비틀더니 좁은 통로로 통하는 가대 쪽으로 끌어당긴다. 그러고는 흰 셔츠를 입은 두 남자가 서 있는 곳을 올려다본다. 두 남자 중 한 명이 허리띠에 있는 권총집에서 메스를 꺼낸다. 메스에는 사슬이 붙어 있다. 그 남자는 메스를 노동자에게 건네고, 노동자가 메스를 들고 달아나지 못하게 사슬의 반대쪽 끝을 레일에 걸어 둔다.

메스를 받아 든 노동자가 그것을 휘둘러 블래스틱 영감의 배 부분을 가른다. 영감은 더 이상 버둥거리지 않는다. 역겨울 거라 생각했는데, 내 예상과는 달리 피나 내장이 쏟아지지 않는다. 녹과 재만 우수수 떨어지고, 이따금 전선이나 유리 조각이 떨어진다. 쇠 찌꺼기들이 무릎까지 차오른 가운데 노동자는 가만히 서 있다.

어디선가 용광로가 입을 떡 벌리고 누군가를 몽땅 집어삼킨다.

벌떡 일어나 이리저리 날뛰면서 맥머피와 하딩을 비롯해, 가능한 한 많은 동료들을 깨워야 할까? 그러나 그것은 전혀 현명하지 않은 생각이다. 내가 누군가를 흔들어 깨우면 그는 "완전히 정신이 나갔군. 도대체 왜 그래?"하고 말할 것이다. 그런 다음 아마도 노동자들 중 한 명이 나를 갈고리에 거는 일을 도와주면서 "인디언 뱃속은 어떻게 생겼는지 구경이나 해 볼까?"라고 말할 것이다.

안개 분출기가 내는 높고, 차갑고, 휘파람을 부는 듯한 축축한 숨소리가 들린다. 맥머피의 침대 밑에서부터 서서히 안개가 퍼지는 것이 보인다. 안개에 숨어 있는 게 상책이라는 걸 맥머피가 알아야 할 텐데…….

귀에 익은 어눌한 말소리가 들려와 나는 다른 쪽을 보려고 몸을 굴린다. 얼굴이 부은 대머리 홍보 담당자다. 환자들은 왜 그의 얼굴이 부었는지를 놓고 늘 입씨름을 한다.

"그걸 입어서 그럴 거예요."

"안 입었을 겁니다. 그걸 입은 사람이 있다는 얘기를 정말로 들어 본 적 있어요?"

"그럼요, 그러는 당신은 저 홍보 담당자 같은 사람에 대해 들어 본 적 있어요?"

이런 식으로 떠든다. 그러면 가장 처음에 말을 꺼낸 환자가 어깨를 으쓱하고 고개를 끄덕이며 말한다.

"흥미로운 지적이군요."

지금 홍보 담당자는 앞판과 뒤판에 빨간색 실로 멋진 머리 글자가 수놓인 긴 내의만을 입고 있다. 나는 그가 틀림없이 그것, 그러니까 코르셋을 입고 있는 걸 두 눈으로 똑똑히 보았다.(그가 지나가면서 나를 흘끔 보는 순간 내의가 등 위로 살짝 올라갔기 때문이다.) 코르셋이 어찌나 꽉 조여 있는지 금방이라도 터질 것 같다.

게다가 그는 코르셋 심에 메마른 물건 여섯 개를 주렁주렁 매달고 있다. 그것들은 머리 가죽처럼 머리카락에 묶여 있다.

홍보 담당자는 음료수가 담긴 작은 병을 들고 다니며 말을 하는 중간중간 목을 축인다. 그리고 악취를 맡지 않으려고 이따금 장뇌를 묻힌 손수건을 코에 갖다 댄다. 한 무리의 학교 선생과 여대생 들이 그를 바삐 쫓아다니고 있다. 파란 앞치마를 두르고 머리를 꼬아 핀을 꽂은 그들은 견학을 하면서 그의 설명을 주의 깊게 듣고 있다.

홍보 담당자는 뭔가 재미있는 것을 생각했는지 터져 나오려는 웃음을 멈추려 설명을 잠시 중단하고 음료수를 들이켠다. 그러는 동안 한 견학생이 주변을 둘러보다 축 늘어진 만성 환자가 거꾸로 매달려 있는 걸 본다. 그녀는 기겁을 하고 뒤로 물러선다. 홍보 담당자가 돌아서서 시체를 보고 쏜살같이 달려가 처진 손을 잡고 빙빙 돌린다. 그 학생은 움찔하면서도 반쯤 넋이 나간 얼굴로 앞으로 다가가 조심스럽게 쳐다본다.

"봤지요? 봤지요?"

홍보 담당자는 높고 날카로운 소리로 말을 하고 눈을 희번덕거리면서 배꼽을 잡고 웃는다. 그 바람에 방금 들이켠 음료수가 도로 입 밖으로 나온다. 어찌나 웃어 대는지, 금방이라도 얼굴이 뺑 터질 것 같다.

마침내 그는 웃음을 삼키고 즐비하게 늘어선 기계들을 따라 걸으며 다시 설명을 시작한다. 그러더니 갑자기 걸음을 멈추고 자신의 이마를 때린다.

"이런, 내 정신 좀 보게."

그는 대롱대롱 매달려 있는 만성 환자에게 다시 달려가 또 다른 전리품을 벗겨 내 코르셋에 묶는다.

양옆에서도 그것 못지않게 나쁜 다른 일들이 일어나고 있다. 너무 어리석고, 기이하고, 끔찍하고, 정신 나간 일들이라서 소리를 지를 수도 없고, 엄연한 사실이라 웃을 수도 없다. 그러나 안개가 짙게 끼어서 볼 수도 없다. 그런데 누군가가 내 팔을 끌어당기고 있다. 무슨 일이 일어날지 안 봐도 뻔하다. 누군가가 나를 안개 밖으로 끌어낼 것이고, 우리는 다시 병동으로 갈 것이다. 그러고 나면 오늘 밤 있었던 일은 흔적도 없이 묻혀 버릴 것이다. 만일 내가 어리석게도 그 이야기를 누군가에게 말하려고 하면, 그들은 이렇게 말할 게 뻔하다. 이 바보야, 네가 악몽을 꾼 거야. 댐 내부의 커다란 기계실 같은 곳에서 로봇 노동자들이 사람들을 난도질한다고? 이 정신 나간 친구야, 그런 곳이 있기는 어디 있어?

하지만 존재하지 않는다면 왜 내 눈에 보이는 걸까?

내 팔을 잡아 안개 밖으로 끌어내는 사람은 바로 터클 씨다. 그는 나를 흔들고 씩 웃으며 말한다.

"나쁜 꿈을 꾸었군요, 브롬든 씨."

터클은 늙은 흑인으로, 밤 11시부터 아침 7시까지 긴 시간을 혼자서 일한다. 그는 비실비실한 기다란 목을 가누며 졸린 눈으로 씩 웃는다. 약간 술을 마셨는지 그에게서 술 냄새가 난다.

"좀 더 자요, 브롬든 씨."

터클은 간혹 시트가 너무 단단히 조여 있으면 내가 몸을 움직일 수 있도록 느슨하게 풀어 준다. 이런 걸 낮에 일하는 직원이 안다면 그는 그렇게 하지 않을 것이다. 그들이 안다면 그를 해고할 테니까. 하지만 그들이 내가 시트를 풀어 놓은 줄 알 거라고 그는 생각한다. 나는 그가 정말로 순수하게 친절을 베풀고 싶어서, 돕고 싶어서 나에게 그렇게 하는 것이라고 생각한다. 그러나 그는 반드시 자신의 안전을 최우선으로 한다.

이번에 터클은 시트를 풀어 주지 않고, 내가 전에 한 번도 본 적 없는 두 명의 보조원과 한 젊은 의사가 블래스틱 영감을 들것에 싣고 시트로 덮어 운반하는 일을 도우러 간다. 그들은 블래스틱을 아주 조심스럽게 다룬다. 블래스틱 영감이 평생 살면서 언제 저런 대접을 받았던가.

8

아침이 되어 깨어 보니 맥머피가 나보다 먼저 일어나 있다. 벽을 걷는 사람이라는 별명을 지닌 줄스 아저씨가 여기에서 나간 뒤로 나보다 누가 더 일찍 일어나기는 이번이 처음이다. 줄스는 머리가 하얗게 샌, 영리한 늙은 흑인이었다. 밤에는 흑인 녀석들에 의해 세상이 뒤집어진다는 것이 그의 지론이었다. 그래서 그는 세상을 뒤집는 그 녀석들을 잡을 생각으로 아침 일찍 자리에서 벌떡 일어나곤 했다. 줄스처럼 나 역시 그들이 병동에 어떤 기계를 몰래 들여오는지 혹은 면도실에 무슨 기계를 설치하는지 지켜보기 위해 아침 일찍 일어난다. 하지만 복도에는 보통 나와 흑인 녀석들뿐이고, 십오 분쯤 지나야 그다음 환자가 일어난다. 그러나 오늘 아침에는 이불에서 나와 보니 맥머피가 화장실에 있는 소리가 들린다. 그런데 그는 노래까지 하고 있는 게 아닌가! 세상 근심 걱정 하나 없는 사람처럼 노래를 흥얼거리고 있다. 그의 목소리가 힘차고 또렷하게 시멘트와 강철 벽에 부딪쳐 쩌렁쩌렁 울린다.

"당신의 말들은 배가 고파요, 그녀가 말했지요."

노랫소리가 화장실 안에서 울리자 맥머피는 더 신나서 노래를 부르고 있다.

"와서 내 옆에 앉아 말에게 건초를 먹여요."

그가 숨을 들이쉬고 한 음조 높여 힘차게 내지르자 사방 벽에 있는 전선이 흔들린다.

"나의 말들은 배가 고프지 않아, 말들은 당신의 건초를 먹지 않을 거야, 예예예."

맥머피는 한 음을 유지하다가 저음으로 팍 꺾으며 나머지 가사를 불러 노래를 마무리한다.

"그러니 잘 가요, 내 사랑, 난 이만 가오."

노래를 부르다니! 모두들 깜짝 놀란다. 그들은 수년 동안 이 병동에 살면서 이런 노래를 들은 적이 없다. 침실에 있는 급성 환자들 대부분은 일어나 팔꿈치를 괴고 눈을 깜박거리며 노래를 감상하고 있다. 그들은 서로서로 쳐다보며 눈썹을 추켜세운다. 어째서 흑인 녀석들이 새 환자를 조용히 시키지 않고 저렇게 방관하는 걸까? 전에는 어느 누구든 저 정도로 소리를 지르면 가만 놔두지 않았다. 어째서 새로 온 이 환자는 다르게 대하는 걸까? 그 역시 우리와 똑같이 피부와 뼈로 만들어진 인간이고, 언젠가 약해지고 창백해져 죽게 될 것이다. 그도 똑같은 법의 적용을 받으며 살고, 음식을 먹으며, 똑같은 문제에 부딪힌다. 이러한 사실 때문에 그 역시 다른 환자들처럼 콤바인에 당할 수밖에 없지 않을까?

그러나 새 환자는 다르고, 급성 환자들도 그것을 알고 있다.

그는 지난 십 년간 이 병동에 왔던 그 누구와도 다르고, 그들이 밖에서 만난 적이 있는 어느 누구와도 다르다. 아마 그도 우리처럼 나약할 것이다. 그러나 콤바인은 아직 그의 기세를 꺾지 못했다.

"나의 마차에는 짐이 실려 있어. 나는 채찍을 들고 있지……."

맥머피가 어떻게 콤바인의 손아귀에서 벗어날 수 있었을까? 어쩌면 피트 영감처럼 콤바인은 그를 통제할 수 있는 시기를 놓친 것일 수도 있다. 어쩌면 그는 전국을 떠돌며 제멋대로 성장했는지도 모른다. 어렸을 때 여기저기 돌아다니며 살고, 한 마을에 사 개월 이상 살아 본 적이 없어서 학교에서도 결코 그를 통제하지 못했을 것이다. 벌채를 하고 도박을 하고 룰렛을 하고 쉴 틈 없이 여행하고, 너무 많이 계속해서 돌아다닌 탓에 콤바인은 그의 몸에 뭐 하나 설치할 기회를 갖지 못했는지도 모른다. 아마 그럴 것이다. 그는 콤바인에 기회를 주지 않았던 것이다. 어제 아침 흑인 녀석에게 그의 몸에 체온계를 갖다 댈 기회를 주지 않은 것처럼 말이다. 움직이는 표적은 맞히기 힘든 법이다.

바가지를 긁어 댈 부인도 없고, 눈물을 글썽이며 그를 붙들 친척 어른도 없고, 걱정할 사람 하나 없는 신세이니 그는 마음 놓고 훌륭한 사기꾼이 될 수 있었던 것이다. 그리고 흑인 녀석들이 화장실로 달려가 그의 입을 틀어막지 않은 이유는 아마 그가 통제할 수 없는 사람이라는 걸 알기 때문에, 또 피트 영감과 있었던 일을 계기로 제멋대로인 사람이 무슨 짓을 저지를 수 있는지 기억하고 있기 때문일 것이다. 그리고 그들 눈에도 맥머피가 피트보다 훨씬 덩치가 크다는 것이 보일 것이다. 맥머피를 붙잡으려면 그들 셋이 다 들러붙어야 할 것이고, 수간호사는 주사기를 들고 옆에서 기다려야 할 것이다. 급성 환자들은 서로를 쳐다보며 고개를 끄덕인다. 바로 그런 이유에서 흑인 녀석들이 자기네들이 노래를 하면 금방 제재하지만, 그가 노래하는 건 중단시키지 않는 것이라고 그들은 생각한다.

침실에서 나와 복도로 가는데, 마침 맥머피가 화장실에서 나온다. 그는 옷은 안 걸치고 달랑 모자만 쓰고, 수건을 엉덩이에 둘러 한 손으로 붙잡고 있다. 다른 손으로는 칫솔을 쥐고 있다. 그는 복도에 서서 좌우를 살펴보고, 차가운 타일 바닥에 발바닥을 대지 않으려고 휘청거리며 간신히 까치발로 서 있다. 그러다 가장 덩치가 작은 흑인 녀석을 발견하고, 그에게 다가가 마치 죽마고우라도 만난 듯 그의 어깨를 찰싹 때린다.

"이봐요, 이 닭게 치약 좀 주겠소?"

흑인 녀석이 작은 머리를 돌리자 그의 코가 맥머피의 손과 거의 맞닿을 듯하다. 그는 얼굴을 찡그리고는 다른 두 흑인 녀석이 어디에 있는지 만일을 대비해 잽싸게 확인한다. 그런 다음 맥머피에게 6시 45분이 되기 전까지는 수납장을 열지 않는다고 말한다.

"그게 규칙이에요."

"그래요? 치약을 거기에 둬요? 수납장에?"

"그래요. 수납장은 잠겨 있고요."

흑인 녀석은 다시 굽도리널을 닦는 일을 하려고 한다. 그러나 맥머피의 손은 여전히 커다란 붉은 꺾쇠처럼 그의 어깨 위에 기대어져 있다.

"수납장이 잠겨 있다 이 말이죠? 왜 치약을 넣어 두고 잠근다고 생각해요? 위험한 물건도 아닌데……. 치약으로 사람을 독살할 수 있는 것도 아니잖아요? 튜브로 머리통을 박살낼 수도 없고. 무엇 때문에 작은 치약 튜브처럼 아무 해될 게 없는 물건을 넣어 두고 잠글까요?"

"그게 병동의 규칙이에요, 맥머피 씨. 그게 이유예요."

녀석은 이 정도 말했으면 당연히 알아들어야 하는데도 이 마지막 이유가 맥머피에게 먹혀들지 않는 걸 알아챘다. 그는 자신의 어깨에 얹힌 손을 보고 얼굴을 찡그리며 덧붙여 말한다.

"모든 사람이 양치를 하고 싶을 때마다 무턱대고 이를 닦으면 어떻게 되겠어요?"

맥머피는 어깨에 얹은 손을 내려놓고 목덜미에 난 빨간 털 몇 가닥을 잡아당기며 그의 말에 대해 곰곰이 생각하는 표정을 짓는다.

"음, 당신의 말뜻을 이제 알겠군. 그러니까 식사 후에만 이를 닦도록 규칙이 정해졌단 얘기지요?"

"정말 환장하겠군. 그렇게 하는 걸 이해 못 하겠어요?"

"아니, 이해해요. 당신 말은 환자들이 아무 때나 제멋대로 이를 닦으려 하면 감당할 수 없다는 거잖아요."

"맞아요, 그래서 우리가……."

"생각해 보니 그렇군요. 이를 6시 30분에도 닦고, 6시 20분에도 아니, 6시에 닦으려는 사람도 있을지 모르겠네. 아무튼 당신 말뜻을 알아들었어요."

맥머피는 흑인 녀석과 떨어져 벽에 기대어 서 있는 나를 보고 윙크를 한다.

"이 굽도리널을 닦아야 해요, 맥머피."

"이런. 당신 일을 방해할 생각은 없었어요."

맥머피는 흑인 녀석이 자기 일을 하려고 허리를 굽히자 물러선다. 그런 다음 다시 앞으로 오더니 상체를 굽혀 흑인 녀석의 옆구리에 있는 깡통 속을 들여다본다.

"이것 좀 보게. 여기 든 게 뭐죠?"

흑인 녀석이 아래를 내려다본다.

"어디요?"

"이 낡은 깡통 말이에요. 이 안에 든 게 뭐죠?"

"그건…… 가루비누예요."

"나는 보통 치약을 쓰지만……."

맥머피는 칫솔을 가루비누 속에 쓱 집어넣고 빙빙 휘저은 다음 빼내어 깡통 옆면을 툭툭 두드린다.

"하지만 이거면 되겠어요. 고마워요. 그 병동 규칙에 대해서는 나중에 더 얘기해요."

그는 다시 화장실로 향한다. 잠시 후 그곳에서 쓱싹쓱싹 이를 문지르는 소리에 섞여 그의 노랫소리가 흘러나온다.

흑인 녀석은 그 자리에 서서 회색 손에 쥔 걸레를 축 늘어뜨린 채 화장실 쪽을 쳐다보고 있다. 잠시 후 눈을 깜박이고 주위를 둘러보더니 내가 쭉 지켜보고 있었다는 걸 알고 나에게 다가온다. 녀석은 내 파자마 끈을 잡고 나를 복도 아래로 질질 끌고 가서는 내가 어제 닦은 마룻바닥으로 밀친다.

"거기 닦아! 빌어먹을, 바로 거기! 쓸모없는 커다란 소처럼 멍청히 두리번거리지 말고 거기에서 일이나 해! 거기! 거기!"

나는 허리를 굽히고 씩 웃는 모습을 들키지 않게 그를 등지고 서서 걸레질을 한다. 맥머피가 그 흑인 녀석의 코를 아주 납작하게 해 주는 걸 보고 나니 기분이 좋다. 그렇게 할 수 있는 사람은 많지 않다. 옛날 아버지에게도 그런 멋진 면이 있었다. 협정을 통해 얻은 인디언 토지를 매수하려고 정부 관리들이 처음 나타났을 때, 아버지는 두 다리를 떡 벌리고 서서 무표정한 얼굴로 하늘을 올려다보았다.

"저기 캐나다 기러기들이 있군."

아버지는 실눈을 뜨고 하늘을 보며 말했다. 정부 관리들은 서류 뭉치를 흔들며 하늘을 올려다보았다.

"뭐라고요? 7월에 기러기 떼라니요? 말도 안 돼……. 나 원 참…… 기러기가 있을 리 없지."

그들은 알아듣도록 설명을 해 주어야 인디언들이 이해를 한다고 생각하는, 동부에서 온 관광객들처럼 말하고 있었다. 아버지는 그들이 하는 말은 귓등으로도 듣지 않는 것 같았다. 아버지는 계속 하늘을 쳐다보고 말했다.

"백인 양반들, 저기 기러기가 있어요. 당신들도 알잖소. 올해 기러기가 나타났어요. 그리고 작년에도 그랬지요. 그 전해에도, 또 그 전해에도 그랬지요."

관리들은 서로를 쳐다보고 목청을 가다듬고 말했다.

"네, 그런지도 모르지요, 브롬든 추장. 자, 기러기 얘기는 그만하고 계약 얘기를 합시다. 우리가 제시하는 것이 당신과 당신 부족 사람들에게 아주 큰 이득이 될 겁니다. 인디언의 삶을 바꿔 줄 거예요."

아버지는 말했다.

"……그리고 그 전해에도, 그 전해에도, 또 그 전해에도."

정부 관리들이 조롱을 당했다는 사실을 깨달았을 때 우리 오두막집 입구에 모여 앉아 붉고 검은 격자무늬 모직 셔츠 주머니에 파이프를 넣었다 뺐다 하면서 서로의 얼굴과 아버지를 쳐다보며 히죽거리던 부족의 어른들은 더는 못 참겠다는 듯 일제히 배꼽을 잡고 웃어 댔다. 알 앤드 제이 울프* 삼촌은 땅바닥을 떼굴떼굴 뒹굴며 웃느라 숨넘어가는 소리로 이렇게 말했다.

"뭔 말인지 다 알잖아요, 백인 양반들."

그것은 확실히 그들의 심기를 불편하게 했다. 그들은 목이 벌게져서는 한마디도 하지 않고 돌아서서 깔깔거리고 웃는 우리를 뒤로하고 고속도로를 향해 걸어갔다. 나는 이따금씩 웃음이 얼마나 큰일을 할 수 있는지 잊어버리곤 한다.

수간호사가 열쇠로 문을 열고 안으로 들어온다. 그러자 기다렸다는 듯 그 흑인 녀석이 그녀에게 다가간다. 뒤뚱뒤뚱 걷는 모양새가 소변이 마렵다고 보채는 아이 같다. 나는 그리 멀지 않은 곳에 있어서 그가 말하는 중에 맥머피의 이름이 두세 번 거론되는 걸 들을 수 있다. 이제 보니 그는 맥머피가 양치를 하고 있다고 그녀에게 말하고 있는 것이다. 간밤에 늙은 식물인간이 죽었다는, 정작 해야 할 얘기는 까맣게 잊어버린 것이다. 팔을 내저으며 그 붉은 머리 바보가 아침 댓바람부터 무슨 일을 저질렀는지 그녀에게 고자질을 하고 있다. 일을 방해

---

* R & J Wolf. 경중거리며 달리는 늑대라는 뜻.

하고, 병동 규칙에 따르지 않는데, 어떻게 손 좀 써 줄 수 없겠느냐고 떼를 쓰고 있는 것이다.

수간호사는 흑인 녀석을 쏘아본다. 그러자 안달복달하던 녀석이 멈칫한다. 그녀는 맥머피의 노랫소리가 아까보다도 더 쩌렁쩌렁하게 화장실 문밖까지 울려 퍼지고 있는 복도 쪽을 쳐다본다.

"오, 당신의 부모님은 나를 좋아하지 않아요. 내가 너무 가난하대요. 그래서 사위 자격이 없다는군요."

수간호사는 처음에는 어리둥절한 표정을 짓는다. 우리처럼 그녀도 노래를 들은 지 하도 오래돼서 저게 무슨 소리인지 알아채기까지 시간이 걸리는 모양이다.

"내 뜻대로 살기가 힘드네, 기쁨과 돈은 나를 좋아하지 않아, 나를 따르지 않네."

수간호사는 누가 노래를 부를 리 없다고 생각하는지 노랫소리를 잠깐 더 듣는다. 이윽고 그녀는 숨을 크게 들이마셨다가 내뱉는다. 그때마다 콧구멍이 벌렁거리고 몸 전체가 부풀어 오른다. 그녀의 몸은 점점 커져서 무척 강해 보인다. 테이버가 병동을 떠난 이후로 수간호사의 몸이 환자 앞에서 그렇게 부풀어 오른 것은 처음 있는 일이다. 그녀는 팔꿈치와 손가락에 있는 경첩을 움직인다. 내 귀에 삐거덕거리는 소리가 작게 들린다. 그녀가 움직이기 시작하고, 나는 다시 벽에 기댄다. 수간호사가 덜거덕거리며 지나갈 즈음 그 몸은 벌써 트럭만큼 커져 있다. 배기관 뒤로는 버들가지 손가방이 대형 디젤 엔진 뒤에 있는 트레일러처럼 질질 끌려간다. 그녀의 입술은 벌어져 있고, 한결같은 미소가 라디에이터 그릴처럼 그녀의 얼굴에 달라붙어 있다. 그녀가 지나가자 뜨거운 기름 냄새와 발전기의 불꽃 냄새가 난다. 한 발 한 발 내디딜 때마다 그녀는 쉭쉭 숨을 쉬며 점점 더 크게 부풀어 오르고, 그녀가 지나가는 길에 있는 모든 물건이 그녀의 발에 차여 데굴데굴 구른다! 이제 그녀가 무슨 일을 저지를까 생각하니 마음이 조마조마하다.

이윽고 수간호사가 최대한 아주 크고 흉측한 모습으로 움직이고 있을 때, 마침 맥머피가 허리 아래로 수건을 두른 채 화장실 밖으로 나오다 그녀와 정면으로 마주친다. 그의 모습을 본 그녀는 갑자기 걸음을 멈춘다! 그녀의 키가 그가 수건을 두른 부위에 머리가 올 만큼 확 줄어든다. 그는 그녀를 내려다보며 싱긋 웃고 있다. 미소 짓던 그녀의 얼굴은 점점 굳고 입꼬리만 축 처져 있다.

"안녕하세요, 랫시드* 수간호사님! 바깥세상은 요즘 어떻게 돌아가나요?"

"그리고 여길 돌아다니면 안 돼요. 수건만 걸치다니요!"

"안 된다고요?"

맥머피는 그녀의 눈높이에 있는 수건을 내려다본다. 수건이 젖어서 피부에 딱 들러붙어 있다.

"수건을 두르는 것도 병동 규칙에 어긋나나요? 할 일도 없고 해서……."

"입 다물어요! 감히 어디서. 지금 당장 침실로 들어가서 옷을 입어요!"

수간호사는 학생에게 호통을 치는 선생님처럼 말한다. 그러

---

* Rat-shed. '쥐의 집'이라는 뜻.

자 맥머피는 학생처럼 고개를 숙이고 울먹울먹하는 소리로 말한다.

"그럴 수가 없어요. 밤에 내가 잠든 사이에 어떤 도둑이 내 옷을 훔쳐 갔거든요. 누가 업어 가도 모를 정도로 여기 매트리스에 누워 푹 잠이 든 바람에."

"누가 훔쳐 갔다고요……?"

맥머피는 잔뜩 들떠서 말한다.

"훔쳐 갔어요. 강탈해 갔지요. 도둑맞았어요. 누군가가 내 옷을 훔쳐 갔어요."

그는 이 말을 하는 것이 무척 재미있는지 그녀 앞에서 맨발로 살짝 춤을 춘다.

"당신 옷을 훔쳐 갔다고요?"

"내 말이 그 말입니다."

"하지만 수의를요? 도대체 왜요?"

맥머피는 춤추는 걸 중단하고 다시 고개를 숙인다.

"내가 아는 것이라고는 내가 잠들었을 때 놈들이 왔고, 내가 일어났을 때 놈들이 갔다는 거예요. 바람처럼 흔적 없이 사라졌어요. 나도 압니다. 뭐 비싼 옷도 아니고 수의 나부랭이에 불과하지요. 투박하고 거칠고 색도 바래고. 간호사님, 나도 잘 알아요. 더구나 옷이 많은 사람한테 수의는 헝겊 쪼가리로밖에 안 보이지요. 하지만 벌거벗은 사람한테는……"

수간호사는 그제야 생각난 듯 말한다.

"그 옷은 회수하기로 되어 있어요. 오늘 아침에 회복기의 환자들이 입는 녹색 옷을 받았을 텐데요."

맥머피는 고개를 내젓고 한숨을 내쉴 뿐 여전히 고개를 들지 않는다.

"아니요, 못 받았어요. 오늘 아침에 입을 게 없어서 달랑 이 모자랑……."

"윌리엄스!"

수간호사가 흑인 녀석에게 버럭 소리를 지른다. 녀석은 언제든 기회를 틈타 잽싸게 달아나려는 듯 아직도 문가에 서 있다.

"윌리엄스, 잠깐 여기 좀 와 볼래요?"

그는 채찍을 맞으러 가는 강아지처럼 그녀에게 느릿느릿 다가간다.

"윌리엄스, 왜 이 환자한테 옷이 없는 건가요?"

흑인 녀석이 한시름 놓는다. 그는 등을 곧추세우고 씩 웃더니 회색 손을 들어 복도의 반대쪽 끝에 있는 덩치 큰 흑인 녀석 중 한 명을 가리킨다.

"저기 있는 워싱턴 씨가 오늘 아침 세탁물 배급을 맡았어요. 전 아니에요, 전 아니라고요."

"워싱턴 씨!"

수간호사가 부르는 소리에 그는 대걸레를 양동이 위에 들고 선 채 그 자리에서 얼어 버린다.

"잠깐 여기 좀 와 봐요!"

그는 대걸레를 아무 소리 없이 양동이 안에 넣고는 자루를 천천히 조심스럽게 벽에 기대어 놓는다. 그리고 몸을 돌려 맥머피와 덩치가 가장 작은 흑인 녀석과 간호사를 내려다본다. 그런 다음 마치 그녀가 다른 사람을 부르기라도 한 양 좌우를 둘러본다.

"이리 와 봐요!"

그는 주머니에 손을 찔러 넣고 그녀 쪽으로 발을 질질 끌고 걸어온다. 결코 빨리 걷지 않는다. 한눈에 보기에도 만일 그가 서두르지 않으면 그녀는 눈빛만으로 그를 꽁꽁 얼려 박살을 낼 것만 같다. 그녀가 맥머피에게 쏟아 부으려고 작정했던 모든 증오심과 분노, 좌절감이 복도 저만치에 있는 흑인 녀석에게 분출되고 있다. 그리고 그가 그것이 눈보라처럼 자신에게 휘몰아치고 있다는 걸 느끼자 그의 걸음이 어느 때보다도 더 느려진다. 그는 양팔로 몸을 감싸고 상체를 굽혀 간신히 눈보라를 헤치며 나아간다. 그의 머리칼과 눈썹에는 서리가 얼어붙어 있다. 그는 앞으로 더욱 상체를 숙인다. 그러자 그의 발걸음은 점점 더 느려진다. 어느 세월에 도착할지……

그때 맥머피가 「아름다운 조지아 브라운」을 휘파람으로 불기 시작한다. 그러자 바로 수간호사가 그 흑인 녀석에게서 눈길을 거둔다. 그녀는 어느 때보다도 더 큰 분노와 실망을 느낀 것 같다. 저렇게 화가 난 모습은 처음 본다. 인형처럼 미소 짓던 모습은 사라지고, 시뻘겋게 달군 철사처럼 입술을 앙다물고 있다. 환자들이 달려 나와서 그녀를 본다면, 맥머피는 내기에 건 돈을 거둬들일 수 있을 것이다.

흑인 녀석이 마침내 수간호사 앞에 와 있다. 족히 두 시간은 걸린 것 같다. 그녀는 길게 한숨을 쉰다.

"워싱턴 씨, 오늘 아침에 이 환자가 왜 환자복을 지급받지 못했죠? 이 환자가 수건 하나만 두르고 있는 거 안 보여요?"

"모자도 있습니다."

맥머피가 손가락으로 모자챙을 툭 치면서 나지막이 말한다.

"워싱턴 씨?"

덩치 큰 흑인 녀석이 자신을 지목한 작은 녀석을 쳐다본다. 작은 녀석은 다시 안절부절 어쩔 줄을 모른다. 덩치 큰 녀석이 라디오 진공관 같은 눈으로 한참 동안 그를 쳐다본다. 나중에 그와 담판을 지을 기세다. 그는 고개를 돌려 맥머피를 위아래로 훑어본다. 단단하고 육중한 어깨, 삐딱한 웃음, 코에 난 흉터, 수건을 꽉 쥐고 있는 손을 쳐다본 다음 간호사를 본다.

"제 추측으로는……."

그가 말을 꺼낸다.

"추측이라니요! 추측 같은 거 하지 말고 확실히 일해요! 지금 당장 이 환자에게 환자복을 지급해요, 워싱턴 씨. 아니면 앞으로 두 주 동안 노인 환자들이랑 일을 하든가! 거기서 한 달 동안 환자용 변기나 치우고 환자들 목욕시키는 일을 해 봐야 이 병동이 얼마나 한가한지 알겠어요? 여기가 다른 병동이라면, 누가 하루 종일 복도 청소를 할까요? 여기 브룸든 씨가요? 천만에요. 말 안 해 줘도 당신들은 알 거예요. 우리는 당신들이 환자들을 잘 감시할 수 있도록 잡일을 덜어 주고 있어요. 그러니까 이번 경우처럼 환자들이 벌거벗고 돌아다니지 않는지 살피는 일도 당신들이 할 일이에요. 젊은 간호사들이 일찍 출근해서 옷도 걸치지 않은 환자가 돌아다니는 걸 봤으면 어쩔 뻔했어요? 도대체 생각이 있는 거예요!"

덩치 큰 흑인 녀석은 무슨 말인지 확실히 알아듣지는 못한다. 그는 그녀의 말을 대강 이해하고 맥머피의 환자복을 가지러 어슬렁어슬렁 창고로 간다. 아무래도 10호는 너무 작겠지. 그는 다시 느릿느릿 걸어와 전에 본 적 없는 증오가 가득 담긴 눈빛으로 맥머피에게 옷을 내민다. 맥머피는 당황한 기색이다. 흑인 녀석이 건네는 옷을 어떻게 받아야 할지 난감한 모양이다. 한 손에는 칫솔을, 다른 손에는 수건을 잡고 있기 때문이다. 마침내 그는 수간호사에게 윙크를 하더니 어깨를 으쓱하고, 수건을 풀어 옷걸이라도 되는 양 그녀의 어깨 위에 걸쳐 놓는다.

이제 보니 맥머피는 내내 반바지를 입고, 그 위에 수건을 두르고 있었다.

맥머피가 반바지를 걸치지 않고 차라리 홀딱 벗고 있었더라면 그녀는 이렇게까지 화가 나진 않았을 것이다. 수간호사는 격분한 나머지 아무 말도 하지 못하고 그의 반바지 위에서 도약하고 있는 커다란 흰 고래들을 노려보고 있다. 더 이상 참을 수가 없다는 표정이다. 정확히 일 분이 지나서야 그녀는 마음을 추스르고 작은 흑인 녀석을 돌아본다. 화가 치밀어 오른 나머지 목소리가 부들부들 떨리고 있다.

"윌리엄스…… 내가 알기로는…… 내가 오늘 아침 출근했을 때 당신은 간호사실 창을 닦고 있어야 했어요."

윌리엄스는 검은색과 흰색이 섞인 벌레처럼 꿈틀거리며 자리를 떠난다.

"그리고 당신, 워싱턴 씨, 당신은……."

워싱턴은 애써 빠른 걸음으로 발을 질질 끌고 양동이가 있는 곳으로 돌아간다. 수간호사는 또 잔소리를 할 대상을 찾아 다시 주위를 살펴본다. 그녀가 나를 발견한다. 그때 환자들 몇몇이 침실에서 나와 복도에 모여 있는 우리를 보고 의아해한다. 그녀는 정신을 가다듬으려는 듯 눈을 감는다. 차마 분노로 일그러지고 하얗게 질린 얼굴을 그들에게 보일 수 없는 것이다. 그녀는 자제력을 최대한 발휘하고 있다. 작고 흰 코 밑에 있는 입술이 다시 꽉 다물어진다. 마치 시뻘겋게 달군 철사가 녹아서 아른아른 빛을 낸 다음 용해된 금속 세트처럼 금방 단단히 굳듯이 말이다. 그것은 다시 식어서 기이하게도 흐릿한 빛깔을 띤다. 그녀의 입술이 벌어지고, 그 사이로 쇠 찌꺼기 같은 혀가 나온다. 그녀가 다시 눈을 뜬다. 눈 역시 입술처럼 기이하게 흐릿하고 차갑고 생기가 없다. 그러나 그녀는 아무것도 달라진 게 없다는 듯 평소처럼 아침에 늘 하는 인사를 건넨다. 환자들이 아직 잠이 덜 깨서 아무것도 눈치 채지 못할 거라 생각하는 모양이다.

"안녕하세요, 시펠트 씨, 치통은 나아지셨어요? 안녕하세요, 프레드릭슨 씨, 당신과 시펠트 씨는 어젯밤 잘 잤나요? 두 분 침대가 나란히 붙어 있죠? 그런데 두 분이 약에 대해 뭔가 바라는 게 있다고 들었어요. 브루스한테 약을 주었다면서요, 시펠트 씨? 그 문제는 나중에 상의해요. 안녕하세요, 빌리. 병원으로 오는 길에 당신 어머니를 뵈었어요. 어머니가 이 말을 꼭 전해 달라고 하시더군요. 항상 당신 생각을 하신대요. 그리고 당신이 어머니를 실망시키지 않을 줄 아신다는군요. 안녕하세요, 하딩 씨. 어머나, 손끝이 까지고 빨간 걸 보니 또 손톱을 깨물었군요?"

수간호사는 대답을 들어야 하는 질문을 던져 놓고도 그들에게 대답할 틈도 주지 않은 채, 반바지를 입고 아직도 거기에 서 있는 맥머피를 돌아본다. 하딩은 반바지를 보고 휘파람을 분다.

수간호사가 상냥하게 미소를 지으며 말한다.

"그리고 맥머피 씨, 건강한 체격과 화려한 속바지 자랑이 끝났으면 이제 그만 침실에 들어가서 환자복을 입는 게 좋을 것 같은데요."

맥머피는 그녀에게, 그리고 흰 고래가 그려진 반바지에 추파를 던지며 장난을 치는 환자들에게 모자를 살짝 기울여 인사를 하고는 군말 없이 침실로 향한다. 수간호사는 돌아서서 꽉 다문 붉은 입술에 미소를 띠고 반대쪽으로 걸어간다. 그녀가 간호사실로 들어가 문을 닫으려는 찰나 맥머피의 노랫소리가 침실 문에서 복도로 다시 흘러나오기 시작한다.

"그녀가 나를 그녀의 응접실로 데리고 갔네, 부채로 나를 시원하게 부쳐 주네."

맥머피가 뱃살을 철썩 치는 소리가 들린다.

"그녀는 엄마의 귀에 대고 나직이 속삭였다네, 난 저 도박꾼을 사랑해요."

침실이 텅 비면 나는 그곳에서 비질을 한다. 맥머피의 침대 밑에서 먼지 덩어리를 치우는데, 어떤 냄새가 코를 자극한다. 병원에 온 후로 처음 맡아 보는 냄새다. 새삼 나는 마흔 명의 성인 남자들이 잠을 자는, 침대로 가득한 이 커다란 병동이 늘 수많은 여러 냄새들로 끈적끈적했다는 걸 깨닫는다. 살균제와 아연화 연고 냄새, 발 냄새 제거 파우더 냄새, 오줌 냄새, 노인의 지독한 대변 냄새, 패블럼*과 안약 냄새, 빨고 난 직후에도 퀴퀴한 냄새가 나는 반바지와 양말, 빳빳하게 풀을 먹

---

* 유아용 식품 이름.

인 리넨 냄새, 아침에 자고 일어난 뒤의 입 냄새, 바나나 냄새와 비슷한 기계 기름 냄새, 그리고 가끔씩 풍기는 머리칼 그슬린 냄새. 그런데 지금은 전에는 없었던, 맥머피가 들어오기 전에는 결코 없었던, 탁 트인 들판의 먼지와 흙 냄새, 땀과 노동의 냄새가 난다.

9

아침을 먹는 내내 맥머피는 쉴 새 없이 웃고 떠든다. 그는 오늘 아침 일을 계기로 수간호사를 만만한 상대로 보는 것 같다. 잠깐 그녀가 방심한 사이에 그녀를 공격했을 뿐이고, 오히려 그 일로 인해 그녀가 만반의 준비를 해 놓았다는 사실을 모르고 있는 듯하다.

맥머피는 광대처럼 몇몇 환자들을 웃기려 하고 있다. 그는 그들이 최대한 보일 수 있는 반응이 고작해야 힘없이 싱긋 웃고, 간혹 낄낄거리는 정도밖에 안 된다는 사실이 영 마땅치 않은 모양이다. 그가 테이블 맞은편에 앉아 있는 빌리 비빗을 쿡쿡 찌르며 은밀한 목소리로 말한다.

"이봐요, 빌리, 시애틀에서 있었던 그 일 생각나요? 당신과 내가 여자 둘을 만났잖아요? 내 인생에서 가장 흥분되는 순간이었어요."

접시를 쳐다보던 빌리가 고개를 홱 쳐든다. 입이 벌어져 있지만 말은 한마디도 나오지 않는다. 맥머피가 하딩에게 고개를 돌린다.

"여자들이 그렇게 금방 따라붙을 줄은 상상도 못했어요. 그 여자들이 빌리 비빗 이야기를 듣지 못했다면 일이 그렇게 쉽게 되지 않았을 거예요. 당시 빌리는 '곤봉 비빗'이란 이름으로 불렸어요. 여자들이 우리한테 퇴짜를 놓고 가려고 하는데, 마침 어떤 사람이 빌리를 보고 '당신이 그 유명한 곤봉 비빗 아닌가요? 그 36센티미터로 유명한?' 하고 묻더라고요. 그러자 빌리는 고개를 홱 숙이고 얼굴을 붉혔어요. 지금처럼 말입니다. 그러자 여자들이 마음을 바꾸더라고요. 또 하나 기억나는 건, 우리가 여자들을 호텔로 데리고 갔을 때 빌리의 침대 근처에서 여자가 이렇게 말하는 게 들리더군요. '비빗 씨, 당신한테 실망이에요. 내가 듣기로는 당신이 30…… 정말 어처구니없어서!'"

맥머피는 그렇게 말하며 환성을 지르고 자신의 다리를 찰싹 때리더니 엄지를 세워 빌리를 놀린다. 얼굴이 벌게진 빌리는 애써 웃고 있지만 아무래도 금방 기절할 것 같다.

맥머피는 사실 이 병원에 딱 하나 없는 게 있다면 그런 여자들일 뿐이고, 그것만 빼면 아주 훌륭한 곳이라고 말한다. 여기에 있는 침대처럼 좋은 게 없고, 식사도 아주 잘 나온다는 것이다. 그런데 다들 여기에 갇혀 사는 걸 왜 그렇게 불행하게 생각하는지 도저히 납득이 안 간다고 한다.

맥머피가 빛을 향해 유리잔을 들어 올리며 환자들에게 말한다.

"자, 나를 봐요. 육 개월 만에 처음으로 오렌지 주스를 마시는 거요. 와, 정말 좋군요. 그 작업 농장에서는 아침으로 뭘 췄는지 알아요? 내가 뭘 먹었는지 아냐고요? 그걸 어떻게 말로 설명해야 할지 모르겠네. 하지만 확실한 건 그 음식에 어떤 이름을 붙일 수 없다는 거예요. 아침이고 정오고 밤이고 까맣게 탄 음식이 나왔는데, 그 안에 감자가 들어 있었지요. 꼭 지붕 이는 데 쓰는 접착제 같았어요. 한 가지 확실한 건 그게 오렌지 주스가 아니었다는 겁니다. 지금의 날 봐요. 베이컨, 토스트, 버터, 달걀, 커피를 먹고 있어요. 게다가 상냥한 주방 직원은 어떤 커피를 원하는지 취향을 물어보기까지 해요. 거기에다 또 아주 신선하고 차가운 오렌지 주스를 가득 줘요. 와, 수억을 준다 해도 난 여기에서 절대 못 나가!"

맥머피는 무슨 음식이든 두 그릇씩 먹고, 퇴원을 하면 주방에서 커피를 따르는 여자와 데이트를 하기로 약속한다. 그리고 달걀 프라이를 아주 맛있게 잘한다며 흑인 요리사를 칭찬한다. 콘플레이크에 넣어 먹는 바나나가 있는데, 그는 그걸 한 움큼 얻어 와서는 흑인 녀석에게 몹시 배가 고파 보이니 하나 훔쳐다 주겠다고 말한다. 그러면 녀석은 슬쩍 복도 저편의 간호사가 앉아 있는 유리창 안을 보고는 보조원이 환자와 함께 식사를 하면 안 된다고 말한다.

"병동 규칙에 어긋난다 이거죠?"

"맞아요."

"참 안됐소."

맥머피는 흑인 녀석의 코앞에서 바나나 세 개의 껍질을 벗겨 하나씩 먹어 치운다. 그러면서 "이봐요, 언제든 식당 밖에서 간식을 몰래 먹고 싶으면 말만 해요."라고 녀석에게 말한다.

맥머피는 마지막 바나나를 먹고는 배를 툭 치고 일어나 문으로 향한다. 덩치 큰 흑인 녀석이 문을 막아 서고 환자들은 식당에 앉아 있다가 7시 30분에 모두 이동한다는 규칙을 그에게 말해 준다. 맥머피는 제대로 들은 건지 귀가 의심스러운 듯 그를 물끄러미 바라본다. 그러고는 고개를 돌려 하딩을 바라본다. 하딩이 고개를 끄덕인다. 맥머피는 어깨를 으쓱하고 자기 의자로 돌아간다.

"그 빌어먹을 규칙을 어기면 안 되지."

식당 끝에 걸려 있는 벽시계가 7시 15분을 가리킨다. 우리가 여기에 앉아 있은 지 최소한 한 시간은 된 것 같은데, 이제 겨우 십오 분밖에 안 되었다니 시계가 거짓말을 하고 있는 게 틀림없다. 모두들 식사를 끝내고 의자에 기대어 앉아 시계 바늘이 7시 30분으로 이동하는 걸 지켜본다. 흑인 녀석들은 음식이 이리저리 튄 식물인간들의 쟁반을 치우고, 호스로 물을 뿌려 씻기 위해 두 노인의 휠체어를 끌고 간다. 식당에서 환자들의 절반 정도가 식탁에 엎드린다. 흑인 녀석들이 돌아오기 전까지 잠깐 눈을 붙이려는 것이다. 그도 그럴 것이 카드나 잡지, 퍼즐이 없어서 달리 할 일이 없다. 잠을 자든가 아니면 시계만 쳐다보는 수밖에 없는 것이다.

그러나 맥머피는 가만히 있을 수가 없다. 뭐라도 해야 직성이 풀리는 성격이기 때문이다. 그는 숟가락으로 접시에 남은 음식을 휘젓는다. 뭔가 재미있는 일을 벌일 꿍꿍이를 하고 있는 게 분명하다. 그는 양 엄지를 주머니에 걸고, 고개를 뒤로 젖혀 한쪽 눈으로 벽에 걸린 시계를 본다. 그런 다음 코를 문지른다.

"저 위에 걸린 오래된 시계를 보니 포트 라일리 사격장의 표적이 생각나는군. 내가 바로 거기에서 첫 메달을 받았지요. 명사수들한테 주는 메달요. 내가 이래봬도 명사수 맥머피였거든요. 자, 단돈 1달러로 내기를 하지 않겠소? 내가 저기 있는 시계 앞면 정중앙에, 아니면 적어도 시계 앞면에 버터를 던질 수 있는지 없는지 말이오."

세 사람이 1달러를 걸자 맥머피가 작은 버터 덩어리를 들어 칼에 올려놓고 휙 던진다. 버터는 시계 왼쪽에서 족히 15센티미터는 떨어진 지점에 들러붙는다. 모두들 그에게 야유를 퍼붓고, 결국 그는 내기 돈을 돌려준다. 그런 뒤에도 그들은 그러고도 명사수냐며 계속 그를 놀린다. 이윽고 덩치가 작은 흑인 녀석이 식물인간들을 씻기고 돌아오자, 모두들 입을 다물고 자신의 접시를 쳐다본다. 흑인 녀석은 낌새가 이상하다는 걸 눈치 채지만 무슨 일인지는 알지 못한다. 아마 늙은 매터슨 대령만 아니었다면 그는 결코 알아내지 못했을 것이다. 매터슨 대령은 주변을 두리번거리고 있다가 벽에 붙어 있는 버터를 보고 손가락으로 그것을 가리키며 늘 하는 설교를 하기 시작한다. 마치 자기가 하는 말이 논리적인 양 여유 있는 저음의 목소리로 우리 모두에게 설명을 늘어놓는 것이다.

"버터는…… 공화당이오……."

흑인 녀석은 대령이 손가락으로 가리키고 있는 지점을 쳐다본다. 정말로 거기에는 버터가 있고, 노란 달팽이처럼 벽을 타고 천천히 내려오고 있다. 그는 그것을 보고 눈을 깜박이기만할 뿐 아무 말도 하지 않는다. 좌중을 둘러보고 누가 거기에 버터를 던져 놓았는지 확인할 생각도 하지 않는다.

맥머피는 주위에 앉아 있는 급성 환자들에게 뭐라고 속삭이면서 그들을 쿡쿡 찌르고 있다. 잠시 후 그들 모두 고개를 끄덕이고, 맥머피는 테이블 위에 3달러를 놓고 의자에 기대어 앉는다. 모두들 의자에 앉은 채 고개를 돌려 버터가 벽을 타고 천천히 내려오는 것을 구경한다. 버터가 갑자기 속도가 빨라지더니 잠시 가만히 머물러 있다가 쭉 내려온다. 페인트 위에 번질번질한 흔적이 남아 있다. 아무도 입을 열지 않는다. 그들은 버터를 봤다가 시계를 보고 다시 버터를 본다. 이제 시계가 움직이고 있다.

버터는 7시 30분이 되기 직전, 그러니까 정확히 30초를 남겨 두고 바닥에 떨어진다. 결국 맥머피는 잃은 돈을 전부 되찾는다.

흑인 녀석은 번쩍 정신을 차려 벽에 길게 남은 반들반들한 버터 자국에서 눈을 떼고 이제 가도 된다고 말한다. 맥머피는 식당에서 걸어 나오면서 주머니에 돈을 접어 넣는다. 그는 복도에서 흑인 녀석의 어깨에 양팔을 두르더니 반은 걸고, 반은 그를 잡아끌며 휴게실로 간다.

"반나절이 지났군요. 간신히 손해는 면했어요. 그래도 따져 보면 잃었으니 서둘러 만회해야겠소. 당신이 수납장에 고이 모셔 둔 카드를 꺼내 주쇼. 카드 게임할 때 저 스피커 때문에 말소리나 제대로 들릴지 두고 봐야겠군."

맥머피는 오전 시간 대부분을 카드놀이를 하는 데 보낸다. 이제는 담배 대신 약식 차용 증서를 걸고 연방 블랙잭을 하고 있다. 그는 스피커 아래를 벗어나려고 블랙잭을 벌인 테이블을 두세 번 옮긴다. 그것만 봐도 그가 스피커를 얼마나 거슬려 하는지 알 수 있다. 마침내 맥머피가 간호사실에 가서 유리창을 톡톡 두드린다. 수간호사가 의자에 앉아서 몸을 돌려 문을 열어 준다. 그는 그녀에게 잠시 저 지긋지긋한 소리를 꺼 줄 수 없느냐고 묻는다. 여느 때처럼 간호사실에 앉아 있는 그녀는 평소보다 더 침착하다. 그녀의 속을 뒤집어 놓는, 반나체로 돌아다니는 야만인이 없으니 그럴 만도 하다. 그녀의 입가에 미소가 차분히 자리를 잡고 있다. 그녀는 눈을 감고 고개를 흔들면서 아주 상냥하게 "안 되는데요."라고 말한다.

"볼륨이라도 낮춰 주겠어요? 여기가 하루 종일, 한 시간마다 세 번씩 로렌스 웰크*의 노래 「단둘이 차를 마시며」를 들어야 하는 오리건 주도 아니잖소! 테이블 맞은편에 앉아 있는 사람이 얼마를 걸겠다고 말하는 목소리가 들릴 정도로 소리를 낮춰 주면, 계속 포커 게임을 할 수 있을 텐데요……."

"말했잖아요, 맥머피 씨, 이 병동에서 돈을 걸고 도박을 하는 건 규칙에 어긋난다고."

"좋아요. 그러면 돈을 걸지 않고 할 테니 방해가 안 될 정도로만 소리를 낮춰 줘요. 저 빌어먹을 소리 좀 줄여 주세요!"

"맥머피 씨……."

수간호사는 잠시 뜸을 들여 목소리를 냉정한 학교 선생님 투로 가다듬은 후 말을 잇는다. 그녀는 병동의 모든 급성 환자들이 그들의 대화를 듣고 있다는 것을 알고 있다.

"제 생각을 말씀드릴까요? 당신은 아주 이기적이에요. 이 병동에 당신 말고 다른 사람들이 있다는 거 모르세요? 이곳에는

---

* 1940년대에 활약한 음악가.

소리를 낮추면 라디오가 전혀 들리지 않는 노인 분들이 있어요. 그분들은 책을 읽을 수도 없고, 퍼즐 맞추기를 할 수도 없고, 다른 사람의 담배를 따는 카드놀이도 할 수 없는 나이 든 분들이에요. 매터슨과 키틀링 같은 노인들은 스피커에서 흘러나오는 저 음악을 듣는 게 유일한 낙이죠. 그런데 당신은 그들에게 음악마저 못 듣게 할 참이군요. 우리는 가능하다면 언제든 여러분의 제안과 요구를 들어주고 싶어요. 하지만 요구를 하기 전에 적어도 다른 사람 입장을 헤아려 보는 게 도리 아닐까요?"

맥머피는 고개를 돌리고 만성 환자들이 모여 있는 쪽을 본다. 그녀의 말에도 일리가 있다. 그는 모자를 벗고 손으로 머리를 빗어 넘긴다. 그러고는 결국 그녀에게 다시 고개를 돌린다. 그 역시 모든 급성 환자들이 그들의 대화 한마디 한마디에 귀를 기울이고 있다는 것을 그녀만큼 잘 알고 있다.

"좋아요. 그 생각은 미처 못했군요."

"그럴 줄 알았어요."

맥머피는 목덜미 밖으로 삐져나온 빨간 털 몇 가닥을 잡아당긴 다음 말한다.

"그러면 다른 곳에서 카드 게임을 하게 해 주면 어때요? 다른 방 없나요? 회의할 때 테이블을 놓고 쓰는 방도 좋고요. 그 방은 회의할 때를 빼면 하루 종일 비어 있잖아요. 그 방을 열어 놓으면 카드를 할 사람은 거기에서 하고, 노인들은 여기에서 라디오를 들으면 되잖아요. 그러면 서로 좋지 않겠어요?"

수간호사는 미소를 짓더니 다시 눈을 감고 고개를 살짝 흔든다.

"물론 나머지 직원들을 모아 놓고 그 제안을 해도 좋아요. 하지만 물어보나마나 다들 내 생각과 같지 않을까 싶네요. 왜냐하면 두 개의 휴게실을 꾸릴 여력이 안 되거든요. 인력이 모자랍니다. 그런데 유리에 기대지 않았으면 싶네요. 당신 손에 기름기가 줄줄 흘러서 유리에 얼룩이 졌어요. 얼룩이 지면 다른 직원들이 일을 두 번 하게 되잖아요."

맥머피가 얼른 손을 치운다. 그는 무슨 말을 하려다 입을 다문다. 그가 그녀에게 욕을 퍼부으면 모를까, 그녀가 더 이상 그에게 말할 여지를 주지 않았다는 걸 깨달았기 때문이다. 그의 얼굴과 목이 붉어진다. 그는 그녀가 오늘 아침에 했던 것처럼 길게 한숨을 쉬고 마음을 다잡는다. 그러고는 그녀에게 성가시게 해서 아주 미안하다고 말하고, 카드가 벌어진 테이블로 돌아온다.

병동의 모든 사람들은 드디어 전쟁이 시작되었다는 것을 감지한다.

11시 정각, 의사가 휴게실 문가로 와서 맥머피에게 면담을 해야 하니 아래층에 있는 자신의 사무실로 가자고 소리친다.

"새로 온 환자는 둘째 날에 저와 면담을 하기로 되어 있어요."

맥머피는 카드를 내려놓고 일어서서 의사에게 간다. 의사가 그에게 밤새 잘 잤느냐고 묻는다. 맥머피는 우물쭈물 대답을 한다.

"오늘은 생각할 게 많은가 보군요, 맥머피 씨."

"아, 원래 생각이 많아요."

맥머피가 대답을 하고, 그들은 함께 복도를 걷는다. 나중에 그들은 다시 돌아온다. 그사이 꼭 며칠이 지난 것 같다. 그들은 뭐가 그리 좋은지 둘 다 싱글벙글 웃으며 이야기를 나누고 있다. 의사가 안경에 묻은 눈물을 닦는 걸 보니 정말로 웃겨서 웃었던 모양이다. 맥머피는 여느 때처럼 위풍당당하고 뻔뻔스럽게 큰 소리로 떠들며 나타난다. 그는 점심을 먹는 동안에도 내내 그런 태도를 보이고 있다. 1시가 되자 그는 가장 먼저 자기 자리에 앉아 회의 준비를 한다. 구석 자리에 앉아 있는 그의 파란 눈을 보니 뭔가 단단히 결심을 한 것 같다.

수간호사가 쪽지가 든 바구니를 들고 수습 간호사들과 함께 휴게실에 들어온다. 그녀는 테이블에서 일지를 집어 들고 보더니 잠시 얼굴을 찌푸린다.(오늘은 아무것도 적혀 있지 않은 것이다.) 그런 다음 문 옆에 있는 그녀 자리로 간다. 그녀는 무릎에 올려놓은 바구니에서 몇 권의 서류철을 꺼내고 페이지를 뒤적거려 하딩에 관한 내용을 찾아낸다.

"어제는 하딩 씨의 문제에 대해 꽤 많은 얘기를 나누었는데……."

의사가 끼어들어 말한다.

"아, 그 문제에 대해 얘기하기에 앞서, 괜찮다면 제가 잠시 한마디 하고 싶군요. 오늘 아침 제 사무실에서 맥머피 씨와 함께 나누었던 이야기입니다. 옛 추억을 더듬어 보았어요. 옛날 얘기를 하다 보니 맥머피 씨와 저에게서 한 가지 공통점을 발견했어요. 같은 고등학교 출신이더군요."

간호사들은 서로 얼굴을 쳐다보고 이 남자가 무슨 말을 하려는 건지 의아해한다. 환자들은 입이 귀에 걸리게 웃는 맥머피를 흘끗 쳐다보고 의사가 계속 말을 잇기를 기다린다. 의사가 고개를 끄덕이며 말한다.

"네, 같은 고등학교를 나왔어요. 옛날 얘기를 하는 중에 학교에서 후원했던 카니발 얘기가 우연히 나왔죠. 카니발은 멋지고 떠들썩한 축제 행사입니다. 장식을 하고, 주름진 종이로 리본을 달고, 부스를 세우고, 게임을 하지요. 가장 큰 연중행사 중 하나였어요. 맥머피 씨에게도 말했지만 저는 2학년 때와 3학년 때 고등학교 카니발의 회장이었죠. 그때는 참 아무 걱정 없는 멋진 시절이었습니다……."

휴게실이 아주 조용해졌다. 의사는 자신이 쓸데없는 말을 하고 있는 건 아닌지 확인하려고 고개를 들어 좌중을 살펴본다. 수간호사의 눈빛을 보니 과연 팬한 걱정을 한 것이 아니다. 그러나 그는 안경을 쓰고 있지 않기 때문에 그녀의 눈빛을 제대로 알아채지 못한다.

"어쨌든 이런 감상적인 추억 얘기는 그만하고 본론을 말하자면, 맥머피 씨와 대화를 나누다가 이곳 병동에서 카니발을 하는 것에 대해서 여러분이 어떻게 생각할까 궁금했습니다."

의사는 안경을 쓰고 다시 좌중을 살핀다. 그 제안을 듣고 좋아라 펄쩍 뛰는 사람은 아무도 없다. 우리 중 몇몇은 몇 년 전에 테이버가 카니발을 열려고 했다가 무슨 일을 당했는지 기억하고 있다. 의사가 대답을 기다리는 동안 수간호사는 침묵을 지킨다. 그 침묵이 좌중을 압도한 나머지 아무도 나설 엄두를 내지 못한다. 맥머피는 카니발을 계획한 당사자이기 때문에 나설 입장이 못 된다는 걸 나는 알고 있다. 아무도 그 침묵을 깨는 어리석은 짓을 하지 않을 거라고 생각하고 있는데, 맥머피 바로 옆에 앉은 체스윅이 눈치 없이 끙끙거리며 일어서서 갈비뼈를 문지른다.

"에, 개인적으로 저는……"

체스윅이 옆에 있는 안락의자 손잡이에 놓인 맥머피의 주먹을 내려다본다. 맥머피의 커다란 엄지손가락이 소 모는 막대기처럼 빳빳이 추켜세워져 있다. 체스윅이 말을 잇는다.

"카니발을 여는 건 정말 좋은 생각이에요. 이 단조로운 생활에서 벗어날 수 있으니까요."

"맞아요. 게다가 치료 효과가 아주 없다고 볼 수도 없죠."

의사가 체스윅이 지지해 준 것을 고마워하며 맞장구를 친다.

"그럼요. 카니발을 하면 치료 효과가 아주 높지요. 두말하면 잔소리죠."

체스윅이 한층 더 들떠서 말한다.

"재, 재, 재미있겠는걸요."

빌리 비빗이 말한다.

"그래요, 재미도 있을 거예요. 우리가 할 수 있을 것 같아요, 스피비 선생님, 분명히 할 수 있어요. 스캔런은 인간 폭탄 연기를 하고, 저는 작업 요법을 통해 배운 고리 던지기를 하면 돼요."

체스윅이 말한다.

"저는 점괘를 봐 주겠어요."

마티니가 말하면서 실눈을 뜨고 머리 위의 한 점을 쳐다본다.

"저는 손금으로 어디가 아픈지 봐 주겠어요."

하딩이 말한다.

"좋아요, 좋아요."

체스윅이 말하면서 손뼉을 친다. 그가 한 말을 누가 지지해 주기는 이번이 처음이다.

"제가 룰렛을 하게 된다면 그야말로 영광이지요. 경험도 조금 있고……."

맥머피가 거드름을 피우며 말한다.

"할 수 있는 건 얼마든지 있어요. 저한테도 아이디어가 아주 많아요……."

의사는 허리를 곧추세우고 앉아 열의에 차서 말한다.

그는 또다시 오 분 동안 열변을 토한다. 많은 아이디어란 그가 이미 맥머피와 이야기를 나누었던 것들이다. 그는 게임을 하고, 부스를 세우는 것에 대해 설명하고, 티켓을 파는 것에 대해 이야기를 한다. 그러더니 수간호사의 눈초리가 따가웠는지 갑자기 입을 다문다. 그는 눈을 깜박이며 그녀를 쳐다보고 묻는다.

"이 아이디어에 대해서 어떻게 생각해요, 랫치드 양? 카니발 말입니다. 여기 병동에서 하는 거요."

"치료 효과가 클 수도 있다는 점에는 동의합니다."

수간호사는 한마디 하고는 잠시 뜸을 들인다. 다시 한 번 그 무시무시한 침묵으로 좌중을 압도하려는 것이다. 그녀는 아무도 감히 이의를 달지 않을 것이라는 확신이 선 듯 자신 있게 말을 잇는다.

"하지만 결론을 내리기 전에 이런 아이디어는 의국의 직원회의에서 먼저 검토해야 한다고 생각합니다. 그렇지 않은가요, 선생님?"

"물론입니다. 다른 사람들의 생각을 알고 싶어서 물어본 것뿐이에요. 하지만 우선 직원 회의에서 다루는 것이 순서겠군요. 그런 다음 계획을 세우면 되겠어요."

모두들 카니발 얘기가 거기서 끝이라는 것을 잘 알고 있다.

수간호사가 종이를 흔들며 회의의 주도권을 되찾는다.

"좋아요. 그러면 다른 새로운 안건이 없으면, 그리고 체스윅 씨가 착석하면, 바로 논의에 들어가겠어요. 지금 남은 시간이……."

그녀는 바구니에서 손목시계를 꺼내어 보고 말을 잇는다.

"사십팔 분이 남았군요. 그래서 제가……."

"아, 잠깐만요. 방금 다른 새로운 안건이 생각났어요."

맥머피가 손을 올리고 손가락으로 딱 소리를 낸다. 수간호사는 한참 동안 그의 손을 쳐다보다가 입을 연다.

"네, 맥머피 씨?"

"제가 아니라 스피비 선생님이 말씀하실 거예요. 선생님, 청력이 좋지 않은 환자와 라디오 건에 대해 아까 꺼낸 제안을 말씀하시죠."

수간호사가 아무도 눈치 채지 못할 만큼 살짝 고갯짓을 한다. 내 심장이 갑자기 두방망이질을 치기 시작한다. 그녀는 종이를 다시 바구니에 넣고 의사에게 고개를 돌린다.

의사가 말한다.

"네, 깜박할 뻔했군요."

의사는 뒤로 기대고 앉아 다리를 꼬고 손가락 끝을 모은다. 그는 카니발 건 때문에 아직도 기분이 들떠 있다.

"맥머피 씨와 저는 이 병동의 고질적인 문제에 대해 이야기를 나누었습니다. 젊은 환자들과 나이 든 환자들이 섞여 있기 때문에 생기는 문제 말입니다. 이것은 치료 공동체로서는 그다지 이상적인 환경이 아니에요. 하지만 관리부에서는 노인 병동이 현재 포화 상태라서 어쩔 수가 없다고 합니다. 관계 당사자들 어느 누구에게도 결코 기분 좋은 상황이 아니라는 점은 누구보다도 제가 먼저 인정합니다. 하지만 맥머피 씨와 대화를 나누는 중에 좋은 아이디어가 떠올랐습니다. 그렇게 하면 양측 모두에게 더 쾌적한 환경이 마련될 것 같습니다. 맥머피 씨가 일부 노인 환자들이 라디오를 잘 듣지 못하는 것 같다고 얘기하더군요. 그러면서 청력이 약한 만성 환자들이 라디오를 들을 수 있도록 볼륨을 더 높이자고 제안했습니다. 아주 인간미가 넘치는 제안이라고 생각합니다."

맥머피는 겸손하게 손을 내젓고, 의사는 그를 보고 고개를 끄덕이더니 말을 잇는다.

"그러나 저는 그에게 이렇게 말했습니다. 지금도 라디오 소리가 너무 커서 대화를 나누고 책을 읽는 데 방해가 된다고 일부 젊은 환자들이 불평하는 걸 전부터 들었다고 말이죠. 맥머피 씨는 그 생각은 미처 못했다고 하더군요. 그러면서 라디오를 듣고 싶어 하는 사람들은 라디오를 듣고, 책을 읽고 싶어 하는 사람들은 혼자 조용히 책을 읽을 공간이 없다는 것이 아주 유감스럽다고 말했습니다. 저도 그의 말에 공감하면서 다른 얘기를 하려는데 문득 오래된 욕실이 떠올랐습니다. 그곳은 우리가 회의를 할 때 잠시 테이블을 치워 두는 용도 외에는 전혀 쓰이지 않고 있습니다. 애초에 그 욕실은 수치 요법*을 하려고 설계된 곳이지만 이젠 새로운 약이 개발되어서

---

* 물을 이용하는 물리 요법의 일종.

수치 요법은 필요가 없게 되었어요. 그러니 그 욕실을 두 번째 휴게실, 즉 게임실로 쓰는 게 어떨까요?"

모두들 아무 말도 하지 않는다. 그들은 그다음에 누가 말을 할 차례인지 알고 있다. 수간호사는 하딩에 관한 내용이 적힌 종이를 접어 무릎 위에 놓고 그 위에 양손을 포갠다. 그런 다음 혹시 누군가가 불쑥 끼어들지 않을까 싶어 방 안을 둘러본다. 그녀가 말을 할 때까지 아무도 입을 열지 않을 거라는 사실이 분명해지자 그녀가 다시 의사에게 고개를 돌리고 말한다.

"훌륭한 계획이군요, 스피비 선생님. 그리고 맥머피 씨가 다른 환자들을 배려해 주신 점 감사드립니다. 하지만 심히 유감스럽게도 휴게실을 하나 더 운영할 만한 직원이 부족해요."

수간호사는 이 문제는 이것으로 끝났다고 굳게 확신하고 다시 서류철을 펼치기 시작한다. 그러나 의사는 그녀가 생각했던 것보다 이 문제에 대해 더 깊이 생각하고 있었다.

"저도 그 점을 생각 안 했던 건 아닙니다, 랫치드 양. 하지만 이곳 휴게실에 남아서 라디오를 들을 사람들은 대부분 만성 환자들일 겁니다. 게다가 이 환자들은 활동 구역이 긴 의자나 휠체어에 한정되어 있어요. 그래서 여기에는 보조원 한 명과 간호사 한 명만 있으면 혹시 발생할 수도 있는 반란이나 소동을 어렵지 않게 진압할 수 있을 것 같은데, 어떻습니까?"

수간호사는 아무 대답도 하지 않는다. 그녀는 반란이니 소동이니 하는 의사의 농담도 별로 좋아하지 않는 것 같다. 그러나 그녀의 얼굴 표정은 바뀌지 않는다. 줄곧 미소를 짓고 있다.

"그러면 다른 두 보조원과 간호사들은 욕실의 환자들을 보살피면 될 겁니다. 아마 여기처럼 넓은 데보다는 거기가 훨씬 더 나을지도 모르죠. 여러분 생각은 어떻습니까? 해 볼 만하지 않습니까? 저는 적극 찬성인데, 한번 그렇게 해 보고 며칠 동안 상황을 지켜봅시다. 물론 효과가 별로라 생각되면 욕실을 잠가 두면 되지요."

"옳소! 맞습니다, 스피비 선생님. 일이 잘 안 되면 문을 다시 잠그면 되지요. 지당한 말씀입니다."

체스윅이 말하면서 주먹으로 손바닥을 친다. 그는 맥머피의 엄지손가락과 다시 가까워지는 것이 겁나는지 아직도 서 있다.

의사는 방 안을 둘러보고 다른 모든 급성 환자들이 고개를 끄덕이며 미소를 짓고, 그의 당당한 모습과 아이디어에 아주 기뻐하는 모습을 본다. 그러자 그는 빌리 비빗처럼 얼굴을 붉히고, 다시 말을 잇기 전에 안경을 두세 번 닦는다. 저 자그마한 남자가 자기 자신에게 무척 만족해하는 모습을 보니 나도 기분이 좋다. 모든 사람들이 고개를 끄덕이는 것을 보고, 그 역시 고개를 끄덕이며 "좋습니다, 좋아요."라고 말한다.

그러고는 무릎에 양손을 얹으며 덧붙인다.

"아주 좋습니다. 그럼 이 문제는 결론이 났고, 오늘 아침에 우리가 무엇을 의논하기로 했지요?"

수간호사가 또 한 번 살짝 고갯짓을 하고 허리를 굽혀 바구니에서 서류철을 꺼낸다. 종이를 넘기는 양손이 떨리는 것 같다. 그녀는 종이 한 장을 빼낸다. 그러나 그녀가 그것을 읽을 새도 없이, 다시 한 번 맥머피가 손을 들고 서서 발을 구르며 진지한 목소리로 길게 "저기요."라고 말한다. 그러자 그녀가 종이를 넘기다 말고 얼어붙은 듯 가만히 있다. 마치 오늘 아침에 그녀의 목소리에 흑인 녀석이 꽁꽁 얼어붙었던 것처럼, 그의 목소리에 그녀가 완전히 얼어 버린다. 그녀의 그런 모습을 보자 이번에도 아찔한 기분이 든다. 나는 맥머피가 이야기를 하는 동안 그녀를 자세히 살펴본다.

"저기요, 선생님, 요전 날 밤 꿈을 꾸었는데, 도대체 그 꿈이 뭘 의미하는지 몹시 알고 싶어서요. 꿈에서 본 사람이 나 같기도 하고, 나를 닮은 다른 사람 같기도 하고. 아, 아버지 같았어요! 그래요, 그 사람은 바로 아버지였어요. 아버지 맞아요. 왜냐하면 이따금씩 나를, 아니 아버지를 보았을 때, 아버지가 예전에 그랬던 것처럼, 이런 쇠 볼트를 턱뼈에 꽂고 있었거든요……."

"아버지가 쇠 볼트를 턱뼈에 꽂고 있었다고요?"

"이젠 안 그러시지만, 예전에 내가 어렸을 때는 그러셨어요. 이렇게 커다란 쇠 볼트를 여기에다 집어넣어서 여기로 나오게 해 놓고 열 달 동안 돌아다니셨지 뭐예요! 세상에, 완전히 프랑켄슈타인이었어요. 제재소에 있는 남자와 격투를 벌이다 가축 도살용 도끼에 턱이 쪼개졌거든요. 그 사건이 어떻게 일어난 건가 하면……."

수간호사의 얼굴은 여전히 차분하다. 마치 그녀 자신이 원하는 표정을 조각하여 색칠을 한 것 같다. 여전히 차분하다. 자신감과 인내심이 있는 침착한 표정이다. 더 이상 고갯짓은 하지 않는다. 오싹할 만큼 냉정한 표정의 얼굴, 빨간 플라스틱을 짓눌러 만든 것 같은 침착한 미소, 나약함이나 근심을 드러낼 만한 주름 하나 없는 반들반들하고 매끄러운 이마, 도화지에 그린 것 같은 녹색 눈. 그 눈빛은 이렇게 말하는 듯하다. 나는 기다릴 수 있어요. 이따금씩 작은 패배를 경험하기도 하겠지만 인내심을 갖고 침착하게, 자신 있게 기다릴 수 있지요. 왜냐하면 내 사전에 패배는 없으니까요.

나는 수간호사의 기세가 꺾였다고 잠시 생각했다. 어쩌면 정말로 그런지도 모른다. 그러나 지금은 그것이 중요하지 않다는 것을 알고 있다. 환자들은 제각기 몰래 그녀를 훔쳐보고 있다. 맥머피가 회의를 지배하고 있는 상황을 그녀가 어떻게 받아들이고 있는지 살펴보는 것이다. 그리고 그들도 나와 같은 생각을 한다. 그녀는 때려눕히기에는 너무 크다. 일본인이 만든 조각상처럼 방의 한쪽을 전부 차지하고 있을 정도다. 그래서 그녀를 옮길 수도, 물리칠 수도 없다. 그녀는 오늘 이곳에서 벌어진 작은 전쟁에서 졌다. 그러나 그것은 그녀가 줄곧 이겨 온 큰 전쟁에 비하면 보잘 것 없는 전쟁일 뿐이고, 그녀는 앞으로도 계속 이길 것이다. 우리는 맥머피가 우리에게 쓸데없는 희망을 갖게 해서 어리석은 역할을 하도록 꾀어내도 넘어가서는 안 된다. 그녀는 계속 이길 것이다. 콤바인처럼. 그녀 뒤에는 콤바인의 막강한 힘이 버티고 있다. 몇 번 패배한다고 해도 그녀는 지지 않는다. 그러나 우리는 다르다. 한 번 지면 그걸로 끝이고, 그것은 곧 그녀의 승리를 의미한다. 세 번 중에 두 번, 혹은 다섯 번 중에 세 번 그녀를 이긴다고 해서 우리가 승리할 수 있는 것이 아니다. 만날 때마다 이겨야 한다. 우리가 방심하는 순간, 한번 지는 순간, 그녀는 영원히 승리를 거머쥔다. 그리고 결국 우리는 모두 지게 된다. 아무도 그 사실을 바꿀 수 없다.

바로 그 순간 수간호사가 안개 분출기의 전원을 켠다. 안개가 아주 빠르게 흘러들고 있어서 그녀의 얼굴 말고는 아무것도 보이지 않는다. 안개가 점점 더 짙어진다. 조금 전에 그녀가 살짝 고갯짓을 했을 때 느꼈던 행복은 사라지고, 그만큼의 절망과 무기력이 나를 짓누른다. 이제 그녀나 그녀의 콤바인을 막아 낼 힘이 없다는 걸 알기 때문에 그 절망감은 어느 때보다도 크다. 나와 마찬가지로 맥머피 역시 아무 힘도 쓸 수 없다. 아무도 어떻게 할 수가 없다. 그리고 어떻게 손을 쓸 도리가 없다고 생각하면 할수록 안개는 더욱 빨리 흘러들어 온다.

아무것도 보이지 않을 만큼 안개가 짙어져서 기분이 좋다. 이제 골치 아픈 일은 잊어버리고 다시 무사 안일한 삶으로 돌아가는 것이다.

10

휴게실에서는 모노폴리 게임이 한창이다. 그들은 삼 일 동안 게임에 매달려 있다. 여기저기 집과 호텔 들이 즐비하다. 붙여 놓은 두 개의 테이블에는 모든 부동산 양도증서와 게임용 지폐 더미가 쌓여 있다. 맥머피가 은행이 발행하는 모든 게임용 달러에 대해 1페니를 지불하자고 그들을 설득했고, 그 바람에 게임이 더욱 흥미진진해졌다. 모노폴리 상자에는 잔돈이 가득 들어 있다.

"체스윅, 당신이 주사위를 던질 차례요."

"주사위 굴리기 전에 잠깐만요. 호텔을 사려면 뭐가 있어야 하지요?"

"같은 색으로 된 모든 부지에 네 채의 집이 있어야 해, 마티니. 자, 빨리 합시다."

"잠깐만요."

소리가 난 테이블 쪽에서 돈다발이 휘날린다. 빨간 지폐, 녹색 지폐, 노란 지폐가 사방으로 날아간다.

"호텔을 사려는 거야, 아니면 장난을 치는 거야?"

"체스윅, 당신이 굴릴 차례요."

"2가 나왔군! 이런, 체스윅, 어떻게 할 거요? 설마 내 마빈 가든에 말을 놓지는 않겠지요? 만일 내 땅에 말을 놓으면 나한테 임대료를 내야 해요. 어디 보자, 350달러인가?"

"이런."

"다른 것들은 뭐예요? 잠깐만요. 게임 판 여기저기에 흩어져 있는 다른 것들은 뭐예요?"

"마티니, 넌 이틀 동안 게임 판에 있는 다른 것들을 전부 봤잖아. 내가 지는 것도 당연하지. 맥머피, 마티니가 저기에 앉아서 계속 정신없게 구는데, 당신은 어떻게 그렇게 집중을 잘하는 거지요?"

"체스윅, 마티니는 걱정 마요. 그는 아주 잘하고 있으니까. 350달러나 빨리 내줘요. 그러면 마티니는 자기 일을 알아서 할 테니까. 그의 '물건들'이 우리 땅에 들어올 때마다 우리가 그에게서 임대료를 받지 않았던가요?"

"잠깐만. 너무 많아서 그래요."

"괜찮아, 마티니. 자네는 물건들이 누구 땅에 들어서는지 계속 우리에게 알려 주기만 하면 돼. 체스윅, 아직도 주사위를 가지고 있네요. 2가 나왔으니 또 던져요. 옳지! 대박인 6이 나왔어요."

"그러면…… 찬스를 쓸 수 있겠군요. '당신은 위원회의 회장으로 선출되었습니다. 모든 회원들에게 지불하세요……' 이런, 이런!"

"여기 리딩 철로에 있는 이 호텔은 도대체 누구 거요?"

"친구, 그건 호텔이 아니오. 역이지."

"잠깐만……."

맥머피는 자신에게 할당된 테이블 가장자리를 에워싼 다음 카드를 옮기고, 돈을 다시 정리하고, 호텔들을 가지런히 세운다. 그의 모자챙 밖으로 100달러짜리 지폐가 마치 기자증처럼 삐져나와 있다. 그는 그걸 가리켜 비상금이라고 부른다.

"스캔런? 형씨 차례요."

"주사위를 줘요. 이 게임 판을 박살낼 테니까. 자, 11이네. 마티니, 열한 칸을 옮겨 줘."

"알았어요."

"그거 말고, 이 정신 나간 사람아. 그건 내 말이 아니야. 내 집이지."

"색깔이 같아서."

"전기 회사에 있는 이 작은 집은 뭘 하는 건가요?"

"그건 발전소예요."

"마티니, 자네가 흔들고 있는 건 주사위가 아니잖아……."

"내버려 둬요. 상관없잖아요?"

"저건 집이라고요!"

"와, 마티니가 19가 나왔어. 큰 수가 나왔군. 잘했어, 마티니. 그럼…… 자네 말은 어디 있지?"

"네? 아, 여기 있어요."

"저 사람이 자기 입 안에 말을 넣어 두고 있었네요, 맥머피. 훌륭해요. 그렇게 되면 두 번째와 세 번째 작은 어금니 위로 두 번 이동하고, 게임 판으로 네 번 이동하면, 볼틱 애버뉴에 이르는군. 마티니, 이건 당신의 유일한 땅이에요. 이렇게 운이 좋을 수가 있을까? 삼 일 동안 게임을 하면서 주사위를 던질 때마다 땅을 찾아오니 말이야."

"하딩, 입 다물고 주사위나 굴려요. 당신 차례예요."

하딩이 긴 손가락으로 주사위들을 주워 모은다. 그러고는 마치 맹인처럼 엄지손가락으로 매끄러운 표면을 만지작거린다. 주사위 색깔이 손가락이랑 똑같아서 마치 다른 손가락을 조각해 놓은 것 같다. 그가 주사위를 흔들자 손 안에서 덜거덕거리는 소리가 난다. 주사위들은 떼굴떼굴 굴러 맥머피 앞에서 멈춘다.

"5, 6, 7이 나왔군. 안됐네, 형씨. 그럼 이번에도 내 차지로군. 나한테 지불을 해야겠어. 200달러면 되겠어요."

"이럴 수가."

게임은 거듭 계속되고, 덜거덕거리는 주사위 소리와 게임용 지폐를 세는 소리가 끊이지 않는다.

11

삼 일인지 삼 년인지 모를 시간이 계속 이어진다. 아무것도 보이지 않는다. 안개 속에서 땡그랑거리는 타종 부표처럼 머리 위에서 나는 스피커 소리만으로 자신이 어디에 있는지 알아낼 수 있을 정도다. 어쩌다 앞이 보일 때면, 환자들은 공기 중에 안개가 끼어 있다는 것조차 모르는 양 태연하게 돌아다닌다. 나와는 달리 안개가 그들의 기억력을 떨어뜨린 것이 아닐까.

맥머피조차 안개에 갇혀 있다는 걸 알지 못하는 것 같다. 설사 알고 있다 하더라도 안개가 끼어서 성가시다는 걸 조금도 내색하지 않으려고 치밀하게 행동할 것이다. 그는 자신이 뭔가에 구애받는 모습을 직원들 중 어느 누구에게도 보이지 않으려고 완벽하게 행동하고 있다. 자신을 잡아먹지 못해서 안달하는 누군가를 약 올리고 싶을 때는 아무렇지 않은 척 행동하는 것만큼 좋은 방법이 없다는 것을 그는 알고 있는 것이다.

맥머피는 간호사들과 흑인 녀석들이 주위에 있으면 언제나 아주 깍듯하게 예의를 갖춘다. 그들이 그에게 무슨 말을 하건, 그들이 그의 성질을 건드리려고 어떤 수작을 하건 아랑곳하지 않는다. 몇 가지 정말 말도 안 되는 규칙 때문에 속이 부글부글 끓긴 하지만, 그럴수록 더욱 정중하고 예의 바르게 행동한다. 그러다 보면 모든 것이 얼마나 우스꽝스러운지 눈에 보이기 시작한다. 규칙을 비롯해 그 규칙을 시행할 때 그들이 짓는 꾸짖는 듯한 표정, 세 살짜리 아이를 대하는 듯한 말투 등이 그렇다. 이곳 상황이 얼마나 웃기게 돌아가는지 볼 때마다 맥머피는 웃음을 터뜨린다. 그리고 그의 이런 모습에 그들은 잔뜩 약이 오른 상태다. 이렇게 웃고만 있으면 안전할 것이라고 그는 생각한다. 그런 그의 생각은 정확히 들어맞았다. 딱 한 번 맥머피가 자제력을 잃고 마구 화를 낸 적이 있다. 그러나 알고 보면 그건 흑인 녀석들이나 수간호사 때문이 아니었고, 그들이 어떤 일을 저질러서도 아니었다. 사실은 환자들 때문이었다. 그들이 아무런 행동도 하지 않아서였다.

그 일은 그룹 미팅 중에 일어났다. 맥머피는 환자들이 너무 몸을 사린다며 화를 냈다. 그는 그들을 새가슴이라고 불렀다. 맥머피는 금요일에 시작되는 월드 시리즈*를 놓고 모든 환자들로부터 내기 돈을 걸고 있었다. 그는 월드 시리즈가 일정표에 정해진 텔레비전 시청 시간에 하지 않더라도 그 경기를 볼 수 있도록 조치를 취할 계획이었다. 그래서 며칠 전에 있었던 회의 때 텔레비전을 보는 밤 시간에 청소를 하고, 오후에 경기를

* 미국 프로야구의 내셔널리그와 아메리칸리그의 우승팀이 매년 공식 게임 종료 후에 실시하는 선수권 대회.

봐도 괜찮지 않느냐고 물었다. 수간호사는 그의 예상대로 안된다고 대답했다. 그녀는 모든 것을 고려해 아주 신중하게 일정표가 짜여졌고, 늘 반복되어 온 일과를 변경할 경우 혼란이 생길 것이라고 설명했다.

맥머피는 수간호사의 반응에 놀라지 않았다. 정작 그를 놀라게 하는 것은 그가 급성 환자들에게 그 아이디어에 대해 어떻게 생각하느냐고 물었을 때 그들이 내보인 행동이었다. 아무도 입도 뻥긋하지 않았다. 그들 모두 작은 안개 주머니 속에 모습을 감추고 있었다. 내 눈에도 그들의 모습은 거의 보이지 않았다.

"자, 여기를 봐요."

맥머피가 그들에게 말을 해도 그들은 쳐다보지도 않았다. 그는 누군가가 뭐라고 말을 하기를, 그의 질문에 대답하기를 기다렸다. 다들 그의 질문을 듣지 못한 것처럼 행동했다.

"여기를 봐요, 젠장."

아무도 꿈쩍하지 않았다.

"이 경기에서 어느 팀이 이길지 조금이라도 관심 있는 사람들이 여러분 중 적어도 열두 명은 되는 걸로 알고 있어요. 여러분은 그 경기를 보고 싶지 않아요?"

마침내 스캔런이 말했다.

"모르겠어요, 맥머피. 난 6시 뉴스를 보는 습관이 있어서요. 그리고 만일 수간호사가 말한 것처럼 시간을 바꿔서 일정표가 아주 엉망이 되면……."

"그건 걱정 안 해도 돼요. 시리즈가 끝나는 다음 주부터 원래 일정표로 돌아가면 되니까. 어때요, 형씨들? 밤이 아니라 오후에 텔레비전을 보는 건에 대해 투표를 합시다. 다들 찬성하는 거죠?"

"찬성."

체스윅이 소리치면서 일어섰다.

"찬성하는 사람은 모두 손을 들어요. 좋아요, 다들 찬성합니까?"

체스윅이 손을 들었다. 몇몇 환자들이 체스윅 같은 바보가 또 있나 살피려고 주위를 둘러보았다. 맥머피는 눈앞에 벌어진 광경을 도저히 믿을 수가 없었다.

"왜들 이래요, 뭐 하자는 겁니까? 나는 여러분이 정책이나 그런 비슷한 것에 투표 정도는 할 줄 안다고 생각했는데……. 그러자고 회의를 하는 거 아닙니까, 선생님?"

의사는 시선을 마주치지 않고 고개를 끄덕였다.

"좋아요, 그럼 경기를 보고 싶은 사람 손 들어 봐요."

체스윅이 더 높이 손을 들고 좌중을 노려보았다. 스캔런이 고개를 내젓더니 의자 팔걸이에 팔꿈치를 댄 채로 손을 들었다. 그 외에는 아무도 손을 들지 않았다. 맥머피는 말문이 막혔다.

수간호사가 말했다.

"얘기가 끝났으면 회의를 계속 진행하겠어요."

"네, 네, 그래도 빌어먹을 회의를 계속해야겠지요."

맥머피는 모자챙이 가슴에 거의 닿도록 의자에 축 늘어진 자세로 앉았다.

체스윅이 모든 환자들을 사나운 눈초리로 쏘아보고 앉으며 말했다.

"네, 그 망할 회의를 계속해야겠지요."

체스윅은 뻣뻣하게 고개를 끄덕인 다음 상체를 푹 숙이고 의자에 앉아 인상을 찌푸렸다. 그는 맥머피 옆에 앉아 있는 게 기쁘고, 이렇게 용감하게 행동하는 자신이 대견스럽기만 했다. 승산이 없는 일을 놓고 그가 누구의 편을 들어주기는 그때가 처음이었다.

회의가 끝난 후 맥머피는 어느 누구와도 말을 하지 않았다. 너무 화가 나고 오만 정이 다 떨어진 것이다. 그때 빌리 비빗이 그에게 다가갔다.

빌리는 잡지 한 권을 둘둘 말아 양손으로 비틀고 있었다. 그의 양 손등에는 담배로 지진 자국이 있었다. 그가 말했다.

"우리들 중에는 이곳에서 오, 오, 오 년을 지낸 사람이 있어요. 그리고 앞으로 다, 다, 당신이 퇴원하고 나서, 그리고 이 월드 시리즈가 끝나고 나서도 오랫동안 그, 그, 그만큼의 세월을 이, 이, 이곳에서 보낼 사람들이 있을 거예요. 그러니…… 말 안 해도 알겠죠……?"

그는 잡지를 집어던지고 뒤돌아서며 말을 이었다.

"그게 다 무슨 소용이겠어요."

맥머피는 눈으로 그의 뒤꽁무니를 쫓았다. 그는 당황한 나머지 하얀 눈썹을 모아 이맛살을 찌푸렸다.

그날 회의가 끝나고 나서 맥머피는 하루 종일 다른 몇몇 환자들에게 왜 투표를 하지 않았는지 따져 물었다. 그러나 그들은 이야기하려 하지 않았다. 그래서 그는 포기한 듯했다. 시리즈가 시작하는 전날까지 그 이야기는 두 번 다시 입에 올리지 않았다.

"목요일이군."

맥머피가 처량하게 고개를 내저으며 말한다.

맥머피는 욕실 테이블에 앉아 의자에 다리를 올려놓고 한 손가락으로 모자를 빙빙 돌리려 애쓰고 있다. 다른 급성 환자들은 멍하니 돌아다니며 애써 그를 모른 척한다. 이제 아무도 돈을 걸고 맥머피와 포커나 블랙잭을 하지 않는다. 환자들이 투표를 하려 들지 않은 이후로 그가 카드 게임에서 홧김에 그들의 돈을 한 푼도 남김 없이 다 따 갔고, 모두들 빚더미에 올라앉고 나자 더 이상 빚을 지기가 겁났기 때문이다. 게다가 담배를 걸고 카드를 할 수도 없다. 수간호사가 그들의 담뱃갑을 간호사실 책상에 두게 했기 때문이다. 그녀는 간호사실에서 하루에 한 갑씩을 그들에게 나눠 주면서 그들의 건강을 위해서라고 말한다. 그러나 다들 그녀의 속셈을 알고 있다. 맥머피가 카드 게임을 해서 담배를 전부 따지 못하게 하려는 것이다. 포커나 블랙잭을 하는 사람이 없으니 욕실은 조용하다. 휴게실에서 새어 나오는 스피커 소리만이 들릴 뿐이다. 어찌나 조용한지 위층 중환자실에 있는 환자가 벽을 기어오르고, 이따금씩 신호를 보내는 소리가 들릴 정도다. 루 루 루우우. 아기가 잠이 와서 칭얼대는 소리처럼, 지루하고 권태로운 소리다.

"목요일이군."

맥머피가 다시 한 번 말한다.

"루우우우."

위층에 있는 환자가 소리친다.

"롤러군."

스캔런이 천장을 올려다보며 말한다. 그는 맥머피는 안중에도 없다.

"울보 롤러. 몇 년 전에 이 병동에 온 사람이지요. 도무지 조용히 있지를 않아서 수간호사 눈 밖에 났었지. 기억나요, 빌리? 루루루우 하고 허구한 날 우는 소리를 하는데, 정말 돌아버리겠더군. 저 위에 있는 바보들은 침실 안에 수류탄 몇 개를 던져 넣어서 처리해야 한다니까. 저치들은 아무 짝에도 쓸모없는 사람들이야……."

"내일은 금요일이오."

맥머피가 말한다. 스캔런이 화제를 돌리지 못하게 하려는 것이다.

"그렇죠, 내일은 금요일이죠."

체스윅이 사나운 눈빛으로 방 안을 둘러보며 말한다.

하딩이 잡지를 넘기며 끼어든다.

"그렇다면 우리의 친구 맥머피가 일주일 가까이 우리와 지내면서 정부를 전복시키는 데 성공하지 못했다는 말이군요. 그 말을 하고 있는 거죠, 체스윅? 우리가 얼마나 무덤덤하게 대충 사는지 생각하면 창피할 뿐입니다. 한심스러울 만큼 창피해요."

"쓸데없는 소리 집어치워요. 체스윅은 월드 시리즈 첫 경기가 내일 텔레비전에서 중계된다는 말을 하고 있는 거요. 그런데 우리는 그 시간에 뭘 하기로 되어 있소? 이 빌어먹을 보육원을 청소해야지."

맥머피가 말한다.

"맞아요, 랫치드 할머니의 치료 보육원을 청소해야지요."

체스윅이 말한다.

욕실 벽에 기대어 있자니 스파이가 된 기분이다. 내 손에 쥐어져 있는 대걸레 손잡이는 나무 대신 쇠붙이(쇠붙이는 더 훌륭한 전도체이다.)로 되어 있고, 속은 텅 비어 있다. 그래서 쇠붙이 안에 소형 마이크를 숨길 공간이 넉넉하다. 만일 수간호사가 이들의 이야기를 듣고 있다면, 그녀는 체스윅을 손보려 할 것이다. 나는 주머니에서 딱딱한 껌을 꺼내 보풀을 떼고 입에 넣는다. 그리고 껌이 부드러워지도록 잘근잘근 씹는다.

"다시 한 번 짚고 넘어갈까요. 내가 다시 시간을 변경하자는 얘기를 꺼내면 당신들 중 몇 명이나 나와 함께 투표를 할 거요?"

맥머피가 묻는다.

급성 환자들 중 절반 정도가 투표를 하겠다며 고개를 끄덕인다. 실제로는 투표를 할 사람이 이보다 훨씬 적을 것이다. 맥머피가 다시 모자를 쓰고 손에 턱을 괸다.

"이것 좀 봐. 이해할 수가 없군요. 하딩, 도대체 왜 그래요? 손을 들면 그 늙은 할망구가 손을 잘라 버릴까 봐 겁이라도 납니까?"

하딩이 옅은 눈썹의 한쪽을 치뜨며 말한다.

"아마 그런 모양이에요. 손을 들면 그 여자가 손을 잘라 버릴 것 같아 무서워서 그러나 봐요."

"빌리, 당신은 왜 그래요? 당신도 그게 겁나서 그래요?"

"아니. 그 여자가 그, 그, 그럴 리 없겠지만…… 투표를 해서 좋을 게 어, 어, 없을 것 같아서 말이에요. 결국엔 그렇다는 얘기지. 그래 봐야 아무 소용 없어요, 맥머피."

빌리는 어깨를 으쓱하고 한숨을 내쉬더니 샤워기의 노즐을 조절하는 커다란 제어반 위로 올라가 원숭이처럼 거기에 걸터앉는다.

"좋을 게 없다고? 저런! 팔을 드는 운동을 하는 것만으로도 당신들한테 좋을 텐데."

"아직은 위험해요. 그 여자는 마음만 먹으면 언제든 우리에게 지금보다 더 가혹한 짓을 할 수 있어요. 야구 경기나 보자고 그런 위험을 감수할 순 없지요."

하딩이 말한다.

"누가 그 따위 소리를 해요? 세상에, 난 수년 동안 월드 시리즈를 놓친 적이 한 번도 없어요. 언젠가 9월에 교도소에 있을 때도 텔레비전을 안에 들여놓고 시리즈를 보게 해 주었다고. 그러지 않았다면 폭동이 일어나서 꽤나 골치 아팠을걸. 저 빌어먹을 문을 뻥 차고 나가서 시내에 있는 술집에서 경기를 봐야 할지도 모르겠군. 나랑 내 친구 체스윅이랑."

하딩이 잡지를 내던지며 말한다.

"그거 참 좋은 제안이네요. 내일 회의 때 그 얘기를 꺼내고 투표에 부치자고 하지 그래요? '랫치드 양, 병동을 통째로 한가한 술집으로 옮겨서 맥주를 마시며 텔레비전을 보고 싶은데요.' 하고 말하자고요."

"그럽시다. 내가 밀어 줄게요."

체스윅이 말한다.

"누가 당신네들을 데리고 간답니까? 당신들 같은 잔소리꾼들을 보는 것도 지긋지긋해요. 체스윅이랑 여기서 나가면 저 문에 못을 박아 버릴 겁니다. 당신들은 남아 있는 게 좋을 거요. 당신들 엄마가 당신들이 길을 건너게 내버려 두지 않을 테니까."

맥머피가 말한다.

프레드릭슨이 맥머피 뒤로 다가와 말한다.

"어, 그래요? 이 큼직하고 단단한 부츠로 저 문을 뻥 걷어차 버린다 이거죠? 정말 터프하시네."

맥머피는 프레드릭슨을 쳐다보지도 않는다. 프레드릭슨은 가끔씩 강하게 나오지만 조금이라도 겁이 나면 금세 꼬리를 내리는 사람이라는 것을 알기 때문이다.

프레드릭슨이 계속 말한다.

"어때, 사내대장부 나리. 저 문을 박차고 당신이 얼마나 터프한지 보여 줄 작정이오?"

"아니, 프레드, 그런 일은 없을 거요. 내 부츠를 망가뜨리고 싶진 않거든."

"그래요? 좋아요. 그렇게 큰소리치는데, 그래, 여기서 어떻게 나가겠다는 거요?"

맥머피는 그를 쓱 훑어보며 말한다.

"내가 마음만 먹으면 창문에 달린 쇠그물망 정도야 의자로 쳐서 부숴 버릴 수도 있지……."

"그래요? 당신이 할 수 있다 이거죠? 쇠그물망을 부숴 버리 겠다? 좋아요, 어디 한번 봅시다. 어서 해 보시지, 대장부 나리, 난 부술 수 없다는 데 10달러 걸겠소."

"괜히 힘 빼지 마요, 맥머피. 프레드릭슨은 당신이 의자를 부수면 중환자실로 끌려갈 거라는 걸 알고 저러는 거니까. 우리가 여기에 온 첫날, 이 쇠그물망이 어떤 건지 시범을 보여 줬어요. 저건 특수한 망이에요. 한 전문가가 당신이 지금 발을 올려놓고 있는 것과 똑같은 의자를 집어서 쇠그물망을 마구 쳤는데, 결국 의자가 장작 나부랭이처럼 부서졌어요. 쇠그물망은 멀쩡하더라니까요."

체스윅이 말한다.

내가 보니 맥머피는 더욱 흥미가 생기는 모양이다. 나는 수간호사가 그의 말을 듣고 있지 않기를 바란다. 듣게 되면 그는 한 시간도 안 돼 중환자실로 끌려갈 것이다. 맥머피가 좌중을 한번 둘러보며 말한다.

"좋아, 그럼 더 무거운 물건이 필요하겠군. 테이블은 어떤가요?"

"의자랑 무게가 같아요. 같은 나무 재질에다 무게도 같다고요."

"좋아, 여기서 빠져나가려면 어떤 물건을 던져야 할지 곰곰이 생각해 봅시다. 당신들은 내가 뭔가 하고 싶은 충동이 생겨도 그걸 실행에 옮기지 못할 거라고 생각하지. 그러면서 또 무슨 생각을 할지 뻔해. 좋아, 테이블이나 의자보다 더 큰 물건이 있어야겠군…… 지금이 밤이면 저 뚱뚱한 흑인 녀석을 던져 버릴 텐데. 저 무게면 충분할 테니까."

"저 녀석은 너무 말랑말랑해요. 쇠그물망에 부딪히는 순간 결딴이 날걸."

하딩이 말한다.

"침대는 어떻소?"

"침대는 설사 들 수 있다고 쳐도 너무 커요. 창을 통과하지 못할 거예요."

"드는 건 문제없는데. 바로 저기, 빌리가 앉아 있는 저 물건이 괜찮겠군. 손잡이랑 크랭크가 달려 있는 커다란 제어반 말이오. 저건 아주 단단하겠지, 안 그렇소? 그리고 무게도 꽤 나갈 테고."

"그야 그렇지요. 강철 문을 정면에서 발로 차는 거나 다름없어요."

프레드릭슨이 말한다.

"제어반을 사용하면 어때서 그래요? 못으로 단단히 고정되어 있지도 않은 것 같은데."

"그래요, 볼트로 조여 있지는 않아요. 아마 못이나 볼트로 고정되어 있지는 않지만 전선이 몇 개 달려 있을 거예요. 하지만 이것 좀 봐요, 세상에."

모두들 제어반을 쳐다본다. 제어반은 강철과 시멘트로 되어 있고, 크기는 테이블의 절반이며, 어림잡아 무게는 180킬로그램은 나갈 것 같다.

"그래요, 보고 있어요. 내가 트럭에 실었던 건초 더미보다 더 커 보이지는 않네요."

"이 장치가 그 건초 더미보다는 좀 더 무거울걸요."

"0.25톤 정도 더 나갈 거요."

프레드릭슨이 말한다.

"저이 말이 맞아요, 맥머피. 엄청 무거울 거예요."

체스윅이 말한다.

"그러니까 당신들은 내가 저 조그만 장치를 들지 못할 거라 이거지?"

"친구, 정신병자들이 재능이 많다고는 하지만 산을 옮길 수 있다는 말은 들어 본 적이 없소."

"결국 내가 들 수 없다는 얘기인데. 좋아, 그렇다면……."

맥머피는 테이블에서 깡충 뛰어내려 녹색 재킷을 벗는다. 티셔츠 소매 밖으로 반 정도 드러난 문신이 양팔 근육 주위에서 꿈틀거린다.

"누가 5달러를 내놓겠소? 말이 나온 김에 내가 직접 해 보여야 그런 말을 안 하지. 5달러요……."

"맥머피, 이건 당신이 수간호사를 두고 한 내기만큼이나 무모한 짓이에요."

"돈을 잃을 게 뻔하지만 5달러 걸 사람 없어요? 걸든가 말든가……."

그의 말이 끝나기 무섭게 모든 환자들이 돈을 걸겠다고 서명을 한다. 그들은 포커와 블랙잭을 하면서 그에게 수없이 돈을 뜯겼기 때문에 하루빨리 만회하고 싶던 참이다. 게다가 이번 내기는 보나마나 그들이 이길 게 확실하다. 맥머피가 무슨 생각으로 이러는지 모르겠다. 그가 덩치가 크고 체격도 좋긴 하지만 저 제어반을 들려면 자기만 한 남자가 세 명은 필요할 것이고, 그도 그 사실을 알고 있다. 제어반을 들기는커녕 기울일 수도 없다는 걸 한번 쓱 보기만 해도 알 수 있을 것이다. 거인이라면 그것을 바닥에서 들어 올릴 수 있을 것이다. 그러나 급성 환자들 모두가 차용증에 서명을 하자 맥머피는 제어반 앞으로 가서 거기에 앉아 있는 빌리 비빗을 들어 내려놓고, 못이 박인 큼직한 손바닥에 침을 뱉더니 손바닥을 찰싹 치면서 어깨를 돌린다.

"좋아, 비켜요. 내가 있는 힘을 다 끌어내 쓰다 보면, 주위에 있는 공기를 다 마셔 버려서 성인 남자들이 질식해 기절할 때

가 간혹 있거든. 그러니 물러서요. 시멘트가 갈라지고 강철이
날아갈 수도 있어요. 여자와 아이 들은 안전한 곳에 피신시키
세요. 물러서요……."

"와, 할 수도 있겠는걸."

체스윅이 중얼거린다.

"그렇겠지, 말로는 뭔들 못하겠어."

프레드릭슨이 말한다.

"저러다 탈장될 게 뻔해요. 이봐요, 맥머피, 바보처럼 굴지
말고 집어치워요. 이런 걸 들 수 있는 사람은 없어요."

하딩이 말한다.

"겁쟁이들, 저리 물러서요. 내가 쓸 산소가 줄어들잖아요."

맥머피는 자세를 잡으려고 발을 몇 번 옮긴다. 다시 허벅지
에 손을 닦고는 상체를 굽혀 제어반 양쪽에 달린 레버를 잡는
다. 그가 레버를 잡아당기자, 사람들이 야유를 하며 그를 놀리
기 시작한다. 그는 레버에서 손을 떼고 똑바로 서서 다시 발을
옮긴다.

"포기하는 거요?"

프레드릭슨이 씩 웃으며 말한다.

"몸을 푸는 거요. 이제부터 진짜 시작이오."

맥머피는 레버를 다시 잡는다.

이번에는 아무도 맥머피에게 야유를 보내지 않는다. 그의
팔이 부풀기 시작하더니, 혈관이 불뚝 튀어나온다. 그는 눈을
질끈 감고, 입술을 쭉 내민다. 머리는 뒤로 젖혀진 채 칭칭 감
긴 밧줄처럼 튀어나온 힘줄은 잔뜩 힘이 들어간 그의 목에서
양팔을 거쳐 양손으로 이어져 있다. 맥머피가 제어반을 들 수

없다는 것은 그 자신을 비롯해 모두가 잘 알고 있는 사실이다. 그런데도 그가 그 물건을 들려고 안간힘을 쓰자 그의 몸 전체가 부들부들 떨린다.

그런데 아주 잠깐 우리 발치에서 시멘트가 갈리는 소리가 나자 모두들 깜짝 놀라며 그가 해낼지도 모르겠다고 생각한다.

이윽고 맥머피가 격렬하게 숨을 토해 내더니 기진맥진한 채 쓰러져 벽에 기댄다. 레버를 잡아당기느라 손이 찢어져서 레버에 피가 묻어 있다. 그는 벽에 기대어 눈을 감고 헉헉 숨을 몰아쉰다. 적막이 흐르는 가운데 그의 숨소리만이 들린다. 아무도 입을 열지 않는다.

맥머피가 눈을 뜨고 우리들 쪽으로 고개를 돌린다. 환자들을 한 명 한 명 쳐다본다. 나 역시 예외가 아니다. 그런 다음 그는 주머니를 뒤적거려 지난 며칠 동안 포커에서 따낸 차용증을 전부 꺼내서는 테이블 위로 허리를 굽히고 증서들을 분류하려 한다. 그러나 손이 벌겋게 마비되어서 손가락이 말을 듣지 않는다.

마침내 맥머피가 마룻바닥에 차용증을 몽땅 내팽개친다. 아마 차용증에 적힌 액수는 환자당 40달러 내지 50달러는 될 것이다. 그는 돌아서서 욕실을 나서려다 문가에서 걸음을 멈추고 주위에 서 있는 모두를 돌아보며 말한다.

"그래도 난 노력은 했어. 젠장, 적어도 시도는 했다고, 안 그래?"

그리고는 피 묻은 자신의 차용증을 되찾고 싶어 할 사람들을 위해 그것을 바닥에 남겨 두고 나가 버린다.

12

노란 머리에 희끗희끗한 새치가 그물처럼 섞인 객원 의사가 의국에서 레지던트들에게 말을 하고 있다.

나는 비질을 하면서 그의 옆을 지나간다.

"아니, 그런데 이 사람은 뭡니까?"

그는 마치 벌레를 보듯 나를 쳐다본다. 레지던트들 중 한 명이 자신의 귀를 가리키며 내가 귀머거리라고 알려 준다. 그러자 객원 의사가 하던 얘기를 계속한다.

비질을 하며 가다가 아주 커다란 그림과 마주친다. 언젠가 홍보 담당자가 가지고 온 것인데, 당시에는 안개가 너무 짙어서 그림 속 남자를 보지 못했다. 산속 어디에선가 한 남자가 플라이피싱*을 하는 광경을 그린 그림이다. 보아하니 페인빌

---

* 깃털로 만든 벌레 모양의 낚싯바늘을 낚싯대와 릴을 사용해 멀리 던져 물고기를 낚는 낚시법.

근처의 오코코스 강인 것 같다. 소나무 위로 봉우리마다 눈이 쌓여 있고, 길고 하얀 사시나무 줄기들이 강을 따라 열을 지어 있다. 풀로 덮인 척박한 작은 땅뙈기에는 애기수영이 자라고 있다. 남자는 바위 뒤에 있는 물웅덩이에서 플라이를 손가락으로 가볍게 때리고 있다. 그곳은 전혀 플라이피싱을 할 만한 데가 아니다. 6호짜리 낚시에 연어 알 한 개를 꿰어 두면 딱 좋은 곳이다. 설마 저 남자가 하류로 향하는 얕은 여울 위로 플라이를 띄우지는 않겠지.

그림 속에는 사시나무 숲 사이로 길이 하나 나 있다. 나는 그 길을 따라 비질을 하다가 바위 위에 걸터앉는다. 그리고 액자 밖에서 레지던트들에게 얘기를 하고 있는 객원 의사를 바라본다. 그가 손가락으로 손바닥의 어느 지점을 찌르는 것이 보인다. 그러나 그가 하는 말은 들리지 않는다. 차가운 물줄기가 물보라를 일으키며 바위틈으로 쏴아 쏟아져 떨어지는 소리 때문이다. 봉우리에서 불어오는 바람에서 눈 냄새가 난다. 풀잎과 단풍잎돼지풀 아래로 둥글게 파인 두더지 굴이 보인다. 이곳은 다리를 쭉 뻗고 편안히 쉬기 아주 좋은 장소이다.

이렇게 앉아서 옛날을 돌아보는 노력을 하지 않으면 예전의 정신병원이 어땠는지 잊어버린다. 옛날에는 이처럼 살짝 숨을 수 있는 멋진 장소가 벽에 붙어 있지 않았다. 텔레비전이나 수영장도 없었고, 한 달에 두 번 닭고기를 먹는 일도 없었다. 있는 것이라고는 벽과 의자, 벗으려면 몇 시간이고 애를 먹어야 하는 불편한 재킷뿐이었다. 옛날과 비교하면 지금의 병원은 몰라보게 달라졌다. 얼굴이 부은 홍보 담당자는 "많이 좋아졌지."라고 말한다. 이제는 페인트칠과 실내 장식을 하고, 크롬으로 된 욕실 설비를 해 놓아 겉보기에는 병원 생활을 아주 쾌적하게 할 수 있을 것 같다.

"이렇게 좋은 곳에서 도망치려고 하는 사람은 뭐가 잘못돼도 한참 잘못된 사람일 거야."

얼굴이 부은 홍보 담당자는 그렇게 말하곤 한다.

액자 밖의 의국에서는 객원 의사가 추운지 팔짱을 끼고 덜덜 떨면서 레지던트들이 던지는 질문에 대답하고 있다. 의사는 뼈와 가죽만 남은 것처럼 말라 있다. 옷이 마치 해골에 걸어 놓은 듯 펄럭인다. 그는 거기에 서서 팔짱을 낀 채 덜덜 떨고 있다. 그 역시 봉우리에서 불어오는 차가운 눈바람을 느끼는 모양이다.

13

밤에 내 침대를 찾아가기가 점점 어렵다. 씹어서 붙여 놓은 껌을 찾을 때까지 여기저기 네 발로 기어 다니며 스프링 밑을 만져 보아야 한다. 안개가 자욱해도 아무도 불평하지 않는다. 왜 그런지 이제 나는 안다. 안개가 자욱할수록 그 속에 안전하게 숨어 있을 수 있기 때문이다. 그것이 바로 맥머피가 이해하지 못하는 부분이다. 우리가 안전하게 있기를 원한다는 것을 그는 이해하지 못한다. 그는 우리를 안개 밖으로, 발각되기 쉬운 탁 트인 바깥으로 끄집어내려고 계속 애를 쓴다.

14

냉동된 신체 부위가 아래층으로 수송된다. 심장, 신장, 뇌 등등. 그것들이 석탄을 내려 보내는 관을 통해 차가운 저장고로 우르르 굴러 가는 소리가 들린다. 내 눈에는 보이지 않지만, 그 방 어딘가에 앉아 있는 어떤 남자가 중환자실에서 자살한 환자 이야기를 하고 있다. 롤러 영감이다. 고환 양쪽을 다 자르고 피를 흘리며 변기에 앉아 죽어 있었다는 것이다. 그와 함께 있던 여섯 명은 그가 죽어 마룻바닥에 떨어질 때까지 그 사실을 알지 못했다.

왜 그렇게 사람들이 성급해하는지 도저히 이해할 수가 없다. 우리 모두 그저 기다리기만 하면 되는데…….

15

나는 그들이 안개 분출기를 어떻게 가동시키는지 안다. 예
전에 해외 공군 기지에 안개 분출기를 가동하는 일을 전담하
는 소대가 주둔해 있었다. 군인들은 정보기관이 폭격이 있을
것이라고 판단할 때, 혹은 장군들이 숨기고 싶은 어떤 비밀스
러운 작전을 행할 때, 기지를 보이지 않게 아주 꼭꼭 숨겨서
거기에 숨어든 첩자들조차 무슨 일이 진행 중인지 눈치 채지
못하게 하기 위해 비행장을 안개로 뒤덮었다.

그것은 간단한 장치이다. 흔히 볼 수 있는 압축기가 한 탱크
에서는 물을, 또 다른 탱크에서는 특수 기름을 빨아들인다. 그
런 다음 물과 기름을 한데 섞어 압축하면, 그 기계 끄트머리에
달린 검은 관에서 90초 만에 기지 전체를 덮을 수 있는, 하얀
구름 같은 안개가 풀풀 나온다. 내가 유럽에 도착해서 가장 먼
저 본 것은 그 기계들이 만들어 내는 안개였다. 그때 적의 요
격기 몇 대가 우리를 실은 수송기를 바짝 뒤쫓고 있었다. 이윽

고 수송기가 지상에 착륙하자 안개 부대가 분출기를 가동하기 시작했다. 우리는 긁힌 자국이 있는, 수송기의 둥근 창을 통해 지프차가 안개 분출기들을 수송기 가까이로 높이 끌어올리는 것을 볼 수 있었다. 안개 분출기가 안개를 마구 토해 냈고, 안개는 기지에 깔리면서 젖은 솜처럼 창에 들러붙었다.

우리는 중위가 계속 불어 대는, 경기장의 심판들이 쓰는 작은 호각 소리를 따라 수송기에서 내렸다. 그 소리는 마치 기러기 울음소리 같았다. 이윽고 출입문을 통해 나오면 사방 어디를 봐도 1미터 이상은 보이지 않았다. 마치 그 비행장에 혼자 있는 기분이었다. 적기로부터는 안전했지만 지독한 고독감을 느꼈던 것이다. 몇 미터 앞으로 가자 소리마저 안개에 녹아 사라져 버렸다. 일행의 말소리도 들리지 않았다. 하얀 모피처럼 부드러운 안개 속에 울려 퍼지는 것은 삑삑거리는 호각 소리뿐이었다. 안개가 어찌나 짙은지 자신의 몸조차도 벨트 아래쪽은 보이지 않았다. 허리 아랫부분마저 안개에 녹아 버린 듯 갈색 셔츠와 놋쇠로 된 버클 외에 보이는 것이라고는 오직 흰색뿐이었다.

그렇게 있다 보면 자신처럼 길을 잃고 안개 속을 헤매는 사람이 눈앞에 나타나기도 한다. 그럴 때 상대의 얼굴은 그때까지 보았던 누구의 얼굴보다도 크고 또렷하게 보인다. 안개 속에서는 사물을 보기 위해 눈에 힘을 잔뜩 주기 때문에 평소보다 열 배는 더 선명하게 세밀한 부분까지 보이게 된다. 어찌나 선명한지 마주친 사람 둘 다 얼굴을 돌릴 정도다. 따라서 누군가가 나타나면 그쪽이나 이쪽이나 얼굴을 보려고 하지 않는다. 상대의 얼굴이 너무 또렷이 보이면 마음속까지 꿰뚫어 보는 듯한 느낌이 들어 서로 괴롭기 때문이다. 그렇기는 하지만 그대로 눈을 돌려 상대를 안개 속에서 완전히 잃어버리고 싶지도 않게 된다. 이 경우에는 하나의 선택을 할 필요가 있다. 요컨대 괴롭더라도 안개 속에서 눈앞에 나타나는 것들을 응시하든가, 아니면 유유히 안개 속으로 매몰되어 가는 것이다.

그들은 군대에서 방출한 안개 분출기를 구입해 우리가 신관으로 이사하기 전에 통풍구에 숨겨 두었다. 그 기계가 처음으로 사용되었을 때 나는 안개 속에서 나타난 것은 무엇이든 되도록 열심히, 그리고 오랫동안 응시하려고 했다. 길을 잃지 않기 위해서였다. 그것은 유럽의 기지가 인공 안개에 뒤덮였을 때 내가 종종 써먹던 방법이었다. 아무도 길을 알려 주려 호각을 불어 주지 않았고, 붙잡을 밧줄도 없었다. 결국 어떤 물건에 시선을 고정시키는 것만이 길을 잃지 않는 유일한 방법이었다. 그래도 이따금씩 길을 잃었고, 숨으려다가 너무 깊이 들어갔다. 그리고 그럴 때마다 늘 같은 장소로 돌아오는 것 같았다. 그곳에는 늘 같은 금속 문이 있었는데, 대갈못이 줄줄이 박혀 있어 꼭 사람 눈처럼 보였고, 아무 번호도 붙어 있지 않았다. 마치 그 문 뒤에 있는 방이 나를 그곳으로 끌어당긴 기분이었다. 내가 아무리 다른 곳에 있으려고 해도 소용없었다. 마치 그 방의 악마들이 만들어 놓은 전류가 전파를 타고 안개를 따라 로봇처럼 나를 끌어당긴 것 같았다. 나는 안개 속에서 며칠을 헤매곤 했다. 이제 다른 건 전혀 볼 수 없을 것 같아 덜컥 겁이 났다. 그런데 어느 순간 눈앞에 그 문이 있었다. 문을 열면 소리를 차단하려고 안쪽에 설치된 매트리스, 반짝반짝 빛나는 구리 전선들 사이에 좀비처럼 줄지어 서 있는 남자들, 빛을 발산하는 진공관, 찌지직 소리를 내면서 아치형의 밝은 빛을 내뿜는 전류가 보였다. 나는 그 줄에 서서 테이블에 누울 차례를 기다리곤 했다. 테이블은 십자가 모양이었다. 그 위에는 살해된 수많은 남자들의 그림자가 남아 있었다. 오래 사용한 탓에 땀에 절어 녹색으로 변한 가죽 끈 안쪽에는 손목과 발목의 실루엣이 남아 있고, 이마를 묶는 은색 띠에는 목과 머리의 실루엣이 남아 있었다. 테이블 옆 제어반 앞에 있는 한 기술자가 문자반을 내려다보다가 고개를 들어 줄을 훑어보고는 고무장갑으로 나를 가리켰다.

"잠깐만요, 저기 저 덩치 큰 놈을 알아요. 저자는 살금살금 다가가서 뒤통수를 후려치든가 아니면 사람을 더 부르는 게 좋아요. 저놈은 한번 발작했다 하면 감당하기 힘들거든요."

그래서 나는 너무 깊이 들어가지 않으려고 노력하곤 했다. 길을 잃다가 전기 충격 치료실 문 앞까지 오게 될까 봐 두려웠다. 그렇기 때문에 뭐든 눈에 보이면 뚫어지게 쳐다보았고, 눈보라를 만난 사람이 울타리 난간에 필사적으로 매달리듯 눈을 떼지 않았다. 그러나 그들은 계속해서 안개를 점점 더 자욱하게 내보냈다. 그래서 내가 아무리 노력해도, 한 달에 두세 번은 나도 모르게 꼭 그 문 앞까지 오게 되는 것이었다. 전기 충격 치료실의 열린 문을 통해 불꽃과 오존의 시큼한 냄새가 코를 찔렀다. 아무리 발버둥을 쳐도 꼭 길을 잃곤 했다.

그 뒤 나는 아주 중요한 사실을 깨달았다. 안개가 사방을 뒤덮을 때 그 자리에 가만히 서서 조용히 입을 다물고 있으면 그 문 앞까지 가는 일이 없다는 것을 말이다. 문제는 길을 잃는다는 것 자체를 너무나 오랫동안 무서워한 나머지 그들이 나를 찾을 수 있도록 소리를 지르고 다녔고, 결국 내가 자청해서 그 문 앞에 이른 꼴이 되었던 것이다. 어떻게 보면 내가 소리를 질러 그들에게 내가 어디에 있다고 알려 준 셈이었다. 그러니까 영원히 길을 잃을 바엔 차라리 뭐든 감수하는 게 낫다고 생각했던 것이다. 심지어 전기 충격 치료까지도. 지금은 모르겠다. 길을 잃는 게 그리 나쁘지는 않다.

나는 오늘 오전 내내 그들이 다시 우리를 안개 속에 파묻어 주기를 기다리고 있었다. 지난 며칠 동안 그들은 안개를 점점 더 강도 높게 내보냈다. 아마 맥머피 때문일 것이다. 그들은 아직 맥머피를 꽉 잡지 못했기 때문에 그가 방심한 틈을 노려 그를 잡으려고 애쓰는 중이다. 그들은 그가 골칫거리가 될 것이라는 걸 안다. 벌써 여러 번 그는 체스윅과 하딩, 그리고 다른 몇몇 환자들을 부추겼고, 흑인 녀석들 중 한 명에게 대들려고까지 했다. 그러나 다른 환자들이 합세하려고만 하면, 어김없이 안개 분출기가 가동하곤 했다. 지금처럼 말이다.

몇 분 전에 압축기가 그릴 속에서 작동하는 소리가 들렸다. 그때 사람들은 그룹 미팅을 할 준비를 하기 위해 휴게실에서 테이블을 꺼내어 나르고 있었다. 이미 안개가 맞은편까지 아주 짙게 퍼지고 있어서 바짓가랑이가 젖어 있다. 나는 간호사실 문가에서 창을 닦고 있다가 수간호사가 의사에게 전화를 걸어서 하는 말을 듣는다. 회의할 준비가 되었다는 것과 직원 회의가 있을 예정이니 오늘 오후에 한 시간을 비워 두는 게 좋을 것이라는 내용이다. 그녀가 그에게 말한다.

"그 이유를 말하자면, 랜들 맥머피라는 환자에 대해 논의할 시점이 지난 것 같아서요. 그가 이 병동에 있어야 할지 말지를 결정해야겠어요."

수간호사는 잠시 상대편의 말을 듣고 있다가 그를 향해 말한다.

"그 환자가 요 며칠 동안 다른 환자들을 선동하는 걸 보니 계속 이렇게 놔두면 안 될 것 같아요."

바로 그런 이유로 그녀는 회의 시간을 위해 병동에 안개를 내보내고 있는 것이다. 보통은 그렇게 하지 않는다. 그러나 이제 그녀는 오늘 맥머피에게 무슨 조치를 취할 작정이다. 아마 그를 중환자실로 보낼 것이다. 나는 창을 닦던 걸레를 내려놓고 만성 환자 줄 끝에 있는 내 자리로 간다. 그 자리에 있으니 의자에 앉으려는 환자들, 그리고 안개 때문이 아니라 렌즈에 김이 서려 앞이 뿌옇게 보이는 줄 알고 문으로 들어와 안경을 닦는 의사가 거의 보이지 않는다.

안개가 그 어느 때보다도 자욱하게 흘러들어 오고 있다.

그들의 말소리가 들린다. 그들은 회의를 계속 진행하려 노력하고, 빌리 비빗이 더듬거리며 한 말에 대해, 그리고 그 말이 어떻게 나왔는가를 놓고 쓸데없는 말들을 지껄인다. 그 말들이 마치 물살을 헤치고 내 귀까지 흘러드는 것 같다. 그런 생각이 들 만큼 안개가 자욱하다. 그래서 꼭 의자에 앉은 채로 물 위를 둥둥 떠다니는 기분이다. 잠시 어디가 어디인지 구분이 안 간다. 공중에 떠 있으니 처음에는 속이 약간 울렁거리고, 앞이 하나도 보이지 않는다. 나를 이렇게 둥둥 띄워 줄 만큼 짙은 안개는 이번이 처음이다.

둥둥 떠 있자니 이따금씩 말소리가 작아졌다 커졌다 한다.

간혹 말소리가 커지면 내가 말을 하고 있는 사람 바로 옆에 있다는 걸 알아차리긴 하지만, 여전히 앞에는 아무것도 보이지 않는다.

빌리의 목소리가 들려온다. 그는 전에 없이 심하게 말을 더듬고 있다. 긴장한 탓이다.

"······대, 대, 대학을 중퇴했어요. 학군단을 그만두는 바람에 그랬죠. 도저히 모, 모, 못 참겠더라고요. 수업 중에 장교가 '비빗.' 하고 출석을 부, 부를 때마다 대답을 할 수가 없었어요. 그, 그, 그럴 때는······."

그는 뼈가 목에 걸린 듯 말을 제대로 잇지 못하고 있다. 그러다 침을 꿀꺽 삼키고 다시 말을 하는 것이 들린다.

"그럴 때는 '네.'라고 대답하면 되는데, 한 번도 그 마, 마, 말이 쉽게 나오질 않았어요."

그의 목소리가 흐려진다. 그때 수간호사의 목소리가 왼쪽에서 그의 말을 자르며 끼어든다.

"비빗 씨, 언제부터 언어 장애가 있었는지 기억나요? 언제부터 말을 더듬었는지 생각나냐고요."

그가 웃고 있는 건지 아닌지 모르겠다.

"어, 어, 언제부터냐고요? 언제부터냐고요? 그건 '어, 어, 어, 어, 엄마'라고 말할 때부터였어요."

이야기를 나누는 소리가 점점 작아지더니 아예 들리지 않는다. 처음 있는 일이다. 아마 빌리도 안개 속에 숨어 버렸나 보다. 어쩌면 모든 사람들이 마침내 영원히 안개 속으로 우르르 숨어 버렸는지도 모른다.

의자 한 개와 내가 둥둥 떠 있다. 이런 건 난생 처음 경험한다. 의자는 안개를 헤치고 내 오른편 저만치에 떠 있다. 그러다가 아주 잠깐 내 얼굴 바로 옆으로 오는가 싶더니, 내 손이 닿지 않는 곳으로 가 버린다. 최근에 나는 물건들이 안개 속에서 나타나도 그냥 내버려 두는 데 익숙해졌다. 굳이 붙잡으려 애쓰지 않고 가만히 앉아 있기만 한다. 하지만 이번에는 예전처럼 겁이 난다. 나는 있는 힘을 다해 의자가 있는 곳으로 내 몸을 끌고 가서 그것을 잡으려고 노력한다. 그러나 꼭 붙들 만한 것이 없어서 허공에서 몸부림을 치면서, 의자가 뚜렷이 보일 만큼 가까이 오는 걸 지켜보는 수밖에 없다. 목수가 의자에 니스 칠을 하고 채 마르기도 전에 손을 대어 생긴 지문을 알아볼 수 있을 정도로 의자가 가까이 다가와 내 앞에서 아주 잠깐 머물더니 다시 점점 멀리 사라진다. 이렇게 안개 속에서 물건들이 둥둥 떠다니는 건 결코 본 적이 없다. 이렇게 짙은 안개는 처음이다. 너무 짙어서 바닥으로 내려가 바닥을 딛고 서서 걸어 다니고 싶어도 그럴 수가 없다. 그래서 잔뜩 겁을 먹은 것이다. 이번에는 둥둥 떠서 어딘가로 영원히 떠나 버릴 것 같은 기분이 든다.

나보다 조금 아래쪽에 한 만성 환자가 떠다니는 것이 보인다. 매터슨 대령 노인인데, 쭈글쭈글하고 길고 누런 손에 적어 놓은 구절을 읽고 있다. 이제 두 번 다시 그를 볼 수 없을 거라는 생각이 들어서 나는 그를 자세히 쳐다본다. 그의 얼굴이 눈 뜨고는 볼 수 없을 정도로 어마어마하게 커진다. 마치 현미경으로 들여다보고 있는 것처럼 모든 머리칼과 주름이 큼직하게 보인다. 그의 얼굴이 아주 또렷하게 보이기 때문에 그의 일생 전체가 보이는 것 같다. 그의 얼굴에는 서남부의 육군 병사에서 육십 년 세월을 보낸 흔적이 남아 있고, 탄약 운반차의 쇠바퀴 자국이 나 있다. 그리고 그의 얼굴은 이틀 연속 강행군하는 수천 명의 병사들 발에 짓밟힌 것처럼 수척하다.

매터슨 대령은 그 긴 손을 내밀어 눈앞에 대고는 실눈을 뜨고 쳐다본다. 그런 다음 다른 손을 들어 올리고, 니코틴 때문에 개머리판의 나무 색깔로 반들반들해진 손가락으로 거기에 적힌 단어에 밑줄을 그으며 읽어 내려간다. 그의 목소리는 깊고 느리고 침착하다. 그가 문장을 읽을 때마다 연약한 입술에서 묵직한 말이 음산하게 튀어나온다.

"자…… 깃발은…… 미국이다. 미국은…… 자두다. 복숭아다. 수박이다. 미국은…… 젤리 사탕이다. 호박씨다. 미국은…… 텔레비전이다."

맞는 말이다. 그 말이 모두 그 누런 손에 적혀 있다. 나도 그를 따라 함께 읽을 수 있다.

"그리고…… 십자가는…… 멕시코다."

매터슨 대령이 고개를 들어 내가 집중해서 듣는지 확인한다. 그는 내가 잘 듣고 있는 것을 보고 미소를 지어 보이더니 계속 읽어 나간다.

"멕시코는…… 호두다. 개암이다. 도토리다. 멕시코는…… 무지개다. 무지개는…… 나무로 되어 있다. 멕시코는…… 나무로 되어 있다."

매터슨 대령이 무슨 말을 하려는지 알겠다. 그는 여기에서 육 년 동안 있으면서 그런 말들을 입에 달고 살았다. 그러나 나는 늘 그를 무시했다. 나는 그가 말하는 조각상, 사물에 대해 자기만의 정의를 내리고 도무지 얼토당토않은 그런 어리석은 말들을 주절주절 떠드는, 뼈와 관절염 덩어리에 지나지 않는다고 생각했다. 이제야 그가 무슨 말을 하고 있는지 알겠다. 나는 그를 내 머릿속에 각인시키고 싶어서 마지막으로 한 번 그의 얼굴을 보기 위해 그를 붙잡으려 한다. 나는 눈에 잔뜩 힘을 주고 그의 말을 이해하려고 노력한다. 그는 잠시 말을 멈추고 다시 나를 올려다보며 내가 이해하고 있는지 확인한다. 그런 그를 보니 크게 외치고 싶다. 그래요, 알아들어요. 멕시코는 호두 같아요. 그건 갈색이고 딱딱하지요. 눈으로 보아도 느낄 수 있어요. 확실히 멕시코는 호도의 촉감과 같아요! 당신이 만들어 놓은 말이긴 하지만 말이 되네요, 노인 양반. 사람들이 생각하는 것처럼 당신은 미치광이가 아니에요. 그래요…… 이제 알겠어요…….

그러나 안개 때문에 목이 탁 막혀 목소리가 나오지 않는다. 그는 멀어지면서도 허리를 굽혀 손바닥을 보고 있다.

"자…… 녹색 양은…… 캐나다다. 캐나다는…… 전나무다. 밀밭이다. 달력은……."

나는 눈에 힘을 주고 그가 멀어져 가는 것을 본다. 눈에 힘을 너무 주었더니 눈이 아파서 눈을 감아야겠다. 다시 눈을 떠 보니 대령은 보이지 않는다. 다시 나 혼자 떠 있는 신세가 되었다. 어느 때보다도 더 깊이 안개 속에 빠져 있다.

바로 지금이야. 나는 나 자신에게 말한다. 이제 영영 가 버리는 거야.

피트 영감이 보인다. 얼굴이 꼭 서치라이트 같다. 그는 내 왼편으로 50미터 떨어진 곳에 있다. 그러나 마치 안개가 싹 갠 것처럼 또렷하게 그의 모습이 보인다. 아니, 어쩌면 그가 아주 가까이에 와 있는데 아주 작아 보이는 걸까. 잘 모르겠다. 피트는 딱 한 마디, 굉장히 피곤하다고 나에게 말한다. 그가 그 말을 하는 순간 철로에서 일했던 그의 일생 전체가 보이고, 그가 시계 보는 법을 알아내려고 애쓰는 것이 보인다. 철도원이 걸치는 작업복의 단추를 제대로 끼우느라 진땀을 빼고, 다른 사람들 같으면 마분지가 푹신하게 깔린 의자에 느긋하게 앉아 추리 소설과 야한 잡지를 보면서 아주 쉽게 할 일을 아주 용을 쓰며 배운다. 피트가 정말로 일을 배울 생각을 했던 건 아니었다. 처음부터 그 일을 할 수 없다는 걸 알았으니까. 그러나 그는 일을 배우려고, 그것들에게서 눈을 떼지 않고 계속 지켜보려고 노력해야만 했다. 그래서 그나마 사십 년 동안 인간 세상의 한가운데는 아니더라도 그 언저리에서 살 수 있었던 것이다.

그 모든 게 훤히 보인다. 군대에서, 전쟁에서 못 볼 것들을 보고 상처를 받았을 때처럼 그 광경에 마음이 아려 온다. 아버지와 부족에게 일어난 일을 목격하고 상처를 받았을 때처럼 마음이 아프다. 그런 것들을 보고 괴로워하는 일은 이제 없을 거라고 생각한다. 괴로워해 봐야 소용없다. 어떻게 할 도리가 없는 것이다.

"피곤해."

피트가 말한다.

"당신이 피곤하다는 건 알아요, 피트. 하지만 내가 걱정해 준다고 해서 당신에게 위로가 되는 건 아니잖아요. 내가 아무것도 해 줄 수 없다는 거 아시죠."

피트가 대령 노인이 간 쪽으로 둥둥 떠서 가 버린다.

피트가 왔던 쪽에서 빌리 비빗이 온다. 그들 모두 마지막으로 얼굴이나 한 번 볼 생각으로 줄을 지어 지나가고 있다. 빌리가 멀리 떨어져 있을 리 없을 텐데, 너무 몸집이 작아서 마치 1킬로미터는 떨어져 있는 것 같다. 그가 내 쪽으로 얼굴을 쓱 들이민다. 마치 수중에 있는 것보다 훨씬 더 많은 것을 달라고 아무에게나 요구하는 거지의 얼굴 같다. 그의 입이 작은 인형의 입처럼 오물거린다.

"처, 처, 청혼도 제대로 하지 못했어요. '당, 당신, 나와 겨, 겨, 겨, 겨, 결…….' 결국 여자가 웃음을 터뜨렸어요."

어디서 들리는지는 알 수 없는, 수간호사의 목소리가 들린다.

"빌리, 당신 어머니한테 그 여자 얘기를 들었어요. 당신보다 못한 여자인 것 같더군요. 그런데 그 여자의 어떤 점 때문에 당신이 그렇게 겁을 먹었다고 생각해요, 빌리?"

"나는 그 여자를 사, 사랑했어요."

빌리, 난 당신한테도 아무것도 해 줄 수가 없어요. 알잖아요. 우리 모두 도와줄 수 없다는 걸. 누군가를 도와주었다가는 언제 당할지 모른다는 걸 알잖아요. 조심해야 한다는 걸 누구 못지않게 잘 알잖아요. 빌리, 내가 뭘 할 수 있겠어요? 당신의 말 더듬는 버릇을 고쳐 줄 수도 없어요. 당신의 양 손목에 있는 면도날에 베인 상처나 당신의 양 손등에 있는 담뱃불로 지져 생긴 흉터도 지워 줄 수가 없어요. 당신에게 새 어머니를 줄 수도 없지요. 그리고 수간호사가 당신의 자존심을 마음껏 짓밟고, 당신이 창피해서 쥐구멍에라도 들어가고 싶어질 정도로 당신을 괴롭히고, 당신의 약점을 꼬집을 때도 난 당신을 위해 아무것도 할 수가 없어요. 안치오*에서 나는 동료가 50미터 정도 떨어진 나무에 묶여 있는 것을 보았어요. 그는 물을 달라고 고래고래 소리 질렀고, 얼굴은 햇볕에 타서 물집이 나 있었어요. 적들은 내가 튀어나와서 그를 도와줄 때를 노리고 있었지요. 내가 그렇게 했다면 그들은 건너편에 있는 농가에서 나를 두 동강 냈을 거예요.

얼굴을 치워요, 빌리.

환자들이 계속 줄을 지어 지나간다.

그들의 얼굴은 마치 '나는 장님입니다.'라고 적힌 마분지 카드 — 포틀랜드에서 아코디언을 연주하는 스페인계 걸인들이 목에 걸고 있던 — 처럼 보인다. 단지 각각의 얼굴들에는 '나는 피곤해요.', '나는 무서워요.', '나는 간이 나빠서 죽어 가고 있어요.', '사람들이 나를 기계에 묶어 놓고 허구한 날 괴롭혀요.' 따위의 글이 적혀 있다. 나는 그런 글을 전부 읽을 수 있다. 작고 흐릿하게 적혀 있어도 정확하게 읽어 낼 수 있다. 그 얼굴들 중 몇몇은 주위를 둘러보며 다른 얼굴을 바라본다. 그들도 읽으려고만 들면 다른 사람의 얼굴에 적힌 글을 얼마든지 읽을 수 있을 것이다. 하지만 그래 봐야 무슨 소용이 있겠는가? 얼굴들은 안개 속에서 색종이 조각처럼 흩어져 버린다.

나는 아까보다 더 깊숙이 안개 속에 파묻힌 채 헤매고 있다. 죽음은 바로 이런 상태를 말하는 것이리라. 식물인간의 상태도 이럴 것이라는 생각이 든다. 요컨대 안개 속에 매몰되어

---

* 이탈리아 로마 남쪽의 항구 도시. 제2차 세계 대전 당시 연합군의 이탈리아 상륙 거점.

꼼짝달싹할 수가 없는 상태인 것이다. 이 상태에서 단지 몸이 받아들이는 한 음식이 제공될 뿐이다. 만약 몸이 음식을 받아들이지 않으면 몸을 태워 버린다. 그래도 그리 나쁘지는 않다. 아무런 고통도 느낄 수 없기 때문이다. 나는 지금 거의 아무것도 느끼지 않는다. 오싹한 한기만을 느낄 뿐이다. 하지만 이 느낌도 시간이 지나면 사라질 것이다.

부대 지휘관이 오늘 우리가 무엇을 입어야 하는지에 관한 공고를 게시판에 붙이던 모습이 떠오른다. 미국 내무부 사람들이 트랙터로 우리의 작은 부족을 위협하는 광경이 보인다.

계곡에서 뛰어나와 걸음을 늦춘 다음, 삼나무 숲을 향해 뛰어가는 여섯 개의 점이 박힌 커다란 수사슴을 겨냥하는 아버지의 모습도 보인다. 탕, 탕. 총신에서 두 발의 총알이 나가고, 수사슴 주위에 뽀얗게 먼지가 일어난다. 나는 아버지를 따라 계곡에서 나와 총알 두 발로 바위 끄트머리에 뛰어오르려 하는 수사슴을 맞혀 쓰러뜨린다. 그러고는 아버지를 보고 싱긋 웃는다.

전에는 이렇게 빗나간 적이 한 번도 없었잖아요, 아버지.

눈이 나빠져서 그래. 조준을 할 수가 없구나. 목표물이 흔들리지 뭐냐. 개가 복숭아씨만 한 똥을 눌 때처럼 말이다.

아버지, 시드가 파는 선인장 술을 마시면 겉늙어 버려요.

아니야, 시드의 선인장 술을 마시는 남자는 이미 겉늙어 버린 거야. 파리들이 쉬를 슬기 전에 사슴의 내장을 꺼내자.

이것은 지금 일어나고 있는 일이 아니다. 알겠는가? 과거의 일은 이미 벌어진, 지나간 일일 뿐 어떻게 할 수가 없다.

이보게, 저길 봐…….

속닥거리는 소리가 들린다. 흑인 녀석들이다.

저기 저 바보 빗자루 영감을 봐. 잠들어 버렸네.

그렇군, 빗자루 추장이군그래. 속 편하게 잠이나 자는 게 낫지. 잘됐어.

더 이상 한기가 느껴지지 않는다. 그럭저럭 잘 견디고 있는 것 같다. 추위가 나에게 닿을 수 없는 곳으로 멀리 가 버린 것이다. 나는 영원히 이곳에 머물 수 있다. 더 이상 두렵지 않다. 이제 그들은 나를 잡을 수 없다. 그들의 말소리만이 들리고, 그것마저도 점점 희미해진다.

음…… 빌리가 회의 중에 나가 버렸으니 다른 얘기를 해야겠군요. 문제를 제기할 분 없으세요?

간호사님, 사실은 중요한 문제가 있는데…….

바로 맥머피의 목소리다. 어딘가 먼 곳에서 들려온다. 그는 아직도 안개 밖으로 사람들을 끌어내려고 애쓰는 모양이다. 왜 나를 그냥 내버려 두지 않을까?

"……어제인가 그제인가 제기했던 투표 얘기 기억하세요? 텔레비전 시청 시간을 변경하는 문제 말입니다. 오늘이 금요일이고 해서 다시 그 얘기를 꺼낼까 합니다. 그사이에 환자들이 배짱이 좀 두둑해졌는지 확인해 볼까요?"

"맥머피 씨, 이 회의의 목적은 치료, 집단 치료예요. 그런 사소한 불평은 전혀……."

"네, 네, 그만하시죠. 그 얘긴 전에도 들었으니까. 저를 비롯해 몇몇 환자들이 결정을 내렸습니다……."

"잠깐만요, 맥머피 씨. 이 사람들에게 질문 하나만 할게요. 여러분 중 맥머피 씨가 자신의 개인적인 희망을 여러분에게 지나치게 강요하고 있다고 생각하는 분 있나요? 저는 맥머피 씨를 다른 병동으로 이동시키면 여러분이 좀 더 마음 편히 생활할 수 있지 않을까 생각하고 있습니다만."

잠시 동안 아무도 말을 하지 않는다. 이윽고 누군가가 말한다.

"투표를 하게 해 주지 그래요? 투표를 하자고 제안했을 뿐인데 왜 고작 그런 일로 저 사람을 중환자실로 데려가려고 합니까? 일정 좀 바꾼다고 뭐 큰일이라도 납니까?"

"스캔런 씨, 제 기억에 의하면 당신은 삼 일 동안 식사를 거부해서 결국 텔레비전 시청 시각을 6시 30분에서 6시로 옮겨 놓은 분이잖아요."

"남자라면 세상이 어떻게 돌아가는지 뉴스는 보고 살아야지, 안 그래요? 세상에, 워싱턴이 폭격을 당할 수도 있는데, 뉴스를 안 보면 그 소식을 일주일 뒤에나 듣게 될 거예요."

"그래요? 그러면 남자들이 야구 경기를 보기 위해 뉴스를 포기하는 건 어떤가요?"

"둘 다 볼 수는 없다 이건가요? 그럴 줄 알았어요. 상관없어요. 설마 이번 주에 워싱턴이 폭격되는 일은 없을 테니까."

"투표를 하게 해 줘요, 수간호사님."

"좋아요. 하지만 이야기를 듣고 보니 맥머피 씨가 일부 환자들을 얼마나 선동하고 있는지 충분히 알 만하군요. 맥머피 씨, 어떤 제안을 하고 싶은 거죠?"

"오후에 텔레비전을 보는 건에 대해 재투표할 것을 제안합니다."

"한 번 더 투표를 하면 더 이상 토를 달지 않을 건가요? 더 중요한 사안들이 많아서요……."

"더 이상 왈가왈부하지 않겠어요. 이 겁쟁이들 중에서 몇 명이나 배짱이 두둑해졌는지 확인하기만 하면 됩니다."

"스피비 선생님, 저 말만 들어도 맥머피 씨가 다른 병동으로 가면 환자들이 더 만족스러워하지 않을까 싶어지네요."

"투표를 하게 하지 그래요?"

"좋습니다, 체스윅 씨. 지금부터 여러분 앞에서 투표를 하겠습니다. 손을 들기로 하면 될까요, 맥머피 씨? 아니면 굳이 비밀 투표를 해야 하나요?"

"사람들의 손을 보고 싶군요. 물론 올라가지 않는 손도 보고 싶습니다."

"텔레비전 시청 시간을 오후로 바꾸는 것에 찬성하는 분들은 손을 드세요."

손 하나가 올라간다. 보나마나 맥머피의 손이다. 제어반을 들겠다고 씨름을 하다가 생긴 상처에 붕대가 감겨 있다. 뒤이어 조금 떨어진 곳에 안개 밖으로 다른 손들이 올라와 있는 것이 보인다. 마치 맥머피의 커다란 붉은 손이 안개 속으로 들어가 환자들의 손을 잡아 올리는 것 같다. 환자들은 일어서서 안개 밖으로 얼굴을 내밀고 눈을 깜박거린다. 첫 번째 환자, 또한 명의 환자, 그리고 또 한 명. 맥머피가 급성 환자들의 열을 따라 가며 그들을 안개 밖으로 잡아끌어 세운다. 총 스무 명의 급성 환자들이 서서 손을 들고 있다. 그들은 단지 텔레비전 시청에 찬성해서 손을 드는 게 아니다. 수간호사에게 반항하기 위해, 맥머피를 중환자실로 보내려는 그녀의 생각에 반대 의사를 표시하기 위해, 그녀가 말과 행동과 가혹한 행위로 수년 동안 그들을 쥐락펴락한 소행에 대항하기 위해 손을 들고 있는 것이다.

아무도 입을 열지 않는다. 직원들은 물론이고 환자들까지 모두가 얼마나 놀랐을지 짐작이 간다. 수간호사는 도대체 이게 어떻게 된 일인지 싶어 어리벙벙해한다. 어제 맥머피가 그 제어반을 들어 올리려고 애쓰기 전까지만 해도 다섯 남자 중 네 명만이 투표에 참여할 것 같았는데 그 예상이 빗나간 것이다. 그러나 그녀는 놀란 내색을 하지 않고 말한다.

"겨우 스무 명이군요, 맥머피 씨."

"스무 명이라고요? 그야 당연하죠. 여기 환자들이 총 스무 명인데……"

맥머피는 그녀의 말뜻을 알아채고 말끝을 흐리다가 다시 말한다.

"젠장, 잠깐만요, 수간호사님……"

"안됐지만 당신의 제안은 부결됐어요."

"잠깐만 기다리라니까요!"

"맥머피 씨, 병동에는 마흔 명의 환자들이 있어요. 마흔 명인데 겨우 스무 명이 투표를 했어요. 이곳의 규칙을 바꾸려면 과반수의 찬성이 있어야 해요. 이제 투표는 끝났습니다."

환자들이 하나 둘 슬며시 손을 내리고 있다. 그들은 보기 좋게 당했다는 것을 알고, 안전한 안개 속으로 살짝 숨으려고 한다. 맥머피는 계속 서 있다.

"나 원 참, 환장할 노릇이군. 이런 식으로 투표를 한다 이거요? 저기 있는 늙은 환자들도 포함된단 말이오?"

"선생님, 맥머피 씨에게 투표 절차에 대해 설명하지 않으셨나요?"

"유감스럽게도 과반수가 되어야 해요, 맥머피 씨. 수간호사 말이 맞아요. 맞습니다."

"과반수여야 합니다, 맥머피 씨. 병원 규정에 그렇게 명시되어 있어요."

"그럼 그 빌어먹을 규정을 바꾸려면 과반수의 표를 얻어야겠군요. 별의별 돼먹지 않은 걸 다 봤지만 이런 경우는 처음이군!"

"죄송합니다만 맥머피 씨, 병동 규칙에 그렇게 적혀 있어요……."

"그러니까 민주적인 병동 어쩌고저쩌고해 놓고 이딴 식으로 운영한다 이거군요. 기가 막힐 노릇이군!"

"몹시 흥분했군요, 맥머피 씨. 저 환자가 흥분한 것 같지 않아요, 선생님? 선생님께서 이 점을 숙지하셨으면 해요."

"그딴 소리는 집어치워요. 사람에겐 사기를 당하면 고함을 지를 권리가 있어요. 우리 전부가 보기 좋게 사기를 당했는데 이만하면 양반이지."

"선생님, 아무래도 저 환자의 상태로 보아 오늘 회의는 일찍 끝내는 게 좋을 것 같군요……."

"잠깐! 잠깐 기다려요. 저 노인 환자들한테도 말을 하게 해 줘요."

"투표는 끝났어요, 맥머피 씨."

"말이나 좀 해 봅시다."

맥머피가 휴게실을 가로질러 우리에게 오고 있다. 그의 몸이 점점 커지고, 얼굴은 벌겋게 달아오르고 있다. 그는 안개 속으

234

로 손을 뻗어 럭클리를 위로 끌어올리려 한다. 럭클리가 그중 젊기 때문이다.

"당신은 어떻소? 월드 시리즈를 보고 싶소? 야구 보고 싶어요? 야구 경기 보고 싶으면 손을 들어 봐요……"

"망할 여편네. 마누라 따윈 개똥이야."

"알았어요, 됐어요. 당신, 당신은 어때요? 이름이 뭐였더라, 엘리스? 엘리스, 텔레비전으로 야구 경기 보는 거 어때요? 보고 싶으면 손을 들어요……"

엘리스의 양손은 벽에 고정되어 있어서 표로 인정될 수가 없다.

"투표가 끝났다고 했잖아요, 맥머피 씨. 지금 당신 모습이 얼마나 우스운지 알아요?"

맥머피는 수간호사의 말은 귓등으로도 듣지 않고 만성 환자들의 줄로 간다.

"자, 자, 여러분 중에 딱 한 표만 있으면 됩니다. 손을 들어주세요. 여러분이 아직도 할 수 있다는 걸 저 간호사에게 보여 줘요."

"난 피곤해."

피트 영감이 말하며 머리를 흔든다.

"밤은…… 태평양이다."

매터슨 대령이 손에 적힌 것을 읽고 있다. 투표 따위에 상관할 사람이 아니다.

"여러분 중 한 명만, 제발! 지금이 전세를 역전시킬 수 있는 절호의 기회예요, 모르겠어요? 우리는 이걸 꼭 해내야 해요. 안 그러면 꼼짝없이 당하고 살아야 합니다! 내 말을 알아듣고 우리를 도와줄 사람이 한 명도 없어요? 당신, 가브리엘은 어때요? 조지는? 아무도 없어요? 추장, 당신은 어때요?"

맥머피가 안개 속에서 나를 바라보고 서 있다. 그가 왜 나를 내버려 두지 않는 걸까?

"추장, 당신한테 달려 있어요."

수간호사가 서류를 접고 있다. 다른 간호사들은 그녀 주위에 서 있다. 마침내 그녀가 일어선다.

그녀의 말소리가 들린다.

"그럼 회의를 이만 끝내겠어요. 그리고 직원들은 약 한 시간 후에 의국에 모여 주세요. 그럼 다른 건이 없으면……."

지금 내 손이 움직이고 있다. 되돌리기에는 너무 늦었다. 맥머피는 여기에 온 첫날 내 손에 몰래 어떤 장치를 해 놓았고, 내 손이 내가 내리는 명령을 따르지 않도록 어떤 주문을 걸어 놓았다. 그래 봐야 소용없다는 건 바보라도 안다. 그러니 내가 자발적으로 손을 들 리 없다. 아무 말도 하지 않고 나를 뚫어지게 쳐다보고 있는 수간호사의 눈빛만 봐도 내 입장이 얼마나 난처한지 충분히 알 것이다. 그러나 나는 손을 마음대로 할 수가 없다. 맥머피가 보이지 않게 내 손에 철사를 걸고 천천히 잡아당겨 나를 안개 밖으로 끌어낸다. 그리고 나는 그들의 먹이가 된다. 맥머피가 내 손을 끌어올리고 있다. 철사를 잡아당겨서…….

아니다. 사실은 그렇지 않다. 나는 자진해서 손을 든다.

맥머피가 환성을 지르며 나를 일으켜 세우고 내 등을 토닥인다.

"스물한 명! 추장이 손을 들었으니까 스물 한 명이 찬성했어요! 이래도 과반수가 아니라고 하면 이 모자를 먹어 버리겠소!"

"와아."

체스윅이 소리친다. 다른 급성 환자들이 내 쪽으로 오고 있다.

"회의는 끝났어요."

수간호사가 말한다. 입가에는 여전히 미소를 짓고 있다. 그러나 휴게실에서 나와 간호사실로 들어갈 때 금방이라도 폭발할 것처럼 목덜미가 벌겋게 부풀어 오르고 있다.

하지만 수간호사는 당장 폭발하지는 않는다. 그 후로 약 한 시간 동안은 잠잠하다. 간호사실 창 너머로 그녀의 미소가 기이하게 일그러진다. 전에 한 번도 본 적이 없는 표정이다. 그녀는 그냥 가만히 앉아 있다. 그녀가 숨을 쉬면서 어깨가 오르락내리락 하는 것이 보인다.

맥머피가 벽시계를 올려다보고 경기가 시작될 시간이라고 말한다. 그는 다른 급성 환자들 몇몇과 저쪽 식수대 옆에 무릎을 꿇고 앉아 굽도리널을 닦고 있다. 나는 청소 도구실을 쓸고 있는데, 오늘만 벌써 열 번째다. 스캔런과 하딩은 연마기를 8자 모양으로 밀고 다니며 새 왁스로 복도를 반짝반짝 닦고 있다. 맥머피는 또 한 번 이제 경기를 할 시간이 되었다고 말하고는 걸레를 그 자리에 내버려 두고 일어선다. 맥머피 외에는 아무도 하던 일을 멈추지 않는다. 맥머피는 수간호사가 자기를 쏘아보고 있는 창을 지나면서 이제 그녀가 자기에게 꼼짝없이 당했다는 걸 안다는 듯 그녀를 보고 싱긋 웃는다. 그가 고개를 뒤로 젖히고 윙크를 할 때 그녀는 살짝 고갯짓을 한다.

모두 하던 일을 계속한다. 그러나 그들은 곁눈질로 맥머피가 팔걸이의자를 텔레비전 앞에 끌어다 놓고 전원을 켜고 앉는 것을 지켜본다. 텔레비전 화면이 들어오더니 야구장의 앵무새가 면도날을 광고하는 노래를 부르고 있다. 맥머피는 자리에서 일어나 볼륨을 높여 천장의 스피커에서 흘러나오는 음악소리를 압도시킨다. 그런 다음 또 다른 의자를 앞에 끌어다 거기에 꼰 다리를 올려놓고는 팔걸이의자에 기대어 앉아 담배에 불을 붙인다. 그리고 배를 긁적이며 하품을 한다.

"와! 맥주 한 캔이랑 핫도그만 있으면 더할 나위 없이 좋은데."

그를 뚫어지게 쳐다보는 수간호사의 얼굴이 붉어지고 입술이 씰룩거린다. 그녀는 잠시 주위를 둘러보고는 이제 자기가 어떻게 할지 모두가 지켜보고 있다는 것을 알아챈다. 심지어 흑인 녀석들과 간호사들도 슬쩍 그녀를 살펴본다. 직원 회의를 위해 모여들기 시작한 레지던트들도 그녀를 지켜보고 있다. 수간호사가 입을 꽉 다문다. 그녀는 다시 맥머피를 쳐다보고 앵무새의 노래가 끝나기를 기다린다. 이윽고 그녀가 일어나 제어반이 있는 강철 문으로 가서 스위치를 내린다. 그러자 텔레비전 화면이 다시 잿빛이 된다. 화면에는 아무것도 남지 않고한 점 빛이 그 앞에 앉아 있는 맥머피를 비출 뿐이다.

그 한 점의 빛을 보고도 맥머피는 조금도 당황하지 않는다. 사실대로 말하자면 화면이 나간 것을 알면서도 모르는 척하고 있다. 그는 이 사이에 담배를 물고 모자를 붉은 머리 앞쪽으로 끌어내린 다음 앞이 보이게끔 몸을 뒤로 젖힌다.

그러고는 머리 뒤에 깍지를 낀 채, 발을 의자 위에 올리고, 모자챙 아래로 담배를 문다. 그 자세로 텔레비전 화면을 보고 있다.

수간호사는 꾹 참고 그 광경을 쳐다보다가 간호사실 문가로 가서 다른 환자들처럼 청소를 하는 게 좋을 거라고 그에게 소리친다. 맥머피는 그녀의 말을 무시한다.

"맥머피 씨, 이 시간에는 청소를 하기로 되어 있다고 말했는데요. 맥머피 씨, 이건 경고예요!"

마치 소나무를 쪼개는 전기톱처럼 그녀의 목소리가 앙칼지다.

모두들 하던 일을 멈춘다. 수간호사가 주위를 둘러본 뒤 간호사실에서 한 발짝 나와 맥머피를 바라본다.

"당신은 자유롭지 않은 몸이에요. 그걸 알아야죠. 당신은…… 나와…… 직원들의 관할하에 있어요."

수간호사가 주먹을 들고 말한다. 그녀의 불그스름한 오렌지색 손톱이 손바닥으로 타 들어간다.

"우리의 관할과 통제하에 있어요……."

하딩 역시 연마기의 전원을 끄고 그것을 복도에 내버려 둔 채 맥머피 옆에 의자를 끌어당기고 앉아 담배에 불을 붙인다.

"하딩 씨! 맡은 일이나 계속해요!"

수간호사의 목소리가 마치 못을 박는 소리 같다. 그 소리가 너무 우스워서 나는 하마터면 웃을 뻔했다.

"하딩 씨!"

그때 체스윅이 의자를 들고 온다. 뒤이어 빌리 비빗, 스캔런, 프레드릭슨, 시펠트, 그리고 마지막에는 모두가 손에 든 대걸레와 빗자루와 걸레를 던져 버리고 의자를 가지러 간다.

"당신들, 그만두지 못해요. 당장 그만둬요!"

우리는 화면이 완전히 나가 버린 텔레비전 앞에 줄줄이 앉아서 마치 선명한 화면으로 야구 경기를 보고 있는 것처럼 잿빛 화면을 쳐다보고 있다. 수간호사는 우리 등 뒤에서 마구 소리를 지르고 있다.

만일 누가 들어와서 남자들이 텅 빈 화면을 보고 있고, 쉰살 먹은 여자가 그들의 뒤통수에 대고 규율이니 질서니 처벌이니 하면서 고래고래 소리를 지르는 모습을 본다면, 미치광이 소굴을 들여다보고 있다고 생각할 것이다.

2부

16

시야 끝으로 간호사실의 하얀 에나멜 얼굴이 보인다. 책상에서 끄덕거리던 얼굴은 원래 모습으로 돌아가려는 듯이 뒤틀리고 변형된다. 다른 환자들도 그 모습을 지켜보고 있다. 하지만 그들은 안 그런 척한다. 우리 앞에 꺼져 있는 텔레비전만 보고 있는 척한다. 그러나 다들 나처럼 저쪽 유리 뒤로 수간호사를 훔쳐보고 있다는 것을 모르는 사람은 아무도 없다. 그녀는 유리창으로 다른 사람의 시선을 받는다는 것이 어떤 느낌인지 처음으로 알게 된 것이다. 그런 때는 자신의 얼굴과 피할 수 없는 모든 눈길 사이에 녹색의 차단막을 치고 싶어도 그럴 수 없어 괴로움을 느끼게 된다.

레지던트와 흑인 보조원들, 그리고 간호사들도 그녀가 복도로 걸어 나오기를 기다리고 있다. 그녀가 소집한 회의 시간이 된 것이다. 그녀가 주도권을 잃을 수도 있다고 알려졌기 때문에 어떤 행동을 취할지 기다리고 있다. 그녀는 모두가 자신을 지켜보고 있다는 것을 알고 있지만 움직이지 않는다. 그들이 그녀를 빼놓고 의국으로 들어가기 시작해도 가만있는다. 벽 속의 모든 기계 장치도 조용하다. 수간호사가 움직이기만을 기다리는 듯하다.

이제 안개는 어디에도 없다.

나는 그동안 의국에서의 이야기를 그곳 바닥을 청소하는 척하며 들어 왔다. 나는 회의가 열리는 동안 늘 의국 바닥을 청소한다. 여러 해 동안 해 온 일이다. 그러나 이제는 겁이 나서 의자조차 치울 수 없다. 의무진들은 내가 들을 수 없다고 생각하기 때문에 늘 내게 방청소를 시킨다. 그러나 맥머피가 손을 들라고 말했을 때 내가 손을 드는 것을 보았으니, 그들은 내가 들을 수 있다고 생각하지 않을까? 그들만 알고 있어야 하는 비밀을 내가 여러 해 동안 들어 왔다는 것을 알지 않을까? 혹시 알고 있다면, 그들은 의국에서 나를 어떻게 대할까?

아직도 그들은 내가 거기에 있기를 바란다. 내가 없다면, 그들은 분명 내가 들을 수 있다고 여길 것이다. 생각해 보면 금방 알 수 있다. 녀석이 청소를 안 하잖아. 이게 바로 증거야. 이제 어떻게 해야 할지 분명해…….

맥머피의 사주에 의해 환자들이 안개 밖으로 나가면서 벌어진 위험한 상황이 내게 가장 불리하게 작용한 것이다.

흑인 보조원이 문 가까이에서 벽에 기대어 서 있다. 그는 팔짱을 끼고 분홍빛 혀를 날름거리며 텔레비전 앞에 앉아 있는 우리를 바라보고 있다. 그의 시선 역시 혀처럼 앞뒤로 왔다 갔다 하다가 내게 머문다. 그의 눈꺼풀이 살짝 위로 치켜 올라간다. 그는 한참이나 나를 지켜본다. 내가 그룹 미팅에서 어떻게 그런 행동을 했는지 의심하는 눈초리다. 그는 갑자기 벽에서 떨어져 청소 도구실로 가서 비눗물이 든 양동이와 스펀지를 가져온다. 그러고는 내 팔을 끌어올려 양동이 손잡이를 걸어 놓는다. 벽난로 걸대에 주전자를 걸듯이 말이다.

"가자, 추장. 일어나서 일을 해야지."

그가 말한다.

나는 움직이지 않는다. 양동이가 내 팔에서 흔들거린다. 나는 알아들었다는 내색을 하지 않는다. 그를 떠보려는 속셈이다. 그는 내게 일어나라고 다시 말한다. 내가 꿈쩍도 하지 않자, 천장을 올려다보고 눈을 굴리며 한숨을 쉬다가 자꾸 내 목덜미를 잡아끈다. 그제야 나는 일어선다. 그는 내 주머니에 스펀지를 쑤셔 넣고, 의국이 있는 복도를 가리킨다. 나는 그곳으로 향한다.

양동이를 들고 복도로 걸어가는 사이에 수간호사는 조용조용 나를 지나쳐 문으로 들어간다. 나는 이상하다고 생각한다.

나는 복도에 혼자 남겨졌다. 안개가 모두 걷혀 시야가 깨끗하다. 방금 간호사가 지나간 자리는 약간 썰렁하다. 천장의 하얀 진공관은 반짝이는 얼음 막대기처럼 싸늘한 빛을 던진다. 하얀 빛이 나오도록 장치되어 있는 서리 낀 냉장고 코일 같다. 방금 간호사가 들어간 복도 끝의 의국 문까지 빛이 길게 퍼진다. 육중한 강철 문은 제1병동에 있는 전기 충격 치료실의 문과 비슷하다. 하지만 이 문에는 번호가 쓰여 있고, 작은 유리를 끼운 구멍이 머리 높이에 있어서, 직원은 누가 노크하는지 볼 수 있다. 가까이 다가가자, 구멍에서 빛이 새어 나온다. 담즙처럼 쌉쌀한 초록빛이다. 안에서 직원 회의가 시작되려고 한다. 그래서 그런 초록빛이 흘러나온다. 회의가 반쯤 진행될 즈음에는 초록빛이 벽과 창문을 온통 뒤덮는다. 나는 쓰고 난 스펀지를 양동이에 쥐어짜 두었다가 나중에 그 물로 화장실 하수구를 청소한다.

의국을 청소하는 일은 늘 불쾌하다. 회의가 진행되는 동안 내가 어떤 것들을 청소하는지 남들은 알기 어려울 것이다. 끔찍스러운 것들, 털구멍에서 막 나온 것으로 만들어진 독약, 인체를 녹여 버릴 만큼 강한 공기 중의 산성 물질 같은 것들을 청소한다. 나는 그것을 눈으로 본 적이 있다.

어떤 회의 때에는 탁자 다리가 마구 뒤틀린 채 구부러져 있고 의자는 얽히고 벽은 찌부러져 있다. 그럴 때는 방에서 땀을 짜낼 수도 있을 것이다. 또 어떤 회의 때에는 그들이 한 환자에 대해 한참이나 이야기를 해서 환자의 육체가 다시 소생한 적도 있다. 환자는 그들 앞 커피 테이블에 알몸으로 나타나서 그들의 악마 같은 생각에 노출되었다. 회의가 끝날 즈음엔 하도 주물러서 환자의 몸이 엉망이 되었을 것이다.

그렇기 때문에 직원 회의에는 내가 필요하다. 그들은 어수선한 가운데에 있는 터라 깨끗하게 청소할 사람이 필요한 것이다. 더욱이 회의 때만 개방하는 그 방을 청소하려면 거기에서 벌어지는 것을 보고도 밖으로 퍼뜨릴 수 없는 사람이어야 한다. 그런 사람이 바로 나다. 나는 그곳에서 꽤 오랫동안 일해 왔다. 이 의국은 물론 구관의 오래된 목조 의국에서도 스펀지로 닦고 먼지를 털고 걸레질을 했다. 내가 허드렛일을 하며 이리저리 돌아다녀도 그들은 대개 내가 있는지도 모른다. 그리고 내가 거기에 없는 것처럼 모든 것을 훤히 볼 수 있다. 그들은 내가 거기에 가지 않으면 둥둥 떠다니던 스펀지와 물 양동이가 어디 갔나 생각할 것이다.

그런데 오늘은 내가 문을 두드리자 수간호사가 구멍으로 뚫어지게 나를 바라본다. 그리고 문을 열어 주기까지 보통 때보다 오래 걸린다. 그녀의 얼굴은 원래 상태로 돌아가 여느 때와 마찬가지로 강인해 보인다. 다른 사람들은 커피에 설탕을 넣기도 하고 담배를 빌리기도 한다. 회의를 시작하기 전에 늘 있는 일이다. 그러나 주변은 긴장감이 맴돌고 있다. 처음에는 그것이 나 때문이라고 생각했다. 그런데 수간호사는 자리에 앉지도, 자신의 커피를 가져오지도 않았다.

수간호사는 나를 안으로 들인다. 내가 그녀 옆을 지나가자 두 눈으로 나를 뚫어지게 바라본다. 그리고 내가 들어온 문을 닫고 잠그더니 획 둘러보고 한 번 더 나를 노려본다. 그녀는 의심의 눈초리를 하고 있다. 그녀가 맥머피에게 무시당한 탓에 기분이 언짢아 나에게 신경 쓸 겨를이 없을 거라고 생각했다. 그러나 실제로는 전혀 그렇게 보이지 않는다. 그녀는 머리가 좋다. 손을 들어 달라는 맥머피의 제안을 브롬든이 어떻게 알아들었는지 생각하고 있다. 브롬든이 어떻게 대걸레를 내려놓고 다른 환자들과 함께 텔레비전 앞에 앉아 있었는지 생각하고 있다. 만성 환자들 중에는 그런 사람이 없었다. 그녀는 브롬든 추장에게 몇 가지 검사를 해 봐야 할 때가 아닌지 고심하고 있다.

나는 그녀에게 등을 돌리고 스펀지로 구석을 닦는다. 스펀지를 머리 위로 올려 초록색 때가 얼마나 묻어 있고, 내가 얼마나 열심히 일하고 있는지 방 안의 모든 사람들에게 알린다.

나는 몸을 굽혀 더 열심히 문지른다. 그러면서 등 뒤에 있는 그녀를 의식하지 않으려고 애쓴다. 그래도 그녀가 문가에 서서 내 머리에 송곳을 박고 있다는 느낌을 지울 수가 없다. 금방이라도 그녀가 내 머리에 구멍을 뚫을 것 같다. 그녀가 내게서 시선을 떼지 않으면, 나는 참다못해 소리를 지르고 모든 것을 그들에게 말할지도 모른다.

이윽고 수간호사는 자신도 다른 의료진들의 시선을 받고 있다는 것을 감지한다. 그녀가 나를 의아하게 생각하듯이, 그들도 그녀가 휴게실에 있는 빨간 머리 사내를 어떻게 다룰지 생각하고 있다. 또한 그녀가 그에 대해 무슨 말을 할지 지켜보고 있다. 구석에 웅크리고 앉아 있는 멍청한 인디언은 신경 쓰지도 않는다. 그들은 그녀를 기다리고 있다. 그녀는 내게서 눈을 떼고 커피 한 잔을 따라 와 자리에 앉는다. 그러고는 커피에 설탕을 넣고 살살 젓는다. 그래서 스푼이 찻잔 가장자리에 닿지 않는다.

의사가 말한다.

"자, 여러분, 이제 시작할까요?"

의사는 커피를 홀짝거리는 레지던트들에게 살짝 미소 짓는다. 그는 수간호사를 보지 않으려고 한다. 수간호사가 아주 조용히 앉아 있어서 오히려 초조하고 불안한 모양이다. 그는 안경을 꺼내 끼고 시계의 태엽을 감으면서 말한다.

"시작한 지 십오 분이 지났군요. 자, 모두들 알겠지만 오늘 회의는 랫치드 수간호사의 요청으로 열린 것입니다. 그룹 미팅이 열리기 전에 수간호사의 전화를 받았는데, 맥머피 씨가 병동에서 소란을 피울 가능성이 있다고 하더군요. 몇 분 전에 일어났던 일을 생각하면, 아주 예리한 직관력 같지 않습니까?"

그는 시계의 태엽 감기를 멈춘다. 끝까지 다 감아서 한 번만 더 돌리면 태엽이 끊어져 사방으로 튕겨 나갈 정도가 되었기 때문이다. 그는 시계를 보고 살짝 미소를 짓는다. 그리고 자리에 앉아서 작은 핑크빛 손가락으로 손등을 두드리며 기다린다. 보통은 이쯤 되면 수간호사가 이야기를 꺼내기 마련인데 오늘은 아무 말도 하지 않는다.

의사가 계속 이야기한다.

"오늘과 같은 사건이 일어났으므로, 우리가 다루고 있는 이 사람을 보통 사람이라고 생각할 수는 없습니다. 네, 확실히 그렇습니다. 그리고 그는 불온 분자입니다. 이 역시 분명한 사실입니다. 아, 그래서 오늘 토론의 요지는 그를 어떻게 다룰지 결정해야 한다는 것입니다. 수간호사가 이 회의를 소집했는데요. 랫치드 양, 내가 잘못된 점이 있다면 기탄없이 말해 주세요. 이 회의에서 현재의 상황을 이야기하고 맥머피를 어떻게 처리할지 의료진들의 의견을 통일하는 게 어떨까요?"

의사는 수간호사에게 간청의 눈길을 보내지만, 그녀는 여전히 아무 말이 없다. 그녀는 천장을 올려다보고 먼지 같은 것이 없나 살펴본다. 의사가 하고 있는 이야기를 아예 듣지 않으려는 것 같다.

의사는 방 한구석의 레지던트들에게 시선을 보낸다. 모두들 똑같이 무릎에 커피 잔을 올려놓은 채 다리를 꼬고 앉아 있다.

"자네들, 그 환자에 대해 충분히 지켜볼 시간이 없었고, 그래서 적절한 진단을 내리지 못했다는 걸 알고 있네. 하지만 오늘은 그의 행동을 살펴볼 기회를 얻은 셈인데, 어떻게 생각하나?"

질문을 받자 레지던트들은 모두 고개를 쳐든다. 교묘하게도 의사는 레지던트들을 토론에 끌어들인 것이다. 그들은 일제히 의사에서 수간호사로 시선을 옮긴다. 어찌 된 일인지 그녀는 불과 몇 분 만에 예전의 힘을 되찾았다. 그저 가만히 앉아서 미소를 띠고 천장을 바라보며 아무 말이 없던 그녀가 다시 주도권을 쥐었다. 이곳에서 그녀가 힘을 가진 사람이라는 것을 모든 사람들에게 인식시킨 셈이다. 이 젊은이들은 제대로 처신하지 않으면, 포틀랜드의 알코올 중독자 병원에서 실습을 끝마칠 게 뻔하다. 레지던트들도 의사와 마찬가지로 안절부절못한다.

"그 환자는 분명 다른 환자들을 뒤흔들어 놓는 사람입니다."

처음 말문을 연 레지던트가 하나마나 한 소리를 하고 있다. 나머지 레지던트들은 커피를 홀짝거리며 그 말에 대해 생각한다. 잠시 뒤 다음 사람이 말한다.

"게다가 현실적으로 위험한 일을 저지를 수도 있는 사람입니다."

"그럼, 맞는 말이지."

의사가 말한다.

두 번째 레지던트는 해답의 열쇠를 찾았다고 생각했는지 이야기를 계속한다.

"실제로 상당히 위험한 사람입니다."

그는 말하면서 의자에서 몸을 일으킨다.

"유념해야 할 것은 그 환자가 교도소의 작업 농장을 빠져

나와 비교적 호화로운 이 병원에 들어오겠다는 일념하에 폭력 행위를 일삼았다는 것입니다."

"계획적인 폭력 행위란 얘기군."

맨 처음 발언한 레지던트가 말한다.

그러자 세 번째 레지던트가 나지막이 말한다.

"물론입니다. 그런 계획을 세운 것으로 보아 그는 진짜로 머리가 돈 정신병자가 아니라 그저 얍삽한 사기꾼에 불과한 게 틀림없습니다."

그는 자기 말이 수간호사에게 어떤 인상을 주었는지 눈치를 살핀다. 그러나 그녀는 여전히 꼼짝하지 않은 채 아무런 반응을 하지 않는다. 나머지 사람들은 상스러운 말을 꺼냈다는 듯이 그를 노려본다. 그는 말이 지나쳤다고 생각하는지 멋쩍게 웃으면서 농담이라고 둘러대고는 이렇게 덧붙인다.

"'보조를 맞추지 않고 행군하는 자는 다른 북소리를 듣는다.'라는 말도 있지 않습니까."

그러나 이미 때는 늦었다. 첫 번째 레지던트가 커피 잔을 내려놓고 주머니에서 주먹만 한 파이프를 꺼내며 그를 바라본다.

"앨빈, 솔직히 말해서."

그는 세 번째 레지던트에게 말한다.

"자네에게 실망했어. 환자의 병력을 모두 보지 않았더라도, 병동에서 보인 환자의 행동만으로도 자네가 얼마나 엉터리인지 알 수 있어. 그는 대단히 병적인 데다가 잠재적으로 폭력성이 내재되어 있는 것이 분명해. 랫치드 수간호사님이 의심하는 것도 그 점이야. 그래서 이 회의를 소집한 거고. 전형적인 정신병 환자라고 생각하지 않아? 난 이보다 더 명확한 사례는 들어 본 적이 없어. 그 남자는 나폴레옹, 칭기즈 칸, 훈족의 아틸라 대왕과 맞먹는 인물이야."

또 한 사람이 동조한다. 그는 수간호사가 맥머피를 중환자실에 보내겠다고 한 말을 생각해 낸다.

"앨빈, 로버트의 말이 옳아. 오늘 그 환자가 거기에서 어떤 행동을 했는지 못 봤나? 자기 뜻대로 안 되니까 의자를 박차고 튀어나왔어. 금방이라도 폭력을 휘두를 태세였지. 스피비 선생님, 환자의 병력에 폭력에 관한 내용이 어떻게 나와 있습니까?"

"규율이나 권위를 무시한다고 나와 있네."

의사가 말한다.

"알았습니다. 자, 앨빈, 병력에도 나와 있어. 그는 학교, 군대, 교도소에서 권위 있는 인물에 적대감을 갖고 행동했던 적이 여러 번 있었어. 더구나 오늘 투표 소동 후에 있었던 행동은 앞으로 무슨 일이 일어날지 예상할 수 있는 결정적인 징후를 보여 준 셈이야."

그는 말을 멈추고 얼굴을 찡그리며 파이프를 들여다보다가 입에 문다. 그리고 성냥을 그어 한껏 빨아들인다. 불이 붙자 그는 누런 연기 사이로 수간호사의 안색을 살핀다. 수간호사의 침묵을 찬성의 뜻으로 받아들인 듯하다. 그래서인지 아까보다 더 확신에 차서 이야기를 계속한다.

"앨빈, 잠시 생각해 보게."

그의 말이 담배 연기에 젖어 포근하게 들린다.

"개인 면접 요법을 할 때 우리 중에 누구든 맥머피 씨와 단둘이 있게 된다면 무슨 일이 벌어질지 생각해 봐. 가령 자네가 아주 고통스러운 질문을 던져 환자가 폭발 직전까지 이르른다면, 그러니까 어떻게 말해야 하나? 그가 자네의 '젖비린내 나는 질문'을 더 이상 참을 수 없다고 생각한다면 무슨 일이 벌어지겠느냐는 거지. 그때 자네에게 적의를 나타내서는 안 된다고 말하면, 그는 '그게 어쨌단 말이냐?' 하면서 덤벼들걸. 그럼 자네는 물론 권위 있는 목소리로 진정하라고 말하겠지. 그래도 그는 자네에게 덤벼들 거야. 100킬로그램이나 되는 빨간 머리 아일랜드인 정신병자가 앞에 있는 테이블을 뛰어넘어 자네를 덮친다, 이 말이야. 그 순간에 자네 아니, 우리 중에 누가 맥머피 씨를 다룰 준비가 되어 있겠나?"

그는 10사이즈의 파이프를 입 꼬리에 다시 물고 무릎에 두 손을 얹고 반응을 기다린다. 모두들 맥머피의 굵직한 붉은 팔과 상처 난 손, 그리고 녹슨 닻처럼 티셔츠 밖으로 튀어나온 목을 생각하고 있다. 앨빈은 생각만 해도 두려운지 얼굴이 하얗게 질려 있다. 친구가 그에게 뿜어 대는 누런 담배 연기가 그의 얼굴을 물들이고 있다.

"그럼 자네는 맥머피를 중환자실에 보내는 것이 적절하다고 생각하나?"

의사가 묻는다.

"적어도 그렇게 하는 것이 안전하다고 생각합니다."

파이프를 문 레지던트가 그렇게 말하고 눈을 감는다.

"제 의견을 접고 로버트의 말을 따라야 할 것 같습니다. 저 자신의 안전을 생각해서라도 말입니다."

앨빈이 모두에게 말한다.

모두들 한바탕 웃음을 터뜨린다. 그들은 수간호사가 바라는 계획을 이제야 알았다는 확신에서인지 홀가분한 표정을 짓고 있다. 파이프를 쥔 레지던트를 빼고는 모두 커피를 마신다. 그는 계속 불이 꺼져 있는 파이프가 아주 중대한 사안인 양 성냥을 여러 번 켜고, 그것을 빨았다가 내뿜었다가 입맛을 다신다. 이윽고 파이프에 가까스로 불이 붙어 연기가 난다. 그가 약간 거만하게 말한다.

"그래요. 빨간 머리 맥머피에게는 중환자실이 제격입니다. 요 며칠 그를 관찰하면서 어떤 생각이 들었는지 아십니까?"

"정신분열증 반응인가?"

앨빈이 묻는다.

파이프 레지던트는 고개를 젓는다.

"반역적 성격을 가진 잠복성 동성애자인가?"

세 번째 레지던트가 묻는다.

파이프 레지던트는 다시 고개를 저으며 눈을 감는다.

"아니야."

그는 그렇게 말하고 미소를 띠며 방 안을 둘러본다.

"부정적 오이디푸스 콤플렉스야."

모두들 일제히 그에게 찬성표를 던진다.

"맞아, 그런 증상을 나타내는 때가 많아."

"하지만 결론적으로 어떤 진단이 나오든, 하나는 명심하고 있어야 해. 우리가 평범한 사람을 다루고 있는 게 아니라는 점을 말이야."

그가 말한다.

"기디언 씨, 당신 의견은 한참 잘못됐어요."

수간호사의 말이다.

모두들 일제히 수간호사 쪽을 바라본다. 그러나 나는 수간호사를 보고 싶은 걸 참고 머리 위 벽에서 발견한 얼룩을 문지르는 동작을 취한다. 지금은 모두들 당황해하는 기색이 역력하다. 그들은 수간호사가 바라는 것을, 수간호사가 회의에서 제안하려 한 것을 자신들이 제안했다고 생각했다. 나 역시 그렇다고 생각했다. 나는 맥머피가 저지른 행동의 반도 안 되는 일로도 그녀가 사람들을 중환자실로 올려 보내는 것을 보았다. 다른 사람에게 침을 뱉을 가능성이 있다는 이유만으로도 중환자실에 보냈다. 그녀와 다른 의료진들에게 반항한 황소 같은 남자, 조금 전에 그녀 자신이 병동에서 쫓아내자고 했던 사나이에 대해 이제 그녀는 엉뚱한 말을 하고 있다.

"아니요, 저는 전혀 동의하지 않아요."

그녀는 부드러운 미소로 일행을 바라본다.

"맥머피를 중환자실로 보내야 한다는 제안에 반대합니다. 그건 단순히 우리 문제를 다른 병동으로 떠넘기는 안이한 방법입니다. 그리고 그가 이상한 존재, 그러니까 어떤 초(超)정신분열증 환자는 아니라고 생각합니다."

그녀가 이렇게 말하고 기다리지만 아무도 반대하지 않는다. 비로소 그녀는 커피를 한 모금 마신다. 커피 잔에서 입을 떼자 거기에 붉은 오렌지색이 묻어난다. 나는 무심코 커피 잔 가장자리에 시선이 머문다. 그녀가 그런 색 립스틱을 바를 까닭이 없다. 찻잔 가장자리에 묻은 색은 분명히 열기에서 나온 것이다. 그녀의 입술에 닿는 순간 가장자리가 그을린 것이다.

"저도 처음에는 맥머피가 불온 분자라는 걸 알고 당연히 중환자실로 옮겨야 한다고 생각했어요. 이 점은 저도 시인합니다.

하지만 이미 때가 늦었습니다. 그를 내보낸다고 해서 우리 병동이 입은 피해가 지워지겠습니까? 아닙니다. 오늘 오후 이후로 계속 남아 있을 겁니다. 그가 중환자실로 보내진다면, 바로 환자들이 원하는 대로 이루어지는 것이겠죠. 그는 다른 환자들에게 순교자가 되는 겁니다. 환자들에게는 이 남자가, 기디언 씨가 아까 말씀하셨지만, '비범한 사람'이 아니라는 것을 알게 될 기회가 주어지지 않을 겁니다."

수간호사는 커피를 한 모금 더 마시고 찻잔을 테이블 위에 올려놓는다. 탁 내려놓는 소리가 의장이 사용하는 의사봉 소리 같다. 레지던트 세 명이 일제히 자세를 똑바로 한다.

"그는 비범한 사람이 아닙니다. 단순히 한 인간일 뿐, 그 이상도 이하도 아닙니다. 따라서 다른 사람들처럼 두려움도 느끼고, 겁쟁이이기도 하며 소심하기도 합니다. 사나흘 지나면 다른 환자들뿐만 아니라 우리에게도 분명히 본색을 드러낼 겁니다. 이 병동에 그대로 두면, 그의 반항적인 기질도 가라앉고 혼자 들고 일어났던 무모함도 없어질 겁니다. 그리고……."

그녀는 다른 사람들이 모르는 무언가를 알고 있다는 듯이 미소 짓는다.

"우리의 빨간 머리 영웅이 스스로를 깎아내리게 될 겁니다. 환자들도 그 정체를 알아차리고 경멸하게 될 겁니다. 비누 상자에 올라가 자기를 따르라고 소리 지르는 대단한 허풍선이 같은 사람이 될 겁니다. 체스윅 씨가 그러는 걸 우리 모두 목격했지요. 그렇게 하면 개인적으로 진짜 위험이 닥쳤을 때 물러나게 됩니다."

"저는 맥머피 환자가 겁쟁이라고 생각하지 않습니다."

파이프를 쥔 레지던트가 자신의 입장을 변호하여, 조금이라도 체면을 세우려고 한다. 나는 그녀가 화를 내겠구나 예상하지만, 그녀는 화를 내지 않는다. 다만 두고 보자는 듯한 시선을 그에게 던진다.

"기디언 씨, 저는 그가 겁쟁이라고는 하지 않았습니다. 그런 뜻이 아닙니다. 그는 단순히 누군가를 아주 좋아합니다. 인격 장애 환자로서 랜들 패트릭 맥머피를 대단히 좋아하기 때문에 그를 불필요한 위험에 빠뜨릴 수가 없습니다."

수간호사가 이번에는 담뱃불을 확실히 꺼 버리는 미소를 그에게 보낸다.

"우리가 잠시 기다리기만 하면, 우리의 영웅은, 그러니까 여러분 대학생들은 뭐라고 하더라, 음, 자폭한다? 그런 말이 적당한가요?"

"하지만 기다린대도 여러 주일이 걸릴 텐데요……."

그 레지던트가 말한다.

"그래도 괜찮습니다."

그녀가 일어선다. 얼굴이 한층 밝다. 일주일 전 맥머피가 그녀를 괴롭히기 시작한 이래 처음 보는 밝은 얼굴이다.

"몇 주일, 몇 달 아니 필요하다면 몇 년이라도 좋아요. 맥머피 씨가 우리에게 맡겨졌다는 걸 명심하세요. 이 병원에서 얼마 동안 지내게 될지는 전적으로 우리 손에 달려 있어요. 그럼 다른 질문이 없다면 이것으로……."

17

수간호사가 회의석상에서 그처럼 자신만만하게 행동하는 걸 보고 잠시 걱정이 되었다. 하지만 맥머피에게는 별다른 변화가 없었다. 주말 내내 그리고 그다음 주에도 예전처럼 그녀와 흑인 보조원들을 괴롭혔고, 다른 환자들은 그걸 보고 좋아했다. 그는 내기에서 이겼다. 약속했던 대로 수간호사를 화나게 만들었고, 돈을 땄다. 그런데 그렇다고 해서 예전처럼 제멋대로 행동하는 걸 그만두지는 않았다. 이리저리 복도에서 소리치고, 흑인 보조원을 놀리며 웃어 대고, 모든 직원들을 골탕 먹였다. 심지어 한번은 복도에서 수간호사에게 다가가 그 큰 젖가슴의 사이즈가 정확히 어떻게 되냐고 물어본 적도 있었다. 수간호사도 이에 대해서만은 분노를 감출 수 없었다. 그러나 그녀는 그를 무시하고 지나갔다. 마치 조물주가 커다란 여성의 상징을 달아 주었을 뿐 자신은 알 바 아니라는 듯이, 그리고 맥머피나 섹스, 육체적인 것과는 아예 인연이 없다는 듯이.

수간호사가 게시판에 붙인 작업 분담표를 보고 화장실 청소를 맡게 된 사실을 알게 된 맥머피는 그 즉시 간호사실로 갔다. 그러고는 명예로운 일을 맡겨 주어서 개인적으로 감사하며 변기를 청소할 때마다 수간호사를 떠올리겠다고 말했다. 그러자 수간호사는 그럴 필요까지는 없다면서 맡은 일을 충실히 해 주면 그것으로 족하다고 되받아쳤다.

맥머피의 화장실 청소란 변기 속을 한두 번 솔로 문지르는 것이다. 물론 이때 솔질에 맞춰 고래고래 노래를 부른다. 그러고 나서 표백제 클로록스를 뿌리면 청소는 끝이다.

"이 정도면 깨끗하지."

그가 흑인 보조원에게 말한다. 맥머피가 일을 후딱 해치우는 바람에 흑인 보조원이 그를 따라가 본다.

"이 정도면 깨끗하지 않다고 생각하는 사람도 있겠지만, 어차피 여기에 소변을 보면 그만이야. 점심을 담아 먹는 것도 아닌데 뭘."

수간호사가 흑인 보조원의 안타까운 간청에 항복을 하고 맥머피가 청소를 어떻게 했는지 직접 보러 나온다. 그녀는 작은 손거울을 꺼내 변기 가장자리의 아래쪽을 비추어 본다. 그녀가 고개를 흔들고 발걸음을 옮긴다.

"이런! 이건 너무하군…… 정말 너무해……"

그녀는 변기를 죽 둘러보며 그렇게 말한다. 맥머피는 그녀 옆에 바짝 붙어 걸어가면서 코를 찡긋거리며 대꾸한다.

"아닙니다. 이건 변기입니다…… 변기."

수간호사는 이번에도 자제력을 잃지 않는다. 아니, 그런 내색을 전혀 보이지 않는다. 그녀는 화장실 일로 그를 꾸짖는다. 다른 사람들에게 하듯이 무섭게, 천천히, 그리고 은근히 억압을 가한다. 그러는 동안 그는 그녀 앞에 서 있다. 어린아이가 야단을 맞으면서 고개를 숙이고 한쪽 신발에 다른 쪽 신발을 올려놓고 있는 모습과 비슷하다. 그래도 맥머피는 이렇게 대꾸한다.

"수간호사님, 저는 열심히는 하고 있는데 아무래도 화장실 청소 부장으로는 성공할 수가 없을 것 같네요."

한번은 그가 작은 종이에 외국의 알파벳처럼 이상한 글자를 써서 변기 가장자리 아래에 껌으로 붙여 놓았다. 그녀는 거울로 변기를 비춰 보다가, 거기에 비친 글을 읽고 깜짝 놀란 나머지 거울을 변기 속에 떨어뜨리고 말았다. 하지만 그녀는 자제력을 잃지 않았다. 그 인형 같은 얼굴에 인형 같은 미소가 거침없이 번졌다. 그녀는 변기에서 몸을 일으켜 페인트를 벗겨 버릴 듯한 시선으로 맥머피를 노려보며 그의 일은 변기를 깨끗하게 하는 것이지 더럽히는 것이 아니라고 말했다.

실제로 병동에는 청소할 게 그렇게 많지 않다. 일정표에 정해진 오후 청소 시간이 돌아오면 꼭 텔레비전에서 야구 경기 중계를 하는 시간이 되고 만다. 그러면 너도 나도 텔레비전 앞에 의자를 갖다 놓고 앉아 저녁 식사 때까지 움직이지 않는다. 간호사실에서 전기를 끊어 아무것도 나오지 않는 잿빛 화면밖에 볼 수 없어도 달라질 건 없다. 맥머피가 몇 시간이고 앉아서 온갖 이야기로 우리를 즐겁게 해 주기 때문이다. 그는 벌목장에서 트럭 운전으로 한 달에 1000달러를 벌었지만 캐나다인과 도끼 던지기를 하여 몽땅 잃어버린 이야기, 올버니의 로데

오에서 친구와 짜고 한 사람에게 눈가리개를 씌워 인도 소에 태웠던 이야기를 늘어놓는다.

"알겠어? 눈가리개를 한 건 소가 아니라 그 녀석이란 말이야."

그들은 눈가리개를 하면 소가 빙빙 돌 때 어지럽지 않을 거라고 말하고는 남자를 소 등에 앉혔다는 것이다. 맥머피는 그이야기를 두세 번 했는데, 그때마다 모자로 넓적다리를 치며 웃었다.

"눈가리개를 하고 소 등에 탔단 말이야……. 그런데 그 녀석은 놀랍게도 멋지게 해내어 핸드백을 차지했어. 그 녀석이 1등을 하는 바람에 나는 2등을 했지. 그 녀석이 땅에 떨어지기라도 했다면, 내가 1등을 해서 멋진 핸드백을 손에 넣었을 텐데. 다음에 또 그런 곡예를 할 때는 소에게 눈가리개를 해야겠어."

그는 무릎을 치고 머리를 흔들어 대며 크게 웃는다. 그리고 옆에 누가 앉아 있건 엄지로 옆구리를 쿡쿡 찔러 웃게 만든다.

그 주에는 몇 번씩이나 그가 껄껄대며 웃는 소리를 들었다. 그는 배를 북북 긁고 기지개를 켜면서 하품을 하고 뒤로 물러서서 농담을 주고받는 사람들에게 윙크를 보냈다. 그의 입장에서 보면 모든 일이 숨을 쉬듯 자연스럽게 진행되었다. 그래서 나는 수간호사와 그녀의 배후에 있는 콤바인에 대해 걱정을 끊었다. 내가 보기에 그는 자신을 지켜 나갈 만큼 강인했다. 수간호사의 예상과는 달리 그는 한 치도 물러서지 않을 것이다. 나는 그가 정말 특별한 인간일지도 모른다는 생각이 들었다. 그는 있는 그대로의 모습을 지닌 인간이다. 그렇다. 그래서 강인한 것이다. 콤바인은 긴 세월 동안 그에게 영향을 주지 못했다. 그런데도 수간호사는 어떻게 몇 주 만에 그를 변화시키겠다고 생각했을까? 맥머피가 녀석들에게 휘말려 새롭게 변하는 일은 결코 없을 것이다.

그 후 나는 흑인 보조원들의 눈을 피해 화장실에 숨어들어가 거울에 비친 내 모습을 바라보았다. 그리고 인간이 있는 그대로의 모습으로 저런 굉장한 존재가 되는 것이 어떻게 가능한지 생각했다. 거울 속에 나의 얼굴이 있다. 거무스름하고 냉철한 얼굴, 툭 튀어나온 커다란 광대뼈가 보인다. 광대뼈 아래 뺨은 도끼로 깎인 것 같다. 눈은 새까만 데다, 엄격하면서도 어딘지 비굴해 보인다. 아버지의 눈 혹은 텔레비전에 나오는 강인하고 심술궂은 인디언의 눈과 비슷하다. 저건 내가 아니야, 내얼굴이 아니라고. 심지어 내가 그런 얼굴을 가지려고 할 때도 그건 내가 아니었다. 그때도 나는 정말로 내가 아니었다. 나는 남들이 원하는, 겉으로 보이는 나밖에는 없었다. 지금까지 내가 나였던 적은 없었다. 맥머피는 어떻게 있는 그대로의 그가 될 수 있는 것일까?

나는 처음 들어왔을 때와는 사뭇 다른 그의 모습을 보았다. 큰 손과 붉은 구레나룻과 울퉁불퉁한 코끝에 맺힌 미소 말고도 많은 것을 보았다. 그는 그의 얼굴과 손에는 어울리지 않는 일을 했다. 가령 작업 요법에서 그림을 그리는 일 따위가 그것이다. 그는 색칠을 해야 하는 곳을 표시하는 선이나 숫자가 없는 백지에 진짜 그림을 그린다. 혹은 아름답게 흐르는 필체로 누군가에게 편지를 쓴다. 저렇게 생긴 남자가 어떻게 그림을 그리거나 편지를 쓸 수 있을까? 어떻게 그는 부친 편지가 되돌아왔을 때 화를 내거나 걱정스러운 내색을 할 수 있을까? 그런 일은 빌리 비빗이나 하딩에게서나 기대할 수 있는 것이다. 하딩의 손은 그림을 그려야 하는 손이다. 하지만 그림을 그려 본적이 없다. 하딩은 개집을 만들려고 널빤지를 톱질하는 일에 그 손을 억지로 사용하고 있다. 맥머피는 그런 일은 하지 않는다. 그는 겉모습에 좌우되어 자신의 삶을 변화시키는 일은 하지 않는다. 콤바인에 굴복하여 그들이 바라는 인간으로 자신을 변화시키지 않는다.

나는 평소와는 다른 것들을 많이 보게 되었다. 금요일 회의에 맞춰 안개 분출기를 모두 열어 놓은 바람에 벽 속의 기계 장치들이 고장이 났는지도 모른다. 아무튼 이제는 안개와 가스를 순환시켜 사물의 외관을 흐리게 할 수 없다. 몇 년 만에 처음으로 나는 검은 윤곽이 사라진 있는 그대로의 사람들을 볼 수 있게 되었다. 어느 날 밤에는 창밖의 광경도 볼 수 있었다.

앞서도 말했지만, 거의 매일 잠자리에 들기 전에 그들은 내게 알약을 준다. 약을 먹으면 완전히 의식을 잃고 나가떨어지게 된다. 간혹 약효에 문제가 생겨서 깨어나기라도 하면, 눈에 무언가가 씌워진 듯 침실이 연기로 가득 차 보이기도 한다. 벽 속에 장치된 전선에 극단적으로 센 전류가 흘러 전선이 구부러지고 스파크를 일으켜서 공기 중에 증오와 죽음의 불꽃이 튈 때도 있다. 이런 모든 광경은 내가 받아들이기엔 너무나 버거운 것이다. 그렇기 때문에 나는 베개 밑에 얼굴을 파묻고 다시금 잠을 자려고 애쓴다. 그러면서 가만히 밖을 훔쳐보곤 하는데, 그때마다 머리털 타는 냄새가 진동하고, 뜨거운 철판 위에서 베이컨이 타는 것 같은 소리가 들리곤 한다.

그런데 어느 날 밤의 일이었다. 그 멋진 회의가 있고 나서 사나흘이 지나서였다. 눈을 떠 보니 침실은 깨끗하고 조용했다. 사람들의 숨소리, 그리고 식물인간인 두 노인의 쇠약한 갈비뼈 아래에서 부품이 삐걱거리는 소리만 들렸다. 주위는 쥐죽은 듯이 조용했다. 창문은 열려 있었고, 침실의 공기는 맑았다. 나는 어질어질한 취기와 함께, 갑자기 침대에서 일어나 무언가 해 보고 싶은 욕망을 느꼈다.

나는 시트에서 빠져나와 침대 사이로 차디찬 타일 바닥을 맨발로 걸었다. 발바닥으로 타일의 감촉이 느껴졌다. 지금까지 수천 번이나 똑같은 타일 바닥을 걸레질했는데 한 번도 그 감촉을 느끼지 못했다는 것이 이상했다. 그 걸레질은 나에게는 꿈만 같았다. 오랜 시간 걸레질을 해 왔다는 사실이 좀처럼 믿어지지 않았다. 발바닥을 통해 순간적으로 느껴지는 차가운 리놀륨만이 진짜였다.

나는 쌓인 눈 더미처럼 하얗게 줄 지어 누운 환자들 사이를 걸었다. 이윽고 나는 환자들과 부딪치지 않도록 조심조심 걸어 창문이 있는 벽에 다다랐다. 천으로 된 차양이 잔잔한 바람에 조용히 나부끼고 있었다. 나는 철망에 이마를 갖다 댔다. 철망은 차갑고 날카로웠다. 나는 철망 끝에서 끝까지 얼굴을 대고 움직이며 뺨으로 감촉을 느끼면서 산들바람 냄새를 맡았다. 가을이 오고 있다는 생각이 들었다. 쌓아 올린 목초에서 풍기는 시큼한 당밀 냄새가 종소리처럼 대기를 진동시키고 있었다. 떡갈나무 잎을 태우는 냄새가 났다. 나뭇잎이 아직 마르지 않았기 때문에 밤새 연기를 내며 타는 모양이었다.

가을이 오고 있다. 가을이 오고 있다고 나는 계속 생각한다. 이 세상에서 가장 이상한 일이 일어난다는 듯이. 가을. 이 병원 밖은 얼마 전에는 봄이었고 그다음은 여름이었고, 이제는 가을이다. 이건 정말 신기한 일이다.

아직도 내가 눈을 감고 있다는 걸 깨달았다. 밖을 내다보는 것이 무서운 것처럼 철망에 얼굴을 대고 있을 때부터 눈을 감고 있었다. 이제는 눈을 떠야 한다. 나는 창밖을 내다보고야 비로소 병원이 교외에 있다는 것을 알았다. 하늘에 떠 있는 달은 목초지 위로 낮게 드리워져 있었다. 달 표면은 상처가 나서 긁혀 있었다. 지평선의 떡갈나무와 마드론나무의 사이에서 솟아 나올 때 긁힌 것 같았다. 달에 가까이 있는 별빛은 어슴푸레했다. 커다란 달이 지배하는 빛의 원에서 멀어지면 멀어질수록 별은 더 밝고 화려했다. 그것을 보고 있자니 옛날 생각이 났다. 아버지와 백부와 함께 사냥을 갔을 때 똑같은 일이 있었다. 나는 할머니가 짜 준 담요를 두른 채 어른들이 모닥불을 피우고 둘러앉아 조용히 선인장 술을 돌려 마시고 있는 근처에 누워 있었다. 머리 위에 있는 커다란 오리건 초원의 달 때문에 주변 별들이 빛을 잃어 갔다. 나는 깨어 있으면서 달이 흐려지는지 아니면 별이 밝아지는지 지켜보았다. 그러다가 이슬이 뺨 위로 똑똑 떨어지기 시작해서 머리에 담요를 뒤집어써야 했다.

내가 서 있는 창문 아래에서 무언가가 움직였다. 그것은 울타리 밑으로 사라지면서 긴 거미 같은 그림자를 잔디에 드리웠다. 그러다 다시 돌아왔을 때는 좀 더 잘 보이는 곳에 있었다. 그것은 개였다. 홀쭉한 잡종 개가 집에서 빠져나와 밤에는 무슨 일이 벌어지는지 보러 나온 모양이었다. 개는 다람쥐가 파 놓은 구멍을 킁킁대며 냄새 맡고 있었다. 다람쥐를 쫓아 구멍을 파겠다는 것이 아니라 이런 시간에 다람쥐가 무엇을 하고 있는지 궁금해서 그런 것 같았다. 개는 주둥이를 구멍에 처박은 채 엉덩이를 치켜들고 꼬리를 흔들다가 또 다른 구멍으로 달려갔다. 달빛이 젖은 잔디 위의 개 주변을 환히 비추었다. 개가 달릴 때마다 검은 페인트가 뿌려진 것처럼 잔디에 푸른 그림자를 남겼다. 특히 흥미를 보인 구멍에서 다른 구멍으로 달리는 동안 개는 뭐가 튀어나올지 신경을 곤두세웠다. 저 높이 떠 있는 달, 밤, 그리고 물씬 풍기는 산들바람 냄새에 개는 취해 버렸다. 개는 잔디 위에서 이리저리 뒹굴었다. 물고기처럼 등을 구부리고 배를 쳐들며 뒹굴면서 몸부림쳤다. 그러다가 겨우 일어나 몸을 흔들면 달빛 아래 은빛 비늘처럼 보이는 이슬방울이 퍼져 나갔다.

개는 또다시 일일이 구멍 냄새를 맡고 돌아다녔다. 그러다가 갑자기 걸음을 멈추고 한 발을 들고 머리를 갸우뚱하며 귀를 기울였다. 나 역시 귀를 기울였지만 창문의 차양이 흔들리는 소리 외에는 아무것도 들리지 않았다. 나는 한참 동안 귀를 기울였다. 저 멀리서 날카롭게 재잘거리는 소리가 들렸다. 희미하기는 하지만 점점 가까이 들려왔다. 캐나다 기러기가 겨울을 나기 위해 남쪽으로 날아가는 소리였다. 예전에 사냥을 나가 기러기를 잡으려고 포복하다가 한 마리도 잡지 못했던 일이 생각났다.

나는 개가 보는 방향으로 눈을 돌려 기러기 떼를 보려고 했지만 너무 어두웠다. 기러기 울음소리는 점점 가까워졌다. 이제는 기러기 떼가 침실 안으로 들어와 바로 내 머리 위에서 나는 듯했다. 기러기 떼는 달을 가로질러 날았다. 녀석들은 우두

머리 기러기를 따라 V자의 목걸이 형태로 까맣게 줄지어 날았다. 어느 순간 우두머리 기러기가 둥근 달의 한가운데로 들어갔다. 다른 기러기들보다 훨씬 더 큰 우두머리는 접혀졌다 펼쳐졌다 하는 검은 십자가가 되어 달 표면을 가로질러 동료들을 거느리고 하늘 멀리 날아갔다.

나는 기러기들이 점점 사라지는 소리를 들었다. 이제는 그 소리가 기억 속에 남아 있을 뿐이다. 개는 내가 들을 수 없게 된 후에도 한참이나 그 소리를 들을 수 있을 것이다. 개는 한쪽 발을 들고 가만히 서 있었다. 기러기들이 머리 위로 날아가도 움직이거나 짖지 않았다. 더 이상 기러기 소리가 들리지 않자, 개는 기러기가 날아간 방향을 보며 도로 쪽으로 껑충껑충 달려갔다. 약속이라도 있는 듯이 진지하게 줄곧 내달렸다. 나는 숨을 죽였다. 잔디를 터덜터덜 달려가는 개의 발소리가 들렸다. 자동차가 커브를 틀면서 속력을 높이는 소리도 들렸다. 헤드라이트 불빛이 서서히 위를 향하다가 도로를 비추었다. 개와 차는 도로의 똑같은 지점을 향해 달려갔다.

개가 병원 부지 끝에 있는 가로장 울타리에 다다랐을 즈음 내 뒤에 누군가가 나타났다는 느낌이 들었다. 두 사람이었다. 나는 뒤를 돌아보지 않았지만 누구인지 알았다. 흑인 보조원 기버와 십자가 목걸이를 하고 다니는 반점이 있는 간호사였다. 머릿속에서 공포가 윙윙거리기 시작하는 소리가 들렸다. 흑인 보조원이 내 팔을 잡고 빙 돌렸다.

"제가 데려갈게요."

그가 말한다.

"브롬든 씨, 거기는 창가라 춥겠어요. 포근한 침대로 다시 돌아가지 않겠어요?"

간호사가 내게 말한다.

"듣지 못하는 사람이에요."

흑인 보조원이 그녀에게 말한다.

"제가 데려갈게요. 이 사람은 늘 시트에서 빠져나와 어슬렁 거리며 돌아다녀요."

마침내 나는 움직이고 그녀는 한 걸음 뒤로 물러나 흑인 보조원에게 말한다.

"그렇게 해 주세요."

그녀는 목에 걸린 체인을 만지작거리고 있다. 이 여자는 집에서 몰래 욕실로 들어가 문을 잠그고 옷을 벗은 뒤 입 꼬리부터 가는 선을 이루며 어깨와 가슴으로 이어지는 반점에 십자가를 문지른다. 그녀는 문지르고 또 문지르면서 기적을 일으켜 달라고 마리아에게 기도한다. 그러나 반점은 그대로 있다. 그녀는 거울 안을 들여다본다. 전보다 더 진해졌다. 그녀는 마침내 보트에서 페인트를 벗겨 내는 데 쓰는 철사 브러시로 반점을 문지르다 피가 흐르는 맨살에 나이트가운을 걸치고 침대로 들어간다.

그러나 그녀의 몸속에는 반점이 만들어질 만한 요소가 너무나 많다. 그녀가 잠들어 있는 동안 그것은 목구멍에서 솟아나와 입속에 가득 찬다. 그리고 입 가장자리에서 보랏빛 타액처럼 흘러나와 목구멍을 통해 온몸에 퍼진다. 아침에 일어나 보면 반점은 다시 생겨나 있다. 무슨 이유에서인지 그녀는 그것이 결코 자신의 몸 안에서 나오지 않았다고 생각한다. 그녀 같은 독실한 가톨릭 신자에게 어떻게 그런 일이 생길 수 있을까? 그녀는 나 같은 환자들이 많은 병원에서 저녁마다 근무하기 때문에 그런 일이 일어난다고 생각한다. 그건 전부 우리 잘못이다. 나는 맥머피가 잠에서 깨어나 나를 도와주면 좋겠다고 생각한다.

"기버 씨, 이 사람을 침대에 매어 놓으세요. 곧 약을 준비해 올 테니까."

18

환자들이 오랫동안 마음에 품고 있던 불만, 변질된 지 이미 오래된 불만들이 그룹 미팅에서 쏟아져 나왔다. 맥머피가 방패 역할을 해 주었기 때문에, 환자들은 병원에서 일어난 일들 중에 맘에 들지 않는 것들을 모조리 끄집어내어 공격하기 시작했다.

"주말에는 왜 침실을 잠그는 거죠?"

체스윅 혹은 다른 누군가가 묻는다.

"주말은 좀 자유롭게 해 줘야 하지 않습니까?"

"맞습니다. 랫치드 수간호사님, 왜 잠그는 거죠?"

맥머피가 묻는다.

"침실을 열어 두면, 여러분은 아침을 먹고 또 침대 속으로 들어갈 거예요. 예전 경험으로 미루어 보건대 분명히 그럴 겁니다."

"그것이 치명적인 죄라도 되나요? 보통 사람이라면 주말에는 늦잠을 자잖아요."

"지금 여러분은 병원에 있는 사람들입니다."

그녀는 이 말을 백 번도 더 되풀이했다는 듯이 말한다.

"여러분은 사회에 적응할 수 없다는 것이 증명되었으니까요. 예외는 있겠지만 여러분이 타인과 교제하는 1분 1초가 치료 과정이며, 반대로 혼자 있게 되면 소외감만 증대될 뿐입니다. 의사 선생님도 저도 그렇게 생각하고 있습니다."

"작업 요법인지 물리 요법인지 하는 것 때문에 병동을 나갈 때 최소한 여덟 명이 있어야 한다는 겁니까?"

"네, 맞습니다."

"그럼 혼자 있고 싶다고 생각하는 건 병 때문이라는 말입니까?"

"그렇게 말하지는 않았습니다……."

"소변을 보러 화장실에 갈 때에도 최소한 일곱 명을 데려가서 변기에서도 혼자 생각을 못 하게 해야 한다는 얘깁니까?"

그녀가 질문에 대답하기도 전에, 체스윅이 벌떡 일어나 그녀에게 소리 지른다.

"그래, 당신 생각은 그렇다는 얘기지?"

그러자 회의에 참여한 다른 급성 환자들도 일제히 말한다.

"그래, 맞아. 결국 그렇다는 얘기지?"

수간호사는 그들이 잠잠해지고 주위가 다시 조용해질 때까지 기다린다. 이윽고 조용히 말한다.

"여러분이 운동장에서 노는 아이들처럼 굴지 않고 어른들처럼 냉정하게 토론에 임한다면, 의사 선생님과 상의해 보겠어요. 이 시점에서 병동 정책을 바꾸는 것이 이로운지 말입니다."

의사가 어떤 대답을 하게 될지는 모두 알고 있다. 그래서 의사에게 대답할 기회도 주지 않고 체스윅이 또 다른 불만을 털어놓는다.

"그럼 랫치드 수간호사님, 우리 담배에 관해서는 어떻게 생각하십니까?"

"그래요, 담배에 관해서는 어떻게 생각하죠?"

환자들이 따지듯 묻는다.

맥머피가 의사 쪽으로 몸을 돌린다. 그는 수간호사에게 대답할 기회를 주지 않으려고 의사에게 곧바로 질문한다.

"그래요, 선생님. 담배는 어떻습니까? 무슨 권리로 수간호사가 우리 담배를 자기 물건인 양 책상 위에 쌓아 두는 겁니까? 그렇게 해 놓고 간호사가 기분 내킬 때마다 우리에게 한 갑씩 주는 이유는 뭡니까? 담배를 열 갑이나 사 놓고 피워야 할 때를 허락받아야 하는 건 불쾌합니다."

의사는 머리를 기울이고 안경 너머로 간호사를 바라본다. 그는 간호사가 남은 담배를 빼앗아 도박을 하지 못하게 했다는 이야기는 듣지 못한 상태다.

"랫치드 수간호사님, 담배 건은 무슨 말입니까? 보고받은 바가 없는데……."

"선생님, 하루에 세 갑, 네 갑, 때로는 다섯 갑까지 피운다는 건 환자의 흡연량으로는 너무 많다고 생각합니다. 지난주 맥머피 씨가 들어오고 나서 생긴 일입니다. 그래서 환자들이 사 오는 열 갑들이 담배를 맡아 놓고 하루에 한 갑씩만 내주는 것이 최선이라고 생각했습니다."

맥머피는 몸을 앞으로 숙여 체스윅에게 크게 말한다.

"두고 봐. 간호사가 다음번에는 화장실에 가는 것도 규칙을 만들걸. '화장실에 갈 때에는 일곱 명을 데리고 가야 합니다. 그리고 화장실은 하루에 두 번만 갈 수 있습니다. 그것도 내가 가도 된다고 할 때 말입니다.'라고 말이야."

맥머피는 의자에 기대어 앉아 껄껄대며 웃는다. 그래서 거의 일 분간은 말을 꺼내는 사람이 아무도 없다.

맥머피는 이런 소동을 벌여 놓고도 신이 난 모양이다. 나는 그가 의료진에게 제지를 받지 않는 것에 약간 놀란다. 특히 수간호사가 더 이상 아무 말도 하지 않는 것이 놀랍다.

"늙은 말똥가리는 더 강하게 나올 줄 알았는데."

회의가 끝나자 그가 하딩에게 말했다.

"그 여자를 바로잡는 데는 정통으로 들이받는 게 제일이야. 하지만 마음에 걸리는 건……."

그는 얼굴을 찌푸린다.

"수간호사 말이야. 아직도 무슨 뾰족한 수라도 있는 듯이 행동하니, 원."

맥머피는 그다음 주 수요일까지도 그런 소동을 즐기고 있었다. 그는 마침내 수간호사가 소신을 굽히지 않을 이유를 알게 되었다. 수요일은 썩어 문드러지는 병에 걸리지 않은 이상 무조건 수영장에 가야 하는 날이다. 병동에 안개가 가득 차 있을 때면, 나는 수영장에 가지 않으려고 그 안에 숨곤 했다. 수영장은 나에게 늘 공포의 대상이었다. 그 안에 들어가면 점점 가라앉아서 배수구로 빨려 들어가 바다로 떠내려가지 않을까 걱정이 되었다. 컬럼비아에서 살던 어린 시절에는 물에 대해서 아주 용감했다. 어른들과 함께 폭포 주변에 세워 놓은 발판을 딛고 바위에 기어오르기도 했다. 주변은 파랗고 하얗게 물이 출렁대고 물보라는 무지개를 만들었다. 나는 어른들처럼 징을 박은 신발도·신지 않고 다녔다. 하지만 아버지가 여러 가지 일에 겁을 먹기 시작한 후 나도 그렇게 되었다. 지금은 얕은 웅덩이만 보아도 무서워서 견딜 수 없다.

우리는 탈의실에서 나왔다. 수영장은 벌거벗은 사람들로 가득 차서 첨벙첨벙 물이 튀겼다. 실내 수영장은 으레 그렇듯이 환성과 고함이 높은 천장에 울려 퍼졌다. 흑인 보조원들이 우리를 수영장 안으로 몰아넣었다. 물은 적당히 따뜻했지만, 나는 수영장 가장자리에서 떠나고 싶지 않았다.(흑인 보조원들은 긴 대나무 막대기를 들고 가장자리를 걸어 다니면서 거기서 떠나려고 하지 않는 사람들을 안으로 밀어 넣었다.) 그래서 나는 맥머피 곁에 가까이 있었다. 맥머피가 원하지 않으면 그들은 그를 깊은 물에 밀어 넣지 않는다는 걸 알았기 때문이다.

맥머피는 그때 구조대원과 이야기하고 있었다. 나는 그들에게서 몇십 센티미터 떨어져 있었다. 맥머피는 배수구 앞에 서 있었던 게 틀림없다. 나는 그냥 바닥을 딛고 서 있는데, 그는 선헤엄을 쳐야 했기 때문이다. 구조대원은 수영장 가장자리에 서 있었다. 그는 호루라기를 목에 걸고 병동 번호가 쓰여 있는 티셔츠를 입고 있었다. 그와 맥머피는 병원과 교도소가 어떻게 다른지 이야기했다. 맥머피는 교도소보다 병원이 훨씬 더 좋다고 말했다. 구조대원은 그 말에 찬성하지 않았다. 나는 그가 맥머피에게 병원에 위탁되는 것은 교도소에 수감되는 것과는 다르다고 말하는 소리를 들었다.

"교도소에 들어가면 형기가 있으니까 석방되는 날이 정해져 있지요."

그가 말했다.

맥머피는 그때까지 치고 있던 선헤엄을 그만두었다. 그는 수영장 가장자리로 천천히 헤엄쳐 가서 구조대원을 올려다보았다.

"그럼 병원에 위탁된 경우는?"

그가 숨을 한번 쉬고 나서 물었다.

구조대원은 뻣뻣하게 굳은 어깨를 움츠리며 목에 걸린 호루라기를 끌어당겼다. 그는 전에 미식축구 선수였는데, 이마에 쐐기 모양의 자국이 남아 있었다. 그가 가끔 병동을 나오면 머릿속에서 탁 하고 신호가 울린다. 그러면 입으로 번호*를 외치며 무릎을 굽혀 자세를 취하고는 걸어가는 간호사에게 돌진한다. 그러고는 간호사의 신장이 있는 부분을 어깨로 확 들어 올려 자기 뒤에 생긴 틈새로 하프백이 공을 패스할 수 있게 한다. 그런 짓을 한 탓에 그는 중환자실에 보내졌다. 말하자면 그가 구조대원 노릇을 하지 않을 때는 언제든지 그런 짓을 할 가능성이 있는 것이다.

그는 맥머피의 질문에 다시 한 번 어깨를 움츠렸다. 그리고 흑인 보조원이 있는지 앞뒤로 살펴보고 수영장 가장자리에 가까이 붙어 앉았다. 그는 맥머피에게 팔을 번쩍 들어 보였다.

"이 깁스 보이지?"

맥머피는 큼지막한 팔에 눈길을 주었다.

"형씨는 팔에 깁스를 하지 않았잖소."

---

* 미식축구 선수가 공격의 신호로 사용하는 숫자를 일컬음.

구조대원은 씩 웃었다.

"이 깁스는 말이야. 브라운스하고 최종 시합 때 심한 골절상을 입어서 하게 된 거야. 뼈가 붙어서 깁스를 풀 때까지는 유니폼을 입을 수가 없어. 우리 병동의 간호사가 몰래 내 팔을 고쳐 주겠다고 했지. 팔을 조심스레 놀리고 무리하지 않으면, 깁스를 떼어내고 팀으로 돌려보내 주겠다고 하더군."

그는 젖은 타일 바닥에 주먹을 짚고 스리포인트 자세*를 취해 팔이 제대로 기능하고 있는지 시험했다. 맥머피는 잠시 그를 지켜보고 있다가 물었다. 팔이 다 나았으니 퇴원해도 좋다는 이야기를 얼마나 기다려 왔냐고. 구조대원은 천천히 일어나 팔을 문질렀다. 그는 맥머피가 그런 질문을 해서 기분이 상한 듯이 행동했다. 나약하게 옛날 상처나 쓰다듬고 있다며 비난받았다고 생각하는 듯했다.

"나는 위탁 환자야. 내 맘대로 할 수 있었다면, 진작 나갔을 거야. 이런 부서진 팔로는 일류 선수로 나설 수가 없지. 하지만 수건 접는 일쯤은 할 수 있지 않겠어? 나도 할 수 있는 게 있겠지. 내 병동에 있는 저 간호사는 말이야, 아직은 내가 낫지 않았다고 의사에게 계속 보고를 해. 탈의실에서 수건 접는 일도 안 된대. 아직 준비가 안 됐다는 거야."

그는 돌아서서 구조대원의 의자 쪽으로 걸어갔다. 그리고 술 취한 고릴라처럼 의자 사다리로 올라가 아랫입술을 쑥 내밀고 우리를 내려다보았다.

"나는 풍기문란으로 잡혀 들어와서 이곳에서 팔 년 팔 개월

---

* 허리를 구부려 한 손을 땅에 짚고 정면을 응시하는 자세.

이나 있었어."

그가 말했다.

맥머피는 수영장 모서리에서 뒤로 물러나 물속을 걸어가며 곰곰이 생각에 잠겼다. 그는 작업 농장에서 육 개월 일하라는 형을 받고 거기에서 두 달간 일했으며 넉 달이 남은 상태였다. 나머지 넉 달, 어디에 갇혀 있더라도 그 이상은 못 참을 터였다. 그는 이 정신병원에 한 달 가까이 있었다. 작업 농장에 있을 때보다는 한결 좋은지도 몰랐다. 침대도 포근하고 아침 식사에는 오렌지 주스도 나왔다. 하지만 그렇다고 해서 여기에서 이삼 년 더 있고 싶은 건 아니었다.

그는 수영장 끝의 얕은 쪽에 있는 계단까지 헤엄쳐 가서 수영 시간이 끝날 때까지 거기에 앉아 목 언저리에 난 털을 뜯으면서 얼굴을 찌푸리고 있었다. 그 모습을 지켜보던 나는 수간호사가 회의 때 했던 이야기가 생각나서 걱정이 되기 시작했다.

수영장에서 모두 나가라는 호루라기가 울렸다. 우리는 탈의실로 흩어져 나가다가 다른 병동 사람들과 마주쳤다. 그들도 수영 시간이 되어 수영장으로 들어오던 참이었다. 그런데 가는 길에 있는 샤워장의 발 씻는 욕조에 다른 병동에서 온 젊은 환자가 들어가 있었다. 그는 스펀지 같은 큰 연분홍색 머리에 엉덩이와 다리가 불룩했다. 전체적으로 물을 가득 채운 풍선 한 가운데를 꼭 쥔 것 같은 모습이었다. 그는 발 씻는 욕조에 가로누워 졸린 바다표범처럼 소리를 질렀다. 체스윅과 하딩이 일으켜 세워 보려고 했지만 그는 다시 누워 버렸다. 소독약을 넣은 물속에서 머리가 까딱까딱 움직였다. 맥머피는 두 사람이 또다시 그 젊은 환자를 일으켜 세우는 모습을 지켜보았다.

"대체 이 녀석은 뭐야?"

그가 물었다.

"뇌수종에 걸렸다네요."

하딩이 그에게 말했다.

"임파액 장애 때문에 이러는 걸로 알고 있어요. 뇌에 수액이 차는 증상이죠. 자, 도와주세요. 일으켜 세워야 하니까."

두 사람이 손을 떼자 환자는 다시 누웠다. 그의 얼굴 표정은 침착하고 무력하면서도 완고했다. 입은 우유 같은 물속에서 거품을 뿜어내고 있었다. 하딩은 맥머피에게 도와달라고 한 번 더 부탁했다. 그러고는 체스윅과 함께 환자를 일으켜 세우려고 몸을 숙였다. 맥머피는 그들을 밀쳐 내고 환자를 뛰어 넘어 샤워장으로 향했다.

"그냥 눕혀 둬. 깊은 물을 싫어하는 모양이지."

그는 그렇게 말하고 샤워장에서 몸을 씻었다.

나는 무언가 변화가 일어나는 것을 감지했다. 다음 날 맥머피는 일찍 일어나서 화장실을 반짝반짝하게 닦아 놓아 환자들을 놀라게 했다. 그는 흑인 보조원들이 시키자 복도 바닥까지 닦아 놓았다. 수간호사만 빼고 모두들 놀랐다. 그녀는 별로 놀랄 일도 아니라는 듯이 대수롭지 않게 행동했다.

그날 오후 그룹 미팅 시간이었다. 체스윅은 모두들 담배 문제를 매듭지어야 한다는 데에 찬성한다고 주장했다.

"나는 어린애가 아니야! 아이들한테 쿠키나 마찬가지인 담배를 빼앗아 갈 수는 없어! 이 건에 대해서는 뭔가 조치를 취해야 해. 안 그래, 맥?"

그는 이렇게 말하고 맥머피가 자신의 편을 들어주기를 기다렸다. 그러나 그가 얻은 것은 침묵뿐이었다.

그는 맥머피가 앉아 있는 쪽을 바라보았다. 모두들 그를 따라 했다. 맥머피는 그 자리에서 카드만 만지작거릴 뿐 고개도 들지 않았다. 무척이나 조용했다. 손때 묻은 카드가 부딪히는 소리, 체스윅이 씩씩대는 숨소리만 들렸다.

"뭔가 조치를 취해야 한다고!"

체스윅이 갑자기 또 소리를 질렀다.

"난 어린애가 아니야!"

그는 발을 쾅쾅 구르고 주변을 둘러보았다. 어찌 할 바를 몰라 당장에라도 울음을 터뜨릴 기세였다. 그는 두 주먹을 꼭 쥐고 퉁퉁하게 살이 찐 가슴에 댔다. 주먹이 녹색 환자복에 대비되어 조그만 분홍색 공 같았다. 주먹을 어찌나 단단하게 쥐었는지 몸이 부들부들 떨리고 있었다.

체스윅이 덩치가 크다고 생각한 적은 없었다. 그는 본래 키가 작고 살이 찐 데다 뒤통수에 동그랗게 머리가 빠져 있어 그 부분이 1달러짜리 핑크색 동전처럼 보였다. 그런데 휴게실 한복판에 우뚝 서 있는 모습이 그렇게 작아 보일 수가 없었다. 그는 맥머피를 바라보았지만 아무 반응도 돌아오지 않았다. 그는 줄지어 있는 환자들에게 시선을 보내 도움을 청했다. 그러자 모두 눈길을 피했다. 체스윅의 얼굴에는 당황하는 빛이 역력했다. 그의 시선이 마지막으로 수간호사에게 머물렀다. 그는 또다시 발을 굴렀다.

"어떻게든 해 달라고요! 알겠어요? 어떻게든 해 줘요! 무엇이든! 어떻게든! 어떻……."

덩치 큰 흑인 보조원 두 명이 뒤에서 그의 팔을 잡았다. 그

중 작은 보조원이 그에게 가죽 끈을 감았다. 체스윅은 몸에 구멍이라도 난 듯이 축 늘어진 채 덩치 큰 흑인 둘에게 잡혀 중환자실로 끌려갔다. 그가 기운 없이 계단을 오르는 소리가 들렸다. 흑인들이 돌아와서 자리에 앉자, 수간호사가 줄지어 앉아 있는 환자들을 바라보았다. 체스윅이 끌려간 후 아무도 입을 열지 않았다.

"담배 배급 건에 대해 할 얘기가 남았나요?"

그녀가 물었다.

내 맞은편 벽에 기대어 앉은 환자들은 하나같이 낙심한 표정이었다. 나는 구석의 의자에 앉아 있는 맥머피를 바라보았다. 그는 한 손으로 카드를 내리치는 연습에 골몰해 있었다……. 천장 한가운데 매달린 백열 진공관이 얼어붙은 광선을 다시 내뿜기 시작했다……. 나는 느낄 수 있었다. 내 뱃속까지 차가운 광선이 들어오는 것을.

맥머피가 우리를 지지하지 않게 된 후에도, 급성 환자들 중에는 그가 여전히 수간호사를 능가하고 있다고 말하는 사람들이 있었다. 수간호사가 그를 중환자실로 보내려 한다는 소문을 듣고 한동안은 규칙을 지켜 수간호사에게 빌미를 주지 않으려 한다는 것이다. 수간호사를 안심시켜 놓고 뭔가 새로운 수법, 전보다 거칠고 비열한 수법으로 공격할 거라고 생각하는 사람들도 있었다. 환자들은 모이기만 하면 그 이야기를 하며 정말로 그런지 알고 싶어 했다.

하지만 진실을 아는 사람은 나 혼자뿐이었다. 나는 그가 구조대원에게 하는 이야기를 들었다. 그도 결국은 조심스러워지고 있다는 것, 그게 진실의 전부였다. 아버지가 도시에서 온 사람들을 당해 낼 수 없다고 생각했을 때 그랬던 것처럼 말이다. 그들은 정부가 댐을 건설해 주기를 바랐다. 그것이 가져다줄 돈과 일자리 때문에, 그리고 인디언 마을을 없애 버릴 수 있기 때문이었다. 비린내 나는 인디언에게 정부가 지불하는 20만 달러를 줘서 어딘가로 보내 버리자는 속셈이었다! 아버지가 서류에 서명한 일은 현명한 처사였다. 그들에게 맞서 봤자 아무런 이득이 없었다. 어차피 정부는 조만간 댐을 만들었을 것이다. 서명만 하면 부족 사람들이 보상금을 두둑히 받을 수 있었다. 그것은 영리한 방법이었다. 맥머피는 영리한 수법을 쓰고 있었다. 나는 그걸 눈치 챘다. 그는 굴복하고 있었다. 그것이 가장 현명한 방법이기 때문이지 환자들이 생각하는 다른 이유가 있어서는 아니었다. 그가 그렇게 말하지는 않았지만 나는 알고 있었다. 그리고 그것이 현명한 방법이라고 나 자신에게 말했다. 나는 그렇게 몇 번이고 나 자신을 타일렀다. 그것이 가장 안전하다. 잠시 숨어 있듯 하는 것이 현명하다. 누구에게 물어도 달리 대답할 사람은 없다. 나는 맥머피가 왜 그렇게 행동하는지 알고 있다.

그런데 어느 날 아침 급성 환자들도 모두 알아챘다. 그가 포기하고 물러난 진짜 이유를 알게 되었다. 그가 태도를 바꾼 진정한 이유가 단순히 그들을 속이기 위해서였다는 것을 깨달은 것이다. 그는 구조대원과 나누었던 이야기에 대해서는 단 한 마디도 꺼내지 않았지만, 그들은 알고 있었다. 어쩌면 간호사가 침실 마룻바닥에 깔린 작은 선을 통해 밤에 이 사실을 방송했을지도 모른다. 환자들이 한꺼번에 이 사실을 알아 버렸으니까. 그날 아침 맥머피가 휴게실에 들어왔을 때 환자들이 그를 바라보는 눈빛에서도 알 수 있었다. 그들은 그에게 화를 내거나 심지어는 실망하는 기색도 보이지 않았다. 그들은 나와 마찬가지로 이해하고 있었다. 수간호사에게서 퇴원 허가를 받아 내려면 그녀가 바라는 대로 행동하는 수밖에 없다는 것을. 그러나 그들은 이런 식은 아니었으면 하는 바람으로 그를 바라보고 있었다.

체스윅도 이해하는 것 같았다. 맥머피가 담배 건에 대해 밀어붙여 소동을 벌이지 않았음에도 그는 그를 원망하지 않았다. 그는 간호사가 침대로 정보를 방송한 날에 중환자실에서 돌아왔다. 그리고 맥머피에게 말했다. 그가 취한 행동을 이해할 수 있으며, 생각해 보면 그것이 제일 영리한 방법이라고, 또 맥이 위탁 환자라는 것을 생각했더라면, 지난번처럼 그를 난처한 입장에 몰아넣지 않았을 거라고 했다. 우리가 수영장으로 안내받아 들어가는 동안, 그는 맥머피에게 분명히 그렇게 말했다. 하지만 수영장에 도착하자마자 그래도 그는 무엇인가 해 주기를 바랐다고 말하고는 물속으로 뛰어들었다. 그런데 공교롭게도 수영장 바닥 배수구에 걸쳐 있는 철망에 그의 손가락이 끼었다. 덩치 큰 구조대원, 맥머피, 그리고 흑인 보조원 두 명이 안간힘을 써도 손가락은 빠지지 않았다. 그래서 그들은 드라이버를 가져와 철망을 빼내고 체스윅을 끌어올렸다. 철망은 그의 통통하고 시퍼런 손가락에 매달려 있었다. 그러나 그는 이미 익사한 뒤였다.

19

점심을 먹으려고 줄을 서 있는데 내 앞쪽에서 쟁반이 공중으로 날아오른다. 초록색 플라스틱 구름 같은 쟁반에서 우유와 콩과 야채 수프가 비처럼 쏟아진다. 시펠트가 두 팔을 공중으로 치켜 올리고 한 발로 뛰어 줄에서 벗어나더니 포물선을 그리며 뒤로 넘어진다. 그의 눈의 흰자위가 내 옆을 거꾸로 지나간다. 그의 머리가 타일 바닥에 부딪치면서 물속의 바위에 부딪친 것 같은 둔탁한 소리가 난다. 그는 흔들리는 다리처럼 아치 모양을 유지하고 있다. 프레드릭슨과 스캔런이 달려와 그를 일으키려고 했지만 덩치 큰 흑인 보조원이 두 사람을 밀치고 뒷주머니에서 납작한 막대기를 꺼낸다. 테이프가 감겨 있는 막대기에는 얼룩덜룩 때가 묻어 있다. 흑인 보조원은 시펠트의 입을 억지로 벌리고 이 사이로 막대기를 밀어 넣는다. 시펠트가 이를 악물면서 막대기가 바스러지는 소리가 들린다. 나는 막대기의 맛이 어떤지 알고 있다. 시펠트의 움직임은 둔해지지만 힘은 더 강해진다. 그는 점점 힘을 더해 세차게 발버둥친다. 그의 몸이 아치형 다리 모양으로 올려진다. 그러다가 천천히 내려왔다 올라갔다 다시 내려온다. 마침내 수간호사가 들어와 그를 내려다볼 때쯤 그는 힘없이 바닥에 녹아들어 잿빛 웅덩이로 변한다.

수간호사는 양손을 앞에서 포갠다. 촛불을 쥐어도 될 것 같은 자세다. 그녀는 그의 바짓단과 셔츠 소맷부리에서 흘러나오는 분비물을 내려다본다.

"시펠트 씨인가요?"

그녀가 흑인 보조원에게 묻는다.

"그렇습니다."

흑인 보조원은 막대기를 다시 빼내려고 힘껏 잡아당긴다.

"시펠트 씨입니다."

"이러면서도 시펠트 씨는 약이 필요 없다고 우겨 대니, 원."

수간호사는 고개를 저으면서 뒤로 한 발짝 물러나 그녀의 하얀 구두 쪽으로 퍼져 오는 분비물을 피한다. 그녀는 고개를 들고 빙 둘러서서 지켜보고 있는 급성 환자들을 바라본다. 그리고 다시 고개를 저으면서 되풀이해서 말한다.

"······약은 이제 필요 없다면서요."

그녀의 얼굴은 살짝 미소 짓고 있다. 그 미소 속에는 동정심과 인내심 그리고 불쾌감이 한꺼번에 녹아들어 있다. 오랜 세월 단련해서 만들어진 표정이다.

맥머피는 그런 모습을 본 적이 없다.

"대체 그가 어떻게 된 거요?"

그가 묻는다.

그녀는 물웅덩이에 시선을 던진 채, 맥머피 쪽은 돌아보지도 않는다.

"시펠트 씨는 간질병 환자예요, 맥머피 씨. 의사의 지시를 따르지 않으면 언제라도 이런 발작을 일으킬 수 있어요. 그건 이 사람이 더 잘 알고 있지요. 약을 먹지 않으면 이런 일이 벌어진다고 일러두었건만, 그런데도 어리석게 고집을 부리니, 원."

프레드릭슨이 눈썹을 곤두세우고 환자들 사이에서 나온다. 그는 건장한데도 핏기가 없는 얼굴이다. 금발 머리에 가느다란 금발 눈썹, 그리고 긴 턱을 가졌다. 체스윅이 그랬던 것처럼 그는 종종 거칠게 행동할 때가 있다. 간호사에게 고함을 치고 호통 치면서 욕을 퍼붓는다. 그러면서 이런 지독한 곳에서는 나가 버리겠다고 소리 지른다. 그들은 그가 소리를 지르고 주먹을 휘두르고 다녀도 잠잠해질 때까지 그냥 내버려 둔다. 그러다 그에게 묻는다. "프레드릭슨 씨, 이제 다 하셨나요? 그럼 퇴원 서류를 타이프 치겠어요." 그들은 간호사실에서 내기를 한다. 그가 죄 지은 얼굴로 유리창을 두드리면서 사죄를 하고, 충동적으로 나왔던 말을 잊어 주지 않겠냐고, 그 서류를 하루 이틀쯤 미뤄 줄 수 있겠냐고 말할 때까지 몇 분이 걸릴지 돈을 걸고 내기를 하는 것이다.

그는 수간호사에게 걸어가 주먹을 휘두른다.

"아, 그랬군. 그랬어. 당신이 늙은 시프를 꼼짝 못하게 만들겠다 이거지? 시프가 당신을 괴롭히려고 그런 짓을 하기라도 했나?"

그녀는 그의 팔에 손을 얹고 위로한다. 그러자 그의 주먹이 펴진다.

"괜찮아요, 브루스. 당신 친구는 좋아질 거예요. 다일랜틴을 먹지 않아서 그런 것뿐이에요. 약을 어떻게 했는지는 저도 몰라요."

그녀는 누구 못지않게 잘 알고 있다. 시펠트가 캡슐을 입에 물고 있다가 나중에 프레드릭슨에게 준 사실을. 시펠트는 '무시무시한 부작용' 때문에 약을 먹으려고 하지 않는다. 그런데 프레드릭슨은 발작을 일으키고 죽는 것이 두려워 약을 두 배로 먹고 싶어 한다. 수간호사는 이 사실을 훤히 알고 있다. 그녀의 목소리로 짐작할 수 있다. 하지만 동정심을 가지고 호의적으로 행동하고 있는 그녀를 보면 프레드릭슨과 시펠트 사이에서 일어난 일을 전혀 모르는 사람 같다.

"그런가요."

프레드릭슨이 말한다. 아무래도 그는 다시 공격할 수 없을 것 같다.

"하지만 그저 약을 먹네 안 먹네 하는 단순한 문제로 받아들여서는 안 돼요. 시프가 자기를 보고 여자들이 못생겼다고 하지 않을까 고민한다는 건 당신도 알고 있을 거요. 그리고 다일랜틴에 대해 무슨 생각을 하고 있는지도……."

"알고 있어요."

그녀는 그렇게 말하고 다시 그의 팔에 살짝 손을 얹는다.

"머리털이 빠지는 것도 약 때문이라고 생각해요. 가엾은 노인 같으니라고."

"아직 노인 소리를 들을 나이는 아니오!"

"알고 있어요, 브루스. 그런데 맥은 왜 그렇게 흥분하는 거죠? 맥과 이 사람 사이에 무슨 일이 있었기에 그렇게 방어 자

286

세를 취하는지 모르겠군요."

"아무튼 지긋지긋해!"

그가 주머니에 두 주먹을 찔러 넣는다.

수간호사는 쪼그리고 앉아 바닥을 깨끗하게 치운 뒤 무릎을 꿇고 시펠트의 흐물흐물한 몸을 원래 모양으로 만들기 시작한다. 그녀는 흑인 보조원에게 이 불쌍한 노인 곁에 있으라고 말한다. 수간호사는 이동 침대를 보내 시펠트를 침실로 나르게 하여 실컷 잠을 재울 작정이다. 그녀는 일어서서 프레드릭슨의 팔을 톡톡 두드린다. 그러자 그가 투덜댄다.

"그야 그렇지. 나도 다일랜틴을 먹어야 하는 처지요. 그래서 시프가 어떤 문제에 부딪히는지 알고 있는 거요. 그러니까, 그렇기 때문에 나는…… 음, 젠장……."

"알고 있어요, 브루스. 두 사람이 어떤 문제를 겪고 있는지 말이에요. 하지만 그보다 더 좋은 것이 있다는 생각은 안 드나요?"

프레드릭슨은 그녀가 가리키고 있는 곳을 바라본다. 시펠트는 반쯤 정상으로 돌아와 흠뻑 젖은 상태에서 부풀어 올랐다 내렸다 하면서 씨근씨근 숨을 쉬고 있다. 그가 쓰러지면서 부딪친 머리에는 혹이 생겼고, 입에 들어갔던 흑인 보조원의 막대기에는 빨간 거품이 묻어 있다. 그의 눈동자가 뒤로 넘어가 흰자위가 드러나기 시작한다. 양 손바닥은 위로 향한 채 손을 폈다 오므렸다 하고 있다. 전기 충격 치료실에서 십자가 수술대에 매여 있는 사람이 전류가 흘러 손바닥에서 연기가 피어오르며 부르르 떨던 모습과 같다. 시펠트와 프레드릭슨은 전기 충격 치료실에 보내진 적은 없다. 그들은 스스로 전기를 일으켜 등뼈에 저장하도록 되어 있다. 정해진 선에서 벗어나 외설적인 농담이라도 하려고 하면 그들은 간호사실의 강철 문에서 원격 조종되어 등을 딱 얻어맞은 것처럼 몸이 굳는다. 결국 수간호사는 그렇게 하여 그들을 전기 충격 치료실로 보내는 수고를 더는 셈이다.

수간호사는 프레드릭슨이 잠들어 있기라도 한 것처럼 그의 팔을 살짝 흔들고 되풀이해서 말한다.

"약의 부작용을 고려한다고 해도, 저렇게 되는 것보다 낫지 않아요?"

프레드릭슨은 바닥을 가만히 내려다본다. 금발 눈썹이 치켜 올라간다. 시펠트의 모습이 어떤지 한 달 만에 처음 보는 듯하다. 수간호사는 미소를 띠며 프레드릭슨의 팔을 톡톡 두드리고는 문으로 향한다. 그리고 이런 것을 구경하러 모여들다니 부끄러운 줄 알라는 듯이 급성 환자들을 바라본다. 그녀가 자리를 뜨자 프레드릭슨은 몸을 부들부들 떨며 애써 미소 짓는다.

"내가 왜 저런 할망구에게 화를 냈는지 모르겠어. 내가 그렇게 화를 낼 만한 일을 수간호사가 했던가?"

그건 답을 구하는 질문이 아니다. 무언가 특정한 이유가 있지만 그것이 무엇인지 잘 모르겠다는 것을 스스로에게 각인시키려 한 말일 뿐이다. 그는 다시 몸을 부르르 떨면서 다른 환자들에게서 빠져나온다. 맥머피가 다가와 나지막한 목소리로 그에게 묻는다. 그들이 먹고 있는 것이 무엇이냐고.

"다일랜틴이에요, 맥머피. 굳이 알아야 한다면 말하지. 일종의 경련 억제제요."

"그 약이 효과가 있긴 한 거요?"

"물론 효과가 있지. 먹기만 하면."

"그럼 먹느냐 안 먹느냐는 왜 따지는 거요?"

"알고 싶다면, 잘 봐요! 그걸 먹으면 얼마나 지독해지는지 보여 주지."

프레드릭슨은 엄지와 검지로 아랫입술을 아래로 잡아당긴다. 길고 반짝반짝한 치아 주변에 분홍색의 찢어진 잇몸이 허여멀건하게 드러난다.

"잇몸이 다일랜틴 때문에 썩어 가는 거요. 이러다 발작이 일어나면 이를 악물겠지. 그러면……"

그는 입술을 잡은 채 말한다.

바닥에서 소리가 들린다. 그들은 시펠트가 신음하며 씨근덕거리는 것을 바라본다. 흑인 보조원이 테이프를 감은 막대기와 함께 이를 두 개 뽑아낸다.

스캔런은 자신의 쟁반을 들고 환자들에게서 떨어져 나가며 말한다.

"비참한 인생. 먹어도 안 되고 안 먹어도 안 되고. 인간은 저주받아 꼼짝도 못하는 존재야."

"그래. 당신 말이 맞아."

시펠트가 원래 얼굴로 돌아오는 것을 내려다보며 맥머피가 말한다. 그의 얼굴에도 바닥에 누워 있는 얼굴과 똑같이 초췌하고 곤혹스러운 표정이 나타나기 시작한다.

20

기계에 문제를 일으켰던 것이 무엇이었든 간에 그들은 다시 금 수리해 냈다. 모든 것이 일사불란하게 움직이기 시작한다. 6시 30분 기상, 7시 식사, 8시에는 만성 환자에게는 퍼즐 조각 이, 급성 환자에게는 트럼프가 돌려진다……. 간호사실에서는 수간호사의 하얀 손이 제어반 위를 떠다닌다.

21

나는 급성 환자들과 함께 이리저리 끌려 다닐 때도 있고, 그렇지 않을 때도 있다. 이번에는 그들과 함께 도서실에 끌려왔다. 나는 기술 서적이 있는 곳에서 전자 공학에 관한 책을 살펴본다. 대학에 다닌 적이 있어서 그 책이 어떤 것인지 안다. 나는 도표와 방정식과 이론 ── 딱딱하고 확실하며 안정적인 것들 ── 등이 가득 차 있던 책을 떠올리면서 당시를 상기한다.

나는 그 책 중에 하나를 보고 싶지만 그렇게 하기가 겁난다. 어떤 일이라도 하기가 두렵다. 도서실의 먼지 낀 누런 공기 중에 떠 있는 느낌이다. 바닥도 아니고 천장도 아닌 중간에 떠 있는 것 같다. 머리 위에서는 서가가 기우뚱거린다. 흔들흔들 지그재그로 모두 다른 각도로 뻗어 나가 있다. 선반 하나는 약간 왼쪽으로, 또 하나는 오른쪽으로 꺾인다. 몇 개는 내 위로 기울어지고 있다. 어떻게 책이 서가에서 떨어지지 않는지 모르겠다. 서가는 이런 식으로 높이 이어져 있어 그 위가 보이지 않는다. 쓰러질 듯한 서가는 얇은 판자와 두께 5센티미터 폭 10센티미터의 판자로 이어져 지주로 받쳐지고 사다리에 기대어져 나를 둘러싸고 있다. 내가 책 한 권을 뽑아내면 어떤 끔찍한 결과가 일어날지 짐작도 할 수 없다.

인기척이 들린다. 우리 병동의 흑인 보조원이다. 그는 하딩의 부인과 함께 들어온다. 그들은 도서실에 들어오면서 서로 웃으며 이야기를 한다.

"이봐요, 데일."

흑인 보조원이 책을 읽고 있는 하딩에게 말을 건넨다.

"누가 왔는지 이리 와 봐요. 면회 시간이 아니라고 했는데, 어찌나 말솜씨가 좋은지 아무튼 여기까지 모셔 오게 되었어요."

흑인은 하딩 앞에 부인을 남겨 두고 비밀스러운 말을 하고는 물러간다.

"잊지 말아야 합니다, 알겠습니까?"

그녀는 흑인 보조원에게 손으로 키스를 보내고 허리를 앞으로 밀며 하딩 쪽으로 돌아선다.

"안녕, 데일."

"안녕."

그는 그렇게 말하지만, 그녀 쪽으로는 한 걸음도 움직이지 않는다. 그저 두 사람을 지켜보고 있는 사람들을 빙 둘러볼 뿐이다.

그녀는 하딩과 키가 비슷하다. 그녀는 하이힐을 신고 검정색 핸드백을 갖고 있다. 핸드백은 매지 않고 책처럼 들고 있다. 손톱이 핏방울처럼 붉은색이라 반짝이는 까만 에나멜 가죽과 대비된다.

"이봐요, 맥."

하딩은 구석에 앉아 만화책을 보고 있는 맥머피에게 말을 건넨다.

"문학 연구를 잠시 쉬어도 괜찮다면, 내 한쪽이자 네메시스 여신을 소개해 드리겠소. 진부한 표현을 빌려 '하늘이 정해 준 반쪽'이라고 해도 괜찮지만 그 문구는 어쩐지 딱 반으로 나누었다는 인상을 주어서 말이오, 그렇지 않소?"

그는 애써 웃음 짓는다. 그리고 가느다란 상앗빛 손가락 두 개를 셔츠 주머니에 넣고 담뱃갑에서 마지막 담배 한 개비를 만지작거리며 꺼낸다. 입에 문 담배가 바들바들 떨린다. 그와 그의 아내는 아직 서로에게 다가가지 않고 있다.

맥머피는 의자에서 일어나 그쪽으로 걸어가면서 모자를 벗는다. 하딩의 부인이 그를 보고 미소 지으며 한쪽 눈썹을 치켜세운다.

"안녕하십니까, 하딩 부인."

맥머피가 말한다.

그녀는 조금 전보다 더 크게 미소를 지으며 말한다.

"맥, 하딩 부인이라는 말은 싫어요. 베라라고 불러 주세요."

그들 셋은 하딩이 앉아 있던 소파에 앉는다. 하딩은 부인에게 맥머피에 대해서, 특히 그가 수간호사를 제압했던 이야기를 들려준다. 그러자 그녀는 미소 지으며 별로 놀랄 일도 아니라고 말한다. 하딩은 열심히 이야기를 늘어놓느라 자신의 손은 아랑곳하지 않는다. 그 손은 당시의 광경을 보여 주듯 공중에서 춤을 춘다. 하얀 옷을 입은 두 명의 아름다운 발레리나처럼 그의 목소리에 맞추어 이야기를 춤으로 보여 준다. 그의 손은 어떤 것이든 될 수 있다. 하지만 그는 이야기가 끝나자마자, 맥머피와 아내가 자기의 손을 지켜보고 있는 것을 눈치 챈다. 그리고 무릎 사이로 허둥지둥 손을 감춘다. 그는 그런 행동이 멋쩍은 듯 웃음을 터뜨린다. 그러자 부인이 그에게 말한다.

"데일, 찍찍거리는 쥐 소리 말고 제대로 웃는 건 언제 배울 거예요?"

그것은 맥머피가 처음 이곳에 온 날 하딩의 웃음소리를 듣고 했던 말과 똑같다. 하지만 오늘은 약간 다르다. 맥머피가 전에 그렇게 말했을 때 하딩은 진정되는 것 같았지만, 오늘 부인의 말은 그를 더 초조하게 만든다.

그녀는 담배를 하나 달라고 청한다. 하딩은 다시 주머니에 손가락을 넣지만, 비어 있다.

"우리는 담배 배급을 받아."

그는 이렇게 말하고 가녀린 어깨를 앞으로 구부린다. 반쯤 피우다 만 담배를 감추려는 듯하다.

"하루 한 갑이야. 베라, 이것으로는 기사도 정신을 발휘할 여유가 없어."

"데일, 당신은 원래 그런 게 없지 않았나요?"

그는 부인에게 미소 짓는다. 그의 시선에는 교활하면서도 잔뜩 수줍은 표정이 어려 있다.

"상징적으로 이야기하고 있는 것인가, 아니면 지금 화제가 되고 있는 담배 이야기를 구체적으로 말하는 것인가? 하긴 아무래도 상관없지. 어떤 의미든지, 당신은 그 대답을 알고 있을 테니까."

"데일, 나는 단지 그렇게 말했을 뿐이지, 아무것도 다른 뜻이 있는 것은 아니에요."

"아무것도 다른 뜻이 있는 것은 아니라고? 당신은 '있는 것은 아니다'와 '아무것도'란 말을 같이 써서 이중 부정을 하고 있군. 이봐요, 맥머피. 말도 안 되는 무식한 소리를 하는 데에는 당신과 베라가 막상막하일 것 같군요. 어이, 베라. '있는 것은 아니다'와 '아무것도'라는 말에는 커다란 차이가 있다는 걸……."

"알겠어요! 그만하면 됐어요! 내 말은 둘 다 포함한다는 말이었어요. 어쨌든 당신 좋을 대로 생각하면 돼요. 내 말은 당신에게는 아무것도 아닌 것이 충분치 않다는 뜻이에요. 이제 그만해요!"

"어떤 것이든 충분치 않다라고 해야지. 바보로군, 당신은."

그녀는 하딩을 살짝 노려보고, 옆에 있는 맥머피에게 몸을 돌린다.

"맥, 당신은 어때요? 여성에게 담배 하나쯤 주는 건 간단한 일이겠죠?"

맥머피의 담뱃갑은 이미 무릎 위에 있다. 그는 그것을 내려다본다. 거기에 담배가 없었으면 좋았을걸 하는 눈치다. 그가 말한다.

"물론이죠. 저는 언제나 담배가 있어요. 전 건달이니까요. 기회가 될 때마다 협박을 해서 담배를 빼앗죠. 그래서 이 하딩보다는 담배를 오래 지니고 있어요. 하딩은 자기 담배만 피워요. 그러니까 더 빨리 없어진다는 얘기가 되죠……."

"친구, 자네가 내 사정을 변호할 필요는 없네. 당신 성미에도 맞지 않고, 내 인격에 보탬이 되는 것도 아니니까."

"그래요. 당신은 내 담배에 불이나 붙여 주면 돼요."

부인이 말한다.

그녀는 맥머피가 불을 붙인 성냥 쪽으로 몸을 깊숙하게 숙인다. 그래서 반대편에 앉아 있는 나도 그녀의 블라우스 속을 들여다볼 수 있다.

그녀는 하딩의 친구들에 관한 이야기를 꺼낸다. 적당히 하면 좋겠는데 하딩이 있는 줄 알고 집에 찾아오는 남자들 이야기까지 늘어놓는다.

"어떤 타입의 사람들인지 알겠죠, 맥?"

그녀가 말한다.

"점잔 빼는 사람들이죠. 긴 머리를 말끔하게 빗어 넘기고, 팔락거리는 연약한 손목을 가진 사람들이에요."

하딩은 친구들이 찾아오는 목적이 자신만을 보러 오는 것인지 묻는다. 그러자 그녀는 자기를 찾아오는 사람이라면 그의 연약한 손목보다는 더 기운차게 움직인다고 말한다.

그녀는 벌떡 일어나 이제는 가야겠다고 말한다. 그러고는 맥머피의 손을 잡더니 언젠가 다시 만나고 싶다는 말을 남기고 도서실에서 나간다. 맥머피는 한마디도 할 수 없다. 그녀의 하이힐 소리에 환자들은 모두 고개를 쳐들고 그녀가 복도 끝으로 돌아가 안 보일 때까지 뒷모습을 지켜본다.

"어떻게 생각해요?"

하딩이 말한다.

맥머피가 말을 꺼낸다.

"가슴이 굉장하군."

그가 생각할 수 있는 것은 그것뿐이다.

"랫치드 여사만큼이나 큰 것 같소."

"친구, 육체적인 걸 물어본 게 아니오. 내 말은 그녀를 어떻게 생각하는지……."

"제기랄, 하딩!"

맥머피가 갑자기 소리 지른다.

"모르겠단 말이야! 내 입에서 무슨 소리가 나오길 바라는 거요? 내가 결혼 상담원이라도 되는 줄 아쇼? 난 이것밖에 몰라요. 처음부터 아주 관대한 사람은 아무도 없소. 모두들 평생 다른 사람들을 깎아내리면서 살지. 당신이 내게 무슨 말을 기대하고 있는지 알고 있소. 내가 당신에게 동정심을 가졌으면 하는 거겠지. 당신 부인이 정말 멋진 여자라고 내가 생각했으면 좋겠지. 그런데 당신도 부인을 여왕 취급하지는 않았잖소. 형씨, 어떻게 생각하냐고? 당신 문제에 끼어들 만큼 한가하지 않소. 난 나대로 걱정이 있소. 그러니 그만두란 말이오!"

맥머피는 도서실을 둘러보며 다른 환자들을 노려본다.

"자네들! 날 그냥 내버려 둬!"

그는 다시 모자를 눌러쓰고 만화 잡지가 있는 곳으로 간다. 급성 환자들은 모두 멍하니 입을 벌린 채 서로 바라보고 있다. 그가 왜 그들에게 소리 지르고 있는가? 그를 괴롭히고 있는 사람은 하나도 없다. 그가 위탁 기간이 연장될까 봐 점잖게 행동하고 있다는 것을 알고 나서, 어느 누구도 그에게 무리한 부탁을 한 적이 없다. 지금 그들은 그가 하딩에게 소리 지른 것에 놀라고 있다. 그리고 그가 의자에 있던 책을 집어 들고 앉아 얼굴에 가까이 갖다 대는 것을 의아하게 생각한다. 남들이 자기 얼굴을 볼 수 없게 하려고 그러는지, 아니면 남의 얼굴을 보지 않으려고 그러는지 알 수 없다.

그날 밤 저녁 식사 시간에 맥머피는 도서실에서 왜 그랬는지 모르겠다고 하딩에게 사과한다. 하딩은 자기 아내 때문이라고, 그 여자는 사람을 화나게 할 때가 있다고 말한다. 맥머피는 가만히 커피를 들여다보며 앉아 있다가 말한다.

"그건 아니오. 당신 부인은 오늘 오후에 처음 본 거잖소. 일주일 동안 끔찍한 악몽을 꾼 원인이 당신 부인은 아니지."

"맥머피 씨."

하딩은 회의에 참석하러 오는 레지던트들처럼 크게 소리 지른다.

"그렇다면 그 꿈 얘기 좀 해 봐요. 아, 기다려요. 연필과 종이를 가져올 테니."

하딩은 사과로 인해 어색해진 분위기를 눙치려고 장난을 친다. 그는 냅킨과 스푼을 들고 메모하는 시늉을 한다.

"자. 정확히 말해서, 그러니까 꿈에서 뭘 보았다는 거죠?"

맥머피는 웃을 기미가 보이지 않는다.

"모르겠소. 얼굴만 보였던 것 같은데."

다음 날 아침, 마티니가 욕실에 있는 제어반 뒤에서 제트기 조종사 흉내를 내고 있다. 포커를 하던 사람들도 멈추고 그의 연기를 바라보며 웃는다.

"웽, 웽. 지상에서 항공기에 알린다. 지상에서 항공기에 알린다. 122.407킬로미터 상공에서 물체가 나타났다. 적의 미사일인 듯하다. 즉시 격추시켜라! 웨앵."

그는 문자판을 빙글빙글 돌리고는 조종간을 앞으로 밀고 제트기의 기울어짐에 맞추어 몸을 기울인다. 제어반 옆에 있는 손잡이를 완전히 돌려 버리지만, 그의 앞에 있는 네모난 타일 칸막이 주변에 장치된 방수구에서는 물이 나오지 않는다. 수치 요법은 이제 사용하지 않기 때문에 물을 틀 수가 없다. 새로 만든 크롬 장비와 강철 제어반도 사용된 적이 없다. 크롬제 장비를 빼고 제어반과 샤워기는 십오 년 전 구관에서 사용되었던 수치 요법의 설비와 똑같다. 어떤 각도에서든 환자의 몸에 물을 뿌릴 수 있는 방수구들이 있다. 고무 앞치마를 입은 기사가 방의 반대쪽에서 제어반 기계를 조작하여 각도, 세기, 온도를 조종한다. 그것은 부드럽게 마음을 가라앉힐 듯이 물을 뿜다가도 바늘로 찌르듯 아프게 물을 뿜게 되어 있다. 그래서 환자들은 거친 무명 끈에 묶여 방수구 사이에서 물에 젖어 몸이 축 늘어진다. 반면에 기사는 장난감이나 다름없는 장치를 조작하며 좋아한다.

"웨엥……. 항공기에서 지상에 알린다. 항공기에서 지상에 알린다. 미사일이 나타났다. 방금 사정권에 들어왔다……."

마티니는 몸을 숙여 방수구 고리를 통해 제어반 뒤쪽을 겨냥한다. 그는 한쪽 눈을 감고 다른 쪽 눈으로 방수구 안을 들여다본다.

"목표물에 접근! 준비…… 조준…… 발사!"

그는 제어반에서 손을 떼고 벌떡. 일어난다. 그러고는 머리카락을 헝클어뜨린 채 샤워 부스를 눈을 부릅뜨고 쳐다본다. 그 눈빛이 어쩌나 거칠고 무서운지 카드놀이를 하던 환자들도 앉은 채로 몸을 돌려 샤워 부스 안을 들여다본다. 하지만 거기

에는 아무것도 없다. 뻣뻣한 새 무명 위 방수구 사이에 버클이
매달려 있을 뿐이다.

마티니는 맥머피를 똑바로 바라본다. 다른 사람도 아닌 맥
머피를 말이다.

"저 사람들 안 보여요? 보이죠?"

"누구 말이야, 마트? 아무것도 안 보이는데."

"저 끈으로 묶인 사람들 말이에요. 안 보여요?"

맥머피는 고개를 돌려 샤워 부스 속을 들여다본다.

"아니, 아무것도 안 보여."

"잠깐 기다려 봐요. 꼭 그들을 봐야 해요."

마티니가 말한다.

"이런, 마티니. 안 보인다고 했잖아! 알겠어? 아무것도 안 보
인다구!"

"저런."

마티니가 말한다. 그는 고개를 끄덕이면서 샤워 부스에서
눈을 돌린다.

"실은 저도 안 보였어요. 그냥 당신을 놀린 거예요."

맥머피는 카드를 모아 휙휙 섞는다.

"음, 난 그런 농담은 달갑지 않은데, 마트."

그는 카드를 다시 섞는다. 떨리는 두 손 때문에 카드가 사방
으로 흩어진다. 마치 폭발이라도 일어난 것 같다.

22

텔레비전 일로 표결을 한 지 삼 주째인 같은 금요일의 일이
었다고 기억한다. 그날 걸을 수 있는 사람들은 모두 제1병동으
로 끌려갔다. 결핵 때문에 흉부 엑스레이를 찍기 위해서라고
하지만 내가 알기로는 모든 사람의 기계가 정상적으로 작동되
고 있는지 체크하기 위해서이다.

우리는 '엑스레이'라고 적힌 문으로 이어지는 복도 벤치에
길게 줄지어 앉아 있다. 엑스레이실 옆에는 'EENT'라고 쓰인
방이 있는데, 그곳은 겨울에 목을 체크하는 곳이다. 복도 반대
쪽에는 벤치 하나가 더 있다. 그것은 금속 문 옆에 있다. 그 문
에는 대갈못이 잔뜩 박혀 있고 방의 이름은 적혀 있지 않다.
벤치 위에 두 남자가 두 흑인 보조원 사이에서 졸고 있다. 한
편 안에서는 또 다른 희생자가 치료를 받고 있다. 그의 비명이
들린다. 문이 휙 안쪽으로 열린다. 방 안에서 번쩍이는 진공관
이 보인다. 그들은 아직도 연기가 나는 희생자를 침대에 실어

밖으로 나온다. 나는 문으로 빨려 들어가지 않도록 벤치를 꼭 잡는다. 흑인 보조원과 백인 보조원이 벤치에 앉아 있는 환자 하나를 끌어당기듯 일으켜 세운다. 환자는 약을 먹어서 그런지 비틀거린다. 그들은 대개 전기 충격 요법을 쓰기 전에 빨간 캡슐을 준다. 그들은 그 환자를 방으로 떠밀다시피 한다. 그러자 기사들이 양쪽에서 부축한다. 순간 사나이는 어디로 끌려왔는지 알게 된다. 그는 시멘트 바닥에 두 발을 딱 붙이고 수술대에 올라가지 않으려고 버틴다. 이윽고 문이 쾅 닫힌다. 펑하고 금속이 매트리스를 두드리는 소리와 함께 그의 모습은 더 이상 보이지 않는다.

"저 안에서 뭘 하고 있는 거지?"

맥머피가 하딩에게 묻는다.

"저 안에서? 뭘 하는지 모른단 말예요? 저 방의 기쁨을 맛보지 못했다는 얘기군. 유감이네요. 인간으로서 꼭 거쳐야만 하는 체험이거든요."

하딩은 목 뒤로 두 손을 깍지 끼고 몸을 뒤로 젖혀 문을 바라본다.

"이봐요, 내가 언젠가 얘기했던 치료실이 바로 저기예요. EST라고 하지. 전기 충격 치료 말예요. 저 안에 있는 운 좋은 영혼들은 달나라 여행을 공짜로 하는 셈이지. 아니 다시 생각해 보면 완전히 공짜는 아니지. 돈 대신 뇌세포를 치료비로 지불하니까. 누구든 뇌세포는 수십억 개씩 저장해 두고 있어요. 서너 개쯤 없어진다고 해서 탈은 없을 거예요."

그는 쓸쓸히 벤치에 남은 사나이를 향해 눈살을 찌푸린다.

"요즘에는 손님이 많지 않군요. 예전처럼 붐비지 않으니. 하지만 그런 것이 인생이고, 유행은 지나가는 법이지. 난 전기 충격 요법이 사라지고 있는 것 같아 걱정이에요. 우리의 친애하는 수간호사는 미치광이 치료에는 옛날부터 전해 내려오는 포크너적 전통*, 그러니까 뇌를 불로 지지는 게 제격이라고 생각하는 극소수의 인간들 중에 하나거든요."

문이 열린다. 이동 침대가 윙윙거리며 밖으로 나온다. 그것을 미는 사람은 아무도 없다. 바퀴 두 개가 모퉁이를 돌아 연기를 피워 올리며 복도에서 사라진다. 맥머피는 마지막 사나이가 끌려 들어가고 문이 닫히는 것을 바라본다.

"녀석들이 하는 짓이란."

맥머피는 그렇게 말하고 잠시 귀를 기울인다.

"저곳에 환자를 끌어들여 두개골에 전류를 통하게 하는 거로군."

"간단히 말하면 그런 셈이죠."

"대체 왜 그러는 거요?"

"그야 물론 환자의 이익을 위해서죠. 이곳에서 행해지는 일은 모두 환자의 이익을 위한 겁니다. 우리 병동에만 있으면 병원이라는 게 거대하고 능률적인 기구여서, 환자가 강요당하는 것만 없으면 꽤 잘 돌아간다는 인상을 받을지도 모릅니다. 하지만 그렇지 않습니다. EST는 우리 수간호사가 사용하듯이 언제나 징벌의 수단으로 사용되는 건 아닙니다. 그리고 의료진들의 사디즘적 경향의 표출이라고 볼 수도 없어요. 치료 불능이

---

* 소설가 윌리엄 포크너의 단편 「헛간 방화(Barn Burning)」에서 '뇌를 불로 지진다(Brain Burning)'라는 표현을 떠올린 듯하다.

라고 생각되던 수많은 환자들이 충격 요법을 받고 정상에 가까운 상태로까지 호전되었어요. 많은 사람들이 뇌 전두엽 절제술과 전두엽 백질 절제로 도움을 받은 것처럼 말이에요. 충격 요법은 좋은 점이 있어요. 값싸고, 빠르고, 고통이 전혀 없죠. 단지 발작을 일으키게 할 뿐이에요."

"무슨 놈의 인생이 이런가."

시펠트가 한탄한다.

"한쪽에서는 발작을 멈추게 하려고 약을 주고, 또 한쪽에서는 발작을 일으키게 하려고 충격을 주니, 원."

하딩은 앞으로 다가앉아 맥머피에게 설명한다.

"충격 요법이 어떻게 해서 생겨났는지 알려 드리죠. 정신과 의사 두 명이 도살장에 갔습니다. 무슨 바람이 불어 거기에 갔는지는 아무도 모릅니다. 그들은 소가 커다란 해머로 양미간을 얻어맞고 죽어 가는 것을 지켜보고 있었어요. 그런데 소가 모두 죽는 건 아니라는 걸 알게 됐어요. 몇몇은 바닥에 쓰러져 간질병의 발작과 아주 비슷한 상태로 된다는 걸 알았죠. '아, 그래. 우리 환자에게 필요한 것이 바로 이겁니다. 인공적으로 일으키는 발작이에요!'라고 첫 번째 의사가 말했어요. 동료 의사도 이에 동의했습니다. 간질병이 발작했다가 정상으로 돌아온 후에는 한참 동안 보통 때보다 침착하고 온화해진다고 알려져 있거든요. 그리고 완전히 접촉이 불가능한 난폭한 환자라도 발작한 다음에는 이성적인 대화를 다시 시작할 수 있다고 해요. 그 이유는 아무도 모르죠. 지금도 여전히 모르고 있어요. 그러나 분명한 것은 자연 발생적인 간질병에 의하지 않고 발작을 일으킬 수 있다면, 결과적으로는 굉장한 효과를 볼 수도 있다는 겁니다. 아무튼 두 의사 앞에서 한 사내가 놀라울 정도로 침착하게 소를 쓰러뜨려 몇 번이나 발작을 일으키게 했어요."

스캔런이 그 사내는 해머 대신 폭탄을 사용한 것 같다고 말한다. 하딩은 그의 말을 무시한 채 계속 설명한다.

"도살자가 사용한 것은 분명히 해머였어요. 아무튼 이 점에 대해 또 한 명의 의사가 몇 가지 조건을 생각했지요. 결국 인간은 소가 아니거든요. 해머로 내려치다 코를 부러뜨릴지 누가 알겠습니까? 치아를 몽땅 부러뜨릴지도 모르잖아요? 그러면 엄청난 치과 비용은 어떻게 되겠어요? 인간의 머리에 일격을 가하려면, 해머보다는 좀 더 확실하고 정확한 것을 사용해야 합니다. 그래서 결국 전류를 사용하자는 결론에 이르렀죠."

"이런, 그런 짓을 하면 어떤 해를 입힐지는 생각 안 했나요? 사람들은 그런 일에 들고 일어나지도 않았소?"

"세상 사람들을 잘 모르는 모양이군요. 이 나라에서는 고장난 물건이 있으면 제일 빨리 고치는 것이 최선의 방법이에요."

맥머피는 고개를 젓는다.

"휴! 머리에 전류를 쑤셔 넣다니. 전기의자에 앉혀 사형시키는 것과 다름없네."

"그 두 가지 방법을 사용하는 이유는 당신이 생각하는 것보다 훨씬 더 밀접한 관계가 있어요. 말하자면, 둘 다 질병의 치료를 위한 거죠."

"그런데 그건 아프지 않다고 했잖소?"

"개인적으로 그 점은 보장합니다. 전혀 아프지 않아요. 한번 전류가 흐르면 곧바로 의식을 잃어버립니다. 가스나 주사, 큰 해머는 필요 없어요. 완전히 고통이 없지요. 다만 문제는 누구든 두 번 다시 그 치료를 받고 싶어 하지 않는다는 점이죠. 사람이…… 변해요. 기억을 잃어버리게 되죠. 그것은 마치……."

그는 관자놀이를 손으로 꾹꾹 누르면서 눈을 감는다.

"그 충격으로 이미지, 감정, 기억의 바퀴들이 카니발의 룰렛 판처럼 격렬하게 회전해요. 당신도 그런 룰렛 판을 본 적이 있을 거예요. 호객꾼이 큰 소리로 손님을 끌어 모으고는 버튼을 누르죠. 짠! 그러면 불빛과 소리와 숫자들이 회오리바람처럼 빙글빙글 돌다가 멈춘 뒤 승부가 결정됩니다. 이길 수도 있지만, 지게 되면 다시 게임을 해야 합니다. 자, 호객꾼에게 돈을 내고 다시 한 번 회전을 시켜 봅시다. 어이, 돈을 내라고."

"하딩, 적당히 하쇼."

문이 열린다. 이동 침대가 시트로 덮인 환자를 싣고 다시 나온다. 그리고 기사들은 커피를 마시러 나간다. 맥머피는 머리카락을 쓸어내린다.

"대체 무슨 일이 일어나는지 통 알 수가 없네."

"뭘 말입니까? 이 충격 요법 말입니까?"

"음. 아니, 단지 그뿐만이 아니오. 이 모든……."

그는 손으로 둥그렇게 원을 그려 보인다.

"이 모든 일이 어떻게 돌아가는 건지 모르겠소."

하딩은 맥머피의 무릎에 손을 얹는다.

"이봐요. 걱정하지 말고 마음 편하게 생각해요. 당신이 전기 충격 요법을 받게 될까 봐 걱정할 필요는 없어요. 그건 유행이 지나간 데다, 다른 방법으로는 어찌 할 수 없는 극단적인 증상에만 사용되는 것이니까. 뇌 전두엽 절제술처럼요."

"아, 뇌 전두엽 절제술은 뇌의 일부를 잘라 버리는 거요?"

"명답이에요. 전문 용어 선택이 꽤 세련되었군요. 그래요. 뇌를 자르는 거예요. 전두엽 제거지요. 그 여자는 벨트 아래에 있는 걸 자르지 못하면, 눈 위의 것을 자르려 할걸요."

"랫치드 수간호사 말이오?"

"물론이죠."

"수간호사가 그 일에는 결정권이 없는 것 같은데."

"그녀에게 권한이 있어요."

맥머피는 충격 요법과 뇌 전두엽 절제술에 대한 이야기를 그만두고 수간호사에 관한 이야기로 돌아오게 되어 기뻐하는 눈치다. 그는 수간호사의 어떤 점이 안 좋은지 하딩에게 묻는다. 하딩과 스캔런, 그리고 다른 환자들이 저마다 의견을 내놓는다. 그들은 잠시 동안 수간호사가 모든 문제의 근원인지에 대해 이야기를 나눈다. 하딩은 대부분 그렇다고 말한다. 다른 환자들도 대부분 그렇다고 생각한다. 그러나 맥머피는 분명히 단정 지을 수는 없다며, 한때 그렇게 생각했던 적도 있지만 지금은 모르겠다고 말한다. 그는 수간호사를 배제한다고 해도 실제로는 큰 차이가 없다고 말한다. 더 큰 원인이 있기 때문에 이런 사태가 벌어진 것이라며 그것에 대해 얘기하려고 한다. 하지만 설명할 수가 없어 결국 포기하고 만다.

맥머피는 그것을 모른다. 하지만 내가 오래전에 깨달은 것을 지금 알아채려 하고 있다. 그건 수간호사 한 사람만이 아니라 콤바인 전체, 즉 진짜 커다란 힘인 온 나라에 걸쳐 있는 콤바인이다. 수간호사는 그들을 위해 일하는 고위 관리 중 한 사람일 뿐이다.

환자들은 맥머피의 의견에 동의하지 않는다. 그들은 문제가 무엇인지 알고 있다면서 그것에 대해 논의한다. 토론이 계속되는 중간에 맥머피가 끼어든다.

"제기랄. 온통 불평뿐이로군. 수간호사, 의료요원, 아니면 병원에 대한 불평밖에 없어. 스캔런은 폭탄으로 이 병원을 모조리 날려 버리고 싶다고 하고, 시펠트는 약에 대해 불만이 있고. 프레드릭슨은 자기 가족이 골칫거리라고 하니. 당신들은 모두 문제를 남에게 떠맡기고 있을 뿐이오."

맥머피가 말한다. 수간호사는 엄격하고 냉혹한 늙은 여자에 지나지 않으며 그를 이 일에 끌어들여 수간호사와 싸우게 하는 건 쓸데없는 짓이라고. 그렇게 한대도 누구에게도 좋을 게 없으며 그에게는 특히 더더욱 그렇다고. 수간호사를 제거한다고 해서 불평의 원인이 되는 진짜 뿌리 깊은 문제까지 해결되는 건 아니잖냐고.

"그럴까요? 당신이 갑자기 정신 건강 문제에 대해 명석해진 것 같아 묻겠는데, 그것이 뭡니까? 당신이 딱 꼬집어 얘기한 것처럼, 그 뿌리 깊은 문제가 도대체 뭡니까?"

하딩이 묻는다.

"이봐요. 분명히 말하지만 몰라요. 나도 그처럼 어마어마한 것은 본 적이 없으니까."

맥머피는 잠시 가만히 앉아 엑스레이실에서 '부웅' 하고 흘러나오는 소리에 귀를 기울이다가 말한다.

"당신들이 말한 대로 늙은 간호사와 그녀의 성적 욕구 불만이 문제라면, 해결책은 간단해요. 그 여자를 쓰러뜨리고 그녀의 욕구 불만을 해결해 주기만 하면 되지 않소?"

스캔런이 손뼉을 친다.

"정답이네! 바로 그거야. 맥, 당신을 대표로 지명하겠어요. 그런 일을 할 수 있는 사람은 당신밖에 없어요."

"난 아니오. 싫소. 사람 잘못 봤소."

"왜 안 된다는 거예요? 당신이야말로 그에 어울리는 강한 사나이라고 생각했는데."

"스캔런, 난 되도록이면 그 말뚱가리 같은 여자와는 관계를 갖지 않으려고 한단 말이오."

"나도 계속 눈치 채고 있었어요. 둘 사이에 무슨 일이 있었던 거예요? 한동안은 수간호사를 궁지에 몰아붙이는 줄 알았는데, 이제는 느슨하게 하니 말이에요. 우리의 자비로운 천사에게 갑자기 동정심이라도 생겼나?"

하딩이 미소 지으며 말한다.

"아니, 그렇지는 않소. 몇 가지 내가 알아낸 게 있죠. 여기저기 돌아다니면서 물어봤어요. 당신들이 왜 그렇게 수간호사에게 굽실거리며 고분고분 말을 잘 듣는지 알았어요. 나도 영리해져서 당신들이 왜 나를 이용하고 있는지도 알았고요."

"그런가요? 참 재미있군."

"당신 말대로 재미있어요. 당신들이 내게 아무 얘기도 해 주지 않았다는 점이 나는 재미있소. 수간호사가 그렇게 꼬리를 흔들고 있을 때 내가 얼마나 위태로운 도박을 하고 있었는지 가르쳐 준 사람이 없었지. 수간호사가 내 비위에 거슬리기는 하지만 그녀를 자극해서 내 형기를 일이 년 늘릴 생각은 없소. 사람은 누구나 자존심을 누르고 상관에게 신경을 써야 할 때가 있지요."

"하지만 다른 사람들도 우리의 맥머피 씨가 조금이라도 빨리 나가려고 병동의 규칙에 순응한다고는 생각지 않아요. 그렇죠?"

"하딩, 당신은 내가 무슨 얘기를 하는지 알잖소. 수간호사가 풀어 줄 준비가 될 때까지 나를 여기에 위탁 환자로 묶어 둘 수 있다는 것을 왜 가르쳐 주지 않았죠?"

"그야 당신이 위탁 환자라는 것을 잊고 있었기 때문이지."

이야기하는 도중에 하딩의 얼굴에서 미소가 사라진다.

"맞아. 당신은 교활해지고 있어. 우리처럼 말이야."

"물론 나는 교활해지고 있소. 침실 문을 열어 놓아야 한다느니, 간호사실에 쌓아 둔 담배가 어떠니 하는 하찮은 불평을 왜 내가 이 회의에서 늘어놓아야 하는데? 나는 처음에는 몰랐소. 왜 내가 구세주인 양 당신들이 내게 다가오는지. 하지만 나중에 우연히 알게 됐지. 누구를 내보내고 안 내보내고 하는 문제에 수간호사가 발언권이 있다는 것을 말이오. 그 후로 나는 무서운 속도로 영리해졌죠. 난 이렇게 말했어요. '뭐야, 이 교활한 녀석들이 나를 구워삶으려고 하잖아. 감언이설로 사람을 속였어. 이 랜들 패트릭 맥머피 님을 삼키려 들었어.'라고 말이오."

그는 머리를 뒤로 젖히며 벤치에 나란히 앉아 있는 우리들을 보고 씩 웃는다.

"음, 개인적으로 이렇다 저렇다 따지려는 건 아니오, 형씨들. 하지만 잡음은 피하기로 합시다. 나도 당신들만큼이나 여기서 나가고 싶어 하는 사람이니까. 나도 그 늙은 말똥가리와 다투면 당신들만큼이나 손해를 보거든요."

그는 싱긋 웃으면서 윙크를 보내고 엄지손가락으로 하딩의 옆구리를 쿡쿡 찌른다. 이 문제는 모두 마무리되었고 이제는 기분 나쁘지 않다는 듯이. 그때 하딩이 말한다.

"아니에요. 나보다는 당신이 더 손해가 많지."

하딩은 다시 싱긋 웃는다. 그러면서 겁먹은 암말처럼 슬금슬금 곁눈질을 하며 머리를 아래위로 끄덕끄덕한다. 환자들은 제자리에 앉는다. 마티니가 엑스레이 기계에서 떨어져 셔츠의 단추를 잠그면서 중얼거린다.

"눈으로 보지 않았다면, 믿지 않았을 텐데."

빌리 비빗이 마티니가 있던 엑스레이로 다가간다.

"당신이 나보다 더 많이 손해를 봐요."

하딩이 다시 말한다.

"나는 자발적으로 입원한 환자예요. 위탁 환자가 아니고."

맥머피는 한마디도 하지 않는다. 그는 언젠가처럼 곤혹스러운 표정이다. 무언가가 잘못됐다는 듯한, 분명치 않은 무언가가 있다는 듯한 표정이다. 그는 자리에 앉아 하딩을 바라보고 있다. 하딩의 얼굴에서 미소가 사라진다. 맥머피가 이상하게 빤히 바라보자 그는 안절부절못한다. 그가 숨을 들이마시며 말한다.

"사실 이 병동에는 위탁 환자가 몇 명밖에 없어요. 스캔런하고, 그러니까 만성 환자들 몇 명이 있고. 그리고 당신이지. 병원 전체에도 위탁 환자는 그렇게 많지 않아요. 아니, 아주 적은 편이지."

하딩은 말을 멈춘다. 맥머피의 눈길에 그의 목소리가 기어들어 간다. 잠시 정적이 흐른 후 맥머피가 조용히 말한다.

"당신 날 놀리는 거요?"

하딩은 고개를 저으며 겁먹은 표정을 짓는다. 맥머피가 벤치에서 일어서며 말한다.

"당신들은 나를 놀리고 있어!"

모두들 아무 말이 없다. 맥머피는 숱이 많은 머리털을 손으로 쓸어내리며 벤치 앞을 왔다 갔다 한다. 그는 벤치의 맨 끝자리까지 갔다가 다시 맨 앞자리에 엑스레이 기계가 있는 곳으로 돌아온다. 기계가 부글부글 소리를 낸다.

"빌리, 자네는 틀림없이 위탁 환자야!"

빌리는 우리를 등지고 발끝으로 서서 엑스레이 기계의 검은 스크린에 턱을 괴고 있다. "아니요."라고 그는 기계를 향해 대답한다.

"그럼, 왜? 대체 왜? 자네는 아직 젊잖아! 오픈카를 타고 돌아다니며 여자들이나 유혹해야지. 그런데 이런……."

그는 주변을 손으로 휩쓰는 시늉을 한다.

"왜 이런 걸 참고 있나?"

빌리는 아무 대꾸가 없다. 맥머피는 그에게서 눈을 떼고 두서너 명의 환자들에게 눈길을 돌린다.

"왜 그런지 말해 봐요. 당신들은 몇 주 내내 계속 불평하고 있어요. 이런 곳은 견딜 수 없다느니, 수간호사, 아니 그 늙은 여자에 관해서라면 뭐든지 참을 수 없다느니 하면서 말이오. 그런데 당신들은 위탁된 게 아니라고 했어요. 하기야 나도 병동에 있는 노인들 몇 명은 이해가 가요. 그들은 정신이 나갔으니까. 하지만 당신들, 당신들은 길거리의 보통 사람들과 똑같지는 않아도 미치광이들은 아니오."

그들은 그의 의견에 동의하지 않는다. 그는 시펠트에게 다가 간다.

"시펠트, 당신은 어떻소? 당신도 발작을 일으키는 것 말고 는 이상한 데가 하나도 없소. 이봐요, 나는 당신보다 두 배나 지독하게 발작을 일으키는 백부가 있었소. 악마에서부터 환각 의 기쁨까지 온갖 환상을 다 보았다고 하더군. 하지만 그는 정 신병원에 틀어박혀 있지 않았어. 당신도 용기가 있다면 바깥세 상에서 잘 살아갈 수 있을 텐데……."

"물론이에요!"

빌리가 엑스레이 스크린에서 돌아보며 말한다. 얼굴에 눈물 이 흐르고 있다.

"물론이죠!"

그가 다시 소리친다.

"우리에게 요, 용기가 있다면! 오, 오늘이라도 바깥으로 나 갈 수가 있어요, 용기만 있다면. 우리 어, 어, 어머니는 랫치드 수, 수간호사와 친한 친구 사이예요. 내게 용기만 있다면, 오늘 오후에라도 퇴원 허가증의 사인을 받을 수 있어요."

그는 벤치에 걸쳐 둔 셔츠를 냉큼 잡아당겨 입으려고 하지 만 몸이 무척 심하게 떨린다. 결국 셔츠를 내던지고 맥머피 쪽 으로 돌아선다.

"내가 이곳에 있고 싶, 싶, 싶, 싶어 하는 줄 알아요? 내가 오, 오픈카나 여, 여, 여자 친구를 좋아하지 않는 줄 알아요? 하지만 당신은 사람들에게 비, 비웃음을 산 적이 있나요? 없을 거예요. 당신은 몸집이 아주 크, 크고, 터프하니까! 나는 크지 도 않고 터프하지도 않아요. 하딩도 그래요. 프, 프레드릭슨도 그렇고, 시, 시펠트도 그래요. 그런데 당신, 당신은 우리가 좋아서 이곳에 있는 듯이 얘, 얘기하는군요. 쓰, 쓸데없는……."

그는 울먹이며 심하게 더듬거려 더 이상 말이 나오지 않는다. 눈앞이 흐려져 손등으로 눈을 훔친다. 손에서 상처 딱지가 떨어져 눈물을 닦을수록 얼굴과 눈에 피가 묻는다. 점점 눈이 보이지 않게 되자 얼굴이 피범벅이 되어 복도 이곳저곳에 부딪치며 달려간다. 흑인 보조원이 곧바로 그를 따라간다.

맥머피는 다른 환자들에게 무언가를 물어보려고 입을 연다. 그러나 그들이 자신을 바라보는 눈빛을 보고 입을 다문다. 그는 자리에서 일어선다. 나란히 앉아 있는 환자들의 눈이 대갈못처럼 그를 겨냥한다. 이윽고 힘이 빠진 목소리로 그가 말한다.

"제기랄."

맥머피는 모자를 깊숙이 눌러쓰고 벤치의 제자리로 돌아간다. 기사 두 명이 커피를 마시고 돌아와 복도 맞은편에 있는 그 방으로 들어간다. 문이 휙 열리자 배터리를 충전할 때와 같은 시큼한 냄새가 풍긴다. 맥머피는 자리에 앉아 그 문을 바라보고 있다.

"도무지 이해가 안 간단 말이야……."

23

마당을 가로질러서 병동으로 돌아갈 때, 맥머피는 환자들의 맨 끝에 서서 꾸물거리며 따라갔다. 녹색 환자복 주머니에 두 손을 찔러 넣고 모자를 푹 눌러쓴 채 불 꺼진 담배를 입에 물고 곰곰이 생각하면서 걸었다. 환자들은 하나같이 조용했다. 빌리는 잠잠해졌다. 그는 환자들의 맨 앞에서 걸어가고 있었다. 흑인 보조원과 전기 충격 치료실의 백인 보조원이 양쪽에서 빌리를 거들며 함께 걸었다.

나는 맥머피와 나란해질 때까지 일부러 천천히 걸었다. 그에게 그런 일에 신경 쓰지 말라고 말하고 싶었지만 가만히 있었다. 그가 마음속으로 무슨 걱정을 하고 있는지 알기 때문이었다. 구멍 앞에 있는 개가 그 속에 무엇이 숨어 있을지 몰라 겁을 먹고 있는 것과 비슷했다. 어떤 목소리는 이렇게 말한다. "개야, 이 구멍은 너와는 상관없는 것이야. 이건 대단히 크고 아주 컴컴하단다. 그리고 곰 같은 무서운 동물의 발자국이 사방에 깔려 있어." 또 다른 목소리도 흘러나온다. 그의 깊은 곳에서 흘러나온 날카로운 속삭임이다. 현명하지도 않고, 신중하지도 않은 목소리가 "개야, 해치워라, 해치워!"라고 속삭인다.

나는 그런 일에 신경 쓰지 말라고 말해 주고 싶었다. 그 말이 나오려는 순간, 맥머피는 고개를 들고 모자를 뒤로 젖히며 재빠르게 키 작은 흑인 보조원 곁으로 다가가 어깨를 툭 치고 물었다.

"이봐, 잠깐 여기 매점에 들러도 괜찮나? 담배 한두 갑 사고 싶은데."

나는 두 사람을 따라잡으려고 서둘렀다. 뛰어가느라 심장이 격렬하게 고동치고 머릿속에서는 흥분이 최고점에 도달했다. 매점에 와서도 여전히 머릿속에서 심장이 고동치는 소리가 들렸다. 하지만 심장은 어느새 정상으로 되돌아와 있었다. 그 소리를 듣고 있자니 싸늘한 가을 금요일 밤, 미식축구 경기장 밖에서 게임이 시작되기를 기다릴 때 어떤 느낌이었는지 생각났다. 더 이상 견딜 수 없다고 생각할 때까지 심장은 계속 고동치고 있었다. 이윽고 공을 차자 고동치던 것도 사라지고 게임이 시작되었다. 나는 금요일 밤에 느꼈던 심장의 고동 소리를 지금 똑같이 느꼈다. 그때처럼 거칠게 발을 구를 듯이 조바심이 났다. 내 눈에 보이는 것들도 날카롭고 선명했다. 게임이 시작되기를 기다릴 때, 그리고 얼마 전에 병동 창문으로 밖을 내다볼 때와 똑같았다. 모든 것이 날카롭고 명확하며 안정적이었다. 사물이 이렇듯 선명히 보일 수 있다는 것을 나는 잊어버린 듯했다. 치약과 신발 끈들이 일렬로 늘어서 있고, 선글라스와 볼펜도 가지런히 놓여 있었다. 볼펜에는 평생 물속의 버터

위에도 쓸 수 있다고 보증하는 문구가 적혀 있었다. 카운터 위 높은 선반에는 곰 인형들이 버티고 앉아 눈을 부리부리하게 뜨고 좀도둑들을 지키고 있었다.

맥머피는 내 옆의 카운터로 쿵쾅쿵쾅 걸어가 주머니에 양쪽 엄지를 걸고 여자 점원에게 말보로를 달라고 말했다.

"서른 갑 주쇼. 열심히 피울 작정이니까."

그가 점원에게 싱긋 웃었다.

내 머릿속의 울림은 그날 오후 그룹 미팅 때까지 멈추지 않았다. 나는 사람들의 이야기를 반쯤 흘려듣고 있었다. 그들은 시펠트의 문제를 논의하며 그가 세상일에 적응하려면 자기 문제의 실체에 직면해야 한다고 말했다.("그건 다일랜틴 때문이야!" 시펠트가 마침내 소리친다. "저런, 시펠트 씨, 도움을 받으려면 정직해야 해요." 수간호사가 말한다. "하지만 틀림없이 다일랜틴 때문이에요. 그게 내 잇몸을 물렁물렁하게 만들지 않나요?" 그녀가 미소 짓는다. "짐, 당신은 마흔다섯 살인데…….") 그때 나는 구석에 앉아 있는 맥머피를 흘끗 바라보았다. 그는 지난 이 주간 회의에서 그랬던 것처럼 카드를 만지작거리거나 잡지를 보면서 졸고 있지 않았다. 몸을 수그리고 있지도 않았다. 의자에 똑바로 앉아 얼굴을 붉힌 채 대담한 표정으로 시펠트와 수간호사를 앞뒤로 쳐다보았다. 그런 모습을 지켜보고 있자니 내 머릿속의 울림이 더 격렬해졌다. 그의 눈은 하얀 눈썹 아래에서 파란 선이 되어 포커 테이블에서 카드가 펼쳐지는 것을 지켜볼 때처럼 날카롭게 움직였다. 분명히 당장이라도 중환자실로 보내질 미친 짓을 할 태세였다. 나는 이전에도 다른 환자들에게서 그런 똑같은 표정을 본 적이 있었다. 그들이 흑인 보조원을 두들겨 팬 적이 있었는데 그러기 전에 바로 그런 표정을 지었다. 나는 의자의 팔걸이를 꼭 붙잡고 가만히 기다렸다. 일이 벌어지면 어쩌나 겁이 났다. 그런데 오히려 아무 일도 일어나지 않으면 어쩌나 하는 걱정이 서서히 몰려들었다.

맥머피는 침묵한 채 시펠트 문제가 끝날 때까지 지켜보았다. 이윽고 그는 의자에서 몸을 반쯤 돌려 프레드릭슨을 바라보았다. 프레드릭슨은 그들이 시펠트를 괴롭힌 것에 앙갚음하고자 간호사실에 맡겨 두어야 하는 담배에 대해서 삼사 분 동안 불평을 늘어놓았다. 그는 하고 싶은 말을 실컷 토해 내고 마침내 얼굴이 벌겋게 달아올라서야 언제나처럼 사과를 하고 자리에 앉았다. 맥머피는 여전히 아무런 움직임이 없었다. 나는 의자의 팔걸이를 꽉 잡았던 손의 힘을 풀었다. 그리고 내 예감이 빗나갔다고 생각했다.

회의 시간은 불과 몇 분밖에 남지 않았다. 수간호사는 서류를 챙겨 바구니에 넣고 그것을 무릎에서 바닥으로 내려놓았다. 그리고 맥머피를 흘끗 바라보았다. 맥머피가 졸지 않고 제대로 듣고 있는지 확인하고 싶은 듯했다. 그녀는 무릎 위에 손을 포개고 손가락을 내려다보다가 숨을 깊이 들이마시며 고개를 끄덕였다.

"여러분, 저는 지금 이 말을 꺼내기까지 충분히 생각했습니다. 의사 선생님과도 의논했으며, 다른 의료진과도 진지하게 이야기를 나누었습니다. 매우 유감스럽지만, 모두 똑같은 결론을 내렸습니다. 삼 주 전, 병동 청소 의무와 관련해 어처구니없는 행동을 저지른 여러분에게 처벌이 내려져야 한다는 것입니다."

그녀는 손을 들고 환자들을 죽 둘러보았다.

"오늘 이 말을 꺼내기까지 오랫동안 기다렸습니다. 우리는 여러분이 반항적인 행동을 취한 데 대하여 자진해서 사죄하기를 바랐습니다. 하지만 누구 한 사람 양심의 가책을 느끼는 기미도 보이지 않았습니다."

그녀는 환자들에게서 일어날지 모르는 반론을 막기 위해 다시금 손을 들었다. 그것은 커다란 유리 상자 안의 기계로 된 트럼프 점쟁이의 동작과 비슷했다.

"이해해 주세요. 우리는 치료의 효용성에 대한 충분한 고려 없이 특정한 규칙과 제한 규정을 부과하지는 않습니다. 여러분 상당수는 바깥세상의 규칙에 적응할 수 없었기 때문에 이곳에 와 있습니다. 그 규칙을 당당하게 대하지 못하고 그 주위를 맴돌거나 회피하려고 했기 때문에 여기에 있는 것입니다. 어쩌면 여러분은 사회의 규칙을 비웃고도 용케 빠져나올 수 있었겠죠. 그런데 규칙을 어겼을 때 여러분은 그것을 알고 있었어요. 그리고 응분의 조치가 내려지기를 바라고 있었지요. 사실 그런 조치는 꼭 필요했던 겁니다. 그런데도 처벌은 없었습니다. 부모님들이 어리석게도 여러분의 응석을 받아 준 일이 현재의 병을 키운 원인이 되었는지도 모릅니다. 우리가 규율과 질서를 강조하는 것도 모두 여러분을 위해서라는 점을 이해해 주시기 바랍니다."

수간호사는 방 안을 휙 둘러보았다. 자신이 해야 하는 일에 대한 회의가 그 얼굴에 서려 있었다. 주위는 조용했다. 다만 내 머릿속에서 열이 올라 미친 듯이 울려 대는 소리만 들릴 뿐이었다.

"이런 상황에서 징벌을 내리는 일은 어렵습니다. 여러분은 이 점을 아셔야 합니다. 여러분에게 어떤 벌을 내려야 할까요? 여러분을 체포할 수도 없습니다. 빵과 물만 먹이는 벌을 내릴 수도 없어요. 의료진들도 정말 난처합니다. 어떻게 하면 좋을까요?"

럭클리가 좋은 생각이 있다고 말했지만, 수간호사는 거들떠보지도 않았다. 그녀의 얼굴이 째깍거리는 소리를 내며 움직이다가 다른 표정으로 바뀌었다. 결국 그녀는 자신의 질문에 스스로 대답했다.

"우리는 여러분이 누리는 특권 하나를 회수하기로 했습니다. 이번 반항 사건의 사정을 면밀히 고려해 본 결과 내린 결정입니다. 그 결정이란 여러분이 낮에 카드 게임을 할 때 쓰는 목욕실 이용 특권을 회수하는 게 타당하다는 것입니다. 어떤가요, 이게 부당한 일인가요?"

그녀의 얼굴은 조금도 흐트러지지 않았다. 그녀는 미처 보지 못했지만 모두들 한 사람씩 구석에 있는 맥머피를 바라보았다. 나이 든 만성 환자들도 왜 모두들 한 방향만 바라보는지 이상하다는 표정으로 새처럼 앙상한 목을 죽 내밀고 맥머피를 보려고 얼굴을 돌렸다. 겁을 먹고는 있지만 희망을 품은 얼굴들이 그에게 향해 있었다.

내 머릿속에서 울리던 그 단조롭고 가냘픈 소리는 이제 도로 위를 고속으로 달려가는 타이어 소리로 변해 있었다.

맥머피는 의자에서 몸을 움직여 똑바로 앉았다. 그리고 크고 붉은 손가락으로 콧등의 흉터를 슬슬 긁적였다. 그는 자신을 바라보는 사람들에게 싱긋 웃고는 모자의 챙을 들어 정중히 인사를 하고, 수간호사를 바라보았다.

"이 벌칙에 대해 다른 의견이 없다면, 시간도 다 된 것 같으니⋯⋯."

그녀는 말을 멈추고 맥머피를 바라보았다. 그는 어깨를 움츠리고 한숨을 길게 내쉬었다. 그러고는 두 손으로 무릎을 탁 치고 몸을 밀어 올리듯이 의자에서 벌떡 일어섰다. 그는 기지개를 켜면서 하품을 하고 다시 코를 긁적이더니 휴게실을 가로질렀다. 그가 향한 곳은 간호사실 옆 수간호사가 앉아 있는 쪽이었다. 그는 걸어가면서 엄지로 바지를 끌어올렸다. 그가 어떤 황당한 짓을 감행할지 알 수는 없지만, 말리기에는 이미 늦었다. 나는 그저 다른 사람들처럼 지켜보고 있었다. 그는 아주 너른 걸음걸이로 성큼성큼 걸어갔다. 그러면서 엄지를 다시 주머니에 걸쳤다. 그의 부츠 뒤꿈치에 박힌 쇠가 타일에 부딪칠 때마다 불꽃이 튀었다. 그는 다시 벌목꾼이 되고, 허풍쟁이 도박꾼이 되었다. 덩치 크고 싸움질 잘하는 붉은 머리 아일랜드인, 결투 상대를 향해 시가지의 한복판을 걸어가는 텔레비전에서나 나올 법한 카우보이가 되었다.

그가 가까이 다가오자 수간호사의 눈이 휘둥그레졌다. 수간호사는 그가 무슨 짓을 하리라고는 생각지도 못한 것 같았다. 그녀는 이번에야말로 자신이 마지막 승리자가 되어 자신의 위치가 확립되었다고 확신한 듯했다. 그런데 맥머피가 집채만 한 거대한 모습으로 다가오는 것이다!

그녀는 갑자기 입을 뻐끔거리며 겁에 질린 표정으로 흑인 보조원을 찾기 시작했다. 하지만 그는 수간호사가 있는 곳에 가기도 전에 멈추었다. 그가 간호사실 유리창 앞에 서서 굵고 낮은 목소리로 천천히 말했다. 오늘 아침에 산 담배를 한 갑

타고 싶다고. 그러고는 유리창에 손을 쑥 들이밀었다.

유리 조각은 물이 튀듯 사방으로 퍼져 나가고, 수간호사는 두 손으로 귀를 틀어막았다. 그는 자신의 이름이 적힌 담배 상자를 집어 들고 거기서 한 갑을 꺼낸 다음 제자리에 두었다. 그리고 하얀 분필 조각상처럼 앉아 있는 수간호사에게 조심스럽게 다가가 그녀의 모자와 어깨에 묻은 은빛 유리 조각을 탁탁 털었다.

"수간호사님, 정말 죄송합니다. 잘못했어요. 유리창이 어찌나 깨끗한지 유리가 있다는 걸 깜박 잊어버렸지 뭡니까."

불과 몇 초 사이에 일어난 일이었다. 그는 얼굴에 경련을 일으키며 앉아 있는 수간호사에게서 몸을 돌려 휴게실을 가로질러 자기 의자로 돌아갔다. 그러고는 담배에 불을 붙였다.

내 머릿속에서 울리던 소리는 이미 멈춰 있었다.

3부

24

그 후 한동안 맥머피는 자기 마음대로 행동했다. 수간호사
는 그녀가 다시 최고의 위치에 오를 수 있는 또 다른 아이디어
가 떠오를 때까지 시기를 기다리고 있었다. 그녀는 첫 라운드
에서 참패했으며, 또 한 번 패배할지도 모른다는 걸 알아챘지
만 조금도 성급하게 굴지 않았다. 우선 수간호사는 맥머피의
퇴원을 신청하려고 하지 않았다. 따라서 이 싸움은 그녀가 바
라는 만큼 얼마든지 오래 끌 수 있었다. 그렇게 되면 맥머피도
실수를 저지를 수 있고, 어쩌면 포기해 버릴지도 몰랐다. 혹은
누가 보아도 수간호사의 승리라고 자부할 만한 새로운 전술을
그녀가 생각해 낼 수도 있었다.

수간호사가 새로운 전술을 펴기 전에 여러 가지 일들이 일
어났다. 특히 맥머피가 잠깐 후퇴했다가 돌아와 수간호사의 유
리창을 깨뜨려서 다시 전투 태세에 들어갔음을 선언한 이후
로, 그의 행동에 따라 병동의 분위기가 매우 재미있게 돌아갔

다. 맥머피는 모든 회의와 토론에 참가했다. 그는 귀찮은 듯이 말을 천천히 하고, 윙크를 하고, 열두 살 이후로 웃는 일을 두려워했던 급성 환자들로부터 어떻게든 가느다란 웃음소리라도 끄집어내려고 시시덕거렸다. 그리고 환자들을 모아 농구팀을 결성하고, 팀이 공을 익숙하게 다루어야 한다면서 의사를 구슬려 체육관에서 공 한 개를 얻어내는 허가를 받았다. 수간호사는 이에 반대하면서 다음에는 환자들이 휴게실에서 축구를 하고 복도에서 폴로 경기를 하게 될 거라고 말했다. 그러나 이때만은 의사도 고집을 꺾지 않고 환자들의 요구대로 하자고 맞섰다.

"랫치드 수간호사, 농구팀이 결성된 이후로 많은 선수들이 눈에 띄게 발전하고 있어요. 이는 치료상의 효과가 있음을 증명하는 셈이죠."

수간호사는 어이없다는 표정으로 한동안 의사를 바라보았다. 그렇게 의사도 힘을 과시하고 있었다. 수간호사는 나중에 주도권을 되찾았을 때를 대비하여 의사의 어조를 새겨 두었다. 그래서 고개만 끄덕이고 간호사실로 들어갔다. 그녀는 그곳에 앉아 기계의 제어반을 만지작거렸다. 관리인들은 그녀의 책상 위쪽 창에 새 유리를 끼울 때까지 임시로 두꺼운 마분지를 끼워 두었다. 그녀는 마분지가 없는 듯이 그 뒷자리에 매일 앉아 있었다. 여전히 그곳에서 휴게실을 내다볼 수 있다고 생각하는 듯했다. 네모난 마분지 뒤쪽에 앉은 수간호사는 벽에 걸린 그림 같았다.

수간호사는 아무 말도 하지 않고 가만히 기다렸다. 반면에 맥머피는 오전 내내 하얀 고래가 그려진 바지 차림으로 복도를 뛰어다니거나 침실에서 1센트짜리 주화로 투전 놀이를 했다. 아니면 니켈 도금을 한 호루라기를 불며 복도를 뛰어다니면서 급성 환자들에게 병동 문에서 복도 끝의 간호사실 문까지 잽싸게 공을 던지는 방법을 가르쳤다. 공은 복도에서 대포를 쏘는 듯한 소리로 통통 튀고, 맥머피는 호랑이 상사처럼 "돌진! 이 얼간이들, 자, 공격!" 하고 불호령을 내렸다.

수간호사와 맥머피가 서로 말을 주고받을 때에는 언제나 매우 정중했다. 그는 혼자 외출하고 싶은데 만년필 좀 빌려 주겠냐고 부드럽게 묻는다. 그리고 수간호사가 보는 앞에서 책상 위의 외출원을 기입하여 그녀에게 건네고는 동시에 아주 공손하게 "감사합니다." 하며 만년필을 돌려준다. 수간호사 역시 정중하게 서류를 들여다보며 "의료진과 상의해 보죠." 하고 말한다. 그 상의라는 건 이삼 분밖에 걸리지 않는다. 그녀는 돌아와서 미안하지만 지금으로서는 혼자 외출하는 것이 치료에 도움이 안 된다는 말을 전한다. 맥머피는 다시 수간호사에게 감사의 인사를 하고 간호사실을 나간다. 그리고 사방의 유리창들을 부숴 버릴 만큼 세차게 호루라기를 불어 대며 "연습이다. 이 얼간이들, 공을 잡아. 자, 땀 좀 흘리자고."라고 외친다.

맥머피가 이 병동에 온 지 한 달이 되었다. 이 정도가 되면 동반 외출 허가 신청서를 복도 게시판에 게시하고 그룹 미팅에서 그 가부를 토의받을 권리가 생긴다. 어느 날 그는 수간호사의 만년필로 게시판의 동반자란 밑에 '포틀랜드 시에 사는 캔디 스타'라고 적어 넣었다. 그런데 마침표를 세게 찍는 바람에 펜촉이 망가졌다. 외출 허가 신청은 사나흘 후 그룹 미팅에서 제기되었다. 그런데 그날은 직공들이 수간호사의 책상 앞에 새 유리를 끼우고 간 날이었다. 스타 양은 환자와 함께 외출하기에는 가장 불건전한 인물이라는 이유로 맥머피의 신청이 기각되었다. 그러자 그는 어깨를 움츠리며 그럴 줄 알았다고 말하면서 자리에서 일어나 간호사실로 걸어갔다. 그리고 한쪽 구석에 유리 회사의 스티커가 붙어 있는 유리창 앞에 이르자 주먹을 세게 내뻗었다. 그러고는 손에서 피가 뚝뚝 떨어지는데도 수간호사에게 마분지를 떼고 유리를 끼운 줄 몰랐다며 변명했다.

"이 빌어먹을 유리를 언제 여기에 끼웠소? 이거 정말 위험한데!"

수간호사는 간호사실 앞에서 맥머피의 손에 테이프를 감아 주었다. 그러는 동안 스캔런과 하딩은 휴지통에서 종전에 붙여 두었던 마분지를 주워 와 다시 창에 붙였다. 그것도 수간호사가 맥머피의 손목과 손가락을 감아 줄 때 사용한 것과 똑같은 테이프로 붙였다. 맥머피는 의자에 앉아 몹시 아픈 듯이 이마를 찌푸리며 수간호사의 머리 너머로 스캔런과 하딩에게 윙크를 보냈다. 수간호사의 얼굴은 침착하고 하얀 에나멜처럼 무표정했지만, 한구석에서 초조함이 조금씩 드러나기 시작했다. 테이프를 힘껏 감아 대는 모습은 희미하게 남은 냉정함조차 예전 같지 않다는 것을 보여 주었다.

우리는 체육관으로 가서 환자 팀과 보조원 팀이 벌이는 농구 경기를 구경해야 했다. 환자 팀은 하딩, 빌리 비빗, 스캔런, 프레드릭슨, 마티니인데, 맥머피도 손의 출혈이 멎어 게임을 할 수 있을 때에는 언제든 선수로 뛰기로 했다. 보조원 팀에서는 우리 병동의 몸집이 큰 흑인 보조원 두 명이 뛰고 있었다.

그 두 사람은 코트 위에서 최고의 선수였다. 붉은 트렁크를 입은 한 쌍의 그림자처럼 함께 코트 위를 뛰어다니고, 기계처럼 정확한 슛을 번갈아 가며 터뜨렸다. 그에 비해 환자 팀은 키가 너무 작고, 동작도 너무 느렸다. 게다가 마티니는 걸핏하면 상대 팀에게 패스했다. 결국 우리는 보조원 팀에게 20점 차이로 패배했다. 그러나 우리 대부분이 어쨌든 뭔가 이긴 듯한 기분이 들 만한 사건이 있었다. 공을 잡느라 선수들이 서로 엉켰을 때 워싱턴이라는 덩치 큰 흑인 보조원이 누군가의 팔꿈치에 얼굴을 얻어맞았다. 그가 공을 깔고 앉은 맥머피에게 당장에라도 주먹을 휘두를 듯이 달려들었기 때문에 동료들이 그를 말려야 했다. 코에서 가슴으로 칠판에 붉은 페인트를 끼얹은 듯이 피를 줄줄 흘리며 자기를 잡고 있는 동료에게 "저 녀석이 싸움을 걸었어! 저 자식이 먼저 손을 댔단 말이야!" 하고 외치는 그 흑인을 보고도 맥머피는 눈 하나 까딱하지 않았다.

맥머피는 화장실에서 수간호사가 거울로 발견하게 될 문구를 더 만들었다. 또 일지에는 자신에 대한 기상천외한 얘기들을 잔뜩 적어 놓고 '무명씨'라고 서명해 두었다. 어떤 때는 8시까지 잠을 잘 때도 있었다. 수간호사가 냉정하게 그를 질책했지만, 그는 가만히 서서 설교가 끝날 때까지 듣고 있다가 "수간호사님의 브래지어는 사이즈가 B입니까? C입니까, 아니면 브래지어 같은 건 착용하지 않나요?" 하고 질문하여 그녀의 설교를 무위로 만들어 버렸다.

다른 환자들도 맥머피를 따라 하기 시작했다. 하딩은 수습 간호사들을 보기만 하면 치근덕거리고, 빌리 비빗은 '관찰'이라는 명목으로 타인에 대한 중상을 일지에 적는 일을 완전히 중지했다. 수간호사의 책상 앞에는 다시 유리가 끼워졌는데, 이번에는 하얀 페인트로 커다랗게 X자 표시가 되어 있었다. 맥머피의 입에서 유리를 끼운 줄 몰랐다는 이야기가 또 나올 것을 대비하기 위한 것이었다. 그러나 그 X자 표시의 하얀 페인트가 채 마르기도 전에, 스캔런이 실수를 하여 농구공으로 유리를 깨뜨리고 말았다. 공에 펑크가 나자, 마티니는 죽은 참새를 집어 올리듯 살며시 공을 바닥에서 집어 들었다. 그리고 간호사실에서 책상 위에 흩어진 유리 조각들을 멍하니 바라보고 있는 수간호사에게 공을 가져가 "테이프라도 붙여 이 공을 수리할 수 없을까요? 원래대로 만들 수 없을까요?"하고 물었다. 수간호사는 아무 말 없이 그의 손에서 공을 홱 빼앗아 휴지통에 던져 버렸다.

그렇게 농구 시즌도 분명히 끝나 버린 듯했다. 맥머피는 이제는 낚시를 할 차례라고 생각했다. 그는 플로렌스의 시슬로만에 친구들이 있는데, 허가만 받으면 여덟아홉 명의 환자를 데리고 바다낚시를 하러 갈 수 있다고 의사에게 이야기하고 외출 허가를 신청했다. 그리고 이번에는 복도에 있는 외출원의 동반자란에 '오리건 시 교외에 거주하는 점잖은 이모 두분'이라고 썼다. 회의에서 그는 다음 주말에 외출해도 좋다는 허가를 받았다. 수간호사는 환자 명부에 맥머피의 외출 허가를 정식으로 기입했다. 그리고 발치에 놓여 있던 버들가지 가방에서 그날 조간에서 잘라 낸 신문지 조각을 꺼내 큰 소리로 읽었다. "오리건 주 연안의 바다낚시는 올해 절정을 이루고 있으나, 연어 시즌도 이미 끝나 가고 바다는 파도가 거칠게 일어 위험하다." 그러고는 여러분도 이 기사를 유념해 두는 편이 좋을 거라고 말했다.

"아주 멋있겠군."

맥머피가 말했다. 그는 눈을 감고 이 사이로 소리를 내며 숨을 크게 들이마셨다.

"좋아! 파도가 치는 바다 냄새, 뱃머리에 부서지는 파도 소리, 자연의 힘에 맞서는 용기. 바다에 나설 때야말로 사람은 사람다워지고, 보트는 보트다워지는 것이지. 랫치드 수간호사님, 당신 얘기를 듣고 나는 결정했습니다. 오늘 밤에라도 당장 전화해서 배를 예약해 두겠어요. 간호사님도 같이 가시겠습니까?"

수간호사는 대답 대신 압정으로 신문지 조각을 게시판에 붙였다.

다음 날, 맥머피는 바다낚시 희망자 중에서 보트를 빌리는 값으로 10달러를 낼 수 있는 환자들을 모으기 시작했다. 한편 수간호사는 배가 난파한 얘기며, 해안에 갑자기 폭풍우가 몰아친 기사가 실린 신문을 오려서 가져왔다. 맥머피는 수간호사와 신문 기사를 비웃었다. 그러면서 생애의 대부분을 여러 항구에서 선원들을 상대로 살아온 두 이모님이 바다낚시는 지극히 안전한 것이며 걱정할 일이 아니라고 장담했다는 말을 했다. 그러나 수간호사는 환자들을 잘 알고 있었다. 맥머피가 예상했던 것 이상으로 그들은 신문 기사를 읽고 겁을 많이 먹었다. 맥머피로서는 신청자들이 몰려들 줄 알았는데, 그렇지 않아 속임수라도 써서 설득해야 하는 형편이 되었다. 결국 바다낚시를 떠나기 전날 보트 빌리는 값을 지불하려면 두세 명의 참가자가 더 필요했다.

나는 돈이 없었다. 그러나 신청자 명단에 서명하고 싶다는 생각은 줄곧 갖고 있었다. 맥머피로부터 치누크 연어를 낚는 얘기를 들을수록 더 가고 싶었다. 하지만 내가 가고 싶다고 서명하는 것은 얼토당토않은 일이었다. 내가 서명하면 공공연히 여러 사람에게 내가 귀머거리가 아니라고 자백하는 것과 다를 바가 없었다. 보트나 낚시 얘기를 듣고 있었다는 것을 알게 되면, 지난 십 년 동안 내 주변에서 오가던 비밀스러운 얘기들을 모두 엿듣고 있었다는 사실이 드러나고 말 것이다. 그리고 수간호사가 그걸 알아채면, 그러니까 아무도 엿듣지 않을 거라 생각하고 저질렀던 갖가지 음모와 배신 행위를 내가 모조리 엿듣고 있었다는 것을 알아채면, 그녀는 전기톱으로 나를 진짜 귀머거리나 벙어리로 만들어 버릴 것이다. 그래서 낚시에 따라가고 싶은 마음은 굴뚝같았지만 그런 일을 생각하면 쓴웃음만 나왔다. 귀가 들리는 상태를 조금이라도 더 유지하려면 귀머거리인 척해야 했다.

낚시를 떠나기 전날 밤, 나는 침대에 누워 곰곰이 생각했다. 귀머거리인 체하며, 지금껏 남의 말을 들을 수 있다는 것을 숨겨 온 것에 대해서였다. 과연 앞으로 지금과 다르게 살 수 있을지 의구심이 들었다. 그런데 문득 한 가지 사실이 떠올랐다. 귀머거리가 되기 시작한 것은 나 때문이 아니었다. 애초에 내가 너무 어리석어 보지도 듣지도 말하지도 못한다는 듯이 행동하기 시작한 것은 내 주변 사람들이었다.

이 병원에 들어오고 나서 그런 것은 아니었다. 오래전부터 사람들은 내가 듣거나 말하지 못한다는 듯이 행동했다. 군대에서도 나보다 계급이 높은 사람들은 내게 그런 식으로 행동했다. 나처럼 생긴 사람 옆에 있으면 그렇게 행동하는 게 당연하다고 생각하는 모양이었다. 초등학교 때를 되돌아보아도 "너는 알아듣고 있는 것 같지 않으니, 네가 지껄이는 말에는 귀 기울이지 않겠다."라고 사람들이 말하곤 했다. 나는 침대에 누워 처음으로 이 일을 깨달았을 때를 생각하려고 했다. 우리가 한때 컬럼비아 강 유역의 마을에서 살던 무렵이었다. 여름이었던가…….

내가 열 살쯤 되었을 때이다. 나는 움막 앞에서 뒤꼍에 있는 건조대에 널기 위해 연어에 소금을 뿌리고 있었다. 그때 차 한 대가 간선도로를 비껴 나와 샐비어 꽃이 만발한 길을 따라 이쪽으로 달려오는 게 보였다. 차 뒤쪽으로는 한 무더기의 자욱한 붉은 먼지가 따라오고 있었다.

차가 언덕을 올라와 우리 집 뜰 가까이에 멈춘다. 흙먼지는 차 뒤에서 계속 나와 사방으로 흩어진다. 그러다 결국에는 주변의 샐비어 꽃들을 덮어, 그 꽃들을 벌겋게 그을린 잔해처럼 보이도록 한다. 흙먼지가 가라앉을 때까지 차는 그 자리에서 꿈쩍도 하지 않고 햇빛 속에서 번쩍이고 있다. 그들이 카메라를 목에 걸친 관광객이 아니라는 것을 나는 알 수 있다. 관광객들은 이렇게 마을 가까이까지 차를 몰고 오지 않기 때문이다. 물고기를 사러 왔다면 간선도로에서 살 수 있다. 관광객들은 지금도 인디언들이 백인의 머리 가죽을 벗겨 기둥에 동여매고 불에 태워 죽이는 줄 알고 있기 때문에 마을까지 찾아오지 않는다. 우리 중에 포틀랜드에서 변호사로 일하는 사람이 있다는 것을 그들은 모른다. 그렇게 말한다고 해도 믿어 주지 않을 것이다. 사실 우리 백부는 진짜 변호사가 되었는데, 아버지 얘기로는 백부가 폭포에서 연어를 잡는 일을 좋아했지만 단지 자신도 변호사가 될 수 있다는 것을 증명하려고 변호사 자격을 얻었다고 한다. 아버지는 말한다. "정신을 바짝 차리지 않으면 세상 사람들이 네가 해야 한다면서 강요하는 일을 하게 된단다. 아니면 당나귀처럼 완고해져서 엉뚱한 일을 하게 되거나."라고.

갑자기 차 문이 열리고 세 사람이 밖으로 나온다. 두 사람은 앞문에서, 한 사람은 뒷문에서다. 그들은 언덕길을 넘어 우리 마을 쪽으로 다가온다. 앞의 두 사람은 감색 양복을 입고 있으며, 뒷좌석에서 내린 사람은 백발의 노부인으로, 강철 판 같은 딱딱하고 무거운 천으로 만든 옷을 입고 있다. 세 사람이 샐비어 꽃이 만발한 부근에서 길을 벗어나 아무것도 없는 우리 마당에 도달했을 무렵에는 숨을 헐떡이며 땀에 젖어 있다.

앞에 선 남자가 멈춰서 마을을 둘러본다. 이 남자는 키가 작고 통통하며, 하얀 스테트슨* 모자를 쓰고 있다. 그는 난잡하게 놓인 물고기 건조대와 중고차, 닭장, 오토바이, 그리고 개를 둘러보며 고개를 내젓는다.

"이봐, 지금껏 이런 광경을 본 적이 있나? 처음이지? 한 번도 본 적이 없겠지?"

그는 모자를 벗고 붉은 고무공 같은 머리를 손수건으로 닦는다. 어쩌나 조심스럽게 닦는지 손수건이나 땀에 젖은 몇 가닥의 머리카락이 구겨지지 않도록 주의하고 있는 듯하다.

"이렇게 살고 싶어 하는 사람들이 있다니, 상상이 되나? 어

---

* 카우보이 모자의 일종. 챙이 넓고 운두가 높은 펠트 모자.

떤가, 존? 상상할 수 있겠나?"

그는 폭포의 굉음에 익숙하지 않기 때문에 크게 소리친다.

존은 그의 옆에 서서 짙은 회색 콧수염을 코끝으로 바짝 올려붙여 내가 손질하는 연어 냄새를 막으려 한다. 그의 목과 볼에도 땀이 흐르고 감색 양복의 등도 온통 땀으로 흥건하다. 그는 책에 메모를 하고 원을 그리듯이 계속 걷는다. 그러면서 우리의 움막이며 조그만 채소밭, 그리고 뒤곁에 있는 베드 코드*를 당겨 거기에 널린 엄마의 알록달록한 드레스를 둘러본다. 그리고 완전히 원을 그릴 때까지 빙그르르 돌아, 내가 서 있는 곳으로 돌아온다. 그는 내가 있다는 것을 처음으로 알아챘다는 듯이 나를 쳐다본다. 겨우 2미터 떨어져 있으면서 말이다. 그는 나를 향해 몸을 구부리고 눈을 가늘게 뜨더니 물고기가 아니라 내게서 고약한 냄새가 난다는 듯이 다시 콧수염을 코에 닿을 만큼 쓸어 올린다.

"이 녀석의 부모는 어디 있을 것 같아?"

존이 묻는다.

"집 안에 있을까? 아니면 폭포에 나가 있을까? 이왕 여기까지 왔으니, 이번 문제는 추장과 충분히 얘기해 두는 편이 좋겠는데."

"난 저 움막에 들어가고 싶지 않아."

뚱뚱한 사나이가 말한다.

"움막은 추장이 살고 있는 집이야. 브리켄리지 추장 말이야. 우리를 여기까지 교섭하러 오게 한 장본인. 이 부족의 고귀한

---

* 침대의 매트리스 밑에 걸치는 철망.

지도자라고."

존이 콧수염 사이로 말한다.

"교섭이라고? 난 사양하겠네. 내 일이 아니야. 나는 토지를 평가해 달라는 의뢰를 받았지, 그들과 친해지라는 말은 못 들었네."

존은 그 말에 웃음을 터뜨린다.

"하긴, 그건 맞는 말이야. 그들에게 정부의 계획을 통지할 사람이 있긴 있어야 해."

"아직은 몰라도, 그들도 곧 알게 되겠지."

"안에 들어가 추장과 얘기를 하면 일은 간단해질 것 같은데."

"저 더러운 움막 속으로 들어가란 말인가? 농담이 아니라, 내기를 해도 좋네. 저 속에는 검은 독거미가 득실거릴 거야. 이런 어도비 벽돌로 지은 움막에는 벽 속에 또 하나의 세계, 즉 벌레의 세계가 있다고 하잖나. 그리고 틀림없이 더울 거라고. 정말 저 속은 오븐만큼이나 푹푹 찔 거야. 여기 이애가 열기 때문에 얼마나 많이 탔는지 보라고. 어떤가, 알맞게 익었지?"

사나이는 웃으면서 머리를 톡톡 두드린다. 노부인이 그를 바라보자 웃음을 그친다. 그는 목을 그렁거리다가 땅에 침을 뱉고 아버지가 나를 위해 두송나무에 매어 둔 그네 쪽으로 걸어가서 걸터앉는다. 그리고 거기에 앉아 앞뒤로 흔들흔들하며 모자로 부채질을 한다.

그가 지껄인 말을 생각하면 할수록 화가 치밀어 오른다. 그 사람과 존은 우리 집이며 마을이며 토지에 대해 얘기하면서, 그것들이 어느 정도 값어치를 지니고 있는지 말한다. 두 사람이 내 옆에서 그런 얘기를 하는 까닭은 내가 영어를 할 줄 모른다고 생각하기 때문이다. 그들은 동부 지방 어디에서 온 사람들일 것이며, 그곳 사람들은 인디언에 대한 지식이라곤 영화에서 본 것밖에 없을 것이다. 그들이 지껄이고 있는 말을 내가 이해하고 있다는 것을 알게 되면 그들은 얼마나 부끄러울까.

나는 그들이 집이 덥다 어떻다 하는 이야기를 그저 듣고만 있다. 그러다가 잠시 후 일어서서 뚱뚱한 남자에게 교과서에서 배운 대로 최상의 영어로 말한다.

"흙으로 만든 우리 집은 도시의 어떤 집보다 시원해요. 아니 훨씬 더 시원합니다! 실제로 내가 다니고 있는 학교보다도 시원하고 더댈스의 영화관, '안쪽은 냉동실입니다.'라고 고드름 모양의 글자로 광고를 걸어 둔 영화관보다도 시원합니다!"

그리고 나는 그들이 방으로 들어가 있으면 폭포의 발판에 계시는 아버지를 불러오겠다고 말하려고 한다. 하지만 그들은 내 말은 전혀 들리지도 않는다는 표정을 하고 있다. 그들은 나를 보고 있지도 않다. 뚱뚱한 남자는 그네를 타면서 용암층의 능선 저쪽에서 폭포에 설치한 발판에 늘어서 있는 사람들을 바라보고 있다. 꽤 멀리 떨어졌는데도 물보라 속에 격자무늬 셔츠를 입고 있는 그들의 모습이 보인다. 이따금 누군가가 팔을 휘두르며 칼싸움을 하는 사람처럼 발을 한 발짝 앞으로 내딛는다. 그가 끝이 갈라진 5미터짜리 작살을 높이 쳐들자 한 층 더 높은 발판에서 대기하던 사람이 작살 끝에 찍혀 파닥거리는 연어를 뽑아 준다. 뚱뚱한 사나이는 15미터나 되는 베일처럼 쏟아져 내리는 폭포에 발판을 설치하고 늘어서 있는 사람들의 모습을 지켜보며, 누가 연어를 찍을 때마다 눈을 깜박거리며 탄성을 지른다.

나머지 두 사람, 존과 여자는 그 자리에 그냥 서 있다. 세 사람은 모두 내 말이 한마디도 들리지 않는 것처럼 행동한다. 실제로는 내가 그 자리에 없는 것이 더 낫다는 듯이 나를 무시하고 있다.

모든 것은 이 상태로 잠시 정지해 버린다.

태양이 전보다 더 밝게 세 사람을 비추는 듯한 묘한 느낌이 든다. 다른 모든 것들은 보통 때와 똑같이 보인다. 닭들은 어도비 벽돌집 지붕에 자라 있는 풀 속에서 소란을 떨고, 메뚜기는 풀숲을 이리저리 뛰어다닌다. 물고기 건조대 주변에서는 아이들이 샐비어 가시를 휘두를 때마다 파리 떼들이 날아오른다. 여느 여름날 풍경과 다를 바가 없다. 다만 태양이 낯선 세 사람을 갑자기 밝게 비추고 있을 뿐이다. 그래서 나는 볼 수 있다……. 그들의 몸에 있는 꿰맨 자국들을. 그리고 그들의 몸속에 있는 기계 장치도 거의 볼 수 있다. 기계는 내가 지껄인 말을 받아들여 여기저기에 담아 두려 하지만 제대로 담아 둘 만한 곳이 없기 때문에 밖으로 내뱉어 버린다.

여전히 세 사람은 꿈쩍도 하지 않는다. 그네도 정지해 있다. 그네는 태양에 의해 허공에 뜬 채로 멈춰 버렸으며, 뚱뚱한 사나이도 그네에 앉은 채 고무 인형처럼 딱 굳어 있다. 이윽고 향나무 가지에 앉아 있던 아버지의 뿔닭이 잠에서 깨어 낯선 사람이 집 안에 들어온 걸 보고 개처럼 울어 댄다. 그러자 주술이 풀린다.

뚱뚱한 남자는 소리를 지르며 그네에서 뛰어내린다. 그는 먼지를 날리며 게걸음을 쳐서 모자로 해를 가리고는 향나무에서 뭐가 그렇게 야단법석을 떠는지 둘러본다. 그리고 얼룩덜룩한 점이 있는 닭이라는 것을 알고 땅에 침을 뱉더니 다시 모자를 쓴다. 그가 말한다.

"나는 말이야. 정말이지. 이 마을 정도면 어떤 제안을 해도……. 워싱턴이 준비한 예산 정도만으로도 충분할 거야."

"그렇겠지. 하지만 역시 추장과 면담은 해 봐야 하는데……."

그때 노부인이 요란한 발소리를 내며 앞으로 나오면서 그의 말을 가로막는다.

"아니에요."

그녀가 다시 말한다.

"아니에요."

그녀의 말투는 수간호사와 똑같다. 그녀는 눈썹을 치켜뜨고 주위를 둘러본다. 그 눈은 금전 등록기의 숫자처럼 튀어나와 있다. 그녀는 줄에 얌전히 걸린 내 어머니의 옷을 바라보며 고개를 끄덕거린다.

"아니에요. 오늘은 추장과 얘기해서는 안 돼요. 아직은 아니에요. 내 생각에……. 내가 한번은 브리켄리지 추장의 의견에 찬성했지만 그건 다른 이유가 있어서였어요. 우리가 조사한 기록을 봤으니 추장의 부인은 인디언이 아니고 백인이라는 것을 알고 계시겠죠? 도시에서 온 백인 여자예요. 이름은 브롬든이고요. 보통의 경우와는 반대로, 추장은 부인의 성을 자기 성으로 쓰고 있어요. 그래서 말인데 좋은 생각이 있어요. 오늘은 아무 말도 하지 말고 도시로 돌아갑시다. 물론 도시 사람들에게 정부의 계획을 알려 수력 발전용 댐의 이점이나, 폭포 옆에 늘어선 움막을 치우고 인공 호수를 마련하는 것의 이점 등을 이해시킨 다음, 추장에게 보낼 제안을 타이프로 쳐서…… 착오를 일으킨 듯이 부인 앞으로 우송하면 어떻겠어요? 그러면 우리 일이 훨씬 수월해지겠는데."

그녀는 오래되어 출렁거리는 지그재그형 발판에 서 있는 사람들을 바라본다. 발판은 수백 년 동안 폭포가 쏟아져 내리는 바위들 사이에 만들어진 것이다.

"만약 지금 추장과 면담하여 불쑥 보상금 제안을 내놓아 봤자 나바호족 특유의 고집과 애착심, 향토애 같은 것에 부딪히고 말 겁니다."

나는 아버지가 나바호족이 아니라고 그들에게 말하려고 한다. 그러나 내 말이 들리지 않는다면 말을 한들 무슨 소용이 있을까? 그들에게는 아버지가 어떤 종족이든 상관없다.

여자는 방긋 웃으며 두 남자에게 각각 살짝 고개를 끄덕인다. 남자들이 그녀의 눈빛을 보고 움직이기 시작한다. 여자는 차가 있는 쪽으로 뻣뻣하게 걸어가며 경쾌하고 앳된 목소리로 말한다.

"나를 가르쳤던 사회학 교수님이 강조해서 말하곤 했어요. '어떤 상황에서든 그 힘을 과소평가해서는 안 될 인물이 대개 한 사람씩은 있는 법이다.'라고 말이에요."

그들은 다시 차에 올라 출발한다. 나는 그 자리에 서서 그들이 나를 보기는 한 건지 의아해한다.

그런 옛날 일을 아직까지 기억하고 있다니 나 스스로도 놀랐다. 어린 시절의 일을 이처럼 많이 기억해 낸 게 수백 년 만에 처음 있는 일 같았다. 아직도 기억을 더듬을 수 있어서 몹시 기뻤다. 나는 침대에 누워 여러 가지 다른 일들을 생각하고 있었다. 절반쯤 꿈에 빠져 들자, 침대 밑에서 쥐가 호두를 갉아먹는 듯한 소리가 들렸다. 몸을 굽혀 침대 가장자리에서 들여다보니 번쩍이는 쇠붙이가 내가 눈 감고도 찾을 수 있는 곳에 붙어 있는 껌을 벗겨 내고 있었다. 기버라는 흑인 보조원이 내가 껌을 숨겨 둔 곳을 찾아내 길고 가느다란 가위를 아가리처럼 벌려서 껌을 봉투 속에 긁어 넣고 있었다.

나는 몰래 엿보는 것을 들키기 전에 다시 시트 밑으로 돌아왔다. 기버가 눈치 채지 않았을까 하는 걱정에 심장의 고동 소리가 귓가에 크게 울렸다. '저쪽으로 가라고. 내 껌에 신경 쓰지 말고 할 일이나 하시지.' 나는 그렇게 말해 주고 싶었다. 하지만 내가 들을 수 있다고 누설할 수는 없었다. 그래서 가만히 누워서 몰래 훔쳐본 일을 기버가 알아챘는지 살폈다. 하지만 그는 아무런 내색을 하지 않았다. 단지 가위가 움직일 때마다 껌이 봉투 속으로 떨어지는 소리만 들렸다. 옛날 우리 집의 루핑 지붕을 때리던 우박 소리 같았다. 기버는 혀를 차며 히죽히죽 웃었다.

"으음, 기가 찰 노릇이군. 이 사람 도대체 껌을 몇 번이나 씹어야 직성이 풀리는 거야? 얼마나 씹어 댔는지 지독하게 딱딱하군."

맥머피는 기버가 혼자 지껄이는 말을 듣고 눈을 떴다. 그러고는 한쪽 팔꿈치를 받쳐 몸을 일으키고 이런 시간에 기버가 내 침대 밑에서 무릎을 꿇고 무슨 짓을 하는지 살펴보았다. 그는 흑인 보조원을 잠시 지켜보다가, 무슨 일인지 확인하려는 아이처럼 눈을 비볐다. 그러고는 몸을 똑바로 일으켜 그 자리에 앉았다.

"대체 밤 11시 반에 컴컴한 데서 가위와 종이 봉지를 들고 뭘 싹둑거리고 있는 거야."

흑인은 벌떡 일어나서 회중전등을 맥머피에게 들이댔다.

"이봐, 같이 좀 알자고. 밤중에만 해야 하는 일이 있는 모양인데, 뭘 모으고 있는 거지?"

"잠이나 자요, 맥머피. 당신하고는 상관없으니까."

맥머피는 멋쩍은 듯 씩 웃었다. 하지만 회중전등 빛을 피하지는 않았다. 흑인은 거기에 앉아 있는 맥머피를 잠시 비추었다. 번들거리는 새 상처 자국과 치아, 그리고 어깨에 새겨진 표범 문신이 보였다. 그러자 불안한 느낌이 드는지 회중전등 불빛을 다른 데로 돌렸다. 그는 다시 원래 위치로 돌아가서 대단한 일이라도 되는 듯이 끙끙거리고 씩씩거리며 달라붙은 껌을 떼어냈다.

"야근할 때 해야 하는 일 중에 하나는 말이죠. 침대 주변을 청소하는 일이에요."

그는 씩씩거리면서도 부드럽게 보이고 싶은지 이렇게 설명했다.

"이런 한밤중에 말인가?"

"맥머피, 병동에는 직무 분담표가 붙어 있어요. 청소는 하루 종일 해야 하는 일이라고 나와 있어요!"

"당신들은 10시 반까지 휴게실에 죽치고 앉아서 텔레비전이나 감상하고 있잖아? 그렇지만 않으면 우리가 잠들기 전에 그 일을 끝마칠 수 있을 텐데, 안 그런가? 늙은 랫치드 수간호사는 당신들이 근무 시간에 대개 텔레비전을 보고 있다는 걸 알고 있나? 수간호사가 알게 되면 어떻게 될 것 같아?"

흑인은 일어서서 내 침대 가장자리에 걸터앉았다. 그는 회중전등으로 자기의 이를 톡톡 두드리고 히죽히죽 웃었다. 얼굴이 위쪽으로 돌린 전등불에 비쳐 할로윈의 검은 호박 등처럼 보였다.

"이 껌 얘기를 해 줄게요."

그는 옛날 친구를 대하듯이 맥머피에게 다가앉았다.

"지난 몇 년 동안 브롬든 추장이 어디서 껌을 얻었는지 궁금했어요. 매점에 갈 돈도 없었고, 껌을 주는 사람도 없었으니까요. 또 적십자 부인에게 달라고 하지도 않았거든요. 그래서 나는 죽 지켜보며 기다리고 있었어요. 그랬더니 이것 보세요."

그는 다시 바닥에 주저앉아 내 침대 커버의 가장자리를 들어 올리고 그 밑에 전등을 비추었다.

"어때요? 이 밑에 달라붙어 있는 것이 모두 껌이에요. 그것도 수천 번이나 씹은 것들이지요!"

그것을 보고 맥머피도 재미있는지 히죽거리기 시작했다. 흑인 보조원이 봉지를 들어 바스락바스락 소리 나게 흔들었다. 두 사람의 입에서 웃음이 터져 나왔다. 흑인 보조원은 맥머피에게 밤 인사를 건네고 도시락이라도 되는 것처럼 봉투 주둥이를 둘둘 말았다. 그리고 그것을 어딘가 다른 곳에 숨겨 두려는지 단단히 쥐고 나가 버렸다.

"추장?"

맥머피가 조용히 말했다.

"내게 좀 가르쳐 주지 않겠소?"

그는 오래전 남부 두메산골에서 유행하던 노래를 부르기 시작했다.

"아, 침대에 하룻밤 붙여 두면 스피어민트 맛이 사라질까?"

처음에 나는 몹시 화가 났다. 맥머피도 다른 사람들과 마찬가지로 나를 놀리는 줄 알았기 때문이다.

"아침에 다시 씹을 땐 너무 딱딱해서 씹을 수가 없나?"

그는 나지막한 목소리로 노래 불렀다.

그러나 나는 생각하면 할수록 우스웠다. 열심히 참으려 했지만 금방 웃음이 터져 나올 것 같았다. 맥머피의 노래 때문이 아니라 나 자신 때문이었다.

"궁금해서 도저히 못 참겠군. 누가 똑바로 대답해 주지 않겠소? 침대에 하룻밤 붙여 두면 스피어민트 맛이 사라질까?"

맥머피는 마지막 음을 길게 늘여 나를 깃털로 간질이듯이 놀려 댔다. 나는 도저히 참을 수가 없어 낄낄거리기 시작했다. 나중에는 크게 웃음이 터져 그칠 수 없게 될까 봐 조바심이 났다. 그런데 바로 그때, 맥머피가 침대에서 벌떡 일어나 침실 탁자 속에서 무언가를 찾기 시작했다. 나는 숨을 죽였다. 그러면서 이를 꽉 물고 이제는 어떻게 할지 생각했다. 한참이 지났다. 툴툴대거나 고함을 질러 버리려고 하는데, 맥머피가 침실 탁자 서랍을 닫는 소리가 들렸다. 그 소리는 보일러 문을 닫을 때처럼 울려 퍼졌다. 그가 "이봐요." 하며 무언가 작은 것을 내 침대 위로 던졌다. 도마뱀이나 뱀만 한 것이었는데……

"추장, 지금 내가 줄 수 있는 것은 주시 프루트밖에 없소. 투전 놀이로 스캔런에게서 딴 껌이오."

그는 침대 속으로 다시 들어갔다.

나는 무의식중에 "고마워요."라고 말했다.

그는 아무 말도 하지 않았다. 다만 한쪽 팔꿈치로 받쳐 몸을 일으키고, 흑인 보조원을 바라보듯 나를 빤히 바라보며 내가 다른 말을 꺼내기를 가만히 기다렸다. 나는 침대 커버에 놓인 껌을 집어 들어 손에 꼭 쥐고 다시금 "고마워요."라고 말했다.

내 목이 녹슬어 있고 혀도 삐걱거렸기 때문에 그 말은 소리라고 할 수도 없었다. 그는 약간 연습이 부족한 듯하다면서 웃었다. 나도 함께 웃으려 했지만 어린 암탉이 울려고 하는 것처럼 꺽꺽대는 소리가 나왔다. 웃음소리라기보다는 오히려 울음소리에 더 가까웠다.

그는 서두를 것 없다면서 연습하고 싶으면 아침 6시 반까지라도 내 목소리를 들어주겠다고 말했다. 그리고 나처럼 오랫동안 입을 다물고 있었던 사람에겐 할 이야기가 상당히 많을 거라고 덧붙였다. 그러고는 베개에 누워 가만히 기다렸다. 나는 맥머피에게 할 이야기를 잠깐 생각했지만, 머리에 떠오르는 것을 말로 나타내면 이상한 소리가 나서 도저히 다른 사람에게 말할 수 없을 정도가 되었다. 내가 아무 말 없이 가만히 있자 그는 머리 밑에 두 손을 깍지 끼고 자신의 이야기를 하기 시작했다.

"이봐요, 추장. 옛날 윌러멧 강 유역에서 살던 때가 생각나는데, 당시 나는 유진의 교외에서 콩을 따고 있었소. 일자리를 얻어 운이 좋았다고 생각했지요. 1930년대 초였기 때문에 일자리를 구하지 못한 아이들이 많았거든요. 내가 일자리를 얻을 수 있었던 건 어른들보다 빠르고 깨끗하게 콩을 딸 수 있다는 것을 감독에게 보여 주었기 때문이었소. 하여튼 죽 늘어선 사람들 중에 어린애는 나밖에 없었어요. 내 주위에는 온통 어른들뿐이었지요. 나는 한두 번 그들에게 이야기를 걸어 보았지만 그들이 나처럼 뼈만 앙상하고 해진 옷을 입은 붉은 머리 어린애가 하는 말은 들으려 하지 않는다는 걸 알았소. 그래서 나는 입을 다물었지요. 내 얘기를 들어주지 않는 사람들에게 몹시 화가 나서 그 밭에서 일하던 사 주 동안 입을 꼭 다물고 콩을 땄소. 그 사람들 바로 옆에서 일하며, 그들이 큰아버지나 사촌에 대해 지껄이는 걸 잠자코 듣고만 있었지요. 그들은 누가 일하러 나오지 않으면, 그 사람에 대해 험담을 늘어놓았어요. 사 주 내내 나는 말 한 마디 하지 않았지요. 나중에는 그 작자들이 내가 말을 할 수 있다는 걸 잊어버린 듯했소. 나는 때를 기다리고 있었어요. 드디어 마지막 날이 되자 나는 그들이 아주 나쁜 인간들이라고 얘기해 주었소. 한 사람씩 붙들고 그가 일을 나오지 않았을 때 동료들이 욕을 퍼부었다고 얘기해 주었지요. 그랬더니 내 얘기를 잘 들어주더군요! 결국 그들은 서로 말다툼을 해서 큰 소동을 일으켰어요. 그래서 나는 하루도 쉬지 않은 대가로 500그램당 15센트씩 받게 되어 있는 특별 수당을 못 받았소. 그 무렵부터 마을에서는 나에 대한 평판이 안 좋게 퍼져서 감독은 소동의 원인이 내 탓이라고, 설령 증명할 수 없다고 해도 나 때문이라고 단정해 버렸어요. 그래서 나는 그에게 악담을 퍼부었지. 그때 나불거린 탓에 20달러쯤은 손해를 봤을 거요. 하지만 그만한 값어치는 있었어요."

그는 한참 동안 옛날 일을 생각하며 킬킬거리다가 베개에서 고개를 돌려 나를 바라보았다.

"추장, 당신도 그들에게 보복하려고 정해 둔 날에 대비하여

기회를 엿보고 있는 거요?"

"아니요. 그런 생각은 못 했어요."

내가 말했다.

"그들을 욕할 수 없다는 거요? 생각보단 쉬운 일인데."

"당신은…… 나보다 몸이 훨씬 크고 강하니까."

나는 중얼거렸다.

"무슨 소리요? 무슨 말인지 모르겠군, 추장."

나는 침을 꿀걱 삼켰다.

"당신은 나보다 몸이 크고 강해요. 당신이면 그런 일을 할 수 있어요."

"내가? 농담하고 있는 거요? 어이가 없군. 당신 몸을 좀 봐요. 당신은 이 병동에서 그 누구보다도 머리 하나는 더 커요. 여기서 당신과 맞붙으면 나가떨어지지 않을 사람이 없어요. 그건 틀림없는 사실이오!"

"아니, 나는 너무 작아요. 옛날에는 컸지만 지금은 아니에요. 당신은 나보다 배는 더 커요."

"허허. 당신 미쳤소? 내가 이곳에 들어왔을 때 제일 먼저 눈에 띈 건 당신이었소. 저쪽 의자에 산처럼 떡 버티고 앉아 있던 사람이 당신이었단 말이오. 알겠어요? 나는 클래머스나 텍사스, 오클라호마, 그리고 갤럽 주변 등등 여러 곳에서 살아봤지만, 당신만큼 몸집이 큰 사람은 처음 보았소."

"나는 컬럼비아 협곡 출신이에요."

내가 말했다. 그는 내가 다음 말을 계속하기를 기다렸다.

"우리 아버지는 추장이었어요. 이름은 티 아 밀라투나였죠. 그 이름은 산마루에 솟은 제일 큰 소나무라는 뜻이에요. 하지만 우리가 산꼭대기에서 살았던 건 아니에요. 내가 어렸을 때 아버지는 정말 몸집이 컸어요. 우리 어머니는 아버지의 두 배쯤 됐고요."

"어머니가 굉장히 몸집이 큰 여자였나 보군. 얼마나 컸소?"

"아아, 정말 크죠, 커요."

"몇 센티미터?"

"몇 센티미터요? 카니발에 있던 한 사람이 어머니를 물끄러미 바라보며 175센티미터에 60킬로그램은 되겠다고 말했지만, 그건 그 사람이 겉모습만 보았기 때문이에요. 어머니는 자꾸 커지고 있었으니까요."

"그래요? 얼마나 커졌소?"

"나하고 아버지를 합친 것보다 컸어요."

"어느 날 갑자기 커지기 시작했단 거요? 난 처음 들어 보는 얘긴데. 인디언 여자가 그렇게 크다는 얘기는 지금까지 들어 본 적이 없소."

"어머니는 인디언이 아니에요. 더댈스 출신의 도시 여자지요."

"이름은 뭐요? 브룸든? 음, 잠깐 기다려 봐요."

그는 잠시 생각하고 다시 말을 계속했다.

"도시 여자가 인디언과 결혼했다면, 여자로선 사회적으로 자기보다 아래인 사람과 결혼하는 셈이 되지 않나? 음, 그렇군."

"아니에요. 아버지가 작아진 건 어머니 때문만이 아니에요. 아버지가 몸이 크고 또 어떤 일이든 포기하지 않고 자기 뜻대로 처리했기 때문에 그들 모두가 아버지를 변하게 만들었어요. 마치 그들이 당신에게 하듯이 작당해서 아버지를 변하게 만들었지요."

"추장, 그들이라니, 누구를 말하는 거요?"

맥머피가 갑자기 진지해져서 조용히 물었다.

"콤바인이에요. 콤바인이 오랜 세월 동안 아버지를 변하게 만들었어요. 한동안은 아버지도 대적할 만큼 몸집이 컸지요. 콤바인은 우리가 검열받은 집에서 살기를 바랐어요. 그리고 우리에게서 폭포를 빼앗으려고 했어요. 부족 중에도 그들의 스파이가 있었고, 그들은 아버지의 생각을 변화시켰어요. 도시에서 아버지는 골목으로 끌려가 실컷 얻어맞기도 했어요. 한번은 머리를 짧게 삭발당한 적도 있었어요. 아아, 콤바인은 커요. 굉장히 커요. 아버지는 오랫동안 콤바인과 싸웠지만 결국 어머니 때문에 작아져서 싸울 수 없게 되었어요. 그래서 아버지도 싸움을 그만두게 됐죠."

이야기가 끝나자 맥머피는 한동안 말이 없었다. 이윽고 그는 한쪽 팔꿈치를 받쳐 몸을 일으키고는 내 얼굴을 다시 바라보며 왜 아버지가 골목으로 끌려가 얻어맞았는지 물었다. 아버지가 정부에 모든 것을 양도한다는 서류에 서명하지 않으면 더 가혹한 일을 당하리라는 것을 알려 주기 위해 그랬다고 나는 대답했다.

"정부에 무엇을 양도한다는 거요?"

"모두 다요. 부족과 마을, 폭포……."

"아, 이제 생각이 나는군. 인디언이 옛날에 작살로 연어를 잡곤 했다는 폭포 얘기지? 맞아. 하지만 내 기억으로는 그 부족이 보상금을 듬뿍 받았다고 들었는데."

"그들이 아버지에게 말한 것이 바로 그것이었어요. 하지만 아버지는 '인간이 살아가는 방식을 돈으로 살 수 있느냐? 인간의 존재를 돈으로 계산할 수 있느냐?'라고 말했어요. 그들은 무슨 소린지 알아듣지 못했지요. 같은 부족 사람들도 그랬고요. 마을 사람들은 수표를 들고 모두 우리 집 앞으로 모여들어 이제 어떻게 하면 좋을지 아버지에게 알려 달라고 했어요. 대신 돈을 투자해 달라느니, 어디로 가면 좋을지 가르쳐 달라느니, 어디에 농장을 사면 좋을지 알려 달라느니 하면서 아버지에게 줄기차게 조언을 부탁했지요. 하지만 아버지는 이미 작아질 대로 작아져 있었어요. 게다가 노상 술만 퍼마시고 있었고요. 콤바인이 아버지를 완전히 쓸모없게 만들어 버린 거예요. 누구든 콤바인에게 붙들리면 항복하고 말아요. 당신도 그렇게 될 거예요. 그들은 아버지처럼 커다란 인간을 그냥 두지 않아요. 반드시 콤바인의 일원으로 만들어 버려요. 당신도 곧 알 거예요."

"음, 알 것 같소."

"그러니까 당신도 수간호사의 유리창을 깨지 말았어야 했어요. 이제 당신이 큰 인간이라는 걸 그들이 알았어요. 그들로서는 당신을 쓰러뜨려야 해요."

"야생마를 길들이듯이 말이오?"

"아니, 그렇지 않아요. 들어 봐요. 그들은 그런 식으로 당신을 쓰러뜨리지 않아요. 당신이 싸울 수 없도록 변화시켜 버려요! 뭔가를 머릿속에 장치해요! 뭔가를 심어 버리는 거예요! 큰 인간이 될 기미가 보이면 곧 일에 착수하여 작은 인간으로 남아 있는 동안 더러운 기계를 장치해요. 그래서 완전히 변할 때까지 계속 작동하죠!"

"흥분하지 마쇼, 형씨."

"그러니까 당신이 싸우려고 하면 어딘가에 가두어서 싸울 수 없도록……."

"진정해요, 추장. 잠시 흥분을 가라앉혀요. 다른 사람들이 들어요."

그는 조용히 누워 있었다. 내 침대가 뜨거웠다. 흑인 보조원이 무슨 소리인지 확인하기 위해 회중전등을 들고 고무 밑창을 찍찍 끌며 들어오는 소리가 들렸다. 우리는 그가 지나가기를 가만히 기다렸다.

"결국 아버지는 술에 취해 살았어요."

나는 조그맣게 말했다. 나는 얘기를 그만둘 수 없었다. 적어도 머릿속에 떠오른 얘기를 끝낼 때까지는 그만둘 수가 없었다.

"마지막으로 아버지를 보았을 때, 아버지는 술을 너무 마셔 장님이 된 채 삼나무 숲 속에 있었어요. 아버지가 술병을 입으로 가져갈 때마다 병에서 술을 빨아 마시는 게 아니라, 병이 아버지를 빨아 마시는 꼴이 되었지요. 결국 아버지는 오그라들어 주름이 잡히고 누렇게 돼 버려서 개마저도 아버지를 못 알아볼 정도가 되었어요. 삼나무 숲에서 아버지를 운반하여 트럭에 태우고 포틀랜드까지 데려갔지요. 그리고 아버지는 죽었어요. 나는 그들이 아버지를 죽였다고 생각하지 않아요. 그들은 아버지를 죽이지 않았어요. 그들은 죽이는 것보다 더 악독한 짓을 한 거예요."

갑자기 졸음이 몰려왔다. 더 이상 얘기하고 싶지 않았다. 지금까지 얘기한 것들을 되새겨 보았다. 내가 하고 싶었던 얘기는 아니었다.

"어리석은 얘기를 했지요?"

"그래요, 추장. 당신은 어리석은 얘기를 했소."

맥머피는 침대에서 몸을 굴려 돌아누웠다.

"이런 얘기를 하려던 건 아니었는데. 모든 걸 제대로 말할 수가 없어요. 아무튼 다 쓸데없는 얘기예요."

"쓸데없는 얘기라고는 하지 않았어요, 추장. 다만 어리석은 얘기라고 말했을 뿐이오."

한참 동안 그는 아무 말이 없었다. 나는 그가 잠들어 버린 줄 알았다. 잘 자라고 말해 주고 싶었는데. 나는 그를 바라보았다. 그는 내게 등을 돌리고 누워 있었다. 그의 팔이 이불 위로 나와 있었다. 팔에 새겨진 멋진 문신이 희미하게 보였다. 큰 팔이었다. 내가 미식축구 선수였을 때의 팔만큼이나 컸다. 나는 손을 뻗어 문신을 만져 보고 싶었다. 아직 그가 살아 있는지 확인하기 위해서. 너무 조용히 누워 있어 아직 살아 있는지 그의 몸을 만져 보아야겠다고 생각했다…….

그건 거짓말이다. 그가 살아 있는 걸 모를 턱이 없다. 그의 몸을 만져 보고 싶어 하는 것은 그런 이유 때문이 아니다.

그가 인간이기 때문에 나는 만져 보고 싶다.

이것도 거짓말이다. 인간이라면 주변에 얼마든지 있다. 그렇기 때문에 그 사람들을 만질 수도 있다.

나는 동성애자이기 때문에 그를 만지고 싶은 것이다!

하지만 이것도 거짓말이다. 이 또한 진실을 감추기 위한 하나의 구실에 지나지 않는다. 내가 동성애자라면 그와 다른 것도 하고 싶을 것이다. 나는 그가 그 사람 자체이기 때문에 만지고 싶을 뿐이다.

그러나 그의 팔이 있는 쪽으로 손을 뻗으려 하자, 그는 "이봐요, 추장." 하며 이불을 걷어차고 침대에서 몸을 돌려 나를 바라보았다.

"이봐요, 추장. 내일 우리와 함께 낚시하러 가지 않겠소?"

나는 대답하지 않았다.

"어때요? 이번 낚시는 특별한 기회가 될 것 같은데. 우리를 마중 나올 두 이모님이 누군지 알아요? 이모는 무슨 놈의 이모. 포틀랜드에 있는 여자 친구들인데, 둘 다 시미 댄스*를 추는 매춘부들이오. 어때요?"

나는 겨우 입을 열어 "나는 가난뱅이예요."라고 말했다.

"당신이 뭐라고요?"

"한 푼도 가진 게 없단 말예요."

"아, 그렇군. 그걸 생각 못했군."

그는 또 한동안 아무 말도 하지 않고, 손가락으로 콧등의 흉터를 문지르고 있었다. 손가락이 멈추었다. 그는 한쪽 팔꿈치를 받쳐 몸을 일으키고 나를 바라보았다.

"추장. 당신 몸이 제일 컸을 때, 그러니까 키가 2미터쯤 되고 체중이 130킬로그램쯤 되었을 때 말이오. 목욕실에 있는 제어반만 한 걸 들어 올릴 만큼 기운이 좋았소?"

그는 내 몸을 훑어보며 천천히 말했다.

나는 그 제어반에 대해 생각했다. 그것은 옛날 군대에 있을 때 들어 올렸던 석유 드럼통과 비슷했다. 옛날 같으면 들어 올

---

* 상반신을 흔들며 추는 선정적인 재즈 댄스.

릴 수 있었을 거라고 대답했다.

"그럼 옛날처럼 몸이 커지면 지금도 들어 올릴 수 있단 말이오?"

나는 그럴 수 있을 거라고 대답했다.

"그 정도로 확신이 없으면 안 돼요. 당신을 옛날처럼 크게 만들어 주면 그걸 들어 올리겠다고 약속할 수 있소? 그러겠다고 약속해 주시오. 그러면 당신에게 무료로 보디빌딩 코치를 해 주고, 내가 10달러를 투자해 바다낚시에 데려가겠소!"

그는 혀로 입술을 핥으며 다시 누웠다.

"그렇게 해 주면 내게도 많은 도움이 될 거요."

맥머피는 자리에 누워 혼자 자기 계획을 상상하며 빙그레 웃고 있었다. 어떻게 내 몸을 옛날처럼 크게 만들어 주겠느냐고 묻자 그는 자기 입술에 손가락을 갖다 대며 "쉿!"하고 주의를 주었다.

"비밀을 그처럼 간단히 누설할 수는 없어요. 내가 그 방법을 당신에게 가르쳐 주겠다고는 말하지 않았잖소? 형씨, 인간의 몸을 다시 원래대로 커다랗게 만드는 방법은 모두와 공유할 수 없는 비밀이오. 적의 손아귀에 들어가면 위험해요. 당신 자신도 몸이 커져 가는 것을 알아채지 못하게 할 거요. 하지만 장담하건대, 내 트레이닝 계획대로 따르기만 하면 반드시 몸이 커질 거요."

그는 두 다리를 돌려 침대에서 일어나 앉고는 무릎에 손을 얹었다. 간호사실에서 새어 나오는 희미한 빛이 그의 어깨를 타고 넘어와 치아와 한쪽 눈에 비쳤다. 그의 반짝이는 한쪽 눈이 나를 내려다보고 있었다. 떠들어 대는 경매꾼 같은 목소리가 침실에 조용히 울려 퍼졌다.

"이렇게 되는 거요. 위대한 추장 브롬든이 거리에 납시는 거지요. 그러면 남자든 여자든 어린애든 추장을 보려고 발돋움을 할 거요. '와, 무지무지하게 몸이 큰 사나이야. 한 걸음에 3미터나 나가네. 전깃줄에 닿을까 봐 몸을 숙이고 가네.' 추장은 마을을 쿵쿵 걸어갑니다. 그러다 멈춰서 처녀들을 바라보는 거요. 다른 여자들은 늘어서 있어도 소용이 없어요. 머스크멜론만 한 유방과, 이 거인의 등에 달라붙을 만큼 길고 튼튼한 하얀 다리, 그리고 버터와 벌꿀처럼 달콤하고 따스한 귀여운 여성이 아니면 수백 명이 늘어서 있어도 소용없지요……."

어둠 속에서 그는 내 몸이 커졌을 때의 이야기를 계속했다. 사나이들은 모두 무서워 벌벌 떨고, 아름다운 여인들은 숨을 헐떡거리며 나를 쫓아다닌다는 이야기였다. 이윽고 그는 지금 당장 나가서 낚시 참가자 명단에 내 이름을 적어 놓고 오겠다고 말했다. 그러고는 일어서서 침대 옆에 놓인 작은 탁자 안에서 수건을 꺼내 허리에 감고 모자를 쓰고는 내 침대 맞은편에 떡 버티고 섰다.

"아, 추장. 알겠어요? 여자들이 당신에게 달려들어 바닥에 쓰러뜨릴 거요."

그는 불쑥 팔을 내밀어 내 시트와 이불을 걷어 버렸다. 알몸으로 누워 있는 내 모습이 드러났다.

"어때요, 추장. 내가 말했잖소? 당신은 이미 15센티미터나 더 커졌소."

그는 큰 소리로 웃으며 침대들 사이를 걸어 나가 복도로 향했다.

25

우리와 함께 바다낚시를 가기 위해 두 명의 창녀가 포틀랜드에서 온다! 이런 생각을 하자 6시 반이 되어 침실 전등이 켜질 때까지 침대에 가만히 누워 있기가 어려웠다.

나는 침실에서 제일 먼저 일어나 간호사실 옆에 있는 게시판의 명단을 보고 내 이름이 정말 올라가 있는지 확인했다. 제일 위쪽에 커다란 글자로 '바다낚시 참가 희망자는 기입할 것'이라고 적혀 있었다. 그리고 바로 밑에 맥머피의 서명이 있고, 빌리 비빗이 그다음으로 기입되어 있었다. 세 번째는 하딩, 네 번째는 프레드릭슨, 이렇게 아홉 번째까지 죽 이름이 적혀 있고 열 번째는 비어 있었다. 내 이름은 맨 마지막에 있었는데, 아홉 번째 다음으로 한 줄 건너뛴 자리에 있었다. 내가 병원 밖으로 나가서 두 명의 창녀와 바다낚시를 하러 가게 되는 일은 꿈이 아니었다. 나는 그 광경을 계속해서 머릿속에 떠올렸다. 그렇게 하지 않으면 믿어지지 않을 것 같았다.

세 명의 흑인 보조원이 어느새 내 앞으로 다가와 잿빛 손가락으로 일일이 짚어 가며 명단을 읽어 내려갔다. 그러다가 내 이름을 발견하자, 나를 돌아다보고 씩 웃었다.

"이 얼토당토않은 일에 브룸든 추장을 써 놓은 놈이 있군. 누굴까? 인디언은 글을 쓸 줄 모르는데 말이야."

"하지만 어떻게 인디언이 글을 읽을 수 있다고 생각했지?"

이른 아침에는 아직 그들의 흰옷에 먹인 풀기가 빳빳해서 움직일 때마다 종이 날개처럼 바삭바삭 소리가 났다. 나를 비웃고 있는 그들 앞에서 나는 아무 소리도 못 듣는 것처럼, 아무것도 모르는 것처럼 행동했다. 하지만 그들이 빗자루를 내게 떠맡기며 그들의 일인 복도 청소를 하도록 재촉하자, 나는 돌아서서 침실 쪽으로 걸어갔다. 그러면서 '청소는 무슨 청소. 포틀랜드의 두 창녀를 데리고 낚시를 떠날 사람이 그런 시시한 일을 할 수 있겠어?' 하고 속으로 중얼거렸다.

하지만 막상 그들에게서 빠져나오자 약간 두려워졌다. 지금까지 흑인 보조원의 명령을 거역한 적이 한 번도 없었기 때문이다. 뒤를 돌아보니 그들이 빗자루를 들고 뒤쫓아 오고 있었다. 맥머피가 없었다면 당장 침실로 들어와 나를 붙잡았을 것이다. 다행히 맥머피가 거기에서 야단법석을 떨고 있었다. 그는 고래고래 소리 지르며 침대 사이를 돌아다니고, 오늘 아침에 낚시를 떠나겠다고 기입한 환자들을 수건으로 탁탁 치면서 깨우고 있었다. 흑인 보조원들은 고작 복도 청소를 시키기 위해 위험을 무릅쓰고 들어가기에는 침실이 불안전하다고 생각한 모양이었다.

맥머피는 오토바이용 모자를 빨간 머리 앞으로 푹 내려썼다. 그 모습이 보트 선장 같았다. 싱가포르에서 새겼다는 문신이 티셔츠 밖으로 드러나 보였다. 그는 배의 갑판 위에 선 것처럼 성큼성큼 걸으며 갑판장이 호각을 불듯 손가락을 입에 대고 휘파람을 불었다.

"전원 갑판으로 집합, 갑판으로 집합, 명령 위반자는 전원 무거운 형벌에 처하겠다!"

그는 하딩의 침대 옆에 놓인 작은 탁자를 주먹으로 두드렸다.

"6점 종(六点鐘), 이상 없음. 속도 정상. 전원 갑판 집합. 페니스는 그만 만지고 어서 양말을 집어."

그는 문가에 서 있는 내 모습을 보고, 달려와 드럼을 치듯 내 등을 툭 쳤다.

"이 위대한 추장을 봐요. 이 사나이야말로 훌륭한 선원이자 낚시꾼의 표본이오. 새벽에 먼저 일어나 미끼로 쓸 붉은 지렁이를 파내 주었거든. 당신들은 모두 쓸모없는 얼간이들이오. 추장을 좀 본받아요. 갑판으로 집합. 오늘은 결전의 날! 잠자리에서 뛰쳐나와 바다로 나갑시다!"

급성 환자들은 툴툴거리며 그의 수건을 붙잡았다. 만성 환자들도 잠시 깨어나 주위를 두리번거렸다. 밤새도록 가슴이 시트에 눌려 있었기 때문에 그들의 얼굴은 핏기 없이 창백했다. 그들은 침실 안을 둘러보고, 마침내 허약한 노인의 표정을 지으며 뭔가 바라는 듯한 호기심에 찬 얼굴로 나를 바라보았다. 그리고 일부는 그 자리에 누운 채 내가 낚시를 가기 위해 따뜻한 옷으로 갈아입는 모습을 가만히 지켜보고 있었다. 나는 왠지 불안하고 못된 짓이라도 하는 듯한 기분이 들었다. 그들은 만성 환자 중에서 유일하게 나만 선발되어 낚시에 간다는 것을 알아챘을 것이다. 그래서인지 모두 나를 노려보았다. 오랜 세월 휠체어에 묶인 채 다리에는 덩굴 같은 도뇨관을 달고 평생 꼼짝 못하는 노인들. 그들은 나를 지켜보며 본능적으로 내가 낚시에 간다는 것을 눈치 챘을 것이다. 분명히 그들은 알고 있다. 비록 그들 속에 남아 있던 인간적인 요소는 소멸되었을지언정 오랜 동물적 본성은 그대로 있기 때문이다.(가령 한밤중에 침실에서 누가 숨을 거둔 경우, 아무도 눈치 채지 못하지만 이런 노인 만성 환자들은 갑자기 일어나 머리를 들고 크게 부르짖는다.) 그리고 그들은 아직 옛날을 생각할 정도의 인간적인 요소가 남아 있으므로 다른 사람에 대해 질투를 느낄 수도 있다.

맥머피는 참가자 명단을 보러 갔다 와서 또 한 사람의 급성 환자를 참가시키려고 설득하기 시작했다. 그는 침대 사이를 돌아다니다가 머리 위로 시트를 뒤집어쓰고 자는 사람이 있으면 침대를 걷어차면서 노래를 불렀다. 그리고 밖으로 나가 남자답게 바닷바람을 맞으며 뱃노래를 부르고 럼주를 마시는 것보다 멋진 일이 어디 있겠냐고 설득했다.

"어이, 게으름뱅이. 선원이 한 사람 더 필요해. 희망자가 한 사람 더 필요하단 말이야……."

하지만 아무도 그 말에 넘어가지 않았다. 최근 바다가 무척 사납고, 배가 몇 척이나 침몰했다는 수간호사의 말에 다들 겁을 먹고 있었다. 아무래도 그 마지막 한 사람을 끝까지 찾지 못할 것 같았다. 그러나 30분 후, 식당 입구에서 아침밥을 먹기 위해 문이 열리기를 기다리고 있을 때 조지 소렌슨이 맥머피 쪽으로 다가왔다.

그는 이가 빠졌으나 키가 크고 근육이 잘 발달한 스웨덴계 노인으로 병적으로 청결한 것을 좋아하여 여기저기 문지르기 때문에 흑인들로부터 '문지르기 조지'라고 불렸다. 그 조지가 어슬렁어슬렁 몸을 뒤로 젖히고 발이 얼굴보다 앞서게 해서 복도를 걸어왔다.(이처럼 몸을 뒤로 젖히고 있으면 다른 사람과 대화할 때 최대한 얼굴을 멀리 할 수 있다.) 그는 맥머피 앞에 멈춰 서더니 손으로 입을 가리고 무슨 말을 중얼거렸다. 조지는 몹시 부끄럼을 타는 사람이었다. 그의 눈은 눈썹 아래에 깊이 파여 들어가 있어서 잘 보이지 않았다. 게다가 언제나 큰 손바닥을 얼굴에 대고 있어서 다른 부분도 거의 보이지 않았다. 그의 머리는 돛대처럼 우뚝 솟은 몸집 위에서 까마귀 집처럼 흔들거렸다. 그가 손으로 입을 가리고 중얼거렸기 때문에 참다못한 맥머피는 목소리가 들리도록 그의 손을 확 치웠다.

"조지, 뭐라고 하는 거요?"

"지렁이 말이야. 지렁이로는 안 될걸. 치누크 연어에는 안 돼."

그가 말했다.

"지렁이라고? 지렁이가 어찌 되었다는 것인지 가르쳐 주면 당신이 무슨 말을 하는지 이해가 되겠는데요, 조지."

맥머피가 말했다.

"좀 전에 들었어. 브롬든 씨가 미끼로 쓸 지렁이를 캐고 있다고 당신이 말했잖소."

"그렇소, 영감. 그렇게 말했소."

"그래서 말인데. 지렁이로는 낚을 수가 없어. 분명히 이번 달은 커다란 치누크 연어가 헤엄쳐 오는 시기인데 먹이로는 청어밖에 없어. 그렇고말고. 우선 청어를 조금 낚아 미끼로 쓰는 거요. 그렇게 하면 조금은 잡을 수 있지."

그의 목소리는 말끝에서 어조가 높아졌다. "잡을 수 있지?" 하면서 질문하는 것 같았다. 그의 큰 턱은 오늘 아침에 이미 문지를 대로 문질러서 피부가 벗겨져 있었는데, 그 턱을 맥머피를 향해 한두 번 위아래로 끄덕이고 돌아서서 줄의 맨 끝으로 걸어갔다. 맥머피가 조지를 불러 세웠다.

"잠깐 기다려요, 조지. 당신 말을 들으니, 낚시에 대해 잘 아는 것 같군요."

조지는 뒤돌아서 맥머피가 있는 곳으로 발을 질질 끌며 돌아왔다. 심하게 뒤로 젖혀진 폼이 발로 밀어서 항해하는 것 같았다.

"물론이지. 이십오 년 동안 치누크 연어를 잡는 트롤링 어선을 탔거든. 하프문 만에서 퓨젯 해협까지 돌아다니며 활약했다네. 이십오 년 동안 고기를 잡았지. 그 바람에 내 몸이 완전히 더러워졌어."

그는 두 손에 남아 있는 더러운 자국을 우리에게 보여 주었다. 주변에 있던 환자들도 몸을 앞으로 숙여 그 손을 바라보았다. 내 눈에는 더러워 보이지 않았다. 대신 바다에서 길고 긴 낚싯줄을 끌어당긴 탓에 생긴 상처가 흰 손바닥에 깊이 파여 있는 것이 보였다. 그는 손을 잠시 우리에게 보여 주었다가 주먹을 쥐고 파자마 셔츠 속으로 감추었다. 너무 오래 보이고 있으면 더러워진다고 생각하는 듯했다. 이윽고 그는 자리에서 일어나 소금물에 절인 돼지고기 색의 잇몸을 드러내며 맥머피에게 씩 웃어 보였다.

"나는 멋진 트롤링 보트를 가지고 있었소. 길이가 12미터나 되었지. 선체는 3미터 정도 물에 잠기고, 진짜 티크나무와 떡갈나무로 만든 것이었지."

그는 이렇게 말하면서 몸을 앞뒤로 흔들었다. 마루가 평평한지 의심스러울 정도였다.

"정말 멋진 보트였어."

그가 등을 돌리려 하자, 맥머피가 다시 막았다.

"조지, 당신 어부였다는 것을 왜 말하지 않았소? 나는 제법 훌륭한 뱃놈인 양 이번 항해에 대해 떠들어 왔는데 말이오. 그런데 이것만은 비밀로 해 두었으면 좋겠소. 내가 타 봤던 배는 구경하기 위해 탄 전함 미주리호뿐이고, 물고기에 대한 지식만 하더라도 생선을 손질하는 것보다는 먹는 것을 더 잘한다는 거요."

"생선 손질은 쉬운 일이지. 시범을 보여 줄 사람이 있을 거요."

"조지. 제발 당신이 우리 선장이 되어 주었으면 좋겠소. 우리가 당신의 뱃사람이 될 테니까."

조지는 몸을 뒤로 젖히면서 고개를 흔들었다.

"그 보트가 너무 더러워. 전체적으로 아주 더럽지."

"그런 일은 없소. 뱃머리에서 고물까지 특별히 소독한 보트를 빌렸소. 사냥개 이빨처럼 깨끗이 닦아 놓았단 말이오. 그리고 조지, 당신은 선장이니까 더러워질 일이 없어요. 낚시 바늘에 미끼를 끼울 필요도 없고요. 선장이 되어, 우리 경험 없는 신출내기 어부들에게 명령만 내리면 되는 거요. 어떻소?"

조지는 마음이 흔들렸다. 그가 셔츠 속에서 두 주먹을 꽉 쥔 것으로 보아 알 수 있었다. 하지만 그는 더러워지는 위험을 무릎쓸 수는 없다고 말했다. 맥머피는 어떻게든 그를 설득하려고 애썼지만 조지는 여전히 고개를 흔들었다. 그때 수간호사의 열쇠가 식당 자물쇠 구멍에 꽂히고, 버드나무 가방에 든 여러 물건들이 달그락거리는 소리와 함께 그녀가 나타났다. 수간호사는 환자들이 늘어서 있는 곳을 지나칠 때마다 한 사람 한 사람에게 기계적인 미소와 함께 아침 인사를 건넸다. 맥머피는 조지가 수간호사에게 인사를 받았을 때 고개를 뒤로 젖히며 씁쓸한 표정을 짓는 모습을 보았다. 수간호사가 지나가자, 맥머피는 고개를 뒤로 젖히며 조지에게 눈을 깜박했다.

"조지, 수간호사는 바다가 사납다고 떠들어 대는데, 이번 항해는 얼마나 위험할 것 같소?"

"그야 물론 아주 안 좋을 수도 있지. 굉장히 거칠 거요."

맥머피는 간호사실로 들어가는 수간호사를 바라보고 있다가 다시 조지를 쳐다보았다. 조지는 셔츠 속에서 전보다도 더 세게 두 손을 비틀면서, 자신을 말없이 지켜보는 사람들의 얼굴을 둘러보았다.

"농담이 아니야!"

그가 불쑥 말했다.

"수간호사의 말에 내가 겁을 먹고 있는 줄 아나? 그렇게 생각하고 있어?"

"아니, 그렇지 않아요, 조지. 하지만 이렇게는 생각하고 있소. 당신이 우리와 같이 가지 않은 상태에서 폭풍우가 닥치면, 우리는 모조리 바다 속으로 사라져 버릴 것이라고 말이오. 나는 배를 부리는 일에 대해서는 아무것도 모른다고 말했소. 그리고 또 한 가지 일러 줄 게 있소. 우리를 마중 나온다는 두 여자 있잖소? 의사에게는 내 이모님이자 어부의 미망인이라고 말했던 사람들 말이오. 실은 두 사람 모두 딱딱한 시멘트 위를 달린 적은 있어도 바다를 배 타고 항해한 적은 없어요. 그러니 급할 때는 나보다 더 도움이 될 것도 없소. 조지, 당신이 꼭 필요해요."

맥머피가 담배 한 대를 피우면서 물었다.

"그런데 당신 10달러 있소?"

조지는 고개를 흔들었다.

"그럴 테지. 하지만 그래도 상관없소. 돈을 좀 더 챙기겠다는 생각은 이미 며칠 전에 포기했으니까. 자아."

맥머피는 녹색 재킷의 주머니에서 연필을 꺼내 셔츠 자락으로 깨끗이 닦아 내더니 조지에게 내밀었다.

"당신이 선장이 되어 준다면 5달러에 데려가겠소."

조지는 다시 우리를 둘러보고, 난처한 듯이 커다란 눈썹을 위아래로 움직였다. 그러더니 마침내 하얀 잇몸을 드러내며 싱긋 웃고 연필을 잡았다.

"할 수 없군!"

그는 연필을 가지고 명단의 마지막 공백에 사인하기 위해 걸어갔다. 아침 식사 후, 복도를 지나가던 맥머피는 조지의 이름 끝에 활자체로 'CAPT'(선장)라고 적어 넣었다.

창녀들은 좀처럼 나타나지 않았다. 모두 여자들은 오지 않을 거라 생각하기 시작했다. 그때 창가에 있던 맥머피가 소리를 질러 대 모두 달려가 창밖을 내다보았다. 맥머피는 여자들이 왔다고 말했다. 그런데 차 두 대가 올 것으로 예상했던 것과는 달리 한 대밖에 보이지 않았다. 여자도 한 사람밖에 보이지 않았다. 차가 주차장에 멈추자 맥머피는 그물 창 너머로 여자에게 소리를 질렀다. 여자는 잔디를 가로질러 곧장 병동 쪽으로 달려왔다.

여자는 우리가 상상했던 것보다 젊고 예뻤다. 환자들은 찾아올 여성이 이모가 아니라 창녀라는 것을 이미 알고 있었기 때문에 여러 가지 기대를 하고 있었다. 환자들 가운데 신앙심이 깊은 사람들은 창녀가 마중 나온다는 것을 유쾌하게 생각하지 않았다. 그러나 파란 눈의 여자가 잔디 위를 빠르게 달려 병동으로 오고 있었다. 길게 땋아 뒤로 늘어뜨린 머리가 걸음을 내디딜 때마다 햇빛 속에서 구릿빛 스프링처럼 통통 튀었다. 그때 우리가 생각한 건 그녀가 여자라는 것, 서리를 맞은 듯이 머리에서 발끝까지 하얀 옷을 입은 간호사가 아니라는 것뿐이었다. 이 여자가 어떻게 돈을 벌건 상관이 없었다.

여자는 곧바로 맥머피가 서 있는 그물 창 앞으로 달려와 철망 사이에 손가락을 걸고 몸을 가까이 댔다. 달려온 탓에 여자는 숨을 헐떡거렸다. 숨을 쉴 때마다 여자의 몸이 철망 너머로 부풀어 오를 듯했다. 그녀는 약간 흐느껴 울고 있었다.

"맥머피, 오, 맥머피……."

"진정해. 샌드라는 어디 있어?"

"바빠서 못 왔어요. 그건 그렇고, 건강은 괜찮아요?"

"바쁘다고?"

"사실은."

여자는 코를 훔치고 피식 웃었다.

"샌디는 결혼했어요. 비버튼에서 온 아티 길필리언이라고 기억하죠? 파티에 올 때마다 자랑거리를 가져오던 남자요. 뱀이나 하얀 생쥐 같은 것을 주머니에 넣고 오던 사람 말이에요. 정말 정신병자 같은……."

"오, 이런!"

맥머피는 신음하듯이 말했다.

"캔디, 그런데 저런 포드 한 대로 어떻게 열 명을 운반하지? 샌드라와 비버튼에서 왔다는 녀석, 도대체 나더러 어쩌라는 거야?"

여자는 그 해답을 찾아내려는 듯 고개를 갸우뚱했다. 그때 천장의 스피커에서 수간호사의 목소리가 흘러나왔다.

"맥미피 씨, 여자 친구와 얘기하고 싶으면 환자들을 놀라게 하지 말고 현관 정문에서 절차에 따라 수속을 끝내고 안으로 들어가게 하세요."

여자는 철망이 있는 곳에서 정문으로 향했다. 맥머피는 그물 창에 남아 구석에 있는 의자에 털썩 주저앉으면서 고개를 축 늘어뜨렸다.

"이게 뭐람."

키 작은 흑인 보조원이 여자를 병동으로 들여놓고 깜박하고 문을 잠그지 않았다.(그 녀석은 나중에 호되게 욕을 먹었다.) 여자는 간호사실 앞을 지나 복도를 뛰다시피 걸었다. 간호사들은 일제히 얼음 같은 시선을 던져 여자의 경쾌한 발걸음을 얼어붙게 하고 있었다. 여자는 마침 그곳을 지나던 의사보다 서너 걸음 앞서서 휴게실로 들어갔다. 의사는 서류를 들고 간호사실로 가던 중에 여자를 보았다. 그는 다시 서류를 보고 또다시 여자를 보고 안경이 어디 있는지 황급히 찾았다.

여자는 휴게실 한복판에 서서 자기가 녹색 환자복을 입은 마흔 명의 사내들에 둘러싸여 있는 것을 느꼈다. 주위는 아주 조용하여 배에서 꼬르륵거리는 소리가 들릴 정도였다. 만성 환자들에게서는 도뇨관에 물이 차는 소리가 들렸다.

여자는 잠시 그곳에 서서 주위를 둘러보며 맥머피를 찾았다. 덕분에 주위에 둘러선 사나이들은 여자를 천천히 훑어볼 수 있었다. 여자의 머리 위 천장 언저리에 파란 연기가 피어오르고 있었다. 병원 기계가 갑자기 들이닥친 여자에게 맞추려고 하다가 병동 여기저기에서 타 버리고 만 것이었다. 여자를 탐지하려고 했지만 병동에서는 이런 것을 취급하도록 만들어져 있지 않았기 때문에 기계가 자살하듯 타 버린 것이다.

여자는 작지만 맥머피와 똑같은 하얀 티셔츠를 입고 하얀 테니스화를 신고 있었다. 그리고 다리의 혈액 순환을 위해 무릎이 터진 청바지를 입고 있었다. 그것은 여자의 풍만한 육체를 생각하면 약간 옷감이 모자라는 느낌을 주었다. 그녀는 옷을 몸에 걸치지 않은 모습을 많은 남자들에게 보였을 것이다. 그런데 지금은 무대 위에 올라선 여학생처럼 사람들의 이목을 의식하며 안절부절못했다. 환자들은 여자를 멍하니 바라보고 있을 뿐 아무 말도 꺼내지 않았다. 이윽고 마티니가 조용히 말했다. 바지가 너무 꼭 끼어서 뒷주머니에 든 동전의 제조 연도까지 읽을 수 있겠다고. 그는 여자 가까이에 있어서 다른 사람들보다 더 잘 볼 수 있었다.

큰 소리를 낸 것은 빌리 비빗이 처음이었다. 그것도 말이라기보다는 나지막한, 고통에 가까운 휘파람이었다. 아가씨는 어느 누구보다도 미인이라는 뜻을 전하는 정도였다. 그녀는 옷으면서 비빗에게 고맙다고 말했다. 비빗이 얼굴을 붉히자 여자도 그에 맞춰 얼굴을 붉히며 또 웃었다. 이것으로 딱딱한 분위기가 누그러져 환자들도 움직이기 시작했다. 급성 환자들은 일제히 여자에게 몰려와 한 번이라도 말을 붙이려고 했다. 의사는 하딩의 코트를 잡아당기며 대체 저 여자는 누구냐고 물었다. 맥머피는 의자에서 일어나 환자들 사이를 헤치고 여자에게 다가갔다. 여자는 맥머피를 보자 그를 끌어안으며 "맥머피." 하고 외쳤다. 그러고는 부끄러웠는지 다시 얼굴을 붉혔다. 얼굴이 붉어지면 이 여자는 열예닐곱 살 처녀로밖에 보이지 않았다. 정말 그랬다.

맥머피는 모두에게 여자를 소개했고, 그녀는 환자들과 악수를 했다. 빌리 앞에 왔을 때 여자는 휘파람을 불어 주어서 고맙다고 다시 말했다. 이때 수간호사가 간호사실에서 생글생글 웃으면서 미끄러지듯이 나타났다. 그녀는 맥머피에게 열 사람을 차 한 대에 어떻게 태우고 가겠냐고 물었다. 맥머피는 의료 요원의 차를 빌려 자기가 운전하면 어떻겠느냐고 되물었다. 수간호사는 규칙상 그렇게 할 수 없다고 말했다. 모두가 예상했던 대로였다. 수간호사는 동반 책임자용 서류에 사인해 줄 또 다른 운전사가 없는 한, 반은 여기 남아 있어야 한다고 말했다. 그러자 맥머피는 그렇게 되면 뱃삯의 차액을 메우기 위해 자신이 50달러를 내야 하며 남는 사람들에게 돈을 돌려줘야 한다고 말했다.

"그럼 낚시를 그만두는 게 어때요. 돈은 모두 돌려주고."

수간호사가 말했다.

"배는 이미 빌려 놓았고, 지금쯤 내 70달러가 뱃사람의 주머니에 들어가 있을 텐데요!"

"70달러요? 그래요? 환자들에게서 100달러를 모으고 그 위에 당신이 10달러를 보태 교통비에 충당한다고 말한 걸로 알고 있는데요, 맥머피 씨?"

"왕복 휘발유 값도 필요합니다."

"그래도 30달러는 들지 않잖아요?"

수간호사는 맥머피에게 다정한 웃음을 보내며 그의 반응을 기다렸다. 맥머피는 두 손을 공중에 쳐들면서 천장을 보았다.

"두 손 두 발 다 들었네. 뭐 하나 그냥 넘어가는 법이 없군요, 여검사님. 당신 말대로 나머지 돈은 내가 가지고 있었죠. 하지만 다른 친구들이 그걸 가지고 이러쿵저러쿵하지는 않을 거예요. 여러 가지로 노력한 대가라고 생각했는데……."

"하지만 당신 계획은 실패했어요."

수간호사가 말했다. 그녀는 여전히 그를 동정 어린 눈길로 보며 히죽히죽 웃었다.

"랜들, 당신의 소규모 투기 거래가 모두 성공할 수는 없군요. 실제로 지금 생각해 보니 당신은 그동안 게임에서 번 것보다 더 많이 벌어들인 셈이에요."

수간호사는 맥머피의 수입을 어림하는 듯 생각에 잠겼다가 다시 입을 열었다.

"그래요. 병동의 급성 환자들은 모조리 당신이 벌인 도박 게임에서 차용증을 썼으니, 이번에 얼마 안 되는 손실은 감수할 수 있지 않나요?"

여기까지 말하고 수간호사는 입을 다물었다. 그녀는 맥머피가 더 이상 자신의 말에 귀 기울이고 있지 않다는 것을 알아챘다. 맥머피는 의사를 바라보고 있었다. 그런데 의사는 금발 여자의 티셔츠를, 마치 그녀 말고는 주위에 아무도 없다는 듯이 훑어보고 있었다. 넋 놓고 있는 의사의 모습을 바라보는 맥머피의 얼굴에 미소가 번졌다. 그는 모자를 뒤로 젖혀 쓰고 의사 곁으로 다가가 어깨에 손을 얹었다. 의사는 움찔했다.

"어때요, 스피비 선생님. 치누크 연어가 미끼를 물었을 때의 모습을 본 적이 있나요? 그건 칠대양 가운데서 맛볼 수 있는 가장 짜릿한 광경이죠. 이봐, 캔디, 의사 선생님에게 바다낚시 이야기를 해 드리지그래……."

맥머피와 캔디가 합심하여 의사를 설득하는 데는 채 이 분도 걸리지 않았다. 의사는 사무실 문을 잠그고 나오더니 서류 가방에 종이를 넣으면서 복도로 돌아왔다.

"배에서 이 많은 서류를 정리할 수 있겠지요."

그는 수간호사에게 이렇게 말하고는 그녀가 대답할 틈도 주지 않고 재빨리 사라졌다. 낚시를 떠날 사람들은 모두 그 뒤를 천천히 따라갔다. 그러면서 간호사실 입구에 서 있는 수간호사에게 씩 웃어 보였다.

낚시에 가지 않는 급성 환자들은 휴게실 입구까지 따라와서 고기를 잡아서 손질하지 않고 그냥 가져오면 안 된다고 말했다. 그리고 엘리스는 벽에 걸린 못에서 두 손을 빼어 빌리 비빗의 손을 꼭 잡고 인간을 낚는 어부가 되어 달라고 말했다.

여자가 휴게실에서 나갈 때 청바지에 붙어 있던 놋쇠 장식이 그에게 윙크하듯 반짝이는 것을 바라보던 빌리는 엘리스에게 인간을 낚는 어부가 되기로 했다고 말했다. 그리고 병동 입구에서부터 우리를 따르기 시작했다. 키 작은 흑인 보조원은 우리들이 지나가자 문의 열쇠를 잠갔다. 우리는 밖으로 나갔다.

태양은 구름을 하늘 높이 끌어 올리고 벽돌로 지은 병원 정문을 장밋빛으로 물들였다. 산들바람은 떡갈나무의 잎을 한 장씩 벗겨다가 철망 울타리에 차곡차곡 쌓아 올렸다. 이따금씩 작은 갈색 새들이 울타리에 날아와 앉았다. 바람에 휘날리는 나뭇잎이 울타리에 부딪히면 새는 바람과 함께 날아올랐다. 울타리에 부딪힌 잎이 새로 변해서 날아오르는 것처럼 보였다.

멋진 가을날이었다. 낙엽 타는 연기가 자욱하고, 축구공을 차는 아이들의 환호성과 소형 비행기가 왔다 갔다 하는 소리가 가득했다. 이런 날에는 문 밖에 나와 있는 것만으로도 행복을 느끼기 마련이다. 그러나 의사가 차를 가지러 간 동안 우리는 주머니에 두 손을 찌르고 한 덩어리가 된 채 말없이 있었다. 출근길에 나선 마을 사람들이 차의 속도를 늦추고 녹색 환자복을 입은 정신병자들을 멍청하게 바라보았다. 우리는 그런 그들을 가만히 지켜보고 있었다. 맥머피는 농담을 하거나 캔디를 놀리거나 하면서 우리 기분을 좋게 하려고 했다. 그러나 오히려 우리는 기분이 더 안 좋아졌다. 모두 병동으로 돌아가는 것이 편하겠다고 생각했다. 돌아가서 "수간호사님 말씀이 옳았습니다. 이렇게 바람이 부는 날에는 바다가 틀림없이 사나울 겁니다."라고 말하는 것이 쉽겠다고 말이다.

마침내 의사가 돌아왔다. 우리는 차를 타고 출발했다. 나와 조지, 하딩과 빌리 비빗은 맥머피와 함께 캔디의 차에 올라탔다. 프레드릭슨과 시펠트와 스캔런, 마티니와 태뎀, 그레고리는 의사의 차를 타고 우리 뒤를 따라왔다. 모두들 쥐 죽은 듯이 조용했다. 우리는 병원에서 1.6킬로미터쯤 떨어진 주유소에서 멈추었다. 의사도 뒤이어 차를 멈췄다. 의사가 가장 먼저 차에서 내렸다. 그러자 주유소 남자가 웃음을 띠고 걸레로 손을 닦으면서 달려 나왔다. 그는 갑자기 웃음을 감추더니 의사를 지나 차에 타고 있는 사람들이 누구인지 보려고 기웃거렸다. 그러고는 뒷걸음질을 치면서 기름 묻은 걸레로 손을 닦으며 얼굴을 찌푸렸다. 의사는 남자의 소매를 붙들고 10달러 지폐를 꺼내 남자의 손바닥에 토마토 묘목을 심듯이 찔러 넣었다.

"두 대 모두 레귤러로 가득 채워 주겠나?"

의사가 부탁했다. 의사도 우리와 마찬가지로 병원 밖에 나와 있는 것이 불안한 모양이었다.

"넣어 줄 텐가?"

"이 옷은……."

주유소 남자가 말했다.

"이 사람들은 요 앞에 있는 병원 환자들 아닌가요?"

남자는 주위를 둘러보며, 스패너 같은 것이 가까이에 있는지 살펴보았다. 마침내 그는 빈 콜라병이 쌓여 있는 곳으로 다가갔다.

"당신들 그 정신병원에서 왔군."

의사는 더듬더듬 안경을 찾아 쓰고 우리를 바라보았다. 이제야 우리의 환자복을 눈치 챘다는 표정이었다.

"그렇소. 아니, 그게 아니오. 우리는, 아니 저 사람들은 병원 사람들이지만 환자가 아니라 직원이오. 병원에서 근무하는 직원이란 말이오."

남자는 수상쩍다는 듯이 의사와 우리를 번갈아 보더니 뒤에서 기계를 만지고 있던 동료에게 가서 속삭였다. 두 사람은 잠시 수군거렸다. 남자의 동료가 의사더러 우리가 누구냐고 큰 소리로 물었다. 의사는 우리가 직원이라고 되풀이해서 말했다. 두 남자는 큰 소리로 웃었다. 웃음소리로 보아 그들이 우리에게 휘발유를 팔기로 결정한 모양이었다. 질이 나쁘고 더러우며 물을 섞은 휘발유를 두 배 값으로 팔 터였다. 그러나 팔아 준다 하더라도 아주 불쾌했다. 다른 환자들도 기분이 언짢았다. 의사가 거짓말을 했기 때문이었다. 그러나 거짓말의 내용 때문이 아니었다. 우리가 불쾌한 것은 그 배후에 있는 진실 때문이었다.

두 번째 남자가 벙글벙글 웃으면서 의사에게 다가왔다.

"최상급으로 필요하다고 하셨죠? 그렇군요. 그리고 오일 필터와 와이퍼도 점검하는 게 어떠십니까?"

남자는 그의 친구보다 몸집이 컸다. 그는 비밀 이야기라도 하려는 듯이 의사에게 몸을 기울였다.

"손님, 주행 중인 자동차의 88퍼센트가 오일 필터와 와이퍼를 새 것으로 교체할 필요가 있다고 나온 검사 결과 아시죠?"

그의 웃음에는 새까만 탄소 빛이 어려 있었다. 오랫동안 스파크 플러그를 입에 물고 있었기 때문인 것 같았다. 그는 계속 의사에게 달라붙어 그 웃음으로 의사를 설득하면서 자기 말이 먹혀들기를 기다렸다.

"그리고 직원들에게 선글라스를 끼게 하면 어떨까요? 폴라로이드 회사 제품으로 좋은 것이 있습니다."

의사는 도저히 그를 이길 수 없다고 생각했다. 그런데 그가 입을 열어 "네, 무엇이든 좋습니다."라고 말하려는 순간, 부웅 하는 소리가 나면서 우리가 타고 있는 차의 지붕이 뒤로 젖혀졌다. 맥머피는 아코디언의 주름처럼 쭈그러드는 차 지붕에 욕을 퍼부으며, 억지로 힘을 주어 본래 작동 속도보다 더 빨리 젖히려고 했다. 모두들 맥머피가 얼마나 화가 났는지 알 수 있었다. 그는 천천히 열리는 지붕을 세게 때렸다. 지붕에 악담을 퍼붓고 두드리고 밀어서 겨우 열자, 그는 캔디를 옆으로 밀치고 차 문을 뛰어넘어 의사와 주유소 남자 사이에 끼어들었다. 그러고는 한쪽 눈으로 주유소 남자의 검은 입속을 들여다보았다.

"이봐, 의사 선생님 말씀대로 레귤러로 채우란 말이야. 두 대에 레귤러로 가득 채우라고. 그것만 하면 돼. 다른 건 하지 마. 우리는 정부 자금으로 여행하고 있으니 3센트씩은 싸게 해줘."

남자는 조금도 물러서지 않았다.

"그래? 여기 계신 선생님 말씀으로는 자네들이 환자가 아니라고 하던데?"

"이 멍청아, 사실대로 말하면 네가 놀랄까 봐 선생님이 자상하게 배려해 주신 건데 그걸 모르겠냐? 선생님도 우리가 보통 환자라면 그런 거짓말은 하지 않았겠지. 우리는 평범한 정신병자가 아니야. 모두 정신이상 범죄자 병동에서 나온 사람들이지. 우리들은 더 좋은 시설이 있는 세인트퀜틴 교도소로 옮겨 가는 길이야. 이봐, 저기 주근깨 젊은이 보이지? 저 녀석이 겉보기에는 《새터데이 이브닝 포스트》 표지에서 빠져나온 듯한 얼굴이지만 칼을 쓰는 미치광이라서 사람을 셋이나 죽였어. 그 옆에 있는 사람은 불 구스 루니*라고 알려져 있는데 야생 돼지처럼 예측 불가능한 녀석이야. 그리고 저 덩치 큰 놈 보여? 저 사람은 인디언인데 곡괭이로 백인을 여섯이나 때려 죽였어. 백인 녀석들이 저 친구를 속여 사향쥐 가죽을 거래하게 했거든. 이보게, 추장, 이 녀석이 잘 보이도록 일어서 주게.”

하딩이 엄지손가락으로 나를 쿡쿡 찔렀다. 나는 차 안에서 일어섰다. 남자는 이마에 손을 얹고 나를 올려다보았으나 한마디도 하지 않았다.

“이놈들은 악당들이야. 이 점은 나도 인정할 수밖에 없어.”

맥머피가 말했다.

“하지만 이것은 합법적인 정부의 지원을 받는, 계획적이고 허가받은 여행이야. 그러니까 우리는 FBI와 마찬가지로 값을 깎을 합법적인 특권이 있다고.”

남자는 다시 맥머피에게 시선을 돌렸다. 맥머피는 바지 주머니에 엄지손가락을 걸치고 앞뒤로 몸을 흔들면서 코 위의 흉터 너머로 남자를 올려다보았다. 남자는 돌아서서 자기 친구가 아직 빈 콜라병 상자 곁에 있는지 확인하고 빙긋 웃으면서 다시 맥머피를 내려다보았다.

“나는 만만치 않은 손님이야. 이렇게 말하고 싶은 거지, 빨강 머리? 아주 강한 상대니까 시키는 대로 하는 것이 신상에 좋을 게야. 이렇게 말하고 싶지? 그런데 이 빨강 머리야, 말해 봐, 왜 그 안에 들어갔지? 대통령이라도 암살하려 했나?”

“이 멍청아, 그런 일을 증명할 수 있는 사람은 없어. 나는 방

---

* 종잡을 수 없는 성격을 지닌 사람이라는 뜻의 속어.

랑죄로 들어왔어. 사실은 링에서 상대방을 때려 죽였지. 또 마약에도 손을 댔고."

"복싱 글러브를 낀 살인자라고 말하고 싶은 거지?"

"그렇게 말하진 않았잖아? 나는 베개처럼 푹신푹신한 복싱 글러브가 도무지 성미에 맞지 않거든. 내가 사람을 죽인 시합은 카우 팰리스에서 텔레비전에 방송되는 메인이벤트 같은 게 아니었어. 나는 말하자면 뒷골목의 복서란 말이야."

남자는 맥머피를 조롱하듯 자기도 엄지손가락을 바지 주머니에 걸치고 말했다.

"내가 보기엔 뒷골목의 똘마니밖에 안 되겠는데."

"똘마니가 아니라고는 하지 않겠어. 하지만 이걸 봐."

맥머피는 남자의 눈앞에 두 손을 내밀어 보였다. 아주 가까이 내밀었다가 천천히 뒤집으며 손바닥과 손가락 마디를 내보였다.

"어이, 그저 똘마니였다면 이처럼 귀여운 손을 엉망으로 만들 수 있을까? 어때, 이 멍청아?"

맥머피는 손을 남자의 코앞에 내민 채 더 할 말이 있느냐는 듯이 기다렸다. 남자는 손과 나를 번갈아 보다가 손에서 시선이 멈추었다. 남자가 할 말이 없다는 것을 알자, 맥머피는 그곳을 떠나 콜라 상자에 기대어 있는 또 한 남자에게 가더니, 그 사람 주먹에서 의사가 준 10달러를 빼앗아 주유소 옆에 있는 가게로 걸어갔다.

"자네들, 휘발유 채운 양을 기입하여 병원으로 청구서를 보내게."

그는 뒤돌아서 소리를 질렀다.

"현금은 갖고 있다가 식료품이나 사겠어. 와이퍼와 88퍼센트가 교환되어야 한다는 오일 필터 대신에 그런 걸 사야지."

맥머피가 식료품점에서 돌아왔을 때에는 다른 환자들도 싸움닭처럼 위세가 당당해져 있었다. 주유소 남자에게 스페어타이어의 공기를 체크해 달라는 둥 창문을 닦으라는 둥 자동차 덮개에 묻은 새똥을 닦으라는 둥 제 세상 만난 듯이 제멋대로 주문을 했다. 덩치 큰 남자가 앞 유리를 닦았는데도 빌리는 마음에 들지 않았는지 곧장 남자를 불렀다.

"여기 이 벌레가 부, 부, 부딪혔던 고, 곳은 다시 닦아야겠군."

"그건 벌레가 아니라 새요."

남자는 그것을 손톱으로 긁어내며 불만에 차서 말했다.

맥머피가 다른 차에서 큰 소리를 지르며, 새가 아니라고 말했다.

"새라면 털이나 뼈가 있었을 거야."

자전거를 타고 지나가던 사람이 멈춰서, 모두 녹색 옷을 입고 있는데 무슨 클럽 사람들이냐고 물었다. 그러자 하딩이 벌떡 일어나서 대답했다.

"클럽 사람들이 아닙니다. 이 고속도로 저쪽에 있는 정신병원 환자들이에요. 정신에 금이 간 사람들입니다. 금이 간 사기그릇 같은 인간들이죠. 로르샤흐 테스트*를 해 보일까요? 싫다고요? 바쁘다고 말씀하시는 겁니까? 어, 벌써 가 버렸군."

하딩은 맥머피를 향해 말했다.

"지금까지 난 몰랐어요. 정신병자도 무서운 힘이 있다는 것

---

* 스위스의 정신분석의인 헤르만 로르샤흐가 고안한 심리 진단.

을. 잘 생각해 봐요. 인간은 정신이 돌수록 힘을 발휘할 수 있는지도 몰라요. 히틀러가 그 좋은 예지요. 정상적이면 오히려 머리가 나빠지는 것이 아닐까요? 아, 먹고 나서 생각하라는군."

빌리가 여자에게 맥주 캔을 따 주었다. 그녀는 방긋 웃으며 "고마워요, 빌리."라고 말했다. 그러자 그는 어쩔 줄을 몰라 하며 우리 모두에게도 맥주 캔을 따 주었다.

그동안에도 주유소의 남자들은 뒷짐을 지고 초조해하며 인도를 왔다 갔다 했다.

나는 차 안에 들어앉아, 충만된 느낌으로 기분 좋게 맥주를 홀짝였다. 맥주가 목구멍 아래로 꿀꺽꿀꺽 넘어가는 소리가 들렸다. 맥주가 목구멍으로 넘어가는 소리와 시원한 맛, 그동안 나는 이런 멋진 소리와 맛을 까맣게 잊고 살았다. 나는 다시 한 번 맥주를 꿀꺽 마셨다. 그리고 주위를 둘러보며 이십 년 동안 잊고 있던 것이 또 없는지 살펴보았다.

"와아!"

맥머피가 핸들 밑에서 여자를 빌리 쪽으로 밀어붙이며 말했다.

"이것 좀 봐, 위대한 추장이 '불의 물'을 꿀꺽꿀꺽 마시고 있어!"

그는 곧 차 문을 쾅 닫고 빠르게 차를 몰아 도로의 차량 물결에 합류했다. 의사도 뒤에서 요란하게 타이어 소리를 내면서 따라왔다.

맥머피는 조금만 위세를 부리고 용기를 내면 어떤 일이 가능한지 우리에게 보여 주었다. 우리는 그가 위세와 용기를 어떻게 사용하는지 가르쳐 주었다고 생각했다. 해변으로 가는 내내 우리는 의기양양하게 용감한 척 행동했다. 신호등 앞에서 정지할 때마다 사람들이 우리를, 우리의 녹색 옷을 뚫어져라 바라보았다. 우리는 맥머피가 하는 대로 따라 했다. 가슴을 쭉 펴고 똑바로 앉아 제법 강한 척해 보이면서 얼굴에는 웃음을 띠고 오히려 그들을 노려보았다. 그러면 그들은 차의 엔진이 꺼지고 창문에 햇빛이 들이치고 신호가 바뀌도록 꼼짝 않고 그 자리에 있었다. 험상궂은 고릴라 같은 사람들이 가까이에 있는 데다 주위에 도와줄 사람이 없다는 사실에 당황했던 것이다.

아무튼 맥머피는 그렇게 해서 우리 열두 명을 해변으로 데려갔다.

맥머피는 우리가 강한 척하는 것이 순전히 허세에 지나지 않는다는 사실을 우리들 이상으로 잘 알고 있었다. 그가 농담을 해도 우리를 진짜로 웃길 수는 없었다. 어쩌면 그는 우리가 왜 웃을 수 없는지 아직 이해하지 못했을 것이다. 하지만 인간은 사물에 대하여 우스운 면을 발견할 때 비로소 강해진다는 것을 그는 알고 있었다. 사실 그가 너무 심각하게 사물의 유머러스한 면을 지적하는 것을 보면, 혹시 그가 다른 면은 보지 못하는 건 아닌지, 뱃속 깊은 곳에 웃음을 마르게 하는 것이 무엇인지 모르는 게 아닌가 하는 생각이 든다. 어쩌면 보통 사람들도 사물의 다른 면은 볼 수 없는 것인지도 모른다. 다만 사방에서 흘러나오는 전파나 주파의 압력을, 요컨대 이쪽저쪽에서 가해지는 콤바인의 압력만을 느끼는 것일지도 모른다. 하지만 나는 그 다른 면을 볼 수 있다.

변화라는 것은 서서히 진행되므로 매일 얼굴을 마주하는 인간의 변화에 대해서 우리는 잘 느끼지 못한다. 그러나 오랫동안 만나지 못했던 인간의 변화는 금세 눈치 채게 된다. 그와 마찬가지로 내가 예전에 지나다녔던 때와 비교해 보면, 오랫동안 콤바인이 이 해안선 일대에서 어떤 일을 해 왔는지 알 수 있다. 예를 들면 기차 같은 것이다. 그것은 정거장에 정차하여 거울에 반사된 듯이 똑같은 양복을 입고 기계로 찍어 낸 것처럼 똑같은 모자를 쓴 남자들을 토해 내고 있다. 똑같은 곤충이 부화되듯 남자들을 낳아 놓는다. 아직 반쯤밖에 자라지 못한 남자들이 마지막 기차에서 훅훅 소리를 내며 쏟아지고 있다. 이제 기차는 선기 기적 소리를 울리며 또 다른 정거장에서 남자들을 토해 내기 위해 황폐한 대지를 달려간다.

5000채나 되는 집들도 그 한 예이다. 집들은 기계로 찍어 낸 듯이 똑같은 형태로 마을 교외의 언덕으로 이어져 있다. 공장에서 금방 나온 듯 신선하게, 소시지처럼 줄줄이 연결되어 있는 것이다. 그리고 간판이 세워져 있는데 거기에는 '서부 고향의 보금자리, 퇴역 군인은 계약금 불필요'라고 쓰여 있다. 그 집들로부터 언덕을 내려가면 운동장이 있고, 철망 울타리 뒤에 또 다른 간판이 있다. 거기에는 '세인트루크 남학교'라고 적혀 있다. 녹색 코르덴바지와 흰 셔츠 위에 녹색 스웨터를 입은 5000명의 아이들이 1에이커의 모래를 깐 운동장에서 크래크 위프*를 하고 있다. 아이들의 행렬이 뱀처럼 이리 꿈틀 저리

* 여러 명의 아이들이 손에 손을 잡고 일렬로 달리는 중에 맨 앞의 아이가 갑자기 이리저리 방향을 틀어 맨 끝에 있는 아이를 떨쳐 내는 놀이.

꿈틀하여, 어떤 급격한 변화가 일어날 때마다 맨 끝에 있는 작은 아이가 튕겨 나간다. 튕겨 나간 아이는 가을바람에 흩날리는 잡초처럼 굴러가다가 울타리에서 멈춘다. 매번 그런다. 매번 그 작은 아이가 튕겨져 나간다. 몇 번이고 계속.

그 5000명의 아이들은 5000채의 집에 살고 있다. 집들은 열차에서 내린 남자들의 것이다. 집들은 서로 똑같아서 아이들이 실수로 다른 집이나 다른 가족들에게 돌아갈 때도 있다. 그러나 아무도 그런 사실을 눈치 채지 못한다. 그들은 그대로 식사를 하고 잠이 든다. 그러나 단 한 사람, 실수를 들키는 아이가 있다. 바로 줄 맨 끝에 있다가 튕겨져 나간 작은 아이이다. 이 아이는 상처를 입거나 멍이 들어 있기 때문에 어느 집에 가든 눈에 띈다. 이 아이는 입을 크게 벌리고 웃을 수도 없다. 근처를 지나는 새로운 차에서 또는 지나치는 집들 하나하나에서 흘러나오는 전파의 압력을 느낄 수 있는 사람이라면, 웃는다는 게 쉬운 일이 아니다.

"우리도 워싱턴에서 압력 단체를 만들 수 있어요."

하딩이 말했다.

"전미 광인 연맹이라는 압력 단체지요. 고속도로에 큰 광고판을 세우고 거기에 입에 거품을 문 정신분열증 환자가 건물 해체기를 조작하는 그림을 넣고 대문자로 빨강과 녹색으로 '광인에게 직업을' 하고 크게 쓰는 겁니다. 여러분, 이렇게 되면 우리의 앞날은 장밋빛일 겁니다."

우리는 시슬로 강을 건너는 다리를 지났다. 마침 적당히 안개가 깔려 있어서 나는 혀를 내밀고 바다가 보이기도 전에 그

맛을 맛볼 수 있었다. 모두 바다에 가까이 왔다는 것을 알았다. 부두까지는 아무도 입을 열지 않았다.

우리를 태워 주기로 되어 있는 선장은 벗어진 철회색 머리에 검은 터틀넥 스웨터를 입었는데, 그 모습이 마치 유보트의 포탑과 같았다. 선장의 입에서 삐죽 나온 싸늘한 궐련이 위협하듯 우리를 노려보았다. 그는 맥머피와 함께 나무 부두에 서서 바다를 바라보며 이야기하고 있었다. 선장의 뒤쪽, 그러니까 계단을 몇 개 올라간 언저리에는 방수 점퍼를 입은 여섯 혹은 여덟 명의 남자들이 미끼 파는 가게를 따라 늘어선 벤치에 앉아 있었다. 선장은 한쪽에 있는 부랑자들과 그 반대쪽에 있는 맥머피 둘 다에게 들리도록, 그 양쪽 중간쯤에 구릿빛 탄환을 발사하기라도 하듯이 큰 소리로 지껄여 댔다.

"안 되겠소. 편지에 써 보냈듯이 말이오, 믿을 만한 당국자가 사인한 권리 포기서가 없는 한, 배는 띄울 수가 없소."

포탑 같은 스웨터 속에서 그의 둥근 머리가 스르르 돌더니, 궐련이 우리를 겨냥했다.

"이것 봐요, 저런 친구들을 바다에 데리고 나가면 쥐새끼처럼 갑판에서 뛰어내릴지 몰라. 그렇게 되면 친척들이 내 재산을 모두 빼앗아 가려고 고소할 수도 있소. 나는 그런 위험한 일은 할 수 없어요."

맥머피는 그 서류는 또 한 명의 여자가 포틀랜드에서 준비해 놓기로 했다고 설명했다. 그러자 미끼 가게에 기대고 있던 부랑자 같은 사람이 큰 소리로 말했다.

"또 한 명의 여자라고요? 저기 있는 금발로는 성이 차지 않아요?"

맥머피는 그 사람에게는 신경도 쓰지 않고 선장과 교섭을 계속했다. 하지만 그 말이 여자에겐 불쾌하게 들렸을 것이다. 가게에 기대어 있던 사람들은 여자를 곁눈질하면서 자기들끼리 귓속말로 속삭였다. 우리 모두, 심지어 의사까지도 그것을 눈치 챘다. 그러면서도 가만히 있는 게 부끄러워졌다. 주유소에서 기세등등했던 우리는 어느새 온데간데없었다.

맥머피는 선장과 이야기해도 소용이 없다는 것을 깨닫자 교섭을 그만두고 머리를 긁적거리면서 몇 번이나 우리들을 뒤돌아보았다.

"우리가 빌린 배는 어떤 거요?"

"저기 있는 저거요. 종달새호. 하지만 내게 책임이 없다는 권리 포기서가 없는 한, 누구도 저 배에 태울 수 없소. 한 사람도 안 돼요."

"하루 종일 앉아서 배가 부두에서 흔들거리는 거나 보려고 배를 빌린 건 아니오."

맥머피가 말했다.

"미끼 가게에 전화는 없소? 가서 이 문제를 해결합시다."

두 사람은 성큼성큼 계단을 올라 미끼 파는 가게로 들어갔다. 우리들만 거기에 남아 있게 되었다. 그곳의 부랑자들은 우리를 훔쳐보고 수군거리고 킬킬거리며, 서로 옆구리를 쿡쿡 찔렀다. 바람이 불어 선창에 매어 놓은 배가 흔들리다가 부두에 늘어놓은 젖은 고무 타이어에 부딪쳤다. 그 소리마저 우리를 조롱하는 것처럼 들렸다. 바닷물은 뱃전에 부딪치며 조소를 보내고 미끼 가게 입구에 걸린 '낚시 도구, 블록 선장 경영'이라는 간판마저 녹슨 못에 매달려 바람에 흔들릴 때마다 끼익끼익 귀에 거슬리는 소리를 냈다. 물 밖으로 1.2미터쯤 나온, 조수간만의 차를 기록하는 말뚝에 달라붙은 조개들이 햇빛을 받아 때각때각 건조한 소리를 내고 있었다 .

바람이 차갑고 매서워졌다. 빌리 비빗은 입고 있던 녹색 코트를 벗어 여자에게 주었다. 여자는 얇고 귀여운 티셔츠 위에 코트를 걸쳤다. 부랑자 하나가 건들거리며 말을 걸었다.

"어이, 금발 아가씨, 프루트 케이크 같은 애송이가 좋은가?"

그 남자의 입술은 콩팥 색이었고, 눈밑 언저리는 바람 때문에 혈관이 튀어나와 보라색이었다.

"어이, 금발 아가씨……. 어이, 금발 아가씨……. 어이, 금발……."

그는 피로한 듯한 목소리로 크게 소리쳤다.

우리는 바람을 막기 위해 점점 더 가까이 모여들었다.

"금발 아가씨, 당신 같은 사람이 어떻게 병원에 들어가게 됐지?"

"퍼스. 아가씨는 환자가 아니야. 치료에 도움을 주는 사람이라고!"

"정말인가, 아가씨? 치료를 위해 고용되었나? 이봐, 금발 아가씨."

여자는 고개를 들고 우리를 노려보았다. 조금 전까지 그처럼 용감했던 사람들은 지금 어디 갔는지, 왜 자신을 위해 저 친구들에게 한마디도 하지 않는지 묻는 눈치였다. 하지만 그 눈빛에 대답할 사람은 아무도 없었다. 우리가 터프가이인 척했던 뚝심은 저 대머리 선장의 어깨에 손을 얹고 계단을 올라간 맥머피와 함께 사라져 버렸다.

여자는 옷깃을 높이 세우고 두 팔로 가슴을 감싸고는 우리로부터 떨어져 부둣가를 따라 걸었다. 아무도 여자를 따라가지 않았다. 빌리 비빗은 추위에 덜덜 떨며 입술을 깨물었다. 미끼 가게의 부랑자들이 뭐라고 수군거리더니 큰 소리로 웃으며 떠들어 댔다.

"퍼스, 아가씨에게 물어보라고. 자, 어서."

"어이, 금발 아가씨, 권리 포기서에 사인을 받았나? 책임지지 않아도 된다는 포기서를 당국에서 받았느냐고? 녀석들 중의 하나가 물에 빠져 죽으면 고소를 당한다고 하던데. 그런 건 생각해 봤나? 그러지 말고 우리랑 있는 게 좋을 것 같군. 안 그래, 아가씨?"

"그래, 금발 아가씨. 우리 친척은 고소 같은 건 안 해. 약속하지. 그러니 우리와 여기 있자고."

나는 얼마나 부끄러운지 부둣가 바다로 가라앉아 발이 젖는 것 같은 기분을 느낄 정도였다. 우리는 밖에 나와 사람들과 어울릴 준비가 되어 있지 않았다. 맥머피가 돌아와 이 부랑자들과 말을 끝내고 우리를 다시 병원으로 데려가 주면 좋을 텐데.

콩팥 색깔 입술을 가진 남자가 칼을 접고 일어서더니 무릎에서 나뭇조각을 털어 냈다. 그가 계단 쪽으로 걸어가면서 말했다.

"이리 와, 금발 아가씨. 그런 녀석들과 어울려 뭘 어쩌려고 그래?"

여자는 부두 끝에서 고개를 돌려 그를 보더니 다시 우리를 쳐다보았다. 그녀는 남자의 제안을 생각해 보고 있었다. 그때 미끼 가게의 문이 열리고 맥머피가 뛰어나오면서 부랑자들을 지나 계단을 내려왔다.

"자아, 모두들 타세. 이야기는 끝났어! 휘발유도 넣었고 모든 준비가 끝났다고. 미끼도 맥주도 배에 실었어."

그는 빌리의 엉덩이를 두드리고 호른 파이프 춤*의 스텝을 밟으며 닻줄을 감기 시작했다.

"블록 선장은 아직 전화를 걸고 있지만, 선장이 나오는 대로 곧 출발하면 돼. 조지, 엔진이 준비됐는지 살펴봐요. 스캔런, 자네와 하딩은 저쪽에 있는 줄을 풀게, 캔디! 그 아래서 뭐 하고 있어? 곧 출발이라니까."

우리들은 우르르 배에 올라탔다. 미끼 가게에 일렬로 서 있는 부랑자들로부터 멀어질 수만 있다면 무엇이든 할 수 있을 것 같은 심정이었다. 빌리가 여자의 손을 잡고 배에 태워 주었다. 조지는 브리지 위의 계기판 너머로 콧노래를 부르면서 맥머피가 방향을 바꾸거나 속도를 조절하도록 버튼 장치를 가리켰다.

"이 배는 퓨크(구토) 보트라고 하지. 운전하기가 자동차 운전처럼 쉬워."

조지가 맥머피에게 말했다.

의사는 배를 타기에 앞서 머뭇거리며 미끼 가게 쪽을 바라보았다. 그곳에서는 부랑자들이 일어서서 계단 쪽으로 주먹질을 하고 있었다.

"랜들, 기다리는 게 좋지 않을까……. 선장이……."

---

* 선원들 사이에서 유행한 활발한 춤.

맥머피는 의사의 옷깃을 붙잡고, 어린아이를 다루듯 그를 부두에서 끌어올려 배에 태웠다.

"그렇군요, 의사 선생님. 선장이 어떻게 해 줄 때까지 기다릴까요?"

그는 술 취한 듯이 히죽히죽 웃으며 흥분해서 말했다.

"기다릴까요? 선장이 나와서 내가 준 전화번호는 포틀랜드의 여인숙이었다고 말할 때까지? 그렇게 할까요? 자, 조지. 이걸 잡고 우리를 바다로 데려다 줘요! 시펠트! 그 줄을 늦추고 출발해요. 조지, 어서요!"

엔진이 칙칙 소리를 내다가 멈추더니 다시 목청을 가다듬듯이 기침하는 소리를 냈고, 이윽고 굉음을 내며 힘차게 돌아가기 시작했다.

"야호! 출발이다. 조지, 엔진 속력을 최대로 올려요. 전원, 뱃전에 모여 승선하려는 적을 격퇴하세!"

고물 쪽에서 하얀 연기가 소용돌이치고 물결이 일었다. 미끼 파는 가게의 문이 홱 열렸다. 그리고 선장의 머리가 불쑥 나타나 계단을 내려왔다. 혼자가 아니라, 뒤에 여덟 명의 남자들을 거느리고 있었다. 그들은 부둣가 아래로 쿵쾅대며 달려오다가 배가 일으킨 물거품이 발에 닿자 멈추었다. 조지는 커다란 배의 방향을 회전시켜 부두에서 멀어져 가고 있었다. 그렇게 바다는 우리만의 것이 되었다.

배가 급선회하는 바람에 캔디가 무릎을 찧고 넘어졌다. 그러자 빌리가 그녀를 부축해 일으키며, 부두에서 부끄럽게 행동한 것에 대해 사과했다. 맥머피는 브리지에서 내려와, 단둘이 호젓하게 옛날이야기나 하면 어떻겠느냐고 여자에게 물었다.

캔디는 빌리의 얼굴을 바라보았다. 빌리는 고개를 흔들며 중얼거리기만 했다. 맥머피는 캔디와 함께 밑으로 내려가 물이 새는지 조사하겠다고, 잠시 동안은 나머지 사람들이 알아서 잘할 거라고 말했다. 그는 선실로 내려가는 문 앞에 서서 경례를 하고 윙크를 한 다음, 조지를 선장으로, 하딩을 일등 항해사로 임명했다. 그리고 "그럼 제군들, 작업 계속하게."라고 말한 다음 여자를 따라 선실로 사라졌다.

바람은 잠잠해지고 태양은 점점 높이 떠올랐다. 짙은 녹색으로 넘실거리는 파도의 동쪽이 크롬으로 도금한 듯이 빛나고 있었다. 조지는 엔진 속력을 최대로 올리고 뱃머리를 곧장 바다로 돌렸다. 배는 길게 늘어선 부두와 미끼 가게를 뒤로한 채 점점 멀어져 갔다. 배가 방파제 끝을 지나고 마지막으로 검은 바위를 지나자 고요함이 서서히 밀려들었다. 뒤에 남은 육지가 멀어질수록 고요함은 점점 깊어져 갔다.

환자들은 배를 탈취한 사실에 잠시 흥분해서 떠들었으나 이제는 모두 조용해졌다. 한번은 선실 문이 한 손을 넣어 맥주 상자를 꺼낼 수 있을 정도로 활짝 열렸다. 빌리는 도구 상자에서 발견한 오프너로 맥주를 따서 모두에게 나누어 주었다. 우리는 맥주를 마시며 배가 지나온 항적 너머로 육지가 사라져 가는 모습을 지켜보았다.

1.6킬로미터쯤 바다로 나오자 조지는 '트롤링 아이들'이라 하여 낚시를 하기에 알맞은 속도로 배를 늦추고 뱃고물에 있는 네 개의 낚싯대를 네 사람에게 나누어 주었다. 나머지 사람들은 선실 위나 이물에서 햇빛을 받으며 누워 셔츠를 벗던지고, 낚시 준비를 하고 있는 사내들을 지켜보았다. 하딩이 한

마리가 물릴 때까지 낚시질을 하다가 다음 사람과 교대하자는 규칙을 제안했다. 조지는 키 앞에 서서 소금이 묻은 유리창 너머로 앞을 보고 있다가, 뒤를 돌아보며 큰 소리로 릴이나 줄을 어떻게 처리할지, 미끼로 청어는 어떻게 다는지, 줄을 어느 정도 멀리, 어느 정도 깊이 풀어 놓을지에 대해 말했다.

"그리고 자네는 저 4번 줄을 사용하고 340그램짜리 추를 달아 주게. 방법은 잠시 후에 가르쳐 줄 테니까. 그 낚싯대로 바다 밑에 있는 큰 놈을 노리는 거야. 알았지?"

마티니는 뱃고물로 달려가 몸을 숙여, 자기가 물속에 드리운 낚싯줄의 방향을 살펴보았다.

"와, 굉장한데."

그가 말했다. 무엇을 보았는지는 모르겠지만 너무 깊어 내 눈에는 아무것도 보이지 않았다.

우리 외에 다른 배들도 해안선을 따라 넘실거리며 낚시질을 하고 있었다. 그러나 조지는 그런 배들과 어울리려고 하지 않았다. 그는 그 배들을 지나쳐 곧바로 깊은 바다로 배를 몰았다.

"알겠나. 우리는 프로 어부와 함께 진짜 물고기가 있는 곳으로 가는 거야."

그가 말했다.

배는 한쪽은 짙은 에메랄드 빛으로, 반대쪽은 크롬 빛으로 파도를 일으키며 앞으로 나아갔다. 파도가 배기통을 적실 때마다 작아지기도 하고 커지기도 하는 엔진 소리와, 서로 방향을 물어보는 길 잃은 작고 까만 새들의 울음소리만 들렸다. 그 밖에는 조용했다. 환자들 가운데에는 잠이 든 사람도 있었고, 가만히 바다를 내려다보는 사람도 있었다. 그렇게 한 시간쯤 지났을 때였다. 시펠트의 낚싯대 끝이 휘면서 물속으로 쏙 들어갔다.

"조지! 큰 놈이 걸린 것 같아. 조지, 도와줘요!"

조지는 전혀 도와줄 생각이 없는 모양이었다. 그는 싱긋 웃으며 스타 드랙*을 늦추고 낚싯대 끝을 위로 쳐들어서 물고기를 지치게 만들라고 시펠트에게 말했다.

"그러다 발작이 일어나면 어쩌라고?"

시펠트가 고함쳤다.

"그럼 아저씨를 낚시 바늘에 꿰어 실을 달아 미끼로 쓰는 수밖에요. 아저씨, 선장의 지시대로 해요. 발작은 걱정하지 말고요."

하딩이 말했다.

배에서 30미터쯤 떨어진 후방에서 물고기가 은빛 비늘을 반짝거리며 튀어 올랐다. 시펠트는 눈을 동그랗게 뜨고 신이 나서 물고기에 정신을 팔다가 낚싯대 끝을 내리고 말았다. 그러자 낚싯줄이 끊어져 고무줄처럼 튕겨서 배 안으로 들어왔다.

"위로 쳐들라고 했잖아! 모르겠어? 물고기에게 질질 끌려다녀야 알겠냐고? 걸렸다 싶으면 낚싯대 끝을 쳐들어야 해! 알아? 자네는 큼지막한 놈을 잡았던 거야."

시펠트는 턱이 새파래져서 덜덜 떨고 있었다. 그는 결국 단념하고 낚싯대를 프레드릭슨에게 건네주었다.

"좋아. 입에 낚시 바늘이 걸린 놈이 잡히면 그건 내 거야!"

나도 다른 친구들과 마찬가지로 흥분해 있었다. 물고기를 낚는다는 것은 생각도 못 했었다. 하지만 줄 끝에서 물고기가

---

* 낚싯대의 릴에 부착된 것으로 낚싯줄을 움직이지 않게 하는 장치.

보인 그 강철 같은 힘을 목격하고 나니 생각이 달라졌다. 나는 선실 지붕에서 내려와 셔츠를 입고 낚싯대를 잡을 차례를 기다렸다.

스캔런은 누가 가장 큰 고기를 낚는지, 그리고 누가 맨 처음 고기를 낚는지 내기를 하고 싶어 하는 사람들을 모았다. 그러고는 그들로부터 각각 50센트씩 걷었다. 그런데 그가 돈을 모아 주머니에 넣자마자 빌리가 괴상한 고기를 낚아 올렸다. 그것은 두꺼비 같은 모양에 등에는 고슴도치처럼 가시가 돋친 4.5킬로그램짜리 물고기였다.

"이건 고기가 아니야. 이걸로는 상금을 줄 수 없어."

스캔런이 말했다.

"그렇다고 이게 새, 새, 새는 아니잖아."

"그건 쥐노래미과의 물고기야. 그놈의 돌기를 빼내면 아주 맛있는 생선이 되지."

조지가 우리에게 알려 주었다.

"그것 봐. 이, 이것도 고, 고기란 말이야. 사, 상금을 내."

빌리는 내게 낚싯대를 건네주고 상금을 받아 든 다음 맥머피와 캔디가 있는 선실 가까이로 가서 앉았다. 그러고는 그 닫혀 있는 문을 쓸쓸하게 바라보았다.

"모두 다 사, 사용할 수 있을 정도로 나, 낚싯대가 있으면 조, 조, 좋을 텐데."

그는 그렇게 말하고 선실 옆쪽에 기대었다.

나는 걸터앉아 낚싯대를 꼭 붙들고 줄이 바다 속으로 뻗어 나가는 것을 바라보았다. 그러면서 공기 냄새를 맡았다. 아까 마신 맥주 네 캔이 내 몸 속에 장치된 수십 개의 제어용 도선을 잘라 내는 것 같은 느낌이 들었다. 주위에는 크롬처럼 빛나는 파도의 측면이 태양 빛을 받아 반짝거렸다.

조지는 우리에게 앞을 보라고, 우리가 찾고 있는 것이 나타났다고 큰 소리로 떠들어 댔다. 나는 몸을 뒤로 기대고 바라보았으나 물에 떠다니는 큰 통나무와 그 주위를 돌며 급강하하는 까만 갈매기들만 보였다. 그것은 마치 흙먼지 회오리바람에 휘날리는 까만 나뭇잎처럼 보였다. 조지는 약간 속력을 높여 갈매기가 선회하는 곳으로 향했다. 배의 속도 때문에 내 낚싯줄이 팽팽해져서 물고기가 물려도 모를 정도가 되었다.

"이 가마우지들은 빙어 떼를 쫓고 있어."

조지가 배를 몰면서 우리에게 설명했다.

"그건 손가락 크기만큼 작고 하얀 물고기로 캔들피시라고도 하지. 그 물고기를 말리면 촛불처럼 잘 타거든. 그것들은 여기 있는 고기의 먹이가 돼. 그래서 빙어 떼가 많이 모이는 곳엔 틀림없이 은빛 연어가 있지."

조지는 떠다니는 통나무를 제쳐 놓고 새들이 떼 지어 다니는 곳으로 배를 몰았다. 갑자기 주변 파도의 매끄러운 크롬 빛 측면이 물속으로 곤두박질치는 새와 이리저리 움직이는 작은 물고기 떼에 의해 부서지고 있었다. 그 사이를 연어들이 은빛을 띤 푸른 어뢰처럼 매끈한 등을 보이며 헤엄치고 있었다. 그중 한 마리가 방향을 확인하더니 빙그르르 선회하며 내 낚싯대 끝에서 30미터 떨어진 지점, 그러니까 내 청어 미끼가 있는 지점을 향해 진로를 정했다. 나는 긴장되어 심장이 두근거렸다. 어느 순간 누군가가 야구 방망이로 낚싯대를 때리는 듯한 충격이 두 팔에 전해졌다. 줄이 핏덩이처럼 빨갛게 된 엄지손가락 밑에서 살을 태우듯 미끄러져 나갔다.

"스타 드랙을 사용하게!"

조지가 내게 소리를 질렀으나 나는 스타 드랙이 무엇인지 알 수 없었다. 그래서 엄지손가락으로 줄을 더 세게 누르기만 했다. 결국 줄은 누렇게 변하고 속도가 느려지다가 멈추었다. 나는 주위를 둘러보았다. 다른 세 개의 낚싯대도 내 것처럼 팽팽하게 당겨져 있었다. 다른 친구들은 이런 소동을 보고 선실에서 내려와 방해가 되거나 말거나 제멋대로 돌아다녔다.

"위로! 위로! 낚시 끝을 올려!"

조지가 소리 높여 외쳤다.

"맥머피! 어서 나와 이걸 좀 보게."

"프레드, 이런, 내 고기를 잡아 주었군!"

"맥머피, 좀 도와주게!"

맥머피의 웃음소리가 들렸다. 그의 모습이 얼핏 보였다. 그는 선실 입구에 서 있을 뿐 도와줄 기미는 내비치지 않았다. 나는 물고기를 끌어당기기에 바빠 도움을 청할 틈도 없었다. 모두가 그에게 뭔가 해 달라고 야단이었지만, 맥머피는 꿈쩍도 하지 않았다. 깊은 바다용 낚싯대를 들고 있던 의사도 맥머피에게 도움을 요청하고 있었다. 맥머피는 그저 웃기만 했다. 맥머피가 아무것도 하지 않을 거라는 것을 눈치 챈 하딩은 작살을 잡아 내가 잡은 고기를 배에 끌어올려 주었다. 그 모습은 평생 바다낚시를 해 온 사람처럼 능수능란하고 우아했다. 물고기는 내 다리만큼이나, 아니 울타리 말뚝만큼이나 컸다! 예전에 폭포에서 잡은 놈보다도 컸다. 물고기는 갑판에서 무지개처럼 등이 휘어지면서 팔딱거린다! 피를 흘리며 작은 10센트

은화 같은 비늘을 사방에 뿌려 댄다. 나는 물고기가 바다 속으로 다시 뛰어들까 봐 조바심이 난다. 맥머피는 여전히 도와줄 기색이 없다. 스캔런이 물고기를 잡고 나가지 못하도록 안간힘을 쓴다. 캔디가 선실에서 뛰어나와 이번에는 자기 차례라고 외치면서 내가 쥐고 있던 낚싯대를 빼앗는다. 나는 그녀를 위해 미끼를 달아 주다가 세 번이나 낚싯바늘에 찔린다.

"추장님, 왜 이렇게 행동이 느려요! 어머, 손가락에서 피가 나네요. 그 괴물에게 물렸나요? 누가 와서 추장님의 손 좀 봐 줘요. 빨리요!"

"자, 다시 고기 떼 속으로 들어간다."

조지가 외친다. 나는 고물에 줄을 드리우고, 청어가 번쩍거리며 연어 떼가 있는 청회색 바다로 사라지는 것을, 낚싯줄이 쉭쉭 소리 내며 물속으로 재빨리 빨려 들어가는 것을 지켜보고 있다. 여자는 낚싯대를 두 팔로 안듯이 감싸고 이를 악문다.

"어머, 안 되겠어, 안 되겠어! 정말 큰일 났어요⋯⋯!"

여자가 일어선다. 낚싯대 끝을 바짓가랑이에 끼우고 두 팔로 릴 아래를 감싼다. 낚싯줄이 둘둘 풀려 릴 손잡이가 그녀의 몸을 때린다.

"그만두겠어요!"

그녀는 아직도 빌리의 녹색 재킷을 입고 있는데 릴 때문에 앞자락이 펼쳐져 있다. 그 바람에 모두들 그녀가 입고 있던 티셔츠가 없어진 것을 눈치 챈다. 갑판에서 펄떡펄떡 뛰고 있는 내 물고기를 피해 자기 고기를 챙기던 사람들이 멍청하게 쳐다보고 있다. 여자의 릴 손잡이가 빠르게 돌아가면서 그녀의 유방에 부딪쳤기 때문에 젖꼭지 부근이 빨갛게 부어올랐던 것이다.

빌리가 달려가서 여자를 도와준다. 그래 봤자 손을 내밀어 그녀가 낚싯대를 유방 사이에 꼭 누르고 있게 해 주는 것뿐이다. 결국 풍만한 유방의 압력으로 릴이 겨우 고정된다. 이제 그녀의 몸은 딱딱하게 움츠러들고 유방은 팽팽하게 부풀어 있다. 그래서 나는 그녀와 빌리 둘 다 손을 늦추더라도 낚싯대가 움직이지 않을 거라는 생각이 든다.

이런 소동도 극히 한순간, 바다 위에서는 한때의 일이다. 남자들은 여자를 보면서 콧노래를 흥얼거리거나 흥분해서 떠들어 댄다. 그리고 물고기를 낚아 올리려고 각자 낚싯대와 씨름을 한다. 사람들의 발치에서는 스캔런과 내 물고기가 피범벅이 되어 대격돌을 벌이고 있다. 낚싯줄은 서로 얽혀 사방에 흩어져 있고, 여기에 끈으로 맨 의사의 안경마저 걸려들어 고물에서 3미터 떨어진 곳에 매달려 있다. 렌즈의 반짝거리는 빛을 보고 바다에서 물고기가 튀어 올라 안경을 삼키려고 한다. 여자는 있는 힘을 다해 악담을 퍼붓다가 정신이 든 듯 훤히 드러난 가슴, 한쪽이 빨갛게 부어오른 유방을 내려다본다. 그런데 조지가 배가 진행하는 방향에서 눈을 떼는 바람에 통나무에 부딪쳐 엔진이 고장 나고 만다.

맥머피는 낄낄대고 웃는다. 그는 점점 뒤로 움직여 몸을 선실 지붕에 기대고, 웃음소리를 바다 위로 드높이 퍼뜨린다. 여자와 환자들, 조지, 피가 나는 손가락을 빨고 있는 나, 선창에 있던 선장, 자전거를 타고 있던 사람, 주유소 남자들, 5000채의 집들과 수간호사, 이 모든 존재들에 대해 웃고 있다. 정신의 균형을 유지하기 위해, 이 세계가 자신을 미치게 만드는 것을 방지하기 위해, 자신을 해치는 것을 보고 웃어야 한다는 것을 알고 있기 때문이다. 그는 이 세상 모든 것들에는 고통스러운 면이 있다는 것을 알고 있다. 내 엄지손가락이 따끔거리고, 여자 친구의 유방이 멍들고, 의사가 안경을 잃어버렸다는 것도 알고 있다. 그러나 그는 우스꽝스러운 것을 보고 고통을 잊으려고 하지 않지만 고통스러운 것을 보고 웃음을 지워 버리려고도 하지 않는다.

나는 하딩도 맥머피 곁에서 어쩔 수 없이 무너져 큰 소리로 웃고 있는 것을 눈치 챘다. 갑판에서는 스캔런이 웃고 있다. 나머지 사람들도 자신들을 포함하여 모든 것이 이상하다는 듯 웃고 있다. 여사도 한쪽 흰 유방과 다른 쪽 빨간 유방을 번갈아 내려다보며 웃기 시작한다. 시펠트와 의사, 그 밖의 다른 사람들도 모두 웃음을 터뜨린다.

웃음은 천천히 시작되어 걷잡을 수 없이 끓어올라 남자들의 감정을 점점 더 북받쳐 오르게 했다. 나는 그들의 일부가 되어 함께 웃으면서 그 광경을 지켜보았다. 아니 반드시 함께라고는 할 수 없었다. 나는 배에서 나와 해면 위로 날아올라 저만치 높이 있는 검은 새들과 함께 바람을 가르며 날고 있었다. 아래를 내려다보니 나와 동료 환자들의 모습이 보이고, 급강하하는 새들의 중간에서 흔들리는 배가 보였다. 열두 명의 동료들에게 둘러싸인 맥머피의 모습도 보였다. 나는 그들을, 웃고 있는 우리들을 가만히 지켜보고 있었다. 그들의 웃음소리는 쉬지 않고 원을 그리며 해면 위로 울려 퍼지며 점점 멀어졌다. 연안의 해변 전체에 닿을 때까지, 아니, 세계의 모든 해변에 닿을 때까지 파도처럼 끊임없이 퍼져 나갔다.

의사가 깊은 바다 속에 있는 무엇인가를 낚았다. 조지를 제외하고 배에 있는 모든 사람들이 각자 한 마리씩 낚아 올렸다. 그때쯤 의사는 우리가 보이는 곳까지 그것을 끌고 왔다. 이윽고 허여멀건 것이 한순간 나타났다가 의사가 안간힘을 써서 잡고 있는데도 다시 바다 속으로 모습을 감추었다. 의사는 사람들의 도움을 완강하게 거부하고, 짧고 격한 신음 소리를 내면서 릴을 감아 물고기를 끌어올리려고 했다. 의사가 간신히 수면 가까이로 끌어올리면, 물고기는 밝은 빛을 보기가 무섭게 바다 속으로 달아났다.

조지는 다시 엔진을 가동시키는 일을 제쳐 놓고 내려와, 물고기 비늘을 손질하고, 고기 맛이 변하지 않게 아가미를 떼어 내는 방법을 우리에게 가르쳐 주었다. 맥머피는 1.2미터 길이의 낚싯줄 양쪽 끝에 토막 낸 물고기를 매달아, 빙빙 돌며 깍깍거리는 두 마리 새를 향해 던져 올렸다. 그리고 "죽음이 두 사람을 갈라놓을 때까지."라고 중얼거렸다.

배의 뒤쪽이, 그리고 거기 있는 사람들 대부분이 물고기 피와 비늘 때문에 핏빛과 은빛으로 범벅이 되었다. 어떤 사람들은 배 가장자리에서 셔츠를 벗어 바닷물에 담가 깨끗하게 빨려고 했다. 우리들은 오후까지 이렇게 빈둥거리며 시간을 보냈다. 고기를 낚거나 남아 있는 맥주를 마시거나 새에게 먹이를 던져 주었다. 그동안 배는 넘실거리는 파도를 타고 유유히 떠돌았다. 의사는 깊은 바다 속 괴물과 사투를 계속하고 있었다. 바람이 불어 바다는 초록빛과 은빛으로 부서지며 유리와 크롬을 뿌려 놓은 들판처럼 보였고, 배는 점점 심하게 흔들리기 시작했다. 조지는 의사에게 기상이 안 좋아지기 시작하니 고기를 낚아 올리든가 줄을 끊어 놓아 주어야 한다고 말했다. 의사는 내꾸하지 않았다. 그는 낚싯대를 더 힘껏 끌어당기며 앞으로 몸을 구부리고 릴을 감았다. 그리고 다시 낚싯대를 힘껏 끌어당겼다.

빌리와 캔디는 뱃머리에 올라가 이야기를 나누며 바다를 내려다보고 있었다. 빌리가 뭔가가 보인다고 소리쳤다. 우리는 모두 그가 가리키는 쪽으로 달려갔다. 넓적한 하얀 물체가 3미터 아래에서 모습을 드러내기 시작했다. 그것이 해면 가까이로 떠오르는 모습을 보고 있으려니 이상한 기분이 들었다. 처음에는 그저 밝은 빛을 띠고 있었는데, 이윽고 바다 속의 안개 같은 하얀 형태가 보이더니 점점 생물체로 구체화되었다…….

"이런! 저건 의사 선생님의 물고기야!"

스캔런이 소리 질렀다.

그놈은 의사의 반대쪽에 있었다. 그러나 낚싯줄의 방향으로 보아 줄 끝에 바다 속 물체가 걸려 있다는 것을 알 수 있었다.

"아무래도 놈을 배에 싣지는 못할 것 같군. 게다가 바람이 점점 세게 불어오고 있으니."

시펠트가 말했다.

"이건 아주 큰 놈이야. 100~150킬로그램은 되겠어. 원치를 사용하지 않으면 끌어올리지 못하겠군."

조지가 말했다.

"의사 선생님, 줄을 끊어야겠어요."

시펠트가 그렇게 말하며 의사의 어깨에 팔을 둘렀다. 의사는 아무 말도 하지 않았다. 의사의 등에는 양복 겉으로 땀이 배어 나왔다. 눈은 안경 없이 오랫동안 바라보고 있었기 때문에 빨갛게 충혈되어 있었다. 의사는 물고기가 자기 쪽으로 가까이 올 때까지 낚싯대를 들어 올렸다. 우리는 그것이 수면 가까이 오는 것을 잠시 지켜보다가 올가미와 갈고리를 준비하기 시작했다.

갈고리를 꽂고 나서도 물고기를 배 뒤쪽에 끌어올리기까지는 한 시간이 더 걸렸다. 우리는 세 개의 낚싯대로 놈에게 갈고리를 걸어야 했다. 그러고 나서 맥머피가 몸을 구부려 그놈의 아가미를 감아 끌어당겼다. 이윽고 놈의 투명한 하얀색의 납작한 몸뚱이가 배 안으로 미끄러져 들어와 의사와 함께 갑판 위에 널브러졌다.

"이건 대어 중의 대어야."

의사가 갑판 위에서 헐떡거렸다. 그에게는 그 거대한 물고기를 밀어낼 힘도 남아 있지 않았다.

"이것은…… 분명히 대어 중의 대어야."

해안으로 돌아가는 길에 배는 계속 심하게 흔들렸다. 맥머피는 난파선이나 상어에 대한 오싹한 이야기를 들려주었다. 해안이 가까워짐에 따라 파도가 점점 거세졌다. 파도 꼭대기에서 흰 물거품이 바람을 타고 솟아오르며 갈매기와 어울렸다. 방파제 입구에서 몰아치는 파도는 배보다도 높이 넘실거렸다. 조지는 우리들에게 구명 재킷을 입게 했다. 다른 고깃배들은 모두 항구 안으로 들어가 있었다.

구명 재킷이 세 개 부족했다. 항구 안으로 들어갈 때 누가 용감하게 구명 재킷 없이 가느냐 하는 문제로 소란이 일었다. 결국 빌리 비빗과 하딩과 조지가 그렇게 하기로 결정했다. 조지는 구명 재킷이 더럽다는 이유로 입으려고 하지 않았다. 빌리가 자진해서 양보한 것에 대해서는 모두가 약간 놀랐다. 그는 구명 재킷이 모자란 것을 알고 곧바로 벗어서 여자에게 입혀 주었다. 맥머피가 영웅이 되려고 하지 않은 것에 대해서는 모두가 크게 놀랐다. 큰 소동이 일어나고 있는 동안, 그는 선실에 기대어 서서 배의 흔들림에 몸을 맡긴 채 말없이 동료들을 바라보고 있었다. 그저 싱글싱글 웃으며 바라보고 있을 뿐이었다.

배는 해안에 가까워지면서 파도의 골짜기로 빠져 들어갔다. 배의 앞쪽이 요란한 소리를 내며 우리 앞에 전진하는 파도의 꼭대기를 찌를 때, 뒤쪽은 뒤에서 어른거리는 파도의 그림자를 지나고 있었다. 뒤쪽에 있는 사람들은 난간을 꼭 붙잡은 채 뒤에서 덮쳐 오는 산 같은 파도와 왼쪽으로 12미터 떨어진 방파제에서 파도를 뒤집어쓰고 있는 검은 바위, 그리고 키를 잡은 조지까지를 번갈아 가며 바라보았다. 조지는 거기에 돛대처럼 우뚝 서 있었다. 그는 앞뒤로 계속 고개를 돌려 가며 엔진 속력을 올리고 내려 배가 앞서가는 파도의 오르막을 탈 수 있도록 일정하게 진행시켰다. 그는 배가 위험한 순간으로 접어들기 전에 우리에게 알려 주었다. 배가 앞으로 가는 파도의 등을 넘어가면, 스크루와 방향키가 수면에 떠오르는 즉시 조종이 불가능해져 파도에 휩쓸리게 되고 속도를 늦추어 뒤쪽 파도를 만나면, 파도가 배의 뒤쪽을 때려 10톤이나 되는 물을 퍼붓게 된다고 말했다. 조지가 머리를 회전판 위에 올려놓은 듯이 앞뒤로 빙빙 돌리는 모습을 보고도 누구 하나 조롱하거나 웃음거리로 삼는 사람이 없었다.

배가 항구에 들어오자 파도는 잠잠해져서 다시 잔물결이 일었다. 부두의 미끼 가게 옆에서는 선장이 경찰관 두 사람을 데리고 기다리고 있었다. 그리고 그 뒤에는 부랑자들이 총출동하여 대기하고 있었다. 조지는 엔진 속력을 최대한 올려 그들을 향해 배를 몰아 갔다. 마침내 선장이 손을 흔들며 소리쳤고, 경찰관들은 부랑자들과 함께 계단 쪽으로 몸을 피했다. 뱃머리가 부두에 부딪치기 직전에 조지는 조타 핸들을 빙글빙글 돌려 스크루를 역회전시켰다. 배는 요란한 엔진 소리를 내면서 고무 타이어를 늘어놓은 부둣가에 바싹 다가섰다. 조지는 배를 침대로 데려가 재우듯이 다루었다. 뒤따라온 물결이 배에 닿을 무렵, 우리는 이미 배에서 내려 로프를 걸고 있었다. 거친 물결로 부근에 있던 배들이 위아래로 흔들리고 부두에도 파도가 올라와 하얀 포말이 일었다. 마치 우리가 배와 함께 사나운 파도를 데리고 온 것 같았다.

선장과 경찰관들과 부랑자들이 계단을 달려 내려와 우리 앞에 섰다. 의사가 앞장서서 경찰관들에게 다가갔다. 그러고는 이것은 정부의 후원하에 합법적으로 이루어진 소풍이므로 경찰이 간섭할 권한은 없으며, 우리 문제를 처리하려면 연방 정부의 권한을 가진 사람이어야 한다고 말했다. 그리고 한술 더 떠서 선장이 분쟁을 일으킬 생각이 있다면, 배에 비치된 구명 재킷의 숫자부터 조사해야 한다고, 법률에 따르면 승선할 정원수에 맞게 구명 재킷이 비치되어야 하지 않느냐고 덧붙였다. 선장이 아무 말도 하지 않자, 경찰들은 이름 정도만 물어보는 것으로 그치고 자기들끼리 뭐라고 중얼거리면서 난감해했다. 경찰관들이 부두를 떠나자 맥머피와 선장은 서로 입씨름을 하며 떠밀기까지 했다. 맥머피는 얼큰하게 취해 있었기 때문에 배가 흔들림에 따라 몸이 비틀거렸다. 그는 젖은 나무 위에서 미끄러져 두 번이나 바다에 빠졌다가 겨우 발판을 딛게 되자 선장의 내머리를 한 대 후려쳤고, 그것으로 소동은 일단락되었다. 그렇게 일이 끝나서 모두들 기분이 좋았다. 선장과 맥머피는 맥주나 마시자며 미끼 가게로 들어갔다. 우리는 남아서 잡은 고기를 선창으로 운반했다. 부랑자들은 한 단이 높은 부두에 서서 자기들이 만든 파이프로 담배를 피우며 우리를 지켜보고 있었다. 우리는 그들이 다시 여자에 대해 무슨 말을 할지 기다렸다. 사실은 그러기를 바라고 있었다. 그러나 정작 그들 중의 한 사람이 입을 열었을 때에는 여자가 아니라 우리가 잡은 고기에 대해 이야기했다. 그는 오리건 연안에서 잡은 것 중에서 이렇게 큰 넙치는 처음 보았다고 말했다. 다른 부랑자들도 고개를 끄덕이며 맞장구를 쳤다. 그들은 부두 끝까지 와서 고기를 구경했다. 그리고 그런 식으로 배를 부두에 넣는 방법을 어디에서 배웠냐고 조지에게 물었다. 우리는 조지가 고기잡이배만 운전했던 게 아니라 태평양에서 초계 어뢰정의 선장으로 있었으며 해군 십자훈장까지 받았다는 것을 알게 되었다.

"당신은 고급 공무원이 되었어야 했는데."

부랑자 하나가 말했다.

"그건 너무 더러워."

조지가 말했다.

우리들 대부분이 어렴풋이 느끼고 있는 변화를 그들은 이미 간파하고 있었다. 우리들은 오늘 아침 부두에서 모욕을 받았던 정신병원의 겁쟁이가 아니었다. 그들은 오늘 아침에 퍼부었던 악담에 대해 여자에게 사과하지는 않았다. 그러나 그녀가 잡은 고기를 구경해도 되는지 물어볼 때에는 정중했다. 맥머피와 선장이 미끼 가게에서 나오자, 우리는 맥주를 돌려 마시고 그곳을 떠났다.

우리가 병원으로 돌아왔을 때는 늦은 밤이었다.

여자는 빌리의 가슴에 기대어 잠들어 있었다. 이윽고 그녀가 눈을 뜨고 일어났다. 빌리는 불편한 자세로 그녀를 안고 있었기 때문에 팔이 마비되어 있었다. 여자는 그의 팔을 주물러 주었다. 빌리가 주말에 시간이 되면 데이트를 신청하겠다고 여자에게 말했다. 여자는 시간을 알려 주면 이 주 후에 찾아오겠다고 말했다. 빌리는 어떻게 대답하면 좋겠냐고 묻듯이 맥머피를 바라보았다. 맥머피는 두 사람의 어깨에 손을 얹고 말했다.

"그럼, 정각 2시로 하지."

"토요일 오후?"

여자가 물었다.

맥머피는 빌리에게 윙크를 보내고, 어깨에 얹은 팔을 구부려 여자의 얼굴을 꼭 안았다.

"아니, 토요일 밤 2시야. 오늘 아침에 왔던 그 창문으로 와서 노크하면 돼. 야근하는 보조원에게 말해서 들여보내도록 하지."

여자는 킥킥거리며 머리를 끄덕였다.

"여전하군요, 맥머피."

병동에서는 아직도 자지 않고 기다리는 급성 환자들이 있었다. 그들은 화장실 주변을 서성대며 우리들이 빠져 죽지나 않았는지 걱정했던 모양이다. 모두 초췌한 몰골로 복도로 꾸역꾸역 들어오는 우리들을 지켜보고 있었다. 물고기 피를 온몸에 뒤집어쓰고 얼굴은 햇볕에 그을린 채 맥주 냄새와 물고기

비린내를 풀풀 풍기면서, 승리를 안고 개선하는 영웅처럼 연어를 들고 돌아오는 우리의 모습이 신기한 모양이었다. 의사는 그들에게 밖으로 나가 차 트렁크에 담아 온 큰 넙치를 보지 않겠느냐고 물었다. 맥머피를 제외하고 모두들 다시 밖으로 나갔다. 맥머피는 자신은 많이 취한 것 같으니 먼저 자겠다고 말했다. 그가 가 버리자, 병동에 남아 있던 급성 환자 하나가 물었다. 다른 사람들은 볼이 불그스레하고 아직 원기가 왕성한데, 맥머피는 왜 저렇게 지쳐 있냐고. 하딩이 맥머피는 다른 친구들보다 햇볕에 덜 탔기 때문이라고 둘러댔다.

"여러분, 기억하지요. 맥머피 씨가 원기 왕성한 모습으로 병원에 들어왔던 날을 말입니다. 작업 농장에서 혹독한 야외 활동을 한 탓에 안색이 불그레하고 혈기 왕성하게 보였던 겁니다. 우리는 그의 정신분열증적인 멋진 검은 피부가 날로 엷어져 가는 것을 지켜본 증인들입니다. 원인은 그것뿐입니다. 오늘 맥머피 씨는 체력적으로 힘든 시간을 보냈습니다. 그것도 선실의 어두운 곳에서 말입니다. 반면에 우리는 대자연 속에 있으면서 비타민 D를 흠뻑 흡입했지요. 물론 선실 안에서의 작업이 어느 정도 과했는지도 모르겠어요. 하지만 생각해 봐요. 나 자신도 비타민 D를 약간 축내더라도 그런 노동이라면 사양하지·않았을 겁니다. 특히 귀여운 캔디가 작업 감독이라면 말입니다. 내 말이 틀렸나요?"

나는 그렇다고 말하지는 않았으나, 하딩의 생각이 옳을지도 모른다는 생각이 들었다. 나는 병원으로 돌아오는 길에, 그러니까 맥머피가 예전에 살던 곳을 지나서 오자고 했을 무렵부터 이미 그가 지쳐 있다는 것을 눈치 챘다. 그때 우리는 마침

마지막 맥주를 비우고 일시 정지 표지판이 있는 곳에서 빈 캔을 창밖으로 던지고 있었다. 그리고 좌석에 편히 기대 앉아 즐거웠던 하루를 되돌아보고 있었다. 하루를 마음껏 즐기고 난 후에 찾아오는 달콤한 나른함을 느끼며 햇볕에 타고 취기에 젖어 그 기분을 가능한 한 오랫동안 음미하고 싶어서 눈을 지그시 감고 있었던 것이다. 나는 그 순간 내 주변의 생활에서 즐거움을 발견해 가고 있다는 것을 어렴풋이 깨달았다. 맥머피는 그것을 나에게 가르쳐 주고 있었다. 어린 시절보다도, 모든 것이 편안하고 대지는 내게 어린이의 시를 읊어 주었던 그때보다도 기분이 좋았다.

우리는 해안선을 끼고 가는 대신 내륙으로 차를 몰아 맥머피가 제일 오랫동안 살았다는 마을을 통과하기로 했다. 캐스케이드 구릉 지대를 내려가다가 길을 잃은 게 아닌가 의아해질 무렵, 우리는 병원 부지의 두 배쯤 되는 마을로 들어갔다. 맥머피는 모래 바람이 부는 길가 갈대밭에 차를 세웠다. 그러고는 도로 맞은편을 가리켰다.

"저기야. 잡초 속에서 솟아 나온 것처럼 서 있는 집. 내가 청춘을 허비했던 초라한 집이지."

어둑어둑해지는 저녁 6시, 길가에는 잎이 떨어진 나무들이 서 있었다. 그리고 보도에는 번개처럼 생긴 나무 그림자가 드리워지고, 그림자가 드리워진 곳에는 권투 경기장으로 보이는 콘크리트 벽이 둘러져 있었다. 잡초가 무성한 앞뜰을 따라 쇠 울타리가 둘러쳐져 있고, 뒤에는 현관이 딸린 커다란 목조 건물도 보였다. 그 지붕은 금방이라도 무너질 듯이 들썩이면서도 빈 상자처럼 바람에 굴러가지 않고 버티고 서 있었다. 바람이 불면서 비가 서너 방울씩 떨어졌다. 그 집의 창문은 굳게 닫혀 있고 사슬에 묶인 채 쩔렁거리는 문에는 자물쇠가 채워져 있었다.

현관에는 일본인들이 유리로 만든, 바람이 조금만 불어도 땡그랑 소리가 나는 풍경이 매달려 있었다. 그런데 그것은 유리가 네 개밖에 남아 있지 않았다. 그 네 개가 흔들리며 서로 부딪혀 나무 현관 바닥 위에서 조그맣게 땡그랑 소리를 냈다.

맥머피가 기어를 넣었다.

"언젠가 한번 이곳에 와 본 적이 있었지. 아주 옛날 얘기야. 한국전쟁이 끝나고 우리가 집으로 돌아가던 해의 일이었지. 그때는 우리 부모님이 다 살아 계셔서 왔었어. 좋은 집이었는데."

그는 클러치 페달에서 발을 떼고 출발하려다가 다시 차를 세웠다.

"세상에, 저기를 봐. 옷이 보이지 않아?"

그가 뒤쪽을 가리켰다.

"저 나뭇가지에 걸린 노랗고 검은 누더기가 보이잖아?"

내 눈에도 오두막집 위의 나뭇가지에서 펄럭이는 깃발 같은 것이 보였다.

맥머피가 회상조로 말했다.

"저건 나와 처음으로 잠자리를 같이했던 여자가 입었던 옷이지. 그때 나는 열 살쯤 되었을 거야. 소녀는 더 어렸을 거고. 그때는 여자와 잠자리를 한다는 것이 큰 사건이나 되는 줄 알았지. 그래서 나는 어떤 식으로든 그걸 한 걸 모두에게 선언해야 하지 않냐고 여자에게 물었어. 예를 들면 집에 가서, '엄마, 나 오늘 주디와 약혼했어.'라는 식으로 말이야. 나는 진심으로 그렇게 말했어. 그만큼 어수룩했지. 어쨌든 그 짓을 하면 예외 없이 당장 그 자리에서 법률적으로 결혼한 셈이 된다고 생각했고, 또 그것을 절대로 깨서는 안 되는 규칙이라고 생각했어. 그런데 그 작은 매음부가, 기껏해야 여덟아홉 살쯤 되는 아이가 말이지. 바닥에 옷을 벗더니 이러더군. '이걸 어딘가에 걸어. 나는 팬티만 입고 집으로 돌아갈 테니까. 그러면 모든 게 분명해지지 않겠어. 집에서도 어떻게 된 일인지 알게 될 테고.' 실제로 여덟아홉 살 먹은 계집애가 그랬다니까. 정말이야."

그는 캔디의 코를 살짝 꼬집었다.

"그리고 그 방면에 대해 웬만한 프로 여자들보다 더 많이 알고 있더군."

여자는 그의 손을 깨물면서 웃었다. 그는 물린 자국을 들여다보았다.

"어쨌든 그 소녀가 팬티만 입고 집으로 돌아간 뒤 나는 어두워질 때까지 기다렸다가 그 지린내 나는 옷을 바깥으로 던져 버렸어. 그때 불던 바람이 어땠는지 알아? 바람이 옷을 연처럼 높이 띄워 저 집 근처까지 날려 보냈는데 나중에는 아예 안 보이더군. 그런데 이튿날 아침에 보니 세상에, 저 나무에 옷이 걸려 펄럭이지 않겠어. 그때는 온 동네 사람들이 다 볼 것 같았지."

그는 제법 아팠는지 물린 손을 혀로 핥았다. 캔디는 큰 소리로 웃으며 그 손에 키스를 했다.

"그래서 나는 깃발을 저기에 달아 놨어. 그날부터 오늘까지 내 이름에 부끄럽지 않도록 살기 위해서 말이야. 나는 헌신적인 연인으로 살아왔다고 생각해. 이것만은 신에게 맹세할 수 있어. 내가 잘못되었다면 그건 내 소년 시절의 연인, 그 아홉 살짜리 소녀 때문이지."

그 집은 점점 멀어져 갔다. 그는 하품을 하고 눈을 깜박거렸다.

"그 여자애가 내게 사랑을 가르쳤고, 달콤한 여자의 맛을 알려 준 거야."

그가 이야기를 계속하던 중 우리를 추월한 다른 차의 미등 불빛이 맥머피의 얼굴을 비췄고, 앞 유리에 그 표정이 나타났다. 그는 차 안이 어두워 아무도 볼 수 없다고 생각한 모양이었다. 긴장한 데다 너무나 피곤해서 미치겠다는 표정이었다. 마치 자신이 해야 하는 일을 위한 시간이 얼마 남지 않은 사람 같았다.

하지만 그는 여유 있고 자상한 음성으로 지금까지 살아온 이야기를 들려주었다. 그가 어린 시절의 장난, 술친구, 사랑했던 여자들, 하찮은 일로 술집에서 난투극을 벌였던 일 등에 대해 이야기하는 동안 우리는 꿈 같은 그 세계에 점점 더 깊이 빠져 들었다.

4부

26

바다낚시를 다녀온 이튿날, 수간호사는 새로운 작전을 펼치고 있었다. 그녀는 전날 맥머피가 바다낚시를 구실로 여러 가지 일을 계획하며 부당하게 돈을 거둬들인다고 비난했는데, 아무래도 새 작전은 그때 떠오른 모양이었다. 수간호사는 그날 밤, 작전을 충분히 생각하고 이번에는 여러 방면으로 세밀히 검토하여 절대로 실패하는 일이 없을 거라고 확신했다. 그녀는 다음 날 자신의 작전에 대한 소문이 나도록 은근히 암시를 주었다. 실제로 자기 입으로 말을 꺼내기 전에 그 소문이 퍼지도록 만들었던 것이다.

인간은 타인이 보통 이상으로 친절을 베풀면 그 사람으로부터 달아나려 한다는 것을 수간호사는 알고 있었다. 예를 들어 산타클로스나 전도사, 그리고 고귀한 목적으로 거금을 기부하는 사람들을 보면 왜 그런 일을 할까 의심하게 된다. 또 젊은 변호사가 자신이 거주하는 지역의 학교 아이들에게 과자를 돌리기라도 하면, 특히 주 의회 선거 직전에 그렇게 할 경우, 사람들은 "이 능구렁이야, 누가 바보인 줄 알아." 하며 비웃기 마련인데 수간호사는 그런 사실을 잘 알고 있었다.

　그녀는 이것도 알고 있었다. 맥머피가 왜 저토록 시간과 정력을 들여 바다낚시를 계획하고, 빙고 파티를 준비하며, 농구 팀을 코치할까 하고 환자들이 의문을 품게 만드는 데 오랜 시간이 걸리지 않는다는 것을. 병동의 다른 환자들은 피노클을 하거나 지난해 잡지를 읽으며 만족해하고 있는데, 맥머피는 왜 그렇게 열을 올리며 다닐까? 작업 농장에서 도박과 폭행 죄로 형을 살던 이 아일랜드계 싸움꾼이 여자 역을 맡아 두건을 두르고 10대처럼 앳된 목소리를 내 가며, 두 시간 동안이나 급성 환자들의 환호 속에서 빌리 비빗에게 춤을 가르쳐 주는 이유는 무엇인가? 또 이런 천하의 악당, 그러니까 노련한 전문가로서 카니발의 예술가라 할 수 있는 놀라운 카드 솜씨로 승리의 기회만 노리는 빈틈없는 도박사인 이 사나이가 환자의 퇴원 여부를 좌지우지하는 수간호사를 적으로 돌리고 정신병원 체류 기간을 두 배로 늘리는 위험을 감수하는 것은 어떤 이유에서일까?

　수간호사는 최근 서너 달 동안의 환자들의 소지 금액 변동 추이를 게시함으로써 이 같은 의혹을 불러일으켰다. 아마도 기록을 추적해 내는 데에 몇 시간은 소비했을 것이다. 기록을 보니 한 사람을 제외하고 모든 급성 환자의 소지 금액이 꾸준히 감소되어 갔다. 한 환자의 소지 금액만이 병원에 들어온 이래 증가했다.

　급성 환자들은 맥머피에게 자신들의 자금을 감소시킨 것은 그가 아니냐고 농담조로 말했다. 그는 결코 부정하지 않았다. 부정하기는커녕 오히려 일 년쯤 이 병원에 있다가, 퇴원할 무렵에는 경제적으로 독립을 하여 여생을 플로리다에서 지낼 수 있다고 허풍을 떨었다. 환자들은 모두 그 농담을 듣고 웃었다. 그가 옆에 있을 때에는 그랬다. 그러나 그가 전기 요법이나 작업 요법 또는 물리 요법을 받으러 나가 병동에 없을 때, 혹은 간호사실에 불려 가 꾸중을 들으면서 수간호사의 인공적인 미소에 질세라 비열한 웃음을 지을 때에는 반드시 웃고 있다고 할 수는 없었다.

환자들은 왜 맥머피가 요즘 부지런한 일꾼으로 변신하여 환자들을 위해 일을 도맡아 하는지 서로 의문을 던지기 시작했다. 가령 그는 환자가 어디 갈 때마다 여덟 명의 치료 그룹이 함께 있어야 한다는 규칙을 폐지시켜 주었다.(그가 회의에서 8인 치료 그룹 제도를 반대했을 때 "여기 있는 빌리는 다시 손목을 끊어 자살하겠다고 했는데, 그럼 다른 일곱 사람도 여기에 동조하여 그 치료를 받아야 하나?"라고 말했다.) 또 바다낚시 이후 환자들과 훨씬 가까워진 의사를 움직여 《플레이보이》나 《너깃》, 《맨》과 같은 잡지를 구독하도록 했다. 그리고 얼굴이 부은 홍보 담당 직원이 집에서 가져와 병동 한쪽에 쌓아 둔 《맥컬스》 지난 호들을 없애 버렸다.(그 직원은 특히 환자가 재미있어할 기사에 녹색 잉크로 표시를 해 두었다.) 심지어 맥머피는 워싱턴에 있는 누군가에게 청원서를 보내 국립 병원에서 여전히 실시하고 있는 전기 충격 요법과 뇌 전두엽 절제술의 실태 조사를 요구하기도 했다. 환자들은 차츰 의문을 품기 시작했다. 대체 그런 일을 한다고 해서 맥머피에게 좋을 게 뭐가 있겠는가?

수간호사는 그런 의혹이 일주일쯤 병동에 나돌게 한 후, 그룹 미팅에서 상대를 공격하려고 했다. 수간호사가 작전을 개시했을 때, 맥머피는 회의하는 자리에 나와 있었고, 그녀가 충분히 전투 태세를 취하기 전에 그녀를 물리쳤다.(수간호사는 환자들에게 병동이 문란한 상태에 빠져 있어 놀라고 실망했다고 말했다. "주위를 둘러보세요. 음란한 잡지에서 포르노 사진을 오려 더덕더덕 벽에 붙여 두었습니다." 말을 꺼낸 김에 그녀는 본관에 있는 사람에게 이 병원에 들어오는 수상한 물건에 대해 조사해 달라고 할 작정이라고 했다. 수간호사는 의자에 깊숙이 앉아, 누가, 왜 비난을 받아야 하는지 지적하려고 만반의 준비를 하고 있었다. 그리고 마치 옥좌에 앉아 위압감을 주려는 듯이 이삼 초 동안 조용히 있었다. 그때 맥머피가 한바탕 웃음을 터뜨려 수간호사의 마법을 깨뜨렸다. 그는 본관 친구에게 조사를 하러 올 때에는 작은 손거울을 꼭 가져오라는 말을 전해 달라고 그녀에게 말했다.) 결국 수간호사는 다음번 작전에는 맥머피가 회의에 참석하지 못하도록 했다.

　맥머피에게 포틀랜드에서 장거리 전화가 걸려 왔다. 그는 흑인 보조원을 따라 전화가 있는 로비로 내려가 다시 전화가 걸려 오기를 기다렸다. 1시쯤 되자 우리는 여러 가지 물건을 옮겨 놓으면서 휴게실에서 회의 준비를 했다. 키 작은 흑인이 수간호사에게 맥머피와 워싱턴을 불러와야 하냐고 물었다. 수간호사는 괜찮다고, 그곳에 그냥 있게 하라고 말했다. 여기 있는 사람들 중에는 그 잘난 위인이 없는 틈에 랜들 패트릭 맥머피 씨에 대해서 의논할 기회를 가졌으면 하는 사람들이 있을 거라고 덧붙였다.

회의가 시작되자 환자들은 맥머피에 관한 우스운 이야기와 그가 행한 일을 늘어놓았다. 그러다가 잠시 동안 그가 얼마나 멋진 사나이인지 이야기했다. 수간호사는 줄곧 침묵을 지키며, 환자들이 이야기를 다 토해 낼 때까지 기다렸다. 이윽고 다른 의문이 제기되었다. 맥머피에 대해 어떻게 생각하는가? 그 사람은 왜 그런 일을 하고 다니는가? 환자들 중에는 이런 의문을 제기하는 사람도 있었다. 이곳에 오기 위해 작업 농장에서 일부러 싸움을 했다는 그의 이야기도 거짓일 수 있다. 그리고 그는 우리가 생각하고 있는 것 이상으로 미쳤을지도 모른다는 것이었다. 수간호사는 이 말을 듣더니 미소를 짓고 손을 들어 제지했다.

"'여우같이 교활해요.' 당신은 맥머피 씨에 대해 이렇게 말하려는 거겠죠."

그녀가 말했다.

"무슨 마, 마, 말입니까?"

빌리가 물었다. 빌리에게 맥머피는 특별한 친구이자 영웅이었다. 그는 맥머피를 칭찬하는지 비난하는지 알 수 없게 어금니를 깨물고 말하는 수간호사의 표현 방식이 마음에 들지 않았다.

"무슨 뜨, 뜨, 뜻입니까, 여우같이 교활하다는 말이?"

"특별한 뜻이 있는 건 아네요, 빌리."

수간호사는 즐거운 듯이 대답했다.

"그게 무슨 말인지 다른 사람이 설명할 수 있으면 해도 좋아요. 스캔런 씨, 당신은 어때요?"

"빌리, 수간호사님 말은 맥이 남에게 속을 사람이 아니란 뜻이야."

"맥이 그, 그, 그렇다고 말한 사람은 없어!"

빌리는 말끝을 맺으며 의자의 팔걸이를 주먹으로 내리쳤다.

"하지만 랫치드 수간호사님이 아, 암시하는 것은……."

"아니에요, 빌리. 나는 아무것도 암시하고 있지 않아요. 다만 맥머피 씨가 이유 없이 위험한 일을 저지를 사람은 아니라는 말이에요. 당신도 그렇게 생각하지 않나요? 여러분 모두 그렇게 생각하죠?"

모두 아무 말이 없었다.

수간호사가 말을 계속했다.

"하지만 그 사람은 자신은 전혀 생각하지 않고 일을 벌이는 것 같아요. 순교자나 성자처럼 말이에요. 하지만 맥머피 씨를 성자라고 칭할 사람이 있겠어요?"

수간호사는 안심하고 방 안 가득히 미소를 보내며 대답을 기다리고 있었다.

"그래요, 성자도 아니고 순교자도 아닙니다. 어디, 이 사람에게 박애 정신 같은 게 있는지 조사해 볼까요?"

그녀는 바구니에서 노란색 종이 한 장을 꺼냈다.

"그의 몇 가지 선물을 살펴봅시다. 그의 열렬한 팬들은 그렇게 부르겠지요. 우선 목욕실이라는 선물이 있어요. 실제로 그것은 그 자신이 여러분에게 선사한 것일까요? 그곳을 도박장으로 사용함으로써 그가 잃은 것이 있습니까? 천만에요, 없어요. 오히려 그가 병동에 작은 몬테카를로를 세우고 물주로 들어앉은 짧은 기간에 얼마나 벌었다고 생각하나요? 브루스, 얼마나 손해를 봤죠? 시펠트 씨는요? 스캔런 씨는요? 여러분은 각자 얼마나 손해를 봤는지 알고 있을 겁니다. 하지만 전체적으로 그가 얼마나 벌어들였는지 아십니까? 그가 회계 담당자에게 맡긴 액수만 해도 거의 300달러나 됩니다."

스캔런이 나지막하게 휘파람을 불었지만 다른 사람들은 아무 말이 없었다.

"여러분 중에는 직접 확인해 보고 싶은 분이 있을 겁니다. 그래서 그가 지금까지 해 온 다양한 도박을 이렇게 리스트로 정리했습니다. 이중에는 고의로 의료진을 동요시키려고 한 도박도 포함되어 있습니다. 따라서 이 모든 도박은 병원 규칙을 정면으로 위반하는 것이며, 그에게 응한 여러분도 이 점은 알고 계실 겁니다."

그녀는 종이를 다시 훑어보고 도로 바구니에 넣었다.

"그리고 최근에 있었던 바다낚시 말인데요. 그 일로 맥머피 씨가 어느 정도의 이익을 올렸다고 생각하시죠? 제가 아는 바로는, 자동차는 의사 선생님의 것을 제공받았고 휘발유 값까지 의사 선생님으로부터 받아 냈어요. 그 외에도 여러 가지 이득을 얻었습니다. 자신은 1센트도 쓰지 않고 말입니다. 정말 여우같이 교활하다고 하지 않을 수 없어요."

그녀는 손을 들어 중간에 끼어들려고 하는 빌리를 제지했다.

"빌리, 내 말을 이해해 주세요. 나는 이런 행위 자체를 비난하고 있는 게 아니에요. 이 사람의 동기에 대해 환상을 품지 않는 것이 좋겠다고 생각할 뿐입니다. 하지만 어쨌든 우리가 화제로 삼는 사람이 없는 상태에서 이렇게 비난하는 것은 옳지 못할 수도 있겠군요. 그럼 우리가 어제 토의하던 문제로 돌아갑시다. 그게 뭐였죠?"

그녀는 바구니 안의 서류를 뒤적거렸다.

"스피비 선생님, 무슨 문제였는지 기억하고 계십니까?"

의사가 흠칫 놀라 고개를 들었다.

"아니에요……. 잠깐만요……. 그게 그러니까……."

그녀는 서류철에서 종이 한 장을 꺼냈다.

"여기 있어요. 스캔런 씨의 문제였어요. 폭발물에 대해 스캔
런 씨가 어떻게 느끼고 있는지에 관한 문제였군요. 좋습니다.
이제 그 문제를 토의합시다. 그리고 맥머피 씨 문제는 나중에,
그가 회의에 참석하고 있을 때 논의하기로 합시다. 하지만 여
러분은 오늘 논의된 일들을 유념해 두어야 합니다. 그럼, 스캔
런 씨……."

그날 회의가 끝난 뒤, 여덟 혹은 열 명의 우리 환자들은 매
점 입구에 모여 흑인 보조원이 머릿기름을 훔칠 때까지 기다
리고 있었다. 그때 몇 사람이 맥머피 문제를 다시 끄집어냈다.
그들은 수간호사의 말에 찬성할 수는 없지만, 그녀의 주장에
도 일리가 있다고 말했다. 그러자 누군가가 그래도 맥은 좋은
친구라고 응수했다.

하딩이 마침내 지루하게 이어지는 대화를 끝내 버리려고 나
섰다.

"친구들, 그대들은 항의만 많이 할 뿐 왜 항의를 하는지는
모르는군요. 그대들의 인색한 마음 깊은 곳에서는 우리의 자
애로운 천사인 랫치드 수간호사가 오늘 맥머피에 관해 내놓은
갖가지 추측들이 절대적으로 옳다고 인정하고 있어요. 수간호
사가 말한 그대로라는 것을 그대들은 알고 있으며, 나 역시도

마찬가지입니다. 하지만 그러한 사실을 왜 부정해야 하지요? 솔직히 말해서 그의 자본가적 재능을 수군거리며 비난하지 말고 똑바로 평가할 필요가 있다고 봅니다. 맥머피가 이익 좀 얻었다고 해서 뭐가 잘못됐습니까? 그가 우리에게서 돈을 가져갈 때마다 우리는 그 돈에 상응하는 가치를 얻지 않았습니까? 돈을 손쉽게 버는 데에는 약삭빠른 사람입니다. 하지만 그가 자신의 동기를 속인 일이 있습니까? 우리를 속일 필요가 어디 있겠어요? 그는 도박에 대해서는 건전하고 정직한 태도를 취합니다. 나는 전적으로 그를 지지합니다. 그것은 자유로운 개인 기업을 존중하는 자본주의 제도를 지지하는 것과 마찬가지입니다. 친구들, 나는 그를 지지합니다. 그의 노골적이고 어리석은 뻔뻔스러움과 미국 국기를, 그리고 링컨 기념관과 미국의 모든 것을 지지합니다. 메인호*와 P. T. 버넘**과 독립 기념일을 상기합시다. 나는 친구의 명예를 지키지 않으면 안 된다고 생각합니다. 친애하는 적색과 백색과 청색의, 100퍼센트 미국인 도박사로서의 명예를 말입니다. 좋은 친구라고요? 과연 그럴까요? 맥머피도 자신의 도박에 대해 사람들이 멋대로 이야기하고 거기에 이런저런 동기를 갖다 붙이려는 줄 알면 당황한 나머지 눈물까지 흘릴 거예요. 자기의 수완을 부당하게도 아주 낮게 평가했다고 생각할 거라고요."

그는 주머니에서 담배를 찾았다. 담배가 없자, 프레드릭슨에게 한 개비를 빌려서 성냥을 획 그어 불을 붙이고 이야기를

---

* 1898년 1월, 쿠바에서 폭파된 미국 군함.
** 미국 서커스의 창시자.

계속했다.

"나도 처음에 그의 행동에 당황했다는 건 인정합니다. 유리 창을 깨는 것을 보고 생각했어요. 이 사람은 동료를 위해 싸우며 실제로 이 병원에 있을 작정이구나라고요. 하지만 후에 맥머피가 이익이 되는 것을 잃고 싶지 않아 그런 짓을 한다는 것을 알았어요. 그는 여기서 보내는 시간을 최대한으로 활용하고 있는 거예요. 그의 소박한 수법에 속지 마세요. 두뇌가 비상한 책략가이며 빈틈없는 사람이에요. 봐요. 그가 했던 모든 일에는 다 이유가 있어요."

빌리는 그의 말에 호락호락 넘어가려 하지 않았다.

"그, 그래요? 그럼 내게 추, 춤을 가르쳐 주는 건요?"

빌리는 주먹을 옆구리에 갖다 대고 있었다. 그 손등에는 담뱃불 화상 자국이 거의 없어져 가고 있었는데, 그 자리에 잘 지워지지 않는 매직 연필로 그려 넣은 문신이 보였다.

"그건 무슨 까닭인데요, 하딩? 내게 추, 춤을 가르쳐 주고 어떻게 도, 도, 돈을 법니까?"

"흥분하면 안 돼요, 윌리엄. 또 성급하게 굴어도 안 됩니다. 가만히 기다려 봐요. 그걸 어떻게 이용하는지 곧 알게 될 테니까."

하딩이 말했다.

아무래도 맥머피를 신뢰하고 있는 사람은 빌리와 나 두 사람뿐인 모양이었다. 그런데 바로 그날 밤, 빌리도 하딩의 생각에 동조하는 사건이 일어났다. 맥머피가 다시 장거리 전화를 걸러 갔다 돌아오더니 빌리에게 캔디와의 데이트는 확실하다고 말했다. 그리고 그에게 주소를 적어 주며, 캔디가 이곳에 오는 비용을 조금 부쳐 주는 게 좋을 거라고 덧붙였다.

"돈? 도, 돈을? 어, 어, 얼마나?"

빌리가 하딩을 바라보자, 하딩이 씩 웃었다.

"글쎄, 음. 10달러에다 또 10달러쯤……"

"20달러! 여기까지 올 버스비라면 그렇게 마, 마, 많은 돈은 필요 없어요."

맥머피는 모자챙 밑으로 빌리를 올려다보며 천천히 웃어 보였다. 그러고는 손으로 목을 비비다가 회색빛의 혀를 내밀었다.

"오, 이런. 내 목이 바짝 말랐어. 다음 주 토요일에는 더 말라붙을 거야. 여자가 술을 가져와 내 목을 축여 줘도 싫지는 않겠지, 빌리?"

그렇게 말하며 그는 순진해 보이는 얼굴로 빌리를 바라보았다. 빌리는 웃으면서 고개를 끄덕이며 괜찮다고 했다. 그러고는 한쪽 구석으로 가서 그와 함께 다음 주 토요일 계획을 신나게 얘기했다. 속으로는 맥머피가 뚜쟁이라고 생각하면서.

나는 내 나름대로 생각이 있었다. 맥머피는 구리선과 크리스털로 미국을 네트워크화하고 있는 '콤바인'으로부터 우리를 구원하려고 하늘에서 내려온 거인이었다. 그는 너무나 위대한 사람이라 돈 같은 하찮은 것에는 신경을 쓸 턱이 없었다. 그러나 나 역시도 다른 사람들과 비슷한 생각이 들기 시작했다. 다음과 같은 일이 일어났던 것이다. 그룹 미팅이 시작되기 전에 맥머피는 목욕실로 테이블을 옮기는 걸 돕다가 제어반 옆에 서 있는 나를 보고 있었다.

"세상에, 추장. 낚시를 다녀온 후로 당신 몸이 25센티미터는 더 커진 것 같군. 그리고 당신의 그 커다란 발 좀 봐요. 짐마차

만큼이나 큰걸!"

그가 말했다.

나는 아래를 내려다보았다. 정말로 예전보다 발이 커져 있는지 살펴보았다. 맥머피의 말대로 발은 크기가 예전의 두 배가 되어 있었다.

"거기다 팔까지! 옛날에 미식축구 선수였던 인디언의 팔이군. 내가 무슨 생각을 하는지 알겠소? 당신 몸이 얼마나 커졌는지 시험해 보기 위해 여기 이 제어반을 살짝 들어 올려 보면 어떨까 하는데."

나는 고개를 저으며 싫다고 했다. 그러자 그는 이미 우리가 약속하지 않았냐고 말했다. 결국 나는 그가 말한 '트레이닝 계획'이 얼마나 성과를 올렸는지 알아보기 위해 그렇게 해야만 했다. 그의 요구를 물리칠 수 없었던 것이다. 나는 제어반으로 다가가 그것을 들어 올릴 수 없다는 것을 보여 주기 위해 몸을 굽히고 양쪽 손잡이를 잡았다.

"됐어요, 추장. 이제 허리를 죽 펴요. 다리를 좀 더 벌리고. 거기⋯⋯. 옳지, 그래. 살살⋯⋯. 이제 허리를 펴요. 휴우! 이제 바닥에 살짝 내려놔요."

나는 그가 진짜 실망할 줄 알았는데, 내가 물러서자 제어반이 원래 위치에서 15센티미터쯤 떨어져 있는 것을 가리키며 씩 웃었다.

"추장, 제자리로 옮겨 두는 게 좋을 거요. 그래야 눈치 채는 사람이 없어요. 아직은 누구도 알게 하면 안 돼요."

회의가 끝난 후에 그는 피노클을 하고 있는 사람들의 주변을 어슬렁거리며 힘과 원기에 대해 떠들어 대다가 목욕실의 제어반 얘기를 꺼냈다. 나는 그가 내 힘과 몸을 원상태로 되돌리는 걸 어떻게 도와주었는지 얘기할 줄 알았다. 그러면 그가 오로지 돈을 위해서만 행동하지 않았다는 것이 증명될 테니까.

그러나 그는 내 얘기를 꺼내지 않았다. 계속 제어반에 대해서 이야기했다. 마침내 하딩이 그에게 그걸 또 들어 올리고 싶냐고 물었다. 그러자 그는 아니라고 대답했다. 하지만 그가 들어 올리지 못한다고 해서 아예 불가능하다는 뜻은 아니라고 말했다. 스캔런은 크레인을 사용하면 들어 올릴 수 있을지도 모르지만 사람 혼자서는 들어 올릴 수 없다고 말했다. 그러자 맥머피는 고개를 끄덕이며 그럴지도 모르지만 꼭 그렇다고는 할 수 없다고 말했다.

나는 그가 환자들을 교묘하게 조종하는 법을 지켜보았다. 그는 환자들이 살아 있는 사람의 힘으로는 절대로 그걸 들어 올릴 수 없다고 말하고 급기야는 자진해서 내기를 하자는 말이 나오게끔 유도했다. 그러면서도 자신은 내기를 하는 것이 내키지 않는다는 표정을 지었다. 그는 배당률을 높이면서 점점 환자들을 끌어 모았고, 마침내 그 확실한 일을 미끼로 배당률을 5대 1까지 올리고 전원이 내기를 하게 만들었다. 환자들 중에는 20달러나 거는 사람도 있었다. 그는 내가 제어반을 들어 올리는 걸 이미 보았다는 말은 한마디도 하지 않았다.

밤새도록 나는 맥머피가 그 내기를 하지 않기를 바랐다. 다음 날 회의 시간에 수간호사는 낚시를 다녀온 사람들은 벼룩이나 이 같은 해충을 옮아 왔을지도 모르니까 특별 샤워를 해야 한다고 말했다. 그때 나는 수간호사가 어떻게든 그 일을 모면하게 해 주기를 기대하고 있었다. 우리가 곧장 샤워하게끔

하든가, 내가 제어반을 들어 올리지 못하도록 무슨 조치를 취해 주기를 바랐던 것이다.

그러나 회의가 끝나자, 흑인 보조원들이 문을 잠그기 전에 맥머피는 나와 환자들을 데리고 목욕실로 들어갔다. 그리고 내게 제어반의 손잡이를 쥐고 그것을 들어 올리게 했다. 결코 내키지 않았지만 어쩔 수가 없었다. 나는 그를 도와 환자들에게서 돈을 사취하는 듯한 느낌이 들었다. 환자들은 내기 돈을 낼 때 하나같이 그에게 친근한 척했지만, 나는 그들의 속마음을 알 수 있었다. 그들은 뭔가에 뒤통수를 맞은 느낌일 터였다. 나는 그 제어반을 원래 위치로 옮겨 놓자마자 맥머피는 거들떠보시도 않고 목욕실을 뛰쳐나와 화장실로 들어갔다. 혼자 있고 싶었다. 나는 거울에 비친 내 모습을 바라보았다. 맥머피는 자신의 말대로 나를 크게 만들어 주었다. 내 팔은 다시 커져 있었다. 옛날 인디언 마을에 살던 고등학교 때 같았다. 가슴과 어깨도 떡 벌어지고 단단해져 있었다. 나는 거기에 서서 나 자신을 응시하고 있었다. 그때 맥머피가 들어와 5달러짜리 지폐를 내밀었다.

"여기 받아 둬요, 추장. 껌 값이오."

나는 고개를 저으며 화장실 밖으로 나가려 했다. 그가 내 팔을 잡았다.

"추장, 감사의 표시로 받아 두라는 것뿐이오. 당신 몫을 더 받아야겠다면……."

"그렇지 않아요! 돈은 당신이 가져요!"

그는 뒤로 물러서며 주머니에 엄지손가락을 걸치고 나를 향해 고개를 들었다. 그러고는 한동안 나를 바라보았다.

"알겠소."

그가 말했다.

"그런데 왜들 그러는 거요? 여기 사람들이 다들 왜 나를 차갑게 대하는 거요?"

나는 대답하지 않았다.

"내가 약속한 대로 하지 않았소? 당신을 원래 모습으로 크게 만들어 주었잖으냐 이 말이오. 갑자기 이곳 사람들이 나를 싫어하는 이유가 뭐요? 당신들이 나를 매국노 취급하고 있으니……."

"당신은 언제나…… 이득만 챙깁니다!"

"이득만 챙긴다고! 이런, 그래서? 내 어떤 점이 나쁘다는 거요? 나는 약속을 지키려고 한 것뿐이오. 그런데 왜 모두들 비난을 퍼붓고……."

"우리는 당신이 돈 때문에 그런 게 아닐 거라고……."

울음을 터뜨릴 것처럼 턱이 위아래로 떨렸지만 울지는 않았다. 나는 턱을 떨며 그의 앞에 서 있었다. 그는 무슨 말을 하려다가 그만두고는 주머니에 걸쳤던 엄지손가락을 들어 엄지와 검지로 콧등을 쥐었다. 안경 렌즈 사이가 너무 꼭 낄 때 하듯이 그랬다. 그리고 눈을 감았다.

"이득만 챙긴다고, 말도 안 돼. 허어, 참. 이득만 챙긴다니……."

그는 눈을 감은 채 말했다.

그날 오후 샤워실에서 일어난 사건은 다른 누구보다도 내 책임이 컸다. 그래서 나는 뭔가 보상을 해야겠다는 생각으로 다음과 같은 일을 저질렀다. 조심해야겠다거나, 나에게 어떤 일이 일어날까 하는 생각은 전혀 하지 않았다. 즉, 해야 할 일과 그것을 행하는 것 외에는 아무것도 걱정하지 않았다.

나와 맥머피가 화장실 밖으로 나가자, 곧바로 세 명의 흑인들이 다가와 특별 샤워를 시키기 위해 환자들을 집합시켰다. 키가 작은 흑인이 벽을 따라 걸으며 쇠지레처럼 차갑고 검은 구부정한 손으로 벽에 기대어 있는 환자들을 몰아냈다. 그러면서 특별 샤워는 수간호사의 말처럼 '위생을 위해' 하는 것이라고 말했다. 우리가 낚시를 하러 갔을 때 접촉한 사람들을 생각하면 잡균이나 해충을 병원에 퍼뜨릴 수 있으므로 그 전에 깨끗하게 소독해야 한다는 것이었다.

우리는 알몸으로 타일 벽 앞에 늘어섰다. 흑인 보조원 하나가 검은 플라스틱 튜브를 들고 와서 달걀 흰자처럼 찐득찐득한 데다 냄새나는 액체를 뿜어냈다.

"먼저 머리를 대요. 그다음 돌아서서 허리를 구부리고 엉덩이를 벌려요!"

환자들은 투덜거리면서도 서로 장난을 치고 우스갯소리를 했다. 그러면서 서로 상대편의 얼굴은 보지 않으려고 했다. 또한 튜브를 들고 다가오는 허공에 뜬 검은 가면, 부드러운 튜브를 총처럼 쏘아 대는 악몽에서나 볼 법한 얼굴을 외면하려 했다. 그들은 흑인 보조원들을 이렇게 놀렸다.

"이봐, 워싱턴, 자네들은 근무 외의 열여섯 시간 동안 뭘 하며 노는가?"

"어이, 윌리엄스, 내가 아침으로 뭘 먹었는지 알고 있나?"

모두들 한바탕 웃었다. 보조원들은 입을 꾹 다물고 대답하지 않았다. '저 붉은 머리가 오기 전에는 이렇지 않았어.'라고 그들은 생각하는 것 같았다.

프레드릭슨이 엉덩이를 벌린 순간 방귀 소리가 어찌나 크던지, 키 작은 흑인 녀석이 그 소리에 날아가는 줄 알았다.

"잘 들어요! 천사의 아름다운 목소리를!"

하딩이 손을 귀에 대고 오므린 채 말했다.

모두들 웅성거리고 킥킥거리며 농담을 주고받았다. 이윽고 흑인 보조원이 다음 환자 앞에 멈춰 섰을 때 방 안은 갑자기 쥐 죽은 듯이 조용해졌다. 다음 사람은 조지였다. 웃음소리와 농담과 불평이 뚝 그치고 조지 옆에 있던 프레드릭슨이 허리를 펴고 몸을 돌렸다. 키가 큰 흑인이 조지에게 그 냄새나는 액체를 뿌릴 테니 고개를 숙이라고 말하려는 참이었다. 바로 그 순간 우리는 앞으로 무슨 일이 일어날지 확실하게 알아챘다. 왜 이 일이 일어나게 되었는지, 그리고 왜 우리 모두가 맥머피에 대해 잘못 생각하고 있었는지도 깨달았다.

조지는 샤워를 할 때 절대로 비누를 사용하지 않았다. 그는 몸을 닦는 타월도 마다했다. 화요일과 목요일 저녁 시간에 샤워를 감독하는 흑인들은 조지가 원하는 대로 내버려 두는 것이 편하겠다고 생각했다. 그래서 그에게 무리하게 강요하지 않았다. 그런 습관은 이미 오랫동안 계속돼 왔다. 흑인들은 그 사실을 알고 있었다. 하지만 이제는 모두가 알았다. 심지어 조지도 알았다. 그는 고개를 저으며 뒤로 물러나서 커다란 떡갈나무 잎처럼 손을 펼치고 몸을 가렸다. 코가 납작하고 심술궂은 그 흑인 녀석은 뒤에서 두 명의 동료가 지켜보고 있는 이런 기회를 놓치고 싶지 않은 모양이었다.

"머리를 숙여요, 조지……."

환자들은 이미 줄에서 두세 명 뒤쪽에 서 있던 맥머피에게 시선을 던지고 있었다.

"이봐, 어서, 조지……."

마티니와 시펠트는 샤워를 하면서 꿈쩍도 하지 않았다. 두 사람의 발치에 있는 배수 구멍으로 비눗물이 꿀꺽꿀꺽 소리를 내며 빨려 들어갔다. 조지는 그 배수 구멍이 그에게 말하고 있기라도 한 것처럼 그것을 잠깐 바라보았다. 그는 그것이 비눗물을 빨아들이고 있는 것을 지켜보다가 앞의 검은 손에 쥐어진 튜브로 시선을 돌렸다. 튜브 끝의 작은 구멍에서 흘러나오는 점액이 무쇠 같은 흑인의 손가락 위로 천천히 떨어지고 있었다. 흑인이 튜브를 5~7센티미터 앞으로 더 내밀었다. 그러자 조지는 몸을 더 뒤로 젖히며 고개를 저었다.

"싫어. 그런 건 싫어."

"이걸 발라야 해."

흑인은 안쓰럽다는 듯이 말했다.

"어쨌든 이걸로 소독해야 해, '문지르기 조지'. 병동에 벌레가 우글거리게 할 수는 없잖아요? 당신 몸 속 깊이 벌레가 숨어 있는 걸 알고 있다니까!"

"싫어!"

"이봐요, 조지. 당신은 몰라요. 이 벌레는 어찌나 작은지 바늘 끝만 해요. 그놈이 모근에 달라붙어 있다가 나중에는 피부에 구멍을 뚫고 몸속으로 들어간단 말이에요, 조지."

"벌레는 없어!"

"아, 내 말 좀 들어 봐요, 조지. 내가 본 적이 있어요. 이 끔찍한 벌레가 실제로……."

"그만하면 됐잖아, 워싱턴."

맥머피가 나섰다.

흑인의 납작코에 난 상처 자국이 번쩍이며 일그러졌다. 녀석은 누가 말을 걸었는지 알았지만 돌아보지 않았다. 그가 맥머피의 목소리를 들었다는 것을 우리는 알아챘다. 녀석이 하던 이야기를 멈추고 기다란 회색 손가락을 농구 시합 때에 입은 상처에 가져다 댔기 때문이었다. 그는 잠깐 코를 문지르다가 손을 조지 얼굴 앞으로 내밀고 손가락을 공중에서 휘저었다.

"조지, 게예요. 알겠어요? 이거 보여요? 이제 게가 어떻게 생겼는지 알겠어요? 분명히 그 낚싯배에는 게가 있었을 거예요. 게가 당신 몸속을 뚫고 들어가게 놔둘 수는 없죠. 그렇지 않아요, 조지?"

"게는 없어!"

조지는 소리 질렀다.

"안 돼!"

그가 몸을 똑바로 펴고 눈썹을 치켜 올렸다. 우리는 그의 눈을 볼 수 있었다. 흑인 녀석은 뒤로 약간 물러섰다. 다른 두 녀석이 그를 보고 웃었다.

"왜 그래, 워싱턴?"

키 큰 녀석이 물었다.

"뭔가 문제라도 생겼나?"

녀석이 앞으로 나왔다.

"조지, 명령이오. 몸을 숙여요! 몸을 숙이고 이 친구가 이걸 바르게 해요. 그렇잖으면 내 손으로 직접 당신 몸에 바르겠어!"

그는 다시 손을 내밀었다. 그 손은 갯벌처럼 크고 검었다.

"이 검고 더럽고 냄새나는 손으로 당신의 온몸을 문질러 주겠어!"

"손 치워!"

조지는 그렇게 말하며 머리 위로 주먹을 휘둘렀다. 마치 그 검은 두개골을 산산조각 내어 그 속의 톱니와 너트와 볼트를 바닥에 잔뜩 흩뜨려 놓으려는 듯했다. 하지만 흑인 보조원이 그의 배꼽에 대고 튜브를 쥐어짰기 때문에 조지는 공기를 빨아들이듯이 몸을 구부렸다. 녀석은 조지의 성긴 백발에 약을 잔뜩 짜내고 손으로 문지른 다음 손에 묻은 약까지 조지의 머리에 발라 버렸다. 조지는 두 팔로 배를 감싸고 비명을 질렀다.

"안 돼! 안 돼!"

"자, 돌아서요, 조지."

"이봐, 그만하면 됐다고 하지 않았나."

맥머피의 목소리에 흑인 녀석이 돌아서서 그를 바라보았다. 녀석은 맥머피의 알몸을 바라보며 싱글싱글 웃고 있었다. 모자도 부츠도 없고 엄지손가락을 걸칠 바지 주머니도 없었다. 녀석은 그를 위아래로 훑어보며 씩 웃었다.

"맥머피."

흑인이 고개를 저으며 말했다.

"당신과는 두 번 다시 다툴 일이 없을 거라고 생각했는데."

"머저리 같으니!"

맥머피가 말했다. 화가 났다기보다는 지긋지긋하다는 투였다. 흑인은 아무 말도 하지 않았다. 맥머피는 목소리를 높여 말했다.

"쓸모없는 흑인 놈!"

흑인은 머리를 절레절레 흔들며 두 동료를 보고 히죽거렸다.

"맥머피 씨가 무슨 짓을 하고 싶어서 저런 소리를 하지? 내가 먼저 손을 쓰게 하려는 속셈인가? 헤헤. 이런 미치광이들의 모욕 따위는 신경도 쓰지 않도록 훈련을 받았다는 걸 모르나?"

"이 구더기 같은 놈! 워싱턴, 너는 그저……."

워싱턴은 맥머피에게서 등을 돌려 다시 조지 쪽으로 돌아섰다. 조지는 아직 몸을 구부린 채 배에 칠해진 점액 때문에 헐떡거리고 있었다. 흑인은 조지의 팔을 잡아 벽을 보도록 그를 돌려세웠다.

"그래, 조지. 자, 엉덩이를 벌려."

"싫어!"

"워싱턴!"

맥머피가 소리쳤다. 맥머피는 숨을 크게 들이마시고, 흑인 옆으로 다가가 그를 밀어 조지에게서 떼어 놓았다.

"워싱턴, 이제 그만 됐어. 됐다고……."

누가 들어도 맥머피의 목소리는 무기력하고 절망적이었다.

"맥머피, 당신은 싸움을 하고 싶다 이거군. 얘들아, 이건 녀석이 싸움을 하겠다는 거지?"

두 흑인 녀석이 고개를 끄덕였다. 그는 조지 옆에 있는 벤치에 튜브를 가만히 내려놓고 주먹을 휘두르는 동작을 취하며 돌아서더니 느닷없이 맥머피의 뺨을 후려쳤다. 맥머피는 거의 쓰러질 뻔했다. 그는 알몸으로 늘어선 환자들 쪽으로 비틀거렸다. 그러자 환자들은 그를 붙잡아 히죽거리는 검은 얼굴 쪽으로 밀어붙였다. 맥머피는 또 목덜미를 얻어맞았다. 그가 드디어 상대와 맞붙게 되었음을 깨달은 순간 검은 주먹이 또 날아왔다. 이렇게 된 이상 빠져나갈 방법은 없었다. 맥머피는 자신을 향해 검은 채찍처럼 날아오는 주먹을 이번에는 상대의 손목을 잡아 막아냈다. 그러면서 정신을 차리려는 듯 머리를 흔들었다.

두 사람은 잠시 뒤엉켜 싸우다가 배수 구멍으로 빠져 들어가는 거품 소리에 맞춰 헐떡거렸다. 이윽고 맥머피는 흑인을 밀어내고 몸을 구부렸다. 그러고는 널따란 어깨를 오므려 턱을 보호하고, 주먹을 머리 양쪽에 쳐늘고서 상대의 주위를 돌기 시작했다.

그러자 잠자코 줄지어 있던 벌거벗은 환자들이 소리를 지르고 두 사람을 빙 둘러싸며 손발과 몸으로 육체의 링을 만들었다.

흑인의 팔이 낮게 숙인 붉은 머리와 황소 같은 목을 향해 내뻗은 순간, 맥머피의 눈썹과 뺨에서 피가 터져 나왔다. 녀석은 춤추듯이 뒤로 물러섰다. 그는 키도 크고, 팔도 맥머피의 두툼하고 불그스름한 팔보다 더 길었다. 펀치도 더 빠르고 날카로웠다. 그래서 상대의 사정권 내에 뛰어들지 않고도 어깨와 머리에 타격을 가할 수 있었다. 맥머피는 터덜터덜 무거운 발걸음으로 계속 앞으로 나아갔다. 그러면서 얼굴을 숙인 채, 문신이 새겨진 주먹을 머리 양쪽에 쳐들고 곁눈질을 했다. 마침내 그는 흑인 녀석을 벌거벗은 환자들 쪽으로 몰아붙이고 하얗게 풀 먹인 유니폼을 입고 있는 상대의 가슴 한복판에 일격을 가했다. 검은 얼굴이 불그스름하게 일그러지고, 딸기 아이스크림 색깔의 혀가 입술 밖으로 툭 튀어나왔다. 흑인이 맥머피의 돌격을 피해 두서너 번 펀치를 날렸지만 맥머피의 주먹이 다시 한 번 강렬하게 들어왔다. 녀석의 입술이 헤벌어지면서 역겨운 색깔로 변했다.

맥머피도 머리와 어깨에 피멍이 들었지만 크게 다친 것 같지는 않았다. 그는 상대에게 일격을 가하기 위해 열 배는 더 맞으면서도 계속 전진했다. 싸움은 샤워실에서 치거니 받거니 하며 한동안 계속되었다. 이윽고 흑인이 숨을 헐떡이고 비틀거리면서, 곤봉으로 때리는 것 같은 붉은 팔을 피해 다녔다. 환자들은 그를 때려눕히라고 맥머피에게 소리쳤다. 맥머피는 조금도 서두르는 기색이 없었다.

어깨에 주먹을 얻어맞은 흑인이 몸을 홱 돌려 두 동료가 지켜보고 있는 쪽을 슬쩍 바라보았다.

"윌리엄스…… 워렌…… 제기랄!"

키 큰 흑인이 환자들을 밀치고 들어와 뒤에서 맥머피의 팔을 잡았다. 맥머피는 황소가 원숭이를 떼어내듯이 그를 뿌리쳤지만 녀석이 다시 팔을 붙잡았다.

그래서 내가 그 흑인 녀석을 잡아떼서 샤워 장치 속으로 던져 넣었다. 그 녀석은 속이 진공관으로 가득 차 있는지 겨우 4~6킬로그램밖에 나가지 않았다.

키 작은 흑인은 좌우를 둘러보고 방향을 돌려 입구 쪽으로 뛰었다. 그가 달아나는 걸 보고 있는 동안 샤워 장치 속에 나가떨어졌던 녀석이 나와서 레슬링 하듯이 나를 붙잡았다. 녀석은 등 뒤에서 내 겨드랑이 밑으로 팔을 집어넣고 두 손으로 내 목을 단단히 죄었다. 나는 샤워 장치가 있는 뒤쪽으로 쓰러져 타일 바닥에 그를 깔아뭉갰다. 그리고 거기에 드러누운 채 물을 맞으며 맥머피가 워싱턴의 옆구리를 몇 번 후려치는 걸 바라보았다. 레슬링을 하듯이 내 뒤에 깔린 녀석이 내 목을 물기 시작했다. 나는 그를 뿌리쳐야 했다. 내 일격에 녀석은 그 자리에 뻗었다. 유니폼의 풀기를 뺀 물이 배수 구멍으로 내려가고 있었다.

키 작은 흑인이 가죽 끈과 수갑과 담요를 들고 중환자실에서 네 명의 보조원을 데리고 돌아왔을 무렵, 환자들은 옷을 입으면서 나와 맥머피에게 악수를 했고 "이렇게 될 줄 알았다.", "훌륭한 싸움이었다.", "멋진 승리였다."라고 칭찬을 늘어놓았다. 환자들이 끝내 주는 싸움이었다느니, 대단했다느니 격려하면서 우리를 기쁘게 해 줄 때 수간호사가 나타났다. 그녀는 중환자실에서 데려온 보조원을 시켜 우리 두 사람의 손목에 부드러운 가죽 수갑을 채웠다.

27

중환자실에서는 공장처럼 기계실의 소음이 끊임없이 들린다. 그것은 교도소 안의 공장에서 자동차 번호판을 찍어 내는 소리와도 같다. 시간은 탁구대 위에서 울리는 탁구공 소리에 맞추어 측정된다. 환자들은 각자 정해진 통로를 따라 벽으로 걸어갔다가 어깨를 낮추고 돌아서서 다른 쪽 벽을 향해 걸어간다. 그리고 다시 어깨를 낮추고 방향을 돌려 되돌아간다. 종종걸음으로 타일 바닥에 십자로 교차하는 발자국을 남기며 무언가 갈망하는 수인의 표정을 지으면서 말이다. 주위에는 공포에 미쳐 날뛰고 자제심을 상실한 사람들이 타서 눌어붙은 냄새가 감돈다. 병동 구석이나 탁구대 아래에는 웅크리고 앉아 이를 가는 무언가가 있는데, 의사나 간호사들은 쳐다보지도 않는다. 그것은 보조원들이 살균제로 죽일 수도 없다. 병동 문이 열리자 타서 눌어붙은 냄새가 풍겼고, 이 가는 소리도 들렸다.

보조원에 이끌린 맥머피와 나는 어깨뼈를 철사로 고정하고 축 늘어뜨린 듯한 키가 크고 삐쩍 마른 노인과 문에서 마주쳤다. 그는 노란 눈을 크게 뜨고 우리를 살펴보면서 고개를 흔들었다.

"나는 이 사람들과는 관계를 끊었어."

그는 보조원 한 명에게 그렇게 말하고 철사에 끌려가듯이 복도를 걸어갔다.

우리는 그를 따라 휴게실까지 갔다. 맥머피는 그 입구에 멈춰서 두 발을 벌리고 고개를 뒤로 젖히면서 둘러보았다. 바지 주머니에 엄지손가락을 걸치려고 했지만 수갑이 꽉 채워져 있어서 불가능했다.

"이거 구경거리인데."

그가 입을 오므리며 말했다. 나는 고개를 끄덕였다. 전에도 이런 광경을 본 적이 있었다.

이리저리 서성거리던 두세 명의 환자들이 걸음을 멈추고 우리를 바라보았다. 방금 본 삐쩍 마른 늙은이가 다시 느릿느릿한 발걸음으로 다가왔다. 역시 우리와 관계를 끊은 것 같았다. 처음에는 우리에게 관심을 갖는 사람이 아무도 없었다. 보조원들은 간호사실로 들어가고 우리는 휴게실 입구에 남겨졌다. 맥머피는 눈을 크게 떴다가 감으며 계속 윙크했다. 웃으면 입술이 아프기 때문이었다. 그는 수갑을 찬 두 손을 쳐들고 어수선한 환자들의 동정을 살피고 있다가 크게 숨을 들이마셨다.

"여러분, 맥머피라는 사람이올시다."

그는 카우보이 역을 맡은 배우처럼 길게 늘여 말했다.

"그런데 한 가지 알고 싶은 게 있는데. 이곳에서 포커 게임을 주관하는 대장은 누굽니까?"

시간을 새기고 있던 탁구공이 바닥에 떨어져 빠르게 똑딱거리다가 멈췄다.

"이렇게 수갑을 차고 있으니 블랙잭은 잘 못하지만, 스탠드 포커는 얼마든지 할 수 있어요."

그는 하품을 하고 어깻죽지를 펴더니 몸을 굽혀 헛기침을 하고는, 1.5미터 떨어진 쓰레기통을 향해 침을 뱉었다. 침은 툭 소리를 내며 통 속에 떨어졌다. 그는 다시 몸을 일으켜 싱긋 웃으며 이에서 피가 흐르는 부분을 혀로 핥았다.

"아래층에서 싸움이 있었소. 나랑 여기 추장이 두 마리의 원숭이와 맞붙었지요."

마침내 철공소 같던 소음이 완전히 멈췄다. 환자들은 입구에 서 있는 우리를 바라보고 있었다. 맥머피는 극장에서 손님을 끄는 사람처럼 그들의 시선을 끌어모았다. 그의 옆에 선 나 역시 주목의 대상이 될 수밖에 없었다. 사람들이 나를 응시하고 있는 이상 가능한 한 몸을 똑바로 펴고 꼿꼿하게 서 있어야 했다. 그런데 그렇게 하고 있으려니 등이 아팠다. 흑인 녀석을 업은 채로 샤워실에서 넘어진 탓이었지만, 나는 짐짓 태연한 척했다. 덥수룩한 검은 머리의 사나이가 구걸하는 표정으로 다가와서 내가 그에게 줄 게 있다는 듯이 손을 내밀었다. 나는 그를 무시하려고 했지만, 내가 어느 쪽으로 향하든 그는 내 앞으로 와 어린애처럼 오므린 빈손을 내밀었다.

맥머피는 잠시 동안 싸움 이야기를 늘어놓았다. 등의 통증이 점점 더 심해졌다. 방구석의 의자에 한참 동안 쪼그리고 앉아 있었던 탓에 오랫동안 똑바로 서 있기가 힘들었다. 다행히 자그마한 일본인 간호사가 와서 우리를 간호사실로 데려가 편히 쉬게 해 주었다.

간호사는 수갑을 풀어도 될 만큼 충분히 진정이 되었느냐고 물었다. 맥머피는 고개를 끄덕였다. 그는 고개를 푹 숙이고 두 팔꿈치를 무릎 사이에 떨어뜨린 채 완전히 지친 모습이었다. 똑바로 서 있는 것이 그에게도 고역이었다는 것을 나는 미처 생각하지 못했다.

간호사(맥머피가 나중에 표현했던 바에 따르면 가느다란 막대기를 더 짧고 가늘게 깎은 듯한 그 작디작은 간호사)는 우리의 수갑을 풀고 맥머피에게 담배를 주었다. 그리고 나에게는 껌을 주었다. 그녀는 내가 껌을 씹고 있었던 것을 기억한다고 말했다. 나에게는 그녀에 대한 기억이 없었다. 맥머피가 담배를 피우고 있는 동안 그녀는 생일 케이크에 꽂는 분홍색 초처럼 작은 손을 연고 병에 넣어 그의 상처에 약을 발라 주었다. 약을 바를 때마다 그가 움찔하자 그녀는 미안하다고 말했다. 그녀는 두 손으로 그의 손을 잡아 뒤집고는 손가락 관절에도 연고를 발랐다.

"상대는 누구였어요?"

그녀가 손가락 관절을 들여다보며 물었다.

"워싱턴인가요, 아니면 워렌인가요?"

맥머피는 간호사를 올려다보았다.

"워싱턴입니다."

그는 이렇게 말하고 싱긋 웃었다.

"이 추장이 워렌을 맡아 주었거든요."

그녀는 맥머피의 손을 내려놓고 나를 바라보았다. 나는 그녀의 얼굴에서 작은 새와 같은 우아한 골격을 보았다.

"당신은 어디를 다쳤나요?"

나는 고개를 저었다.

"워렌과 윌리엄스는 어떻게 되었나요?"

다음번에 만나면 그들이 깁스를 자랑하고 있을 거라고 맥머피가 대답했다. 그녀는 고개를 끄덕이며 자신의 발을 내려다보았다.

"모든 곳이 수간호사의 병동과 똑같지는 않아요."

그녀가 말했다.

"그런 곳이 많기는 하지만, 전부 그런 것은 아니에요. 육군 병원의 간호사였던 사람들은 육군 병원에서 하듯이 행동해요. 그런데 그런 사람들에게는 정신적으로 이상한 데가 있죠. 가끔씩 독신 간호사들은 서른다섯 살이 되면 그만두어야 한다는 생각이 들 때가 있어요."

"적어도 독신이고, 육군 병원 출신의 간호사라면 전부 그만두어야죠."

맥머피가 덧붙여 말했다.

그는 우리가 얼마 동안 그녀의 신세를 지게 되는지 물었다.

"미안하지만, 그렇게 오래는 아니에요."

"그리 길지는 않다고요?"

맥머피가 그녀에게 되물었다.

"그래요. 저는 환자들을 수간호사에게 되돌려 보내지 않고 여기 두었으면 할 때가 있어요. 하지만 수간호사는 제 상사예요. 그러니 당신들도 그렇게 오래 있지는 못할 거예요. 그러니까 제 말은 지금 같은 상태로는 그렇다는 거예요."

중환자실의 침대는 하나같이 정상이 아니다. 지나치게 딱딱하거나 지나치게 푹신하다. 우리는 나란히 침대를 배정받았다. 그들은 내 몸을 시트로 동여매지는 않았지만, 침대 곁에 빛이 약한 작은 등을 켜 두었다. 이윽고 밤이 이슥해졌을 때 누군가가 소리를 질렀다.

"나는 빙글빙글 돌고 있어, 인디언! 나를 보게, 나를 봐!"

눈을 떠 보니 내 얼굴 바로 앞에 길고 누런 이가 번쩍이고 있었다. 그 사람은 아까 무언가를 구걸하는 표정을 짓던 환자였다.

"나는 빙글빙글 돌 거야! 나 좀 보라고!"

보조원 두 명이 나타나 뒤에서 그를 잡았다. 그 환자는 웃고 소리 지르며 침실에서 끌려 나갔다.

"나는 돌고 있어, 인디언!"

환자는 복도로 끌려 나가는 내내 그렇게 소리 지르며 웃어 댔다. 마침내 병동은 다시 조용해졌다. 그러자 또 다른 환자가 말했다.

"음…… 나는 완전히 관계를 끊었어."

"새 친구가 생긴 것 같군, 추장."

맥머피는 그렇게 속삭이고 몸을 돌려 잠을 청했다. 나는 그후로 잠을 이루지 못했다. 그 누런 이가 뇌리에서 떠나지 않았다. 그 환자의 구걸하는 듯한 얼굴이 자신을 봐 달라고 끊임없이 애원했던 것이다! 이윽고 내가 겨우 잠이 들려고 하자 그 얼굴은 더욱 뚜렷하게 보였다. 누렇게 뜬 얼굴, 굶주린 채 무엇인가를 갈구하는 얼굴이 어둠 속에서 내 눈앞에 떠올랐다. 무엇인가를 갈구하듯이……. 맥머피는 어떻게 잠을 잘 수 있는지 이상했다. 100개, 아니 200개, 나아가서 1000개나 되는 얼굴에게 괴롭힘을 당하면서 어떻게 잠을 잘 수 있단 말인가.

중환자실에는 환자들을 깨울 때 쓰는 기상 장치가 있다. 아래층처럼 전깃불만 켜는 것이 아니다. 이 기상 벨은 거대한 연필깎이가 무언가를 깎는 것 같은 소리를 낸다. 맥머피와 나는 이 소리를 듣고 벌떡 일어나 앉았다. 그러다 다시 누우려는데 우리 둘이 간호사실로 오라는 안내가 스피커에서 흘러나왔다. 나는 침대에서 일어났다. 하룻밤 사이에 등이 뻣뻣해져 간신히 몸을 구부릴 수 있었다. 맥머피가 절룩절룩 걸어 다니는 걸 보니 그도 나처럼 몸이 굳은 모양이었다. 그가 물었다.

"추장, 이번에는 우리에게 뭘 시키려는 거지? 무죄 방면인가? 아니면 고문대일까? 어쨌든 너무 힘든 건 아니었으면 좋겠는데. 몸이 이렇게 아프니, 원."

나는 그다지 힘든 일은 아닐 것이라고 말했다. 그 이상은 아무 말도 하지 않았다. 간호사실에 도착할 때까지는 나 자신도 확신할 수 없었기 때문이었다. 어제와 다른 간호사가 "맥머피 씨와 브롬든 씨군요?" 하면서 우리에게 각각 작은 종이컵을 주었다.

컵 속을 들여다보니 예전의 빨간 캡슐이 세 개 들어 있었다.

내 머릿속에서 쟁하는 소리와 함께 소음이 일었다. 나는 그것을 멈출 수가 없었다.

"잠깐만요. 이거 수면제죠?"

맥머피가 말한다.

간호사는 고개를 끄덕이고 뒤를 확인하기 위해 고개를 돌린다. 두 사나이가 얼음 집게를 들고 팔짱을 낀 채 앞으로 수그린 자세로 기다리고 있다.

맥머피가 컵을 돌려주며 말한다.

"이런 건 필요 없소. 눈가리개 따위는 필요하지 않아요. 담배라면 또 모를까."

나도 내 컵을 돌려준다. 그러자 간호사는 전화를 걸겠다고 하면서 우리에게 말할 틈도 주지 않고 유리문을 나가 전화기 옆으로 간다.

"자네까지 말려들게 한 것 같아 미안하군, 추장."

맥머피가 말한다. 벽 속에서 윙윙거리는 전화기의 잡음 때문에 그의 말이 잘 들리지 않는다. 머릿속의 생각들이 공포에 밀려나는 느낌이 든다.

우리는 이상한 얼굴들에 둘러싸인 채 휴게실에 앉아 있다. 이윽고 수간호사가 입구에 나타난다. 키가 큰 흑인 녀석 둘이 양쪽에서 그녀를 뒤따르고 있다. 나는 의자에 푹 파묻혀 그녀에게서 모습을 감추려고 한다. 하지만 이미 때는 늦었다. 너무 많은 사람들이 나를 바라보고 있다. 다들 내가 앉아 있는 곳을 뚫어져라 노려본다. 그래서 꼼짝할 수가 없다.

"안녕하세요."

수간호사가 말한다. 전처럼 미소 띤 얼굴이다. 맥머피도 인사를 한다. 수간호사는 나에게도 큰 소리로 인사하지만 나는 반응하지 않고 흑인 녀석들을 바라보고 있다. 한 녀석은 코에 반창고를 붙이고, 팔을 어깨에 건 붕대에 걸치고 있다. 녀석의 잿빛 손은 물에 빠진 거미처럼 붕대에 힘없이 매달려 있다. 또 한 녀석은 갈비뼈에 깁스라도 한 것처럼 불편하게 움직인다. 둘 다 엷은 미소를 짓고 있다. 그 정도 다쳤으면 쉴 수도 있겠지만, 녀석들은 이 기회를 놓치기 싫었을 것이다. 나는 녀석들에게 건재하다는 걸 보여 주기 위해서 환하게 웃는다.

수간호사는 맥머피에게 부드럽게 차근차근 설명한다. 그가무책임한 짓을 저질렀다고. 어린애처럼 불끈 화를 내면서 유치한 짓을 했다고. 부끄럽지 않냐고. 그는 부끄럽지 않으니 마음대로 하라고 응수한다.

수간호사는 계속 말한다.

"어제 오후 아래층 환자들과 특별 그룹 미팅을 열었어요. 그자리에서 나와 의료진, 그리고 환자들은 서로 합의하여 당신에게 충격 요법을 받도록 하는 게 좋겠다는 결론을 내렸어요. 하지만 이것은 당신 스스로 잘못을 인정하지 않는 경우에 한한얘기예요. 만약 당신이 잘못을 인정하고 이성적인 행동이 가능하다는 걸 입증해 보인다면 이번의 충격 요법은 없던 일이 될거예요."

우리를 둘러싼 얼굴들이 그를 지켜보고 있다. 수간호사는앞으로의 일은 그에게 달려 있다고 말한다.

그가 말한다.

"그래요? 내가 사인할 서류를 가지고 왔나요?"

"아니요, 하지만 당신이 필요하다면······."

"어차피 서류 작성으로 문제가 해결된다면 다른 것을 좀 더첨부하는 게 어때요. 그러니까 내가 정부를 전복할 음모에 가담했다거나, 지금 당신 병동에서의 생활을 하와이에서 미 서부를 통틀어 최고의 낙원 같은 생활로 생각한다는 식으로 말이오. 어때요, 그런 엉터리 같은 것들을 넣어야 하지 않을까요?"

"그런 것들은 필요 없어요."

"그럼, 내가 사인을 하면 당신은 담요와 적십자의 담배를 배급해 주겠군. 후후, 중국 공산주의자들도 당신의 수법을 배우고 싶어 할 것 같소."

"랜들, 우리는 당신을 도와주려는 거예요."

맥머피는 수간호사의 말을 무시하고 일어서서 배를 긁적거리며 그녀 곁을 지나친다. 그가 카드 테이블로 향하자 흑인 녀석들이 물러선다.

"좋습니다, 자, 자, 여러분. 포커 테이블은 어디 있습니까?"

수간호사는 잠시 그의 뒷모습을 바라보고 있다가 간호사실로 들어가서 전화를 건다.

두 명의 흑인 보조원과 금발의 백인 보조원에 이끌려 우리는 본관까지 걸어간다. 도중에 맥머피는 아무 걱정도 없다는 듯이 백인 보조원과 이야기를 나눈다.

잔디에 서리가 두껍게 내려 있다. 앞서 가는 두 흑인 보조원은 기관차처럼 흰 입김을 내뿜는다. 태양이 구름을 젖히고 얼굴을 내밀어 서리 위에 햇살을 쏟아 내자 대지가 빛난다. 참새들은 추위에 깃털을 세우고 햇살을 받으며 먹이를 찾아다닌다. 우리는 뽀득뽀득 소리 나는 잔디를 가로질러, 지난번 개가 파헤쳤던 다람쥐 구멍을 지나쳐 간다. 싸늘한 반짝임. 구멍 저 아래 보이지 않는 곳까지 서리가 내려 있다.

나는 서리의 냉기를 뱃속까지 느낀다.

우리는 그 문에 가까이 다가간다. 문 너머에서 벌들이 윙윙대는 듯한 소리가 들린다. 우리 앞에 두 명의 환자가 있다. 빨간 캡슐을 먹은 탓에 휘청거린다. 그중 한 사람이 아기처럼 크게 소리를 지른다.

"주여, 감사합니다. 이것이 저의 십자가입니다. 제가 가진 전부입니다. 감사합니다, 주여……."

다른 사나이는 이렇게 중얼거린다.

"용기를 내. 용기를 내란 말이야."

그는 수영장에서 인명 구조원으로 일했던 사람이다. 그런데 약간 울고 있는 것 같다.

나는 울거나 소리 지르지 않을 것이다. 맥머피가 함께 있는 한 그럴 것이다.

기사가 신발을 벗으라고 말하자, 맥머피는 바짓가랑이를 찢고 머리털도 깎는지 묻는다. 기사는 그런 일까지는 하지 않는다고 말한다.

금속 문이 차가운 눈으로 이쪽을 노려보고 있다.

문이 열리고 첫 번째 남자가 안으로 빨려 들어간다. 인명 구조원은 움직이려고 하지 않는다. 네온 연기 같은 광선이 방 안의 검은 제어반에서 발사되어 그의 주름진 이마에 닿아 가죽끈으로 목을 묶은 개처럼 그를 끌어들인다. 광선이 그를 세 번 빙빙 돌린다. 그러고는 문이 닫힌다. 그의 얼굴에는 공포의 기색이 역력하다. "하나, 둘, 셋!" 하고 그는 중얼거린다.

방 안에서 맨홀 뚜껑을 열듯 억지로 남자의 고개를 쳐드는 소리, 꼭 끼는 톱니바퀴가 충돌하며 딱딱거리는 소리가 들린다.

연기와 함께 문이 열리고 첫 번째 남자가 누워 있는 이동 침대가 나온다. 그는 나를 훑어본다. 그 얼굴……. 이동 침대는 다시 방 안으로 들어가 인명 구조원을 싣고 나온다. 응원단장들이 그의 이름을 한 자 한 자 크게 외치는 소리가 들린다.

기사가 말한다.

"다음 그룹."

마룻바닥은 차고, 서리가 내려 있어서 삐걱삐걱 소리가 난다. 위에서는 길고 하얗고 싸늘한 형광 램프가 소리를 내고 있다. 자동차 수리 공장처럼 흑연 타르 냄새가 풍긴다. 공포의 시큼한 냄새도 난다. 높은 곳에 작은 창문이 하나 있고, 밖에 보이는 전깃줄에는 통통한 참새들이 갈색 구슬처럼 한 줄로 나란히 앉아 있다. 참새들은 추운지 머리를 날개 속에 처박고 있다. 무언가가 텅 빈 내 뼈 속에 바람을 불어넣는다. 바람은 점점 강해지고 거세진다. 공습! 공습!

"무서워 말게, 추장⋯⋯."

공습!

"진정하게. 내가 먼저 하지. 내 두개골은 하도 두꺼워서 이런 것에는 끄떡없어. 내가 아무 일 없으면 자네도 괜찮아."

그는 누구의 도움도 받지 않고 스스로 테이블에 올라가 두 팔을 벌리고, 그림자처럼 그려진 인체상에 몸을 맞춘다. 스위치에서 탁 소리가 나면서 손목에 버클이 채워진다. 그리고 발목에도 버클이 채워져 그를 인체상의 틀 속에 고정시킨다. 손 하나가 스캔런에게서 얻은 손목시계를 벗겨 제어반 근처에 떨어뜨린다. 시계의 뚜껑이 열리면서 크고 작은 톱니바퀴와 뱀처럼 감긴 기다란 태엽이 튕겨 나와 제어반 옆에 달라붙는다.

맥머피는 조금도 무서워하는 기색이 없다. 오히려 나에게 연방 웃는 얼굴을 보인다.

그들은 그의 관자놀이에 흑연 타르를 바른다.

"뭐야 이건?"

그가 묻는다.

"전도체야."

기사가 대답한다.

"전도체를 내 머리에 바르는군. 내게 가시관이라도 씌우려는 건가?"

그들은 그것을 계속 바른다. 그는 그들에게 노래를 불러 준다. 그들의 손이 떨린다.

"와일드루트 크림 오일을 사요, 찰리……."*

헤드폰 같은 것이 씌워진다. 관자놀이에 바른 흑연 위에서 그것은 은빛 가시관처럼 보인다. 그들은 맥머피의 입에 짧은 고무호스를 물려 노래를 못 하게 막는다.

"라놀린을 물고 있는 마법사……."

몇 개의 다이얼이 돌자 기계가 떨린다. 두 개의 로봇 팔이 납땜 인두를 잡아 들고 맥머피에게 달려든다. 그는 내게 윙크를 하고 말한다. 목소리는 들리지 않지만 고무호스를 입에 물고 뭔가 이야기하고 있다. 이윽고 납땜 인두가 내려와 그의 관자놀이의 은빛 가시관에 가까워진다. 빛이 활처럼 휘어지고, 그의 몸은 굳어지고 휘어져 틀에서 벗어나려 한다. 드디어 손목과 발목만 아래에 남고 몸이 떠오른다. 목구멍에 박힌 검은 고무호스에서 후우 하는 소리가 나온다. 맥머피의 몸은 전기 불꽃으로 완전히 하얗게 된다.

창밖의 참새들도 연기를 내며 전깃줄에서 떨어진다.

그들은 아직도 경련을 일으키며 창백한 얼굴을 하고 있는

---

* 텔레비전의 CM송.

맥머피를 이동 침대에 굴려 놓는다. 부식 작용. 배터리의 산
(酸). 기사가 나에게 시선을 돌린다.

저 덩치 큰 녀석은 조심하게. 나는 저놈을 알고 있어. 저놈
을 꼭 붙들어!

더 이상 의지로는 안 돼.

저놈 꼭 잡아! 이런. 수면제도 먹이지 않고 이 녀석들을 데
려오면 안 돼, 이제는 그러면 안 된다고.

내 손목과 발목에 쇠줄가 채워진다.

흑연 타르에는 쇳가루가 섞여 있기 때문에 관자놀이가 긁
힌다.

맥머피는 윙크할 때 뭐라고 말했다. 분명히 나에게 무슨 말
을 했다.

누군가 내 위에 올라타고는 두 개의 쇠 팔을 머리에 쓴 은
빛 관 쪽으로 갖다 댄다.

기계가 나를 덮쳐 온다.

공습.

이미 비탈길을 달려 내려가는 사슴을 쏘아라. 되돌아갈 수
없다. 앞으로 나아갈 수도 없다. 총신 끝으로 녀석을 겨냥하라.
녀석은 죽었다. 죽었다. 죽었다.

우리는 넓은 갈대밭에서 나와 철로 옆을 달린다. 나는 철로
에 귀를 기울인다. 그러면 그것은 내 뺨을 태운다.

"어느 쪽에서도 들리는 게 없어요. 160킬로미터 주위에
는……."

나는 말한다.

"훙!"

아버지가 경멸하듯 말한다.

"옛날에는 땅에 칼을 꽂아 칼자루를 입에 물고 들소의 소리를, 멀어져 가는 들소 떼의 소리를 듣지 않았나요?"

"흥!"

아버지는 다시 그렇게 말하지만, 속으로는 기뻐하고 있다. 철로 저쪽에는 울타리처럼 늘어선 밀이 지난겨울의 이야기를 들려주고 있다. 그 아래에는 쥐가 있다고 개가 가르쳐 준다.

"애야, 우리가 철로 북쪽으로 가야 하니, 남쪽으로 가야 하니?"

"가로질러 가야죠. 개가 가리키는 곳으로요."

"그 개가 뭘 안다고."

"알 수 있을 거예요. 저쪽에 새들이 있다고 그러는데요."

"내 생각에는 철로의 둑을 노리는 게 좋을 것 같구나."

"밀의 속삭임을 곧바로 가로지르는 것이 제일이라고 개가 그러는데요."

가로지르는 것이 제일이다. 그런데 철로에서는 사람들이 꿩에게 총을 쏘고 있다. 우리 개가 지나치게 앞으로 나가 꿩을 밀밭에서 철로 쪽으로 몰아낸 모양이다.

개는 쥐 세 마리를 잡았다.

……사람, 사람, 사람, 사람…… 덩치 큰 사람이 별처럼 윙크한다.

아, 이런, 또 개미로구나. 이번에는 따끔거리는 발을 가진 놈들이다. 우리가 그 개미들이 딜 피클 맛이 난다는 걸 알았던 때를 기억하니? 응? 넌 딜 피클 맛이 아니라고 했고, 난 딜 피클 맛이라고 했지. 그런데 곁에서 듣고 있던 네 엄마가 내 입에서 꿈틀거리는 검은 것들을 토해 내게 했지.

"정말 한심하군요. 아이에게 벌레 먹는 걸 가르치다니!"

그렇지. 인디언 소년이라면 자신이 먼저 잡아먹히지 않는 한, 무엇이든 먹고 살아남을 방법을 터득해야 한단다.

우리는 인디언이 아니에요. 우리는 문명인입니다. 이 점을 알아야 해요.

아버지는 제게 이렇게 말씀하셨죠. 내가 죽거든 시체를 하늘에 핀으로 꽂아서 달아 주렴.

어머니 이름은 브롬든이었다. 지금도 브롬든이다. 아버지는 오직 하나의 이름만 가지고, 마치 어미 소가 일어서려고 하면 송아지가 거기 펴 놓은 모포에 미끄러져 떨어지는 것처럼 태어났다고 말했다. 내 이름 티 아 밀라투나는 산마루에 솟은 큰 소나무라는 뜻인데, 나는 오리건 주에서, 어쩌면 캘리포니아나 아이다호에서 제일 위대한 인디언이란다. 그렇기 때문에 이름에 걸맞게 태어난 것이란다.

당신은 틀림없이 최고로 어리석은 인디언이에요. 훌륭한 기독교도 여자가 티 아 밀라투나 같은 이름을 사용할 거라고 생각한다면 말이에요. 물론 당신은 이름에 걸맞게 태어났어요. 하지만 나도 그래요. 브롬든. 메리 루이스 브롬든.

우리가 마을로 이사했을 때, 아버지는 그 이름이 사회보장 카드를 만들기가 훨씬 수월하다고 말했다.

사나이가 대갈못 박는 해머를 들고 누군가를 쫓아가고 있다. 그대로 따라붙는다면 그 사나이는 잡힐 것이다. 나는 그 전기 불꽃이 색색으로 튀는 것을 바라본다.

팅, 팅글, 팅글, 떨리는 발가락이여. 그녀는 훌륭한 고기잡이.

암탉을 잡아 우리에 넣고…… 철사를 둘러치고 자물쇠를 잠근
다. 세 마리 기러기가 무리 지어…… 한 마리는 동쪽으로 날아
가고, 또 한 마리는 서쪽으로 날아가고, 나머지 한 마리는 뻐꾸
기 둥지 위로 날아간다……. OUT라는 글자가 나타난다…….
기러기가 재빨리 내려와 너를 낚아채 밖으로 데려간다.

할머니는 이런 노래를 불렀다. 우리는 물고기 건조대 곁에
앉아 파리를 쫓으면서 몇 시간이고 이 놀이를 했다. 그것은
'팅글 팅글 탱글 발가락'이라는 놀이였다. 할머니가 부르는 노
래에 맞추어 나는 두 손을 펴고 한 단어를 노래할 때마다 손
가락을 하나씩 세곤 했다.

팅글, 팅글, 탱글 발가락(네 손가락 몫이 된다.), 그녀는, 훌륭
한, 고기, 잡이, 암탉을, 잡아(여섯 손가락을 세는 셈이 된다. 그
동작을 취할 때마다 할머니는 검고 굽은 손으로 내 손톱을 톡톡 두
드린다. 내 손톱들은 하나하나 할머니를 올려다본다. 마치 작은 얼
굴인 양, 기러기가 내려와 구출해 줄 사람이 바로 네가 되기를 바라
는 듯이.)

나는 이 놀이를 좋아하고, 할머니를 좋아한다. 나는 암탉을
잡는 팅글 탱글 발가락이라는 여자는 좋아하지 않는다. 그 여
자는 정말 싫다. 나는 뻐꾸기 둥지 위로 날아가는 저 기러기가
정말 좋다. 그 기러기가 정말 좋다. 그리고 깊은 주름에 흙이
박힌 할머니가 좋다.

다음번에 만났을 때 할머니는 더댈스 거리의 한복판에서
돌처럼 싸늘하게 죽어 있었다. 주위에는 얼룩얼룩한 셔츠를 입
은 사람들이 모여 있었다. 인디언과 목동들, 그리고 농부들이
었다. 그들은 할머니의 시체를 짐수레에 싣고 공동 묘지까지

끌고 가 할머니 눈 위에 붉은 흙을 덮었다.

나는 무덥고 번개가 치는 저녁, 산토끼가 디젤 트럭 밑으로 달려들었던 일을 기억하고 있다.

조이 피쉬인어배럴은 정부와 계약한 이후 2만 달러와 세 대의 캐딜락을 손에 넣었다. 그런데 그는 차를 한 대도 운전할 수 없다고 했다.

주사위가 보인다.

나는 그것을 내부에서, 요컨대 밑바닥에서 보고 있다. 나는 바로 위에 보이는 한 개의 눈이 나오도록 주사위 속에 장치된 추이다. 그들은 주사위에 추를 장치하여 스네이크 아이스*가 되도록 한다. 나는 주사위 안의 추이고, 흰 방석처럼 내 주변에 있는 여섯 개의 면은 그 반대쪽이다. 주사위를 흔들면 여섯 개의 눈은 밑으로 가게 되어 있다. 또 다른 주사위는 무엇이 나오도록 장치되어 있을까? 틀림없이 한 개의 눈이 나오도록 장치되어 있을 것이다. 스네이크 아이스. 그들은 사기 도박으로 조이에게서 돈을 우려낸 것이다. 그리고 나는 그 장치인 것이다.

자, 잘 보세요. 이제 주사위를 흔듭니다. 부인, 훈제소에는 아무도 없어요. 그리고 따님은 새로운 오페라 펌프스 한 켤레가 필요해요. 자아, 던집니다. 휙!

졌다.

물. 나는 물웅덩이에 누워 있다.

---

* 두 개의 주사위를 던져 양쪽 모두에 한 개의 눈이 나오는 것. 이때는 지게 된다.

스네이크 아이스다. 조이는 또다시 지고 말았다. 내 위에 있는 한 개의 눈이 보인다. 포틀랜드 골목길 식료품점 뒤에서 이런 식으로 장치를 한 주사위를 그는 이길 수 없다.

골목길은 터널처럼 싸늘하다. 늦은 오후라서 해가 저물고 있기 때문이다. 나를…… 할머니가 있는 곳으로 데려다 주세요. 엄마 소원이에요.

그가 윙크했을 때 뭐라고 말했을까?

한 마리는 동쪽으로, 한 마리는 서쪽으로 날아갔다.

내가 가는 길을 막지 마라.

제기랄, 수간호사, 내가 가는 길, 길, 길을 막지 마!

내 차례다. 휴. 제기랄. 또 졌네. 스네이크 아이스다.

학교 선생님은 내게 말했다. 넌 머리가 좋아. 훌륭한 사람이 될 거야…….

어떤 사람이 될까요, 아버지? 알 앤드 제이 울프 삼촌처럼 양탄자 직공이 될까요? 바구니 짜는 사람이 될까요? 아니면 아버지처럼 고주망태 인디언이 될까요?

여보게, 자네는 인디언이 아닌가?

네, 맞습니다.

그런데도 영어를 꽤 잘하는군.

네…….

음…… 레귤러로 3달러어치 넣어 주게.

나와 '달님'이 손봐 줄 거란 걸 알면 그들이 그렇게 건방지게 굴진 않을 거야. 나는 평범한 인디언이 아니라고…….

뭐라고 했더라? 보조를 맞추지 않고 행군하는 자는 다른 북소리를 듣는다고 했나?

또 스네이크 아이스다. 휴우! 이 주사위는 봐주는 게 없군.

할머니의 장례식이 끝나고 나와 아버지와 알 앤드 제이 울프 삼촌은 할머니 시체를 파내었다. 엄마는 우리와 함께 가려 하지 않았다. 그런 이야기는 들은 적도 없어. 시체를 나무에 매달다니! 이야기만 들어도 구역질이 나는구나.

삼촌과 아버지는 시체 유기죄로 더댈스의 유치장 안에 있는 주정꾼 수용소에 이십 일간 갇혀 있으면서 러미 카드를 했다.

하지만 그분은 우리 어머니란 말이오!

어머니건 누구건 조금도 다를 바가 없어. 어머니를 그냥 묻어 둬. 언제쯤 너희 무식한 인디언들이 세상 물정을 알게 될지 모르겠군. 그런데 그 시체는 어디 있지? 말해. 자백하는 것이 좋을걸.

엿이나 먹어라, 이 백인 놈아. 삼촌이 담배를 말면서 말했다. 나는 절대로 말하지 않을 테야.

높고 높고 높은 산 속 소나무 침상 높은 곳에, 할머니는 그 늙은 손으로 바람을 더듬어 가면서 그 오래된 노래를 부르며 구름을 세고 있다……. 세 마리 기러기가 무리 지어…….

당신이 윙크했을 때 내게 무슨 말을 했지?

악대가 연주를 하고 있다. 하늘을 보게. 오늘은 7월 4일 독립 기념일이야.

주사위가 정지해 있다.

그들은 기계로 다시 나를 공격한다……. 나는 생각한다…….

그가 뭐라고 말했지?

……어떻게 맥머피가 나를 다시 크게 만들었는지 생각한다.

그는 용기를 내라고 말했다.

그들은 거기에 있다. 흰옷을 입은 흑인 녀석들이 문 밑으로 나를 향해 소변을 보고, 안으로 들어와 내 밑에 깔아 놓은 여섯 개의 쿠션을 전부 오줌으로 적셔 놓았다고 비난한다! 여섯 개의 눈. 나는 이 방을 주사위라고 생각했다. 한 개의 눈, 내 위에 있는 스네이크 아이스, 즉 뱀의 눈은 둥글고 하얀, 천장의 전등이다. 나는 그것을 보고 있었다……. 이 작고 네모난 방 안에서……. 그것도 해가 저물고 나서 죽. 몇 시간이나 내가 밖에 있었던 것일까? 약간 안개가 끼어 있지만 나는 이곳을 빠져나가 그 속에 숨지 않을 것이다. 그렇다……. 두 번 다시 숨지 않는다…….

나는 일어선다. 천천히 일어섰다. 어깨에 감각이 없다. 격리실 마룻바닥에 깔린 하얀 쿠션은 젖어 있었다. 실신해 있는 동안 내가 그것에 소변을 보았던 것이다. 나는 아직 모든 것을 기억할 수는 없었다. 그러나 손바닥으로 눈을 비비고 정신을 차리려고 했다. 나는 기억을 더듬었다. 전에는 무의식 상태에서 이곳을 빠져나가 본 적이 없었다.

나는 방문에 달린 작고 동그란 그물 창 쪽으로 비틀비틀 걸어가 그것을 주먹으로 톡톡 두드렸다. 보조원이 식사 쟁반을 가지고 복도로 다가오는 것이 보였다. 이번에는 내가 그들을 이겼다는 것을 알았다.

28

충격 요법을 받은 후 이 주일이라는 긴 시간을 멍하게 돌아다니던 때가 몇 번 있었다. 나는 잠과 현실 사이의 불완전한 경계선이랄 수 있는 흐리멍덩하고 혼란스러운 안개의 세계에 살았다. 빛과 어둠 사이, 혹은 잠과 깨어남의 사이, 아니면 생과 사의 흐릿한 경계에서 살았던 것이다. 더 이상 무의식의 상태는 아니지만, 오늘이 무슨 요일인지, 내가 누구인지, 현실 세계로 돌아오면 무슨 소용이 있는지 모른 채 이 주 동안이나 시간을 보냈다. 깨어날 이유가 없다면, 그런 흐릿한 세계에서 오랫동안 취한 듯 멍한 상태로 방황할 수 있다. 하지만, 그럴 의지만 있다면, 열심히 싸워 거기서 빠져나갈 수 있다는 것을 깨닫게 되었다. 이번에 나는 전보다 빨리, 겨우 하루도 안 되어 거기서 빠져나왔다.

마침내 내 머리에서 짙은 안개가 걷혔다. 마치 깊고 깊은 물속에 들어가 100년 동안이나 잠겨 있다가 수면에 떠오른 것 같은 기분이었다. 아무튼 그것은 그들이 내게 마지막으로 사용한 전기 충격 요법이었다.

그 주에 그들은 맥머피에게 세 번 더 전기 충격 요법을 썼다. 그가 눈을 깜박거려 의식을 되찾고 그 요법의 충격에서 빠져나오려고 하면, 랫치드 수간호사는 의사를 데리고 왔다. 그리고 그들은 그에게 제정신이 돌아왔는지, 자신의 문제에 맞서 다시 치료를 받기 위해 병동에 돌아갈 기분이 드는지 물었다.

맥머피는 화난 표정을 지었다. 그는 중환자실 환자들의 시선이 모두 자신에게 쏠려 있다는 것도, 그리고 그들이 자신에게 무슨 대답을 기대하는지도 알고 있었다. 그가 수간호사에게 말했다. 나라를 위해 바칠 목숨이 하나밖에 없어서 유감이오. 미안하지만 나는 당신 따위에겐 절대로 굴복하지 않을 거요. 내가 굴복하기를 기대하느니 내 엉덩이를 핥는 게 나을걸. 암, 그렇고말고!

그는 벌떡 일어나 자신을 보고 싱글싱글 웃는 환자들에게 두세 번 인사했다. 그러자 수간호사는 의사를 앞세워 간호사실로 가서는 본관에 전화를 걸어 다시 전기 충격 요법 수속을 밟게 했다.

한번은 수간호사가 발걸음을 돌리자, 그가 수간호사 유니폼의 뒷자락을 잡고 등을 꼬집은 적이 있었다. 수간호사의 얼굴은 맥머피의 붉은 머리처럼 벌겋게 달아올랐다. 그 자리에 웃음을 참고 있는 의사가 없었다면, 그녀는 맥머피의 얼굴을 후려쳤을 것이다.

수간호사의 비위를 맞춰 주고 전기 충격 요법에서 벗어나면 어떻겠느냐고 나는 그에게 말했다. 그러자 그는 웃으면서 말했다. 무슨 소리, 녀석들이 하는 짓이란 그저 내 배터리에 충전해 주는 것뿐이야.

"내가 이곳을 나가면 1만 와트짜리 정신병자 붉은 머리 맥 머피와 자는 최초의 여자는 핀볼 머신처럼 번쩍 전깃불을 켜고 1달러짜리 은화를 토해 낼 거야! 그래, 나는 녀석들의 자그마한 충전기는 하나도 겁이 안 나."

그는 전기 충격 요법이 아무런 효과가 없다고 우겼다. 그래서 캡슐을 먹으려고 하지도 않았다. 그러나 스피커에서 이름이 불리고 아침을 먹지 말고 제1병동에 갈 준비를 하라는 안내가 흘러나올 때마다, 그는 턱이 굳어지고 얼굴의 핏기가 가시며 몹시 불안해 보였다. 그 표정은 해변에서 병원으로 돌아오는 도중, 자동차 앞 유리에 비쳤던 것과 똑같았다.

나는 그 주말에 중환자실에서 나와 아래층 병동으로 돌아왔다. 그곳을 나오기 전에 그와 하고 싶은 이야기가 많았으나, 그는 전기 충격 치료를 받고 막 돌아온 터라, 마치 철사에 묶인 듯이 앉아서 눈으로 탁구공만 쫓고 있었다. 흑인 보조원과 금발의 백인 보조원이 나를 아래층으로 데리고 와서 병동에 넣더니 문을 잠그고 나갔다. 중환자실과는 달리 아래층 병동은 아주 조용했다. 나는 휴게실까지 걸어가다 나도 모르게 입구에서 멈췄다. 환자들의 얼굴이 일제히 내게로 향했다. 전에 나를 바라보던 눈빛과는 사뭇 달랐다. 그들의 얼굴은 눈부시게 빛나는 극장의 화려한 무대를 바라보듯이 환해졌다. 하딩이 큰 소리로 말했다.

"자, 여러분 눈앞에 과격한 사나이가 등장했습니다. 흑인 보조원의…… 팔을 부러뜨린 사람입니다! 자, 다들 보십시오."

나는 그들에게 빙긋 웃어 보였다. 소리를 지르는 얼굴들에 둘러싸여 요 몇 달 동안 맥머피가 어떤 기분이었는지 알 것 같았다.

환자들은 우르르 모여들어 무슨 일이 있었는지 묻기 시작했다. 거기에서 그는 어떻게 굴었나? 그가 뭘 했는가? 체육관에서 들은 얘기로는, 그가 매일 전기 충격 치료를 받지만 몸에 묻은 물방울처럼 털어 내고 있으며 전극을 대 놓고 자기가 얼마나 오래 눈을 뜰 수 있는지 기사와 내기를 하고 있다던데, 그것이 사실인가?

나는 가능한 모든 것을 그들에게 이야기해 주었다. 내가 갑자기 사람들과 이야기하리라고는 아무도 생각하지 못한 것 같았다. 그들이 아는 한 나는 옛날부터 듣지도 말하지도 못했는데, 이제는 정상인처럼 듣고 말하고 있었다. 나는 그들이 들은 이야기는 모두 사실이라고 말하고, 내가 들은 몇 가지 이야기도 덧붙였다. 맥머피가 수간호사에게 했던 말을 전하자 그들은 한바탕 웃음을 터뜨렸다. 너무 심하게 웃는 바람에 만성 환자들 쪽의 오줌에 젖은 시트 아래 누운 식물인간 두 명도 덩달아 웃고는 마치 우리 이야기를 이해했다는 듯이 웃음소리에 맞춰 코를 쿵쿵거렸다.

다음 날 그룹 미팅에서 수간호사가 대뜸 맥머피의 문제를 꺼냈다. 그녀는 무슨 이유에서인지 이상하게도 전기 충격 요법을 써도 그가 아무런 반응을 나타내지 않기 때문에 더 과격한 수단을 써서 그와 접촉해야겠다고 말했다. 그러자 하딩이 나섰다.

"음, 그럴지도 모르겠군요, 랫치드 수간호사님. 그래요. 하지만 제가 듣기로는 위층에서 수간호사님과 맥머피가 마주쳤을 때, 그가 아무 문제 없이 당신과 접촉했다고 하던데요."

수간호사는 한 방 얻어맞은 꼴이 되었다. 방 안에 있던 모든 사람들이 그녀를 비웃는 바람에 그녀는 몹시 당황하여 두 번 다시 그의 문제를 끄집어내지 않았다.

맥머피가 위층에 있는 동안 그의 위상이 전보다 더 커지고 있다는 것을 수간호사는 알았다. 그곳에서는 그녀가 그의 콧대를 꺾는 것을 환자들이 볼 수 없기 때문에 그는 거의 전설적인 존재로까지 부상하고 있었다. 눈에 보이지 않는 사람을 약한 존재로 만들 수 없다고 생각한 수간호사는 그를 다시 아래층 병동으로 옮겨 올 계획을 세우기 시작했다. 본래의 자리로 얌전히 돌아오면 그가 옆 사람만큼이나 상처받기 쉽다는 것을 환자들 스스로 터득하게 될 거라고 생각했던 것이다. 그가 하루 종일 멍하니 휴게실에 앉아 있으면, 영웅의 역할을 계속할 수도 없을 터였다.

환자들도 이 점은 예상하고 있었다. 환자들이 볼 수 있도록 그가 병동에 남아 있는 한, 의식을 되찾을 때마다 수간호사는 그에게 전기 충격 요법을 쓰리라는 것도. 결국 하딩과 스캔런, 프레드릭슨과 나는 모두를 위한 최선책은 그가 병동에서 탈출하는 것이라며 맥머피를 설득하기로 의견을 모았다. 그가 병동으로 되돌아온 토요일(이날 그는 링에 오르는 권투 선수처럼 경쾌한 발놀림을 하며, 머리에 양손을 깍지 낀 채 챔피언이 돌아왔다고 떠들었다.) 우리는 모든 계획을 세워 둔 상태였다. 그 계획은 밤이 되기를 기다렸다가 매트리스에 불을 질러 소방관들이 달려오면 우리가 맥머피를 문 밖으로 몰아내는 것이었다. 아주 기가 막힌 계획이라 우리는 그가 거절할 이유가 없다고 생각했다.

그러나 우리는 그날이 캔디라는 여자와 약속을 하고 빌리를 위해 그녀를 몰래 병동으로 들이기로 한 날이라는 것은 생각지 못했다.

그들은 맥머피를 아침 10시쯤 병동으로 다시 데려왔다.

"형씨들, 나는 이렇게 원기가 넘쳐. 녀석들이 내 플러그를 점검하고 깨끗이 닦아 주었어. 그래서 이렇게 T형 포드의 스파크 코일처럼 빛나고 있는 거야. 할로윈 축제 때 그 스파크 코일을 써 본 일이 있나? 번쩍! 정말 재미있어."

맥머피는 전보다 더 활개 치며 병동을 어슬렁거렸다. 간호사실 문 아래에 대걸레 양동이의 물을 쏟아 놓기도 하고, 키 작은 흑인 보조원 몰래 그의 하얀 스웨드 가죽 신발 끝에 버터 덩어리를 발라 놓고 점심시간 내내 웃음을 참으며 그것이 녹아 하딩이 말한 '뭔가를 연상시키는 노란색'으로 신발이 물드는 것을 지켜보기도 했다. 그는 전보다 더 대담해졌다. 그가 수습 간호사 곁을 지날 때마다 그녀는 비명을 지르고 눈을 휘둥그레 뜨고는 옆구리를 문지르며 복도를 후다닥 달려갔다.

우리가 탈출 계획을 말하자, 그는 서두를 것 없다면서 빌리의 데이트를 상기시켜 주었다.

"빌리를 실망시킬 수는 없잖소. 안 그래요, 형씨들? 그가 동정을 떼려는 마당에 그래서는 안 돼요. 계획을 연기하는 대신 오늘 밤에 조촐한 파티라도 여는 게 좋겠소. 내 송별 파티라 생각하고 말이오."

그 주말에는 수간호사가 당번이었다. 그녀는 맥머피가 돌아온 것을 놓치고 싶지 않았다. 수간호사는 우리에게 회의를 열어 어떤 결론을 내리도록 하는 것이 좋겠다고 생각했다. 회의에서 그녀는 또다시 더 과격한 방법을 취하는 것이 어떻겠느냐고 말했다. 의사에게는 '늦지 않게 환자를 돕는' 조치를 취해야 한다고 촉구했다. 그러나 맥머피는 수간호사가 이야기하는 동안 윙크를 하거나 하품을 하거나 트림을 했다. 결국 수간호사도 입을 다물어 버렸다. 그녀가 이야기를 멈추자, 맥머피는 수간호사의 말에 찬성한다고 말했다. 의사와 환자들이 술렁거렸다.

"수간호사님 말이 옳습니다, 의사 선생님. 그런 약한 볼트의 전류로 내가 어떻게 됐는지 보세요. 그걸 두 배로 하면, 나도 마티니처럼 8채널을 수신할 수 있을지도 몰라요. 침대에 누워서 뉴스와 일기 예보가 나오는 4채널의 환상만 보는 데 질렸다고요."

수간호사는 목청을 가다듬고 회의의 주도권을 다시 찾으려고 했다.

"맥머피 씨, 내가 제안한 것은 전기 충격 치료를 더 한다는 게 아니에요……."

"그럼 뭔데요, 수간호사님?"

"수술을 하면 어떻겠냐는 거예요. 실은 아주 간단해요. 반항심이 강한 경우에 공격적 성향을 제거하는 수술인데 과거에도 성공한 예가 있어요……."

"반항심이 강하다니요? 수간호사님, 나는 강아지처럼 순합니다. 이 주 가까이 보조원을 걷어찬 일도 없어요. 그런데 굳이 잘라 낼 이유가 있나요?"

수간호사의 얼굴에 미소가 번졌다. 그녀는 얼마나 동정심을 갖고 있는지 봐 달라는 듯이 그에게 말했다.

"랜들, 잘라 내겠다는 것이 아니라……."

"하지만 말예요."

그가 말을 이었다.

"그것을 잘라 낸다고 해도 소용없을 거예요. 저는 침대 옆 탁자 서랍에 또 한 쌍을 가지고 있으니까."

"또 한 쌍이라니요?"

"야구공만 한 겁니다, 선생님."

"맥머피 씨!"

조롱당하고 있다는 생각에 수간호사의 미소가 깨진 유리처럼 와르르 떨어져 내렸다.

"그러나 또 하나는 보통 크기입니다."

취침 시간까지 맥머피는 이런 식으로 말을 질질 끌었다. 그 동안 병동에는 축제 분위기가 넘쳐흘렀다. 환자들은 여자가 술을 가지고 오면 파티를 열 수 있을 거라고 수군거렸다. 그들은 빌리와 눈이 마주칠 때마다 싱긋 웃으며 윙크를 보냈다. 우리가 약을 받기 위해 줄을 섰을 때 맥머피는 십자가를 달고 다니고 반점이 있는 키 작은 간호사에게 가서 비타민을 두세 알 얻을 수 있는지 물었다. 그녀는 깜짝 놀라는 표정을 지었지만 주지 못할 이유는 없다면서 새알만 한 알약을 몇 개 주었다. 맥머피는 그것을 호주머니에 넣었다.

"당신이 먹으려는 게 아닌가요?"

그녀가 물었다.

"내가요? 천만에요. 나는 비타민 따위 필요 없어요. 여기 빌리 녀석이 필요할 것 같아 받은 거요. 빌리가 요즘 수척해진 것 같아서. 아마 피가 부족해서 그럴 거요."

"그럼 왜 그것을 빌리에게 주지 않나요?"

"줄 겁니다. 하지만 밤중까지 기다렸다가 줄 생각이오. 그때 이것이 가장 필요할 테니까."

맥머피는 그렇게 말하고 침실 쪽으로 걸어갔다. 그는 벌겋게 달아오른 빌리의 목에 팔을 두르고 우리 곁을 지날 때, 하딩에게 윙크를 보내고 큰 엄지손가락으로 내 옆구리를 쿡쿡 찔렀다. 뒤에 남은 간호사는 간호사실에서 눈을 동그랗게 뜨고 발 밑에 흥건한 물도 잊은 채 우리를 바라보고 있었다.

빌리 비빗에 대해 알아 둘 것이 있다. 그는 얼굴에 주름이 있고 머리도 희끗희끗하지만, 그래도 어린아이처럼 보인다. 달력 그림에나 나올 법한 커다란 귀에 주근깨투성이 얼굴과 뻐드렁니를 가진 아이, 피리를 불면서 맨발로 머리 큰 물고기를 끈으로 묶어 질질 끌고 가는 아이 같다. 그러나 빌리는 그런 어린아이가 아니다. 가령 그가 다른 사람들 옆에 서면 그들과 비슷하게 키가 크다. 또 자세히 보면 귀도 크지 않고 주근깨도, 뻐드렁니도 없다. 그런데 그런 그가 실제로는 서른이 넘은 어른이란 것을 알면 누구나 깜짝 놀란다.

나는 딱 한 번 그가 자기 나이에 대해 말하는 것을 들었다. 사실대로 말하자면, 그가 병원 로비에서 어머니와 이야기하는 것을 엿들었다. 그의 어머니는 로비에서 접수계원으로 일하는 야무지고 통통한 부인이었다. 그녀는 서너 달마다 한 번씩 머리 염색을 했는데, 금발에서 푸른색으로, 또 검은색으로, 그러다가 다시 금발로 바꾸었다. 내가 들은 바로 이 어머니는 수간호사의 이웃이자 절친한 친구였다. 우리가 작업이나 운동을 하러 갈 때마다 빌리는 도중에 접수계에 멈춰 발그레한 볼을 내밀고는 어머니에게 키스를 받아야 했다. 그것은 빌리 못지않게 우리에게도 난처한 일이었다. 그래서 그 일을 가지고 빌리를 놀리는 사람은 없었다. 맥머피도 마찬가지였다.

얼마나 오래된 일인지는 모르겠지만, 어느 날 오후 우리들이 운동을 하러 가는 도중이었다. 흑인 보조원이 마권 판매자에게 전화를 걸고 있는 동안, 우리는 로비의 커다란 플라스틱 소파에 앉아 있거나, 오후 2시의 햇볕이 내리쬐는 밖에 나가 있었다. 그때 빌리의 어머니가 일하다 말고 접수계 책상에서 뛰쳐나와 아들의 손을 이끌고 밖으로 나와서 내가 앉아 있는 잔디 옆에 털썩 주저앉았다. 스타킹을 신은 그녀의 짧고 통통한 다리가 굽혀지는 걸 보니 볼로냐 소시지의 색깔이 생각났다. 빌리는 어머니의 무릎을 베고 누운 채 어머니가 민들레 솜털로 귀를 간질이고 있어도 가만히 있었다. 그는 아내가 될 여자를 고르고 또 언젠가 대학에 가겠다고 말했다. 그의 어머니는 민들레 솜털로 그의 귀를 간질이면서 그런 바보 같은 말은 하지도 말라며 웃었다.

"아가야, 그런 일을 하기엔 너무 일러. 네 인생은 이제 시작인걸, 뭐."

"어머니, 전 서, 서, 서른한 살이나 됐어요."

그녀는 웃으면서 잡초로 아들의 귀를 간질였다.

"아가야, 너는 내가 중년의 아들을 둔 어머니로 보이니?"

그녀는 콧등을 찡긋대며 아들을 향해서 입을 벌리고는 혀로 진한 키스 소리를 냈다. 아무래도 보통 어머니 같아 보이지는 않았다. 나는 빌리가 서른한 살이라는 것이 도저히 믿어지

지 않아서 후에 그의 곁에 가까이 다가가 손목에 낀 밴드에
기록된 생년월일을 확인해 보았다.

마침내 한밤중이 되었다. 기버와 또 한 명의 흑인 그리고 간
호사가 근무를 끝내고 터클이라는 나이 많은 흑인과 교대할
무렵, 맥머피와 빌리는 이미 일어나 있었다. 아마 비타민제를
먹었을 것이다. 나도 침대에서 일어나 겉옷을 입고 휴게실로
나갔다. 거기서 그들은 터클과 이야기하고 있었다. 하딩과 스캔
런과 시펠트, 그리고 다른 환자들도 나와 있었다. 맥머피는 여
자가 찾아오면 어떻게 해야 하는지 터클에게 설명했다. 사실은
다짐을 받아 두었다는 표현이 옳을 것이다. 왜냐하면 그 일에
대해서는 이미 이삼 주 전에 이야기해 두었기 때문이다.

"여자를 창문으로 들여보내야 해요. 로비를 통하게 되면 야
근 간호사들이 있을지도 모르니까. 그리고 격리실 문은 잠그
지 말아야 해요. 어때요? 거기라면 연인들의 멋진 신혼 방이
되지 않겠소? 완전 격리되는 거지.("이봐요, 맥머피." 빌리가 말하
려 했다.) 그리고 불을 꺼 두고. 그래야 야근 간호사가 와도 보
지 못하니까. 또 침실 문은 잠가요. 환자들이 잠에서 깨어 군
침을 흘리며 기어 나오면 곤란하니까 말이오. 그리고 조용히
해야 해요. 두 사람을 방해해선 안 되니까."

"아, 매, 매, 맥, 적당히 해 둬요."

빌리가 말했다.

터클은 계속 머리를 끄덕거리고 있었지만 반쯤 졸고 있는
듯했다. 맥머피가 "이 정도면 준비가 대충 끝났다고 보는데."
라고 말했을 때, 터클은 "아니 완전히 끝난 셈이지."라고 말하
고는 그 자리에 앉으며 씩 웃었다. 흰 옷을 입어서인지 그의 노

랗게 빛나는 대머리가 마치 막대 끝에 달린 채 흔들리는 풍선처럼 보였다.

"이봐요, 터클. 협조해 주면 사례는 하겠소. 여자가 술을 두세 병 가져오기로 했으니까."

"잘 알겠소."

터클이 말했다. 그는 여전히 머리를 끄덕거렸다. 쏟아지는 졸음 속에서 간신히 눈을 뜨고 있는 듯했다. 내가 듣기로 그는 낮에 경마장에서 다른 일을 하고 있다고 했다. 맥머피는 빌리를 바라보았다.

"터클은 좀 더 큰 계약을 하고 싶은 모양이네, 빌리. 동정을 버리는 데 어느 정도 돈이 들까?"

빌리가 더듬거리며 뭐라 대답하려는 찰나, 터클이 고개를 흔들었다.

"그런 게 아니야. 돈이 아니라고. 그런데 여자는 술 말고 다른 것도 가져오지 않겠소? 뭐랄까, 희디흰 허벅지 같은 달콤한 것을 말이오. 자네들은 술만 나누어 먹는 게 아니겠지?"

그는 환자들의 얼굴을 둘러보며 벙긋 웃었다.

빌리는 거의 폭발할 지경이었다. 캔디는 그렇지 않다고, 자기 여자는 안 그렇다고 무슨 말을 더듬더듬 중얼거렸다. 맥머피는 빌리를 한쪽으로 데리고 가서, 여자의 신상에 대해서는 걱정할 게 없다며 빌리가 일을 끝마칠 무렵에는 터클은 술에 취해 곯아떨어져 당근조차 빨래통에 넣을 수 없을 거라고 달랬다.

여자는 이번에도 늦었다. 우리는 실내복을 입고 휴게실에 앉아서 맥머피와 터클이 나누는 군대 이야기를 듣고 있었다.

그동안 두 사람은 터클의 담배 한 개비를 가지고 주거니 받거니 하며 우스꽝스럽게 피워 댔다. 둘은 한 번 들이마신 뒤 눈이 휘둥그레질 때까지 연기를 내뱉지 않고 참았다. 마침내 하딩이 무슨 담배를 피우기에 그렇게 자극적인 냄새가 나는지 물었다. 그러자 터클이 숨을 참은 목소리로 말했다.

"그냥 흔해 빠진 담배요. 히히, 정말이오. 한 대 피워 보겠소?"

빌리는 점점 초조한 낯빛이었다. 여자가 나타나지 않으면 어쩌나 싶어 걱정하고, 또 오면 어쩌나 싶어 걱정하는 것 같았다. 그는 사냥개가 부엌에서 먹다 남은 음식을 기다리는 것처럼 이렇게 춥고 어두운 곳에 앉아 있지 말고 모두 자러 가는 게 좋지 않겠냐고 몇 번이나 물었다. 우리는 그저 그에게 씩 웃어 보이기만 했다. 자고 싶어 하는 사람은 아무도 없었다. 전혀 춥지도 않았다. 어스름한 빛에서 편하게 앉아 맥머피와 터클이 하는 이야기를 듣자니 기분이 좋았다. 졸린 사람도 없고, 새벽 2시가 지났는데도 여자가 아직 안 온다고 걱정하는 사람도 없었다. 터클이 어두워서 여자가 어느 병동인지 몰라 늦는 것이 아니냐고 물었다. 맥머피는 대뜸 그 말이 옳다고 했다. 두 사람은 복도를 이리저리 다니며 전등이란 전등은 모두 켰고 나중에는 침실 천장에 있는 커다란 기상 전등까지 켜려고 들었다. 그러자 하딩이 그렇게 하면 다른 환자들까지 깨어 그들과 즐거움을 나누어야 할 거라고 말했다. 두 사람은 그 말에 맞장구를 치고 대신 의사 방의 전등을 켜기로 했다.

대낮처럼 환하게 병동을 밝혀 놓자, 곧 창문 두드리는 소리가 들렸다. 맥머피는 창가로 가서 유리창에 얼굴을 대고 양손을 오므려 눈 양옆을 가린 채 밖을 내다보았다. 이윽고 그가 뒤로 물러나 우리에게 씩 웃어 보였다.

"걷는 모습이 아름답군. 특히 밤에는."

그가 말했다. 그리고 빌리의 손목을 끌어당겨 그를 창가로 데려갔다.

"터클, 여자를 들여보내요. 그리고 이 미친 종마를 여자에게 붙여 줘요."

"이봐요, 맥, 매, 매, 맥머피, 기다려요."

빌리가 노새처럼 딱 버티고 섰다.

"나를 매, 매, 매, 맥머피라 부르지 말라니까, 빌리. 이제 와서 꽁무니를 빼기에는 늦었어. 자넨 할 수 있다고. 내 말 들어. 나는 자네에게 받은 5달러를 갖고 있어. 그러니 저 여자를 구워 먹든 삶아 먹든 알아서 해. 알겠어? 터클, 창문을 열어 줘요."

어둠 속에는 두 여자가 있었다. 캔디, 그리고 지난번 낚시 여행에 온다 하고 오지 못했던 여자였다.

"와, 모두에게 돌아가겠군."

터클이 두 여자가 들어오도록 도와주면서 말했다.

우리는 일제히 도와주려고 나섰다. 여자들이 창문을 넘어 들어오려면 몸에 꽉 끼는 스커트를 허벅지까지 올려야 했다. 캔디가 "맥머피!" 하고 부르면서 그의 목에 두 팔을 착 두르는 바람에 양손에 들고 있던 술병들이 그의 목덜미에 부딪쳐 깨질 뻔했다. 캔디의 두 다리는 공중에 매달려 있고, 위로 틀어 올린 머리가 빠져 아래로 흘러내렸다. 그녀가 낚시하러 왔을 때처럼 머리를 하나로 묶어 등 뒤로 늘어뜨리는 편이 더 예쁘다고 나는 생각했다. 또 한 여자가 창문으로 들어오자 캔디가 술병으로 그 여자를 가리켰다.

"샌디도 같이 왔어요. 결혼했던 남자, 그러니까 비버튼의 미치광이와는 헤어졌어요. 황당하지 않아요?"

여자가 창문을 넘어와서 맥머피에게 키스하며 말했다.

"잘 있었어요, 맥? 지난번에 못 와서 미안해요. 하지만 이제 다 끝났어요. 베개 커버엔 생쥐가 있고, 콜드크림 속에는 벌레, 브래지어 안에는 개구리가 있었어요. 그런 장난을 어떻게 참을 수 있겠어요?"

그녀는 고개를 설레설레 젓더니 눈앞을 손으로 휘저었다. 동물 애호가인 전 남편의 기억을 지워 버리려는 것 같았다.

"세상에, 그런 미치광이는 또 없을 거예요."

두 여자는 모두 스커트와 스웨터 차림이었으며, 나일론 스타킹에 신발은 신지 않았다. 둘 다 볼이 발그스레해져 히죽히죽 웃고 있었다.

"길을 몇 번이나 물었는지 몰라요. 술집이 보일 때마다 가서 물어봤어요."

캔디가 설명했다.

샌디는 눈을 둥그렇게 뜨고 주변을 빙그르 돌아보았다.

"후우, 캔디. 지금 우리가 어디 있는 거야? 이게 진짜야? 우리가 미치광이 병원에 오긴 온 거야? 세상에!"

샌디는 캔디보다 키가 크고 나이도 다섯 살쯤 많아 보였다. 갈색 머리를 뒤로 멋스럽게 둥글게 말아 핀으로 꽂고 있었는데, 머리카락이 넓적하고 뽀얀 광대뼈로 흘러내리고 있었다. 마치 시골 여자가 사교계 귀부인 흉내를 내고 있는 듯했다. 하지만 어깨와 가슴과 엉덩이가 펑퍼짐하고, 웃음소리도 호탕했기 때문에 미인이라고 할 수는 없었다. 그저 귀엽고 건강한 정도였다. 샌디는 1갤런짜리 붉은 포도주 병 주둥이에 붙은 고리에 긴 손가락을 걸고 있었는데 포도주 병이 그녀의 옆구리에서 핸드백처럼 흔들거렸다.

"어떻게, 캔디? 대체 어쩌다 이렇게 되었지?"

그녀는 다시 한 번 빙 돌고는 멈춰서 신발도 신지 않은 발을 뻗으며 낄낄거렸다.

"어쩌다 이렇게 된 일이 아닙니다."

하딩이 진지하게 말했다.

"이건 당신이 밤에 눈 뜨고 누워서 보는 환상으로서, 정신 분석 학자에게 말하기에는 꺼려지는 일입니다. 당신은 실제로 여기에 있는 것이 아닙니다. 그 포도주는 진짜가 아니고, 그 어느 것도 현실에는 존재하지 않아요. 자아, 앞으로 가시죠."

"안녕, 빌리."

캔디가 말했다.

"저 몸 좀 보게."

터클이 말했다.

캔디는 술병 하나를 빌리에게 쑥스러워하며 내밀었다.

"당신에게 선물로 가져왔어요."

"이건 손 스미스*적인 백일몽이야!"

하딩이 말했다.

---

* 20세기 초에 활동한 코믹 환상 소설 작가. 섹스, 폭음, 신체 변형 등의 소재를 주로 다뤘다.

"맙소사! 대체 우리가 어디에 들어온 거야?"

샌디가 말했다.

"쉿!"

스캔런이 말하며 주위를 살펴보았다.

"그렇게 큰 소리를 내면 다른 사람들이 깨요."

"뭐가 어쨌다는 거예요, 구두쇠 서방님?"

샌디가 킬킬거리며 다시 빙 둘러보기 시작했다.

"모두에게 돌아갈 수 없을까 봐 걱정인가요?"

"샌디, 그 싸구려 포트와인을 가져올걸 그랬나 봐."

"히야!"

샌디가 돌아서다가 나를 보았다.

"캔디, 이 사람 좀 봐. 골리앗 같아. 히히, 히야아!"

터클이 "끝내 주는데." 하고 말하며 그물 창을 자물쇠로 잠갔다. 샌디는 다시 "히야!" 하고 말했다. 우리는 모두 휴게실 한가운데에 어색하게 무리 지어 왔다 갔다 하면서 이야기를 했다. 달리 무엇을 해야 할지 몰랐기 때문이다.(다들 이런 상황에 처해 본 적이 없었다.) 그때 병동 출입문의 자물쇠가 열리는 소리가 복도 끝에서 들려오지 않았다면 그 흥분되고 들뜬 소란과 웃음과 휴게실을 왔다 갔다 하는 환자들의 움직임이 언제까지라도 계속되었을지 모른다. 아무튼 방범 벨이 울리기라도 한 듯, 환자들은 모두 바짝 긴장했다.

"이거 큰일인데. 야근 간호사야. 내 검은 모가지를 자르러 온 거라고."

터클이 대머리 정수리를 철썩 때리며 말했다.

우리는 모두 화장실로 달려가 불을 끈 채 컴컴한 곳에서 서로의 숨소리에 귀를 기울이고 있었다. 야근 간호사가 병동을 돌아다니며 크게, 그리고 약간은 불안한 음성으로 가만히 터클의 이름을 부르는 소리가 들렸다. 그 목소리는 부드러우면서도 아름다웠지만 걱정 때문에 "터클 씨? 터클 씨?" 하며 말끝이 올라갔다.

"대체 어디 있는 거야? 왜 대답이 없어?"

맥머피가 조그맣게 말했다.

"걱정할 것 없어. 간호사가 설마 화장실 안은 들여다보지 않겠지."

스캔런이 말했다.

"그런데 녀석은 왜 대답하지 않지? 혹시 잔뜩 마셔서 취해 있는 거 아니야?"

"이봐, 무슨 소리야? 아직 취하지 않았어. 그런 평범한 마리화나 갖고는 어림도 없지."

터클의 목소리였다. 우리들이 있는 어두컴컴한 화장실 어딘가에서 들려왔다.

"이런, 터클. 여기서 뭐 하고 있는 거요?"

맥머피는 화가 난 것처럼 말하면서도 한편으로는 웃음을 참고 있었다.

"얼른 나가서 무슨 일인지 알아봐요. 당신이 안 보이면 간호사가 어떻게 생각하겠소?"

"우리도 이제 끝장이군. 알라 신이여, 자비를 베푸소서."

하딩이 이렇게 말하고 그 자리에 주저앉았다.

터클은 문을 열고 가만히 밖으로 나가 복도에서 야근 간호사와 마주쳤다. 그녀는 왜 불이 모두 켜져 있는지 알아보기 위해 온 것이었다.

"병동의 불이 왜 모조리 켜져 있죠?"

터클은 불이 전부 다 켜져 있는 것은 아니고, 침실의 불은 꺼져 있으며 화장실도 마찬가지라고 대답했다. 그녀는 다른 불은 왜 켜져 있냐며 그것으로는 변명이 되지 않는다고 말했다.

"불을 모조리 켜 둔 이유가 뭐죠?"

터클은 이 질문에는 그럴듯한 대답을 하지 못했다. 긴 침묵이 흐르는 동안 어둠 속에서 술병이 전달되는 소리가 내 가까이에서 들렸다. 바깥 복도에서는 간호사가 다시 터클에게 무엇인가를 물었다. 터클은 그저 청소를 하고 주변을 순찰 중이었다고 대답했다. 그녀는 이유를 알고 싶어 했다.

"그럼 화장실은 왜 어두운가요? 당신이 할 일은 화장실 청소인데도 불이 꺼져 있잖아요?"

터클이 어떻게 대답할지 기다리는 동안 다시 술병이 돌았다. 술병은 나에게까지 왔고, 나도 한 모금 마셨다. 마시지 않고는 못 견딜 상황이었다. 바깥 복도에서는 터클이 간호사의 말을 곧이곧대로 들으면서 대강대강 대답하는 소리가 들렸다.

"저 녀석 당하겠는데. 누가 나가서 도와줘야겠어."

맥머피가 조용히 말했다.

내 뒤에서 변기의 물 내리는 소리가 들리고 화장실 문이 열렸다. 그리고 밝은 복도에 하딩의 모습이 얼핏 보였다. 그는 파자마를 추켜올리면서 밖으로 나가고 있었다. 그 모습을 보고 놀란 간호사가 숨을 몰아쉬는 소리가 들렸다.

"실례했습니다. 너무 어두워서 간호사님을 못 봤습니다."

하딩이 말했다.

"어둡긴 뭐가 어두워요."

"아니, 화장실 안이 어둡다는 말입니다. 저는 늘 불을 꺼야 용변 보기가 좋거든요. 그 거울 때문이에요. 간호사님도 아시죠. 불이 켜져 있으면 그 거울이 위에서 나를 재판하는 것 같아요. 모든 것이 똑바로 드러나지 않으면 벌을 내린다고요."

"하지만 터클 보조원은 거기서 청소를 하고 있었다고 하던데……."

"네, 아주 잘하고 있죠. 어둡다는 악조건을 고려한다면 말입니다. 안을 보시겠어요?"

하딩이 문을 조금 열었다. 한 줄기 빛이 화장실의 타일 바닥을 비추었다. 간호사가 고맙지만 사양하겠다며, 다른 병동도 돌아봐야 한다며 뒷걸음질치는 모습이 보였다. 다시 병동 출입문을 여는 소리가 복도 저쪽에서 들렸다. 그녀는 곧 병동 밖으로 나갔다. 하딩이 좀 이따 또 한 번 놀러 오라고 간호사에게 소리쳤다. 잠시 후 환자들이 우르르 뛰쳐나와 위기를 모면케 해 줘서 고맙다며 하딩의 손을 잡고 등을 두드렸다.

우리는 복도에 서 있었다. 포도주가 다시 한 바퀴 돌았다. 시펠트는 뭔가 섞을 것이 있다면 소중히 간직해 둔 보드카를 축하주로 마시는 게 좋겠다며 병동에 그런 것이 없는지 터클에게 물었다. 터클은 물밖에 없다고 대답했다. 프레드릭슨이 기침약은 어떻겠느냐고 물었다.

"간호사들이 약품실에 있는 반 갤런들이 병에서 가끔 내게 조금씩 주었어. 맛이 나쁘지는 않아. 그 방의 열쇠는 갖고 있지, 터클?"

밤에 약품실의 열쇠를 가지고 있는 사람은 야근 간호사뿐이라고 터클이 대답했다. 그러자 맥머피는 우리가 자물쇠를 열수 있는지 시도해 보는 게 어떻겠느냐고 그를 구슬렸다. 터클은 씩 웃으며 마지못해 고개를 끄덕였다. 터클과 맥머피가 클립으로 약품실의 자물쇠를 여는 동안, 여자와 우리들은 간호사실을 이리저리 뒤지면서 서류철을 열어 보거나 환자의 기록을 읽었다.

"이것 좀 봐."

스캔런이 서류철 하나를 흔들면서 말했다.

"완벽하다는 건 이런 걸 두고 하는 말이지. 놈들은 내 초등학교 1학년 성적표까지 여기 갖다 놓았어. 아아, 끔찍한 성적이야. 정말 끔찍해."

빌리는 캔디와 함께 자신의 서류를 읽고 있었다. 이윽고 여자가 한 걸음 뒤로 물러나서 빌리를 바라보며 말했다.

"이것들 모두 사실이에요, 빌리? 정신적으로 어떠니, 심리적으로 어떠니 하는 거 말이에요? 당신이 이런 병들을 갖고 있지는 않은 것 같은데요."

또 한 여자는 비품 서랍을 열어 물주머니가 잔뜩 들어 있는 것을 보고 간호사들이 이 많은 것을 어디다 쓰는지 모르겠다며 중얼거렸다. 하딩은 수간호사의 책상 위에 앉아 이번의 소동이 어처구니없다면서 고개를 설레설레 흔들었다.

맥머피와 터클이 약품실 문을 여는 데 성공해서 냉장고에서 진한 체리 색 액체 병을 가지고 나왔다. 맥머피는 병을 전등에 비추어 보고 라벨을 큰 소리로 읽었다.

"인공 감미, 착색, 구연산. 비활성 물질 70퍼센트…… 이건 물을 말하는 거야……. 그리고 알코올 20퍼센트…… 좋아……

코데인 10퍼센트. 주의, 코데인은 상습 중독 증상의 가능성이 있음."

그는 병마개를 열어 눈을 감고 맛을 보았다. 그리고 혀로 이를 싹 핥고는 다시 한 모금 꿀꺽하고 라벨을 또 읽었다.

"음."

그는 짧게 말하고 이를 탁탁 부딪쳤다. 마치 이를 막 닦고 난 뒤 같았다.

"여기에 보드카를 조금 섞으면 괜찮을 거야. 얼음은 준비되었소, 터클 나리?"

약 먹을 때 쓰는 종이컵에 보드카와 포도주, 그리고 기침약을 넣고 섞자, 아이들이 마시는 주스 맛이 났다. 또 옛날 더밀스에서 우리가 즐겨 마시던 선인장 술과도 비슷했다. 그것은 목으로 넘어갈 때는 차고 부드럽지만 일단 들어가면 뜨겁게 달아오른다. 우리는 휴게실 불을 끄고 둘러앉아 그것을 마셨다. 처음 두세 잔은 약을 먹듯이 삼켰다. 우리는 진지하게 조용히 조금씩 마시며 서로의 얼굴을 쳐다보면서 혹시 죽는 사람이라도 생기지 않는지 살폈다. 맥머피와 터클은 번갈아 가며 술을 마셨다 터클의 담배를 피웠다 했다. 그러다 한밤중에 일이 끝나는, 반점이 있는 작은 간호사와 잠자리를 하면 어떨지 이야기를 하면서 킥킥거렸다.

"나는 무서운데. 그 사슬에 매달린 커다란 십자가로 나를 때릴지도 모르니까. 실제로 그런 일이 생기면 어떻게 하지?"

터클이 말했다.

"나도 무서워요. 막 기분이 좋아지려는 찰나에 그 여자가 내 엉덩이에 체온계를 들이대며 열을 재려고 할지도 모르니까!"

맥머피가 말했다.

그 말에 모두 한바탕 웃었다. 하딩은 한참 웃다가 멈추고 두 사람 사이에 끼여 농담을 했다.

"그보다는 좀 더 심하게 나올 거예요. 그 여자라면 아주 심각한 표정을 짓고 당신 밑에 깔려 이렇게 말할 겁니다. 잘 들어 보세요. 당신의 맥박은 지금……."

"오, 이런……. 그만하쇼……."

"아니, 좀 더 심하게 말하면 그냥 거기 누워서 당신 맥박과 열을 동시에 잴 수도 있어요. 더구나 기구도 사용하지 않고 말이야!"

"제발 그러지 마……."

우리는 소파와 의자에서 뒹굴며 숨이 넘어가고 눈물이 날 정도로 웃었다. 여자들도 실컷 웃다 보니 힘이 빠졌는지 두어 번 일어서려다 주저앉았다.

"난 가야…… 화장실에 가야겠어."

키 큰 여자가 킥킥거리며 화장실 쪽으로 향했다. 그러나 문도 제대로 열지 못하고 비틀거리며 침실로 돌아오고 말았다. 우리는 서로 손으로 조용히 하라는 신호를 보내며 무슨 일이 일어날지 기다렸다. 그때 여자가 비명을 질렀고, 늙은 매터슨 대령이 "베개는…… 말[馬]이다!"라고 고함을 지르며 휠체어를 탄 채 여자를 따라 침실을 휙 나가 버렸다.

시펠트가 대령의 휠체어를 밀어 다시 침실로 데려오고 여자를 화장실까지 데려다 주며 이렇게 말했다. 이곳은 원래 남자 전용 화장실이지만 당신이 안에 있는 동안 내가 입구에 서서 어떤 녀석이 나타나더라도 프라이버시를 침해당하지 않도록 지켜 주겠다고. 여자는 진지하게 감사의 표시를 했고 둘은 악수를 나눈 뒤 서로 거수경례를 했다. 이윽고 여자가 화장실 안으로 들어가자 대령이 다시 휠체어를 끌고 침실에서 나왔다. 시펠트는 대령이 화장실 안으로 들어가지 못하도록 막느라 진땀을 뺐다. 여자가 밖으로 나오자 시펠트는 발을 들어 휠체어의 돌격을 막았다. 그동안 우리는 이 소동을 지켜보며 두 사람에게 응원을 보냈다. 여자는 시펠트를 도와 대령을 침대에 다시 밀어 넣었다. 그러고 나서 둘은 복도 끝으로 가서 아무에게도 들리지 않는 음악에 맞춰 왈츠를 추었다.

하딩은 술을 마시며 그 광경을 지켜보다 고개를 절레절레 흔들었다.

"이것은 우연히 일어난 일이 아니야. 카프카와 마크 트웨인과 마티니 군의 합작품이지."

맥머피와 터클은 불이 너무 많이 켜져 있는 것은 아닌지 걱정이 되었다. 그래서 둘은 복도를 왔다 갔다 하며 작은 꼬마전구까지 전구란 전구는 모조리 꺼 버렸다. 이제 주변은 완전히 캄캄해졌다. 터클이 손전등을 가져왔다. 그리고 우리는 창고에서 휠체어를 가져와 그걸 타고 술래잡기를 하면서 장난을 쳤다. 그때 시펠트가 경련을 일으키는 소리가 들려서 가 보니 키큰 여자, 샌디 곁에 그가 죽 뻗고 누워서 몸을 움찔거리고 있었다. 샌디는 바닥에 앉아 스커트를 탁탁 털면서 시펠트를 내려다보고 있었다.

"난 이런 경험은 처음이에요."

그녀는 두려워하며 조용히 말했다.

프레드릭슨이 친구 곁에 무릎을 꿇고 앉아 그가 혀를 깨물지 못하도록 이 사이에 지갑을 끼워 넣었다. 그리고 바지 단추 잠그는 것을 도와주며 말했다.

"괜찮아, 시프? 시프?"

시펠트는 눈을 뜨지 않은 채, 축 늘어진 손을 들어 입에서 지갑을 빼내었다. 그러고는 거품이 묻어 있는 입을 벌려 씩 웃었다.

"괜찮아. 약을 주고 날 다시 자유롭게 내버려 둬."

그가 말했다.

"정말 약이 필요해, 시프?"

"약."

"약이야."

프레드릭슨이 무릎을 꿇은 고개를 돌리며 말했다.

"약이야."

하딩도 그렇게 말하며 손전등을 들고 약품실로 향했다. 샌디는 흐릿한 눈빛으로 하딩의 뒷모습을 바라보았다. 그러다 시펠트 곁에 앉아 신기하다는 듯이 그의 머리를 쓰다듬었다.

"내게도 약을 좀 갖다 주세요."

그녀가 술에 취한 목소리로 하딩에게 말했다.

"이런 일은 처음이에요. 비슷한 경험을 해 본 적도 없어요."

복도 저쪽에서 유리 깨지는 소리가 들렸다. 잠시 후 하딩이 두 손 가득 알약을 가지고 돌아왔다. 그는 무덤에 흙을 뿌리듯이 알약을 시펠트와 여자 위에 뿌렸다. 그러고는 천장을 올려다보았다.

"자비로운 신이여, 이 가엾은 죄인 두 사람을 당신의 품에 받아 주소서. 그리고 그 뒤를 이을 우리를 위해서도 문을 열어 주십시오. 당신은 우리의 종말, 도망칠 수도 없고 되돌릴 수도 없는 끔찍한 종말을 보고 계십니다. 저는 이제 무슨 일이 일어나고 있는지 깨달았습니다. 이것이 우리의 마지막 소동입니다. 이제 우리는 운명이 정해졌습니다. 용기를 내어 코앞에 닥친 운명에 맞서야 합니다. 우리는 새벽녘에 모두 총살당할 것입니다. 각자 100시시씩 맞게 될 것입니다. 랫치드 수간호사는 우리를 벽에 죽 세워 놓을 것입니다. 그곳에서 우리는 밀타운, 소라진, 리브리엄, 스텔라진* 등을 장전한 끔찍한 총구 앞에 서게 될 것입니다. 그리고 수간호사의 신호로 탕! 우리는 모두 마취되어 이 세상에서 완전히 없어지고 말 것입니다."

그는 벽에 기댄 채 서서히 내려앉다가 바닥에 쓰러졌다. 그의 손에 있던 알약들이 사방으로 튕겨져 나갔다. 마치 빨강, 파랑, 오렌지색의 벌레들 같았다. 그는 "아멘." 하고 말하고 눈을 감았다.

바닥에 앉아 있던 여자는 길고 늘씬한 다리 위로 스커트 주름을 매만졌다. 그리고 옆에서 비치는 손전등 불빛 아래에서 여전히 움찔거리며 얼굴에 미소를 띠고 있는 시펠트를 향해 말했다.

"내 평생 이 절반만 한 일도 경험한 적이 없어요."

하딩의 연설로 술기운이 가시지는 않았지만, 우리는 적어도 사태의 심각성을 깨달을 수는 있었다. 밤은 점점 깊어 가고 있

---

* 모두 약의 상표명이다.

었다. 아침이 되면 당연히 의료진들이 찾아올 터였다. 빌리 비빗과 캔디는 4시가 지났으니 괜찮다면, 다른 사람들도 양해한다면, 터클에게 격리실 문을 열어 달라고 하는 것이 좋겠다고 말했다. 두 사람이 손전등 불빛의 아치 아래에서 벗어나 사라지자 우리는 휴게실로 들어가 뒤처리를 어떻게 할지 생각했다. 터클이 격리실에서 돌아왔을 때에는 곤드레만드레 취해 있었다. 우리는 그를 휠체어에 앉혀서 휴게실로 밀어 넣을 수밖에 없었다.

환자들의 뒤를 따라가면서 나 또한 취해 있다는 생각에 깜짝 놀랐다. 나는 실제로 취해 있었다. 군대 시절 이후 처음으로 술에 취해 얼굴이 달아오르고 싱글싱글 웃으며 비틀거리고 있었던 것이다. 여섯 친구와 두 여자와 함께 그것도 수간호사의 병동에서 취해 있었다니! '콤바인'의 가장 강력한 본거지의 한가운데서 여자들과 술에 취해 웃으며 돌아다니고 있었다니! 나는 우리가 한 일을 돌이켜 보았다. 좀처럼 믿을 수 없는 일이었다. 그러나 그것은 진짜 일어난 일이며, 우리가 그 일을 했다고 나는 몇 번이고 마음속에서 되새겨야 했다. 우리는 창문을 열고 신선한 공기를 들여오듯이 모든 일을 간단히 해치워 버렸다. 어쩌면 '콤바인'도 전능하지 않을 것이다. 우리가 스스로 할 수 있다는 것을 깨달은 이상, 이런 일을 다시 못 하게 막을 수는 없을 것이다. 우리가 하고 싶은 일을 못 하게 막을 수 있는 것이 과연 무엇일까? 이런 생각을 하니 날아갈 듯이 기뻤다. 나는 크게 소리를 지르며 내 앞에 가고 있던 맥머피와 샌디를 덮쳐서 한 팔에 한 사람씩 번쩍 들고 휴게실까지 내달렸다. 둘은 어린애들처럼 소리 지르며 발버둥을 쳤다. 어쨌든 나는 기분이 무척 좋았다.

매터슨 대령이 다시 깨어났다. 그는 눈을 번뜩이며 뭐라고 열심히 떠들었다. 그러자 스캔런이 대령을 다시 침대로 데려가 뉘었다. 시펠트와 마티니와 프레드릭슨도 이만 자러 가야겠다고 말했다. 맥머피와 나와 하딩, 그리고 여자와 터클은 마지막까지 남아 기침약을 모두 마시고 뒤죽박죽이 되어 버린 병동을 어떻게 할 것인지 고민했다. 그중에서도 나와 하딩은 우리 둘이야말로 진지하게 상황을 염려한다는 듯이 심각한 표정을 지었다. 하지만 맥머피와 키 큰 여자는 거기에 앉아서 기침약을 홀짝홀짝 마시면서 서로 마주 보고 웃고 떠들며 어둠 속에서 손장난을 했고, 터클은 끄덕끄덕 졸고 있었다. 하딩은 그들의 관심을 끌기 위해 애를 썼다.

"당신들은 이 상황이 복잡하다는 걸 모르고 있어."

그가 말했다.

"집어치워."

맥머피가 말했다.

하딩은 테이블을 탁탁 내려쳤다.

"맥머피, 그리고 터클. 그대들은 오늘 밤 여기서 무슨 일이 일어났는지 확실히 모르고 있어. 정신병원 병동에서, 그것도 랫치드 수간호사의 병동에서 일이 벌어졌단 말이야! 이에 대한 보복은…… 그야말로 대단할 거야!"

맥머피는 여자의 귓불을 깨물며 애무하고 있었다. 터클이 고개를 끄덕이며 한쪽 눈을 뜨고 말했다.

"맞아. 수간호사는 내일도 와."

"나한테 계획이 있어."

하딩이 일어섰다. 그는 맥머피가 너무 취해 상황을 처리할 수 없기 때문에 누군가가 대신 나서야 한다고 말했다. 말을 하면서 하딩은 점점 똑바로 서게 되었고, 정신도 더 맑아졌다. 그는 다급한 목소리로 말했다. 그가 말할 때마다 손이 부지런히 움직였다. 나는 하딩이 나서서 상황을 지휘하게 되어 다행이라고 생각했다.

그의 계획에 따르면, 우선 터클을 묶어야 한다. 맥머피가 터클 뒤에서 몰래 달려들어, 찢어진 시트로 그를 묶고 열쇠를 빼앗은 것처럼 보이게 꾸미는 것이다. 그러고 나서 열쇠로 약품실에 들어가 약을 사방으로 흐트러뜨리고, 수간호사를 골탕 먹이기 위해 간호사실의 파일을 엉망으로 해 놓는다.(수간호사도 여기까지는 믿을 것이다.) 그러고는 그물 창을 열쇠로 열고 도망쳐 나온다는 것이다.

그것은 텔레비전 드라마의 각본과 같으며, 아주 그럴듯해서 실패할 수가 없다고 맥머피가 말했다. 그는 술이 깨어 정신이 맑아진 데 대해 하딩에게 칭찬의 말을 던졌다. 하딩은 계획대로 하면 다른 이점도 있다고 말했다. 그렇게 하면 다른 환자들은 수간호사로부터 벌을 받지 않게 되고, 터클도 해고당하지 않을 것이며, 맥머피도 이곳에서 나가게 된다는 것이다. 맥머피는 여자의 차를 타고 원한다면 캐나다나 티어워너, 또는 네바다까지도 안전하게 도망칠 수 있을 것이다. 경찰은 병원의 무단 외출자는 무리해서 잡으려고 하지 않는다. 대체로 그런 친구들 중에서 99퍼센트는 사나흘이 지나면 무일푼인 채 술이 취해 먹을 것과 잠자리를 찾아서 제 발로 돌아오기 때문이다. 우리는 하딩의 제안을 놓고 이야기를 나누면서 기침약을 모두 마셨다. 그러다 마침내 화제가 떨어지자 우리 모두는 입을 다물었다. 하딩이 다시 제자리에 앉았다.

맥머피는 여자를 안고 있던 팔을 빼내고, 나와 하딩을 바라보며 생각에 잠겼다. 피곤한 듯 묘한 표정이 다시금 그의 얼굴에 나타났다. 그는 이렇게 물었다. 당신들은 어떻게 할 거요? 당장 일어나서 옷을 입고 나와 함께 도망치는 게 좋지 않을까?

"난 아직 준비가 되지 않았네, 맥."

하딩이 그에게 말했다.

"그렇다면 나는 왜 나갈 수 있다고 생각하지?"

맥머피의 물음에 하딩은 잠시 조용히 그를 바라보고 있다가, 미소를 지으며 대답했다.

"당신은 몰라. 몇 주일 지나야 나는 준비가 될 거야. 하지만 나갈 때에는 내 힘으로 저 현관문으로 당당히 나가고 싶어. 물론 여러 가지 복잡하고 귀찮은 절차가 있기는 하겠지. 나는 시간을 정해 놓고 아내더러 차로 마중 나와 달라고 하고 싶어. 내가 그런 식으로 나갈 수 있다는 것을 모든 사람들에게 알리고 싶다고."

맥머피는 고개를 끄덕였다.

"추장, 당신은 어떤가?"

"나도 나갈 수 있어요. 그런데 어디로 가야 좋을지 아직 모르겠어요. 그리고 누군가가 여기 남아 있어야 해요. 당신이 나가고 몇 주 지나 조금씩 옛날로 돌아가는 일이 없도록 해야 하니까."

"빌리나 시펠트, 프레드릭슨이나 그 밖의 다른 친구들은 어때?"

"그들을 대신해서 말해 줄 수는 없어. 그들에게도 우리처럼 각자 문제가 있으니까. 그들은 여러 가지 면에서 아직 환자야. 그러나 적어도 이렇게 말할 수는 있지. 그들은 지금 병에 걸린 '사람'이라고. 그들은 더 이상 '토끼'가 아니야, 맥. 아마 언젠가는 건강한 사람들이 되겠지. 꼭 그렇다고 할 수는 없지만."

하딩이 말했다.

맥머피는 자신의 손등을 보면서 하딩의 말을 생각했다. 그는 하딩을 다시 올려다보았다.

"하딩, 그건 무슨 뜻이지? 무슨 일이라도 생겼나?"

"무슨 일이라니? 일이 이렇게 되었잖아."

맥머피는 고개를 끄덕였다.

하딩은 고개를 저었다.

"나로서는 만족할 만한 대답을 할 수 없어. 터무니없는 이론을 늘어놓으면서 프로이트식 설명을 하자면 못 할 것도 없고, 또 그런 설명이 나름대로 옳을 수도 있어. 하지만 당신이 요구하는 것은 왜 그런 설명을 하는지에 대한 이유겠지. 그렇다면 나는 더 이상 설명할 수 없게 돼. 어쨌든 다른 친구들을 대신해서 설명할 수는 없어. 나 자신에 대해서는 어떠냐고? 죄의식. 수치. 공포. 자기 비하. 나는 어린 시절에 남과는 다르다는 걸 깨달았어. 부드럽게 다른 식으로 표현해 볼까? 이건 다른 것보다는 더 일반적인 말이지. 나는 사회에서 수치스럽게 여기는 어떤 습관에 빠져 버리고 말았어. 그래서 병에 걸린 셈이지. 습관 자체가 원인이 되어 병에 걸린 것은 아니야. 거대하고 공포스러운 사회의 집게손가락이 나를 가리키고 수백만 명이 입을 모아 '부끄러운 줄 알아. 수치. 수치를 알라고.' 하고 외치는 것을 느꼈기 때문에 병에 걸린 거야. 사회는 조금이라도 별난 인간이 있으면 그런 식으로 취급해 버리거든."

"나도 별난 사람이야. 그런데 나에게는 왜 그런 일이 일어나지 않았을까? 지난날을 돌이켜 보면 이러쿵저러쿵하며 나를 괴롭히는 사람들이 있었지. 하지만 그것 때문에 정신이 돌지는 않았어."

맥머피가 말했다.

"그래, 당신 말이 맞아. 그것 때문에 미쳐 버리는 것은 아니지. 나 역시 그게 유일한 이유라고 생각하지는 않아. 물론 한때는 그렇게 생각했어. 수년 전 한가하게 지낼 무렵에는 사회의 징벌이 사람을 미치게 하는 유일한 힘이라고 생각했지. 그런데 지금은 당신 덕분에 내 이론을 재검토해야겠다는 생각이 들어. 확실히 사람을, 자네 같은 강한 사람을 미치광이의 길로 인도하는 데에는 다른 뭔가가 있어."

"뭐? 내가 미치광이의 길로 가고 있다는 것을 인정하지는 않지만, 그 '다른 뭔가'가 뭐지?"

"그것은 우리야."

하딩은 하얀 손으로 부드럽게 원을 그려 보이면서 되풀이해서 말했다.

"우리야, 우리."

맥머피는 시큰둥하게 "쓸데없는 소리."라고 말하고는 씩 웃으며 일어나서 여자의 손을 잡아끌어 일으켰다. 그는 눈을 가늘게 뜨고 희미하게 보이는 시계를 바라보았다.

"5시가 다 됐군. 대탈출을 기도하기 전에 눈 좀 붙여야겠어. 낮에 근무하는 친구들이 나타나기까지 겨우 두 시간밖에 안

남았네. 빌리와 캔디는 저 아래 좀 더 두기로 하고, 나는 6시 쯤 나갈 거야. 샌디, 침실에서 한 시간 정도 자면 술이 깰 거야. 어때? 내일은 우리 장거리 드라이브를 해야 해. 캐나다든 멕시 코든 어디로 가든지 말이야."

터클과 하딩, 그리고 나도 일어섰다. 너나 할 것 없이 아직도 술에 취해 제정신이 들지 않았으나, 감미롭고 쓸쓸한 기운이 취한 사람들 사이에 퍼져 있었다. 터클은 한 시간 후에 맥머피 와 여자를 깨워 주겠다고 약속했다.

"나도 깨워 주시지. 당신이 사라졌을 때 은탄환을 들고 창 가에 서서 '저 가면을 쓴 사나이는 누군가?'* 라고 외치고 싶 으니까."

하딩이 말했다.

"그만 떠들고 두 사람 모두 침대에 들어요. 나는 당신들의 머리털도 두 번 다시 보고 싶지 않으니까. 알겠소?"

하딩은 빙긋 웃으며 고개를 끄덕일 뿐 아무 말도 하지 않았 다. 맥머피가 손을 내밀자 하딩은 그 손을 잡고 흔들었다. 맥머 피는 술집을 나서는 카우보이처럼 몸을 뒤로 젖히고 비틀거리 며 윙크를 했다.

"이 위대한 맥이 사라지고 나면, 당신이 다시 미치광이 대장 이 되겠군, 형씨."

맥머피가 나를 돌아보며 얼굴을 찡긋했다.

---

* 1930~1940년대에 라디오 드라마와 텔레비전 시리즈로 제작되어 크게 인기 를 끈 서부 시대 배경의 모험물 「론 레인저」의 마지막에 나오는 대사. 가면을 쓴 순찰대원이 은탄환을 쏘아 악당들을 무찌르고 유유히 사라진다는 내용이다.

"당신이 무엇이 될 수 있는지는 나도 모르겠어, 추장. 지금부터라도 무엇이 될 건지 찾아보라고. 텔레비전 영화의 악역을 맡을 수도 있겠지. 어쨌든 잘해 봐."

나도 그와 악수를 나누었다. 그리고 우리는 모두 침실로 돌아갔다. 맥머피는 터클에게 시트를 조금 찢어 두고 어떤 식으로 묶는 것이 좋을지 생각해 보라고 말했다. 터클은 그렇게 하겠다고 대답했다. 나는 침실의 희미한 불빛 속에서 침대로 들어갔다. 맥머피가 여자와 함께 그의 침대로 들어가는 소리가 들렸다. 나는 감각이 좀 무디어졌지만 따뜻한 기분을 느꼈다. 터클이 복도 저쪽에서 시트가 든 방의 문을 열었다 닫으면서 크고 길게 한숨을 쉬는 소리가 들렸다. 내 눈은 어둠에 익숙해졌다. 맥머피와 여자가 서로 기분 좋게 끌어안고 있는 모습이 보였다. 그 모습은 침대 속에서 사랑을 나누는 한 쌍의 남녀라기보다는, 피로에 지친 두 어린아이 같았다.

이윽고 6시 반, 흑인 보조원들이 나타나 침실의 불을 켰을 때, 두 사람은 그대로 있었다.

29

그 후에 일어난 일에 대해 나는 여러 번 생각해 보았다. 그것은 그럴 수밖에 없는 일이었고, 그때가 아니면 또 다른 때라도 어떻게든 일어났을 일이었다. 터클이 맥머피와 두 여자를 깨워 계획대로 병동에서 도망치게 했더라도 마찬가지였을 것이다. 수간호사는 무슨 일이 있었는지 어떻게든 알아냈을 것이다. 빌리의 표정만 보아도 알았을 것이고, 맥머피가 있든 없든 똑같이 행동했을 것이다. 빌리는 그때 했던 그대로 똑같이 처신했을 것이고, 맥머피는 그 소문을 듣고 틀림없이 돌아왔을 것이다.

그는 꼭 돌아와야 했을 것이다. 바로 면전에서 수간호사를 가만두고 보지 못한 것처럼, 병원 밖 카슨시티나 리노 같은 곳에서 포커나 치면서 수간호사가 최후의 수단을 써서 마지막 승리를 거두는 것을 보고만 있을 수는 없었을 것이기 때문이다. 그는 이 게임에서 끝까지 승부를 겨루겠다고 사인한 것과 같았으므로 계약을 도중에 깨뜨릴 수는 없었을 것이다.

우리가 침대에서 일어나 병동에서 어슬렁거릴 무렵에는, 어젯밤에 있었던 일이 덤불숲의 작은 불씨처럼 조용히 번지고 있었다. "녀석들이 무엇을 데려왔다고?" 그 일에 가담하지 못한 환자들이 물었다. "매춘부를? 침실에 말인가? 이런, 말도 안 돼." 다른 환자들은 여자뿐만이 아니라고 말했다. 술을 마시고 난장판을 벌였대. 맥머피는 주간 근무자들이 오기 전에 여자를 내보낼 참이었는데, 깨어나지 못했다는군.

"무슨 말도 안 되는 소리를 늘어놓는 거야? 허튼소리 하지 마."

허튼소리가 아니야. 모두 사실이라고. 내가 그 자리에 있었다니까.

어젯밤 함께 있었던 사람들은 은근한 긍지와 경이감에 젖어 그 일을 떠벌렸다. 큰 호텔에서 화재가 났다거나 댐이 붕괴된 것을 목격한 사람들이 이야기하는 것 같았다. 그것도 아직은 사상자 수가 집계되지 않았기 때문에 아주 진지하고 신중하게 이야기하듯이 말이다. 그러나 이야기가 진행될수록 진지함과 신중함은 점점 바래져 갔다. 수간호사와 바삐 날뛰는 흑인 보조원들이 뭔가 새로운 것 — 가령 빈 기침약 병이나 유원지의 놀이 기구처럼 복도 끝에 늘어서 있는 휠체어 따위 — 을 발견할 때마다, 환자들은 불현듯 전날 밤의 광경을 선명히 떠올리고 거기에 없었던 환자들에게 그 이야기를 했고, 그러면 한패에 가담했던 사람들도 다시금 음미하며 즐겁게 들었다. 모든 환자들은 흑인 보조원들에 의해 휴게실에 가게 되었다. 만성 환자와 급성 환자 모두 흥분한 목소리로 술렁거렸다. 나이

지긋한 식물인간 둘은 담요에 푹 잠긴 채 눈과 잇몸을 부지런히 움직였다. 맥머피와 여자를 빼고는 모두들 여전히 파자마에 실내화 차림이었다. 여자는 옷을 입고 있었지만, 신발도 신지 않고 나일론 스타킹을 어깨에 걸치고 있었다. 맥머피는 하얀 고래가 그려진 검은 반바지 차림이었다. 두 사람은 소파에 앉아 서로 손을 잡고 있었다. 여자는 다시 꾸벅꾸벅 졸았고 맥머피는 그녀에게 몸을 기대고 기분 좋은 나른한 미소를 지어 보였다.

우리의 심각한 걱정은 차츰 기쁨과 웃음으로 변해 갔다. 하딩이 시펠트와 여자에게 뿌려 준 알약을 수간호사가 발견하자, 우리는 어떻게든 웃음을 참으려고 쿵 소리를 내며 코를 풀었다. 하지만 그들이 시트가 있는 방에서 터클을 발견하고, 찢어진 긴 시트에 엉켜 술에 취한 미라처럼 눈만 껌벅이며 끙끙대는 그를 밖으로 끌어냈을 때, 우리는 웃음을 터뜨리지 않을 수 없었다. 수간호사는 우리의 웃음을 눈 하나 깜짝하지 않고 받아들였지만 정작 자신은 웃음을 목구멍 아래로 꾹꾹 눌러 참고 있었다. 그래서 그녀의 몸이 공기 주머니처럼 부풀어 올라 금방이라도 터질 것만 같았다.

맥머피는 맨살이 드러난 한쪽 다리를 소파 끝에 걸쳐 놓고 충혈된 눈에 빛이 들어가지 않도록 모자를 깊이 눌러썼다. 그리고 기침약이 묻은 혀를 내밀어 입술을 핥았다. 그는 기분이 언짢고 몹시 피곤한 듯 두 손바닥으로 양쪽 관자놀이를 누르면서 하품을 해 댔다. 그러나 아무리 기분이 나빠도 미소를 머금었고 수간호사가 찾아낸 것을 보고 한두 번은 큰 소리로 웃기까지 했다.

수간호사가 터클의 해고를 보고하기 위해 본관에 전화를 걸러 들어갔다. 터클과 샌디는 그 틈을 타 그물 창을 열쇠로 열고 모두에게 작별 인사를 하며 손을 흔들었다. 그리고 햇빛을 받아 반짝이는 촉촉한 잔디 위를 비틀거리며 미끄러지듯 달려갔다.

"보조원이 다시 잠그지 않았어."

하딩이 맥머피에게 말했다.

"어서 가. 저 사람들을 따라가라고!"

맥머피는 신음 소리를 내며, 부화되려는 달걀처럼 붉게 충혈된 한쪽 눈을 떴다.

"나를 놀리는 거요? 저 창문으로는 내 머리도 통과할 수가 없어. 그런데 이 몸이 어떻게 빠져나갈 수 있다는 거야."

"친구, 잘 모르고 있나 본데……."

"하딩, 설교는 집어치워요. 내가 아직 술에서 덜 깼다는 건 잘 알고 있으니까. 그리고 기분이 나쁘다는 것도. 당신도 아직 취해 있는 것 같은데. 추장, 당신은 어때, 아직 덜 깨었소?"

내 코와 뺨에 아직 감각이 없는데, 이것이 취한 증거라면 그럴지도 모른다고 나는 대답했다.

맥머피는 한 번 고개를 끄덕하고 다시 눈을 감았다. 그러고는 가슴에 두 손을 모으고 의자에 깊숙이 앉아 턱을 옷깃에 파묻었다. 그리고 그런 상태에서 잠깐 졸고 있는 것처럼 입맛을 다시며 미소를 지었다.

"당신들 모두 여전히 취해 있어."

그가 말했다.

하딩은 계속 걱정하고 있었다. 그는 자비로운 늙은 천사가 의사에게 전화를 걸어 지금까지 알아낸 갖가지 포악한 일을 보고하고 있는 동안, 재빨리 옷을 갈아입는 게 상책이라며 맥머피를 설득했다. 그러나 맥머피는 그렇게 호들갑 떨 건 없다고 말했다. 내 상태가 전보다 더 나빠질 까닭이 없잖아?

"나는 놈들이 최고로 강한 펀치를 날렸어도 끄떡없었어."

맥머피의 말에 하딩은 어처구니없다는 표정을 지으며 최악의 사태가 벌어질 것이라고 예언하고 그만 입을 다물었다.

흑인 보조원 한 명이 창문이 열린 것을 발견하고 자물쇠를 잠갔다. 그리고 간호사실에서 커다란 장부를 가져와 명부를 손가락으로 짚어 가며 이름에 해당하는 사람이 있는지 확인하고 큰 소리로 불렀다. 명부는 사람들을 혼란시키도록 알파벳 역순으로 적혀 있었다. 그래서 마지막까지 가서야 글자 B를 볼 수 있었다. 그는 명부의 마지막 이름에 손가락을 짚은 채 휴게실 주변을 둘러보았다.

"비빗. 빌리 비빗은 어디 있지?"

보조원의 눈이 휘둥그레졌다. 빌리가 바로 코앞에서 몰래 빠져나갔다면 자신이 모를 리가 없다고 생각하는 것 같았다.

"빌리 비빗이 나가는 걸 본 사람이 누구지?"

그제야 사람들은 빌리가 어디 있는지 생각해 보려고 했다. 수군거리는 소리가 들리더니 급기야 웃음소리가 터져 나왔다.

보조원이 간호사실로 되돌아갔다. 그가 수간호사에게 뭐라고 말하는 것이 보였다. 수간호사가 수화기를 탁 내려놓고 밖으로 나왔다. 보조원도 바로 뒤따라 나왔다. 수간호사의 머리카락이 하얀 모자 아래로 흘러내려 축축한 재처럼 변한 얼굴을 덮고 있었다. 눈썹 사이와 코 아래에는 땀이 배어 있었다.

수간호사는 도망자가 어디로 갔느냐고 우리에게 다그쳐 물었다. 대답 대신 큰 웃음소리가 터져 나왔다. 수간호사는 환자들을 죽 둘러보았다.

"빌리는 도망친 게 아니죠? 하딩, 빌리는 아직 여기 있지요? 이 병동에? 어서 말해요. 시펠트, 말해 보세요!"

그녀는 한마디 한마디 말할 때마다 환자들의 얼굴을 뚫어지게 쏘아보았다. 그러나 환자들은 그녀의 독살스러운 눈초리에 이미 면역이 된 상태였다. 그들은 그녀의 눈을 똑바로 쳐다보았다. 그리고 수간호사의 얼굴에서 그 자신만만한 미소가 사라진 데 대해 마음껏 비웃었다.

"워싱턴! 워렌! 이리 와요. 방을 돌아봐야겠어요."

우리도 일어서서 세 사람을 따라갔다. 그들은 수술실과 목욕실, 의사의 진료실 등을 하나씩 열어 보았다. 스캔런은 옹이진 손으로 웃음을 감추며 조그맣게 말했다.

"빌리에겐 좀 골치 아픈 일이 되겠는데."

우리는 모두 고개를 끄덕였다.

"깜짝 놀라는 건 빌리뿐만이 아닐 거야. 이제야 생각났는데, 거기 누가 같이 있었더라?"

수간호사가 복도 끝에 있는 격리실 문 앞에 섰다. 우리는 앞다투어 수간호사와 두 흑인 너머로 목을 길게 빼고 들여다보았다. 수간호사가 자물쇠를 열고 문을 열었다. 창문이 없는 방은 어두웠다. 어둠 속에서 삐걱거리며 허둥지둥 움직이는 소리가 들렸다. 수간호사는 손전등으로 빌리와 여자를 휙 비추었다. 두 사람은 마룻바닥에 깔린 매트리스에서, 둥지를 습격당한 두 마리의 올빼미처럼 눈을 껌뻑거리고 있었다. 수간호사는 뒤에서 들리는 왁자지껄한 웃음소리를 무시했다.

"윌리엄 비빗!"

그녀는 냉정하고 단호하게 말했다.

"윌리엄…… 비빗!"

"랫치드 수간호사님, 안녕하십니까."

빌리가 말했다. 그는 일어나려고 하지도 않았고, 파자마의 단추를 잠그려고 하지도 않았다. 그는 여자의 손을 꼭 잡고 씩 웃었다.

"이쪽은 캔디라고 합니다."

수간호사의 혀가 안으로 말려들어 가는지 그 앙상한 목에서 꺽 소리가 났다.

"아, 빌리, 빌리, 빌리. 정말 수치스럽군요. 당신이 이런 짓을 하다니."

빌리는 완전히 잠에서 깨지 않은 상태라 수간호사가 부끄러워해도 반응을 나타내지 않았다. 여자는 매트리스 아래에서 나일론 스타킹을 찾느라 야단이었다. 잠에서 막 깨어나서 그런지 동작이 둔하고 어딘지 따스한 느낌이 들었다. 여자는 이따금씩 몽롱한 상태에서 더듬거리기를 멈추고 팔짱을 긴 채 거기 서 있는 수간호사의 차가운 모습을 올려다보며 미소를 보냈다. 그러고는 자기 스웨터에 단추가 잠겼는지 만져 보며 매트리스와 타일 바닥 사이에 끼인 나일론 스타킹을 잡아당겼다. 두 사람 모두 따뜻한 우유를 잔뜩 마시고 햇살 아래에서 나른하게 움직이는 뚱뚱한 고양이들 같았다. 내 생각에는 그들도 여전히 취해 있는 것 같았다.

"오, 빌리."

수간호사는 너무 실망한 나머지 그 자리에 주저앉아 울어버리고 싶은 듯 울상을 짓고 있었다.

"어떻게 이런 여자와……. 천하고 저속한 데다 떡칠하듯 화장을 한……."

"매춘부란 말이지요?"

하딩이 냉큼 말했다.

"아니면 요부인가요?"

수간호사가 몸을 홱 돌려 하딩을 노려보았으나 그는 말을 계속했다.

"요부도 아니란 말씀입니까? 그런가요?"

그는 생각에 잠긴 표정으로 머리를 긁적였다.

"그럼 살로메군요? 악명 높은 여자죠. 어쩌면 간호사님이 하고 싶은 말은 그냥 '여자'일지도 모르겠군요. 아니, 나는 단지 도와주려는 것뿐이에요."

수간호사는 다시 빌리에게 몸을 돌렸다. 빌리는 일어나려 애를 쓰고 있었다. 그는 몇 차례 넘어졌다가 무릎을 꿇고 앉았다. 그러고는 마치 소가 일어서려고 하듯이 엉덩이를 쳐들고 두 손을 짚어 몸을 반쯤 일으켰다. 그런 다음 두 발을 나란히 모으고 몸을 똑바로 일으켰다. 이런 하찮은 성공에 그는 기쁜지 만족한 표정을 지었다. 입구에 모여 그를 놀리고 환호성을 지르는 우리들은 아예 보이지도 않는 것 같았다.

수간호사 주위에는 왁자지껄 떠들며 웃어 대는 소리가 맴돌았다. 그녀는 빌리와 여자에게서 시선을 돌려 뒤에 있는 우리를 바라보았다. 에나멜과 플라스틱으로 만들어진 듯한 얼굴이 몹시 수척해 보였다. 그녀는 눈을 감고 정신을 집중해 몸의 떨림을 진정시키려고 애를 썼다. 이윽고 그녀는 궁지에서 벗어날 실마리를 얻은 것 같았다. 그녀가 다시 눈을 떴다. 그 눈은 아주 작았지만 온화해 보였다.

"빌리, 내가 걱정하는 것은."

그녀가 말했다. 목소리가 변해 있었다.

"어머니가 이 사태를 어떻게 받아들이시겠느냐는 거예요."

수간호사가 기대하던 반응이 곧 나타났다. 빌리는 겁을 먹고 주춤하며 마치 황산에 덴 듯이 손으로 뺨을 감쌌다.

"어머니는 빌리가 분별 있는 사람이라고 무척 자랑스러워하고 계셔요. 나는 그걸 잘 알고 있어요. 어머니는 이번 일로 몹시 걱정할 거예요. 그렇게 되면 어머니가 어떻게 되는지 잘 알고 있잖아요, 빌리. 가엾게도 어머니는 무척 마음 아파할 거예요. 아주 예민한 분이니까요. 특히 아들 일에 대해서는 무척 예민하죠. 빌리를 아주 자랑스럽게 여겼는데, 어머니는……."

"그만! 그만!"

빌리의 입이 움직이기 시작했다. 그는 고개를 설레설레 흔들면서 수간호사에게 애원했다.

"말, 말하, 하지 마세요!"

"빌리, 빌리, 빌리, 어머니와 나는 오랜 친구 사이예요."

그녀가 말했다.

"그, 그만하세요!"

그가 소리쳤다. 목소리가 격리실의 흰 벽을 울렸다. 그는 턱을 쳐들고 둥근 달과 같은 천장의 전등을 바라보며 소리쳤다.

"그, 그, 그만!"

우리는 더 이상 웃지 않았다. 그저 빌리가 고개를 뒤로 젖힌 채 무너질 듯 바닥에 쓰러지는 것을 지켜보기만 했다. 그는 녹색 환자복의 바지 한쪽을 위아래로 문질렀다. 공포에 질려 고개를 흔드는 모습이, 버드나무 회초리가 준비되는 대로 매를 맞기로 되어 있는 아이와 같았다. 수간호사는 그의 어깨에 손을 얹고 그를 안심시켰다. 그는 그녀의 손이 닿은 순간 매를 맞은 듯이 몸을 벌벌 떨었다.

"빌리, 이 일에 대해선 어머니에게 말하고 싶지 않아요. 하지만 난 어떻게 생각해야 좋죠?"

"마, 말하지 마, 마, 마세요. 랫치드, 수, 수, 수, 수간호사님. 마, 말, 말하지……."

"빌리, 말하지 않을 수 없어요. 빌리가 이런 짓을 했다고는 나도 믿고 싶지 않아요. 하지만 대체 어떻게 생각해야 하죠? 매트리스 위에서 저런 여자와 단둘이 있는 것을 목격했는데."

"아니에요! 저는 하, 하, 하지 않았어요. 다만……."

그의 손이 다시 볼을 감쌌다.

"여자가 했어요."

"빌리, 이 여자가 빌리를 강제로 여기에 끌고 왔다고는 생각할 수 없어요."

그녀는 고개를 흔들었다.

"이것만은 알아 줘요. 나를 위해서도 그리고 가엾은 어머니를 위해서도 빌리가 그런 짓을 했다고는 믿고 싶지 않아요."

빌리의 손이 뺨을 할퀴면서 거기에 붉고 긴 손톱자국이 생겼다.

"여, 여자가 나를 꼬, 꼬셨어요."

그는 주변을 둘러보았다.

"그리고 매, 매, 맥머피! 그 사람이 그랬어요. 그리고 하딩
도! 또 다, 다, 다른 사람들도! 그들이 나를 노, 놀, 놀리면서
나쁜 말을 했다고요!"

이제 그의 시선은 수간호사의 얼굴에 딱 고정되었다. 그는
이쪽저쪽도 아닌 오로지 수간호사의 얼굴만 똑바로 응시했다.
그녀의 얼굴은 나선형을 그리는 광선을 내뿜으며 희고 푸르고
오렌지빛이 감도는 크림 모양의 소용돌이로 변해 빌리의 마음
을 빨아들이는 것 같았다. 그는 숨을 들이쉬고 수간호사가 무
슨 말을 꺼낼지 기다렸다. 그러나 수간호사는 좀처럼 말을 하
지 않았다. 원래 그녀에게 있었던 거대한 기계와 같은 가공할
힘과 기술이 되살아나 상황을 분석하면서 지금 할 일은 침묵
을 지키는 것뿐이라고 그녀 자신에게 알려 주는 것 같았다.

"그들이 날 이렇게 마, 마, 만들었어요! 제발 래, 랫치드 수,
수간호사님. 그들이 내게……!"

수간호사가 비추고 있던 손전등 불빛을 조절했다. 그러자 빌
리는 얼굴을 푹 숙이며 이제 살았다는 듯이 훌쩍거렸다. 그녀
는 빌리의 목을 감싸 그의 얼굴을 풀 먹인 유니폼으로 덮인
가슴에 지그시 대고는 어깨를 어루만졌다. 그러면서 주변의 우
리에게 경멸 어린 시선을 던졌다.

"괜찮아, 빌리. 괜찮아요. 더 이상 빌리를 해칠 사람은 아무
도 없어요. 괜찮아요. 내가 어머니에게 잘 설명할 테니까."

수간호사는 그렇게 말하면서도 우리를 계속 노려보았다. 도
자기처럼 딱딱한 얼굴에서 베개처럼 부드럽고 포근하며 따뜻
한 음성이 흘러나오는 것을 듣고 있자니 기분이 묘했다.

"이제 됐어요, 빌리. 나와 같이 가요. 의사 선생님 방에서 좀

쉬어요. 이런…… 친구들과 휴게실에 있을 필요가 없어요."

수간호사는 푹 숙인 빌리의 얼굴을 쓰다듬으며 "가엾어라. 정말 가엾어라."하고 말하면서 그를 의사의 방으로 데려갔다. 우리는 조용히 복도에서 물러나 휴게실에 들어가 앉았다. 맥머피가 맨 마지막에 앉았는데 우리 모두는 한동안 서로 바라보지도, 말을 하지도 않았다.

건너편에 있던 만성 환자들도 서성거리다가 각자 자기 자리를 찾아갔다. 나는 곁눈질로 맥머피를 슬그머니 바라보았다. 그는 방 한구석에 있는 의자에 앉아 있었다. 다음 라운드 ── 앞으로도 계속될 몇 번의 라운드 ── 에 나가기 전에 잠시 휴식을 취하고 있었던 것이다. 맥머피가 싸우고 있는 상대는 주먹 한 방으로 완전히 날려 버릴 수 있는 사람이 아니다. 그런 사람을 상대하려면 더 이상 싸울 수 없게 되어 누군가 대신 나설 때까지 계속 공격하는 수밖에 없다.

간호사실에서는 전화를 거는 횟수가 많아졌다. 그리고 현장 검증을 위해 몇몇 높은 사람들이 찾아왔다. 마침내 의사가 모습을 나타내자, 그들은 한 사람도 예외 없이 이번 사건은 모두 의사가 계획한 일이거나 적어도 그가 눈감아 주고 용인했기 때문이라는 듯한 시선을 보냈다. 그런 시선을 받은 의사는 하얗게 질린 얼굴로 부들부들 몸을 떨었다. 이곳, 그러니까 그의 담당 구역인 이 병동에서 무슨 일이 있었는지 그가 이미 들어 알고 있으리라는 것은 너무도 자명한 사실이었다. 그러나 수간호사는 그에게 다시 한 번 설명했다. 우리에게도 들리도록 천천히 큰 소리로 자세히 설명했다. 수간호사가 보고하는 동안, 우리는 이번에는 수군거리거나 킥킥대지 않고 진지하게 사건의 전말을 정확히 들었다. 의사는 고개를 끄덕이기도 하고 안경테를 만지작거리기도 했다. 그러면서 눈물이 잔뜩 괸 눈을 깜빡거리고 있었기 때문에 나는 수간호사에게 눈물이 튀지 않을까 조마조마했다. 마지막으로 수간호사는 빌리가 우리 때문에 비참한 일을 경험했다고 말했다.

"빌리는 선생님 방에 데려다 놓았어요. 현재 상태로 보면, 곧바로 진찰해 보셔야 할 것 같습니다. 감당할 수 없는 시련을 당했으니까요. 그가 받은 상처를 생각하니 몸서리가 쳐집니다."

수간호사는 의사도 따라서 같이 몸서리치기를 바란 듯 잠시 멈추었다가 말했다.

"빌리와 이야기를 할 수 있을지 모르지만 어쨌든 가서 진찰해 보세요. 빌리는 위로가 필요해요. 상태가 아주 나빠요."

의사는 다시 고개를 끄덕이고 자신의 방으로 향했다. 우리는 그가 걸어가는 것을 지켜보았다.

"맥. 설마 우리가 이런 엉터리 음모에 말려들고 있다고는 생각지 않겠지? 아무튼 골치 아프게 되었어. 그러나 누가 나쁜지 우리는 알고 있어. 물론 우리는 당신 탓을 하고 있지 않아."

스캔런이 말했다.

"그래요. 당신을 비난하는 사람은 아무도 없어요."

나도 맥머피에게 말했다. 그러나 나를 바라보는 그 눈빛을 대한 순간 당장 혀를 뽑아 버리고 싶을 정도로 후회가 되었다.

맥머피는 눈을 감고 가만히 있었다. 무언가를 기다리고 있는 모습이었다. 하딩이 일어서서 그의 곁으로 가더니 무언가 말하려고 입을 열었다. 그때 복도 저쪽에서 의사의 비명이 들렸다. 환자들의 얼굴에 공포의 빛이 스쳤다. 모두 무슨 일이 일어났는지 짐작할 수 있다는 표정이었다.

"수간호사! 큰일 났어요, 수간호사!"

의사가 소리 질렀다.

수간호사와 세 명의 흑인 보조원들이 의사가 소리치고 있는 복도 쪽으로 달려갔다. 그러나 환자는 한 사람도 일어서지 않았다. 이제 우리는 어쩔 수 없다는 것을 알고 있었다. 우리가 할 수 있는 일은 그저 가만히 앉아서 수간호사가 휴게실로 돌아와 우리가 이미 예상한 사태가 벌어졌다는 것을 알릴 때까지 기다리는 것뿐이었다.

수간호사가 곧장 맥머피에게 다가가 말했다.

"빌리가 목숨을 끊었어요."

그녀는 그가 무슨 말을 꺼내기를 기다렸다. 맥머피는 고개도 들지 않았다.

"의사 선생님 책상 서랍에서 칼을 찾아내 목숨을 끊었어요. 가엾게도, 억울하게 오해를 받은 빌리가 자살했어요. 지금 저쪽 선생님 의자에서 목을 끊고 죽어 있어요."

수간호사는 다시 기다렸다. 그래도 맥머피는 고개를 들지 않았다.

"처음에는 찰스 체스윅, 그리고 이번에는 윌리엄 비빗! 이제 당신은 속이 시원하겠군요. 인간의 생명을 가지고 놀다니, 인간의 생명으로 도박을 하다니 당신이 신이라도 돼!"

수간호사는 몸을 홱 돌려 간호사실로 들어가 문을 닫았다. 머리 위의 천장까지 날카롭고 차가운 소리가 울려 퍼졌다.

처음에 나는 그를 말려야겠다고 생각했다. 그를 설득시켜 지금까지의 승리에 만족하고 마지막 대결에서는 수간호사가 승리하게 내버려 두도록 하려고 했다. 그런데 좀 더 분명한 생각이 처음 생각을 밀어내 버렸다. 나는 명확하게 깨달았다. 나뿐만 아니라 우리 중 누구도 맥머피를 말릴 수 없다는 사실을. 하딩이 설득하거나 내가 뒤에서 붙들거나, 아니면 나이 지긋한 매터슨 대령이 가르치려고 들거나, 스캔런이 불평을 해도 그를 말릴 수가 없었다.

우리로서는 맥머피를 어찌 할 수가 없었다. 맥머피가 그렇게 하도록 만든 장본인이 바로 우리였기 때문이다. 그에게 그런 행동을 강요한 사람은 수간호사가 아니었다. 바로 우리였다. 그는 의자의 가죽 팔걸이에 큼시막한 손을 대고 천천히 일어섰다. 영화에 나오는 좀비처럼 우뚝 서서 마흔 명의 주인이 내리는 명령에 따랐다. 몇 주일 동안 그가 행동하게 만든 것은 우리였다. 그의 팔다리가 말을 듣지 않게 된 뒤에도 그를 일으켜 세워 오랫동안 서 있게 하거나, 몇 주 동안 윙크를 하고 웃게 하거나, 그의 유머가 두 전극 사이에서 말라 없어진 뒤에도 그가 계속 행동하도록 한 원동력은 바로 우리였던 것이다.

우리는 천천히 기계적인 동작으로 그를 일으켜 세워 검은 반바지를 마치 말가죽 바지인 양 끌어올리고, 그 모자를 챙이 넓은 스테트슨처럼 손가락으로 치켜 올려 주었다. 그가 걸어갈 때면 맨발 뒤꿈치에 쇠가 달린 듯 타일 바닥에 불꽃을 일으키며 울리는 소리가 들렸다.

마침내 그는 유리문을 부수고 안으로 들어갔다. 수간호사가 얼굴을 이쪽으로 휙 돌리며 비명을 질렀다. 그 얼굴에는 그녀가 앞으로 어떤 표정을 지으려 해도 결코 지워지지 않을 공포가 짙게 배어 있었다. 그는 수간호사에게 달려들어 유니폼의 앞자락을 잡아 찢었다. 순간 그녀의 가슴에서 두 개의 젖꼭지가 달린 둥그런 공 같은 것이 튀어나오더니 점점 부풀어 상상도 못할 정도로 커져서는 빛을 받아 포근한 분홍빛으로 물들었다. 수간호사는 또 한 차례 비명을 질렀다. 모든 것이 끝나고 나서야 거기에 있던 의사와 경비원과 간호사들은 세 명의 흑인 보조원들이 그 자리에 꼼짝 않고 서서 멍하니 보고만 있다는 사실을 깨닫고, 그들의 도움 없이 맥머피를 제지하기로 마음먹었다. 그들은 일제히 달려들어 수간호사의 희디흰 목에 감겨 있는 붉은색의 두툼한 손가락을 그녀의 목뼈라도 되는 양 하나하나 조심스레 들어 올렸다. 그러고는 헉헉거리며 간신히 숨을 쉬는 수간호사에게서 맥머피를 떼어 놓았다. 그때 맥머피는 자신에게 주어진 힘겨운 의무를 묵묵히 수행하는, 냉정하고 의지가 강하며 끈기 있는 인간과는 다른 면모가 그에게도 있음을 우리에게 보여 주었다.

맥머피가 비명을 지르며 뒤로 넘어갈 때, 그의 얼굴이 잠깐 거꾸로 비쳤다. 흰 유니폼을 입은 사람들이 한꺼번에 달려들어 그를 바닥에 완전히 넘어뜨렸다. 그의 입에서 또다시 비명이 터져 나왔다.

그것은 궁지에 몰린 동물이 질러 대는 공포와 증오, 항복과 반항의 감정이 뒤섞인 비명이었다. 너구리나 퓨마, 혹은 스라소니를 쫓아 본 경험이 있는 사람이라면, 그런 동물이 나무 위까지 몰렸다가 총에 맞고 땅에 떨어져 개에게 물렸을 때 그 같은 비명을 지른다는 사실을 알고 있을 것이다. 말하자면 그것은 자신과 자신의 죽음 외에 그 어떤 것도 개의치 않는다고 생각할 때 지르는 마지막 비명이었다.

　나는 그 후 이삼 주 동안 빈둥빈둥 시간을 보내며 무슨 일이 벌어질지 지켜보았다. 모든 것이 변하고 있었다. 시펠트와 프레드릭슨은 의사의 치료 증명을 받지 않고 퇴원해 버렸다. 그리고 그 이틀 후에는 세 사람의 급성 환자가 병원을 나갔다. 또 여섯 명의 급성 환자가 다른 병동으로 옮겨 달라고 요청하여 며칠 전에 떠났다. 병동에서 열렸던 파티와 빌리의 죽음에 대해서는 여러 각도로 조사가 이루어졌다. 의사는 사표 제출을 종용받았으나, 자기를 병원에서 내쫓고 싶으면 제대로 절차를 밟으라며 사표는 질대로 내지 않겠다고 병원에 통보했다.

　수간호사가 일주일 동안 입원했기 때문에, 중환자실에서 온 키 작은 일본인 간호사가 대신 병동을 운영했다. 그래서 환자들은 병동 규칙을 큰 폭으로 바꿀 수 있었다. 수간호사가 돌아왔을 즈음, 하딩은 목욕실을 다시 개방하고 그곳에서 직접 블랙잭 카드를 돌렸다. 그는 가늘고 높은 자신의 목소리에 맥머피가 흉내 내던 경매꾼의 굵은 목소리를 얹어 고함을 질러 댔다. 수간호사가 병동 문의 자물쇠를 여는 소리가 나도 하딩은 아랑곳하지 않고 카드를 돌렸다.

　우리는 모두 목욕실에서 나와 맥머피에 대해 묻기 위해 복도에서 수간호사를 맞았다. 우리가 다가가자 수간호사는 흠칫 놀라 두 걸음 뒤로 물러섰다. 순간 그녀가 도망칠지도 모른다는 생각이 들었다. 수간호사의 얼굴은 퍼렇게 멍이 든 채 부어올라 있었는데, 한쪽은 눈이 보이지 않을 정도로 망가져 있었다. 그리고 목에는 두툼한 붕대가 감겨 있었다. 흰 유니폼은 새 것이었다. 두어 명의 환자가 그 유니폼의 앞자락을 보고는 빙긋이 웃었다. 유니폼은 전에 입었던 것보다 작고 풀도 많이 먹여 빳빳했지만, 그녀가 여자라는 사실을 감추지는 못했다.

하딩이 웃으며 가까이 다가가서는 맥머피가 어떻게 되었냐고 물었다.

그녀는 주머니에서 종이쪽지와 연필을 꺼내 들었다. 그리고 종이 위에 "그는 돌아옵니다."라고 쓰고는 우리에게 보여 주었다. 종이는 그녀의 손에서 부들부들 떨리고 있었다. 하딩은 종이쪽지의 글을 읽고 "정말입니까?" 하고 채근했다. 우리는 이미 온갖 소문을 들은 상태였다. 맥머피가 중환자실에서 보조원 둘을 때려눕히고 열쇠를 빼앗아 도망쳤다거나, 작업 농장으로 보내졌다거나, 또는 새로운 의사가 올 때까지 모든 권한을 쥔 수간호사가 그에게 특별한 치료를 해 주고 있다는 소문도 들었던 것이다.

"확실합니까?"

하딩이 다시 물었다.

수간호사는 또 한 장의 종이쪽지를 꺼내 들었다. 그녀의 관절은 몹시 뻣뻣해 보였다. 전보다 더 하얘진 손이 종이 위에서 빠르게 움직였다. 그것은 마치 1페니를 넣으면 운수가 적힌 종이가 나오는 기계를 다루는 집시의 손놀림과 비슷했다. 그녀는 이렇게 적었다. "네, 하딩 씨. 확실하지 않으면 아예 말을 하지 않습니다. 그는 돌아옵니다."

하딩은 종이쪽지를 읽고 그것을 구겨서 수간호사의 얼굴에 던졌다. 그녀는 겁먹은 표정으로 비틀거리며 물러나서는 종이쪽지로부터 멍든 얼굴을 보호하려고 한 손을 들었다.

"수간호사, 당신은 지독한 거짓말쟁이예요."

하딩이 말했다. 수간호사는 그를 노려보았다. 그녀는 다른 종이쪽지를 쥔 손을 떨다가 곧바로 방향을 돌려 종이쪽지와 연필을 주머니에 넣고는 간호사실로 들어가 버렸다.

"흥! 우리의 대화는 부드럽게 이어지는 법이 없군. 하지만 거짓말쟁이라고 말해 준 이상, 어떤 대답을 쓸 수 있었겠어?"

하딩이 말했다.

수간호사는 병동을 원래 상태로 되돌리려고 했으나 쉽지 않았다. 무엇보다 맥머피의 환영이 복도를 이리저리 돌아다니고 회의 때에는 그의 커다란 웃음소리가 들리며 화장실에서는 그의 노랫소리가 울려 퍼졌기 때문이다. 그녀는 이제 예전처럼 권력을 휘두를 수가 없게 되었다. 종이쪽지를 통해 명령해도 소용이 없었다. 그런 터에 환자들도 하나둘씩 줄어들었다. 하딩은 퇴원 신청을 하여 부인이 데려가고, 조지도 다른 병동으로 옮겨 갔다. 그리하여 낚시에 갔던 환자들 중에서 남은 사람은 나, 마티니, 스캔런, 이렇게 셋뿐이었다.

나는 아직 떠나고 싶지 않았다. 무엇보다도 수간호사의 확신에 찬 태도가 마음에 걸렸기 때문이다. 아무래도 그녀는 마지막 라운드를 기다리고 있는 것 같았다. 만약 내가 예상한 일이 일어나게 되면 나는 그 자리에 있고 싶었다. 어느 날 아침, 그러니까 맥머피가 사라진 지 삼 주째 되는 날이었다. 마침내 수간호사가 마지막 라운드에 나섰다.

병동 문이 열리면서 흑인 보조원들이 이동 침대를 밀고 들어왔다. 침대 가장자리에 차트가 달려 있었는데, 거기에 검정색의 굵은 글씨로 '맥머피, 랜들 P. 수술 완료'라고 적혀 있었다. 그리고 그 밑에는 잉크로 '뇌 전두엽 절제술'이라고 쓰여 있었다.

그들은 침대를 휴게실로 운반하여 벽 가까이 식물인간들 곁에 붙여 두었다. 우리는 침대 발치에서 그 차트를 다시 읽었다. 그러고는 침대의 앞쪽으로 고개를 돌렸다. 거기에는 베개에 깊이 파묻힌 얼굴이 있었다. 붉은 곱슬머리에 덮인 그 얼굴은 눈 주변에 난 보라색 멍 자국을 빼고 전체적으로 우유처럼 희디 희었다.

잠시 침묵이 흐른 뒤, 스캔런이 몸을 돌려 바닥에 침을 뱉으며 말했다.

"뭐야, 수간호사는 이런 걸 가져다 놓고 우리를 속일 셈인가? 이건 맥이 아니야."

"비슷하지도 않아."

마티니가 맞장구쳤다.

"갈보 같은 여자가 우리를 바보로 아는군."

"아주 그럴듯하게 해 놨군그래."

마티니는 그렇게 말하고 머리 곁에 바짝 다가서서 손가락질을 하며 덧붙였다.

"이것 봐. 코도 부러뜨려 놨어. 여기저기 상처도 만들어 놨고. 어라, 구레나룻까지 붙여 놨네."

"정말 가관이군. 빌어먹을!"

스캔런이 화난 목소리로 말했다.

나는 다른 환자들을 밀치고 마티니 옆에 섰다. 그러고는 조용히 말했다.

"물론 상처나 부러진 코 같은 건 얼마든지 만들 수 있어. 하지만 맥의 표정은 만들 수 없지. 이 얼굴에는 표정 같은 게 없어. 꼭 양품점의 마네킹 같아. 그렇지 않아, 스캔런?"

스캔런은 다시 침을 뱉었다.

"맞아. 전체적으로 표정이 없는 얼굴이야. 이건 누가 봐도 확실해."

"이걸 봐. 문신이 있어."

환자 한 사람이 시트를 들치며 말했다.

"문신도 쉽게 만들 수 있어. 그런데 팔은 어떨까? 응? 팔은 똑같이 만들 수 없을 거야. 그의 팔은 큼지막했잖아!"

내가 말했다.

그날 오후 내내 스캔런과 마티니와 나는 이동 침대에 누워 있는, 스캔런이 서커스에서나 나올 법한 가짜 인간이라고 이름 붙인 사나이를 놀려 댔다. 그런데 시간이 지나고 눈 주변의 부기가 가라앉기 시작하자 그 사나이를 보러 오는 사람들이 점점 많아졌다. 그들은 마치 잡지를 보거나 물을 마시러 온 것처럼 다가와서 사나이의 얼굴을 슬쩍 들여다보았다. 나는 그 모습을 바라보면서 저 사나이가 맥머피라면 어떻게 될 것인가 하고 생각했다. 한 가지 사실은 분명했다. 만약 저 사나이가 맥머피라면, 휴게실에 명찰을 붙인 채 이십 년이든 삼십 년이든 누워 수간호사의 체제에 도전하는 자가 어떻게 되는지 보여 주는 견본으로는 결코 남아 있지 않으리라는 것이었다. 나는 이것만은 분명한 사실이라고 생각했다.

그날 밤 나는 모두가 잠들어 침실이 조용해지고, 흑인 보조원들이 병동 순찰을 끝낼 때까지 잠자코 기다렸다. 이윽고 나는 베개에서 고개를 돌려 옆 침대를 바라보았다. 여전히 숨소리가 들렸다. 나는 보조원들이 이동 침대를 들여와 들것째로 맥머피를 거기에 눕힌 이래로 줄곧 몇 시간 동안 숨소리를 듣고 있었다. 그는 가끔 폐에서 이상한 소리를 내다 멈추고 다시 보통 호흡을 하곤 했다. 나는 가만히 그 숨소리를 들으면서, 그것이 영원히 멈춰 버렸으면 하고 바랐다. 하지만 호흡이 잠깐 멈춘 순간에도 몸을 돌려 확인하지는 않았다.

창가의 싸늘한 달빛이 탈지유처럼 침실 안으로 쏟아져 들어왔다. 나는 침대에 일어나 앉았다. 내 그림자가 그의 허리와 어깨의 중간쯤에 드리워져 검은 공간을 남겼다. 그는 눈의 부기가 웬만큼 빠져 눈을 뜨고 있었다. 그 눈은 쏟아져 들어오는 달빛을 쳐다보고 있었다. 그는 눈 한번 깜빡이지 않았다. 꿈을 꾸듯 멍하니 오랫동안 떠져 있는 그 눈은 마치 두꺼비집의 그을린 퓨즈 같았다. 나는 몸을 움직여서 베개를 집어 들었다. 그 눈이 내 움직임을 쫓았다. 내가 일어서서 이동 침대를 향해 두세 걸음 다가갔을 때도 그 눈은 나를 쫓고 있었다.

그 크고 다부진 육체는 생명력이 강했다. 그것은 생명을 빼앗기지 않으려고 한참 동안 저항했다. 그것이 무서운 기세로 저항했기 때문에 나는 그 위에 올라탄 채 발버둥치는 다리를 내 다리로 꽉 눌렀다. 그러는 동안 내 손에 쥔 베개도 그 얼굴을 누르고 있었다. 나는 몸부림이 멎을 때까지 계속 그 위에 올라타 있다가 슬그머니 내려왔다. 베개를 떼어내자 달빛 속에서 그 얼굴 표정이 드러났다. 질식을 당했는데도 그 표정은 여전히 멍한 상태 그대로였다. 나는 두 엄지손가락으로 그의 눈꺼풀을 덮고 다시 열리지 않도록 지그시 눌렀다. 그러고 나서 내 침대로 돌아가 누웠다.

나는 시트를 얼굴 위로 뒤집어쓰고 누운 채 잠시 생각에 잠겼다. 그런데 조용히 일을 끝냈다고 생각한 순간, 씩씩거리는 스캔런의 목소리가 그렇지 않다는 것을 일깨워 주었다.

　"진정하게, 추장. 진정해. 괜찮으니까."

　"시끄러워. 어서 잠이나 자."

　나는 조그맣게 쏘아붙였다.

　잠시 조용하더니 스캔런이 다시 씩씩거리며 물었다.

　"끝났나?"

　나는 그렇다고 대답했다.

　"큰일이군. 수간호사가 눈치 챌 거야. 자네도 그건 각오하고 있겠지? 물론 증명해 낼 사람은 아무도 없을 거야. 그처럼 큰 수술을 받은 뒤에는 누구라도 죽을 수 있거든. 그런 일은 늘 생겨. 하지만 수간호사, 그 여자는 속일 수 없어."

　그가 말했다.

　나는 아무 말도 하지 않았다.

　"추장, 내가 자네라면 잽싸게 여기를 빠져나가겠네. 그래, 그렇게 하게. 자네가 여기서 도망치는 거야. 그러면 내가 이렇게 말하겠네. 자네가 없어진 뒤에 맥머피가 일어나 움직이는 걸 보았다고 말이야. 그러면 자네가 죽인 사실은 감쪽같이 덮이는 셈이지. 어때, 좋은 생각 같지 않나?"

　"그렇군. 그렇게 하면 되겠어. 그런데 누구에게 부탁해서 문을 열게 하고 나를 도망치게 할 거지?"

　"문을 열게 하는 게 아니지. 언젠가 맥머피가 자네에게 가르쳐 주지 않았나? 생각해 보게. 그가 입원한 첫 주에 일어났던 일을 말이야. 기억나나?"

나는 대답하지 않았다. 그도 더 이상 말하지 않았다. 또다시 침실 안은 조용해졌다. 나는 삼사 분 더 누워 있다가 일어서서 옷을 입기 시작했다. 옷을 다 입고 나서는 맥머피의 침대 탁자에서 그의 모자를 꺼냈다. 모자는 턱없이 작았다. 그런데 문득 그것을 써 보려고 한 나 자신이 파렴치하게 느껴졌다. 나는 모자를 스캔런의 침대에 놓고 침실에서 나왔다. 내가 문을 나설 때, 그가 말했다.

"잘 가쇼, 형씨."

목욕실 창문의 철망으로 스며든 달빛이 툭 튀어나와 있는 묵직한 제어반을 비추고 있었다. 크롬 부속물이 싸늘하게 빛나고 유리 덮개 속 계기반의 눈금이 번쩍거려 마치 똑딱거리는 소리가 들리는 것 같았다. 나는 숨을 크게 들이마신 뒤 몸을 굽혀서 양쪽 손잡이를 잡았다. 그러고는 다리를 죽 폈다. 양쪽 발에 제어반의 무게가 느껴졌다. 나는 다시 한 번 심호흡을 하고 제어반을 힘껏 들어 올렸다. 전깃줄과 연결되어 있던 부속들이 바닥에 떨어지는 소리가 들렸다. 나는 제어반을 무릎까지 들어 올려 한쪽 팔은 몸체에 두르고, 다른 한쪽은 그 밑을 받쳤다. 얼굴과 목에 크롬이 닿아 차가웠다. 나는 그물 창 앞에서 한 바퀴 돌고는 그 탄력을 이용하여 창문을 향해 제어반을 던졌다. 소리가 굉장했다. 유리 조각이 달빛을 받으며 사방으로 흩어졌다. 그것은 마치 잠든 대지를 깨우는, 밝게 빛나는 차가운 물 같았다. 숨이 턱까지 차올랐다. 나는 잠시 침실로 돌아가서 스캔런이나 다른 친구들을 데려올까 생각했다. 그런데 그때 복도를 달려오는 흑인 보조원들의 구두 소리가 들렸다. 나는 창턱에 손을 얹고 제어반을 뛰어넘어 달빛 속으로 굴러 떨어졌다.

나는 얼마 전에 본 개가 달려가던 방향을 생각해 내고 간선 도로를 향해 내달렸다. 예전에 내가 달릴 때는 늘 성큼성큼 큰 걸음으로 뛰었는데, 그것도 생각났다. 나는 그렇게 뛰었다. 높이 올린 발이 대지를 밟기 전에 꽤 오랫동안 공중에 떠 있는 것 같았다. 마치 하늘을 나는 기분이었다. 드디어 자유다. 무단 외출자의 뒤를 쫓는 사람은 없다. 그리고 스캔런이 시체에 대해서는 잘 변명해 줄 것이다. 그러니 이렇게 바삐 달려갈 필요는 없다. 하지만 나는 멈추지 않았다. 몇 킬로미터를 계속 달리다가 간선도로의 둑에 이르러서야 천천히 걷기 시작했다.

양을 가득 실은 트럭을 몰고 북쪽으로 가던 한 멕시코 남자가 나를 태워 주었다. 나는 인디언 프로 레슬링 선수인데 마피아 조직이 나를 정신병원에 가두어서 도망쳐 나왔다고 그럴듯하게 둘러댔다. 그러자 남자는 곧바로 트럭을 세우고 녹색 유니폼을 감추라며 입고 있던 가죽 점퍼를 벗어 주었다. 그러고는 캐나다까지 자동차를 얻어 타며 가는 동안 무언가 먹어야 할 게 아니냐면서 10달러를 내밀었다. 나는 그가 트럭을 출발시키기 전에 주소를 적어 달라고 말하고는, 캐나다에 가서 정착하는 대로 돈을 보내 주겠다고 약속했다.

결국 나는 캐나다에 갈지도 모른다. 만약 가게 된다면 도중에 컬럼비아를 둘러보고 싶다. 포틀랜드와 후드 강, 그리고 더 댈스에도 가서 마을의 옛 친구들 가운데 술 때문에 신세를 망치지 않은 사람이 몇이나 되는지 확인하고 싶다. 또 정부가 인디언으로 살아갈 권리를 돈으로 사 버린 이후, 그들은 대체 어떻게 살아가고 있는지 보고 싶다. 부족 중 더러는 몇백만 달러나 들여 만든 수력 발전용 댐 위에 옛날 방식에 따라 덜컹거리는 나무 발판을 만들어 놓고 방수로에서 연어를 잡고 산다는 소문을 들은 적이 있다. 그것이 사실이라면 무슨 일이 있어도 꼭 가서 확인해 보고 싶다. 기왕이면 옛날 협곡 주변의 땅을 보고 싶다. 다시 한 번 그곳을 내 머릿속에 또렷하게 새겨 두고 싶다.

꽤 오랫동안 그곳을 떠나 있었으므로.

작품 해설

이 작품 『뻐꾸기 둥지 위로 날아간 새』는 미국에서 1962년에 출간되었다. 당시 미국은 사회적으로나 문화적으로 커다란 변화를 겪고 있었다. 특히 풍요로운 물질주의와 체제 순응적인 보수주의에 대한 반문화 운동이라 할 수 있는 1950년대 비트 운동의 산물인 히피 문화가 확산되면서 젊은이들 사이에서는 기성 세대의 권위와 가치관에 저항하는 목소리가 점점 커져 가고 있었다. 그들은 기존의 사회 통념, 관습, 도덕, 제도를 부정한 채 순수한 형태의 자유, 인간성 회복, 자연에의 귀의 등을 외치며 새로운 문화 체계를 만들려고 했다.

이런 경향은 특히 예술 분야에서 두드러졌다. 1960년대 초부터 유행하기 시작한 록음악은 새로운 문화의 태동을 알리는 상징적인 문화로 자리매김했다. 독특한 역동성과 개성으로 무장된 록음악은 기존의 틀에서 벗어나려는 수많은 젊은이들을 단번에 사로잡은 혁신적인 음악이었다. 개방적인 분위기, 즉흥적인 즐거움, 자유에 대한 열망이 가득 담긴 음악이 그처럼 빠르게, 그리고 폭넓게 대중 속으로 파고든 예는 과거에 없었다.

　소설에도 변화의 바람이 일기 시작했다. 1950년대 미국 소설의 주류를 이룬 것은 흑인과 유대계 작가들이 쓴, 실존의 문제와 개인의 구원에 초점을 맞춘 작품들이었다. 모더니즘이 쇠퇴하면서 출현한 이런 작품들은 주제가 진지한 만큼 형식이나 내용이 딱딱했다. 이에 일군의 신진 작가들이 반기를 들고 나타났다. 이들은 록음악 못지않게 개성이 강하고 자유분방한 형식의 소설을 선보이기 시작했다. 소설을 통해 기존의 경직된 사고와 가치관을 풍자하고 야유했던 이들 작가군에는 『길 위에서』(1957)의 잭 케루악과 『진저맨』(1958)의 J. P. 돈리비를 필두로 『연초 도매상』(1960)을 쓴 존 바스, 『캐치-22』(1961)의 작가 조지프 헬러, 그리고 『뻐꾸기 둥지 위로 날아간 새』(1962)를 쓴 켄 키지가 있었다. 켄 키지는 이들 가운데 가장 젊었다. 그런데다 미국 문단에 전혀 알려지지 않은 무명 중의 무명이었다.

　켄 키지는 1935년 9월 17일 미국 콜로라도 주 라준타에서 태어나, 열한 살 때인 1946년 오리건 주의 스프링필드로 이사했다. 그리고 그곳에서 고등학교를 졸업하고 오리건 주립대학에 진학, 저널리즘을 전공하면서 연극 클럽 회원 및 레슬링 선수로 활약했다. 그런 뒤 스탠퍼드 대학에 들어가서 창작에 대해 공부하기 시작했다. 그리고 한편으로는 심리학을 전공한 대학원생 비크 러벨의 소개로 환각제 LSD, 각성제 코카인 등 향정신성 약물의 효과를 실험하는 프로그램에 참여하는가 하면, 정신병원에서 야간 보조원으로 일하기도 했다. 그리고 이때의 경험을 바탕으로 『뻐꾸기 둥지 위로 날아간 새』를 집필했다.

『뻐꾸기 둥지 위로 날아간 새』는 출간되자마자 커다란 반향을 불러일으켰다. 평론가들은 이 작품을 "삶을 재확인시킨 불꽃같은 소설", "천재적인 문학성이 돋보이는 작품"이라고 평했다. 그리고 켄 키지를 "뛰어난 통찰력을 발휘하여 독자에게 신선한 자극을 준 작가", "억압된 자유와 강요된 삶에서 벗어나 새로운 가치를 추구하려는 인물들을 그려 냄으로써 1960년대의 혁명적 변화를 예견한 작가"라고 극찬했다.

독자들의 반응도 폭발적이었다. 이 작품은 특히 젊은이들 사이에서 선풍적인 인기를 끌었는데, 1960년대부터 1970년대까지 조지프 헬러의 『캐치-22』와 함께 베스트셀러 목록에 머물렀다. 그리고 데일 와서먼 각색으로 1963년에는 브로드웨이에서, 1969년에는 샌프란시스코 무대에서 상연되어 큰 성공을 거두었다. 또한 1975년에는 영화로도 만들어졌는데 밀로스 포먼이 감독을 맡고 잭 니콜슨이 주인공으로 열연해, 아카데미 시상식에서 작품상, 감독상, 남우주연상 등 다섯 개 부문의 상을 수상하기도 했다.

한낱 무명 작가에 불과했던 켄 키지는 이 작품이 성공하면서 단번에 유명인이 되었다. 그는 『뻐꾸기 둥지 위로 날아간 새』로 연예인 못지않은 인기를 누렸으며 경제적인 여유도 얻었다. 그러나 젊은 시절에 갑자기 찾아온 명예와 부는 그를 급격히 쇠퇴시킨 원인이 되기도 했다. 1963년 켄 키지는 캘리포니아 라혼다의 넓은 토지를 매입하여 히피 코뮌을 만들었다. 그리고 '메리 프랭크스터(Merry Prankster, 즐거운 장난꾸러기들)'라는 히피 집단을 이끌고 버스 여행을 다녔다. 그는 마약을 소지한 죄로 몇 차례 경찰에 체포되기도 했다. 1966년에는 마약 소지죄로 오 년의 실형을 선고받고 멕시코로 도주했다. 하지만 결국 돈이 떨어져 미국으로 돌아오는 길에 FBI에 체포되어 산마티오 군 형무소에 여섯 달 동안 수감되었다.

켄 키지의 대표작이자 출세작인 『뻐꾸기 둥지 위로 날아간 새』는 정신병원을 무대로 하여 거대 조직에 맞선 개인의 저항 의지를 그린 작품이다. 이 소설의 주요 등장인물은 노동형을 선고받고 작업 농장에서 일하던 중 미치광이 흉내를 내며 이런저런 말썽을 일으킨 바람에 정신병원에 위탁된 랜들 패트릭 맥머피를 비롯하여 귀머거리 겸 벙어리 행세를 하는 1인칭 서술자 브롬든, 그리고 정신병동의 실질적인 지배자이자 권위와 체제의 상징인 랫치드 수간호사이다.

이야기는 정신병원에 가짜 환자인 맥머피가 들어오면서 시작된다. 맥머피는 서술자인 브롬든이 콤바인이라고 부르는 정신병원에 들어온 순간부터 랫치드 수간호사와 사사건건 부딪친다. 그는 특히 수간호사가 환자들을 교묘하게 학대하고, 그로 인해 환자들이 더욱 치유 불능의 상태에 빠지는 것을 알고 격분한다. 물론 하딩을 비롯한 대부분의 환자들도 수간호사의 비인간적인 처사에 분노하지만 감히 저항하지는 못한다. 저항했다가는 전기충격이나 뇌 전두엽 절제술을 받아 식물인간이 되기 때문이다. 이 같은 사실을 잘 알고 있는 환자들은 병동의 규칙에 순응한 채 폐인처럼 하루하루를 보낼 뿐이다.

맥머피는 그런 환자들에게 독립심과 활기를 불어넣어 주려고 애쓴다. 그는 환자들을 데리고 병원을 빠져나가 바다낚시를 다녀오거나 여자를 불러들여 파티를 열기도 한다. 그러는 한

편, 이런저런 전략을 쓰며 수간호사에 맞선다. 그러나 수간호사는 사사건건 저항하는 맥머피를 가만 놔두지 않는다. 결국 맥머피는 빌리의 죽음을 계기로 수간호사에게 대항한 끝에 강제로 뇌 전두엽 절제술을 받고 식물인간이 되어 버린다.

만약 이야기가 여기에서 끝났다면 맥머피는 단지 조직화된 체제에 저항하다가 희생된 미약한 패배자에 지나지 않았을 것이다. 그러나 그는 패배자가 아니다. 브롬든에게 그 커다란 덩치에 걸맞은 힘과 용기를 되찾아 줌으로써 정신병원을 탈출하도록 한 장본인이 바로 맥머피이기 때문이다. 맥머피는 오히려 진정한 의미의 승리자일지도 모른다.

제목에서 언급된 '뻐꾸기 둥지'는 속어로 정신병원을 의미한다. 그리고 정신병원의 불청객인 맥머피는 뻐꾸기를 의미한다. 그는 같은 둥지로 날아든 또 다른 뻐꾸기 브롬든에게 저항 의지와 자유를 향한 열망을 심어 주었다. 그렇기 때문에 비록 육체적으로는 죽었지만, 그 정신만은 자유의 땅 캐나다를 향해 달려가는 브롬든의 가슴에 팔팔하게 살아 있는 것이다.

2009년 11월
정희성

작가 연보

1935년 미국 콜로라도 주 라준타에서 낙농업 농부의 아들
        로 태어남.
1946년 가족이 전부 오리건 주의 스프링필드로 이주.
1953년 스프링필드 고등학교 졸업.
1955년 오리건 주립대학교에 입학. 레슬링 선수와 연극 클
        럽 회원으로 활약.
1956년 오리건 주립대학 재학 중에 고등학교 시절 연인인
        노르마 페이 핵스비와 함께 가출. 이후 세 자녀, 제
        드, 제인, 섀넌을 낳음.
1959년 스탠포드 대학의 창작 과정에 등록해 월러스 스테
        그너의 지도를 받음. 이때 『뻐꾸기 둥지 위로 날아
        간 새』의 초고를 쓰기 시작함. CIA 주관으로 멘로
        파크 재향군인 병원에서 시행된 연구에 자원봉사자
        로 참여해 향정신성 약물, 특히 LSD, 실로시빈, 메

스칼린, 코카인 등이 인간에게 미치는 영향을 목격. 이 약물과 관련된 경험을 토대로 구체적인 세부사항들을 자세히 기록하고, 환자들과 인터뷰도 자주 함. 비트족을 다룬 소설 『동물원(Zoo)』을 썼으나 발표하지 않음.

1960년　노동자 계층을 다룬 장편소설 『가을의 끝(End of Autumn)』을 썼으나 발표하지 않음.

1961년　『뻐꾸기 둥지 위로 날아간 새(One Flew Over the Cuckoo's Nest)』 완성. 재향군인 병원에서의 경험이 크게 영향을 미침. 키지는 환자들이 제정신이 아니라고는 생각하지 않음. 단지 사회가 강요하는 전통적인 사고 방식과 행동 양식을 따르지 않았을 뿐이라고 생각함. 이런 생각들이 『뻐꾸기 둥지 위로 날아간 새』의 기본 개념이 됨.

1962년　첫 소설 『뻐꾸기 둥지 위로 날아간 새』 출간. 책이 크게 성공해 스탠포드를 떠나 캘리포니아의 라혼다로 이주. '애시드 테스트'라는 파티를 열어 친구들과 자주 어울림. 이런 파티들은 앨런 긴즈버그의 시와 톰 울프의 작품에도 곧잘 묘사됨.

1963년　『뻐꾸기 둥지 위로 날아간 새』가 데일 와서먼 각색으로 브로드웨이 무대에서 상연됨.

1964년　오리건의 벌목장을 배경으로 형제 간의 갈등을 그린 두 번째 소설 『때로는 위대한 관념(Sometimes a Great Notion)』 출간. '메리 프랭크스터'라는 그룹을 조직해 닐 캐시디를 비롯한 여러 친구들과 함께 버

스 여행을 함. 캐시디가 키지를 잭 케루악, 앨런 긴
즈버그 등에 소개함.

1965년   마리화나 소지 혐의로 체포되었다가 풀려남.

1966년   마약법 위반으로 추격 중인 경찰을 따돌리기 위해
친구의 트럭을 빌려 자살을 가장함. 체포되기 직전
멕시코로 도주. 다시 귀국하여 체포된 뒤 산마티오
군 형무소에 수감됨.

1967년   형무소에서 석방된 뒤 오리건 주로 돌아와 농장을
경영.

1969년   『뻐꾸기 둥지 위로 날아간 새』가 샌프란시스코에서
상연되어 큰 성공을 거둠.

1971년   두 번째 소설 『때로는 위대한 관념』이 폴 뉴먼 감독
에 의해 영화화되어 아카데미상 두 개 부문에 후보
로 오름.

1973년   에세이집 『키지의 벼룩시장(Kesey's Garage Sale)』 발표.

1975년   『뻐꾸기 둥지 위로 날아간 새』가 밀로스 포먼 감
독에 의해 영화화되어 아카데미 시상식에서 작품
상, 감독상, 여우주연상, 남우주연상, 각본상 등 다
섯 개 부문의 상을 받음. 영화 제작 초기에는 키지
도 관여했으나, 원작과는 달리 추장 브롬든이 서술
자로 등장하지 않는다는 점에 불만을 품고 영화 제
작 현장을 떠남.

1984년   오리건 대학의 레슬링 선수였던 아들 제드가 교통
사고로 세상을 떠나자 크게 상심함.

1986년   자신의 경험을 토대로 쓴 단편집 『악마의 상자

(Demon box)』 발표.

1992년   『선원의 노래(Sailor Song)』 발표.

1994년   로데오 시합에서 우승하기 위해 혹독한 훈련을 하는 소년의 이야기를 다룬 『마지막 시합(Let's Go Around)』 발표. 그가 직접 쓴 뮤지컬 연극 「트위스터(Twister)」를 공연하기 위해 메리 프랭크스터 멤버들과 함께 여행길에 오름. 오랜 친구들과 가족들이 찾아와 이들의 공연을 지원함.

2001년   간 종양 제거 수술을 받았지만 끝내 회복하지 못하고, 11월 예순여섯 살의 나이로 세상을 떠남.

세계문학전집 **232**

뻐꾸기 둥지 위로 날아간 새

1판 1쇄 펴냄 2009년 8월 25일
1판 28쇄 펴냄 2024년 1월 15일

지은이 켄 키지
옮긴이 정회성
발행인 박근섭, 박상준
펴낸곳 (주)민음사

출판등록 1966. 5. 19. (제 16-490호)
서울특별시 강남구 도산대로1길 62(신사동) 강남출판문화센터 5층 (우편번호 06027)
대표전화 02-515-2000 팩시밀리 02-515-2007
www.minumsa.com

한국어 판 © (주)민음사, 2009. Printed in Seoul, Korea

ISBN 978-89-374-6232-0 04800
ISBN 978-89-374-6000-5 (세트)

세계문학전집 목록

세계문학전집은 계속 간행됩니다.